茅盾文学奖
获奖作品全集
典藏版
The Mao Dun Literature Prize

抉择

张平 著

人民文学出版社

图书在版编目(CIP)数据

抉择/张平著. —北京：人民文学出版社，2023（2025.7重印）
（茅盾文学奖获奖作品全集：典藏版）
ISBN 978-7-02-017677-9

Ⅰ.①抉… Ⅱ.①张… Ⅲ.①长篇小说—中国—当代 Ⅳ.①I247.5

中国版本图书馆CIP数据核字（2022）第247334号

选题策划	胡玉萍
责任编辑	黄彦博
责任印制	张　娜

出版发行	人民文学出版社
社　　址	北京市朝内大街166号
邮政编码	100705
印　　刷	河北环京美印刷有限公司
经　　销	全国新华书店等
字　　数	414千字
开　　本	890毫米×1290毫米　1/32
印　　张	17.25
印　　数	19001—22000
版　　次	2004年5月北京第1版
印　　次	2025年7月第5次印刷
书　　号	978-7-02-017677-9
定　　价	68.00元

如有印装质量问题，请与本社图书销售中心调换。电话：010-65233595

出版说明

一九八一年三月十四日,病中的中国作家协会主席茅盾致信作协书记处:"亲爱的同志们,为了繁荣长篇小说的创作,我将我的稿费二十五万元捐献给作协,作为设立一个长篇小说文艺奖金的基金,以奖励每年最优秀的长篇小说。我自知病将不起,我衷心地祝愿我国社会主义文学事业繁荣昌盛!"

茅盾文学奖遂成为中国当代文学的最高奖项。自一九八二年起,基本为四年一届。获奖作品反映了一九七七年以后长篇小说创作发展的轨迹和取得的成就,是卷帙浩繁的当代长篇小说文库中的翘楚之作,在读者中产生了广泛的、持续的影响。

人民文学出版社曾于一九九八年起出版"茅盾文学奖获奖书系",先后收入本社出版的获奖作品。二〇〇四年,在读者、作者、作者亲属和有关出版社的建议、推动与大力支持下,我们编辑出版了"茅盾文学奖获奖作品全集"。此后,伴随着茅盾文学奖评选的进程,我们陆续增补新获奖作品,力求完整呈现中国当代文学最高奖项的成果,使其持续成为读者心目中"茅奖"获奖作品的权威版本。现在,我们又推出"茅盾文学奖获奖作品全集(典藏版)",以满足广大读者和图书爱好者阅读、收藏的需求。

在"茅盾文学奖获奖作品全集(典藏版)"的编辑过程中,我社对所有作品进行了版式统一以及文字校勘;一些以部分卷册获奖的多卷本作品,则将整部作品收入。

感谢获奖作者、作者亲属和有关出版社,让我们共同努力,为当代长篇小说创作和出版做出自己的贡献,为广大读者提供更多的优秀作品。

人民文学出版社编辑部

一

　　市长李高成接到中阳纺织集团公司工人要闹事的消息时,已经是凌晨四点了。中阳纺织集团公司的总经理郭中姚在电话里对他说,他们整整做了一晚上的工作也没有说服工人们。有两个副总经理在做工作时,都几乎挨了打。连离休在家的党委书记范立刚也受到了工人的围攻,有两个赖小子还趁机把范书记家阳台上的玻璃给砸了。公司保安处连经济民警算上一共出动了百十来号人也没能顶住事,整个乱成一锅粥了。公司宿舍区这会儿至少聚集了有三四千人,有几个领头的说了,他们明天一早就集体到市委门口请愿。总公司接送工人的大轿车聚集了足有二十多辆!听说还有人正在联系外单位的车,要是联系不下,就用大卡车接送,而厂里的大卡车至少有四十多辆!要真让这么多人出去了,不用说别的,只这六七十辆车聚集在市委门口就能把整个市区闹翻了天!

　　刚刚睡下不到两个小时的市长李高成顿时睡意全无,他披上衣服有些发愣地坐在床上,一时也想不出究竟该怎么办。

　　中阳纺织集团公司是一个有两万多工人的大公司。它的前身中阳纺织厂是华北地区最大的纺织厂之一。中阳纺织厂的厂龄比共和国的年龄大一倍还多。据说是在慈禧太后手里兴建起来的,在当时的中国北方可算是最大最先进的一个纺织厂。尔后风风雨雨几十年,不管是军阀混战时期,抗日战争时期,还是解放战争时期,也不管是在清政府手里,旧军阀手里,还是在日本人手里,中阳纺织厂始终都非常兴旺发达,经营有方,运转良好,资金雄厚,盈利可观,一直是当时政府的支柱产业。虽然也有不尽如人意的时候,但从来都挺得过来,而且基本上没有发生过什么大的停工停产事件和大的工人闹事的情况。

解放后,中阳纺织厂经公私合营最后由政府全面接管,经过了较大规模的技术更新和改造,曾一度大显风采,着实轰轰烈烈、红红火火了一番,为中华人民共和国初期的工业建设,尤其是为当地的经济建设立下了汗马功劳和丰功伟绩。1958年"大跃进"时期,中阳纺织厂大力扩厂,使当时的工人人数几乎翻了一番,八千多工人一跃为一万五千多。当时省里的领导明确指示,中阳纺织厂不仅在规模上,而且在人数的增长和数量上都要成为北方第一。于是,中阳纺织厂一下子陷入了第一次前所未有的困境。由于缺钱,缺技术,尤其是由于同苏联断交,极度短缺由苏联援助的机器零件,使工厂的生产几乎全线瘫痪和崩溃。紧接着便是三年困难时期,直到1964年以后,才好不容易缓过劲来,但红火了没几天,"文革"便开始了。厂里打打闹闹,车间开开停停,一直到了1978年之后,才开始全面整顿,技术和设备改造也重新开动,生产秩序和生产规模也才得以真正恢复。

1978年到1984年之间可以说是中阳纺织厂最发达、最繁荣、最兴盛、发展最快的一个时期。厂里的工人由一万五千多发展到两万多,织布机由八千台发展到一万五千台,设备能力由五十万纱锭发展到八十万纱锭,年产值由一亿一千万元发展到接近两亿元!年利润由二千八百万发展到七千多万!

1985年,中阳纺织厂正式改名为中阳纺织集团公司,下属二十多个分厂,与此同时,雄心勃勃的中阳纺织集团公司还兼并了三个即将倒闭的工厂,救活了两个已濒临破产的企业。这是中阳纺织厂的历史上任何一个阶段都无法比拟的,它给国家的贡献也一样是不容置疑的。

中阳纺织集团公司在1985年后开始走下坡路,到1986年以后,由盈利走向亏损。国家利税制度的深化改革,粮棉价格的全面放开,乡镇企业的迅速崛起,市场经济的进一步确立,国营大型企业的管理不善以及自身包袱越背越沉等等诸多原因,致使中阳纺织集团公司陷入越来越无法自拔的困境。截至1995年年底,除去外欠的款项,中阳纺织集团公司累计亏损和负债额已达到四亿五千万元人民币!而最近的亏损和负债额还没有结算出来,预计总外债额将接近六亿元!从1995年2月份开始,公司便已发不出一份工资。到1995年7月份为止,离退休工人和干部每人每月二百元的生活费也全部停发。从1993年1月份开始,公司的一些分厂便开始停产。1994年底,公司的大部分分厂分公司基本上都处于停产状态。1995年10月份,摇摇欲坠的中阳纺织集团公司终于垮了下来,公司全线停产,往日红红火火、震耳欲聋的中纺公司,顷刻间一片死寂。

这么大的一个国营大型企业,停工停产,加上离退休职工,近三万工人干部没有事情可做,而如今年关在即,再过几天就是春节,公司的职工们已经十多个月没领到工资了,天寒地冻,没吃没喝的,物价又是这样的高,想想怎么会不出事!

市委市政府也早已把如何救活中阳纺织集团公司列入1996年工作中重点的重点。市常委会多次开会研究,并且决定由市长李高成亲自挂帅,由市银行、市经委、市计委、市财委等部门联合成立了一个领导小组,专门负责解决中纺的一系列问题。这个领导小组成立时,已经是1995年10月份了。虽然早已开始了工作,也已连续几次给市委市政府做了汇报,但由于已接近年底,各种各样的事情一下子全压了过来,哪儿也忙得一塌糊涂,关于中阳纺织集团公司的最终决策还是没能拿出来。到了1996年元月份,市委市政府又曾研究了一次,而这次只是政策性的,到春节期间,一定要想尽一切办法,给中纺的全体职工补发一到两个月的工资。而其他的事情,只有等到春节后再说了。然而,偏是没想到在这个节骨眼上,工人们却真的要闹出事来了,而且规模还是如此之大,这就不能不让人感到忧虑焦心了。

　　市长李高成想来想去,怎么也想不出一个万全之策来。说实话,这些年来,在市委市政府门口上访、请愿、闹哄,并不是什么稀罕事。甚至于连过路的在市委市政府上下班的人似乎都见怪不怪、睬也不睬了。好像已经成了家常便饭,自然而然也就没人把它当作一回事了。这些鸡零狗碎、鸡毛蒜皮的小事情,闹还不是白闹。几只青蛙叫唤,还能把天翻过来?但这回不同!第一是人数多。三四千工人,谁知道到时候还会来多少!再加上还有六七十辆汽车。这么多人和车聚在市委市政府门口,顷刻间就会造成整个一条街的交通堵塞。市委市政府这条街是市里的中心地带,东西足有十多里。若赶上上下班高峰时间,连人带车全都堵死在这条路上,那可就不像是几千工人在闹事了。第二,眼下正是最容易出事的时候。年关在即,物价陡涨,市委市政府虽然采取了一系列的措施,仍然没能把物价的涨幅平抑住。前不久市政府曾作过一个重要的决策,就是采取了种种便利条件允许菜农进城直销蔬菜,还专门为此在市中心开了一个直销市场。没想到菜价不仅没能降下来,反倒越抬越高。有人就说了,让菜农进城直销,等于是引狼入室!农民们进到城里一看,眼界顿时大开:没想到这些菜原来还能卖到这么贵!能贵不贵他妈的岂不是傻子!老子的菜比那些二道贩子的菜可新鲜得多哪,凭什么要比他们卖得还便宜!于是,菜价不仅没能降下来,反而刷刷刷地一个劲往上涨。菜价往上涨,也带着别的物价一起刷刷刷地往上涨,而且还把那些停工停产没有工资的工人和失业人员做点蔬菜小生意的路也给堵死了。在这个人人都怨气满腹、牢骚满腹的当口,要是有人借机也跟着这么一闹腾,那后果可就不堪设想了。第三,与市委市政府相邻的另一条街上,便是省委省政府门口,这些人要是再闹腾到那里去,影响可就更大了,尤其是这两天,正有一个西欧国家的代表团,正在同省里洽谈一个不小的投资项目,万一……

李高成不敢往下想了,揉了揉有些麻木的眼睛和太阳穴,明白自己必须尽快拿出一个主意来,已经没时间再容他过多地去考虑了。他看了看表,凌晨四点二十五分,离天亮还有一两个小时。中阳纺织集团公司在市郊,离市中心只有三十多里路,如果工人们真要坐着汽车来,半个多小时就能开进市中心。

他本想给市委书记杨诚打个电话,但电话号码没拨完,他就又给放下了。

市委书记杨诚在如何对待中阳纺织集团公司的问题上,跟他有些分歧。杨诚一直是主张对这个公司大动手术的,包括对中纺公司的整个领导班子。李高成反对这个意见,在心底里也无法容忍这个意见。这并不仅仅是因为省委省政府的领导们看好这个班子,包括一些主要领导也一直认为中纺的领导班子是一个过得硬、信得过的领导班子,更主要的原因是因为他实在对这个公司,包括对这个领导班子太熟悉,也太有感情了。几乎可以这么说,现在中阳纺织集团公司的领导班子成员大都是他一手培养和提拔起来的,他对他们当中的每一个人都了若指掌、知根知底,甚至对他们的性情和脾气都了解得一清二楚。市委书记的意见当然也有他的道理,中纺公司目前干群关系紧张,同这些领导是有直接责任的。但中纺目前的困境是全国大中型企业一种普遍存在的现象,把怨气和责任一股脑儿都堆在这些人身上,这公平吗,是实事求是的态度吗?任何人都会有缺点,就算你把他们全换掉,那新上来的人就会没缺点了吗?何况现在换班子,也是不合时宜、极不现实的。一出问题就换班子,换了班子就能解决问题吗?谁干工作能保证不出问题?再说,中纺现在成了这样一个摊子,懂行的、有本事的、有魄力、有责任心的又有谁会到那里去?何况现在大面积地调换领导,原因究竟是因为什么?是查出问题了,还是有什么严重的失职行为?这怎么跟群众交代,又怎么跟领导交代?要是一换再换还是解决不了问题,那又怎样去面对群众、面对领导?

这会儿他不能把这个电话打过去,他不能给人一种一出了事就想把皮球踢过去的印象。他现在还没有去动手解决问题,还没有到非给书记汇报不可的地步。

略一沉思,他先给秘书吴新刚打了个电话,让他告诉司机,十五分钟以后一块儿赶往中阳纺织集团公司。而后他又拨通了中阳纺织集团公司总经理郭中姚的手机,要他迅速办好以下几件事:

第一,立刻打听清楚这次闹事领头的都是哪些人,然后尽快想办法把他们召集在一起,告诉他们市长要直接同他们对话。要做好对他们的说服工作,他们的任何要求和条件都可以直接同市长谈。

第二,立即把公司保安处的所有人员全部撤走,一个也不许留在现场。公司所有的干部,包括公司保安人员,一律要打不还手,骂不还口。干部和保安人员要是受到损失和伤害,由市政府负责赔偿处理。若是有哪个工人受到伤害或出了什么事,一定要严肃查处,从严惩治。

第三,任何不利于干群关系的话不说,任何不利于干群关系的事不做,尤其是带有威胁和恐吓性质的话更不能随便乱说。若是有人说了这些话或做了这些事,一经查出,决不姑息,也一定从严处理。

第四,立刻利用公司的广播和有线电视,要反复给群众讲清楚,不要参与闹事,更不要进城搞什么请愿活动。市委市政府一直是关心中阳纺织集团公司的,在春节以前一定会安排好全体职工和离退休人员的生活。但不管是什么人,也不管是领头的还是被别人鼓动的,凡是参与了这次活动的人,也不管是什么目的,市委市政府保证不会追究责任,更不会秋后算账,揪辫子,穿小鞋。一定要解除群众的后顾之忧,绝不要把群众人为地往"梁山"上逼,以免产生反正闹也闹了,要闹就大闹的想法。

第五,他将在凌晨五点二十分以前赶到公司,和群众接洽的地点就设在公司宿舍区的老干部活动中心。不要任何人接送,更不要任何人保护。

二

李高成虽然在电话里说得有条不紊、平心静气,但心里一点儿底也没有。如今已经不是前几年了,领导随便一句话,就会地动山摇,震得山响。现在即便是一份一份的红头文件不断地往下发,即便是三令五申、正言厉色,讲了一遍又一遍,下边的老百姓也没有什么人会在心底里真的把它当作一回事。一粒老鼠屎坏了一锅汤,一件腐败透顶的事情,就足以伤透千千万万老百姓的心。虽然是年年讲月月讲,时时刻刻、大会小会都在讲,要花大力气、下大决心,要严刑峻法、大刀阔斧地惩治腐败,端正党风,绝不姑息,绝不手软,但到头来一切好像还是老样子,满地的老虎还在跑,满天的苍蝇仍在飞。打了一只,又跑出一只;捂住一片,又飞出一片。老这么下去,谁还会把你的文件当一回事,谁还会把你的会议当一回事,谁还会把你领导的话当一回事?

李高成今年五十四岁,在省会一级市的市长里头,还算年轻。但也早已是两鬓斑白,满脸皱纹了。李高成一直很瘦,而且还有越老越瘦的趋势,根本不像一些领导那种满面红光、脑满肠肥的样子。所以李高成的样子就常常让下边的人看着顺眼,尤其是让老百姓觉得亲切,能给人一种信任感。李高成在饭桌上就常常跟那些同僚或是同一级的领导们开玩笑:我这样子,怎么看也是个清官;瞅瞅你们那脸你们那肚子,让老百姓一看就知道是伙腐败分子。

李高成嘴上说自己是个清官,心底里也确实认为自己是个真正的清官。面对几十年的干部生涯,他从来都问心无愧。

他之所以对中纺有着一种摆不脱、扯不断的感情,同中纺有着千丝万缕的联系,就因为他原本就是从中纺干出来的,他曾在中阳纺织厂当了好几年的党委书记和厂长。他是中华人民共和国成立以来最早的一批纺织学校毕业的中专生,可以说他的大半辈子都是在纺织行业度过的。他本是南方人,因当时中国的大型纺织企业都设在北方内陆地区,于是,中专一毕业就被分配到了华北的黄土高原。先是在新华纺织厂干了将近十年的技术员、车间副主任、车间主任,而后又在省纺织厂干了近八年,这期间曾当过车间主任、车间党委书记、总工程师和副厂长等职。1980年,他以党委副书记和副厂长的身份调至中阳纺织厂,1982年他被任命为厂党委书记兼生产厂长。当时是党委书记负责制,刚刚四十岁的李高成,成为这个近两万职工的大型企业的名副其实的"一把手",同时也成为当时省里最年轻的正厅级干部。

那时候的李高成真是踌躇满志、傲视群雄,他发誓要把中阳纺织厂在他手里变成全国第一流的现代化企业。当时也正是国营纺织企业的黄金时期,原料源源不断,一点儿不用发愁,农民们争先恐后,靠走后门才能把棉花卖给厂里。市场更是供不应求,省内省外拉货的车辆每天都排成一条长龙,最多的时候能一直排到厂门外几里之遥。厂供销处的那些大大小小的职员们,个个都被宠成了老爷相。工人们背过弯直骂,供销处的那些王八蛋真他妈的肥透了!

其实,谁也一样,那时的中纺工人多红,牌子多亮!中纺的厂徽戴在职工们胸前,让多少姑娘小伙子羡慕和眼红。

为了能到中阳纺织厂当个工人,那些大大小小的领导,曾给李高成写过多少条子,打过多少电话!

李高成也正是在这一时期完成了中阳纺织厂"文革"后的第一次全面技改工程。那时候,中纺需要的资金一点儿也不成问题,一个电话打过去,上千万的资金立刻就能到位。根本没有人会想到像中阳纺织厂这样的企业会亏损,更没有人会想到像这样的企业会还不了贷款。中纺是不倒翁,是永远也折不了的摇钱树!

1983年,中美关系紧张,中国的纺织产品出口受到了限制。中纺也一样感到了压力,产品很快积压,厂里的大小库房都存得满满当当。事关重大,面对着这样的压力,究竟该怎么办?即便是省市领导也一样拿不定主意。李高成当时想来想去,最后还是决定:决不停产,一分钟也不能停!那会儿不光是他,包括厂里的所有职工没有一个人会相信中纺的产品会真的卖不出去。

没有人悲观,没有人气馁,更没有人感到绝望。厂里依旧是一片喧闹热烈的气氛,依旧是秩序井然,法纪严明。职工们按部就班,信心十足。惟一顶着巨大压力的是李高成,谁也说不清楚在那将近一年的时间里,李高成究竟睡过几个安心觉。常常是睡到半夜里,猛的一个激灵突然惊醒,便再也睡不着了。

那时候,中纺的纺织设备已经全部经过更新改造,产量成倍地提高。连续十个多月的产品积压,库存数字已经是历年来最高库存的几倍之多!市里临时租用的二十几个库房已全部存满,市郊临时租用的三十多个库房也已全部存满,邻近县市租用的六十多个库房也一样全部存满!库存产品的资金额已接近二亿元人民币,贷款和外欠的资金额则达到了四亿五千万!

那时候的李高成怎么能睡得着,他的心整天就像悬在半空里,走路就像踩在棉花里,睡觉就像躺在云端里!头上的白发就是在那会儿长出来的,脸上的褶子也在那会儿多了几成,生生的老了一大截子!

可那会儿的班子多团结,人心多齐。如今,中阳纺织集团公司的领导成员,基本上就是那会儿的原班人马。那的确是经过了真正考验的一个班子,可谓患难与共、心心相印,没有那样的一个班子,也许就没有他李高成的今天!

那时候,他在全省大中型企业中率先制定了领导成员上下班不坐车的规定。他的家当时就在市区,每天上下班要往返近四十里地,他坚持骑自行车,风雨不误。中午同工人一块儿在工厂食堂吃便饭,晚上回到家时,最早也要超过十点钟。有天晚上,他夜里十二点多回家,到了市区过桥时,被几个公安认为形迹可疑,把他盘问了好半天。当他说自己是中阳纺织厂的厂长时,他们怎么也不相信,最后把电话打到厂保卫科,才算了结了此事。这件事经报纸披露后,曾轰动一时。一个正厅级的干部,每天骑着自行车上下班,还真是一个大新闻。厂里的工人包括其他工厂的工人们,对此没有不受感动的。这样廉洁自律的好干部,如今在哪儿找去。

困境也就是那十个多月的时间,也许还不能叫困境,同今天相比顶多只能算是个暂时的困难。十个多月之后,产品销路便全部重新畅通,被打开的市场就好像是个饿了几百年的瘪肚子汉,有多少它就能吞多少。也就是一年多的时间,连产的带存的,就基本上全部销完!当时正赶上各种棉织品涨价,中阳纺织厂库存的那些产品就好像囤积居奇一样反倒都卖了个好价钱!

那时候,中纺的钱有多少呀!真是富得溢金,肥得流油,只愁钱没法花!

也就是在那时候,1986年的3月份,李高成以全国优秀企业家、全国"五一劳动奖章"获得者、全国劳动模范的身份,当选为副市长和市委常委。

当选为副市长的李高成分管工业和轻工业,由于是中阳纺织厂的老领导,自然也就对中纺更加关注和爱护,而市委市政府的领导在中纺的问题上对他自然也十分放心。于是,到1986年年底,在他的一手安排下,经市委市政府批准同意,中阳纺织厂的领导班子做了全面调整。在当时已经是厂长负责制的情况下,他让五十九岁的老厂长原明亮、五十七岁的总工程师兼副厂长张华彬、五十四岁的女副厂长李素芝一并退下来做了厂里的顾问,而将他最信赖的干将,当时的副厂长副书记,四十八岁的郭中姚任命为厂长,将四十七岁的副书记陈永明任命为党委书记,将四十五岁的副书记吴铭德任命为生产副厂长,将四十四岁的供销处处长冯敏杰任命为供销副厂长。

李高成当时并没有一下子就放了手,在很长的一段时间里,他一直还兼着中阳纺织厂的厂长和党委书记职务。一直等到他彻底感到可以放手和可以放心了,他才先是免了自己的厂长职务,然后才免了自己的党委书记职务。

李高成对这个班子十分满意,市领导对这个班子也一样感到高兴。首先,这是个年轻化的班子,而且也是个久经考验的有魄力有能力的领导班子。整个班子平均年龄只有四十五岁多一点,在当时省内国有大中型企业里属于最年轻的。特别是他们在本厂的厂龄大都在十五到二十年以上,这也一样是非常不容易的。至少可以说明一点,他们已经经受了厂里职工和领导们的考验。能在一个厂干这么久,而且能一步步地走上领导岗位,足可以证明他们是有能力、有群众基础的。这真的不容易。

当然也有阻力。

老厂长原明亮和副厂长李素芝当时就对这个班子的组成有不同的看法,尤其是总工程师兼副厂长的张华彬对此反对得最为厉害。

他们反对的意见主要集中在厂长郭中姚和供销副厂长冯敏杰身上。

对郭中姚,他们认为能力不够,领导如此大的一个国有企业,如果缺少高屋建瓴的认识水平和高密集型的学术水平,是很难担此重任的,而在这方面,郭中姚是明显有欠缺的。由此,他们也就对李高成看重的所谓"魄力"打了一个大大的折扣:能力不够,却很有"魄力",这样的领导是很值得让人深思的,有时候也是非常可怕的。总工张华彬甚至对李高成原来在厂里的一些举动也提出了异议,他指出李高成当时不顾产品大量积压拼命生产的做法其实是很冒险的,从某种意义上讲,也是不负责任的。当时的那种情况如果放到今天,那将是非常危险的,那是拿整个工厂和近两万工人的命运做赌注,是根本不符合一个现代企业的运作规范和准则的。而这种行为,给目前的这个班子造成的影响和暗示也一样是深远的。如果认为这也是"魄力"的话,那么,这种"魄力"同样是令人忧虑的。还有一点,他们认为郭中姚的道德作风也很让人感到怀疑和不可信任。尤其是对分管供销的副厂长冯敏杰的行为作风更为不满,在当时推销积压产品的手法和方式上漏洞很多,有很多人检举揭发过他们的问题。重用这样的人是很失人心的。

对他们提出的这些看法,李高成当然不能同意。

郭中姚虽然是中专毕业,但他早已自修完成了大专学业。何况学历并不等同于能力,学识也不等同于魄力。这么多年来,他是亲眼看着郭中姚成长起来的。他刚来中阳纺织厂的时候,郭中姚还只是个车间主任。当时郭中姚管理的那个车间是全厂最拔尖的,郭中姚本人也是多年的技术标兵和先进人物。他的开拓能力和进取精神全厂职工有目共睹,尤其是在郭中姚被提拔为副厂长、副书记后,在厂里最艰难最关键的那段日子里,他表现出了非凡的才能和坚强的毅力,特别是那种不辞劳苦的忘我精神,给李高成留下了极为深刻的印象。当时为了推销厂里的积压产品,郭中姚在前前后后半年的时间里没有回过一次家,几乎跑遍了中国的每一个地区。那积压的产品几乎有一半是他一个人推销的! 回来后大病一场,人瘦了二十多斤! 昏迷了四天四夜! 在医院里躺了整整一个月才恢复过来。这样的干部还能说没有能力,没有魄力? 又怎么能说他的思想作风有问题? 他们所说的作风问题,也就是郭中姚同他老婆离婚的问题。正因为他常年在外奔波,很少顾家,老婆才跟他整日打打闹闹、争吵不休,最终导致了家庭破裂。如果把这也说成是作风问题,那岂不是太残酷太褊狭了? 至于对推销副厂长冯敏杰的看法和冯敏杰那些所谓的问题,李高成并不是不知道,对一些人的告状和检举揭发,李高成早已有所耳闻。其实,中纺供销处向来就是是非成堆的地方,凡是在供销处干过的人,几乎没有不被检举揭发、不被告过状的。凡在中阳纺织厂干过的人,没有一个人不认为供销处是一个肥得流油的部门。这本身就是一种偏见,总是认为只要一到了供销处就准能发大财。这样说别人其实不就等于是在说自己吗? 看问题怎么能这样看? 冯敏杰在厂供销处干了近十年,从来没有发现过什么大问题。供销处制定的那一套严格完善的规章制度,曾在全国纺织战线推广过,还受到了纺织部有关领导的表彰。而冯敏杰对供销处的严格管理,甚至可以说是极为严酷的。一旦发现问题,他从来都是照章办事,决不留情。只在近几年,他就严肃处理过七个人,有两个还被开除出厂。其中有一个李高成本人还给冯敏杰做过工作说过情,但最后还是被严肃处理了。其实,在那些告状和检举揭发冯敏杰的人里头,大都是被冯敏杰严肃处理过的人。这本身不就很说明问题了吗？

对这个领导班子持反对意见的那些老同志，作为市长的李高成即便是在当初也从来没有不满过。让这些老同志退居二线，同这些也根本没有关系。这些老同志的意见，当时他觉得完全可以理解。其实都是为了这个厂子好，否则他们干吗要冒着得罪人的风险而提出这些相当尖锐的意见来？

然而，今天晚上他则实在有些生气，因为在今天晚上组织闹事的人里头，就有他们几位老同志！这是李高成根本没有想到的事情！这究竟是什么原因？到底是因为什么？

工人们参与闹事，还情有可原，而你们都是老干部、老党员，你们的组织性、纪律性都到哪儿去了！莫非还对当初的那些事耿耿于怀吗？

要真是这样，那就太不像话了！

三

还没到宿舍区门口，市长李高成就听到了一片喧闹声。

当小车开进宿舍区，面对着黑压压的人群，他估摸了估摸，至少也有七八千人，甚至更多！

李高成有些茫然地呆在车里，良久没能动一动。他怎么也没想到竟会有这么多人！这到底是怎么了？就仅仅是因为没有工资没钱花了吗？

怎么会！

他突然感到了事态的严重性，假如这些人全都涌到街上去，那后果真是不堪设想。

面对着这么庞大的人群，他知道不能开着车往里闯了。他必须下车走进去,走进工人们中间去。

胸口一阵揪心的疼痛,腿肚子阵阵打颤,几乎让他挪不下车来。秘书吴新刚及时地扶住了他,轻轻把他搀下车来。

他感到秘书吴新刚的两只手也在猛烈地抖着,他瞅了瞅秘书有些发白的脸,顿时也感到茫然起来。他突然感到自己竟是这样的虚弱无力,同时又是这样的孤立无助。平日里,他常常为自己所拥有的权力和威势感到暗暗吃惊而又觉得不可思议。而今夜,面对着这无数的人头,却让他感到原来那些所谓的权力和威势竟是这般的脆弱和不堪一击。

他真的能说动这么大的人群吗?他又如何能让这么多的人全都信服自己?

这行吗?有没有这个可能?

他感到自己心里越发没底了。

"市长,咱们还进去吗?"耳边传来秘书小吴轻轻的又有些不安的探问。

他怔了一怔,一下子清醒了。我这是怎么了?什么时候变得这样缩手缩脚的?眼前的地方不是你曾工作了好多年的地方吗?眼前的这些工人不是你曾朝夕相处了无数个日日夜夜的工人吗?这才几年工夫,怎么就会有了这么多的戒心和疑虑?怎么就会变得这么生分了?到底是你变了还是工人们变了?如果你真的问心无愧,又如何会变成这样?

"什么话!咱们是干什么来的?怎么能不进去!"李高成顿时振作了起来,有些发狠地说道,"走!跟在我后边。"

也闹不清是谁第一个发现市长李高成的,先是有人惊呼了一声,而后便有好多人喊叫了起来,等到一阵雷鸣般的喧嚣过去后,数千人的场地上便陡然一下子静了下来。静得只剩下了一片呼吸声和凌晨刺骨的寒风声。

他静静地看着眼前的人群,眼前人群的无数只眼睛也静静地看着他。

刺眼的路灯把广场照得一片煞白。他突然感到一阵说不出的激动,从人们的眼光里,他看到了一种信赖和期待,甚至还带有一种尊重和感激。没有怨恨,没有愤怒,更没有仇视和敌意。刚才的那种紧张和不安似乎一下子全都不复存在了。

"大家好!我是李高成,听说咱们厂里有了事,我特意赶来看看大家!"

站在最前头的一个白发苍苍的老职工嗓音发颤地嚷了一声:

"李厂长,是你吗?真的是你吗?你怎么会来呀!"

一句李厂长,几乎把李高成的眼泪给拽了出来。他觉得这个老职工是这样的面熟,但怎么也想不起他曾是干什么工作的,更想不起他叫什么名字了。他紧走两步跑过去,一把拉住老人的手,嗓音也有些发颤地说:

"老人家,是我!我是李高成,听说你们要进城找领导,我听说后,想了想,觉得还是我先来见见大家好。"

"你来了就好,来了就好。"老人的眼里顿时湿润了,"李厂长,你如今是市长,我们找你不容易呀。大伙找过你好多次了,别说进你的门了,就是市政府的大门我们也进不去呀!"

"我这不是已经来了吗,以后你们要是有什么事,都可以直接来找我。我的秘书也在这儿,我说话是算数的。大家只管放心就是。"李高成说得非常诚恳,态度也一样非常真诚。

"别他妈的再日哄人啦!我们要是不准备去,你这个当市长的会来吗!"人群中突然有个人像是在挑动似的喊了一声。

"就是呀!到这会儿了还说这些废话大话!"

"就让他给大伙说说,他今天到这儿到底要干什么,到底是什么目的！是要阻止我们进城,还是想来处理我们！"

"说实话,我们根本就不想找你！我们这回进城也不会找你！我们要找就找市委书记,找省委书记！你跟他们本来就是一伙儿的,我们从来就没相信过你！"

李高成有些发愣地站着,只觉得头"轰"的一声大了起来。当这么多年市长了,从来还没有人敢当着这么多人的面骂过他呵斥过他。放下的那颗心一下子又提紧了,好一阵子说不出一句话来。他紧张地回忆着,是不是刚才有哪句话说错了？要不,为什么仅仅只说了两句,就让大伙的情绪一下子全变了？

"不要嚷！不要嚷！谁也不要再嚷啦！大家就先听听李市长的！等市长说完了,大家再说也不迟呀！"

人群前边一个老干部模样的高个子,回过头去像维持秩序似的使劲朝人群嚷嚷着。

人群很快又静了下来。

"大家听着！李市长连夜赶到这儿,就是要听听大家的想法和要求。"秘书吴新刚大声地给人们解释道,"李市长要是有什么别的目的,他还会只带着我一个人来吗！李市长赶来之前,还再三对你们公司领导讲,大家不管有什么意见和问题,任何人都可以直接同市长对话。市长还给他们说了,立刻把公司保安处的所有人员全部撤走,决不准跟群众有任何对立情绪……"

吴秘书的话还没有讲完,人群里"哗——"一声便再度骚动混乱起来。

"你骗人！全是胡说八道！你们从来都是明一套暗一套,就会日哄我们老百姓！"

"你让市长跟我们说！他到底是怎么跟那些公司领导说的！"

"公司的领导刚才在喇叭上讲过,说市里的领导马上就到,说我们如果还是执迷不悟,将会受到严厉的处分和制裁！凡是领头闹事的,绝没有好下场！不管是什么人,查到谁就是谁！你们跟那些当头的那样说,跟我们这些老百姓又这样说,你让我们怎样才能相信你们！"

"你们现在就到附近看看去,看看那些保安处的人撤了没有！要是撤了,我们马上全都回家去！"

"你们根本就没有一句实话,如今你们当官的都一样,有几个是好东西！"

"把那个哄人的秘书轰下去！让市长给我们讲！"

"李市长！当着这么多人的面,先把这个问题给我们讲清楚！"

"让市长讲！"

…………

李高成再一次发愣地呆在那里,好半天说不出一句话来。他突然感到一种说不出的愤怒,原来是这样！他无论如何也没想到公司的领导们对群众竟会这么讲,居然同他的原意截然相反！

简直就没法让人相信！

但你又不能不信,好几千人都异口同声地这么讲,莫非这几千人都这么商量好了的在骗你？而这仅仅是在不到二十分钟里发生的事情,谁会有这么大的组织能力？谁又会有这么大的威望和鼓动力？这有可能吗？

而如果这些领导真是这么讲的,那他们到底要干什么？拉大旗,作虎皮,想把群众吓回去？或者是借机想把一些人整一整？但不管怎么做,都太可气太愚蠢太不像话了。

这个经理郭中姚,到底是怎么了？怎么会是这样的水平？莫非是给吓怕了？闹晕了？或者是把自己的本意给领会错了？抑或是在电话里把话给听错了？但这又怎么可能？

而让他心里感到极为震撼、极为痛心的是,在中阳纺织集团公司这个地方,干群关系怎么会紧张到这个地步?真让人难以置信,这里的领导怎么还能在这样的环境里开展工作?还怎么当领导?还怎么领导得下去?在这样一个大公司里,究竟还会有多少人听他们的?

他不禁又想到了市委书记杨诚不久前给他说过的一句话,杨诚在同他商量中纺的班子问题时曾对他说过两次,中纺的群众对现在的领导意见很大,这个班子应该考虑换一换了。

…………

"请市长讲话!"

"市长为什么不吭声呀!"

"没法说了是不是!敢不敢把你们背后讲的那些给大伙说出来!"

"他们本来就是一伙的嘛!"

"李市长有胆量就把你的指示亮出来!"

…………

一阵群情激昂的呼喊声,使他一下子清醒了。

他突然明白,现在根本不是核实这些事情的时候,现在最重要的是要把他的原意原原本本地给群众重复一遍。当时怎么讲的,现在就怎么讲,一点儿也不能含糊,一点儿也不能更改。即便会引起麻烦,也绝不能隐瞒。

但几乎就在同时,人群中突然猛烈地骚动起来。在一阵狂呼乱喊中,就像在人群中杀开了一条血路似的,冲出了一队人马。由公司近一百多个保安人员护卫着,总经理郭中姚、党委书记陈永明、副总经理吴铭德、冯敏杰等几个公司的主要领导,气喘吁吁、神色慌乱地向他跑了过来。郭中姚一见李高成,几乎连眼泪也掉下来了。

"李市长,我们按你的吩咐,都在老干部中心等着。没想到他们会把你拦在这儿,更没想到他们会围攻你们。"郭中姚一边说,一边擦着脸上的汗水和眼角的泪水,"李市长,这些你都看到了,他们真的是撒下心要闹事的,我们……"

"同志们!全体职工们!大家要冷静,一定要冷静!"就在这当儿,公司党委书记陈永明大声地对群众喊了起来,"大伙听着,李市长连夜赶来,就是为了解决咱们公司的问题的。大家都知道,李市长很忙,而且身体也不好。大家一定要平心静气……"

人群中一片混乱嘈杂,似乎根本没有人听他的,也没有人在乎他在讲什么,其实,人们也根本听不到他在讲什么。相反有好多人呼喊着要把他轰走:

"一边去!让他走开!我们不想听他说!"

"你那一套我们早听够了!你算什么!走!这儿没你说话的地方!"

"我们就要听市长的!李市长,请你站出来跟我们对话!"

…………

站在一旁的副总经理冯敏杰猛然跳到附近的一个台阶上,好像忍不住似的对人群喊道:

"市长来了你们还这样,还有没有一点儿组织性、纪律性?你们这样围攻谩骂市长,知道不知道这是什么性质的问题!你们考虑过后果没有!这样做像话吗……"

冯敏杰的话很快就被一片呵斥和骂声给淹没了。

"滚下来!你他妈的算什么东西!"

"冯敏杰!要脸不要脸呀!咋还有脸往高处站!"

"把那个腐败分子拉下来!让他滚开!"

"操你妈!"

"滚!"

……………

面对着群众的愤怒和谩骂,李高成越来越清醒地意识到,他这个市长此时此刻要是同这几个人搅和在一起,或者要是被群众认为自己同他们是一伙的,这个乱子可就真的闹大了,说不定马上就会闹得不可收拾。他必须马上站出来,讲实话,讲真话。特别是要立刻澄清事实,化解群众的误解。

首先,他指示公司保安处的所有保安人员立刻全部撤离现场,就是附近也不准逗留。公司的领导除了郭中姚一个人外,其余的也立即全部离开这里,各回各家,等候通知。今天来这儿就是要直接同职工们对话,而不是来跟公司领导对话。让公司的领导离开这里,职工们想说什么就说什么,完全不必有任何顾虑。有问题的说问题,有意见的谈意见,即使是检举揭发、上访告状的事情也完全可以在这里说。如果有人打击报复,不管是什么人都可以直接到市政府找市长面谈。

最后,他给群众照实讲了一遍刚才在电话里对郭中姚讲的那些话,一点儿也没遗漏,一点儿也没回避。说完了,然后他又让郭中姚给大伙讲,他刚才在电话里讲的是不是这些话。

郭中姚立刻对群众说道,李市长在电话里确实是这么讲的。至于刚才公司的广播里讲的那些,是播音员在编稿子时临时加上去的,具体是怎么加的,谁让加的,是根据什么加的,回去一定立刻查清楚,肯定会给大伙一个圆满的交代。

当总经理郭中姚说完后,李高成也立刻让他离开了。

这时,李高成面前的人群早已增加了许多,至少有近万名职工拥挤在宿舍区这块不算大但也绝不算小的场地上。

这个庞大的人群此时突然静得出奇,也不知道是市长的话感动了大家,还是市长的举动再次赢得了大家的信任,近万双眼睛都默默地盯着这个又瘦又弱的市长李高成,没有一个人说话,也没有一个人走动。

李高成的眼睛顿时又湿润了。

这些人太信任他李高成了,太信任政府了,也太信任这个国家了。

他突然想起了当初自己入党时的誓言,今生今世,一定要全心全意地为老百姓谋福利,对党,对人民,永远要忠诚,永远也不要辜负他们对自己的期望,面对着老百姓,要永远说实话,做实事……永远……

四

清晨五点二十分,职工们终于推选出了同市长对话的代表。

准确地说,这应该是一个代表群体,正式代表有三十五名,具有发言权的代表有十二名,列席旁听的还有近一百人。

老干部活动中心的一个小会议室里,被挤得满满当当。

而老干部活动中心外边的近万名工人,不仅没走一个,而且由于天就要亮了,人数仍在迅速地增加。把这么一个只有三层、不足三百平米的小楼小院围得水泄不通。没有一个人随便说话,没有一个人胡乱走动。整个宿舍区一片空寂,好像连时间也凝结了。

全厂能出来的职工可能都在这里了,此时此刻都在这里默默地等着,在等着一个事关自己命运的谈判结果。

正是一年中最冷的时期,正是一天中最冷的时刻。逼人的冷空气使许许多多上了年纪的老职工都在不断地猛咳着,呛人的廉价的纸烟味四处弥漫着,抽烟时一闪一闪的亮光在人群中此起彼伏,寒风飕飕飕地刮个不停……

这一切,就像一场恶战即将开始,那气氛,那情景,让所有的人都感到紧张不安,都感到无法平静。

对这种感受体会得最深的则是市长李高成。

他刚才对工人们说了,你们要到市委市政府去请愿,去上访,不就是要找领导吗?我是一个市长,直接找到我,直接同我对话,不也可以了?今天我来,你们就敞开说,先看看我解决得了解决不了,如果什么问题也解决不了,什么事也不顶,那你们再找市委市政府的其他领导也不迟,就是再找省委省政府的领导也一样可以。为什么非要今天集体上街不可?而你们上街的目的不也是为了解决问题?不要有什么顾虑,更不要有什么别的想法,以为我会对大伙怎么样,想想这有可能吗?

市长说到这里时,鼻子禁不住阵阵发酸。说句良心话,工厂的这种现状,工人们的这种处境,能同自己这个当市长的没有关系吗?把一切原因都归于市场经济、归于深化改革带来的,从根本上讲,这也同样是一种没有任何责任心的腐败行为!几十年了,眼前的这些工人们,不就是因为相信国家、相信政府,党叫干什么就干什么,领导指向哪里就毫不犹豫地奔向哪里,不怕苦不怕累,不怕流血流汗,即使牺牲了也心甘情愿,从来不讲报酬、不计得失,以极少的收入,以极大的奉献,才换来了国家的不断进步和长治久安吗?如今,党和政府号召人民进行了一场史无前例的改革,为了这场改革,工人们依然是国而忘家、利不苟就,同样付出了最大的代价。然而现在,当工人们连工资也发不出来的时候,连过年过节以至维持最基本的生活水平也成了问题的时候,你能再说这是由于改革带来的吗?你能再说这跟你这个当市长的没有关系吗?工人们听了国家的,而如今又怎么能说这一切跟国家并没有什么关系!

从共产党诞生的那一天起,工人们就把自己所有的一切全都奉献给了党,他们始终对党忠心耿耿,充满信心,希望党领导的改革事业能给这个国家以富强,能给自己以小康。即使是到了今天这个地步,他们还是企盼着党能给他们解决问题,企盼着公司和厂里能再度好起来……

你能说他们是想闹事吗?他突然为自己产生过的一些想法感到万分的惭愧和内疚。这样想对得起他们吗?对得起自己的良心吗?

会议室里没有暖气。代表们说了,因为公司里没钱,凡是集体场所,自入冬以来,一律不供暖气,所以,会议室里给人的感觉就像在冰窖里一样。加上灯光也很暗,就显得更冷。虽然挤进了百十来号人,依然让人冷得哆嗦。李高成尤其感到冷得出奇,出来时由于着急,没想到带一件大衣,而平时家里、办公室里、小轿车里的暖气和空调,又让他衣服穿得很少,这一冻,几乎冷得他腿肚子直抽筋,两只没穿棉鞋的脚阵阵发麻,都快没了知觉。幸好有个老工人给他拿来一件军大衣,这才使他稍稍暖和了一些。

怎么会这么冷?真能把你的心都冷透了。

他默默地瞅着眼前这些全都眼巴巴地瞅着自己的脸,突然感到是这样的熟悉又是这样的陌生。当年他在工厂里时曾开过多少次这样的会议!这烟雾缭绕的气氛曾给过他力量和信心!当时为了推销那成千上万匹的积压产品,干部和职工们曾给他出过多少主意,想过多少对策,熬过多少个不眠的夜晚!那时候,虽然很苦很累,但同这些职工和干部们的感情却很深、很融洽!而如今,怎么一下子就变得这么生分了?是因为自己的地位提高了,还是因为自己对这个厂关心得少了?或者是工人们对自己的看法变了?

他从工人们的眼里看到了这种距离感和生疏感。按说,像自己这样的一个老厂长,大凡一回到自己当初曾付出过无数心血的工厂时,同自己曾经心心相印、朝夕相处的职工干部们,应该有着一种怎样的感情和情谊！应该有多少亲切的话要说！而如今,却怎么会成了这样,全都眼巴巴地瞅着自己,就好像瞅着一个从来都不认识的人,就好像是在盯着一个怪物！

这到底是怎么了？到底是哪儿出了问题了？

就仅仅因为公司停工停产,工人们发不了工资么？

不,绝不像。如果仅仅是这样,这些人就不会用这样的一种眼光来看自己了。

也许只有到了这会儿,他才隐隐约约地感到了事情并不像他想象的那样简单。

几十年了,他曾主持召开过无数次大大小小的会议,还从来没有像今天这样的会议让他感到如此的被动、沉重和无话可说。

无话可说,无从说起,但又非说不可,他真的没想到会这么难。他不禁感到自己这个市长是这样的不称职,这样的没有水平。

见他好久一声不吭,气氛也就越来越显得紧张起来,会场顿时陷入了像窒息一般的死寂。

没有人给他解围,也没有人给他主持会议,更没有写好的现成稿子让他照本宣科地念一念。一切的一切都只能是他一个人,也只能由他一个人来解决。这是他自找的。但你如果不自己找上门来,这件事最终还得找到你自己头上来。主动也好,被动也好,都只能是你这个当市长的事情。

他竭力把自己纷乱的思绪迅速地集中起来,想想自己究竟应该先给这些代表们讲点什么。

然而就在这时,外面的人群中突然有人齐声喊起来：

"把喇叭搬进去,我们也要听市长讲！"

"扩大器,扩大器！就像公司里的头头那样,让市长对着扩大器给我们讲话！我们大伙都想听！"

"我们上当上够了,我们不放心！"

……………

李高成略一沉思,立即对会议室前排的几个代表说:

"完全可以,就照工人们要求的那样做,马上把扩大器和喇叭都装好,咱们在里边讲什么,就让外边听到什么。"

效率出奇地高,一下子涌进来七个电工,不到一刻钟,一切就全都安装完毕。而且效果也出奇地好,同广播电台的现场直播的效果几乎一模一样,连会议室里的咳嗽声、桌椅的移动声,外边都听得清清楚楚。

也就是这不到一刻钟的时间,让李高成的情绪完全缓和了下来。有人还递过来一杯热乎乎的茶水,身上的寒意立刻驱散了不少,两只脚也不怎么感到麻木了。

大约六点钟,天色渐渐发亮的时候,对话终于开始了。

自然是李高成先给大家说了几句,他说得依旧很诚恳,对公司现在的状况也深感痛心。大伙有什么就说什么,本来就是专门来听大伙的意见的。不管有多么尖锐的问题,大家只管说出来就是,而对大家提的这些意见和问题,日后要是有什么人有打击报复的嫌疑,市政府对此绝对不会等闲视之。这个公司本来就是大家的,大家的公司只有大家来爱护才能生存下去。所以,该说的就说,该讲的就讲,大伙要是不关心这个公司、不爱惜这个公司,还会冒着这么大冷的天,到市委市政府去找领导?

然后就是代表们发言。

让李高成做梦也没想到的是,第一个发言的竟会是厂里级别最高、资格最老、最有威望的老红军,中纺建国以来的第一任党总支书记丁晋存。

也许是由于灯光太暗的缘故,李高成确实没有看出眼前的这个老人居然就是丁晋存。老实说,让丁晋存这样的老前辈以这种身份坐在他对面的台下,真让他有点如坐针毡、无地自容。当老人家站起来准备发言,当他终于认出了他就是丁晋存时,他不禁愣了一愣,赶忙走下台来,一边要让老人坐下,一边对老人道歉说,他真的没有认出来,真的没有认出来。你这么大年纪了,又是这么冷的天,一晚上不能休息,真让他心里感到难过。

丁晋存说了,你就让我站着说吧,站着说话也利索点。你难过我心里也一样难过呀,公司成了这个样子,我心里咋能好受得了。像今天晚上这事情,你想想我能睡得着吗?

丁晋存已经八十四岁了,但精神矍铄、思路清晰,一点儿也显不出老态龙钟的样子。他说话的节奏不紧不慢,声调也不高不低,但话里有话,很有分量。

老人家说,他首先得声明一点,对职工们今天晚上的这种做法,他是坚决反对的。怎么能这样搞?动不动就成伙结队地到省委市委门口找领导、讨说法,这是解决问题的办法吗?能拿对付国民党的办法对付咱们共产党吗?这就叫数典忘祖!这么多年了,咱们党什么时候跟咱工人三心二意过?什么时候不都是依靠的咱们工人阶级?有人说了,共产党到了这会儿,早都靠到钱上头去了,还靠你什么工人阶级。屁话!共产党要是不靠工人阶级了,那还能叫共产党吗!眼下国家政府有点困难,有点麻烦,我说咱们就咬紧牙关顶一顶,勒紧裤带再熬一熬,只要咱们能过了这一关,一切不就全都过来了吗?难道这会儿的日子真的就过不去了吗?连"文化大革命"那会儿还不如吗?连自然灾害那几年还不如吗?再说难听点的话,还会不如国民党那会儿吗?还会不如旧社会吗?有些人闹来闹去的,不就是想让国家给发上两个月的工资吗?就算给咱们补发上两个月的工资,从长远来看,又能顶什么大用?当然,有的人真的困难,一家人都在咱们这个厂,没了工资,真是过不去了呀!可今天咱们一下子来了这么多人,莫不是咱们这么多的人真的都过不去了？我不信,我绝不相信。即使是今天来了这么多人,我还是要说,我不同意这种做法,啥时候我都坚决反对这样做！

丁晋存说到这儿,突然把话题一转,声调也明显地高了起来。

"我反对工人们这样闹,并不等于我没有意见,也不等于我认为公司里没问题。现在的一些领导,真是太不像话！太不像话！花天酒地！作风败坏！以前的哪一届领导能像他们这样！公司如今已经到了这步田地,可他们好像一点儿也没当作一回事！该吃照吃,该喝照喝,该玩照玩,该出国的照出不误！说什么如今的风气就是这么一回事,不陪吃不陪喝不陪玩就什么事情也办不了,放他娘的屁！这共产党的天下敢情就是吃出来的、喝出来的、玩出来的！共产党打天下的那会儿,两手空空有什么！凭什么建起了一个新中国！要是凭吃凭喝凭玩,老百姓会为你流血卖命打天下！这种人哪儿还有一点共产党的人味儿！出国说是要搞什么考察,说是要跟什么尼日尔、尼日利亚合资联营。跟尼日尔、尼日利亚合资联营,你们跑到俄罗斯去干什么！跑到美国、英国、法国去干什么！跑到香港、泰国、马来西亚、新加坡去干什么！既然是考察,那又带着你们的老婆去干什么！就这么前前后后两三年,钱花了几百万,屁也没考察出一个！几百万、几百万哪！这都是工人的血汗钱呀！要是你家的公司,你会这么干吗？你的家人不把你撕了吃掉才怪！你手下的人把你千刀万剐了都不解恨呀！几万工人怎么养了这样一群流氓王八蛋！败家子！真是败家子呀……"

说到此处,丁晋存泪流满面、泣不成声,再也说不出一句话来。

会议室里一片死寂,会议室外边黑压压的人群里也同样是一片死寂。

很多人在默默地流着眼泪,在脸上擦了一把又一把。

李高成有些发怔地呆在那里,他根本没想到这个德高望重的老红军、老领导,对公司现在的领导竟会是这样的一种看法。而这种看法是这样地震撼了他,以致让他一句话也没能说出来。

这个公司究竟是怎么了?公司的这些领导真的会像他说的那样?

接下来发言的是六十七岁的老工人马得成。

一头灰白的头发,一脸像刻上去的皱纹。同丁晋存完全相反,他真的是老态龙钟、腰背佝偻,连说话的嗓音也已经很弱很弱了。

马得成说他从来也没有过想闹事的意思,他说他一家子十四口人都在中纺工作,日子真的过不下去了,他就是想跟着大伙到市委省委找领导给点救济,给孩子们谋点工作。说到这儿,马得成止不住地放声大哭起来。即便是大哭,那声音也一样沙哑细弱,给人一种透不过气来的感觉,揪得人心疼。他一边哭,一边说,厂领导让我们自谋出路,各找各的办法,可我们一家子真的没办法,实在找不下路子哇。这辈子一家人就靠了这么个厂,我到这个厂时十七岁,我的老伴到厂里时才十五岁,我的两个儿子两个姑娘也都是初中一毕业就进厂上了班,我的孙子孙女也一样,都是出了学校进工厂。我们这一辈的,都已经成了棺材瓢子了,过一天算一天,如今连退休金也拿不上,早点死了也就不给儿孙们添麻烦了,我们还能图个啥呀。儿子姑娘的,如今也都四十大几的人了,年龄大了,负担也重,身体也不行了,年轻人还找不下工作,谁还会用他们呀!做点生意吧,又没有本钱,就是借钱也没处借去,像我们现在这样子,谁敢把钱借给我们呀?其实,我们这些人又做得了什么生意,不瞒你说,我快七十的人了,连一回"面的"也没打过。孙子孙女的,年轻人总还好办点。好工作找不下,赖活儿总还有的做。孙子每天打打工、拉拉煤什么的,挣几个算几个,还可以给家里接济点。到这步田地了,我也不怕你们笑话,我那两个孙女,都在歌厅里给人家陪唱陪跳呀!孩子一回到家来,就哭得两眼红肿。孩子说了,我日后还嫁人不嫁人啦,那些成天泡歌厅舞厅的,有几个是好人。孩子真的是没法活人、真的没法活人,我们这些当爹当爷爷的,心里整天就像刀割一样哇……"

一时间,老人哭得几乎喘不过气来。

会议室里一片啜泣声。

良久,老人像是发疯似的哭着喊道:

"李市长,李市长!我们什么要求也没有,真的什么要求也没有!他们吃喝玩乐、花天酒地,就是再腐败,我们也认了,就让他们腐败去吧,没人能管了他们,我们也就不管了。可不管咋腐败,只要能让工厂开了工就行,只要能让我们上班就行哇!我们这些工人没别的本事,不会偷,不会抢,不会坑蒙拐骗,就会干活,就会卖力气呀!别让公司再停产了,千万不能让公司再停产了,再停产这个公司真的就要垮了呀!要是到了那一天,让我们这些工人都去靠谁哇……"

老人再次嚎啕大哭。会议室里好多人也止不住地跟着哭出了声。尤其是围在会议室外面的人群,那一片恸哭声在会议室里竟也清晰可闻!

李高成也止不住地流下了眼泪。他无论如何也没想到,这个在工厂干了一辈子的老工人竟能说出这样的话来。且不说老工人说的话对不对,只老人家对公司的那份感情和真诚,就足以让所有的人感慨不已。世界上还有这么好的工人吗?而有这样好的工人还不能把公司搞好,那我们这些当领导的还怎么有脸去面对世人!

还有一点强烈地戳割着他的心扉的,便是老工人对公司领导的那种态度!他相信老工人的话不会有假,但有一点还是让他无法接受,经他一手提拔起来的这个领导班子,真会这么腐败,真会让工人们这么无可奈何吗?

接下来是原来的老总工程师张华彬发言。

老总工张华彬也明显地老了。这个国民党时期毕业于名牌大学西北工学院纺织系的高才生,年轻时可谓仪表非凡、卓尔不群。国民党败退时,对他恩威并举,力劝他到台湾组建一个大型纺织企业。当时连机票也给他买好了,他思忖再三,最终还是想尽一切办法留了下来。自留下来以后,在近五十年的时间里,从来也没有离开过中国的纺织企业。他先后在几个大纺织厂干过总工,陕西纺织厂、山西纺织厂、吉林纺织厂、晋华纺织厂都有他留下的足迹,这些纺织厂的创建史册上也一样有他洒下的血汗。在新中国的纺织行业中,他是名副其实的可以称做元老的功臣。自他来到中阳纺织厂后就再也没有离开过这里,几十年如一日,一直到他离休。他本是江苏人,生在鱼米之乡,却在黄土高原上吃了大半辈子的高粱玉米。即便是现在,也仍然生活在中阳纺织集团公司的宿舍区里,而他这辈子以及他的子孙后代也许就永远生活在这里了。

李高成晚上赶来时,听说张华彬也参与了此事,对他的行为是很有意见和想法的。不管怎么说,作为一个老领导,一个从事纺织行业几十年的老总工,一个深知这个企业艰难的行家,是绝对不应该跟工人们一块儿起哄的。何况当时起用现在的这几个公司领导时,你的反对意见就是最多的。如今同工人们搅在一起闹腾,不是明摆着有报复的嫌疑吗?即便是为着这一条,就是公司领导有什么不对或是做错了的地方,你也应避嫌而绝不该来的呀。你是懂得这些的,无论如何也不应该同一般的群众画等号的。

然而,当他现在看到老总工张华彬时,不知为什么他的心一下子就软了下来。没想到几年不见,张华彬居然会老成了这个样子。头发几乎全白,脸色也暗了许多,那双灵敏的大眼也有些浑浊了。像张华彬这样的知识分子,他本不应该是这个样子的。在李高成的想象中,张华彬的晚年生活应是充实而幸福的。他在公司里德高望重、威信极高。工人们对他尊重、敬佩,公司里也一样会离不开他,凡事都会同他商量,请他想办法、出主意。他不会孤独、寂寞,会生活在一个很好的环境和氛围里。一个南方人,一个南方妻子,在生活中会懂得享受。他自己也懂得养生之道,知道应该怎样保养自己。他会越活越年轻,越活越有质量。他会面色红润、步履矫健、容光焕发、神采奕奕。而眼前的张华彬,怎么会成了这样一副模样?他心疼了起来,这本是中阳纺织厂的顶梁柱呀,可以说,如果当初没有像张华彬这样的一批知识分子的努力,也就不可能有中阳纺织厂今日的规模和往日的辉煌。作为一个市长,一个他们的同事,一个曾受到他们许许多多的支持帮助的老领导,本应该给他们更多的关怀和温暖的。一时间,他不禁又感到分外的惭愧和内疚。

张华彬虽然明显地老了,但一说起话来,还是立刻让人感到他语言和思维同别人的不一般。人老了,他的脑子并没有老。他的话简明扼要,又极具条理。尤其是能穷原竟委、以理服人。

张华彬说,中阳纺织集团公司到了今天这个地步,究竟是人为的因素造成的,还是客观的原因带来的,或者是两方面的原因都有?但不管怎样,都已经到了必须尽快拿出对策的关头了。如果再这样自由放任、随意推诿、优柔寡断、置之不理,以至于闭目塞听,随其自生自灭,那不管他是什么人,也不管他是什么职务,都将是对国家和人民最大的犯罪!这也同样是一种深层次的腐败,而这种深层次的腐败所带来的后果和灾难将会更可怕、更严酷、更持久、更巨大!假如还有人对这种话不以为然,那就请他到公司的厂子里看看去。现在有些厂已经停产十几个月了,若再停产十几个月,或者再多一点的时间,这些厂子就再也别想开工了。这绝不是在危言耸听、蛊惑人心。如果一个厂两三年不开工,任何一个有点常识的人都会明白,这个厂其实也就等于没有了,不存在了。机器会锈坏,零件会丢光,设备会腐蚀,与其相关的一切设施都会丧失功能。如果再要开动起来,几乎就等于要再建一个这样的工厂!如果把这样的一个公司就这么无声无息、任何人也不担责任地消失了、糟蹋了,这不是最大的腐败是什么?在任何一个国家里,在任何一段历史上,都不会容忍这样触目惊心的行为!这都是人民的血汗呀,李市长!你也是中纺的老领导,我想这一点你会更明白!还有,这两三万的职工,也能这么不负责任地把他们全都推到社会上去吗?我们能忍心、能不在乎吗?看看现在的中阳纺织集团公司已经变成了一个什么样的地方,整个的成了一个贫民窟啊!犯罪在这里滋生,骚乱在这里形成,组织在这里消失,道德在这里沦丧,还有比这更可怕的么?我们不是希望社会稳定么,在这样的一个贫民窟里,又怎么能稳定得了?真让人看着揪心哪!美国人早在二十世纪初就提出了要消灭贫民窟的问题,他们在那时就指出,假如再对这样的贫民窟不闻不问、放任自流,那么,贫民窟将把我们消灭的日子就不会太远了。而我们不仅没有意识到这样的问题,甚至还不断地在我们手里诞生着新的贫民窟!什么"物竞天择,适者生存",什么"各显其能,自谋出路",说这种话的人,如果不是政治流氓,那也是恶棍帮凶!当工人们把自己的一生都奉献给了这个国家,都奉献给了党和人民,而今天他们已一文不名、真正无力自救时,让我们摸摸自己的良心,能这样对待他们吗?你让他们怎样去"物竞天择",你又让他们怎样去"自谋出路"?这样做公正吗?公平吗?

整个会议室和大院里都静悄悄的,张华彬的发言似乎强烈地震动了在场的每一个人的心。

李高成再次深深地被触动了。说实话,他真的没有张华彬想得这样深远、想得这样深刻。有些问题他有时也隐隐约约地意识到过,但从来也没有上升到理性的高度来看待这些。所以,当今天张华彬把这些问题毫不留情,也毫不客气地全部指出来时,那种震撼的程度,可以说是前所未有的。他甚至感到了自己的失职,正如刚才一些工人斥责他时说的那些话:"我们要是不准备去,你这个当市长的会来吗?"说真的,自从当市长以来,自己整天都干了些什么?除了开会还是开会,除了文件还是文件。迎来送往、官样文章,成天泡在上边,想下都下不来。就算下去了,也总是被一大群领导干部们包围着。听听汇报、看看介绍,让人领着到几个指定好的地方走马观花般地转一转、遛一遛,然后吃吃喝喝,吹吹拍拍,一切就算完事大吉。真正思考问题、发现问题、观察问题、解决问题的时间又在哪里?真的还不如一个普通的老百姓、一个普通的知识分子对国家的一些问题思考得多,关注得多。文山会海淹没了思维,酒池肉林埋葬了自我,位置越高,抬轿子的人就越多。真个是吃饭有人陪,路上有人追,睡觉有人等,办公有人催,哪还有时间运思和谋虑!

有时候,你一个市长,还真不如一个一般的公民。面对着这么多脸上充满了渴望和期望的表情的职工们,你还有什么话可说?

就在前些日子里,他还刚刚批示过一个文件,文件要求下岗职工自强自立,不断完善自我,更新知识,增强竞争意识,积极参与培训,以适应新形势的需要,从而使自己能尽快重新上岗。当时他还觉得这个文件不错,所以,特意批示给了有关单位,要求下发给各个厂矿组织讨论学习。然而,今天到了这个地方,面对着这些职工干部时,他突然感到自己的批示和想法是多么的肤浅和不负责任!就像眼前的中纺,就像在中纺干了一辈子的这些工人,他们也一样是计划经济下的产物,一辈子为党为国家,一辈子靠党靠国家,他们就是这么想的,也真是这么干的。一辈子就是接线头,一辈子就是扛棉包。多年来,对他们我们要求的也是兢兢业业,忠于职守,干一行爱一行,甘做一颗螺丝钉。而如今,面对着这么多离开自己的工作岗位,可以说是一无所长的工人,你能就这么毫不负责地把他们推到市场上去吗?你能这么心安理得地要求他们自强自立、自尊自爱吗?

想到这儿,李高成突然记起了不知什么人说过的一句话:……你不能找一个多年铁链锁脚的人,将他释放,把他带到起跑线上,然后说,"你可以自由地与别人竞争了",而且仍自信你做得完全公平。

确实如此,你能这么做吗?你忍心这么做吗?

平日里,每逢开会时,不管谁发言,他总是会不断地插话和发表自己的感想体会。而今天,不知为什么,他却连一句话也插不进去。他真的不知道该说什么,也真的说不出什么。

他只能默默地听着,默默地记着。

老总工继续在声声激越、忧深思远地说着:

"……今天还有这么多的人在为这个公司操心,还在关心着这个公司的前程。等到真的有那么一天,这个公司彻底地垮了,工人们完全绝望了,还会有什么人在这么大冷的天去找领导吗?还会在这零下二十几度的寒风里,一动不动地给你们领导汇报情况吗?到了那时候,还会指望工人们什么呢?当工人们的这些激情一点一点地被泯灭时,他们还会像以前那样热爱这个公司吗?还会像以前那样对我们的国家充满信心吗?还会像以前那样满怀激情地跟着我们的党去进一步地深化改革吗?这不仅仅是把一个公司给糟蹋了,其实也是把工人们的那颗爱国心给糟蹋了!我一点也没说重了他们,看看这几年,他们这些当领导的,都在这里干了些什么!1990年国家贷款八千万,结果亏损一千二百万;1991年国家贷款六千万,结果亏损一千四百万;1992年国家贷款五千万,结果亏损八百万;1993年国家贷款一个亿,结果亏损近二千万;1994年国家贷款八千万,结果亏损一千六百万;1995年国家在银根极其困难的情况下,仍然贷款六千万,结果预计将亏损二千万!这真是一个跳不出去的怪圈,贷得越多,亏得就越多!为什么?这些亏损究竟是怎么亏出来的?不合情理,也不合规律,太让人深思了。就这么几年来,刨去外面拖欠我们的债务,这其中一大部分是根本要不回来的债务,我们的外债总额,加上利息已达到五亿八千万!其实真正的数字比这个还要多得多!到底是怎么欠下来的,原因究竟在哪里?我们真的该问一问了,也真的该查一查了。是,也有我们国有企业体制的问题,包袱太重,成本太高,机构太大,管理机制太死,个体和乡镇企业同我们的竞争太不公平等等。但这能是惟一的原因吗?同我们的情况一样的大型纺织厂有很多很多,像陕西、像山西、像吉林、像山东,人家的那些大型纺织企业为什么都能越搞越活,越搞越好?而偏是我们这样一个身在产棉区的纺织企业,却每况愈下、越来越差,以至停工停产,欠债近六个亿!我们的技术不行吗?中阳纺织集团公司的本科大学毕业生,有两千多名,技术员有一千五百多名,工程师有八百多名,留学生有二十多名,这是任何一个乡镇和个体企业根本无法相比的。我们的设备不行吗?从八十年代起,中纺的设备改造工程几乎就没有停止过,1993年国家贷款一个多亿,便全面彻底地完成了中纺设备改造工程。即使到了今天,我们中纺的一些设备也仍然是一流的,再用三年五年,甚至十年八年,它也不会落后,这也同样是个体和乡镇企业根本无法相比的。我们没有市场吗?别的不说,只我们生产的宽面白棉布,国内的市场就一直供不应求,有多少马上就会要多少。国外也是如此,我们的产品有着很强的竞争力,同样是供不应求。从质量上讲,更不成问题,我们中纺的产品始终有着极高的信誉,老百姓对我们的产品非常信赖。这一切,也都是乡镇企业和个体企业根本无法相比和难以企及的。包袱太重,我们完全可以想办法减轻它;成本太高,我们的质量优势可以抵消它;机构太大,我们不是正在精简机构吗?管理机制太死,国家那么多的优惠政策不正是要撕破种种羁绊,搞活国有企业吗?只要你一心为公,只要你真是当官为民,有什么克服不了的困难、解决不了的问题?其实,最大的症结就在这里,在中阳纺织集团公司的领导们身上,他们整天都想了些什么,整天又干了些什么!"

说到这里,张华彬的声调突然高了许多,情绪也更加激昂了起来。

"就这么一个中阳纺织集团公司,还不包括下属的几十个分厂和子公司,1989年的招待费是一百二十万,1990年的招待费是一百七十万,1991年的招待费是二百四十万,1992年的招待费是三百六十万,1993年的招待费是四百三十万,1994年的招待费是四百七十万,就在停工停产刚过去的1995年,招待费居然仍在四百万以上!加上分厂和子公司,每年各种名目的招待费几乎接近一千万!一千万呀,大家想想,这个数字意味着什么?意味着一年就要吃掉两万多工人几乎一年的工资!吃掉中纺固定资产总额的八分之一!吃掉两到三个分厂和子公司!吃掉我们二十幢宿舍大楼!吃掉我们五六万匹棉布!吃掉我们五所子弟学校还绰绰有余!1994年国家贷款八千万,前半年虚报数字说盈利五百四十万,还敲锣打鼓向市委市政府报喜庆功。殊不知,只一年的吃喝费就几乎是它的两倍之多!

"说完了吃,咱们再说贪。1995年国家银根吃紧,银行贷款有多困难呀。但政府在如此艰难的情况下,仍然千方百计地给中纺贷款六千万,国家还是想让这样的一个大企业好起来活起来啊。然而,他们拿了这笔钱都干了些什么?我只举其中的一例。他们派了一个副总经理,一个副书记,三个供销处的处长副处长,两个棉花检验员,竟到江西的一个基本不产棉花的偏僻县份购买了两千多吨棉花!购买的棉花标价全部是一万八千多元一吨的一级二级棉,但买回来的棉花,根本没有一吨一级二级棉!三级棉花的数量还不到10%！五到六级的棉花,居然占50%以上！还有30%的棉花根本就不能用！按当时的市场价格,像这样的棉花的平均价格,绝对超不过一万二千元一吨！这就是说,每一吨的差价有六千元之多！两千多吨棉花呀,那么多的差价都到哪里去了？就算只有一半的差价,也有好几百万哪！就算他们一分钱也没有往腰包里装,那他们用这么多的钱这么高的价格买了这么多烂棉花究竟是要干什么！是他们不懂吗？又有分管供销多年的副总经理,又有在供销处干了几十年的供销处长,又有高级职称的棉花检验员,什么级别的棉花能瞒过他们的眼睛？是上当受骗了吗？那这几千万元人民币的棉花,可以立即对他们依法起诉,又有合同又有法人,卖方是他们多年打交道的老关系,人证物证俱在,他们能逃脱得了吗？可棉花买回快半年时间了,那么多烂棉花堆在仓库里,为什么不向对方起诉？尤其让人难以理解的是,买回来了这么多烂棉花,在根本无法处理,无法纺织,全公司职工怨声载道的情况下,他们居然又第二次在同一个地方买回了四百五十吨棉花！在这些棉花当中,仍然有40%的棉花不能用于生产！我们真不明白,他们怎么能这样干,又怎么敢这样干！究竟是什么东西使得他们能这样无法无天、肆无忌惮！买回来了这样的棉花,职工们反应强烈,他们一不向群众解释,二不向群众承认问题,三不追查责任,反而是在公司里的闭路电视上一而再再而三地要挟和恫吓,竟然说什么,谁要是再说棉花有问题,谁要是再在棉花的问题上做文章,就严厉追查谁！离退休的停发工资,在职在岗的开除厂籍！他们干出了这样的事情,群众反倒成了罪人！究竟是谁给了他们这样的权力！说完了他们的吃和贪,再说他们的占……"

张华彬说了足有一个小时,一直说到天大亮了,才意犹未尽地停了下来。

李高成不停地在笔记本上记着。他没有说一句话,也顾不上说一句话。他没有时间去思索,更没有时间去询问。惟有的是心灵上受到的一次次强烈的撞击和从来没有过的来自心底深处的震颤。他不敢相信张华彬的这些话全是真的,但他绝对相信张华彬说的这些事情全都是有的。因为他明白像张华彬这样的一个知识分子,面对着这么多的职工,绝不可能无中生有、把根本没有的事情强加在公司领导头上。但具体情况怎么样,他不能只听一面之词,他还得从另一方面去了解,也就是说,他还得听听那些领导们怎么说,听听他们是怎么解释这些事情的。因为作为一个局外人,有时候真是很难辨清事情的根本原因究竟在哪里。但是,让李高成感到浑身发抖的事情是,比如像吃吃喝喝,比如像买棉花,尤其是买回来几千万元的无法用于生产的烂棉花,这样大的事情,不仅至今瞒着市领导——当然也包括他这个市长——而且还不让群众反映,只这一件事,就足以让人震惊和愤怒!

从早晨五点多开始一直到下午两点多终止,除了十二名具有发言权的代表讲了话外,还有七名代表也发了言。

会议室里没有一个人半途退场,而会议室外边的群众则越来越多,到了上午八九点时,在场的职工人数足有两万多人!

早饭和午饭都是在现场吃的,方便面外加一包榨菜,几分钟一顿饭就结束了。然而,即便是在这几分钟内,代表们的发言也没有停止过。

代表们所提的主要问题,集中地表现在这样几个方面:

一、经济问题。有许多被认为是重大的经济问题,如买棉花问题,如技改工程中的问题,如所谓的开发第三产业中的问题。1993年,国家克服重重困难贷款一个亿,为的就是对公司的落后设备进行全面改造,然而,就是在这样的情况下,有些人借此大捞特捞,偷梁换柱,巧取豪夺。特别让人感到触目惊心的是,他们以卖废品的名义,把淘汰下来的纺织器械偷偷卖给一家专营纺织器械的乡镇企业,稍加整修,重新烤蓝喷漆,然后打上新的标记,实际上根本没有进行任何技术上的改进,然后又以高价重新卖回给公司!1994年,国家再次克服种种困难,继续贷给中阳纺织集团公司八千万人民币。面对着这样一笔来之不易的资金,公司领导却作了一个任何人也没想到,任何人也没敢这样去想的决定,从中拿出了二千二百万元,兴办了一个新潮有限公司,兴建了饭店、宾馆、歌舞厅、商业中心、服装公司、加工业、煤矿等近百个实体,遍及省内外二十多个城市和地区。这些实体的经理和负责人,几乎全是他们的子女和亲信。近两年来,这个新潮有限公司,经营情况究竟怎么样,究竟给公司上缴了多少利润,目前的状况如何?除了他们领导,职工们一无所知。拿着国家的贷款,却办了一个有限公司,这就是说,即便是亏了、赔了、塌了、破产了、资金全部给花光了,他们也不必负任何责任。究竟是谁让他们这样干的,上级领导知道不知道,公司应该给职工们一个交代和说法。

二、作风问题。如以跑供销为由,跑遍国内的名山大川;以考察合资为由,带着家人出国旅游;以拉关系搞接待为名,整天吃吃喝喝、花天酒地;以公关谈判为由,带着情人常年住宿在外,甚至用公款赌博,却美其名曰是不得已的变相送礼,回来后居然以白条子报销巨额款项。特别让人感到震惊的是,分管供销的副总经理冯敏杰,在购买棉花期间居然长期嫖娼,被当地公安局当场抓获,拘留半月后,竟被公司保释,回来后,不仅没做任何处理,本人也没受到任何处分,被罚的两万元竟然还被公司予以报销!总经理郭中姚,离婚后再未结婚,手下的女秘书换了一个又一个,而这些女秘书一个个都被安排到了要害位置上,在公司干了几十年的老职工都没有机会分到新房的情况下,这些二十岁左右的女秘书们却一个个都分到了新房!她们大都只在公司干了一两年时间,而且大都没有结婚！类似这样的问题,不少职工曾给有关领导反映过许多次,却从来没有引起过任何重视。有些人说,这些问题现在在企业界还算什么问题？可我们工人就闹不懂,如果连这些都不算问题,那还有什么问题能算是问题？这还是不是国家的企业,还是不是共产党的天下？

三、组织问题。在中阳纺织集团公司的两万名职工里头,脱产干部竟有近四千名之多！副厅级以上干部有二十多人,处级干部有五百多人,科级干部有一千四百多人！尤其是这几年,他们想提拔谁就提拔谁,想安置谁就安置谁。不管是什么身份,也不管有什么能耐和本事,也不管有没有技术和学历,在谁也闹不明白的情况下,一下子就能提个科长、处长。工人们说了,如今社会上都说有人拿钱买官,其实在我们公司里就有的是。你要想在哪儿当个经理,在哪儿当个主任,在哪儿承包个公司,只要送钱就行了。送得越多,位置就越好,捞钱的机会就越大。别看如今公司里停工停产不景气,可那些围着公司转的小厂小企业小公司,一个个都红火得不得了。只要你能到了那个位置上,能把领导们关照得舒舒服服、周周到到的,你想怎么发财就能怎么发财。既有钱又有位置,既是大款又是领导,你想想那还不争先恐后、趋之若鹜？公司里如果所有的领导干部都是这样得来的,那这个公司还怎么能好得了活得了？一个败家子,养了一窝败家子,这一窝败家子后面又跟了一群败家子,那这个家当不败才真是活见了鬼！

四、公司保安处的问题。中阳纺织集团公司保安处是目前市级国有企业中最大的保安处。处里正式成员有二百三十多人,另外还有经济民警一百二十多人。公司的主要领导,每个人都有两到三名贴身警卫,白天黑夜轮流值班,工人们称其为贴身保镖,称保安处为宪兵队。即使是在离退休老干部都发不了工资的情况下,这些人的工资和奖金也仍然照发不误。早在1992年,国家就已经下文让国有大中型企业解散保安处和类似保安处的建制。但中阳纺织集团公司不仅没有解散和撤销保安处,而且还不断地在扩大编制和规模。代表们认为,在中阳纺织集团公司这块地方,根本不需要这么大的保安建制。公司是在市郊,多年来跟当地群众的关系处理得很好,从未发生过哄抢群盗的事件。中纺外部和内部的防范设施都很严密,可供盗窃的贵重物品并不很多,没什么人会为一些棉布棉纱和机器零件铤而走险。在中阳纺织厂成为中阳纺织集团公司以前,就只有一个六十多人的保卫科,三班倒其实每个班只有二十来个人。即使如此,也仍是把把大门转转库房,整日闲得没事干,群众对此意见很大。而如今,公司都停工停产了,一个三四百人的保安处竟仍然还存在着。公司里养着这么多保安人员究竟是想干什么?又究竟是为了什么?这些人中间有好大一部分都是从外地招来的民工,跟公司里的职工没有任何瓜葛,谁的也不听,就只听领导的,只要领导一声令下,什么事情都干得出来。若是有谁被认为有问题,不仅可以抓你、铐你、审你,还可以随时拘留你。只要随便给你安一个罪名,往上边一汇报就行了。至于汇报的内容是什么,就完全按他们的意思来定了。若是错了,那也是上边的错,跟他们并没有什么太大的关系。于是,这种权力就更可怕,更让人感到不寒而栗。所以,工人们在背后把他们骂得要多难听就有多难听,甚至把保安处骂成是流氓养下的一群狗!

　　五、公司领导现在散布了许多根本不负责任的言论,给公司职工思想心理上造成了极大的混乱和压力。说什么解决公司目前困境的最好出路就是申请破产;说什么没本事没能耐的人才整天呆在厂门口等开工;说什么现在已经是市场经济了,谁还管谁呀,谁还想死守着这个公司,将来第一个饿死的就准是谁;考察了两三年,经费花了好几百万,如今连一个合资单位也没引进过来,却把责任推在国家和政府身上,说什么是上边不让公司合资联营,因为一旦联营合资,这几亿元的贷款就没人还了……搞得公司里整日人心惶惶,职工们不知道究竟该怎么办。职工们越想越不是滋味,越想越有气,我们工人在这个公司里干了一辈子,如今是你们把这个公司给活活糟蹋了。你们现在个个腰缠万贯,却想把这个公司给破产了,是不是想逃避罪责?

六、公司领导的能力问题……

七、公司现在成了这个样子,公司领导的责任问题……

八、公司现在究竟该怎么办……

九、……

十、……

…………

五

等代表们的发言终于全部结束了后,已经是下午两点多了。

李高成揉了揉发木的太阳穴,直觉得脑子里一片空白。

笔记本上记了大半本子,整个手指头都有些失去知觉了。他没想到会记了这么多东西,他更没想到工人们竟会讲了这么多东西。

大大小小居然提出了上百个问题,列出了整整二十一条罪状!

他真的没想到,就是做梦也绝不会想到。假如公司的领导们真有这些事情,不用说别的了,只要有其中的十分之一、百分之一,就足以把他们全部开除党籍、逮捕法办!

尤其让他感到困惑的是,这些代表们的矛头所指,绝不仅仅只是一个两个领导干部,而是整整的一个班子!整整的一个团体!不仅包括总经理一级的厅级干部,而且还包括处一级科一级的领导干部。也就是说,在现有的这些领导干部里边,尤其是在主要干部里边,大多数都是有问题的干部!并且都是有着严重问题的干部!

集体腐败!

不知为什么,在他的脑海里,竟突然冒出了这么一个词来。他不知道自己为什么会这样去想。

他不能相信,也真的无法相信。整整的一个班子,怎么能全部变坏了?这可能吗?当初他在中纺的时候,他们都是多好的干部啊!在那样困苦的环境里,在那样艰辛的日子里,他们都经受住了考验。实践证明他们确实是一批好干部,至少在品质上完全可以证明他们都是好干部。然而,这才有多长时间,他离开中纺满打满算也就是几年啊,这些干部怎么就一下子全变坏了?就算是变坏,又怎么能变得这么坏,坏得又这么多?

但面对着会议室外的近两万工人,面对着会议室里一百多位职工代表,他又感到这么多的人绝不可能没有任何缘由和证据地一齐对自己说谎话、说气话、说毫无边际的假话和诬陷人的话!

当然,他还没有去核实这些问题,他也还没有找公司的领导解释这些问题。这真的还仅仅只是一面之词。

然而,有一点则是完全可以肯定的,这些事情绝对是发生了的,事实也绝对是存在的。就看最终怎样才能把问题解释清楚,怎样才能让人们真正了解到事实的真相。

所以,他还必须立刻完成另一件事情,那就是一两天内,听听公司里这些领导们的汇报和交代。对这些问题,至少先得给他这个当市长的一个明确的说法。

但眼下面对着这一百多名职工代表,还有眼巴巴地等着他说话的站在会议室外的近两万名职工,他必须先给大家一个明确的态度、一个明明白白的说法。否则,他真的对群众交代不了,他也真的无颜离开这里。

他讲了四点。

一、市委市政府对中阳纺织集团公司目前的状况一直是非常关心的,市委市政府和大家的心情一样焦急。即便是在1995年年终和元旦过后的这一段最繁忙的日子里,领导们也连续好几次专门研究了中纺的问题。对这一点大家要有信心,一定要相信政府。政府绝对不会丢下中纺不管,也绝对不会丢下中纺的工人不管。我们共产党的政府,过去依靠的是工人阶级,现在依靠的还是工人阶级,将来也一样依靠的是工人阶级。只要是共产党的天下,这一点就绝不会动摇。

二、大家的心情可以理解,但大家的做法我是不赞成的。动不动就成群结伙地去市委、去省委,这会给社会上造成一个什么样的印象?这不仅损害了政府的形象,同样也损害了中纺的形象,更是损害了咱们工人阶级的形象。政府并不是解决不了中纺的问题,而是怎样才能更好地解决中纺的问题。集体上访、几百人聚集在省委市委门口,其实是一种没有信心的表现。我今天这些话并不是想批评大家,也没有批评大家的意思。我希望大家以后再也不要有这样的想法和做法了,大家有难处,政府也一样有难处,在眼下这种情况下,我们一定要齐心协力、同心同德,只有这样才会同舟共济、渡过难关。

三、对中纺今天发生的这些事情,作为一个市长,我感到非常内疚和惭愧,同样我也负有很大的责任。说实话,这几年,尤其是当了市长后的这段日子里,我对中纺的关心确实不如以前了,感情也确实有些淡漠了。今天我来中纺,听大家说了这么多心里话,让我既感到震动又感到激动。我没想到大家对中纺的感情会这么深厚,对中纺的前途会这么关心。这么多的工人和干部,上下几代几十年如一日像爱护自己的家一样爱护这个公司,心疼这个公司,打心底里丢不下这个公司。这真不容易,也真了不起!我想,这才是我们国家真正的最可宝贵的财富!只要能拥有这份财富,我们就不会有过不去的难关,就不会有解决不了的问题。只冲这一点,我这个当市长的就远远不如大家!所以,今天凡是来到这个地方的职工干部,都是好样的!冲着这一点,我向大家表示敬意,我给大家鞠一躬!"

他听到了代表们一阵热烈的掌声,同时也听到了会议室外的一阵热烈的掌声。

接着,他讲了最后一点。

"第四点,对大家今天讲到的问题,我已经全部记了下来。我要把它全部带回去,我要详细地给市委市政府的领导和市委常委们进行汇报……"

讲到这儿,他突然发觉自己讲不下去了。他听到了一种像山呼海啸般的喧腾声,从会议室外铺天盖地地扑了进来。他不禁愣了一愣,那一刹那间,他还有点不明白那是什么声音,但当他看到眼前的这些代表们全都站了起来向他鼓掌时,他立刻就清楚了,这是近两万名职工的掌声和欢呼声!这是真正的鼓掌和欢呼,也是发自内心的欢庆和喜悦。这些年他已经很少听到这种掌声和欢呼声了,他再次感到了一种发自内心深处的震颤和激动。他讲了那么多,也许惟有这一句才让人们感到他讲的是真话,是他们真正想听的话!

掌声和欢呼声持续了足有十几分钟,这山呼海啸般的喧腾声震撼了中纺的整个宿舍区。

李高成此时的情绪也不禁被调动了起来,他有些慷慨激昂地接着讲道:

"大家提到的这些问题,有些市委市政府的领导已早有所闻,有些则是根本不知道的,包括我自己也是第一次听说。当然,对这些问题,我们还要进一步去核实、去了解、去调查。不管事实究竟如何,也不管事情的真相究竟是怎么一回事,只要确有此事,那我就一定尽快征求市委市政府领导的意见,让他们很快拿出一个决定来,派出工作组、调查组,对中阳纺织集团公司的所有问题进行一次全面、彻底、严肃的核实和清查!查出什么问题就是什么问题,查出谁就是谁!绝不姑息,绝不手软……"

李高成又一次无法讲下去了,雷鸣一样的掌声和欢呼声再次淹没了他。又是七八分钟后,他才接着讲道:

"不过,我还要向大家声明一点,我刚才只听了大家的意见,我还没有听公司领导们对这些问题的解释。所以,我听完了大家的,还要听听他们的。看他们是怎样说的,又是怎样想的。我现在对大家惟一的要求,就是希望大家能相信我,绝不要有什么顾虑和想法。刚才从大家的意见中我已经听出来了,很多人都认为中纺现在这个班子曾是我一手提拔起来的,也就是说,这些人都是我的人。因此,也就认为我会偏袒他们、保护他们,甚至会给他们开后门、会为他们开脱罪责。对这一点,我以我的人格和良心,以我的党籍给大家保证,我不会!绝不会!过去不会,今天不会,今后也永远不会!我也许会有许多缺点,但我李高成究竟是个什么样的人,我想这一点大家还是应该了解的。不管是谁提拔起来的人,也不管他跟我是什么关系,只要他变坏了,堕落了,腐化了,那他就已经跟我没有任何关系了。我李高成决不会为一些腐败分子而玷污我一生的名誉!我要是同腐败分子沆瀣一气、穿一条裤子,那我不也成了腐败分子了吗!我可以明明白白地告诉大家,我李高成也许会犯错误、会做错事,但我决不会变成一个腐败分子!今朝今世,不管我在什么位置上,也不管我干什么事情,我都要对得住我的良心!我都要对得住生我养我的老百姓……"

在春雷一般的轰鸣声中,他终于结束了自己的讲话。也许他后面的许多话,在海啸一样的掌声欢呼声中,有好多人根本就没有听到。但这一切似乎已经对人们无所谓了,人们想听的只是他的情绪、他的态度、他的立场、他的语气。人们渴望的并不是他究竟讲了什么,而是渴望着他终于讲出了什么。

这,也许就是人心所向、民心所向。

面对着这一片欢呼声和掌声,他对中纺的那种久违了的感情,似乎一下子又回来了,他的决心也一下子下定了。中阳纺织集团公司的事情再不能往下拖了,他要排除一切干扰,认真地再管一管中纺的事情。这样大的一个企业,这么多的职工和干部,如果老这么一拖再拖下去,将来垮了的可就不只是一个企业本身,它的连锁反应和社会影响都将会是重大和久远的。

有着这样的职工和老百姓,还有什么不好解决和解决不了的事情?仅仅就是这么几句话,仅仅就是这么一个还根本算不上、还远远谈不上兑现的允诺和表态,就让这成千上万的工人们沸腾了起来,在他们的掌声和欢呼声里饱含着多少信任和企盼!我们不能再这么一次一次地冷落工人们的心了,当人们的热情和忠诚最终像坚冰一样彻底冷却和凝固了后,我们还会再听到这样的掌声和欢呼声吗?若是到了那时候我们才醒悟过来,极可能已经是太迟太迟了,而我们付出的代价也极可能是惨重的,极可能是现在的十倍、百倍、千倍!

是的,现在还真不算迟。一切都还有时间,一切都还来得及。

当他走出会议室,在冬日的阳光里出现在群众面前时,掌声和欢呼声再次像火山喷发一样地呼啸而来。围观的工人们一个也没走,一个也没离开。整整一天一夜的寒风和折腾,并没有在他们脸上显出一丝一毫的困倦和劳累。他们满是灰土而又冻得发红的脸上,布满了激动和热望。许多老工人的眼里都湿漉漉的,像看着久别的亲人一样眼巴巴地盯着自己。很多人都似乎想走上前来同他握握手,同他说两句心里话,但又好像这中间有着一种看不见的隔膜,让人们无法走到他的面前来……

六

李高成真的留了下来,职工们的真诚深深地打动了他,他觉得无论如何也不能就这样一走了之。作为一个堂堂的市长,面对着两万职工,如果敷衍了事,说话不算数,那他下一次再来时,极可能就会像昨天晚上那些公司领导一样被工人们嗤之以鼻,轰下台去。

当然,他也完全可以一走了事,说说大话、空话,把大家安抚得没事了、平静了,然后回去把今天听到的这一切给市委市政府的其他领导汇报汇报,自己也就不需要再承担什么责任了。究竟该怎么办?大家看着办。国有企业的问题是全国性的具有普遍性的问题,国家领导都还着急着呢,你一个小小的市长充什么大头。就算出了什么事,也是集体的事,跟你一个当领导的又有什么脱不了的干系?如今的事情就这样,有了什么好事,光彩的事,自有人去争去抢去揽。若是有了什么坏事、错事、吃不了兜着走的事,全都会一推了之,好像跟谁也沾不上边。要错也是集体错了,要有问题也是集体的问题。而只要变成集体的问题,再大的问题,也算不了什么问题,也会大事化小、小事化了。坏事只是个别人干出来的,哪有集体干坏事的道理?腐败也只是个别人的腐败,哪有一个整体全部都腐败了?

想到这儿时,他突然像挨了一闷棍似的愣了一愣。中纺的领导们是不是就是这样想的、这样做的?就算群众反映的问题全是真的,那又能怎么样?要失误那也只能是整体的失误,错了也是大家错了。而只要是大家的错,那还有什么大不了的呢?如果说这个班子整个都坏了烂了,全都成了腐败分子,那不也就成了你们上级领导的问题?一个厅局级的集团公司,一个两万多工人的大企业,整个一个领导班子,或者是领导班子里头的绝大多数主要成员全都腐化了,那你们这些市里头的领导都干什么去了?你们是怎样监督的,又是怎样管理的?你们又是怎样负责任的?一个人腐败了,怎样处理都行;要是一个整体腐败了,那责任可就大了,岂是你想处理就能处理得了的?处理他们首先得处理你自己!何况,这个公司的领导班子曾是你一手提拔和建立起来的!

一种来自心底深处的震颤,再次重重地摇撼了他。如果这些人真是干了这样的事,又真是这样想的,那可就太可怕太可怕了。他们完全可以在这种集体决策、集体管理、集体运作的借口下干出任何事情来,而且又可以不承担任何责任。而且一荣俱荣、一损俱损,一旦出了什么事,谁都会死死地堵住缺口。你想来查吗?那好,你来一个,我们就可以往水里拉一个。药不死耗子毒药少,还怕你不歪过嘴给我们说好话?何况这又是个亏损企业,欠债额达到好几个亿。又有谁会到这样一个亏损企业里来查什么问题?所以老百姓就说了,如今越是亏损的企业其实问题越大,企业越亏损那些人就越敢捞,亏损额越大,那些人捞得就越多。许许多多的腐败分子,正是在亏损企业的招牌下,大捞特捞,大发国难财。而我们的国有财产,则正是在这种情况下毫无察觉、毫无节制地一点一点地被流失被吞食掉了。

明明白白的知道他们是这样,而你又对他们无可奈何。尤其是领导他们的领导们对他们可以说是束手束脚,无有对策。充其量也就是在迫不得已的情况下拿掉他们其中的一个两个,然后一切又恢复原状,一切又仍是老样子。人家该怎么干仍怎么干,还是什么事情也没有。你真的把人家怎么也怎么不了,狗咬刺猬,你还真是没办法。

也许这才是更为深层次的腐败,同样也是让人感到更为可怕的腐败。

中阳纺织集团公司会是这样吗?中阳纺织集团公司的领导们会是这样吗?如果真会是这样,那你又将如何去面对它?

他无法往下想了,至少他现在无法相信这一切会是事实,他更是无法相信,经他一手提拔起来的这些人,会一个一个的都变成了蜕化变质分子。

…………

他稍稍休息了一下,吩咐秘书吴新刚马上通知公司所有领导,让他们必须在一个小时内赶往公司办公大楼会议室内,并要他们做好准备,对职工们反映的几个主要问题,必须一一做出详尽汇报和解释。在休息的当儿,他给市里打了几个电话,把一些该安排的事情做了安排。最后,他给市委书记杨诚去了个电话,把中纺发生的事情和目前的状况简明扼要地讲了讲。杨诚在电话里并没说什么,只说等他回来后研究了再说。末了,杨诚说了一句潜台词很丰富的话,他说什么事情都有它的两重性,注重这一面时往往会忽略了它的另一面。群众会有群众的说法,领导也会有领导的说法,最终一切都只能靠事实说话。

李高成想了好半天也没想出杨诚为什么会说出这句话,而这句话的主要意思又是在指什么?是要让自己注意不要偏听偏信?还是希望自己不要钻了牛角尖?或是担心自己一时冲动会做出什么让人不放心的事情来?

但不管怎样,听书记这么一说,心情确实冷静了许多。是的,事情还远远不到需要摊牌和定性的时候。一切的一切都还仅仅只是刚刚开始。

喝了口水,倒在椅子上缓了十几分钟。看了看时间,便乘车驶向公司。步行也就是十分八分钟的路,眨眼工夫便到了公司大门口。

一进公司大门,李高成便下了车。大门口离公司办公大楼还有好大一段路程,但他怎么也不想乘车了。

一种不祥的气氛突然间是那样强烈地笼罩了他。

好半天他才真正感觉出来,这种不祥的气氛原来就是公司里这种如凝固了一般的死寂!

在一个两万多职工的大型企业里,尤其是在下午三四点左右的时间里,本应是一片熙熙攘攘、轰轰烈烈、车水马龙、人声鼎沸的气氛和景象。尤其是在一个以纺织业为主的大型企业里,那隆隆的机器声和震耳的织布声,即使是在远离车间的地方,也一样会使人感到犹如天摇地动、翻江倒海般的声势和轰响。

作为一个在纺织行业干了几十年的老技术员和老厂长,每逢听到这种声响和看到这种景象时,心中便会生出一股说不出来的亲切和温馨,既让他感到熟悉,又让他感到欣慰。

噪音是对人有害的,尤其是纺织车间的噪音,对人的危害更大。为了消除这种噪音,他们曾做过多少次技术改进,曾付出过多少不懈的努力。但不知为什么,只要一听到这种对人体有害的噪音,心底里立刻就会踏实和安稳许多。而一旦没了这种声音,反倒会惶惶不安、心神不宁,就好像少了什么似的。

而如今,这个他如此熟悉、如此牵念,即使在做梦中也是烟尘斗乱、项背相望的地方,竟像一片空寂的荒野!没有机器的轰鸣,没有人影的杂乱,没有繁忙的车辆,没有纷扰的尘雾,更没有此起彼伏的呼喊,甚至连他们曾经千方百计消灭了很久也没能消灭掉的麻雀竟然也看不到一只!

那些高大的厂房在寒风中显得是那样的灰暗,那样的空旷,那样的死气沉沉、毫无生机。一个个的车间大门都死死地关着,有些还贴上了封条,因为时间长了,有些封条都已显得发黑发黄。于是,整个工厂看上去就像快死了一样奄奄一息、漏尽钟鸣。真是愁云惨雾、一片凄凉!直看得李高成如万箭钻心、心似刀割,一个曾如此辉煌、如此规模宏大的大型企业,怎么会几年时间就变成了这么一副模样?就算败家子败家也不可能败得这么快呀!

他默默地瞅着公司里这一片衰败的景象,心里好一阵酸楚。当走到近处的一个他很熟悉,又是全公司最大的那个纺纱车间时,不知为什么,一个强烈的愿望使他极想打开门到里边看上一眼!

他在车间门口黯然神伤地站了一阵子,秘书吴新刚大概也看出了市长的意思,便轻轻地问了一句:

"李市长,我找人把门打开吧?"

良久,李高成才有些茫然地说道:

"那你就去看看,看能找到人么。要是找不到,也就算了,不看也罢。"

吴新刚像吃了一惊似的看了一眼李高成,也许他还从未听到过市长这样伤感的语调。愣了一愣,然后急急慌慌跑步找人去了。

"……一个厂如果两年三年不开工,任何一个稍有常识的人都会明白,这个厂其实也就等于没有了,不存在了……李市长,你也是中纺的老领导,我想这一点你会比别人更明白!"不知为什么,老总工张华彬的话再一次在李高成的耳边响了起来。是的,他真的很明白,这绝不是虚妄之言。这些车间门真要是再这么关下去,这一切确实就等于没有了,不存在了。

但你现在又怎么来开动它?欠债近六个亿呀!近六个亿,这应是个什么样的概念?像中阳纺织集团公司这样的大企业,用这么多的钱,可以重新建造两三个!这绝不是开玩笑。

而如今,又还得多少资金才能让它重新启动起来?

最好的办法就是让它宣布破产,难怪会有人这么说。一宣布破产,债也没了,包袱也卸了,责任也不存在了,领导也就轻松了。

工人们自谋出路,干部们换换地方,吵吵闹闹、发发牢骚,屎干了也就不臭了,云散了天也就晴了,过上一阵子,什么事情也就没有了。

怨谁呢?只能怨改革。老百姓要骂就骂改革去吧,要骂就骂市场经济吧。社会主义不行了,集体经济垮台了,改革就是要改成资本主义,市场经济就是私有经济。你看人家私营企业,合资企业搞得有多红火,多风光,真是兴旺发达、生机勃勃、兵强马壮、日新月异!挤不倒、压不垮,国家的企业怎么会是人家的对手,迟早都得完蛋!

那就让老百姓把怨恨都堆到改革开放头上去吧,而我们的一些干部却依然还是那老一套,还是在等靠要,还是在心安理得地躺在国家的怀抱里,对国家的改革和前程不闻不问,对自己的责任毫不负责,麻木不仁、听之任之、无忧无虑、得过且过,甚至醉生梦死、花天酒地、瞒心昧己、自欺欺人,如果不是腐败分子、变质分子,那也是在自掘坟墓、自取灭亡!

你对老百姓不负责任,老百姓也一样会对你不负责任。你能丢得下老百姓,老百姓也一样丢得下你!水能载舟,亦能覆舟,这是千年古训,莫非我们连古人都还不如!

摊子散了,再聚起来并不难;人心散了,再想聚起来可就没那么容易了。

…………

一阵杂乱的脚步声,把李高成从沉思中拉了回来。为了打开一扇车间大门,秘书吴新刚身后男男女女竟跟来了十好几个人。有保管、有管理员、有班组组长、有车间主任,还有车工、电工、纺纱工,老老少少十几个。

这大概是个规定,停工停产后,如果有谁要开门,必须得有能相互制约的一些人一块儿来开才可以,否则是坚决不允许的。而大门也真够难开的,可能是很久很久没开过的缘故吧,光上面的两把大锁就开了好半天。大门上的三道插栓像锈住了似的好久都没能拉开。

等到大门轰隆轰隆一阵山响终于被打开后,一股逼人的冷气和霉味直扑过来,几乎能让人窒息过去。

没有电,电工摆弄了好一阵子也没能让车间的电灯亮起来。车间里黑洞洞阴森森的,在里边站了好久,才慢慢地看清了那一排排的蒙满了灰垢的织机和车床。地板上的灰尘足有半寸厚,几团废弃了的棉纱灰乎乎地散落在地板上。

这就是自己曾经付出了大半生心血和才智的地方吗?这就是自己魂牵梦萦、朝思暮想,时时也难以忘怀的去处吗?那一团团灰不溜丢的东西,就是曾让自己怎么也看不够,怎么也丢不下的织机和车床吗?那洁净的地板、那光亮的烤蓝、那耀眼的灯光、那手脚敏捷的纺织女工、那让人振奋的喧哗、那一派繁忙的景象……那一切的一切,昔日的辉煌和热烈都到哪里去了?

他突然感到一阵鼻子发酸,心窝里就像被揪住了一样疼痛起来。这到底是怎么了?这一切又到底是因为什么?一个好端端的工厂,一个好端端的车间,怎么一下子就变成了这样?

他默默地走近一台机器旁,伸手慢慢地在上面轻轻摸了一把。手上沾满了灰尘,但机器上却亮了一块,闪出幽幽的一丝暗光。一看就知道,这是一台好机器。然而,刚刚换新的好机器却这样无声无息地停放在这暗无天日的地方,还没等到出头之日,就又可能要被淘汰了。

把国家的这么多贵重的器械全都废弃在这里,这不就等于是在暴殄天物,虐害黎民!

如果这些东西都是个人的,他们会这么干吗?

背后突然传来一阵低低的啜泣声,当他转过脸去时,不禁呆在了那里。

跟在身后的十几个人,几乎全都在饮泣吞声、泪流满面!

他的眼睛一下子便湿润了,强忍了一阵子,还是有两颗泪珠止不住地流了下来。

见市长掉了眼泪,十几个人像爆发了一样一下子全都哭出了声!

悲凄的哭声顿时弥漫了整个车间。

那个拿钥匙的老工人几乎哭得站立不住,一边哭,一边嚎啕失声地说道:

"李市长,李市长!一定得想想办法,就让我们上班吧!我们什么要求也没有,我们什么报酬也不要,就是不发一分钱工资我们也干,只要能让我们干活就行,只要能让机器转开,只要能让车间里再有声音,就是累死苦死我们也心甘情愿呀……李市长,我们都是快要退休的人了,我们也干不了几天啦,你就让我们再为这个厂子出把力吧……李市长,我们在这儿干了一辈子了,要是就这样让我们离了退了,真是不甘心,真的是不甘心呀!这都快一年多了,我们整天心里空落落的,这个厂我们真的丢不下,真的丢不下呀……"

李高成的眼泪汹涌而出,好久好久也说不出一句话来。

这就是中国的工人,他们无怨无悔地付出了一辈子,至今依然一无所有。即便是连工资也发不出的时候,他们还在时时刻刻挂牵着这个厂子,时时刻刻维护着这个厂子!

惟其如此,才让人感到椎心泣血、热泪盈眶。

…………

七

等李高成走进公司办公楼里的会议室时,公司里的十几个领导已经等了他半个多小时了。

会议室非常简陋,简陋得让人心酸。几张破旧得不能再破旧的老式沙发,几张五六十年代的旧桌椅,没有茶几、没有花盆,没有任何装饰品,照明设备也仍然是那种普普通通的日光灯管。没有人抽烟,所以也就没有烟灰缸。这是中纺几十年如一日的老规定,凡进厂的职工干部,不论职务大小,也不论干什么工作,一律不准抽烟。即便是在澡堂里、厕所里,也不允许抽烟,整个厂里根本就没有吸烟室。

这同李高成平时参加的那些大大小小的会议有着迥然不同的气氛和情景,严肃也罢、热情也罢、紧张也罢、轻松也罢,会议室里一片烟雾缭绕,再加上喝水声、窃窃私语声,似乎会议的气氛一下子就出来了。然而眼下这个会议室里,却根本没有他已经看惯和熟悉了的会议情调。人们都默默地坐着,都是一脸的严峻,没有人喝水,没有人抽烟,甚至没有人随便动一动。

一张张脸都是那样的熟悉,都是那样的实在。

他好像一下子又回到了过去的那种令人温馨、让人追怀的日子里。他在中纺接任时,会议室就是这个样子,当他离开中纺时会议室还是这个样子。如今多少年过去了,中纺的会议室居然还是这个老样子!在这个如此熟悉的会议室里,在那些彻夜难眠的日子里,曾在这里开过多少次会议、讨论过多少问题、作出过多少决策。为了这个纺织企业的兴衰荣辱,这些人也都曾付出过无数心血和劳累。

他的心一下子又软了下来。原来心里聚集起来的那一团愤怒,此时好像已经散去了许多。看看这个朴实的会议室,再看看这些朴实的面孔,你还能有多大的气呢?这些人都曾是他一手提拔起来的,说点不谦虚的话,也都是经过了他多方面的考验的。反过来说,即使是有些决策上的失误,有些运作上的不当,那他们的动机也绝不可能是想把这个公司给弄垮。哪有一个公司一个企业一个部门一个工厂的主要领导,想把自己所管理的这个地方给彻底弄乱弄糟弄垮,让自己背上一身的骂名,然后从这个地方灰溜溜地滚走?这合乎情理吗?有人会这么干吗?除非他是个神经病。

总经理郭中姚,今年已经五十八岁,比李高成还大了四岁。瞅瞅他那斑白的两鬓,瞅瞅他那满脸的皱纹,瞅瞅他那像是被压弯了一样的越来越驼的后背,你立刻就会感到背在他身上的压力和负担有多重多沉。一个人到了这种年龄,占据着这样的位置,他还可能会有意识地主动去犯错误吗?再过几年他就要永远地离开这个岗位,永远地退出人生的舞台,他是会选择一个平实而宁静的晚年呢,还是会为了一些身外之物,而拿自己的一生去做赌注?别说一个厅局级的干部了,就是一个普普通通的人,一个稍稍有点正常思维的人,也绝不会去选择后者。

那么,副总经理冯敏杰会怎样去选择?吴铭德呢?还有党委书记陈永明,他又会怎样?他们如今都已经五十多岁了,一眨眼间就都已经到了退休的年龄了。很难想象他们会干出那样的一些事情。人即使是要变,那也得有时间呀。怎么会在一朝一夕之间就能变成一个十恶不赦的大坏蛋?

想当初,李高成离开这个地方时,他们都还是四十几岁的壮年人。这个岁数正是人一生中最宝贵、最成熟、最老练、最具魅力的黄金时期。那时候,李高成仍是分管工业的副市长,他当时的想法就是想把中纺作为一个龙头,从而带动整体,把全市的经济搞上去,把国有企业的改革搞上去。他对中纺的一举一动都极为关心,对中纺的每一个决策都要亲自过问。中纺的这些领导们,三天两头地往他这儿跑,每件事都要做出详细的汇报和解释。李高成是内行,没有什么能瞒过他,也绝不可能有什么能逃脱他的思维和眼睛。做鬼没做鬼,只要你看看他的眼神就清楚了。这一点自己完全可以作保证,至少在那两三年时间里,中纺不可能有什么大的问题和出什么大的差错。而这些人也绝不会在那时就开始蜕化变质了,就算你想蜕化变质也得有条件才行。整个一个年轻而又充满活力的班子,还有一个刚刚离开这里的分管市长整天把着关,怎么可能有那么多的漏洞在他眼前滑过去?

再以后,李高成在中央党校学习了一年。但即使是在中央党校学习时,他也从未对中纺的工作情况彻底放手。那时,中纺的情况已不容乐观,形势已显得非常严峻。不过,大致的状况他还是了解的,问题到底出在哪里,他也还是清楚的。那一年,中阳纺织集团公司的几位主要领导,只要一来北京,都肯定要来看看他,给他汇报汇报公司的情况。尽管有喜有忧,但他们信心十足,觉得问题解决得了,困难克服得了,用不了多久,中纺就会渡过难关,走出困境。其实,满打满算也就这么一年,又能出什么大问题?

从中央党校回来不久,他便被推举为市长候选人并在市人大会上被选举为市长。在这以后的一两年时间里,由于市委市政府的领导大换班,许多领导的具体安排一直没有到位,所以市里的工业一直还是由他直接分管的,中纺的问题他并没有放松过。他曾为中纺的许多问题亲自做过批示,尤其是在如何使像中纺这样的大型企业能更好地运转起来的问题上,他还专门和市经委、市计委、市财委、市银行、市工业局的领导人一块儿进行过座谈和协商。尽管他非常非常地忙,但他对中纺的情况基本上还是了若指掌的,那时候的中纺也并没有出过什么让人疑虑的大问题。

这就已经是1992年了,至少在这以前中纺的领导班子还是应该值得肯定和信赖的。

那么,要出问题会不会就出在以后的这几年?

说实话,自从有了分管工业的副市长后,他对中纺的事情确实关心得比较少了。这倒不是他对中纺的事情不想管不想问,而实在是无从过问、无从插手。自从有了分管副市长后,他再那么直接去过问和插手中纺的事情,就显得非常不合时宜。虽然你是市长,可以主管全面工作,但具体的事情,你就不那么好再去管了。从企业单位到行政部门,短短的几年时间,也已经让他越来越清楚地感到,这两个领域的领导方式和领导方法根本就是两码事。在企业单位里,你尽可以大喊大叫、大吵大闹,干部们聚集在一起,为了工作上的事,有时能争得面红耳赤、不可开交。不管职位高低,也不管年龄差别,只要是为了厂里的事情,再争再吵,也绝不会放到心里去,争过了,吵完了,什么也就全都过去了。没有人会在意什么,更没有人会去记恨什么。但在行政部门可就完全是另一码事了,别看表面上和和气气、平平静静,底下可是孙庞斗智、龙虎相争。干惯了谋事的工作,如今到了谋人的地方,有时候可真能把你累死、憋死、活活气死。然而,即便是这样,还是有人说中纺是他的根据地,中纺是他的老窝儿。中纺的干部个个屁股摸不得,除了市长李高成谁也管不得。中纺领导的尾巴能翘那么高,就因为有李高成在撑着腰。有了李高成这个后台,中纺的事情你们就谁也别想管。只要李高成在,中阳纺织集团公司就永远会是一个水泼不进、针插不入的地方,就永远会是铁板一块。特别是在中纺领导班子的调整问题上,更是让他感到头疼。按说,像总经理郭中姚、党委书记陈永明这些人,在中纺这个领导岗位上干了这么多年,也早该动一动、换一换了。不管怎么说,在这样一个终日操劳、日夜不宁、时时都得把神经绷得紧紧的地方工作,即便是一个铁打的汉子,连续干上几年也一样会吃不消的。何况,在一个窝儿里呆得久了,就容易出问题。动一动、换一换,既是工作需要,也是人之常情。但就是因为他这个市长是从中纺出来的,所以,一旦研究到中纺的问题和中纺的班子,只要有他在,立刻就会冷了场。很少有人会提出什么意见来,更不会有人表态要怎么怎么样。所以,他就常常想,有朝一日如果中纺出了什么事情,中纺真的给弄垮了,从某种意义上讲,最大的责任还是在他身上,害了这个公司害了这些干部的人其实正是他自己!

也正因为如此,对中纺的这些领导们,他更多的是怀着一份内疚,怀着一份自责,他总是觉得有点对不起他们。也许要不是因为有他,要不是因为他当着这个市的市长,眼前的这些人说不定早离开这里了。他们的日子会安稳得多、也平静得多。

反过来讲,是不是就是因为这些原因,才使得他们在这几年里,在观念上来了一个根本的变化,从而使他们铤而走险,彻底腐化了?是不是就是因为他们的老上级是个市长,他们同市长有着这么一层特殊的关系,有着这样的一座靠山,有着这样的一个后台,所以,才借着这棵大树的阴凉,恣行无忌、为所欲为、狐假虎威、羊狠狼贪?难怪新上任不久的市委书记杨诚会这么说,中阳纺织集团公司的领导班子早就该换一换了。

他默默地坐在主席台上,好久好久说不出一句话来。

看着眼前这十几张熟悉的面孔,他真的没法相信,他们真的能干出那么多让人瞠目结舌、不可思议的事情来。

怎么会呢?就在李高成表面上不多管中纺的这几年里,其实,在暗中他从来也没有真正放弃过中纺的事情。只要一有机会,他总是要问一问中纺的情况。而中纺的这些领导干部们,大事小事也常常来找他商量和汇报。不论是市里开会,还是逢年过节,他们也总是要来办公室或者家里坐一坐。中纺的事情他毕竟还是了解的,至少他还是心中有数的。绝不至于这一伙人全都成了腐败分子了,他竟还被蒙在鼓里,一无所知!

说实话,平时他并不是个耳根子软的人,也绝不是个优柔寡断、有谋无决的领导干部。这一点在市政府里可以说是有口皆碑、人所共知。但不知为什么,只要一涉及到中纺的问题,他就觉得有一股扯不断、理还乱的感觉。就好像豆腐掉在灰堆里,拍不得、提不得、丢不得、舍不得。

仅仅就因为是感情的关系吗?或者正像别人说的那样,就因为眼前的这些人都是自己提拔起来的,都是与自己同甘苦、共患难过的同事和战友,所以,自己自觉不自觉地也就成了他们无形中的后台和庇护伞?从而在无形中也就助长了他们的那种放肆和贪婪?抑或是因为自己的缘故,他们也感到他们已无从提拔和调动,随着年龄的越来越大,公司的情况也越来越糟,离开这儿的希望也越来越渺茫,既然什么也盼不到了,那就还不如实惠一些,这一面捞不上了,那就到另一面去捞上一把?因为市长的缘故,他们的仕途已彻底无望;但同样因为市长的缘故,他们在这儿不管怎么干也不可能会有什么人敢来查一查,问一问。于是想怎么干就怎么干,想怎么捞就怎么捞。既然有个市长做着后台、撑着腰杆,那捞也是白捞,不捞也是白不捞,堤外损失堤内补,不捞才他妈的真正傻瓜一个!

他们是这么想的,也是这么做的吗?李高成默默地注视着眼前的这些同样也默默地注视他的一双双眼睛,心里像祈祷一样默默地思考着。

这就看他们怎么说怎么解释了。

因为不管怎样,这个摊子是在他们手里给烂掉的,公司里的乱子也是在他们手里给捅出来的。

他们必须得有个交代,也必须得有个说法。

八

准确地说,公司领导们的汇报是在下午五点二十分开始的。

李高成的开场白很短,他知道他在老干部活动中心对工人们的那些讲话他们全都听到了,职工代表们的发言和要求他们也一样知道得清清楚楚。其实,一切都不必要再说什么了,他这会儿要的就是解释,要的就是回答。

第一要说真话,第二要说真话,第三还是要说真话。这会儿你们谁也别再给我来什么猫腻,我就要真的。

郭中姚当时有点小心翼翼地说,时间也不早了,是不是先安排吃点饭,等吃了饭再汇报?

李高成瞧也没瞧他地摆了一下手,这会儿了还有什么心思吃饭!我这会儿要是跟你们一块儿去吃饭,那职工们会怎样看我和你们,中纺这个大门我还想不想出去了?

李高成在这里和刚才在工人们面前的心情和情绪是完全不同的。刚才他面对的是主人,是这里的中心,是一团熊熊的火,是一个他直接管不着也根本不害怕他的社会群体,而这个群体的喜怒哀乐事关他的荣辱与升迁,甚至会影响他的位置和仕途。面对着这个群体,他潇洒不起来,更轻松不起来,不能笑也更不能怒。每一个举止都得三思而行、慎而又慎,每一句话都得字斟句酌、瞻前顾后。而现在在这里,他则是真正的主人,他则是这里的中心,他也同样是一团熊熊的烈火。他面对着的全都是他的从属和下级,这些人他全都管得着,而且,一个个都对他怕得要死。尤其是他的喜怒哀乐直接关系着他们的荣辱与升迁、位置和仕途。在这里,他想怎么说就可以怎么说,愿意怎么来就可以怎么来,他一点儿也用不着去在乎什么。何况,这些人还真的都是自己提拔起来的,何况自己还是一个真正管得着他们的市长和老上级。

见李高成这个样子,十几个人面面相觑,你瞅瞅我,我瞧瞧你。几分钟后,郭中姚翻开一个本本来,两手有些发颤地戴上花镜,小心翼翼地瞟了李高成一眼说道:

"那就让我先汇报吧。"

也就这么一句话,直让李高成心里阵阵发酸。郭中姚真的老了,但却仍然还是以前那副对他总也恭恭敬敬、说一不二的样子。大概这也正是中国人特有的一种人际关系,只要你做过他的上级,你就永远会是他的上级,即便是他的位置发生了变化,即便是他已经成了你的上级,在他的心底里依然会把你当作他的上级。正是一日为师,终身为父。这也难怪为什么许许多多的领导一旦上任,总是千方百计地想法子要把属于自己的人提拔起来。于是乎这些下级就会永远在心底里对你感恩戴德,会刻骨铭心地感激你一辈子。否则,你就是不仁、不义、不忠、不孝,恩怨分明真君子,知恩不报乃小人。谁要是跟自己的老上级闹矛盾,谁要是造提拔你的人的反,你这个人的人格就算彻底完了,一辈子也别想再在人面前直起腰来。而发生在我们干部阶层里的种种弊端,是不是正是由于这种特殊的人际关系所造成的?一朝天子一朝臣,干部队伍越来越庞大,团团伙伙、圈子山头也越来越多,不管有多大的问题,只要一涉及到这种特殊的人际关系,人们就会望而生畏、望而止步,事情也一下子就会变得复杂棘手起来。李高成突然感到,自己是不是也正是陷在这种复杂的人际关系里而不能自拔?事情才刚刚开始,就先自手软了、心软了。看来自己的感情早就有了偏向,屁股也早就坐歪了。要真是这样,那还怎么能彻底公正地解决问题?又怎么能让全厂的职工和干部心服口服、畏威怀德?

一定要冷面如铁、公正严明,绝不能因为眼前的这几个人而冷落了几万工人的心。只要有问题,就绝不能心软,更不能手软。

郭中姚汇报得非常认真,也非常仔细,虽然是逐一反驳,针锋相对,却显得是那样得体、那样中肯。没有激烈的言辞,没有浮躁的牢骚,没有辛酸的委屈,更没有火爆的情绪。大概是早就有了准备,一条一条的都是那样充分、那样圆满,而且有理有据、有条不紊。

郭中姚的汇报和解释看来是代表了公司整个上层领导的意见和观点。郭中姚首先认为,中阳纺织集团公司这些年来的亏损和负债,公司的领导是负有责任的,公司领导的观念这几年越来越老化僵化,市场意识太弱太差,在新旧观念的转换中,步伐太慢。一切都还是照老章程、老规矩办事,体制上是这样,管理上是这样,行为方式上依然还是这样。想变又不敢变,往前走一走,又往后退一退。老是盼着上边下文、下指示,等着领导来说话。要是没了这些,就会觉得什么也不牢靠。所以在计划向市场转化的过程中,不只是慢了半拍一拍,而是远远没能跟上,甚至根本就没有去跟。郭中姚说,公司的许多领导,也包括他自己,这么多年来,就总是只想着往母亲的怀里躲。什么时候也是等靠要,等财政、等拨款、等投资;靠领导、靠国家、靠政府;没了就要,要不下就等,等不到就去找。听党的没错,听政府的没错。总想着公司是党和国家的,工人也是党和国家的,这么大的工厂,这么多的工人,这么大的摊子,党和国家还真会不管了?要真成了那样,那社会主义还要不要了?工人阶级领导一切的宗旨还存在不存在了?一直等到国家和政府真的撒手不管了,一切的一切都得靠公司自己了,这才有些傻眼了,然而这时已经太晚太晚了,所有的一切也都来不及了。这种旧思想老观念,真是害人害己,害了工厂,害了国家,也害了公司里的几万工人。现在想起来真是让人痛心哪,如果早在十年以前、五年以前就有这种经验教训,就像现在这样彻底地转变了思想观念,我想我们绝不会垮成现在这个样子。五年就让我们外欠了几乎六个亿呀!连我们自己也没想到怎么会欠下这么多的外债……

说到这儿,郭中姚止不住地泪流满面、哽咽不止,好半天也没能再说出一句话来。会议室里响起了一片唏嘘声,好多人都一把接一把地抹着眼泪。

说实话,李高成对郭中姚的这番话是很有看法的,这究竟是在发牢骚,还是在汇报问题?是,等靠要的想法确实是内陆省份转变思想观念的一个最大的障碍,包括工人,包括大中型企业的厂长经理,包括政府部门的领导干部,可以说很多人都有,而且,要想彻底转变很难很难,但你怎么能就此得出一个这样的结论来:因为国家撒手不管了,所以,这些等靠要的大中型企业也就彻底完蛋了。一个大型企业的领导,怎么能随随便便地说出这样不负责任的话来?对国有大中型企业,国家什么时候撒手不管过?别的不说,只说这几亿元外欠的贷款,不全都是国家贷给你们的?国家和政府在财政那么吃紧的情况下,仍然一年几乎平均要拿出一个亿的资金扶植你们这样的一个企业,怎么能说政府撒手不管了?这像一个大企业的领导说的话吗?但看着郭中姚泣不成声的样子,李高成不知为什么没能把这些话说出来。转回来一想,他真心实意就这么想的,你能说他想的这些没有一点儿道理吗?多少年了,他们就是一心一意听党的,听政府的。党叫怎么干,他们就怎么干,国家怎么计划,他们就怎么按计划行事。如今,党和国家突然让所有的一切由他们自己来做主,让他们自己去找市场,让他们自己去安排自己产品的出路,他们能在一夜之间就完全适应这种变化吗?他们的心理能有这种承受能力吗?说实话,在党和政府面前,他们真的一直充当着一个孩子的角色,让他们突然离开母亲的怀抱,他们能够自立行走吗?应该说,这真的不容易。他把想说的话又咽回肚里,就让他说吧,让他能没有任何顾虑地把心底里所有的东西全都掏出来,就是苦水也尽情地往外倒一倒。

也不知过了多久,郭中姚又接着讲道:

"就说买棉花的事情吧,买回来的棉花不好,这确实是事实,我们也确实负有责任,这一点我们从来也没有隐瞒过,我们也多次在全厂的干部会议上详细地讲过事情的全部经过,在厂里的闭路电视上,我们也三番五次地给全厂职工解释过。厂里的工人有怨言,包括一些干部也有埋怨情绪,甚至有许多人对这件事愤恨之至,这我们都完全可以理解,但问题的真正原因我们实在没法子给干部和工人们讲呀。我们能说这一切并不是我们造成的吗?李市长,这件事我们就是连你也不想让知道呀,我们真怕你知道了,批评也好,处理也好,那就算是我们把人家给告下了,不管怎样,我们这个公司日后就别再有好日子过了。我们不能说,真的是不能说呀……"

郭中姚说到这儿时,再次止不住地哽咽起来。李高成则有些敏感地意识到,这是有意识地在卖关子、设埋伏,想糊弄你呢,还是真的有难言之隐?如果真有难言之隐,那想必就是一些要害部门了。比如计划委员会,比如经济委员会,比如工商、税务机关,比如财政局,比如工业局,比如银行。这几年,在企业界这种情况太多了,这种心态也太普遍了。说是工厂公司拥有的权力越来越大、越来越多,工厂公司也越来越能独立自主了,其实,他们面对的婆婆主子也越来越多,也越来越让他们感到害怕了。官小庙门大,池浅王八多。哪个庙门也不好进,哪个也想在你身上找块肉吃。而你哪个也惹不起,得罪不得。一旦触犯了人家,真能让你死不得、活不得,让你一天也别想有好日子过。

这时候,分管供销的副总经理冯敏杰好像有些止不住地说道:

"李市长,这件事就让我来汇报吧,这件事是我直接经手的,情况我最了解,问题我也最清楚,我想我还是有发言权的。"

李高成沉默良久,也就同意了,但不知为什么,他对冯敏杰那种急切的心态感到有些不快。你急什么呢?总经理正在汇报,一个问题还没有谈完,你就急急忙忙地插了进来,还怕没有你汇报的时间,你慌什么?

冯敏杰一说起来,李高成那种不快的心情就渐渐不存在了。冯敏杰的口才依然像过去那样好,思维也依然像过去那样敏捷。卓越的公关能力是冯敏杰的专长和强项,这是当年他起用冯敏杰的最关键的一个原因。不论在什么时候,也不论是在怎样困难的情况下,他都能侃侃而谈、应对如流,而且该长则长,该短则短。需要打动你时,他能口若悬河,高谈雄辩;需要说服你时,又常常会片言折狱,一言九鼎。那些年,在厂里产品大量积压的最困难的日子里,冯敏杰的公关能力,为厂里立下了别人难以替代的汗马功劳。那时候,不管有多少忧虑和烦恼,只要一听到冯敏杰那略带沙哑的嗓音,他的心情就会感到快慰和欣喜,就会给他带来自信和鼓舞。如今,这如此熟悉的嗓音和话语,似乎又一下子让他回到了过去的日子里,他们之间的距离好像一下子就拉近了。

冯敏杰说得又清楚又简明扼要又有说服力,而且好像只要他一说起来,那种慌乱和不安就全然不复存在了。冯敏杰首先说他的话只代表他个人,并不代表组织。他说1995年公司里买棉花的事情从头到尾都是他一个人承办的,如果说有责任的话,那责任全在他一人身上,跟总经理并无任何直接关系。冯敏杰说1995年国家的贷款是4月份就研究决定了的,贷款的手续在6月份就全部办妥。但真正等贷款全部到位,却已经拖到了11月下旬。公司为了这些贷款能早日划到公司,整整跑了将近七个月的时间。而我们同棉花销售方的合同,是在7月份就已拟定了的,当时只要有三百万元的预付款,这份合同就可以签字生效,就会具有法律的保证。

但当时公司里真的是拿不出这笔钱来,工人们发不了工资,公司里连电费、水费也交不起。而国家从 4 月份就决定贷给我们的六千万元人民币,我们跑断了腿,磨破了嘴,也无法从中先提出这三百万作为预付款把这份要命的合同签订。时间就是金钱,这份合同就是公司的命呀。合同再好,双方没有签字,那也只能是一堆废纸。按说这么大的一个公司,在别人眼里,从哪儿弄不出三百万来。但事实就是这么残酷,这么大的一个公司,就是无法弄到这三百万。这么大的一个城市,就是没有一个地方愿意借给我们这三百万。一个外债达几个亿的企业,谁愿意把三百万往这个黑窟窿里扔。我们只能眼巴巴地等着国家的这笔贷款,我们也只能上上下下地去跑,只能四处奔波游说。7 月份的合同,我们拟定的一、二、三级棉花的平均价格是一万四千元一吨,等到了 8 月下旬时,就一下子涨到了一万六千五百元一吨。到了 9 月份时,便再次涨到了一万八千元一吨,到了 10 月份时,竟涨到了将近一万九千元一吨。等 11 月份我们得到贷款时,即便是四级、五级、六级棉花的价格,也都超过了一万八千元一吨。贷款迟给了我们七个月,却让我们损失了八百多万!而且 11 月下旬,已经到了隆冬季节,这又让我们到哪里去买棉花呀!我们几十个采购员,几乎跑遍了所有的产棉区,最后才算在江西的一个县份的棉麻公司里,买回了公司里望眼欲穿的二千吨棉花。

冯敏杰痛惜万分地说:"这个县几乎不产棉花,而且我们也知道他们的棉花不好。这个棉麻公司出售的棉花,其实也是在别的地方买下的二手货,但这是人家早就定购下的期货。没有别的,就因为人家有钱,于是就眼睁睁地看着人家在咱们身上赚了这么一大笔钱。为了把棉花的价格压下来,我们先后同他们协商了七八次,最后才算以平均一万八千元一吨的价格,购回了二千吨棉花。同当时各地的价格相比,每吨便宜将近三百元左右。棉花确实不好,但也绝不像别人说的那么坏。二级棉占到15%以上,三级棉占到20%,四级棉占到10%,五级和六级棉各占25%左右。在最后签订合同以前,我们把公司最好的工程师和棉检人员都请了去,我们商量了又商量,把棉花看了又看。棉花不好,但又不能不买,再不买,谁知道价格又会涨到哪里去?要是再买不下棉花,公司里的原料早已用尽,没有原料,公司一年的任务就全得泡汤,几万工人干什么,又吃什么?棉花质量不理想,但相互搭配着,完全可以用,怎么着也比没有活儿干强呀。还有的人说,既然知道棉花不好,为什么第二次又在人家那里买回了几百吨?这些人说话也不想一想,假如我们真的在这上面搞了鬼,我们还会第二次去买吗?我们真的就会那么黑,真的就会那么傻?实际情况是,我们提走二千吨后,人家说他们那儿还有一千吨左右,如果我们想要,还可以再便宜一些。当时全国的棉花行情我们清楚,确实没有比这更便宜的价格了。虽然没有钱,我们还是答应再买一批。回来后,我们一方面稳住人家,一方面赶紧试用这批棉花,发现这批棉花的质量确实还行,于是又咬紧牙关,倾尽所有,又买回了四百五十吨,想想也真是寒酸,没有办法,真的没有任何办法,谁让我们这个公司这么穷呀。采购员一见到我们就哭鼻子,也数不清有多少回了,什么价格也给人家谈好了,就是因为钱到不了位,只好眼巴巴地看着别的厂家把自己早已订好的棉花提走。一次次地催公司,一次次地给人家说好话。什么事也不顶,如今是市场经济,有钱走遍天下,无钱寸步难行。牌子管什么用,人家就认钱。这几年大中型企业的信誉又不好,牌子越大人家反倒越怕你越躲着你。反过来我们自己也心虚呀,人面上,都还是个厅局干部,都还是个大公司的总经理,其实,比人家一个个体户、一个乡镇企业的小老板都远远不如呀。住房住不过人家,请客请不过人家,送礼也送不过人家,坐车也坐不过人家,连身上的衣服也比人家差得远。人家一看你这寒酸样子,在心底里就早已把你看低了几分,我们又能凭什么跟人家竞争。"

小会议室里此时此刻静悄悄的,所有的人好像都被冯敏杰的话深深地打动了,李高成也一样陷进了这种由语言造成的情绪和气氛里。他本想插话说点什么,但好像没机会插进话去,而冯敏杰好像要的就是这种效果,他并不想让你插话,他只是想让你听,只是想给你表白。他就是想打动你,想把你的情绪彻底地扭转过来。

冯敏杰继续说道,这么多年了,真没想到如今要做点什么事情会变得这么难。在外头低三下四,回到家里依然还得卑躬屈膝。出门往头顶上一看,谁也压着你,谁也管着你,都说对企业要权力下放,要让企业摆脱束缚、自由自主。可这会儿的实际情况又怎么样,感觉上反倒是越捆越紧,越管越严,婆婆妈妈越来越多了。就说1995年的那笔贷款吧,这是国家和政府早就决定了贷给我们的,银行也并不是没有这笔钱,可为什么就是迟迟到不了位?我们怎么也想不明白,到底是为什么呀?要是这公司是属于他们自己的,他们会这么做吗?他们舍得这么做吗?眼看着企业一大笔一大笔地损失钱,为什么就一点儿也不心疼?我们跑了多少腿,说了多少好话,请了多少回客,再说句难听点的话,他们吃了多少,又拿了多少!可就是拖着不给你办,有些人我们就是想不明白,他们的心为什么会这么黑!有多少才算够!李市长,事到如今,我们也只好实话实说了,其实每年都是这样,每一回贷款都是这样,假如不是他们这么拖着压着,假如不是有这么多婆婆妈妈管着卡着,中纺公司会是眼前这个样子吗?到这会儿工人们闹起来了,公司也即将破产了,这好像才急起来了,可他们从来也不想一想,平时都对这些企业干了些什么?又什么时候真心实意地帮过、关心过这些企业?是,我们的体制上是有问题,我们的管理上也有缺陷,我们的观念也有些陈旧,但仅仅只是这些就能说明一切问题吗?假如我们真正拥有权力,假如我们真正能够自己做主,假如这个公司真正能让我们说了算,我们能变成今天这个样子吗?李市长,我们今天说这些,一点儿也没有借机想给领导发牢骚的意思。说真的,我们在一块儿议论过好多次了,要不是因为市长是我们的老上级,说不定我们早就不干了。我们干什么不行,为什么非要在这儿受罪不可?今天的情形李市长也看到了,要再这么发展下去,这黑锅可就真会让我们背定了,别的我们什么也不怕,怕的就是有朝一日我们这些人反倒都成了公司的罪人,累死累活地在这儿干了一辈子,什么也没落下,临了倒落了个腐败分子……

末了,冯敏杰向李高成毫不含糊地作了保证,今天讲的这一切,如果有失实之处,他将完全负法律责任。他说他欢迎任何监督和司法部门到这儿进行严格的审核和调查,他将尽一切力量积极配合和协作,如果查出什么严重的腐败问题来,他将立刻引咎辞职,甘愿承受司法部门的一切处罚和严惩。

应该说,冯敏杰的这一番话,确实深深地打动了李高成。深思之余,还让他感到了一种说不出的感动。冯敏杰的有些话虽然不无刻薄和愤懑,但他相信他的这些话都是真诚的,至少他没向你说谎话,说大话,说废话。而且,等冯敏杰讲完了这一切时,李高成那颗悬着的心似乎也渐渐地落了地。他最担心的也是他最不能容忍的棉花问题,看来已经有了一个较为合理的解释。他相信这些公司的领导不会在这件事情上给他捅出一个骇人听闻的大娄子来,几百万甚至近千万的经济问题呀,就算他们不想干了,莫非也不想活了?他相信自己的直觉,尽管他也明白,这种直觉基本上是来自于对老部下的那种难以扯断的情感和信任。

他常常很坚定地认为,在许许多多的时候,感情和理智应该是一致的。

九

公司领导的汇报一直持续到午夜十二点,中间几乎没有进行过任何休息。晚饭也没有离开过会议室,一人一包方便面,两根火腿肠。总共用了不到一刻钟,吃完了又接着汇报。

虽然是一顿简单得不能再简单的晚餐,却使会议室里的紧张气氛一下子被冲淡了许多。党委书记陈永明吃火腿肠时,怎么咬也咬不开,惹得大伙都哧哧哧地笑了起来,连李高成也止不住地笑了一笑,于是,大伙更是前仰后合地笑成一片。

情绪缓和了,汇报也就轻松了许多。

党委书记陈永明接下来谈了谈公司这几年提拔和起用干部以及党委组织工作上的一些情况。

陈永明说,干部的比例过大,这是事实,但这是计划经济体制下造成的一种普遍情况,并不是中阳纺织集团公司一家是这样。同全省全国相比,中纺公司的比例还是较低的,而且,中纺干部的年轻化程度,也是比较突出的。这几年,中纺确实提拔了一大批干部,提拔的对象80%是中青年。在提拔干部的问题上,我们制定了非常严格的规章制度。有意识地增强了选拔干部的透明度和公开性,在平等竞争的基础上,力求做到真正的公平和民主。我们的这一套办法,省委市委组织部曾进行过认真的考查,并作为先进经验在全省全市予以推广,受到了上级部门的多次嘉奖和表彰。要说我们这几年提拔的干部没有一点儿问题,那也是不客观、不实事求是的。凡是近几年提起来的干部,我们都有言在先,一旦发现问题,该撤的撤,该查的查,该处理的坚决处理,绝不姑息,绝不手软,而且,是谁提拔起来的也一样查谁。自1990年以来,只在这一方面,我们就查处过二十多个新提拔起来的年轻干部。而问题的症结,就是这几年我们干部的后备力量越来越少,管理人才和技术人才的流失越来越严重。我们看好的人才,往往是怎么留也留不住,其实,我们也没有条件能留住人家,工资上不去,待遇跟不上,住房没住房,前途没前途,一个年轻人,谁愿意长久地留在这里?要是我,我也不干呀。所以,近几年来,我们提拔干部遇到的一个最大问题就是找不下、选不上、用不住。所以,有些人说我们这几年在提拔干部上有腐败行为,真是笑话。去年,我们看中了一个年轻大学生,好话说了几大车,人家就是不干。后来人家对别人说了,他来这儿就是为了锻炼锻炼,根本就没想着要在这儿长期呆。当时听了挺气人的,但事后一想也就不气了。这能全怪人家年轻人吗?你凭这就能说人家的觉悟低吗?这样一个外债几个亿的公司,连工资都发不了了,你就是给人家一个总经理,人家也未必会干呀!我们提拔一个干部,翻来覆去地要给人家说那么多好话,做那么多工作,就算你想腐败你能腐败得起吗!

说到最后,陈永明不禁有些愤慨地说道:"还有些人说,我们的一些领导干部不仅在人事上搞腐败,而且在作风上也有腐败行为。说什么领导们把自己的姘头一个个都安排在公司的重要岗位上,连秘书都换成了年轻姑娘。我们实在难以想象这些人说话怎么能这样不负责任!话说白了,这些人散布流言蜚语的目的就是想搞垮我们这个班子,就是想给领导的脸上抹黑。总经理郭中姚离了婚,这是公开的事实,郭经理家庭不和,妻子脾气暴躁,这是公司里人人皆知的事情。连郭经理的儿女也都劝自己的父母离婚,想想这样的婚姻还有什么存在的价值?离婚以前,人人都同情郭经理,然而一离了婚,却好像人人又都怀疑郭经理。过去是寡妇门前是非多,如今是经理门前是非多。莫非离了婚的男人,只要一接触女人就肯定有那种不正常的关系?而离了婚的男经理一旦提拔一个女性当领导,就能说明这里头肯定有问题?中阳纺织集团公司70%以上的都是女性,要都这么看,那还怎么让领导开展工作?是,这两年,我们中纺公司也确实起用了一批女性干部做公关工作,但这又有什么不对的地方?这是工作的需要呀,如今,社会上就是这样,一个精明能干的女性,不论是搞采购还是搞供销,也不管是上项目还是签合同,那确实要比男同志强。再板着个脸像过去那样一本正经地去办事,这会儿谁还吃你这一套?社会风气就这样,凭我们就能改变得了吗?其实这些人并不是不知道这些,他们无非就是想在这上面达到什么目的罢了。在我们国家向来就是如此,你要想搞垮某一个人,首先就是在作风上搞臭他。说什么郭经理女秘书换了一个又一个,还给女秘书分房子、安排职务,胡说八道也得有个谱么!要真像他们说的那样,那还能算是个人吗……"

如果不是郭中姚制止了他,陈永明也许还会没完没了地说下去。老实说,陈永明的这番话,心情可以理解,但确实很令人反感的。令人反感的并不是这些话的内容,而是陈永明说话时的那种态度和情绪。不管怎么说,作为一个公司的党委书记,首先不应该以一种对立和定性的口气来谈论这件事。这是群众的意见,至少是一部分群众的看法,你如何能以这种敌对和蔑视的态度来对待?立场没站对,情绪自然就歪了。你可以说这是一种误解、一种偏颇的看法,但绝不能说这是在散布流言蜚语,是在搞阴谋诡计,是想达到什么目的。要是这种话传了出去,那同群众的紧张关系还能缓和得了?其实,陈永明刚才的那番话根本就不必说,郭中姚的婚姻问题,我李高成还会不清楚,还会比你了解得少?对群众的意见就是再有看法,也不该这样说,不能这样说,没有别的,就因为你是领导干部,而这些人则是一线工人。这是工人们应有的权利,也是我们党自从成立自从执政以来就赋予工人的最神圣的权利之一,任何人都无权剥夺和蔑视它!

再下来是分管财务的副总经理吴铭德概括地谈了谈公司里的经济情况。

吴铭德认为有些人说公司里的财务混乱、胡支乱花,是完全没有根据的,也是极不负责任的。这是造成公司干群关系紧张的最直接的因素,公司这一阶段群众情绪的不稳定主要就是由于这方面原因引起的。而一旦有了这种怀疑的看法和态度,那你就是长上一百张嘴也解释不清,怎么汇报也不起作用。所以,吴铭德认为,目前要让群众的情绪安定下来,关键的关键就是希望上级尽快派下来一个财务工作组,把所有的账目全部审核清查清楚,给群众一个圆满的交代。不要以为我们害怕这样做,而恰恰是我们盼着这样做。只有把账查清了,结论公布了,我们就没有压力了,群众也就放心了。

吴铭德接着说道:"现在群众意见最大,我们也有必要说明的是两个问题。一个请客吃饭的问题,一个出国考察的问题。请客吃饭,这是很难解释的事情。这几年在这方面的开支确实很大,但并不是没有账目、解释不清,也绝不像一些人传言的那么多。说是一年光请客吃饭就要花几百万,完全是凭空猜测。公司有上百个推销采购人员常年吃住在外,这本身就是一笔很大的开支。包括公司所有出差人员的旅差费和补贴,再加上公司全部的接待费,一年的开支也就是二百多万,即便是这方面开支最多的1992年,总额也没有超过三百万元。这些都是有账可查的,只要一查就清清楚楚。问题是我们的有些饭究竟应不应该吃,有些客究竟应不应该请。其实,这些早已都是公开的秘密,都是些只可意会不可言传的实情,摆在桌面上说不过去,可在桌子底下谁也在做,你不做行吗?你找人家办事,只在办公室里谈谈就能办了?如今的事,你能把人家请到饭桌上,能把人家请到舞厅里,能把礼送到人家家里,那就已经很不错很不错了。这几年衡量一个人的办事能力,首先就看你请得动请不动那些头面人物和要害人物。明知道违纪违法,可你就是不能不做。咱不说别的,就只说这几年的贷款,哪一年不求爷爷拜奶奶地请上人家几十回上百回,才能把这些钱真正到了位?你以为我们愿意整天陪着人家吃饭吗?低声下气地陪着人家不说,我们看着也心疼呀!那都是工人们的血汗钱,那都是公司的救命款呀……

"至于出国考察,群众对此意见很大,这是我们早就知道的,这也是很难解释的事情。工人们没奖金、没工资,你们却还出国考察,花费上那么多的钱,那怎么会没有情绪,怎么会没有意见?尤其是这几年一些单位的出国考察,纯粹就是瞎扯淡,社会对此议论纷纷。工人们的怀疑和反感可以理解,但工人们的意见和情绪,主要还是因为目前的考察没有结果。一旦有了结果,上了项目,群众的意见和情绪马上就烟消云散了。现在的问题是,就目前中阳纺织集团公司的状况来看,出国考察有没有必要,引进外资和技术有没有必要?我个人认为,不仅有必要,而且是迫在眉睫的事情,要想让中阳纺织集团公司尽快扭转局面,从目前的困境中尽快摆脱出来,这是最有效、最有希望的战略决策之一,所以,现在花钱出国考察是绝对有必要的。有人说我们出国考察去的地方太多,而且还带着老婆借考察之名,行旅游之实。但引进外资,想找到合作伙伴,以我们中纺的情况,哪有一次两次就能成功的?是,美国我们去了,俄罗斯我们去了,法国英国我们也去了,美国是个富有的国家,而且是对方邀请的我们,俄罗斯虽然很穷,但他们有先进的技术和设备,又是我们的邻邦,在这些地方我们都可能找到机会。至于英国和法国,是因为我们那儿有关系,我们觉得我们应该去。至于说什么都带着妻子一块儿出国考察,这也同样是没有根据的。在领导里头,惟一同妻子一起出国的只有总工程师高双良。而高总之所以同他的妻子一同出国,因为他的妻子本身也是一个高级工程师。这根本就是无可非议的事情,也是经过我们慎重研究后同意了的。事实证明,我们出国考察的举措并没有错。像我们这样一个债台高筑的亏损企业,不主动去找去跑,外资和合作伙伴还会自己找上门来吗?经过这两年的努力,我们的考察已经有了成效,我们同尼日利亚已经草签了合作意向书,我们同尼日尔的合作也快有了眉目,尼日尔派来的代表,已经在我们这儿进行过考察。这两个国家都是产棉国,他们出原料,我们出产品。具体方案,目前我们正在洽谈之中,我们现在遇到的一个最大的障碍和难题就是我们的外债问题,人家都愿意同我们合作,但都对我们的巨额债务感到担忧和犹豫。即便是这些债务同他们没有任何关系,也让他们感到惶恐不安。以他们的看法,像我们这样的公司其实早已破产了,哪还有存在的理由。欠着这么多的外债,还有什么生存能力和生产能力,每年的利润远远不够偿还利息,还怎么发工资、发福利,还怎么进行管理、进行再生产?同他们进行合作,岂不是想骗他们的棉花么?就算不是欺骗,等到年终结算时,利润全被银行提取,那实际上还不是等于给骗了个精光?所以,不管我们怎样同人家解释我们两国国情的不同,不管给人家提供多么优惠的条件,人家仍然忧虑重重,不敢决断。"

　　说到这儿,吴铭德小心翼翼地看了李高成一眼,然后又小心翼翼地说道:"李市长,对方这两个国家,都有个相同的要求,他们认为既然是相互合作,那就应该把那笔债务剔除出去,至少也应该让我们的银行给他们出具一份担保证明书,以说明这个新建的合资企业同这些债务没有任何关系。如果能保证和答应了这一条,双方的协议立刻就能签订。李市长,对于这一点,我们已经同银行谈过好多次,我们也同市工业局和市经委大致谈了谈,但他们都没有明确答复,只是说这件事情,必须要给市委市政府的领导详细汇报，只有征得上级领导以及有关部门的同意后才能答复我们。我们也感到此举事关重大，但中纺能否走出困境，成败在此一举。我们对此事曾做过详细的研究和认真的估算，如果我们答应了这个其实并不存在并无关系的条件，中纺也就彻底搞活了。中纺这几年最主要的问题就是资金短缺，买不到优质原料，从而影响到产品的销路，这种恶性循环，导致了中纺的包袱越背越重，以至于停工停产。如今，我们一旦同国外合资，这些问题全能迎刃而解。对方都是优质棉产国，由他们给我们提供原料，不仅解决了我们的资金短缺问题，而且也解决了我们的原料来源问题，尤其是我们的大部分产品都将销往对方国家，这也等于解决了我们的销路问题，同时还可以给国家换来急需的外汇。真是一举数得，我们为什么不做？只要中纺活了，能运转开了，一切都朝着良性循环的方向发展，赚下的钱还不是国家的？这个企业最终也还不是属于国家的？其实，让人家合资方还没同我们合作，就背上几个亿的外债，这既不现实，也绝不可能。这些外债迟早也还得由我们给国家偿还，如果我们现在就咬住这一点不放，那我们就永远也别想再找到合作伙伴，就是傻得不能再傻的合伙人，也绝不会先给你承担上几个亿的债务，然后心甘情愿地同你合作。从商业道德上讲，也绝不允许我们这样去做。李市长，今天我们同你讲这些，其实，并没有想让你答复的意思。我们只是先把情况给你汇报一下，究竟该怎么办，我们当然还是听你的。"

吴铭德的话早已不知不觉地让李高成陷入了一种沉思之中，以至于吴铭德讲完好久了，他还在那里沉默着、思考着。李高成对吴铭德的话和思路都很满意，这些话也确实很有说服力。说公司的领导有经济问题，那就派人来查账好了，他们希望这样做，也欢迎这样做。说厂里请客吃饭，开支很大，他并不否认，而且有理有据，说得明明白白，反倒让你无懈可击。说厂里的领导纷纷出国，名为考察,实为旅游。他据理反驳,也一样讲得头头是道,毫无破绽。尤其是最后谈到同外方合作的障碍和问题时,居然把难题给他甩了过来,而这个难题也确实让他动了心。是啊,让人家背上五个多亿的外债,还要让人家同你合作,这岂不是做梦想好事?不就是那么一个徒具形式的条件么?吴铭德说这个条件其实并不存在并无关系。想想也是,企业是国家的,债务也是国家的,迟早也是国家的企业来偿还国家的债务,这本身就是一回事。只要能答应了这个条件,这个濒临绝境的企业说不定真的一下子就活了,企业有救了,工人们稳定了,国家也没了负担,这样的事情为何不做?而只要企业活了,有了盈利,那债务还一点就会少一点,就算还不了,国家至少也不再往这个无底洞里垫钱了,成为合资企业,国家也就没有包袱了。这个问题真应该认真地研究研究,应很快让他们拿出可行性计划并打出报告来,尽快提交市委市政府进行磋商和研究。

想到这里,李高成没再说别的,只是对总经理郭中姚问道:

"老郭,谈谈你的想法,这件事你是怎么看的?"

郭中姚大概是走神了,像吓了一跳似的,愣怔了好一阵子才有些懵懂地问:"什么事?"

李高成没想到郭中姚真会走了神,看来,他已经好半天都没有听进去了。真成问题,这一阵子他都想了些什么!不过,他立刻就原谅了他,也许是太累了太困了,别说他已经快六十岁的人了,就是一个小伙子,在这神经紧绷的几十个小时里,大脑也肯定会时不时地处于一种无意识状态。他瞅了瞅郭中姚那张满是皱纹、眼袋凸垂、憔悴而又惶惑的脸,不禁又有些心疼起来。在这样的一个企业里当经理,也真是不容易。末了,他轻轻地说道:

"公司现在成了这个样子,依你的看法,下一步究竟该怎么办?究竟该用个什么办法,才能使企业尽快地运转起来?"

郭中姚默默地瞅着李高成,良久,才慢慢地说了一句:

"李市长,你是不是要让我讲实话?"

李高成也不禁愣了一愣,他依然没想到郭中姚会这么说。他忍了忍,但仍然没有好气地说道:"公司都到这步田地了,还有什么不能说的。"

"李市长,我并不是想给你出难题。"郭中姚有些木然地低下头来,再也不看李高成一眼,一边说,一边把头摇得像个拨浪鼓,"没办法,真的没办法,这会儿说什么都是假的,没有一个办法能靠得住。李市长,已经欠了五个多亿了,再有通天的本事也还不了这笔债呀。只这一年的利息就得多少? 就算我们所有的车间都动了起来,所有的产品也都能销得出去,那每年的赢利也远远不够偿还利息的呀。我们的包袱又有多重,在职的几万,离退休的几千,吃喝拉撒,全都得靠这个企业,一年得往里垫多少。即便是现在整个公司都停工停产了,什么也不干,每个月的管理费都还得上百万元,公司成了这样子,谁又能想出什么好办法来? 没办法,真的是一点儿办法也没有了。"

李高成再次愣在了那里,总经理郭中姚对公司的看法竟然是这样的暗淡和绝望,这是他无论如何也没有想到的。他不禁有些气愤地说道:

"按你所说,这个公司已经完蛋了,早该散摊了是不是?"

"李市长,我说的都是实话,就是你把我撤了我也要这么说,"说到这里,郭中姚已是泪流满面了,"这个公司确实已经完了,惟一的办法就是让它破产……"

李高成最担忧最不想听的话最终还是出现了,他有些茫然地呆在那里,脑子里顿时成了一片空白。

这时候,他听到副总经理冯敏杰也插进话来:

"李市长,有些话我们都不敢给你说,这会儿就是想再开工也不可能开得了了,工人们把车间里的东西全都偷光了,连机器零件也都偷着拆掉卖了,人心乱了,人心也都变坏了。要是这会儿宣布破产,资债还可以相抵,再拖下去,可就真的是资不抵债了,到时候只怕真的就要闹出大乱子了……"

党委书记陈永明这时也插话说道:

"还有一个情况我们原本也不想给你说,别看昨天晚上出来了那么多工人,其实真正闹事的并没有几个,他们至多也就是凑凑热闹、袖手旁观。有不少工人在闹事前,都暗中先给我们打了招呼,说我们出去闹一闹,其实也是给你们公司的领导帮忙说话,国家的公司,国家的工人,国家凭什么就不管了?我们出面一闹,你们的责任也就小了,负担也就轻了。如果闹得国家重视了,投资有了,贷款也下来了,你们当领导的不也就好干了?"

副总经理吴铭德跟着话茬也说了起来:

"李市长,其实在闹事的那些人里头,大都是一些对公司领导有意见的人,或者都是一些让公司的领导处分过的人,说句不好听的话,那些挑头闹事的,其实大都是一些痞子、恶棍、赖小子,本分老实的职工干部,又有几个是真正参与闹事的?比如挑头闹事的里头,就有一个被公司给过留厂察看两年处分的财务处副处长。当年他儿子在外头办公司,急需一笔资金,他便利用职务之便,偷偷挪用了公司的一大笔款项。事发后,公司对此进行了严肃处理,并通报全公司。这位副处长对此心怀不满,多次跟领导寻衅闹事。而如今,他儿子办的那个公司成了气候,财大气粗、很有势力,省里市里也找了不少靠山,还有中纺的不少工人在他那里上班。这次闹事,他们父子俩便是最活跃的一对。这位副处长就到处给人宣扬,他们就是要报复,就是要给公司的领导一点儿颜色看。还说他们要钱有钱、要人有人、要后台有后台,这回非把中纺的这几个狗官闹到牢子里去不可……"

李高成仍然怔怔地坐在那里,再也说不出一句话来。

"中纺公司的问题,早就该下决心了……"

不知为什么,他的脑子里突然又冒出市委书记杨诚的这句话来。

十

李高成回到家时,已经是凌晨一点多了。

算了算,将近四十个小时没合眼了。虽然头疼欲裂,浑身累得像散了架,但却丝毫没有睡意。胡乱冲了个澡,倒了一杯开水,然后把自己捂在暖暖的被子里,大睁着两眼任凭思绪随意驰骋。

怎么办?刚才在中纺公司听他们汇报完了以后,他本来不想多说什么了,但说着说着又止不住地发了火。

听了那么长时间的汇报,所有的意思似乎只有一个,那就是他们这些领导并没有任何错处,也没有任何责任。工人们都是猜测,告状是别有用心,中纺目前的状况是体制造成的,至于说有什么好办法能让中纺走出困境,答案只有两个,一个是同国外合资,前提是不承认所欠的一切债务;一个则是宣布破产,让这个数万职工的大型企业彻底从地球上消失。

简直不像话!如果结局就是这样,那还要你们这么多的领导干部做什么!有钱有权有效益的时候,你们一个个都人模人样的吃香的、喝辣的,坐着小车、拿着高薪。而公司一旦不行了,立刻就一片愁云惨雾,个个愁眉苦脸、唉声叹气,一心只想作鸟兽散。原来这就是你们的本事,这就是你们的能力!只能坐顺风船,这样的经理哪里找不下,这还能算是一个领导?如果国有企业的领导都像你们这样的水平和素质,那中国的大中企业岂不是迟早都得完蛋！要是这样，你们一个个趁早都给我回家种地去，像你们这样子就是当农民也不会是好农民！

但骂归骂，解决问题归解决问题。中纺的困境不是靠骂靠查靠严肃惩处就彻底能解决得了的，你就是把他们全都撤职查办，也不等于中纺就可以很快走出困境。

关键的问题还是眼前究竟该怎么办？怎样先拿出一个切实可行的方案来，尽快地让中纺这台沉重的机器运转起来，不要再眼睁睁地等着它锈掉锈死。只有先解决了这个问题，其他的问题才能随后去着手解决。

然而，一进入正题时，他又渐渐地感到刚才经理们说的那些话不无道理。摊子大，包袱重，周转不灵，资金短缺，这是国有企业致命的通病。让他们戴着枷锁镣铐跳舞跑步，他们跳得动，跑得开吗？一些个体企业为了自己的利益，可以为所欲为，不择手段，想怎么干就怎么干，偷税漏税、克扣工资、投机回扣、重金收买、巧取豪夺，没有任何顾忌，甚至可以对国家和职工不负任何责任，国有企业能那样做吗？尽管大部分个体企业都是遵纪守法的，但个体企业的自由度毕竟要大得多，包袱和压力要轻得多，自决权也一样要多得多。尤其是某些个体企业所干的那些横行无忌、明目张胆的事情，对国有企业来说，则全都是违法乱纪、动辄得咎的行为。在这种不公平的竞争下，国有企业得付出多少倍的代价和努力才能保住不败下阵来？就是再能干的经理和企业家，面对着这种不公平的竞争，又能干出多好的业绩来？他们的苦衷能没有道理吗？而且不应该得到人们的理解吗？

这么多年来，我们老是在讲政企分开，可是什么时候政企真正分开过？且不说我们任免企业干部的那种随意性，让那些大大小小的经理和厂长们终日战战兢兢、惶惶不可终日。只是对国有企业资金的任意占用和对企业产品的盲目指令，就足以让企业时时处于一种危险的境地。1990年,市委兴建办公大楼,一次性就从中阳纺织集团公司拿走人民币八百万元,这几乎是中阳纺织集团公司那一年全年的剩余利润！一年后作为副市长的他被选举为市长,于是许许多多的老百姓,当然也包括中纺的职工干部,都在背后骂他这市长是用钱买来的！其实有谁能知道,在当时的市委常委会上,他对此事所持的是最为强烈的反对态度。在那些年里,尤其是在中纺发达兴旺的那几年里,中纺每年的摊派款项都数以百万计。再加上并不合理的利税标准,使得中纺几乎没有任何喘息的机会和扩大再生产的能力。若碰上一个好大喜功的上级领导,以釜底抽薪式的举措让你扩大生产,以硬性指标逼着让你不得不虚报产量、无中生有,甚至于在勉强持平和亏损的情况下,让你上缴利税和赢利所得！国有企业若总是处在这样的一种环境里,又如何能好得了？你成天逼着让他们干坏事,他们又如何能干出好事来,又如何能不变坏？

能这么一味地只是指责他们个人吗？又怎么能把所有的责任全都推在他们头上？这会儿又逼着让他们拿出办法来,这岂不是自己得下的病,却非要让别人去服药？

你这会儿是一市之长,而且还是中纺的老厂长,又是多年的优秀企业家,在当市长之前,还是主管企业多年的模范副市长,其实最应该拿主意的是你,最应该有办法的也是你,恰恰不应该是别人！

以中纺目前的情况,你觉得应该怎么办才好？

李高成脑子里顿时又是一片茫然。

卧室门轻轻推开了,妻子吴爱珍悄无声息地站在了门口。

家里有两个卧室,自从李高成当了市长后,他同妻子更多的时候是各睡各的卧室,以免相互打搅,无法安睡。其实妻子的工作比他也轻不了多少。妻子是市东城区检察院副检察长兼反贪局局长,常常忙得不可开交。卧室里各有各的电话,妻子的卧室里整日电话不断,有时候甚至半夜三更还有电话打进来。妻子还有一个BP机和一个移动电话,就是吃饭时也时常有人不断地呼她和找她。案子多的时候,她晚上很少十一点以前回来过。加上是市长的夫人,所以也就更加忙了几分。平日里两个人见面的时候,大都是在早餐时和晚饭以后。尤其是这一两年以来,夫妻俩在一个卧室里休息的时候也越来越少了。

妻子吴爱珍比他年轻十一岁,前不久才刚刚过了四十三岁的生日。他们俩结婚时,他整整三十,而她却才十九岁。他是个中专生,而妻子则是个师范中专生。惟一不同的是,李高成是"文革"以前的中专生,吴爱珍是"文革"中的工农兵学员。他们结婚时,李高成只是个一般的技术员,刚刚当了车间副主任不久,吴爱珍则刚刚毕业不久,因当时恢复公检法机关,人员奇缺,她便被抽调到了市检察机关工作。李高成相貌一般,吴爱珍则相当漂亮。所以,不论从哪一方面看,他俩都不应该成为一对。即便是到了现在,他们俩走到大街上,也很少有人能把他俩看成是夫妇。五十四岁的李高成,看上去足有六十,四十三岁的吴爱珍却像三十多岁。不认识的人竟常常把他俩看成是父女关系,以至于闹出不少笑话来。甚至于有好多人直到今天还坚持认为,李高成肯定是离过一次婚后才同吴爱珍结的婚。他俩当初的认识也纯属偶然,毫无浪漫色彩。吴爱珍读师范时,学校举行学工学农活动,她便被安排到了李高成所在的纺织车间,天撮地合,两个人便成了一对。三个月后,当李高成成为吴爱珍的入党介绍人时,他俩似乎就已经确定了恋爱关系。一年半后,他们便极为简单地举行了婚礼。

在结婚后的好多年里,吴爱珍总时不时地爱说一句:那时候咋就会看上个你!即便是到了现在,这句话也常常动不动地就从妻子的嘴里冒了出来。妻子还有一句口头禅:你有今天,还不是因为我的福气!

对此,他从不争辩什么,一来是妻子的玩笑话,二来也确实是自从他们结婚后,他的位置就突突突地往上顶。不管是什么沟沟坎坎,总是一越而过、顺顺当当。每一次提拔和调动时,他从来也没跑过什么关系找过什么人。所以,有时候他也觉得还真是有点不可思议,妻子不仅给他带来了温馨,也确确实实给他带来了运气和机遇。

在婚后的二十多年里,他不仅深深地爱着妻子,也时时处处竭力维护着自己的妻子。平日里不管在外头多么的叱咤风云、说一不二,一回到家里,大大小小的事情总是让着妻子三分。当然,他们之间也从来没有出现过,也不可能出现什么大的原则性问题,行业的不同,地位的差别,再加上他大了十一岁的年龄,以及妻子的娇柔和温润,使得他们之间很少会为什么事情产生争执、别别扭扭。

在柔和幽静的灯光里,妻子还是显得那样年轻俏丽、楚楚动人。他们有两个孩子,一男一女,现在都在大学读书。在当时的情况下,这已经是很好的计划生育了。也许是生孩子的年龄较早,也许是平时保养得法,妻子的身材体形几乎没什么改变。有时候连他自己也有些纳闷,妻子工作那么忙,休息那么少,有时候还背着那么大的压力,为什么却一点儿不显老?

在大学一年级读书的女儿,每逢回来时,也总要时不时地戏谑他一句:

"爸,注意你的形象,你跟妈妈越来越不般配了。"

所幸的是,两个孩子都吸收了妈妈的优点,长得都很像那么一回事,而且都聪明过人,升高中、考大学,从未让他们帮过忙。于是妻子就常常说,看来我的智力一点儿也不比你差。

平日里,不管有多忙,也不管有多累,只要一回到这个家,只要一回到这欢乐温馨的气氛里,所有的烦恼和沉重立刻就烟消云散了。这两年,两个孩子都相继上了大学,家里除了保姆外,就只剩了他们夫妻两人。而他们两人似乎都已到了事业的最辉煌,同时也是最沉重的时期,虽然只有两个人,但见面的机会反倒越来越少了。过去有孩子在,两人再忙也要赶回来在家吃饭,如今孩子不在,有事打个电话也就不必在家吃饭了。因而大多时候,竟是保姆一个人在家吃饭。

这似乎也一样是没有办法的事情,谁让两个人都是领导干部呢。一个市长,一个反贪局长,都是忙得不能再忙的要职,想躲都没地方躲去。

他默默地瞅着妻子,没想到妻子会在这时候走进他的卧室里来。

妻子一边轻轻地在他的身旁躺下来,一边有点心疼地瞅着他说:

"事情都过去了?"

"唉,哪有那么简单。"他拉开被子,很细心地给妻子盖上。

"是不是特别难办?"妻子的一双大眼睛一眨一眨地在他脸上扫来扫去。

"再难办也得办,中纺的事情没法再拖了。"

"那些工人真的闹得很凶?"

"要是晚去两个小时,说不定真的就闹出事来了。"

"郭中姚他们真的已经管不住了?"

"不是管不住,而是已经呆不住了。工人们根本就不听他们的。"

"怎么会这样?郭中姚的威信不是挺高的么?"妻子满脸都是担心的神色。妻子同中纺的领导们一直很熟,因为这些人都是家里的常客,妻子对他们了如指掌。

"看样子已经彻底垮了,连他自己这会儿也绝望了。"不知为什么,看着妻子忧心忡忡的样子,他突然对郭中姚这个人流露出一种深深的同情和惋惜。

"真的非常严重吗?这两天人们对中纺的事情传翻了天,还说你被那些工人们整整围攻了七八个小时,还有的私下传说你差点挨了打。后来紧急从市防暴队调去了好几百人,才算把你从人群中解救了出来。"

"瞎说八道。要真成了那样,我还咋有脸当这个市长?"李高成觉得有些好笑,但却没能笑出来。

"可当时还真把我给吓坏了,我给小吴连着打了好几个传呼,他也没给我回一个。你那秘书也真是的,怎么连个电话也不回?"妻子很生气的样子。

"就没有电话。整个中纺就只剩了一个总机还能通话,其余的电话因为欠费全给卡了。你让小吴在哪儿给你回电话去。"

"……是吗?"妻子一脸的惊愕,也许只有到了这会儿,她才真正知道了事态的严峻。

"因为欠账,电也不正常了,水也开始定量供应了,都成这样了,想想工人还能不闹事?"

"怎么会是这样?"妻子脸上的表情越来越沉重起来。良久,她才接着问道,"你下一步准备怎么办?就这么让它垮了吗?"

"现在还没想出什么好办法,欠债五个多亿哪。"

"那些闹事的工人们都是怎么说的?"

"你想也想得出来,要求开工,要求发给工资,还要求查账,要求追究责任,要求严惩公司里的腐败分子。"

"你都答应了?"

"当然得答应,这些要求并不是无理取闹。"

"那你就准备去查吗?"

"你是反贪局长,你说说该怎么办?"

"让我说,能不查就不查,最好别查。"

"……为什么?"他不禁有些吃惊,他没想到妻子会这么说。

"这会儿的事情,查谁查不出问题来?要是一查,这个班子可就全完了。要是班子完了,这个公司你可是想救也救不了了。这么大的一个企业,若要一查起来,说不定就会拔出萝卜带出泥,一带就是一大片。到了那时候,只怕连你的位置也稳不了。这不是闹着玩的,我在反贪局干这么多年了,这个我比你清楚。"

"……哦?"他一下子怔在了那里。他虽然想过这些,但没有像妻子想的这么严重。

"最好别查,宁可撤掉一个两个,也别去查。中纺是你起家的地方,查中纺其实就等于是在查你。一查中纺,即便是查不出问题来,你在市里的威信也要打一个大大的折扣。一旦查出什么问题来,你可就全完了。在这个问题上,你没有任何回旋的余地,一定得顶住。"

"要是中纺的问题真的很严重呢?就这么一推六二五,睁只眼,闭只眼,和稀泥,抹光墙吗?这让我们如何给工人们交代?"

"你是市长,如何交代的责任并不在你身上。你应该让别人去负责交代,让别人对你负责,而不是要你对此事负责。就算有责任,那也只能是大家的责任,是整个市委市政府的责任,同你本人并没有什么直接的关系。像如此重大的事情,永远都应该让一个整体去作决断,去承担责任。"

原来妻子竟也这么想。"你的意思,是不是应该推卸掉责任,永远也别让自己去承担什么责任?"

"这并不存在推卸责任的问题,像中纺的问题,其实你个人又有什么责任?还有郭中姚他们又有什么不可推卸的责任?我们政府就没有责任吗？国家就没有责任吗？让个别人来承担这一切，这合理吗？这应该吗？市委书记杨诚一而再再而三地要求彻底解决中纺的问题，那恰恰是由于他可以推卸掉一切责任，因为他刚刚来市里不久，他对此事可以不必负责。所以，你一定不要让他把责任全都堆在你一个人头上。"妻子的两眼闪闪发亮，像是在面对着一个小孩子一样地看着他，"你呀，我们在一起过了二十多年了，我还不了解个你。你这个人就是责任感太强，这既是你的优点，也是你致命的缺点。你现在已经是市长了，也该长长心眼了。趁着年龄还不算大，再想办法往上走一走。不要成天只会谋事，不会谋人，你也该成熟了。"

他像不认识似的看着妻子，再也说不出一句话来。

他无论如何也没想到妻子竟会说出这样的一番话来，更没有想到妻子的变化竟会这么大。

他仿佛有点不了解自己的妻子了。

像往常一样，妻子乖巧柔顺地依偎在他身旁，很快便甜甜地进入了梦乡。

在妻子微微的鼾声里，他却久久无法入睡。

整整一夜他都在想着妻子的那些话，如果现在的领导都像妻子说的那样去想，那样去做，那岂不是太可怕了？如果要说腐败的话，这算不算也是一种腐败意识？如果把个人的责任、领导的责任、社会的责任全都像搞经济那样谋算来谋算去，那这个国家和政府还有什么希望呢？我们又如何取信于民、取信于社会？把搞经济和搞整治人的行为完全等同起来，这才是最最腐败的事情。假如说这才叫成熟的话，那么，这种成熟可就太让人恐怖了。

妻子的这种变化究竟是从什么时候开始的？她甚至都已经开始在"纠正"和"引导"自己了，而这种家庭的"纠正"和"引导"，也同样是令人恐怖和极具诱惑力的。

其实,在任何地方都一样,你不"纠正"和"引导"他,他就要"纠正"和"引导"你。

十一

早晨刚过六点,李高成就被一阵急促的电话铃声惊醒了。

是秘书吴新刚打来的电话,说是中纺的几个职工代表,很早就等在了市长办公室门口,想给市长再谈一谈中纺的事情。他们说昨天人太多,情况太特殊,时间也太仓促,有些问题没能谈清楚。他们觉得市长很可能今天就会给市委市政府汇报中纺的问题,所以想在这之前再把一些问题彻底谈透,以免在市长汇报时再出现什么偏差和反复。

李高成本来就没想到今天要给市委市政府汇报中纺的问题,他也觉得昨天的事确实太匆忙了些,有些问题还需要再进一步的深入了解。只有等把中纺存在的关键问题找到了,或者说是把问题的症结真正了解到了,这才有可能给市委市政府的领导们以及市委常委们汇报中纺的问题。他今天只是想先和市委书记和分管工业的市长交换一下看法,或者是先征求一下他们对中纺的意见,然后才能拿出下一步的决断来。哪有那么简单的事情,昨天刚去了一趟,今天就给市委市政府汇报,这岂不是太草率太随意太不负责任了?

不过他们来得也正好,因为与市委书记交换看法,也得拿出自己较为成熟的观点来。尤其是市委书记杨诚对中纺向来就有自己的观点和看法,在这个问题上绝对含糊不得,不管在什么问题上都应该首先拿出自己的具有说服力的论点和论据来。所以,在同市委书记见面以前,他也确实需要同他们认真地再聊一聊。在这种重大问题上,绝不能打无准备之仗。

"不要成天只会谋事,不会谋人,你也该成熟了。"不知为什么,他突然又想到了妻子昨晚的那句话。他没想到妻子的话给人的印象竟然会如此深刻,以致你时不时地都会以她的话去思考问题和分析问题。这确实是太可怕了。

他看了一眼正在酣睡的妻子,没再惊动她。有些事他觉得应该同妻子谈一谈了,再这么下去,说不定两人真有点生分了。

胡乱吃了两口,等赶到政府办公室时,还不到七点。至少可以同他们谈一到两个小时。

一共有六个人,除了昨天在职工代表会上发过言的老厂长原明亮、老总工张华彬外,还有现任的总工程师高双良、中纺第三产业新潮有限公司的一位会计师,另外还有两个职工代表。

今天的表情和气氛同昨天相比已经截然不同,也许是因为没了昨天的人多势众,也许是因为市长办公室的威严,几个人的脸上都带着显而易见的微笑,说话举止也都变得那么客客气气。

老厂长的第一句话竟是:"李市长,真是打搅了。"

李高成不禁为自己感到一种说不出的悲哀,这本来就是自己应该管的事情,让人家找上门来,结果还要说打搅了自己。这种本末倒置的事情居然已经让所有的人都感到习惯了。

不过他也没再解释什么,很随便地让他们坐下,然后说:

"来得正好,我也正想再同你们好好谈谈。今天你们就只管放开讲,关起门来都是自家人,有什么就说什么,还是那句话,说错了也没关系。"

第一个谈的还是老总工程师张华彬。

"李市长,听工人们说,昨天公司的领导们一直给你汇报到晚上十二点多,所以大家都特别想知道他们都给你汇报了些什么。

我们知道了他们给你汇报的情况,也就好给你谈了。"

李高成不禁犹豫了一下,他没想到张华彬竟问了这么一个问题。昨天他同公司的领导们谈的时候,也曾说过让他们敞开讲,不要有包袱的话,今天若把他们讲的那些全都告给眼前这些人的话,算不算是违反了组织原则和当初的承诺呢?如果说出去,会不会使工人同公司领导之间产生更大更严重的对立情绪呢?这并不是一件小事情,如果从更大的方面来考虑这个问题,他不应该把汇报的内容随便透露出来。

张华彬大概觉得他有些为难,于是便说道:

"李市长,其实你不说我们也知道他们都给你汇报了些什么。要不就这样吧,我们先设想一下他们都汇报了些什么,然后再结合他们说的那些提出我们的看法,如果我们设想得对,或者是我们猜测得对,你就说是,如果不对,你就说不是,你看这样行吗?"

还没等李高成回答,张华彬就已经说了起来:

"他们说买棉花的问题并不是他们的过错,而是由于银行和其他人为的关系,致使贷款迟迟不能到位,所以就造成了价格高、棉花次的情况,尽管这样,他们还是做了大量的补救工作,使损失减少到了最低程度。像这样已经很不错很不错了,要不是及时制定对策,后果将不堪设想。"

说到这儿,张华彬根本就没有问他说得对不对,话头一转,便直接开始反驳:

"根本就没有的事,完全是在撒谎。这种说法他们从去年就开始到处散布了,无非是想把问题的责任和工人们的愤怒转移到别的地方去:这不怨我们,是金融系统和有关部门的腐败造成了我们的损失。他们逼着让我们给他们送东西,逼着让我们请客,这家送了还得送那家,那家请了还得请这家。你们当工人的怎么能知道这些,你们根本就想象不到现在的社会能坏到什么程度。而且这些人这些部门我们根本就不敢得罪,别说反映告发了,就是连说也不能说,一旦惹了人家,咱们这个公司就再也别想有好日子过了。一句话,这一切并不是由于他们造成的,而是由于腐败造成的。"

李高成听到这里,不由自主地从座位上站了起来。张华彬的说话声不高,语气也始终非常温和,但却再次在他的心里产生了一种强烈的震颤。张华彬的话太有道理了,也太有普遍性了。如今我们总说这腐败那腐败,腐败得像得了晚期癌症,不治还可以多活几年,一治立刻就完。干什么也得送钱送东西,升学得送,分配得送,看病得送,住房得送,调动得送,打官司得送,尤其是升官提拔更得送!似乎腐败得已经再不能腐败了,连根都烂掉了,一点儿希望都没有了。我们并不否认腐败,也不否认有些领域腐败的严重性,但究竟严重到何种程度,有某些传闻所讲的那么可怕和厉害吗?而且这些传闻又都是从哪儿来的,老百姓又是如何知道的?就像这提拔升官,就像这大中企业的资金周转问题,其实,最知底细的往往只有领导们,如果要传出什么新闻的话,那也只能是从某些领导的嘴里传出来的,看来只有某些领导们才是始作俑者!是他们在制造着社会的仇恨,同时也在煽动着社会的仇恨!像这样的一些所谓的领导,其实比败家子更坏,比蛀虫更具危害性,人人都应起而诛之!

张华彬似乎并没有理会到李高成的情绪,继续不动声色地说着:

"其实,这一切根本就是他们有意识地想象出来的,根本就是不存在的,只要稍一调查就立刻会清清楚楚。1995年的贷款,是中阳纺织集团公司的一笔救命款,是国家在千难万难的情况下硬性给划拨出来的,像这样的贷款,就等于是一条高压线,任何人都不敢随意在上面做手脚的。省长、省委书记,都在批件上做了最强硬的批示。这一点你也是清楚的,而且你也一样在上面做过批示。

尤其是这笔贷款也得到了国家银行的同意,也同样是符合当时国家的政策的。试想,又有谁敢把这样的一笔贷款拖延几个月才批下来？据我们了解,这笔贷款是在1995年的8月25号批下来的,真正到位,也就是说,公司真正拥有使用权的时间是在1995年的9月10号左右,当时全国范围的新棉根本就还没有上市,所以,也就根本不存在资金不到、合同作废的问题。我们这会儿有百分之百的把握可以说,他们根本就是在给你撒谎。其实也用不着多说,这个问题只要一查就清楚。还有一点你大概并不清楚,在这笔款已经到位后的两个月里,也就是在中阳纺织集团公司最最关键的两个月里,中纺的领导当时在岗的只有副总经理冯敏杰一人,其余的主要领导,有一个去了新疆,参加一个什么大型企业市场理论研讨会,然而却前前后后一共用了将近一个月的时间,回来后又去了敦煌,去了兰州,而且还带着自己的老婆。另外的几个领导,一个由总经理郭中姚带队,去了美国;一个由公司党委书记带队,去了香港、泰国、马来西亚、新加坡。而且都借机让自己的老婆也跟着出了国,除了郭中姚没有老婆外,没有一个领导的老婆没出过国的。他们给你汇报时可能会说,他们从来也没有带着自己的老婆一块儿出过国,这正是他们玩弄的一个小花招。是,他们并没有自己带着自己的老婆出去过,实际情况是,这个领导出国时带着那个领导的老婆,那个领导出国时,带着这个领导的老婆。比如,陈永明他们出国时,人员里头就有副总经理吴铭德的老婆;而陈永明的老婆则跟着郭中姚和吴铭德一块儿出了国。他们欺骗上级、欺骗群众,尤其是对国家的这样大的一个大型企业毫不负责,而如今却把这一切全都推在了别人身上。你让人问问他们,1995年9月份、10月份他们都到哪里去了？真像他们说的那样到全国各地采购棉花去了？正因为他们一个个地出国的出国,游玩的游玩,才延误了棉花的采购期,直到他们一个个回来后,才匆匆作出决定,抓紧时间采购棉花。但那时棉花已经大幅度涨价,而且各地的棉花也已经被采购一空。惟一可以说自己采购过棉花的就是分管供销的副总经理冯敏杰。他当时并没有出国,但也没有采取任何措施订购棉花。据他给别人说,他不能负这个责任,这么大的事情,他不能一个人作出决定,这能成其为理由吗?所以有人就说了,在这件事情上,冯敏杰的问题更大。第一,他是分管供销的副总经理;第二,他是留守的最高领导;第三,他当时完全有权力进行决断的,但他却什么也没做。惟一做的就是让班子集体作出决定,从几乎不产棉花的江西的一个县份买回了两千多吨劣质棉花。也许这一切正是冯敏杰故意设下的一个圈套,他要的就是这个结果,让你们每一个人都说不出他什么来。是你们出国去了,凭什么怨我一个。其实,那一次真正出国考察的只有一个人,那就是公司现任的总工程师高双良。"

李高成原来还在办公室里踱来踱去,听到后来,就渐渐地僵在了那里。

怎么会是这样!这件事情应该是一查就会清楚的,他感到张华彬不可能在这么大的事情上给他说假话。但如果张华彬说的是真的,或者最终查清这确确实实都是真的,那么,昨天他所有的感觉就都是错的,结论只有一个,那就是公司的领导们彻头彻尾地欺骗了自己!怪不得昨天在汇报这个问题时,是由冯敏杰来汇报的,其他的人,包括总经理郭中姚对这件事全都在保持沉默。虽然现在下结论还为时过早,但有一点大概是立刻就可以证实的,那就是在1995年的9月、10月份,公司的绝大多数领导都在国外,都在旅游和观光!而且全都拐弯抹角地把自己的老婆闹了出去,却一个个都信誓旦旦地说他们从来没有带自己的老婆外出过!他们真会干!

稍稍轻松了一些的心情不禁又沉重了起来。昨天听了公司领导的汇报,多多少少让他松了一口气,他当时最大的一个感觉就是觉得中纺的领导班子至少在经济上不会有太大的问题,而只要在经济上没什么大的问题,那么,其他的问题就都是另一个范畴的问题了。也就是说,他们不会,也不可能会陷到政府正在不断严厉打击的对立面去,他们同工人们的矛盾,也就不可能成为敌我矛盾。在市场经济里,人们最难过的恰恰就是经济和金钱这一关。

"李市长,还有一件事,你可千万别相信他们呀。"现任总工程师高双良这时轻轻地对他说道。

"什么事?"李高成好像有点不由自主地问了一声。

高双良个子不高,眼睛不大,却戴着一副宽大的深度近视镜。他说话声音压得不高不低,脸上也看不出任何表情,让人一看就知道是个极为谨慎小心的人。听到李高成问他,赶忙小心翼翼地回答说:

"他们说的那些搞什么合资的事,以我个人的看法,都只能是个设想。截至目前,他们吵吵着要同尼日尔、尼日利亚进行合作,这些我都清楚,根本都是没影的事情。甚至也可以这么说,这也同样是个骗局。他们的目的,我觉得无非就是想靠这个稳定人心,无非是为他们的出国找借口,或者想以此向领导和群众表白他们出国确实是为了公司,而且也可以以此把中纺找不到出路的责任推到银行身上。他们也确实同银行谈过同外方合资的事情,银行也确实不同意他们的方案,其实,他们要的就是这个结果:那是你们不同意并不是我们找不到办法,并不是我们没有能力。可其实所谓合资的事,根本就没存在过。他们到美国考察,去的是纽约和芝加哥;他们到英国法国,去的是伦敦和巴黎;他们到澳大利亚,去的是悉尼。想想在这些地方能找到什么?找外方的投资吗?人家怎么会把自己的钱投给他们这样的一些人,投到这一个无底洞里来?这本来就是根本没有可能的,但他们还是一趟一趟地往外跑。一直跑得群众的意见越来越大,花掉的外汇越来越多,连他们自己也觉得无法交代了,这才派我和我妻子等几个人到尼日尔和尼日利亚跑了一回。他们派我去以前,公司曾接待过一个尼日尔籍的黑人客商,据说是尼日尔一家公司委派的代理人,想在中国找一个合作伙伴,合作的项目就是搞棉花加工。这个外商代理人我们也详细调查过,他确实是尼日尔国籍,也确实是一家公司的代理人,当然也确实想在中国找一个合作伙伴。公司里十分隆重地接待了这位客人,住高级宾馆,每日酒宴相待。人家经过近一个月的考察后,说他要回去同他们的董事长汇报后再同我们公司联系。但此人走后就再无下文,虽然曾来过几份电传,但并无实质性的内容。鉴于这种情况,公司便决定派我们去了一趟尼日尔。我们找到了那个地址,那个公司也确实是存在的,但公司老板同我们谈的情况却大不一样。他们说他们派出去的代理人,是想让我们在他们那儿建一个棉花纺织厂。而且一切都由我们投资,他们将来只保证棉花的供给。可以说是没有任何优惠,也没有任何保证和承诺。没办法,我们又到尼日利亚跑了一趟,也同样没有跑出任何结果。不要说八字不见一撇了,纯粹连个影子也没有。但公司的领导却四处宣扬,说是他们已经找到了一家外方公司,要同我们进行合作,已经签订了合作意向书,其实这都是根本不存在的事情。这件事情从头到尾我是最清楚的,所谓的意向书,其实只是双方各自给对方提供的一些介绍性的文字材料。然而他们却一而再再而三地嚷嚷这件事,甚至还连着几次煞有介事地同银行谈判,希望银行能同意他们的条件。"

"按你所说,他们出国那么多次,惟有你这一次才是实质性的?"李高成有些难以相信似的又问了这么一句。

"……基本上可以这么说。"高双良想了想说,"当然也不能说他们出国就没有一点儿为公司着想的意思,实事求是地讲,他们也确实是想给公司找一个合作伙伴。如果确实找到了,合资成功了,他们也就解脱了。但这只是他们很多意思中的一个意思,或者只是他们的一个借口。而且不只是我,包括他们在内也肯定会觉得这是根本行不通的,不可能会有哪家外方公司,愿意同一个欠债将近六亿元的亏损企业进行合作。除非像他们所想象的那样,让国家和银行把所有的债务全都承担起来,这才有可能引来外资和合作伙伴。但国家会答应吗?银行会答应吗?就是我也绝不会答应。国家建设起来的公司,公司又欠着国家的债务,如今却要把国家的公司同外方合资。以他们的说法,认为推开债务其实是个无关紧要并不存在的条件,真是岂有此理!这样的一个条件,怎么能说无关紧要,又怎么能说并不存在?一旦合资,这就意味着这个公司的产权属于两家共有,或者是在某一个阶段内属于两家共有,也就是说,在国有资产损失将近一半的情况下,债务又全部推给了国家,国家受害,却让外商赚钱,这岂不是在卖国、在坑害人民吗?又有谁会答应这样的事情,又有谁敢答应这样的事情?"

　　李高成只觉得额头上的汗珠都快渗了出来,他觉得这个其貌不扬的总工程师的话几乎就是冲他而来的。昨天他几乎都给迷惑了,还觉得他们说的是那样的有道理,甚至还觉得应该同意他们的想法。好像什么都想到了,却恰恰没有想到这一层,也根本没有想到这么深!连下边的人都想到了,你这个当市长的却没能想到,就算感情左右了你,那么连立场也能丧失了?你是国家的一个执政者,当国家的利益受到威胁时,自己却被一种下意识的感情包裹着,被一种嘴上不承认、实际上却无法挣脱的昔日情结紧拖着,竟几乎完全丧失了责任和理智。看来真应该认真地检讨检讨自己了。你是一个市长,这并不是一个小位置,也不是一个可以随随便便的位置,很可能在你一时疏忽、一时感情冲动的情况下,国家的几千万、几个亿,就会一下子全没了。而令人可悲的是,当你成了一个卖国者或者干了一件卖国的勾当时,你却丝毫没能意识到你是在干什么。

李高成努力地使自己的情绪平静下来,不管怎么说,这仍然也只是没有经过调查核实的一面之词。现在就对此事定性或者下结论,只怕还远远不到时候。他不禁又想到了昨天在公司小会议室里听汇报时的那种感觉,自己不也曾为他们的工作和努力而深受感动吗?对他们所做的一切也抱以理解和认可的态度吗?然而为什么一听到另一方面的言论时,自己的情绪和感觉一下子就会全变了,而且是变得这么彻底?是不是所有的领导都是这样?或者所有的人都是这样?遇到这一方时,感到这一方全对;听到另一方时,又会感到另一方也没错。于是就觉得事情一定非常复杂,各自都有各自的不同的情况和道理,所以也就和和稀泥、抹抹光墙,各打五十大板算了。谁也别闹了,谁也别争了,现在的事情,谁的事情也不好办,谁都有自己的道理。都市场经济了,还闹什么,争什么呀?也不看看什么年月了,还告个屁的状!于是该压的压一压,该说的说一说,最终还是个不了了之,一切照旧。老百姓买不买账,工人们满意不满意,那也就顾不得了,由他们去吧!如果真的都成了这样,久而久之,我们还会有是非标准么?功罪如何评价,对错又如何区分?如果连我们自己都能糊涂到这份上,那我们还有什么能力来管理好这个国家?如果一个领导,尤其是一个政府部门的高级领导,在这个问题上也丧失了自己的判断力,那岂不等于是自己做了自己的掘墓人!他突然想到了前天晚上在公司里遇到的情景,当时自己对公司领导的处境还极为不满,怎么会把干群关系闹得这么紧张!其实如果就照这么发展下去,用不了多久,很可能你自己的处境也会同他们一模一样,等到有朝一日你的进进出出都要被工人和老百姓包围了的时候,你的处境也许还远远不如那些公司的领导们!

他不知道自己为什么在听这种重大问题的汇报时,竟会时不时地走神,想到这么多奇奇怪怪的问题。

也许是因为他好半天不吭声的缘故,办公室突然陷入了一片沉寂之中。当他猛然清醒过来的时候,才赶忙说:

"说呀说呀,接着往下说,有什么就说什么,就照刚才说的那样就挺好。说吧说吧,继续往下说。"

"李市长,就让我说说吧。"老厂长原明亮这时显得很谨慎、很小心、很恭敬地说道。这与昨天那个威风凛凛的老厂长相比,活脱脱地换了一个人。昨天晚上那种叱咤风云、顶天立地的气势和神态似乎一下子全没了,有的只是一种和善、一种仁慈、一种安分、一种依顺。李高成从老厂长的表情变化上突然感到了一种说不出的深深的激动。昨天老厂长的那种神态,也许是因为他在心底里并没有真正承认你这个市长的位置,尽管你早已是一个市长,你早已有了那种与之相应的地位,但你在这个老厂长心里并没有得到这样的地位,你虽然是,但是他并没有承认你,也根本就没有认可你。所以从某种意义上讲,你这个市长对他来说也就不具备什么合法性。然而今天也许就不同了,之所以不同,是因为你作出了一种姿态和承诺,你已经有所表示,也已经有所动作,所以他对你可能重新有所认识,重新有所企盼,于是他就有了今天这种截然相反、迥然不同的神情和心理。因为你准备真正解决这个公司的问题,准备顺乎民心地真正把这个公司的事情办好。所以老厂长,当然也包括公司所有的工人们也就变对立为拥戴,化愤慨为恭敬,也就变成了今天这种敬重而又和顺的样子。人们打心底里顺从的并不是你的职位,也不是你所拥有的权力和显赫,而是你价值的取向和立场的定位。你一心一意为的是老百姓的利益,为的是这个国家的未来,他就会认可你、敬仰你;反之,即便你拥有再大的权力,即便你拥有再显赫的位置,他也会在心底里蔑视你、憎恶你,也会把你视为他们的敌人!

这本是个再简单不过的道理,也是我们整天挂在嘴上的口头禅,但在日常生活中,尤其是在一些关键的问题上,甚至在一些涉及到有关国家社稷命运的大是大非问题上,又有多少人真正想到了这一点?又有多少人像关心着自己的前途、命运和利益一样关心着这一点?

就像眼前这个年近七旬的老厂长,昨天他可以对你恨入骨髓,今天则又可以对你忠心耿耿。那么他又为的是什么呢,仅仅只是为他自己吗?或者仅仅只是为了他个人的利益吗?其实他们的利益是什么呢?在这个他们曾经工作了一辈子的厂子里,在这个他们曾经付出了一生心血和劳累的地方,他们拥有什么呢?或者他们曾经拥有过什么呢?没有,可以说是什么也没有,真正的一无所有!即使是到了今日,即使是到了本该享有一个无忧无虑的安详的晚年的时候,他们依然是一无所有,甚至连最基本的养老金也没有保证!如果说他们有愤怒、有不满、有憎恨、有敌意的话,那他们的这种情绪也是完全可以理解的,甚至也可以说是完全应该的!这是他们拥有的权利,是他们在这个社会上惟一还拥有的权利!

李高成本想笑一笑,以安慰的表情来表达自己对这个老厂长的感情和尊重,但不知道为什么,却没能笑出来。末了,他只是轻轻地说道:

"原厂长,你就永远把我当作你的一个下级吧,可千万别老是市长市长的,在我这儿,有什么就说什么,想怎么说就怎么说,你要是这么客客气气的,可就太见外了。"

话一说完,自己立刻就后悔了。他感到自己的这些话真是要多虚伪就有多虚伪,要多做作就有多做作。就凭你这样说话,能让他们不见外吗?你对你真正的朋友、亲人,会用这种口气说话吗?

即使是在中阳纺织集团公司的那些经理们中间,你会用这种口气说话吗?不管你在心里是怎么想的,其实你还是见外了。

然而老厂长听了这话,却似乎受到了深深的感动:

"李市长,有你这话我也就放心了,我们大伙也就都放心了。冲你昨天对大伙说的那些话,大伙就早已把你还是当作自家人看了。我们今天来,并没有什么别的想法,更没有什么不放心的地方。大伙只是想让你心里更有准备一些,想问题时能更全面一些,处理问题也能考虑得更多一些。其实我这个人的性情,你也应该是了解的,我不会背过弯去鼓捣人、算计人,更不会去害人、诬陷人。像郭中姚、冯敏杰他们,我同他们无仇无冤,也没有什么根本的利益冲突。我老啦,活不了几天啦。孩子们呢,一个个也都大了,即便是这个公司垮了、破产了,他们都还来得及另谋出路,不怕找不到工作干。孩子也都劝我,你这么一把年纪了,干吗还要为这个公司卖命?老实说,像我这把年纪,也真的已经犯不着跟他们过不去。如果仅仅是为了我自己,我不会当这个职工代表,也绝不会到你这儿来。李市长,我只是心疼这个公司,心疼这个厂,李市长,这个公司真的不能再让他们这么糟蹋下去了。"

老厂长的话,听起来还是那样的让人心颤,但说话的口气和面部的表情同昨天相比,却已是大大的不一样了。显得是那样的温和慈祥,就像一个老人同他的亲人在倾诉衷肠一样:

"李市长,不说别的,就只说他们成立的新潮公司,前前后后一共用国家的贷款投进去了几千万,然而三年过去了,究竟交回厂里多少?新潮公司下面一共有几十个分公司,遍及省内和全国各地,这些分公司的经理和负责人,基本上全是他们的亲属和亲信。他们打的是公司的旗号,用的是国家的资金,却在为他们自己大捞特捞。亏了是国家的,赚了是个人的,还挣着国家的工资,顶着国家的干部头衔,坐着国家的汽车,享受着国家的福利,然而所干的一切都只是为了个人。无本万利,却不担任何风险!你想想职工们心里怎么会没有气?李市长,我只是想让你听我一句话,人是会变的呀。你想我们那会儿离退休时,该移交的移交,该退还的退还,然后开上个欢送会,拍拍屁股也就回去了。而如今可真是不一样了,像前年郭中姚让公司里的总会计师退休时,去年让公司的副总经理和党委副书记离退休时,每个人都拨给了相当于一百万款物的投资,让他们去搞第三产业。名义上当然是为公司去搞,其实这在社会上也是相当普遍的事情。离休了退休了,干了一辈子领导,总不能就这么一走了之,总得让再找点活儿干干,说白了也就是明退暗不退。这在好一点的单位是可以的,但在我们中纺公司就不应该这么做,这么做就是犯罪。拿着贷来的活命钱,给他们个人去干事,忍心呀?李市长,你也是知道的,当初我们离退休的时候,讲过什么条件吗,想都没想过!可现在风气好像一下子就变了,不给条件就不退,就是退了也不交,弄不好还会处处给你闹难堪,说不定还会告你一状,因为你的底细只有我才清楚,你敢不给我再办一个实体让我来干?或者什么好处也不给就让我这么白白退了离了?所以这个新潮公司就越变越大。工人们就说,一匹瘦马养了一身肥虱子,这样的马还能好活得了?市长,我这会儿就给你掏一句心底里的话,我在中纺干了一辈子了,什么事情我也看清楚了。像咱们这个国家,尤其是像现在咱们这样的体制,关键的关键就在领导身上,最最要紧的问题其实是干部问题。一个单位必须领导干部本身过得硬,若领导干部有了问题,这个单位也就彻底完了。没有别的,就因为在这些个单位里并没有人能管得了他们。这些年来,我们总是不停地讲,要政企分开,对企业要权力下放,要让厂长和经理们真正拥有权力。说真的,这话并没错。可在咱们国家,这样做就得好好斟酌斟酌。你把权力下放给了厂长经理,可这些厂长和经理们又有谁来管理又有谁来监督?上边把权力下放了,下边又管不了他们,厂里公司里的事情还不全由着他们?他们想怎么干就可以怎么干,想用什么人就可以用什么人,国家的钱和厂里的钱想怎么花就可以怎么花,他们要是个好当家人,是个过硬的领导干部,那也没什么太可怕的,若是碰上个又没本事、又没能力、私心又重的领导干部,又没人能管得了他,你想想这样的领导干部岂不是太可怕了?而把工厂和公司交到这样的人手里,不等于是交给了一群败家子?就算一个工厂公司的领导干部没有私心,非常廉洁,但要是他没有能力,没有魄力,没有新观念新思想,仍死抱着过去的那一套,这个工厂公司迟早一天也还不得毁在他们手里?也一样没有别的,就因为这些领导干部都是上边指派下来的,并不是厂里公司里的工人们真正认可的,只要上边的人不管,下边的人拿他们一点儿办法也没有。李市长,我说这些并没有想埋怨指责什么人的意思,更没有想借机发发牢骚的意思。公司的情况已经到了这步田地了,再有这种想法,那还算是个人吗?我说了这么大半天,其实只有一个意思,中纺的问题,是个综合性的问题,但最最主要的还是领导干部问题。只要能下决心把中纺领导干部的问题解决了,其余的事情就好办了,至少也能着手去办了。这是个最关键的问题,也是个最难办的问题,我们最担心的并不是别的,而是怕领导们心慈耳软,听他们说些什么,就什么主意也没了。拖来拖去,一切都还是老样子,等到把工厂拖垮了,把人心拖散了,再来收拾这烂摊子可就真的来不及了。既然职工们要求查一查,公司的领导们也希望能查一查,那就派一个调查组来查一查好了,只要能严肃认真、公正公开地查一查,就算查不出什么问题来,大伙心里也就踏实了,这又有什么顾虑又有什么不能放心的……"

李高成一直在默默地听着,原来他还有插话的意思,等到老厂长说到后来,他便觉得什么话也插不进去了。老厂长的话其实已经说得再明白不过了,就算这些人没经济问题,没有徇私枉法,但若只是一些庸碌之辈,也一样跟败家子没什么区别。老厂长虽然说他说的这些没有任何别的意思,但李高成还是感到这些话其实都是针对他而来的。中阳纺织集团公司的这些领导干部,如果实话实说,当初确实主要都是按他一个人的意思而安排的。当然也征求了不少人的意见,但那仅仅都只是象征性的,他已经定了的班子,又有谁会反对,又有谁能反对得了?老厂长、老总工当初倒是反对过的,但不一个个都让他给否定了?甚至到了今天,一想起这事来,还不是让他有点耿耿于怀?要不是中纺出了这么大的问题,说不定他会对这件事耿耿于怀一辈子!他今天对中纺的问题一直犹豫来犹豫去的,说穿了,还不是因为中纺眼前这个班子跟他有着千丝万缕的联系?这顾虑那担心的,其实不都是因为这一点?这是你想否认就能否认得了的吗?

也许是看到时间有些太长了,也许是感到市长的情绪有些不高,余下的人也就没再多说什么。临走时,几位职工代表留下了一份有一万多名工人签名的要求坚决查处公司领导腐败问题的请愿书,还有那个中纺第三产业新潮有限公司的会计师,给他留下了一份新潮有限公司近几年的账目清单。

两样东西都很厚,掂在手里好沉好沉。

十二

看着眼前两本厚厚的东西,李高成的心里不禁感到越来越重。

万名工人签字的请愿书,足足有一百多页!他一页一页地翻了翻,几乎没有什么代签的笔迹,这一万多个签名,确确实实都是职工们自己签上去的。一万多个签名呀,这是他有生以来见到的人数最多的一份签名书!

请愿书的形式和内容也写得非常讲究,看来是经过许许多多的人商量和讨论过的。前面是一个简短的概括性材料,只有一页,字体很大,不到一千字,写得极有感情、极有声势、极有鼓动性。这可能是考虑到了领导忙的缘故,当然也可能是一下子就想引起领导的注意和重视,如今的领导对这种上访的东西,告状的东西,早已是司空见惯,见怪不怪了。如果不是特别严重、特别重大、特别惹人关注的事情,一般是不会引起领导的重视的,若是想给领导造成一个强烈的震撼或者是留下一个深刻的印象,不仅要把问题渲染得有声有色、事关重大,而且在措辞和形式上也要引人注目、纲举目张。不仅要一下子抓住领导的注意力,还要能引起领导的高度关切,让他确实感到刻不容缓、欲罢不能。眼前的这份不到一千字的东西,似乎确实达到了这种效果。中阳纺织集团公司现在事态的累卵之危,公司领导腐败行为的骇人听闻,公司干群之间关系一发千钧的严重紧张,职工们难以压抑的强烈愤恨,以及这种事态持续发展可能带来的连锁反应和可能对社会造成的负面影响等等,在这不到一千字的书面材料里表现得淋漓尽致、触目惊心,同时还让人感觉不到这是在危言耸听,故弄玄虚。接下来在这一千字的后边,则是一份较为详细,并附带了许多证据证明,约有万把字的上访材料。这份材料应是前一份材料的详尽而又全面的诠释,有理有据地罗列了中阳纺织集团公司的十大腐败问题和公司领导的数十种违法违纪行为。在这份材料后面,则是一万多名职工干部的签名了。他看了一下页数,整整一百三十六页!

另一份材料是有关中纺第三产业新潮有限公司几年来的部分账目清单。他翻了翻,足有三百页之多!直看得李高成有些瞠目结舌、心神难安。他没想到在这个所谓的新潮第三产业里,中纺公司里大大小小的领导,包括离退休和没有离退休的,竟有那么多的家属子弟涉足其内!这个新潮有限公司,几乎就等于是中阳纺织集团公司领导干部家属子弟的大本营！在这份三百页的账目清单前面，首先是一份新潮公司领导成员以及所有分公司领导成员的名单罗列表。在每一位经理、副经理、厂长、副厂长以及主要财务人员后面，都有一个括号注明他的身份和背景。比如书记的外甥、副总经理的儿子、第二分厂厂长的侄子、第八车间主任的妻子等等，全都标得清清楚楚。而且，每个分公司的经济状况和资金流向，还有那些明亏暗盈、金蝉脱壳，把国有资产偷偷转为个人资产，亏了是国家的，赚了是个人的种种行为和方式也一样都记得清清楚楚。他实在有些想不明白这些情况是怎么给调查出来的，尤其是这些详细的账目清单又是怎样给复制出来的？因为这并不是一个分公司的账目，几乎是数十个分公司的资金状况和人事情况。要这么详尽地一个一个地全都调查清楚并复制出来，实在并不是一件容易的事情。这得做多少工作，又得有多大的耐心和勇气！真是应了一句古话：若要人不知，除非己莫为。

尤其让李高成感到震惊的是，这样大的两份材料居然全部都是复印出来的！这就是说，代表们给他的这份材料，绝不仅仅只是一份，很可能在给他的同时，也分别送给了其他领导和更高一级的领导！

给他以震惊的同时，又让他感到了一种说不出的气恼。如今的人都怎么了？动不动就弄出一份份材料来，然后复印上几十甚至几百份，上上下下、沸沸扬扬撒得哪儿都是。计算机、复印机的普及，连告状似乎也现代化了，真让你防不胜防，想捂都捂不住。不过，这样也有这样的好处，既然哪儿也知道了，那么大家就都有了责任，开会呀、讨论呀、研究呀，也就用不着再那么解释和汇报了，大家都知道了告状的内容，也都知道了问题的严重性，一提起来就可以直奔主题。当然也有坏处，既然大家都知道了，大家也都看到了，那么责任也就应该由大家来分担。大家都有责任，也就等于都没了责任。如果你们都不想管,那我也一样可以不管。

然而眼前的这两份材料,却让李高成越想越觉得沉重,越想越觉得无以摆脱。

因为在任何人眼里,都会有一个牢固的看法:中阳纺织集团公司这个点是你李高成的点,中阳纺织集团公司的班子是你一手促成的班子,当初中阳纺织集团公司这个典型也是你亲手树立起来的典型。所以中阳纺织集团公司的任何问题和变化都将同你有着千丝万缕的联系,这是你无论如何也跳不过去也摆脱不了的。

昨天想好的安排似乎被这几个不速之客一下子全打乱了。

他本来想一早先同市委书记杨诚好好谈一谈,把发生在中纺的情况和问题详细地、实打实地给杨诚通通气,两个人先商量商量究竟该怎么办。虽然国有企业的问题几乎是每一次市委常委会议都要一再研究的议程,但这一次同以往则有着根本的不同。这一次是市里特大型企业之一的中阳纺织集团公司出现了不同寻常的严重问题,发生了一个建国以来都不曾有过的恶性事端,以至发展到要冲击市委市政府、冲击省委省政府!在一些市属国有大中型企业不景气的情况下,如果不采取果断措施,不引起高度重视,很可能引发连锁反应,后果将不堪设想!所以,他必须要让书记先重视起来,在开市委常委会以前,如有可能,最好先给省委省政府的有关同志做些汇报和请示。因为这绝不是一件小事,不仅关系着市里国有企业的改革,而且也影响着社会的稳定和人心的沉浮。一点也马虎不得、推托不得。

然而这几个人来了以后,把他事先想好的这一切全给推翻了。其实真正推翻的并不是别的,而是他原先所持有的立场、态度和措辞。说实话,昨天听了中纺公司那些领导的汇报和解释后,他对中纺公司的感情和看法确实变了许多,尤其是对公司的这些主要领导的看法有许多也同工人们截然相反了。昨天晚上他想了又想,一再地告诫自己,一定要客观,一定要实事求是,一定不要感情用事。对两方面都要予以客观的分析,各有各的不足之处,也各有各的偏激之处,两方面的情绪应该予以理解。一句话,对两方面都要正确对待,但对待广大工人,则要从关怀和爱护的角度出发,在积极解决他们的实际困难的同时,要下大力气对他们多做思想工作,对他们的情绪要善于引导,尤其是对那些对改革对打破铁饭碗感到不满的人更要动之以情、晓之以理,认真耐心地做说服工作。这么多年以来,由于中国特有的国情,因具有固定工资、优越待遇和种种特殊身份而被人称作"铁饭碗"的国有企业职工,实际上已经成为一个高于其他阶层的高等阶层。在某种意义上说,这种眷恋"铁饭碗"的情绪,很可能发展成为一种对改革具有阻碍作用的情绪。如果能从这个方面来分析和看待国有企业职工的不满情绪,许多问题也就不难理解了。当然,这样的分析和看法,是只能意会而不可言传的。对工人们要正确对待、对工人们的情绪要正确对待,关键的一点就是要从各个方面去考虑。对什么事情也要一分为二,大概就是这个道理。至于对公司的这些领导,也一样要正确对待和正确理解。对那些确实存在的腐败行为和违法乱纪行为,绝不能手软,更不能姑息。该调查的就调查、该处理的就处理,如果查出问题,查到谁就是谁,查到哪一级就是哪一级。违纪的就严惩,违法的就判刑。开除党籍、撤销职务,严惩不贷、以儆效尤。但在另一方面,对国有企业的领导,尤其是那些让职工强烈不满的国有企业领导,同样也应该正确理解和正确对待。国有企业的包袱沉重、技术落后、资金短缺、管理不善,这是我们国家在计划经济体制下所遗留下来的无穷后患,所有的这些同现有的国有企业领导并无根本的、直接的关系,如果把眼前发生在国有企业的这一切问题和困难全都推在这些领导身上,这既不是公正的,也不是唯物的,同样也不是实事求是的。我们没有理由把历史的和我们国家特有的经济阶段的问题全都归罪在这些企业的领导人身上,像平常所说的那些术语,什么观念转变不快、开拓意识不强、领导魄力不够、传统思想束缚太深等等。这么说起来不难,但真正去干有那么容易吗?私营企业没有任何条条框框,他们想怎么干就可以怎么干,黑道白道,想怎么来就可以怎么来。而国有企业的领导他们可以那么去做吗?有时候,有些事情不做不行,而且非做不行,那也只能硬着头皮去做。但同样的事情,私营企业屁事没有,什么也不必担忧,而国有企业的领导一旦有人告了你、捅了你,上面派人一查,顷刻间就能让你做阶下囚!民不告,官不究,如今人人都在讲这句话,好像这句话已经成了一以贯之、屡试不爽的真理。同样的事,没人告,什么事也没有;若有人一告,立刻就全完。如今的单位,尤其是企业,什么样的问题查不出来?只要你板下脸来,要什么问题就能查出什么问题,就看你上一级当领导的怎么掌握分寸了。

李高成昨晚想好的指导思想,也就是想同市委书记杨诚商量商量怎么掌握分寸,怎么把握度的问题。两个正确理解,这是前提;两个正确对待,这是原则。在这样的前提和原则下,然后派出调查工作组,既要理顺群众情绪,也要稳住干部队伍,只有在这样的基础上,才能着手下一步的工作。也就是只有到了这时候,才能考虑如何把公司运转起来,如何把公司搞活的问题。

他当时觉得这是个最稳当的策略,也是个最牢靠的办法,至少不会出大问题,也不至于会闹出个什么大冤案大事端来,惹得人们耻笑,最后让你自己也下不来台。

然而,当他今天面对着这些再次找来的职工代表、面对着这两本厚厚的上访材料时,昨天让他思之再三的想法和观点的理论基础,顷刻之间便动摇了、坍塌了。

面对着这厚厚的一本万人签名的请愿书,面对着这不知经过多少人明察暗访、得之不易的调查材料和账目清单,面对着这么多工人的呼声和企盼,面对着如此令人触目惊心的腐化和如此明目张胆的丑行,虽然这一切并没有真正开始调查,并没有任何证据可以认定,但你就能这么随随便便、轻描淡写把这一场如此严峻而又激烈的矛盾冲突,变成两个正确理解正确对待吗?事情就像你说的那么简单吗?双方都有责任,批评加自我批评,各打五十大板,事情也就过去了,问题也就解决了,满天的乌云一下子也就全散了,中纺的问题真的就能这么解决?也真的就这么好解决吗?

是想徇私隐情、瞒心昧己呢?还是太漫不经心、麻木不仁了?

当时自己在中纺公司那么多的干部职工面前,曾作出了那样信誓旦旦的保证和许诺,自己当时的情绪是多么的激昂和热烈!然而,等到一转过身来,当那些自己当初提拔起来的手下再次恭恭敬敬地坐到自己面前时,那些保证和许诺,那些激昂和热烈似乎一下子全都变调了、变冷了。面对着你过去的部下,尽管你是那样的毫不留情、冷面如铁,但在你的内心深处,一种昔日的同事情结仍是那样的牢固和难以分离。

说穿了,对中纺的问题你还是下不了手,也不忍心下手。你还是想和和稀泥、抹抹光墙,凑凑合合地把事情绕过去也就算了。如今大家过得都这么艰难,都这么不容易,既解决问题,又谁也不伤害,这才是顾全大局、保持稳定的上上策。既然是和平年代,为什么非得把人民内部矛盾变成敌我矛盾?再说,如果一有人告状,一有单位集体上访,就立刻答应全部条件,下边说怎么办,政府就答应怎么办;下边说要处理谁,政府就答应处理谁;下边说搞腐败的是谁,上边马上就大张旗鼓地查处谁。不闹不管,一闹就全管;不闹不给,一闹就全给。如果政府的形象成了这样,下边大大小小的企业都争相仿效,长此以往,有朝一日政府可就真的要永无宁日了。这才真正是不利于深化改革,不利于社会稳定。

想想自己所考虑的这一切都是如此有道理,自己也确确实实是从大局出发、以大局为重。但不知为什么,今天一面对着这些一脸憔悴、满腹沉重的干部职工代表,一面对着这两份厚厚的、沉甸甸的请愿上访材料,所有的这些道理便全都让他感到是这样的无地自容、羞于见人!

他不知道自己的判断反差为什么会这么大,今天见了这个,情绪一下子就变得如此冲动和激越;明天再见到那个,思想立刻又会来个一百八十度的大转弯。

是能力太差,还是太感情用事了?

平时的那些理智都到哪儿去了?假如中国所有的干部都像自己这样,那政府的事情岂不是全都乱套了?

他让自己冷静了一阵子,然后给中纺公司挂了个电话,让通知公司的总经理郭中姚和党委书记陈永明立刻到他的办公室来一趟。

不管怎么说,他还是想再见见这两个人。他想再次印证一下自己的感觉,究竟是自己错了,还是有什么人在欺骗瞒哄自己。

不到半个小时,两个人便同时来到了自己的办公室。

两个人仍是那么一脸惶惑恭顺而又小心翼翼的神色,打招呼的声音他几乎都没有听见。悄悄地进来,悄悄地坐下,又悄悄地眼巴巴地瞅着自己。那神态、那表情,就像两个孩子见到了严厉的父亲一样。

也就是这么一下,李高成的心里止不住地又颤了一颤。他突然觉得,自己眼下的这种感觉、这种情感,也真的就像老子见了儿子一样!

他禁不住地在心里责问自己,为什么一见到中纺的这些领导,自己脑子里生出来的第一个感觉就会是他们真的会变吗?真的会像人们反映的那样吗？真的会有那么坏吗？

　　总感到他们并不容易，总觉得他们还是像过去那样，总认为他们的本质很好，一句话，打心底里总是想护着他们，不想让他们受到伤害。

　　这便是你那个很难撕开的同事情结，那个永远也会绕在你心底里的战友情结。

　　也许，真不应该让自己来处理中阳纺织集团公司的问题。既然是自己提拔起来的班子，那自己理应回避。否则，很可能让你陷入到一种两难境地，并且越陷越深而不能自拔。

　　但你回避了就能跳出这个两难的境地吗？你越回避别人很可能越会怀疑你的态度和立场，你越回避别人很可能就越会认定你的暧昧。而一个市长态度、立场不明朗，这也就意味着在这个问题上将有很多人不会表态，你暧昧他会比你更暧昧。这是你市长的领地，你没有态度，别人最终只会看你的哈哈笑。好了当然是你的荣誉，坏了、出了事那你也只能自作自受。反正应该是你的事情，连你也不想管，别人又何必好腿插上一脚泥？

　　这也一样会让你进退两难。

　　看来最终还得你管，与其这样，迟管不如早管，被动管不如主动管。何况你是一市之长，像这样大的问题也只能由你来拍板定夺，你想躲也躲不了，想避也避不开。

　　没有事情的时候，似乎什么人也当得了官，连老百姓也说了，你要是连个领导干部也当不了，那你还能干些啥？想想也没别的，无非就因为现在是和平时期。一旦有了事端，有了真正的大事端的时候，对一个领导干部来说，可就真正到了考验你的时候了。能干还是不能干，将才还是庸才，真货还是假货，犹如真金见烈火，顷刻间就能现出你的原形来。

　　李高成想到这儿，便牢牢地盯着他俩，良久，才说了一段连他自己也感到有些吃惊的话：

"好啦,事到如今,咱们就打开窗户说亮话,也不必再绕什么圈子弯子了。我今天把你们这么急急地叫过来,就只问你们一句话,一句实话,一句掏心窝的话,一句一点儿也不掺假的话。你们各回答各的,用不着商量,也不必解释,也不必担什么责任。我就只问你们,中纺究竟有没有问题,你们究竟有没有问题,中纺的班子究竟有没有问题？到底有没有？如果有,究竟有多大？属于违纪,还是属于违法？我说过了,不要解释,不要辩解,简简单单,有就说有,没有,就说没有。"

办公室里好一阵没有一点儿声息,寂静得就好像无人存在。

党委书记陈永明不断地向总经理郭中姚看了一眼又一眼,但郭中姚却好像陷入了一种旁若无人的沉思之中,好久好久,既没有看李高成一眼,也没有看陈永明一眼。从郭中姚的表情上好像什么也看不出来,既看不出紧张,也看不到压力,更看不到惊慌和害怕。郭中姚的这种沉思,就好像是一种一切都没有放在眼里,一切都不顾了的沉思。只是一种微微的伤感、一种微微的沉重、一种微微的沮丧、一种微微的绝望。然而,正是这种微微的东西,却让李高成感到要多难受就有多难受。

自己的这些话是不是太让人无法接受、太让人感到伤心了？或者,是不是太让人感到屈辱、太让人感到难以回答了？

这真的很难回答么？

如果真的问心无愧,两个字就足够了:没有。

我没有把国家的钱装在自己的兜里,也没有占过国家和企业的便宜,更没有化公为私,把集体的财产据为己有。

这没有什么不好回答的。作为一个国家的干部,作为一个国有企业的领导,作为在这个国家、在这个国家的老百姓里有着相当威望的一个名称:共产党人,这个问题真的应该很好回答。

除非你已经确实做了见不得人的、有愧于这个身份和名称的事情。

有介于两者之间的回答吗？也就是说，一方面我并没有做过那些利令智昏、以权谋私的事情，但另一方面，我确实也干过那些见不得人的、有愧于这个身份和名称的事情。所以，这个看上去如此简单的问题，确实让人非常难于回答，或者不知道该怎么回答。

真的会有这样的回答吗？或者真的会有这样的答案吗？

李高成默默地瞅着眼前的这两个公司的主要领导，也一样好久好久一声不吭。他觉得此时此刻他什么也不能说，也不应该说。因为他觉得只要他一说点什么，甚至一流露出点别的什么表情来，办公室里这种正言厉色、栗栗危惧的气氛顷刻间就会化为乌有。他觉得有点顶不住心理上压力的好像不是眼前这两个下属，而恰恰是他自己。对一个始终漂泊在市场经济的风口浪尖上的企业领导，你有什么理由让他一尘不染、冰清玉洁？

以你自己来说，你能吗？你做得到吗？你能很容易地拒绝一次非参加不可的极其丰盛的宴会吗？你能轻而易举地把从各个方面各个渠道接踵而至的钱财礼物全都一干二净地拒绝掉吗？你能同那些明知道有腐败行为却又找不出任何证据的干部和上级领导保持距离、不进行一切来往吗？你能对那些有着特殊身份、于某一项工作有着重要作用的人物和上级领导的嗜好与要求严加拒绝、不予理睬吗？

再算一算你自己，每年每月从你手里批示出去的带有贿赂性质的礼品礼物有多少？只要你愿意，堂而皇之以各种各样的借口邀请你参加的饭局几乎时时都有！仅去年的一次不算大规模的商品交易会，只是对那些港商、台商、外商的招待费、娱乐费、观光费、礼品费就有数千万之多！

如果有什么人或者上一级的领导问你这算什么性质的问题，

你能不能用两个字一下子就回答清楚?

他不禁又想到了妻子昨晚给他说过的那些话,造成这种情况的责任大家都有,国家有、政府也有,没有理由只让中纺的领导来承担,也同样没有理由让你个人来承担。因为这本来就是集体的责任,并不是个人的责任。

连他也不知道为什么,此时此刻他又一次想起了妻子的话。

办公室里依旧很静很静。

与总经理郭中姚的表情举止相反,党委书记陈永明显现出来的则好像是没有任何主见的东张西望。一会儿紧张地瞅瞅郭中姚,一会儿又偷偷地瞧瞧李高成,似乎想从别人脸上看到什么答案或暗示后,才知道自己该怎么来回答。

不过这也难怪,在中阳纺织集团公司,陈永明虽然是个党委书记,但从资格上讲,郭中姚要比他老;从年龄上看,郭中姚也比他大;从能力上说,郭中姚也确实比他强;何况如今是厂长经理负责制,在中纺公司具有法人身份的是郭中姚。所以一个企业的党委书记,如果摆不正自己的位置,或者不知道该怎样处理自己的位置,往往就自然而然地把自己摆在了依从的地位。作为党委书记的陈永明,也许他早已把自己摆在了第二位,或者他以自己的准则,清楚这个时候只能先让郭中姚来说,只有明白了郭中姚的意图和想法后,他才能定好自己应该怎么来回答。从另一方面来说,陈永明的压力毕竟要比郭中姚小得多,因此,陈永明能有这种表情和举止也就不难理解了。

时间一秒一秒地过去,办公室里依然是死一般的沉寂。郭中姚依然毫无表情地坐在那里,陈永明依然是那样毫无主见地东张西望。

也就是在这时候,桌子上的电话突然铃声大作,几乎把三个人都吓了一大跳。

电话是吴爱珍打来的,这不禁使李高成颇感意外。平时妻子极少会这时候给他来电话,妻子知道这是他最忙的时候,即便是有重要的事情也很少会在这时候打电话给他。至多是告诉他的秘书一声,让秘书在他不太忙的时候把要说的话转告给他。这其实也是他们夫妻之间多年来形成的一种默契和规矩,尽量避免在双方工作都很忙的时候相互打搅。尤其让他感到纳闷的是,妻子知道他今天一早要见市委书记杨诚的,又怎么会在这时候把电话打到他的办公室里?

妻子的话语今天显得特别柔和,让李高成感到有点恼火的是,妻子好像也没什么太要紧的事情。说了好半天家长里短、鸡零狗碎的事儿,也没说到正题上。好在他这会儿也不便发火,其实也想拖拖时间,所以也就由着妻子有点不着边际地往下说。然而说着说着,便有些让李高成警惕了起来,他渐渐听出了妻子电话的来意。

"听说中纺的几个告状的,一大早就闯到你的办公室里去了?"妻子好像是不经意地问道。

"哦?你也知道了?"

"好事不出门,坏事传千里。一个堂堂的大市长,你知道有多少双眼睛在盯着你?"妻子话里有话,似乎在告诫他什么。

"那也不会有这么快么,要是没人给你通风报信打报告,你哪能人还没走就什么都知道了?"李高成也话里有话,但却说得含而不露。

"有这么多人关心你盯着你,也不见得都是坏事。"说到这儿,妻子的口气突然变得严肃起来,"哎,高成,说正经的,那几个告状的都还在你那儿?"

李高成一时语塞,竟不知道该怎么回答。

"要还在你那儿,那我就长话短说。"妻子当真了,话音也压低了许多,"真是怕出来的狼、吓出来的鬼。你看看,这不说来就来了。你去了一趟中纺,所有的事情不都朝着你来了?这个责任明摆着不就是想让你一个人承担么?我问你,到目前为止,杨诚没有给你打电话吧?"

"……没有。"事实上也确实没有。

"市里别的领导也没人给你打电话吧?"妻子又追问了一句。

"没有。"也确实没有,"不过,我昨天已经让吴新刚给杨诚打了电话了,说好了今天一早就要同杨诚碰头的。"

"吴新刚算什么,他只是个小秘书。杨诚他一个市委书记,正儿八经的一把手,这么大的事情,只听小秘书的几句话,就那么放得下心来?一天一夜了,连电话里也不问问?这不明摆着要把这一堆糊涂事全都往你这儿推么!"李高成注意到,"明摆着"这个词,妻子已经说了两遍了。

"别把事情想得那么复杂,对什么事情都猜来猜去的,那还能干工作么。好了,要没别的事,回去了再说吧,这儿还有客人呢。"李高成对妻子在电话里毫无顾忌地说这些话很不以为然,所以他想挂了。

"听着,我话还没说完呢。"妻子一副不依不饶的劲头,"你也知道,你工作上的事,我从来也没说过什么的。可这件事同别的不一样,分明就是冲着你来的。你想想,工人们闹事能跟你没关系?市里的领导没一个人过问这事能跟你没关系?今天一大早就有人找到你的办公室里还能说跟你没关系?说来说去,无非就是让你派人去查么,无非就是要把中纺的领导班子连锅端掉么!事情要是真走到这一步,你还能说不是冲着你来的,还能说跟你没关系,还能说事情没那么复杂?我昨天就说过了,查中纺就是查你,端中纺的班子,就是想端掉你。你要是掉以轻心、满不在乎,到时候后悔可就来不及了。让我说,他们既然已经找了你,那就让他们也找找杨诚、也找找别的人。不管是谁来找,你都一视同仁,不要让他们光找你一个人。你也用不着老把责任往自己这儿拽,你离开中纺这么多年了,中纺早跟你没有任何关系了。如今的事情就这样,越是个人的责任,就越有责任;越是集体的责任,就越没有责任。越是个人的责任,事情就越大越多;越是集体的责任,就越是什么事情也没有。要是一查就查到大家头上,那就什么事情也没有;要是一查就查到某个人头上,那可就没完没了,吃不了也得让你兜着走。一会儿见了杨诚,查与不查、管与不管,让人家来定。你也不是不知道,眼下不管哪儿都这样,无论啥事,谁想管也就成了谁的事。国有企业的问题,连中央都觉得头疼,咱们这会儿又拿得出什么好办法?就算你把中纺的问题查清了,把中纺的班子全端了,中纺的问题就解决了?哪有那么简单的事情……"

李高成"好了好了"连着说了好多遍,才总算把妻子的话匣子给止住。

放下电话好半天了,妻子的那些话似乎仍在耳旁绕来绕去。妻子的话有道理没道理,他倒没更多地去想,让他感到吃惊的则是妻子的这一套丰富的"官场经验"和"政治原则",他实在有些不明白,这些东西都是在什么时候装进妻子的脑子里的。

真让人感到可怕而又令人百思不得其解。

妻子的反贪局长要是也这么当的话,那可就太有问题了。

当他抬起头来有些询问地看着眼前的这两个人时,才发现他们好像已经默默地注视他好久好久了。

办公室里的气氛随着这个电话,似乎已经完全变了。

李高成突然觉得,对眼前的这两个人来说,这个电话打得真是太及时了,几乎就等于是救了这两个人的驾!

他不禁有些纳闷,妻子是怎么知道了一大早有人找他的事情的?他走的时候,妻子分明还在酣睡之中。

肯定是有人告给了她的。

那么是谁告给的她？告给她的意图何在？她又为何打来这个电话？仅仅就只是不想让他一个人介入吗？

看来并没有那么简单。

电话铃这时又响了起来。

市委书记杨诚的电话：

"老李,我一直在等你呀,是不是今天上午过不来了？"

"中纺昨天的那些职工代表又找来了,另外有些情况还想再核实一下。"李高成看了看表,然后说道,"你看这样吧,二十分钟后我就过去。"

"要是这样,我看就放到下午吧,都快十一点了,这又不是一时半会儿就能谈完的事情,正好中纺那几个职工代表也到我这儿来了,我不妨也先听听他们的。咱们干脆到了下午再好好谈一谈,你看怎么样？"杨诚的语气非常柔和,完全是一副商量的口气。

"可以,下午一上班我就过去。"

李高成放下电话,肚里悬着的那颗心好像一下子也放下了。

原来那几个人也找了杨诚！此时此刻他们就在杨诚的办公室里坐着！

他突然感到自己的压力减轻了许多,浑身上下都觉得轻松起来。猛然间,妻子的话又在耳边响了起来：

……如今的事情就这样,越是个人的责任,就越有责任;越是集体的责任,就越没有责任。越是个人的责任,事情就越大越多;越是集体的责任,就越是什么事情也没有……

他不禁对自己刚才的感觉有些警惕和惭愧起来。妻子把这些行为举止变成语言表述出来的时候,你感到是那样的厌恶和可怕,然而当你每天的言行举止确实是像妻子所说的那样时,你却一点儿也没感觉到什么。同前者相比,这岂不是让人感到更为可怕的事情?

　　他再一次默默地注视着眼前的这两个人,他们也同样在默默地注视着他。

　　良久,他朝他们挥了挥手,有些无力地说:

　　"你们要是觉得没什么可说的,那就回去吧。什么时候想好了,什么时候再来。"

　　党委书记陈永明终于急了:

　　"李市长,你问的话,真的是不好回答呀。你要是只对我个人,那我当然敢向你保证,我个人没有任何问题,过去没有,现在也没有,将来也不可能有。但你要让我说中纺的班子有没有问题,整个中纺有没有问题,那我真的没法回答,真的不好回答呀。这么多的干部,这么大的一个摊子,我真的是不能断定有没有问题呀。"

　　瞅着党委书记陈永明那张沮丧的脸,李高成突然也意识到自己的问题确实是问大了。自己当时的出发点,其实也是自己一开始介入中纺的问题时就感到最担心的一点,那就是害怕中纺的整个班子都出了问题,换句话说,也就是中纺的班子问题,其实就是一个集体腐败的问题。如果这是事实,对中纺的问题是一种看法;如果这不是事实,对中纺的问题则就是另一种看法。这一点也许正是中纺问题的关键,对中纺的问题如何解决至关重要。所以他把中纺的这两个主要领导找来就只问这一句话,那只是按着他自己的心思而来的。他只是想在这方面再往实里砸一砸,别再在这儿给我出了大问题。至于他们能不能、好不好回答,他并没有更多地去考虑。

　　如果他们真的觉得不好回答,或者觉得回答不了,从另一方面来讲,兴许并不是坏事。

　　末了,李高成又把脸转向了总经理郭中姚:

　　"你呢?是不是也觉得没法回答?"

郭中姚瞅了一眼李高成,然后一把抱住自己的头,依然没有任何表情地说道:

"市长,你真要我说实话么?"

李高成不禁愣了一愣,多少年了,郭中姚和中纺的领导们,见了他总是李市长李市长地叫,他还从未听到过他们去了姓,只单叫他一个市长。隐隐约约之中,他感到了郭中姚的话中有一种很硬的东西。

"是不是你以前给我说的那些都是假话?"对郭中姚的这种情绪和态度,李高成不禁感到有些恼怒,"什么时候了,你还给我这样阴阳怪气。"

"既然这样,那我就实话实说。其实,中纺的情况同别的地方并没什么两样,你要是真查就真有问题,你要是不查就没有问题,你要是小查,就是小问题,你要是大查,就是大问题。"

李高成再次愣了一愣,他没想到郭中姚竟会这么说。

陈永明大大地瞪着两眼,他也好像根本没想到郭中姚会这么说。

办公室里顿时又陷入了死一般的沉寂。

十三

下午两点十分左右,李高成走进了市委书记杨诚的办公室。

不迟也不早,这个时候来应该最合适。在中国,人们午睡的习惯是同管理体制有着直接关系的,尤其是对忙忙碌碌、十分劳心的领导干部来说,午睡更是不可缺少的。在单位里吃点饭,然后轻轻松松地再在办公室里躺上一会儿,这种午间休息既是调整思绪所需要的,也是补充体力所必不可少的。所以,在中国的一些主要领导人的办公室里,一般都会设置一张简陋却是十分必需的床或者是能躺的沙发。而在办公室里休息,既安静省事,也避免了家人的唠叨和造访者的搅扰,这对政务纷繁又时时不得安宁的领导干部来说,真是太宝贵太需要了。知道这一点的人,如果没有要命的事情,是绝不会在这个时候打扰领导的。

两点上班,两点十分到,正好。留点时间让人家醒醒脑子,赶赶睡意,擦把脸,泡杯茶。等你进去了,其实也正好说话,免得人家心不在焉,忙这忙那,到了还是要耽误半天。

然而,等李高成走进杨诚的办公室时,才发现杨诚好像根本就没有睡午觉。

杨诚正在全神贯注地看着什么,等到李高成走近了,才发现摆在杨诚面前的正是那两份厚厚的请愿书和上访材料。

杨诚看的原来是这个!

李高成的心里不禁动了一动。

杨诚伸了个手势,让李高成坐在沙发上,然后泡了两杯茶,也一块儿坐了过来。

两个人挨得很近很近。

杨诚比李高成年轻将近十岁,是"文革"前的最后一届大学毕业生。是属于既有学历,又有阅历;既有思想文化,又没有受到太多迫害冲击的那一拨幸运者。由于"文革"的断层,当国家所急需的人才处于青黄不接时,他们正好是中流砥柱。当国家以经济建设为中心,急需一批知识分子充当领导干部时,他们又从各个角落里被找了出来,全都被选拔到最需要和最重要的岗位上,以至于一提再提,一直提到他们当初想也没想过的位置上。那时候的提拔,比起现在来,真不知道要容易多少倍!而那时候的提拔干部,似乎也没有像现在这么多的条条框框,被提拔者也似乎不需要像现在这样不断地往上跑。国家急需,又是青黄不接,几个人坐在一起讨论讨论、研究研究,连被提拔者个人也毫不知晓。以至于等到找他谈话时,常常会吃惊得好半天都回不过神来。再等到一个通知下来,就已经是位置显赫的领导干部了。干中学,学中干,哪有什么考验期、试用期,也一样不问有没有基层工作经验,即使不是党员也没什么大不了的,马上入了就是了,有什么关系?而如今我们国家的一大批分布在重要岗位、发挥着重要作用的领导干部,很多都是在那个时候被提拔起来的,杨诚也自然是其中的一个。

在李高成的心底里,对这批干部是非常看重的。他们大都是在没有条条框框的情况下被提拔起来的,所以在他们身上也就很少有什么条条框框。位置来得比较容易,对丢官保官也就看得不会那么重。有真才实学,也有一定的社会政治阅历,虽然没有受到过太大的冲击,但却清清楚楚看到了当然也实实在在感觉到了当今中国最需要的是什么,对国家对人民威胁最大的又是什么。自己本身是知识分子,所以也就懂得怎样才是对知识的尊重。他们本身就是改革的产物,所以也就必然是改革的最忠诚的拥护者、参与者和推动者。

杨诚尽管调来时间不长,但李高成凭自己的直觉,对这个还算年轻的市委书记的感觉还是不错的。尤其让他感到放心和可靠的是,杨诚这个已经是省委常委的市委书记,也像他一样,身后并没有什么太大太深的背景。只这一条,就让他感到两个人的距离拉近了许多,在感情上也亲近了许多。人们都说如今的体制,让省长和书记、市长和书记、县长和书记以及乡长和书记成了天生的一对矛盾。一般来说,党政部门和政府部门很少有不闹矛盾的。书记管干部,市长抓经济;一个管人,一个理财。想想并没什么可冲突的地方,但在实际工作中一接触,可就处处是矛盾,时时有抵触。比如市长抓经济,抓企业管理,首要的问题就是要有一批懂经济、会管理、有市场意识的企业领导人才。但如何起用这些企业人才的决定权却不在市长手里,而是在书记手里。这一根本的矛盾,就决定了这两方面矛盾的长久性、尖锐性和广泛性。然而在李高成当市长这么多年来,却很少有这样的感觉。一来是他这个人很少在这方面去琢磨,正像妻子说的那样,只知道谋事,不知道谋人。二来也可能和跟他搭班子的这几任书记有关。比如上一任书记,他当市长时,书记就已经五十八岁了。年纪大了,知道自己离退休不远了,一切也就都跟他商量着来,很少有意见不一致的时候。而现在的杨诚,又只四十六七岁,年龄几乎比他小了将近十岁,何况在杨诚调来之前,这个市委书记的位置,好多人都看好他李高成,对这一点,杨诚自然知道得清清楚楚。所以这一段以来,两个人始终配合得很好。作为市长的李高成尤其感觉得很明显,杨诚在许多问题上,都非常尊重他的意见,在一些比较大的人事决策上,杨诚都确实做得非常民主,既公开也公正,并没看到有什么见不得人的举动。再者,李高成觉得他本人在许许多多的重大问题上,向来都是以工作为重、以大局为重、以事业为重。自己没什么见不得人的事情,别人也就没什么可说的了,也就没什么难以解决、难以调和的矛盾和冲突了。

总而言之,他对这个市委书记杨诚的感觉确实不错,至少现在感觉不错。

杨诚是个很直率很果断的人,商量什么事很少跟你客客套套、闪烁其词,向来都是开门见山、直奔主题。两个人一坐下来,杨诚第一句话便说道:

"听说昨晚工人们闹得很凶,是不是你都看到了?"

"没错,快赶上'文化大革命'了。要再晚去一会儿,说不定真要闹出事了。你没见那阵势,想想还真有点后怕。"李高成自然也实话实说。

"听吴新刚说,差不多有一两万人?"

"只多不少,反正公司能出来的人大概都出来了。冰天雪地的整整一夜,老的小的,好像都不怕冷、都不瞌睡,劲头憋得都很足。看得出来,干群关系实在太紧张了,根本就坐不到一个桌上去。"李高成仿佛又回到了昨天晚上的气氛和情绪里,心里一时又感到格外的沉重。

"老李,是不是真的很严重?"杨诚的眼睛离他是这样的近。

"是的,确实很严重。"他再次实实在在地回答。

"事态发展到现在,是不是仅靠公司领导的管理能力已经无法解决公司的问题了?"杨诚又追问了一句。

"从目前看,怕是没有这个能力。"这也确实是李高成的真实感觉。

"依你看,公司领导干部的声誉和威信还能不能恢复得了?"杨诚问的话确实都是一针见血、最本质的问题。

"大概很难。"李高成觉得他只能这么说。

"老李呀,我看咱俩的感觉都差不多,这两天我一直都在想着这件事。矛盾激化到这样的地步,绝不是一时半会儿的事情。这说明在中纺公司这样的一个国有大企业里,这种不可调和的矛盾已经存在和积累了很久很久了。所以我就想,要想真正解决中纺的问题,首先就应该闹清楚,这种不可调和的矛盾究竟是什么,究竟是怎样存在和发展起来的?我想只要把这个问题的症结找到了,中纺的问题也就好解决了。最重要的是,这很可能对国有大中型企业的改革有重要的意义。"

听着杨诚的这些话,李高成反倒好半天无以应对。他没想到杨诚竟会想得这么多,想得这么深。平时想着很好回答的问题,当真正让你回答时,才觉得并非那么容易。说真的,究竟什么是中纺的最主要的问题呢？这场激化了的、非常严峻的矛盾冲突的实质究竟是什么呢？李高成已经注意到了杨诚话中的措辞：不可调和的矛盾。如果他真是这么看的,这说明作为市委书记的杨诚,对中纺的问题已经有了一个固定的看法,或者已经有了一个较为成熟的看法。而如果说矛盾是不可调和的,那么也就是说,这种矛盾的实质其实已经成了敌我性质。而惟有敌我性质的矛盾,才会是不可调和的。杨诚真会是这样看的么？如果真是这样看的,在如何处理中纺的问题上,杨诚也很可能已经有了自己的一个较为成熟的看法和认识。想了想,李高成有点试探地对杨诚说道：

"说实话,这两天都让这些表面上的事情给缠住了,整整两天两夜了,睡了也就那么五六个小时。今天一上午又来了两拨中纺的人,就光听他们谈问题、谈意见了。反映了那么多事情,又各有各的说法、各有各的理由。对中纺的问题究竟该怎么看,还真的没往深处想。杨书记,你今天也听了他们的一些说法,我不知道你对此都有些什么初步的印象和看法？"

"具体的我并不了解,早上听了听那几个人的反映,刚才又看了看他们送来的材料,尤其是听你刚才说有一两万工人都参与了闹事,而且干群关系对立到那么严峻的程度,看来问题要比咱们想象的严重得多。依我看,这场矛盾的实质,发展到现在,最主要的症结就是,干部已经彻底地把群众看作了他们的对立面,而群众也已经把干部当作了最让人愤恨、最不可饶恕的敌对面。"杨诚似乎全然陷入了一种深思之中,对李高成那种试探性的话语好像一点儿也没察觉、一点儿也没在意,"老李呀,这只是我个人的一个不成熟的想法,我觉得,如果一个企业的领导同职工们的思想和感情已经产生了难以调和的对立,即便是这些领导干部没有任何问题,那也一样是严重的失职和渎职。换句话说,这样的领导班子其实已经失去了存在价值,或者说,它的存在已经没有了任何意义。绝大多数的工人都不听他们的指挥、绝大多数的工人都加入了反对他们的行列,如果我们对这样的领导班子还存在什么幻想,甚至还想保它过关,最终的结果只能是鸡飞蛋打一场空,既保不住这个班子,又让我们失掉了民心。老李,你觉得我们是不是应该下决心了?"

从理智上讲,应该说杨诚的看法和想法确实是成立的,从某个方面看,可以说是一语中的、切中了要害。然而不知为什么,在感情上李高成却无法接受杨诚的这种说法。不管怎么说,即便公司的那些领导十恶不赦,但在还没有进行任何调查,还没有找到任何证据的情况下,就这么过早地下结论,而且是如此严厉的结论,是不是显得有点过于草率、过于武断了?何况你现在听到的和看到的只是一面之词,你并没有同公司的领导干部进行过任何接触,在这种情况下,又如何就这么急急定论,想把公司的整个班子全都撂到一旁?还有,这次工人闹事的真正原因究竟是什么,工人们背后是否有什么背景,这些我们并没有真正闹清楚,怎么就可以这样盖棺论定地下结论?特别让李高成在感情上难以接受的是,中纺的问题是我一个人亲自去处理的,中纺的情况在市委市政府的领导班子里我应该是最熟悉的,中纺领导班子的基本情况我也一样是非常了解的,所以对中纺的问题,最有发言权的应该是我,对中纺的问题如何下结论,首先应该由我来做,至少也应该先听听我的意见。作为一把手的市委书记,你怎么可以还没有听我的汇报就匆匆忙忙地准备下结论呢?沉思片刻,他便对杨诚说道:

"杨书记,是不是你听了今天上午那几个职工代表的反映,所以就觉得中纺的这个领导班子已经不可救药了?"话一出口,他立刻就感到后悔了。他明显地感觉到了自己话里不满和嘲讽的意味,同时他对自己立场的瞬息变化也不禁感到暗暗吃惊。在来这儿以前,他还想着如何说服市委书记下决心解决中纺的问题,尤其是想说服市委书记应该尽快组成一个比较大的专案调查组,马上到中纺进行全面的审核和清查,与此同时再组成一个暂时性的工作班子,全面接管中纺的领导工作。然而不知为什么,来到杨诚这儿还不到一刻钟,自己的情绪和立场好像一下子就全变了,就仅仅是因为杨诚的那些话刺激了自己的自尊心,或者是让自己感到无法下台吗?他突然觉得,原来在自己感情的深处,还是容不得别人对同自己有关的情感和事项上的任何伤害。所以在自己的下意识里,对中纺的那个领导班子,更多的只怕还是爱怜和袒护。自己怎么会这样?自己又为什么会这样?想到这儿,他赶紧又口气委婉地补充说道:"其实任何人都一样,只要一听了那些工人们的诉说,一看了工人们的那些材料,都会有这种感觉的,包括我自己也一样。"

"不,老李,我觉得这种看法不对,对中纺的问题尤其不应该这样看。"杨诚依然沉浸在一种困心衡虑的思考和沉重之中,对李高成情绪和语气上的变化,好像仍旧没有丝毫的察觉和领悟,"这绝不仅仅只是一种感觉,这么严重的矛盾和对立,如果只凭感觉可就太片面了。老李,不知为什么,在中纺的问题上,我总是有一种预感,觉得咱们俩的观点和看法很可能会不一致。刚才我已经给你说了,我所说的那些都只代表我个人的看法和观点,我之所以先给你说出来,也就是想先给你亮明我自己的看法和观点,但也仅仅只是我个人的看法和观点。对中纺的问题到底应该怎么处理,在眼下到底应该怎么去做,我想咱俩最好应该先达到基本一致,如果达不到一致,那也没关系,只要咱们双方都清楚了各自的看法和观点,相互都通了气,也就不必再相互猜测了。这以后再上常委会,由你做一个全面详细的汇报,让大家集思广益,最终拿出一个比较妥善和可行的办法来。不过,老李你一定要记住一点,中纺的问题究竟该怎样去解决,大的方案最终还得你拿。有一句话我不管你生气不生气、理解不理解、恼火不恼火,我现在也必须说出来,中纺的问题如何解决,解决得好与不好,快与不快,工人们能不能满意,会不会再出乱子,有没有后遗症,关键的关键,就只在一个人身上,那就是你。"

十四

李高成和杨诚一块儿从办公室里出来时,已经是晚上八点多了。

在这五个多小时的时间里,总的来说,两个人谈得还算投机。但在这一次同杨诚的真正接触中,李高成也再一次领略了这个比他年轻很多的市委书记的工作方式和领导个性。

自从杨诚调来以后,这是他这个市长同市委书记的第一次这么长时间的相互交流和谈论问题。

首先让李高成没想到的是,在他还没有汇报以前,杨诚就先把他自己的观点和看法亮给了他!这是他无论如何也没有料到的。作为一个市委书记,这样做确实让他感到意外,也许会不会有什么别的含义?联系到较早以前杨诚对中纺问题的一些看法,他隐隐约约地感到了市委书记杨诚在工作上的一种硬朗而又强悍的作风,这种作风是他在几十年的工作经历上很少碰到过的,所以也就让他感到很难对付。

年轻气盛、血气方刚,但却是不是有点太霸道、太强横了?对一个比你大了将近十岁,而且原本应该当市委书记的老市长,用这一套方法,用这种口气,用这种思维,是不是太欠考虑、太不尊重对方了?

不过反过来一想,似乎也没什么可奇怪、没什么可埋怨、没什么不可理解的。杨诚对中纺的这种观点和看法,其实在很早以前就形成了。就在 1995 年杨诚刚上任不久,在市委市政府召开的一次有关国有企业改革的领导会议上,杨诚就直言不讳地以中纺为例,说像这样的一个企业,群众意见这么大,亏损这么严重,对它的领导班子早就应该考虑换一换了。说实话,当时李高成对杨诚的这番话是非常反感非常有看法的。没有调查就没有发言权么,你一个市委书记,怎么可以下车伊始,就哇啦哇啦地发议论,提意见?这也批评,那也指责,好像这么大一个省会市,以前的工作就没有几件是正确的。这样的领导其实是最没有出息的领导、最没有本事的领导,也是头脑最简单的领导,同时也是一种无知的表现。对自己的前一任政府、前一任书记,就算他们有什么错误、有什么决策失误的地方,也绝不应该在上任之初就这么毫无顾忌地大讲特讲。这既是一个涵养问题,也是一个品质问题。好长时间了,李高成还是对此事耿耿于怀,满腹牢骚。不管怎么说,一个省会的市委书记,一个党的高级干部,是不应该有这种举止和失误的。后来之所以他对杨诚的看法有所改变,一是因为杨诚确实是个干实事有能力的人,二是因为杨诚也确实是一个言行一致的人,三来也因为杨诚以他的行为最终证明他是一个很讲民主、很有公开性的人。对杨诚的这些特点,并不仅仅只是他一个人的看法。杨诚不会记仇,不会在背过弯鼓捣人,也从不搞团团伙伙,尤其是从不搞一言堂,什么事也从不由他一个人说了算。像对中纺的问题,他当时一直是主张大动手术的,而且在会上也多次这么讲。但后来由于李高成的不同意见,不同意大动手术换班子的做法,最终杨诚还是保留了自己的意见,听从了李高成的意见,并且仍然决定由市长李高成亲自挂帅,全面主管国有企业的改革,这里面当然也包括中阳纺织集团公司。

好多人在事后对李高成说,这是市长同市委书记的第一次公开较量,最终以市长一方胜利而告终。

然而李高成却从来也不这么看,在他心里也从来没有过这种感觉。相反,他反倒常常觉得自己在表面上占了上风,其实是自己给自己套上了绳索,把真正的主动权让给了对方。

有时候,李高成也在心里暗暗思量,假如按照杨诚所说的那样办,如今的中纺可能会是怎样的一种局面呢?就算没有什么成效,但是——连李高成自己也不想面对的就是这个——不管怎样,也绝不会像中纺现在这个样子。也确实如此,就是组成一个再次的班子,像中纺现在这个班子这样的情形不也就到顶了?至少也不会让群众这么愤恨、这么怨气冲天。

这就常常让李高成越想越有压力,越想越感到忧心如焚、寝食难安。这也就是为什么在中纺发生了那么严重的情况时,他也没给市委书记杨诚通报,而是只身一人冒着那么大的风险去中纺在闹事现场解决问题。

这是不是就是作茧自缚、自作自受?

也许现实就是这么残酷,你要是想去维护一个人、维护一个集团的利益,那么你就得为这个人、这个集团的利益付出代价、做出牺牲,而且在任何时候,你都可能要受到他的株连和牵涉。对了是你、错了是你,出了问题也一样会是你!

这是中国的文化,也一样是中国的政治。

中国政治对其自身的制约,这大概也是其中重要的一方面。如果是你的责任,你就得为其负责!

有一点让李高成感到欣慰和放心的是,在多次的接触中,包括今天这么长时间的接触中,他觉得杨诚是一个值得信赖的人。有一点让他感触很深的是,他觉得杨诚这个人没城府,不世故,不算计人,以至于让他感到作为市委书记的杨诚好像有点太单纯太实在了。但是在另一方面,有时候又常常让他觉得杨诚这个人小瞧不得。他这种单纯和实在,往往会让你下不来台、让你难堪万分。觉得不对的事情,一旦发现,他会主动认错;而若是他认准的事情,即便是要得罪一大片人,他也会坚持下去。

没有小心眼,却又十分细心。你觉得他不会在意的事情,常常是他比你知道得还清楚。

像今天下午的汇报,在许多地方着实让他暗暗吃惊。对于中纺的一些问题,他根本没想到杨诚会比他还清楚。尤其是公司领导讲过的一些话,甚至是小范围讲过的一些话,杨诚居然都知道得清清楚楚!特别是对公司主要领导的个人经历,家庭情况,甚至比他知道得还多。比如公司总经理郭中姚坐的是什么牌号的小汽车,党委书记陈永明坐的又是什么牌号的小汽车。副总经理冯敏杰虽然坐的是桑塔纳,但这辆桑塔纳的车内装修就花了将近二十万元!而这都是那些上访材料上根本没有的东西,简直无法想象他是从哪儿得来的这些信息。

他同杨诚的一段对话,到现在还让他觉得有点惴惴不安、不寒而栗。

"老李呀,我有一个感觉,也不知道对不对。对中纺的问题,我总是觉得其实你比我更清楚,比我更知道事情的严重性。大概你只是想再拖一拖,再看一看,希望中纺的情况能变得好起来。"

李高成愕然相对,什么话也没说出来。这个问题他没想过,他不知道自己在心底深处,是不是真有这种想法。然而,有一点则是千真万确的,他真是做梦都在盼着中纺的情况能变得好起来。为中纺的工人,为中纺的这个班子,同时也是为了他自己!或者说,更多的是为了他自己。

为了自己什么呢?是解脱?是名誉?还是情感?也许更多的是为了自己的解脱。为了这么一个中纺,他实在是有点太累了。心累,活得也累。

见李高成没说话，杨诚却不依不饶地又说了一段更耐人寻味的话：

"对你这个市长和我这个市委书记来说，中纺最令人担心的并不是这个班子有没有问题，也不是这个班子的问题到底有多大。班子有问题，换了就是了，领导干部有问题，该撤职的撤职，该判刑的判刑，这都好办，没什么可担心的。老李，我惟一担心的就是怕中纺的问题也许只是冰山一角。等到这座冰山全都露出来的时候，我们这市长书记也许才会面临到最严峻的考验。到了那时候，我也不知道你我能不能顶住，你我还能不能这样坐在一起……"

李高成当时有些惊奇地发现，杨诚在说这些话时，这个向来给人以刚强果断印象的市委书记，竟显得是那样的伤感和忧郁。这种伤感和忧郁的情绪又是那么快地传染给了自己，他突然感到杨诚说的这些话意味是这样的深长，是这样的令人沉重、令人深思。

冰山一角，这个词真让人感到恐怖。

冰山一角的下面会是些什么？如果将要面临最严峻的考验，那么这严峻的考验又将会是些什么？

还有杨诚的那一句说了好几次的话，也一样让李高成感到难以吃透：

"……中纺的问题如何解决，解决得好与不好，快与不快，工人们能不能满意，会不会再出乱子，有没有后遗症，关键的关键，就只在一个人身上，那就是你。"

是因为我下不了决心？还是因为觉得我的内心深处只是想着如何保住这些人过关？或者说，仅仅只是因为我的存在，中纺的问题就不可能解决，就是想解决也解决不好？

但既然如此，为什么杨诚还是一而再，再而三地说服自己，中纺的问题，必须是由你来挂帅，必须还得由你亲自去解决，否则任何人也处理不了中纺的问题。

解铃还须系铃人？

是不是这样想的？

真会是这样？

他不相信。

但杨诚却好像是毫不怀疑地相信这一点，他的眼神里全是真诚和恳切，看不到一丝一毫的掺假和虚伪。这眼神里的东西是这样的让人动情，又是这样的让人感到信赖和难以推卸。

这究竟又是因为什么？

"年纪轻轻的，却是这么个老滑头。"这是妻子对这一疑问的第一个直接的反应。尽管妻子说话的声调不高，却让他感到这样的刺耳。

"怎么能这样说话，杨诚根本就不是你想象的那种人。"他对妻子的认识打心底里觉得反感。

"我知道，在你眼里根本就没有坏人。"妻子一点儿也不生气，仍然是那样一脸的柔和。这也是妻子最大的也是最让他感念的优点，越是他生气的时候，妻子反倒越没有脾气。

妻子今天比他回来得要早，饭菜也格外可口，其中有两个菜还是妻子亲自下厨做的。

在他有一口没一口地吃饭时，妻子则有滋有味、满脸春色地不住地看着他。就好像是他又被提了一级，或是做了件惊天动地的大事似的。

妻子对他下午同杨诚的谈话基本感到满意，她觉得他的基调拿得还算准："就得这么说，不管怎样，中纺是咱起家的地方，在别人眼里，那可是咱的后院，要是后院起火，别人可就要看咱的笑话了。对中纺的事，我怎么说都可以，别人若要想指手画脚，那可绝对不行。打狗还要看主人呢，我提拔起来的干部哪能让他们这样随随便便想说就说,想查就查!如果这事由了他们,在市里的干部中,你还有什么威信可言?到了那时候,谁还会死心塌地地跟你、拥护你?你自己的人你还不保或者保不住,别人还会指望你什么?"

"你这一套都是从哪儿来的?"李高成皱了皱眉头说。

"人都是不断在进步的,有几个像你这样一成不变的?"妻子仍是那样笑盈盈地对他说道,"你以为杨诚也会像你一样傻?既然他把中纺的问题看得那么严重,又把中纺的班子说得那么一无是处,为何又偏偏还是让你来解决中纺的问题?居然还说中纺的问题能不能解决得了,能不能解决得好,关键就在你身上!问题这么严重,却又把所有的责任全都推在你这儿,你还说他不是滑头?不是那样的人?"

"那你说,这件事应该由谁来负责?市里这会儿还有谁能管中纺的事情,还有谁能负这个责任?"

"当然只能由你来负责,谁想插手也不行!"

"那你还攻击杨诚让我来管这事?真是岂有此理。"

"理是这个理,但话不应该那么说。"妻子依然振振有词,"中纺不应该是他随便指责批评的地方,而让谁来负责管理中纺的事情,这根本就不是他的职权范围。是应该由你来定,而不是由他来定。"

他觉得自己似乎又渐渐地被妻子引导了过去,他甚至觉得妻子说的也确实有一定的道理。他默默地咀嚼着感觉不到任何滋味的饭食,没再说什么。

妻子则在一旁仍然喋喋不休地说着:

"你以为杨诚就像你想的那么简单?要是真像你说的那样,他会这么年纪轻轻的就当了省会市的一把手?四十来岁就当了省委常委,用不了多久就是中央委员,就是省委副书记,等到五十几岁,省委书记差不多就干上了,说不定还会进中央政治局。年轻有为、前途无量,像这么一个人人看好的市委书记,你以为他眼里会有你?会把你看得很重?就算他这会儿还尊重你,他尊重的也只是你的影响,尊重的是你不要同他闹矛盾,尊重的是你不要给他的前程产生副作用。尤其是他刚来不久,脚跟还没站稳,翅膀还没长硬,他还用得着你。何况,你这个人还不坏,老实疙瘩一个,只会干活,不会耍心眼,同这么一个人搭班子,到哪儿找去?但你要是认为仅仅只是这方面的原因,他就不会同你耍心眼了,他就会实实在在的,那可就大错特错了。一到了关键的时刻,他就处处要想着如何保他自己了。就像这次中纺的工人闹事,谁都知道这绝不是一件小事,事关重大,牵一发而动全身,闹不好势必产生严重的负面影响,不要说没法给中央交代了,就是给省委省政府也无法交代。如今整个国家对国有企业的改革都极为敏感,谁要是在这件事上栽了跟头,可就永远也别想再站起来。你想一想,这样的事情,他怎么会把责任揽到自己身上?他把问题说得那么严重,却又不承担任何责任,而且还让你感到他是那样信任你、看重你,这就说明这个人真不简单。不过他既然这么滑头,那你也别只会顺着他的竿儿往上爬,等到明天早上开常委会的时候,你就一定要达到这样的一个目的,所有的这一切决定都是集体的决定,所有的责任也就都是集体的责任,但是所有具体问题的行使权,都只能在你一个人手里……"

不知为什么,他突然产生了这么一个想法,假如市里的市长不是他李高成,而是他的妻子吴爱珍,那么围绕着中纺的问题,又将会是怎样的一种局面?

原来他还真的轻看了自己的妻子。

陡然间,他像突然感悟出了什么似的,有些发愣地说:

"明天上午开常委会的事,你是怎么知道的?是谁这么快就告诉了你？还有，今天早上……"

"呀呀呀！整个市里都吵翻了的事，你还想瞒谁呀这么瞒来瞒去的？"妻子显得有些不耐烦起来，"如今还有什么事能保了密？你们不是整天都在讲公开性么，怎么连开个常委会也这么神神秘秘的？"

他再次有些像不认识似的看着妻子。自从中纺的事情发生后，妻子的性情好像一下子全变了，妻子的言行和思想也好像一下子全变了，以致让他隐隐约约地感到，中纺的问题，已经渐渐地影响到了他的家庭。

让他越来越有些难以理解的是，在中纺的问题上，妻子怎么会一下子变成了这样？

妻子究竟是怎么了？

这一切又都是因为什么？

就在吃饭中间，李高成连着接了好几个电话。

几乎全是市委市政府常委一级的领导打来的电话。

"李市长，明天的常委会是不是要研究中纺的问题？"

"是，你已经知道了？"李高成再次感到纳闷，这些人的信息真快，连开常委会的内容都已经知道了。

"这么大的事情，怎么会不知道？李市长，会前有什么要说的吗？"

"没有，到了会上再说吧。"

"明白，到了会上我知道该怎么做。"

基本上都是一样的口气，都是一样的说法，最最让李高成感到要命感到无法应答的是，这些人好像全都明白李高成的立场和心态，对李高成的观点和看法好像也一样知道得清清楚楚！而且他们都明白他们应该在会上怎么做！

他们都明白了些什么？

他们明白的依据又都是什么?

怎么会这样?

这一切到底都是怎么了?

他突然感到自己就像陷进了一摊烂泥里,无力自拔,也无人救援,只能一点一点地越陷越深。

十五

李高成无论如何也没有想到今天的常委会竟能开成这样。

没有人议论,没有人表态,甚至没有人吭声!

市委书记杨诚的一个简短的讲话,然后是李高成的一个将近两个小时的情况报告。他既如实地谈了工人们的情绪和看法,也如实地谈了中纺领导们的情绪和看法。余下来的时间就是让大家讨论和各自发表意见和看法。

结果是会场上一片沉默,长时间的沉默。

书记杨诚督促了好几遍,李高成也一再地让大家都放开好好谈一谈,但就是没一个人说话。

连脸上的表情也看不出来!

然而当说到一个题外话时,会场却突然地活跃了起来。那种热烈的气氛,就好像好多天的禁闭一下子被解除了一样。

有关中纺的问题,就好像是一个深不可测的陷阱,谁也不敢踏进一步,谁也不想踏进一步。

是因为自己吗?李高成默默地瞅着眼前这一张张熟悉而又让人感到分外陌生的脸,他突然想到了昨天晚上的那些电话,他们都说他们什么都清楚,什么都明白,也都说他们知道该在会上怎么做。

那么都做了什么？就这么一个个一言不发、一声不吭，甚至连看也不看他一眼？

他们最最担心的都是些什么？究竟是什么原因让他们一个个变成了这么一副样子？

李高成隐隐约约地觉得，他们昨天晚上给他打来的那些电话，也照样可以一丝不差地打给市委书记杨诚。

这就是说，同样的话，他们很可能既说给了市委书记杨诚，也说给了市长李高成。于是，在会上就形成了这样的一种局面，装聋作哑，谁也不想发表意见。之所以如此，理由当然只有一个，那就是怕在这件事情上得罪市里两个主要领导中的一个。

为什么会如此？理由当然也只有一个，那就是在中纺的问题上，人们都清楚，或者人们都猜测到了他同市委书记杨诚有分歧、有矛盾，而且直到现在也仍然存在、仍然没有消除。

显而易见的是，既然市长、市委书记在这件事情上有矛盾，其余的人也就犯不着在这样的事情上同市长或者是同市委书记过不去了。不就是一个国有企业的事情么？问题再大，影响再广，事态再严重，似乎同他们也没有什么太大的关系，不有你们市长、书记么？干我们什么事？看来在某些人眼里，只要是涉及到自己的利益，涉及到自己的仕途，涉及到可能会影响自己的人事关系，即使是国家的事情，老百姓的事情，都可以视而不见、充耳不闻！

但是，你有资格说这样的话，有资格这样去评判他们吗？

是不是应该先好好地反省反省自己，审视审视自己，然后再回过头来分析和判断别人？上梁不正下梁歪，在中纺的问题上你就没个正儿八经的态度，又如何指望别人不偏不向、毫无顾忌地拿出自己的观点和看法来？

是不是自己应该先表个态？真心实意、开诚相见地把自己的看法和观点毫无保留地全盘端出来，然后再让大家拿出意见来，看看究竟应该怎么办?

　　看着市委书记杨诚那张严肃沉重而又不动声色的脸,李高成的心里突然涌进了一股说不出的感觉:杨诚这个人如果是个好人的话,那他很可能是一个大好人,而如果他要坏起来的话,那又极可能是一个坏得你根本没法招架的大坏人。

　　杨诚自常委会开始以后,除了简单的几句开场白,基本上一直在保持沉默,几乎就没再说什么。他的脸上也一样看不出任何表情,甚至连会场上的人看都不看一眼。这让李高成感到非常的纳闷和意外,因为以他平时对杨诚的了解,杨诚在这样的会上,极少会这么一言不发、沉默不语的。像上一次的市委常委会,在他影响下,会场的气氛是那样的热烈,发言是那样的踊跃。那是研究关于市里主要街道的扩建工程的,也是关系到拆迁、用地等许多严峻敏感的重大问题,但人们的观点、看法和意见,却是相当的透明和尖锐,根本没有什么顾虑和忌讳。而今天人们怎么会一下子就全变了?看来跟杨诚的态度有着很大的关系。

　　杨诚要是在这个问题上想给你暗中使个什么绊子的话,或者说他要是想在这上面给你使个什么坏心眼的话,那就很可能让你的所有想法和目的都一无所成。就像现在会场上的情况一样,他想让你多尴尬,就能让你多尴尬。最终的结果也就只可能是一种,那就是所有的一切都只能按他所想的来。

　　但是,杨诚若是在这件事上没有什么坏的想法的话,那么从另一方面来看,杨诚的沉默很可能就是一种完全要成全李高成的举动,杨诚确实是在协助他支持他,换个说法,杨诚确实是想听听其他常委真实的想法和真实的意见,其实也就是想从侧面积极帮助李高成拿出一个更为成熟的思路和决策来。正因为如此,他才会首先在暗中向李高成表明了自己的观点和态度,而当到了会上后,则不发表任何意见,也不表示任何看法,从而作出姿态向人们表明,他在中纺的问题上,一切还是以市长的意向为主,如何解决中纺的问题,自然也还是视市长的意见而定。

如果杨诚确实是这么想的,也确实是在这么做,那么现在会场上的这种局面,主要的责任也就只能是在你自己身上了。

杨诚已经明明白白地向常委们表示了自己的态度,作为一个市委书记,他不首先表明自己的任何态度,这其实已经是一个明显的态度了。而你的沉默,给人的感觉,则似乎恰恰相反,就好像你是在闹情绪,闹意见,闹矛盾,本来应该是你分管的事情,事实上也是任何人都不想介入的事情,而你却一言不发,这究竟是想表示什么?无非是想让人们知道,因为我在这件事情上同书记有分歧,所以我只能保持沉默。

如果真是这样,那么会场上的这种气氛,看来就只能由你自己来扭转了。你必须首先亮明你自己的观点,尤其是必须声明一点,那就是明明白白地告给所有的常委们,中纺的问题已经不能再拖了。确实已经到了非常危险的境地,再不下决心彻底解决就会铸成无可挽回的大错。这已经不仅仅是某个人的问题,而是整个市委市政府所有领导都必须关注的问题。如果真要造成了恶劣的影响和极坏的后果,所有在座的人都有无法推卸的责任。

形式确实严峻,问题确实重大,态度必须坚决,行动必须果断。这就是你应该表明的观点,如不这样,这个会就很难再开下去了,结果则只能是使中纺的问题再这么毫无意义地拖下去。

就算杨诚在这个问题上有他不可告人的想法,那也只能这样去做。你现在只能把他当作一个确实非常好的大好人,其实也只有这样,才能真正解决眼前的燃眉之急。

也就是在这个当儿,杨诚被一个电话叫了出去。

李高成不禁产生了一种异样的感觉,凭直觉他感到这个电话一定不会是个一般的电话。能从电话里把一个市委书记从市委常委会上叫出去的人,绝不会是个一般人物。

除非是发生了什么大的意外,像家里突然出了什么事情,老婆孩子遇到什么不测……但这些事情的可能性都极小极小。

最大的可能就是被什么领导给叫出去了。

当然很可能是别的什么事情。

但如果不是什么别的事情呢?

而且那会是谁?

他默默地猜测着。

他发现在场的常委们都似乎在默默地猜测着。

足有十分钟的时间,杨诚才回到了会议室。

杨诚的脸上仍然看不出任何表情,也没有朝任何人看一眼,等一直走到他的座位跟前时,才扭过头来悄悄地对李高成说了一句:

"电话,在会议室旁边的办公室里。"

"……谁的?"李高成怔了一怔。

"出去就知道了。"杨诚并不看他。

会议室的门外,杨诚的秘书小李在等着他,把他引到打来电话的那间办公室里,然后掩住门轻轻地走了。

"喂,谁呀?"李高成有些小心翼翼地问道。

"老李么,我是严阵。"

"哦!严书记呀,我是李高成。"

省委常务副书记严阵的电话!

怪不得能这么放纵无忌,在一个市委常委会上,敢一个电话把市委书记和市长都叫了出来。

"正在开会,是吧?"严阵分明是明知故问。

"是常委会,严书记。"李高成一边回答,一边猜测着严阵电话的来意,"有急事呀?"

"这两天压力很大,是吧?"严阵的语气里透着一种实实在在的关心和眷注。

"……压力?"李高成对严阵的话好像一时还反应不过来,"严书记,你指的是……"

"别再给我装不在乎了,你们今天的常委会是什么内容,你以为我不知道?你呀,啥时候都这样,天大的事总也是一个人闷在肚子里。"严阵分明是以长者的口气在同他说话,其实他比李高成还小一岁。

不过平日里李高成对严书记的这种口吻早已习惯了,官大一级压死人,何况李高成几乎可以说是严阵一手提拔起来的。李高成在中阳纺织厂当厂长时,严阵则是当时的市长。当时如果没有市长严阵的支持和举荐,李高成的副市长是根本没有可能的。李高成当了副市长不久,严阵便被任命为省委组织部部长并成为省委常委。于是有人就说,李高成命大福大,有了严阵做后台,真是福星高照、如登春台,仕途顺畅、一路绿灯。而且凡是跟着李高成的人也一样大沾其光,正是靠着大树好乘凉,凡是李高成看好的人,或者凡是李高成认为可以提拔可以重用的人,基本上可以说是丁一卯二、十拿九稳。所以在李高成当副市长,严阵当省委组织部长期间,由于李高成的举荐,实实在在地任用了一大批干部,至于李高成手下的人就更不用说了,比如现在中阳纺织集团公司的绝大部分主要领导,都是在这期间选拔起用的。再后来,便是李高成的被举荐为市长,一般的人认为,这也一样主要是由于省委组织部长严阵的作用,假如没有严阵的支持和信赖,一个由基层顶上来的企业干部,是不可能当上副市长,尤其是根本不可能当上一个省会市的市长的。

所以所有对李高成有所了解的人都是这么一致地认为,李高成如果没有严阵在背后撑腰,第一,不可能当上副市长;第二,不可能当上市长;第三,不可能任用和选拔那么多干部。

再后来李高成在市委书记一职的竞争中之所以失利败北,人们说了,主要还是由于严阵的缘故。因为当时省委研究市委班子人选的时候,严阵正在中央党校学习,再加上由于干部年轻化的力度加强,还有市里的经济形势并不稳定等种种原因,于是李高成便依然一以贯之,原封不动地还是当着他的市长。所以连李高成的妻子也动不动就这么发牢骚:朝里有人,说你行你就行不行也行;朝里没人,说不行就不行行也不行。没有严阵,你一个小小的李高成还想当市委书记!

作为李高成自己,从来也没有在这件事上有过什么怨天尤人的想法,但是他对严阵却从来都是非常敬重的。因为李高成觉得严阵这个人绝不像别人议论的那样,好像在提拔用人的问题上有什么三六九等的事情。他觉得严阵这个人正派、实在、认真、细致、谨言慎行、严气正性,而且看人很准。比如在他自己的问题上,他就打心底里对严阵格外感激和钦佩。在李高成当上副市长以前,他同当时的市长并无直接的关系,甚至可以说他们之间很少打过什么交道。他当时同严阵的交往,主要是由于工作上的交往。他之所以被严阵看好并最终被提拔,李高成觉得主要还是由于工作上的原因。那时的中阳纺织厂名气有多大,腰杆有多硬,势力有多雄厚,名声有多显赫!而那时的李高成又是多么的超然物外、宠辱不惊、临危受命,所有的这一切又都靠的是自己的努力和能力,因此他也就没想过此生此世还要去当什么政府领导而要放弃自己的本行,同时也就根本没想过得去找什么关系、找什么背景、找什么靠山,更没想过必须得从这方面付出自己更多的精力和物力。在他成为副市长以前,他从没有私下去过严阵家里一次,甚至连严阵的办公室也很少去,严阵连他的一根烟也没有抽过,这也正是他直到今天仍然打心底里感激和敬重严阵的主要原因。也许正因为如此，人们反而越是把他们之间的关系看得非常神秘，看得非常铁。再到后来，严阵从中央党校学习回来，很快就被任命为分管组织的省委副书记，成为人人看好的位尊权重的省委领导。特别是近一段时期，严阵的前景越来越明朗，位置也越来越突出，越来越牢固。前不久又被任命为省委常务副书记，不仅分管组织，而且还分管了工业、经济和公检法。加上省长的年龄已经超过六十岁，省委书记已经干了将近六年，不时有传闻说很快要调至中央或者是某个重要地方。所以人们也就越来越看重这个常务副书记的分量，何况在一个省份，如果不是特殊原因，很少有什么人会被任命为常务副书记的，于是严阵的影响也就越来越大。而这一切也就自然而然地把李高成也卷了进去，不论是在市委还是在市政府，李高成的影响力无形中也就增大了许多，这大概也正是今天常委会开得如此沉闷的主要原因。一个是年轻的市委书记，一个是也不算老，后台很硬，很可能还会卷土重来的市长，当然，谁都会在这两个人之间的关系上和一些敏感的问题上谨慎行事，三思而定。

面对着这个突如其来的电话，李高成感到有些纳闷的是，严阵是如何知道市委今天开常委会的？而且还知道会议的内容，以及会议的气氛。

突然间，李高成好像意识到了什么，莫非严书记在这个问题上要给他说点什么？

"严书记，本来应该先给你通通气的，后来一想，还是觉得先大致研究出个什么方案来再给你汇报为好。"李高成一边说着，一边琢磨着严阵的心思，"你这么忙，还老这么让你操心。我们工作也没做好，差点给你捅出个大娄子来。"

"你看你，又说远了不是？"严阵话里有话，恩威并举，"这都什么时候了，还你们我们的，你以为这是小事？告诉你，中纺的几个职工代表，已经找到万书记和魏省长那儿去了，听说人家还要继续往上捅,你知道不知道这意味着什么?"

"呃……"李高成一下子愣在了那里。万书记也就是现在的省委书记万永年,魏省长则就是现在的省长魏振国。这就是说,中纺的那几个职工代表,不仅找了市里的主要领导,而且也一样找了省里的主要领导,甚至于还要往上找!这确实是李高成根本没有料到的。没想到那些人会闹得这么大,闹得这么不肯罢休。这意味着什么?首先意味着对自己的不信任,意味着这件事对自己的压力越来越大,意味着问题如果不尽快解决,很可能会越闹越大。对着话筒,李高成竭力平静地说,"严书记,是不是他们也找到你那儿去了?"

"你想想能不来找么?我是分管工业分管经济的副书记,他们怎么会不来?这么大的事情,那是你一个人能捂住的?你要是早点给我说,我也能有个心理准备么。你以为这样的事靠你一个人就能解决了?"严阵很温和的声调里,明显地显示出一种埋怨和不满来,"好了好了,我并没有批评你的意思,这些以后再说吧。我这会儿只想给你说一个意思,中纺的问题,完全是属于你职权范围的事情,而且,你对中纺的情况也比较了解,所以,我觉得解决中纺的问题还是要以你为主较好。对如何解决中纺问题的方案办法,也应最终由你来定夺为妥。这样做,主要是避免在中纺的问题上节外生枝、走弯路。尤其是在这件事上,不要让一些不满现状和对改革有意见的人钻了空子。我们不反对上访告状、检举揭发,但对告状上访的事情应该一分为二,多加分析。如今的一些人动不动就是一大堆揭发材料,好像单位的事情他什么都知道得一清二楚,想想这有可能么?另外,不是有一些人现在正在借国有企业不太景气的机会,想搞什么自由化大民主么?要注意这些问题,警惕这些问题,更不要让一些人利用了这些问题。我建议常委会从这个角度上多考虑考虑,研究研究,至于具体究竟该怎么办,还是由你来拿意见,不要再在那些枝枝蔓蔓的问题上走形式走过场。这个意思我刚才也给杨诚讲了,他基本上也同意我的观点。如果你们有什么分歧有什么不同看法统一不了,可以直接来找我。常委会开完了,具体情况再给我汇报一次。好了,就这些吧,你还有什么别的想法吗?"

"严书记,刚才你给杨诚也是这么讲的?"李高成好像有些没听明白似的问道。

"我知道你有顾虑,但该说的还是要说的么,顾全大局并不是就不要立场和原则,该旗帜鲜明的时候就得旗帜鲜明,这一点你就不如人家杨诚。"严阵直言不讳,听语气他对李高成和杨诚的观点看法好像知道得一清二楚,"我给他说得很明白,这都是我个人的看法和意见,我还没有同你商量,要不,我怎么会先叫他然后再叫你。"

…………

电话挂了好一阵子了,李高成仍然呆呆地站在那里。让他没想到的是,一样的话,严阵同时说给了两个人!他实在难以想象杨诚在听到这些话时,会有一种怎样的想法。让李高成深感不安的是,杨诚在听了严阵的这些话后,会不会以为严阵说的这些情况,以及严阵的这些想法和观点都是从我这儿得来的?

如果杨诚真是这么想的,或者就是这么认为的,那么杨诚必然会认为是你拿严阵来压他,让严阵开口说你不想说和无法说的话,说不定杨诚还会认为你在中纺的问题上有什么见不得人的想法和事情。要不,你怎么会让省委常务副书记严阵打来电话,而且还那么急,居然把电话打到了常委会上!

难怪杨诚接完电话进来时,连看也没看你一眼。

想想让谁也没法解释,如果没人给严阵打招呼,严阵又怎么会这样着急地把他俩从常委会上叫出来？

严阵为什么会这么着急？一个市里的企业闹事，事实上也并没有闹起来，一个省委常务副书记，八竿子都还挨不上呢，却为什么会这么着急？

是因为省委省政府对此事的重视？或者是因为省长和省委书记都过问了这件事？抑或是因为这件事真要是闹大了以至闹到上面去，极可能会影响到他的下一步？

当然还可能有别的什么原因，比如有什么人给他打了招呼，比如与此事有关的一些人找了他，比如还有更高的领导给他去了电话……

当然，说不定还可能有牵连他自己的一些事情……

……冰山一角！不知为什么，李高成脑子里突然又跳出了杨诚说过的这句话。

陡然间，他不禁产生了一种如临深渊、如履薄冰的感觉。

几天来一种萦绕在心头的朦朦胧胧、恍恍惚惚的东西，此时渐渐地清晰起来：假如中纺的问题只有上访材料上所反映的五分之一、十分之一，那对中纺的干部来说，也一样是个上了极限的数字！

这个数字不只是检查、撤职、处分的问题，而是要判刑、坐牢，甚至是杀头的问题！

杨诚的话有些令人害怕，中纺公司总经理郭中姚的话似乎更令人恐怖：

"……你要是真查就真有问题，你要是不查就没有问题，你要是小查，就是小问题，你要是大查，就是大问题。"

查与不查，是死是活，有问题没问题，有责任没责任，是检查还是坐牢，是处分还是杀头，看来焦点就集中在这里！而关键的关键就在领导身上！

就目前来看，这关键的关键很可能就在你身上！

或是流芳百世,或是遗臭万年;或是货真价实,或是败絮其中;或是苟且偷生,或是一世英名;或是万人所指,或是八面威风!

非此即彼,别无选择。在这个问题上绝没有任何中间道路可走。

怪不得人们一提起这事来,全都是一副战战兢兢、诚惶诚恐的样子,也怪不得一个堂堂正正的常委会竟然能开成这个样子。

…………

李高成一边想,一边默默地走回会议室。

当他在位置上坐稳,终于抬起头来时,才发现会场上竟是这样的沉寂,紧接着才发现原来所有的人都在默默地注视着他。

他一下子警醒了过来。

他明白,此时此刻他必须表态,必须把自己所有的观点和看法全都明白无误、清清楚楚地给大家讲出来。

第一,中纺的问题确实非常严重。

第二,中纺的问题已经不能再拖了。

第三,中纺的问题必须尽快落实和调查。

第四,中纺的问题如何解决应该尽快给中纺的工人们一个明确的答复。

…………

十六

常委会一直开到中午一点四十分左右才结束。

中间没有休息,没有吃饭,也没有人提出休息和吃饭的事情。

李高成在会上的表态性发言仅仅只有十分钟,却极大地影响了会场上的气氛。

李高成一说完,杨诚马上表态完全同意李高成的看法和观点。

两个人的意见一统一,会场上立刻就热烈了起来。人们竞相发言,有激烈的,也有稳妥的;有偏激的,也有保守的。但大的方面基本上都一致,那就是必须下大决心,尽快彻底解决中纺的问题。尽管大部分人的发言也都还是老一套,什么国有企业的问题是个普遍性的问题,我们应该以中纺为例,真正找到解决国有企业问题的规律性;什么工人有工人的想法,领导也有领导的难处,对两方都应该正确对待、正确理解;什么解决问题应该本着发展企业、扭转困境的目的,不要采取一棍子打死的态度,一下去就让领导干部全都靠边站,就认定他们有这有那的问题,既要调动工人们的积极性,也要保证企业领导的合法权益……然而不管怎样,大家都表现得非常积极,表现得非常关心,表现得非常有责任感。

会场上一冷一热,气氛的反差如此之大,让李高成深感意外。不过渐渐地他也就有些明白了,这一切的变化也许还是因为那个电话的作用。他接了电话一回来就表态,市委书记也一样急急跟着表态,极可能就是那个电话的效力,因为所有在场的人都明白,这个电话肯定不会是一般人打来的。

于是人们也就笃定地认为,一定是某个领导来了指示,所以才让两个领导有了这样的变化。

主要领导人有了变化,主要领导人的意见一致了,大家自然也就没什么可顾虑了。领导的意图明确了,大家也就想怎么说,就可以怎么说,于是会场的气氛自然而然地就热烈了起来。

看着眼前所发生的这一切,李高成的心态却始终是悲哀的,一点儿也兴奋不起来。这些人都怎么了?那种责任感和忧患意识都到哪儿去了?一个数万人的企业连工资也发不了,他们心里好像并没有什么过不去的地方。然而某个领导的一句话,或者某个领导的一个什么意思,却能让他们整日放在心上,一刻也不敢放松,一刻也不敢懈怠。数万人的生死存亡好像与他们并没有什么根本的联系,然而一个领导的态度却可以决定他们的所有行动和思想。他们究竟是为什么而活着?是为了领导?还是为了这个国家、这个政党、这个国家的老百姓?他们好像已经没有了这方面的意识,于是对现实中所发生的一切全都迟钝了、麻木了。

如果连这个也颠倒了,连这个也分不清,连这个也可以麻木不仁、依违两可,那么你们这些领导干部的存在究竟还有什么意义?你们的所作所为又还有什么意义?

李高成突然感到,一个国家,一个政府,要真正做到民主、公正、道义、平等、公开、透明、正直、正义……绝不是一件容易的事情。

不知为什么,他又想到了中纺老厂长原明亮的那句话:

"我在中纺干了一辈子了,什么事情我也看清楚了。像咱们这个国家,尤其是像现在咱们这样的体制,关键的关键就在领导身上,最最要紧的问题其实是干部问题。一个单位必须领导干部本身过得硬,若领导干部有了问题,这个单位也就彻底完了。没有别的,就因为在这些个单位里并没有人能管得了他们……只要上边的人不管,下边的人拿他们一点儿办法也没有……"

那么,我们呢?

作为一级政府的主要领导出了问题,上边若要有人撑腰,那么这些下级们又能拿你怎么办?而一旦这个政府的主要领导出现问题,那么这个政府岂不就非常非常危险了?

多少年了,我们同社会的关系好像一直就是这样:领导干部管理社会全靠个人的素质和魅力,及其本身的自我制约能力。所以就常常会出现这样的一种现象,一个好的领导干部,可以让他所管辖的区域艳阳高照、莺啼燕语;而一个坏的领导干部,则可以让他下属的地方天愁地惨、疮痍满目……

数以万计的工人们在啼饥号寒,而我们却在斤斤计较着个人的荣辱得失、仕途升迁。久而久之,我们还有什么领导能力,又还能去领导谁?

他实在不明白自己为什么会想这么多,也许是因为前天晚上工人们给他的印象太深刻、太强烈、太难忘了,所以才会引起他这样的思考和忧虑。

他也实在不明白自己为什么常常会出现这样自相矛盾的举止和想法,而且反差竟会是这样的大?每当他见到工人们的眼泪和听到工人们的倾诉时,他就会不由自主、毫不犹豫地站到工人们一边,发誓要为工人们的利益去斗争和奔波;然而,转过来当他听到看到公司领导的汇报和难处时,却又感到是这样的值得同情和感同身受,总是觉得他们太难太难了,应该给他们以宽容和理解。面对着这样的感觉,究竟是自己的立场有了问题了,还是自己的感情不对了?

看来他真的得好好地反思一下自己了。

尤其是把所有的责任都推到眼前的这些常委们身上,那就更是大谬不然、大错特错了。

其身正,不令而行;其身不正,虽令不从。你自己在这个问题上还含含糊糊、犹犹豫豫的,又能指望谁来替你代过,仗义执言!

既然所有的人都认为是你自己的事,那就让你自己来吧。

看来也只能是你,你别无选择。

一切都是由他提议,先是确定了解决中纺问题的总的意向和方针:在争取努力恢复生产和不影响生产的同时,马上派一个工作组进驻中纺,着手对中纺的问题进行全面审计和清查;其次是确定了中纺问题的性质和对其进行全面审计清查的基本立场:清查是为了解决问题,而不是为了整人,更不是搞运动;再其次是确定了审计清查的方式和原则:在审核中要对事不对人,在问题最终没有结论时,对所清查的情况要严加保密,以免引发和增加工人中的不稳定因素;还有,确定了派驻中纺工作组的人员组成和结构以及职权范围:工作组人员的组成应以审计局和财政局为主,工作组的主要目的应以审核清查经济问题为主,人数暂定为三十人;另外还确定了工作组的责任和纪律:严禁吃请,铁面无私,既要一尘不染,又应刚肠嫉恶,既要谨言慎行,又应宠辱不惊。工作人员驻厂期间,一律不准在公司吃饭或在公司约定的地点吃饭。对所清查的问题严禁外泄给别人,尤其是在清查期间严禁同当事人私下约会,如有这方面的问题,一经发现,立即严肃处理……

引发了一些争议的地方是派驻的工作组究竟应该以什么单位为主较好,有人认为应以纪检部门为主较好,有人认为应一步到位直接让政法部门插手较好,还有人认为应由市委领导挂帅,组成一个综合性的大型工作组进行全面调查较好。

然而这一切最终都被市委书记杨诚给否决了。

杨诚认为委派工作组进驻中纺,主要目的不是为了大造声势,更不是想引起地震,而是为了尽快摸清底细,解决问题。工人们闹事,有意见,最主要的问题就是生产问题和经济问题。生产上的问题,说到底,还是经济问题。至于别的问题,归纳起来,也都还是经济问题。其实任何一个单位的腐败,都少不了经济上的腐败。这几年,我们市里有亏损的单位较多,发不了工资的企业也不少,但真正像中纺这样闹事的并不多。为什么,主要原因可能还是出在经济问题上。中纺的工人最恨的并不是发不了工资,而是发生在中纺的经济问题。所以要真正彻底解决中纺的问题,首要的事情就是查清经济问题。只有经济问题查清了,职工们心中的疑团和怨气才会消除。因此就这一点来说,此时最好最实在的行动就是派进一个以审计查账为主的工作组,尽快把中纺这几年的经济账目清查一遍。而如果以查账为主,当然是委派审计局、财政局的人员为工作组的主体较好。既利于调查,也便于领导,同时也不会影响到中纺的工作大局,尤其是不会让中纺的职工干部有太大的心理震动。查不出问题当然好,如果查出问题,那再考虑纪检部门、政法部门进行下一步行动不迟。

有理有据,大伙心服口服,李高成也完全同意,于是就这么决定了。

有关中纺问题的常委会也就这么结束了。

大伙看上去都像卸了包袱似的显得分外轻松,有说有笑。常委会结束了,决定也产生了,记录也完成了,很快就会有一个相应的文件打印出来抄送各个单位、部门——机关、厂矿、企业……

至于具体执行得如何,那就看以后吧。也许很快还有下一个常委会,也许还会有一番新的运作和较量……

李高成的心情却一点儿也平静不下来。

李高成分明地感到,他们卸下的包袱似乎全都压在了他的肩上。这一切的一切,其实仅仅只是个开始。对中纺的问题究竟怎么处理,基调究竟怎么把握,这潭水究竟有多深?所有的一切都还只是个未知数。

走出会议室的门口时,他发现杨诚在默默地等着他。

杨诚的脸上依然看不出任何表情,但语气却显得相当轻松地说道:

"到我那儿吃点饭去怎么样?反正你老婆也不在家,还有,你也不想看看你分给我住的那套房子现在成了什么样了?"

李高成根本没料到杨诚会邀请他到家里去吃饭,但他想也没想立刻就答应了。

他明白,作为一个市长,对一个市委书记这样的邀请无论如何是不能拒绝的。

十七

　　杨诚的家是一幢带有小院的二层小楼。地处市区边缘,显得非常寂静。

　　按杨诚的级别,本来应该住在省级领导的住宅区。那个地方的环境条件要比这儿好得多,而且就在市内繁华地带,离市委市政府也非常近,自己上班、家属上班、孩子上学都方便。但最终还是被杨诚拒绝了,他把本来给他的一套房子让给了一个即将离休退职的省人大副主任。

　　此举一时被传为佳话。当然也有另一种议论:哗众取宠、笼络人心;新官上任三把火;吃小亏占大便宜……

　　虽然是隆冬季节,但杨诚的院子里却好像一点儿也没显出冬天的迹象来。几道翠绿的万年青像墙一样把院子分成方方正正的几块,十多棵松树在寒风中不亢不卑地摇摆着,尤其让李高成感到新鲜的是,两株生机勃勃的腊梅,枝头上开满了黄艳艳的花朵,幽香扑鼻,给整个院子带来了一片生气!打远看去,院子里疏密相间、错落有致,一切都显得井井有条、相得益彰。这一切都在明明白白地告诉你,院子的主人是个很知道生活也很会生活的人,而且也肯定是个心情非常平静和充实超脱的人。

　　李高成有些惊讶地瞅着院子里的东西,心情顿时也好像愉快了许多。

　　他根本没想到这个院子的变化竟会如此之大。杨诚刚搬过来时,院子里干干净净,还是一块不毛之地。然而,这才多长时间,就长了这么一院子茂树修竹、长林丰草,真个是姹紫嫣红、暗香疏影,简直成了小花园了。

"你见了这院子里的东西,是不是立刻就会感到房东不是个腐败分子也肯定是个游手好闲的家伙?"杨诚有点自嘲地笑着说道。

"那可未必,你没听那些摇笔杆子的秀才们说,热爱花草的人,一定是热爱生活的人;而连生活也不热爱的人,还会热爱我们的国家,还会热爱我们的人民?这些笔杆子可真是没白养。"李高成一时间也显得分外幽默。

"有人搞腐败,必然就会有一伙为腐败辩护的人。历朝历代的王公大臣们,手下都养着这么一帮文人政客,就是要让他们溜须拍马、阿谀逢迎。把坏的说成好的,把臭的说成香的,把死的说成活的,把黑的说成白的。其实,这样的人,现在咱们眼前就多得很哪。让你防不胜防、难辨真假。"杨诚脸上仍然带着笑意,但嘴里的话却已经变了味了。

李高成也依然笑着,但心里却在默默地揣摩着杨诚的这些话。杨诚好像总是这样,时不时地就会给你一个意外的、很耐人寻味的言行举止,而这也正是这个杨诚让人捉摸不透的地方。

"其实让我说,我这院子比你家那院子可就差得远了。"杨诚这时显得非常认真地说道,"别看院子里花里胡哨的一大片,正经名贵的花卉草木并没有多少。你家的院子我可是正经研究过的,按眼下的价格,没有三万五万的恐怕是下不来。"

"真的?"李高成完全是一副根本不相信的样子,"这样吧,别说三万五万了,一万块钱你就全部弄走吧,我做主了。"

"真的?"杨诚也完全是一副根本不相信的样子,"我家的院子可是我一个人摆弄的,你家的院子,据我所知,你可是从来不沾一下手的。我刚才看你赏花的样子,就知道你对这些其实是个外行。这里头的行情,这里头的学问,还有这里头的交易,只怕你知道得很少,或许很可能什么也不知道。"

李高成哈哈大笑，没承认也没否认：

"你的意思，是不是说我怕老婆？"

"不，这么说可是大错特错了，其实你是太爱你的老婆了。"

两个人都止不住地笑起来。

杨诚的家里布置得精致而不豪华，洁净而又轻松。

让李高成感到意外的是，杨诚的会客室里居然没有一幅名人字画。李高成曾到许多许多的领导家里去过，给他印象最为深刻的是，越是级别高的领导，家里的名人字画就越多，档次也就越高。这似乎已经成了显示地位和身份的一种标志，既能给人一种显赫、尊贵、荣耀、高雅的气氛和印象，同时又不会给人奢靡、腐化、炫耀、卖弄的感觉和联想。既象征着华贵和地位，又让人感受到清廉和博雅。此等好事，何乐不为？于是领导们的家里，名人字画也就越摆越多，档次自然也就越攀越高。何况字画这种东西，如今也早已成了一种财富的象征。一般的老百姓买不起，买得起的富人们一般也不这么一屋子地往出挂。所以也就再一次向人们证实，不论是财富还是身份，不论是尊贵还是地位，终究还是领导们更胜一筹。

所以，李高成家里就不挂，或者很少挂。并不是没有，并不是没人送，其实只要吭一声，省里市里甚至省外的那些名家们的字画想要什么样的就能来什么样的。李高成并不是真的不想要，实在是这些东西的成本太高太高。一幅名家字画，一般来说是不会白给你的。你若收下一幅，对方很可能会给你提出一大串要求来。比如让你拨几万元举办一次画展，或者出一套画册，或者给他一次出国机会，甚至会让你给他弄一套好房子等等。当然也有以集体的名义给你送字画的，但这也绝不会给你白送，很可能要的钱会更多，诸如拨一笔款修建宿舍，修建办公大楼，增加一笔经费，举办一次计划外的活动等等。当然也有什么也不要的,只求挂在你的家里,反正你市长家"谈笑皆鸿儒,往来无白丁",挂着我的画等于是抬高我的位置、提高我的知名度,何况挂在你家,你也就时时记着我的名字,碰到什么事时再求你,还怕你不给我办?

所以,李高成就不要,怕的是要下麻烦。

今天见到杨诚的家里也没挂什么字画时,心里就觉得又近了一些似的,至少在某些方面两个人的见识和感受大概是一致的。人们所谓的知己,也许正是从这些并不惹人注目的地方一点一点印证的。

杨诚给他端出来的茶叶还可以,新鲜而又纯正的龙井,但泡茶的水平却次得要命。茶叶往杯子里一放,也不看多少,然后端过暖瓶来,哗味一下倒满,就万事大吉了。杨诚可能也渴了,茶叶还浮着,就把嘴拱在茶叶下面咻溜咻溜地一直喝。看来水也不太热,等到一杯水都快喝完了,茶叶好像还没有泡软。紧接着又倒了第二杯,又一口接一口不住地喝。一直等到保姆把饭都端上来了,他才恋恋不舍地放下杯子,招呼着同李高成吃了起来。

有几样菜还可以,蒜蓉菠菜、醋熘白菜、清炖牛肉、梅菜扣肉、一大盆胡萝卜炖羊肉,还有两盘清淡可口的凉菜,足以让人食欲大增。

奢侈的大概要算那瓶酒了:两瓶半斤重的茅台。

"趁老婆不在,咱俩今天好好喝一杯。"杨诚一副馋酒的样子。

"嘀,'气管炎'这么厉害?"李高成快乐地问着。

"彼此彼此吧,你以为我不知道?要是吴爱珍在家里,你能喝上一杯酒?"杨诚一边费力地开着瓶盖,一边以牙还牙地反击着,只是闹了好半天也没能把酒瓶子打开,不禁有点疑惑起来,"该不是假的吧?"

"哦,哪个胆大包天的家伙,敢给书记送假酒?"李高成仍然开着玩笑。

"不会吧？这是1980年存下的酒,那会儿就有假酒了？"

"让我来试试,没吃过猪肉,还没见过猪跑？"李高成拿过酒瓶子,显出很内行的样子开了起来。

结果也一样好半天没能把酒瓶子打开。

两个人你看我我看你,止不住哈哈大笑。

最后还是小保姆跑过来,用刀子捅了一阵子,才算把酒瓶子打开。

真酒。果然玉液琼浆、醇香扑鼻,还没喝,就把人馋醉了。

两杯酒下肚,两个人似乎都沉浸在绵绵的酒香里,谁也没说一句话。

良久,杨诚才有所感触地说：

"都说如今这当领导的没有一个不搞腐败,想想也没说错。一般的老百姓,有几个能达到这样的生活水平？"

"倒也是,不过咱们这么说话是不是有点猫哭耗子假慈悲？"李高成是属于那种酒精过敏的体质,酒刚落肚,就已满脸通红了。虽然是一句笑话,但看上去却显得格外动情和分外悲伤。

"不过,这要看比谁了,比一般的工薪阶层,水平当然要高出许多。但要是比起那些大款大腕来,我们至多也就是个下中农。像咱们这样的领导,人们在背过弯不知把咱们说成什么了。存款百万,送礼的不断,垃圾里拣项链,家里失窃也不敢报案;挨个枪毙有冤枉的,隔一个毙一个有漏网的;一等公民是公仆,人民为他谋幸福;桑拿浴里三春暖,麻将桌上五更寒……都是些什么人编的？甚至还有作家把这些都写进小说里去了。今天咱俩就实话实说,如今党政部门的领导干部,真会有他们说的这么严重？"几杯酒落肚,杨诚的话分明多了起来。

"一只老鼠坏一锅菜,共产党的领导难当呀。说白了,在中国这块地方,什么部门出了坏人也不怕,什么部门出了坏人也可以理解,惟一不能出坏人的地方就是党政部门。别的地方一百个人里头出现一个坏人,谁也能够理解,谁也觉得没什么。惟有这个党政部门,一千个人里头一旦出现一个坏人,立刻就能炒得沸沸扬扬,好像共产党的干部一下子就成了天下乌鸦一般黑。其实要让我说,这事坏就坏在我们的一些干部身上,我不是说那些做了坏事的干部,而是那些没干坏事,却跟着一些人把我们的干部队伍说得一塌糊涂的干部。这些干部可能是因为这样和那样的不满,或者是什么目的没达到,于是就添油加醋,夸大其词,有的说上,没的捏上,让老百姓一起跟着瞎起哄。于是就这么炒来炒去,把我们的干部队伍炒成一锅黑了。"说到这里,李高成的脸色越发地红了起来。

"老李呀,以我的看法,宁可信其有,不可信其无。我这么说,并不是对我们的党风信心不足,更不是有意想把我们的干部队伍说得太黑了。"杨诚的脸上也分明地红润了起来,"第一,我绝不相信我们的干部队伍有那么坏;第二,我也绝不相信我们的干部队伍一千个里头才会出现一个坏干部。如果我们变坏了,一定不要认为所有的干部都像我们这么坏;而当我们确实非常廉洁奉公时,也绝不要以为我们的干部都会像我们这样好。就像这吃喝问题,我们三令五申,讲了又讲,制度不知订了有多少,严禁大吃大喝、铺张浪费,如发现有干部随意吃喝,一定严肃查处。而且还制定了'四菜一汤'制度,但结果如何?我们这些主要领导干部确实是这样做了,但下边的干部这样做了没有?尤其是你身边的那些干部这样做了没有?还有,我们上边的那些干部这样做了没有?我在地委时有一次到下边检查工作,临行前跟我的秘书一再嘱咐,严禁喝酒,严禁设宴。'四菜一汤'必须严格执行。一开始还以为确有成效,吃饭时几个主要领导陪着,连啤酒也没上过。但越到后来便越发现有问题了,原来一切都是表面文章!原来就都只哄着我一个人!后来连我自己也小看自己,你说他妈的我这算是个什么地委书记!"说到这里,杨诚端起杯子里的酒来一饮而尽,也许喝得有点猛了,好半天也没说出话来。

"县里的事情,我可能不太清楚了。反正我在纺织系统那会儿,上边的领导来了,可都是老老实实的,谁敢当着上级领导的面来虚的。像你一个堂堂的地委书记,到下边检查工作,还有什么人敢当面弄虚作假、顶风作案?"李高成觉得自己好像不由自主地被杨诚话里那种气势渐渐卷了进去。

"你知道他们胆子能大到什么程度?"杨诚一提起这件事来,好像依然是满腔的愤怒。"就在那个县里的招待所,在我们那个吃饭的房间里,有县委书记县长陪着,四个人吃的确实是四菜一汤。然而我的那十几个随从人员,包括县里的那些干部,就在我的眼皮子底下,也就是在我的隔壁,连说话声都能听得一清二楚,几乎只是一墙之隔,就是在这样近的地方,他们吃的便是山珍海味、大鱼大肉,啤酒白酒摆得满桌子都是!你说他们怎么就敢!后来我的秘书才告诉我,他们说了,哪儿的领导都一样。文件下来一阵风,都只是做做样子,该怎么干还照样怎么干。当领导的其实是睁一只眼闭一只眼,看见也当没看见,所以下边的人也就什么也不怕。你说这叫什么话!无非就是说,你们当领导的爱装孙子那就装去吧!就看着爷们好好吃吧!于是就这么像打发傻子一样,把你们几个当主要领导的放在一起,给你们个四菜一汤,简直就像耍猴一样!一个领导要是当到这份儿上,想想这有多可悲!所有的领导干部们要是都成了这样,那岂不是彻底完了!"

"噢,我想起来了。"李高成瞅着杨诚义愤填膺的样子,突然回忆起了什么,"那一年因为吃喝问题一下子撤了两个县委书记的职,那件事原来就是你干的?"

"其实像这类的事情有很多,我刚当了地委书记时,采取了许多措施,严禁逢年过节给干部送礼和那种变相的送礼。我当时给地委的秘书和警卫都一再地讲,谁要是提着礼品到我家,就不要让他进来。结果怎么样?确实没人敢给我送了,不是为了工作只是为了拉关系的人也确实来得少了。但过了好些时候我才知道,下边的有些人为了能见到我,把礼都送到我的秘书和警卫那儿去了!你说你身边的人都敢这么干,远离你的人要是变坏了,那又会怎么样?看得到他们吗?又管得住他们吗?"

李高成慢慢地品着杨诚这些话里的味道,他也渐渐意识到杨诚把他叫到家里来,肯定是有什么话要同他说。他不再多说什么,只是默默地听着、吃着、喝着。

"老李呀,有时候我就一个人想呀想呀,咱们这一代领导身上的担子实在是太沉太沉了。真正风光的事情,一件也没轮着咱们;等到问题都来了的时候,又一件一件地全顶在了咱们头上,咱们能承受得了吗?"杨诚的话好像是在发牢骚,又好像是在指责什么,"像咱们的那些前辈们,都是枪林弹雨里过来的,他们那会儿领导的老百姓,又都是旧社会过来的老百姓。而现在一切都不一样了呀,连咱们的孩子也动不动就冷嘲热讽:都要二十一世纪了,你们还翻什么老皇历!有时候我越想越觉得有些可怕,像我们这些领导究竟靠什么来执掌这江山?究竟靠什么?比如说,一百个干部里头,有五个出了问题,我们该怎么办?有十个出了问题又该怎么办?有二十个、三十个呢?我们顶得住吗?我们又防得住吗?对那些有问题的干部,我们敢不敢管?管得了管不了?我们敢不敢查?我们又能不能查得出来?等查出来我们又敢不敢处理?能不能处理得了?我们有这个能力吗?有这个魄力吗?还有,我们真正拥有这个权力吗?最最关键的是,当国家的利益、党的利益与个人的利益同时摆在我们面前时,我们到底会作出怎样的选择?尤其是在某种特殊的情况下,当你选择党和国家的利益时,将有可能要损害到你个人的利益,甚至会损害到你的位置和权力,在这种情况下,你又会怎么办?"

虽然李高成不知道杨诚的这些话都在暗示着什么,然而却深深地打动了他的心。像杨诚说的这些,自己又何尝没有经历过!自从进了这个市政府的大门,违心的事情曾遇到过多少!杨诚说的这些,其实我们每个人几乎时时都在遇到,但又有几个人真正这样去想过?当绝对的服从和党的根本利益发生冲突时,一个真正的共产党人究竟该怎样去做?你自己呢?又会怎样去做?

杨诚这时把两人的酒杯拿到一起,全都斟满了,然后用双手把李高成的递过来,满面通红,却又是一脸真诚地对李高成说:

"老李,这杯酒是我敬你的。我来了这一年多,亏了有你的支持,咱们才会合作得这么好,咱们的班子才会这么团结。要让我说,这真是不容易。说实话,来的时候,我还真怕你给我闹别扭。因为人们都说了,这个市委书记本来应该是你的。今天我这么说话,也许不符合组织原则,但这都是我的心里话。虚虚套套的话我就不说了,能跟你这样的人搭班子,真是我的运气!"

"……杨诚,你看你,今天这是怎么了?"见杨诚这样,李高成反倒不知该说什么了,"光我一个人好,咱们的班子能合作得这么好么?你这么说话,岂不是太见外了?"

"这都是我的心里话,你也知道,我这个人从来不会随随便便地去夸一个人。我清楚,你是一个干实事的人,从来不会在人背后鼓捣什么。你对人不设防、不猜忌,又是个直性子,有啥说啥,从来对事不对人。这是大伙对你一致的评价,也正是我对你敬重的地方。今天没有别的,就为了这个,为了咱们以后的合作,咱们就都干了它!"杨诚说完,也不管李高成喝不喝,自己一仰脖子咕咚一声已喝得干干净净。

李高成见状,二话没说,端起杯子也一口喝干。

酒喝到此时,两人已是无话不谈了。李高成虽然喝得多了些,但脑子却始终非常清醒。杨诚今天这是怎么了?拿出茅台来,像是有满腹心事似的,让两个人都喝到这份儿上。是因为今天的常委会吗?是因为刚才省委副书记严阵的那个电话吗?或者是因为还有什么别的话要同我说吗?或者,是因为昨天下午的那番谈话,觉得自己的一些话说得过头了,所以特地来表示一下自己的真实心情以及自己的歉意吗?

不像,杨诚不是这样的人,也不会是这样的性格。杨诚今天之所以表现得这样感伤而又沉重,以致有好多话憋在肚里半天也说不出来,肯定有什么难言之隐。

那会是什么呢?杨诚究竟想给他说什么呢?

"杨书记,你肯定是有什么话要跟我说吧?"李高成单刀直入,直接发问了,"我清楚,你今天把我请了来,绝不是只想让我尝尝你家的陈年老酒。"

杨诚沉默了好一阵子,然后怔怔地看着李高成说道:

"老李,我以前好几次对你说过,中纺的问题,解决得好解决得不好,关键是在你身上。现在看来,我这话说得实在太自私了。"

"我可从来没有这种感觉。"李高成没想到杨诚会这样说话。

"这不是你的感觉,而是我的感觉。"杨诚非常诚恳地说道,"老李,我还一再地给你说过,中纺的问题,再大也没什么可怕,怕就怕中纺的问题只是冰山一角。这话我不知道你琢磨过没有,因为有些话我不想也觉得不能给你说透。可这会儿我明白过来了,尤其是刚才开常委会时接到了严阵书记的电话,我觉得在这种时候,我必须把一些话给你讲清楚。我不能让你一个人蒙在鼓里,却又道貌岸然、冠冕堂皇地对你说,这件事就看你怎么办了。如果要这样,那就太不道德了。不管怎么说,我还是个书记,一把手是我,不管是多大的事情,主要的责任都应该由我来负。"

"是不是你已经发现什么,或者听到什么了?"李高成再次被眼前的这种气氛卷裹了进去,他禁不住问道。

"老李,中纺的几个职工代表今天送来的那些材料,你是不是都认真地看过了?"杨诚一边斟酒,一边出人意料地这么问了一句。

"大致看了一遍,基本意思都清楚。"李高成认为自己还是很认真地看了。

"我不是指那个要求查处问题的请愿书,而是那个新潮公司的账目清单。"

"一样,大致看了一遍。没想到中纺的第三产业竟会有那么多的公司和那么大的摊子,呃,你的意思是不是说这里头的问题很可能最大?"

"那两份材料你带着没有?在不在你的公文包里?"

"正好带着呢,这里头有问题?"李高成一边说,一边把材料从公文包里拿了出来。

"你从这儿看,新潮公司下边有个名叫'特高特'的运输总公司。这个运输公司有将近五十辆大型豪华客运汽车,几乎垄断了往来北京高速公路的全部客运业务。整个公司固定资产五千多万,每年利润一千多万,可以说是新潮公司最大的分公司之一,也是盈利最多的分公司之一……"

李高成一边看着杨诚在翻开的材料上指来指去,一边思索着这里头可能出现的问题。

"效益这么好的一个运输公司,它每年的上缴利润额是多少呢?你瞧,1993年开始组建公司,占用中纺贷款两千万,没有上缴一分钱的利润;1994年占用中纺贷款一千五百万,没有上缴一分钱的利润;1995年截至10月份以前,再次占用中纺贷款八百万,仍然没有上缴一分钱的利润;特高特运输总公司所在地占地三十亩,占用公房一万五千多平米,从未付过一分钱的占地费和使用费;在这将近三年的时间里,既没有给国家上缴过一分钱的利润,也没有还过国家贷款一分钱的利息,几乎是在拿着国家的钱为一个体性质的企业赚钱。你想想,谁有这么大的本事和能量,敢占用中阳纺织集团公司的几千万贷款,而又不上缴一分钱的利润,不还一分钱的利息?"

李高成渐渐感到了杨诚话里的分量,看来他确实没有认真地看,更没有像杨诚这样往深里想。

"特高特运输公司的几个主要领导都是谁呢?总经理叫张德伍,这人并没有什么背景,但他确实是一个内行,他懂得客运业务,是原来省运输公司的副总经理。两个副总经理,也都只是工作人员,懂业务也很有交际能力。问题是在这个董事会上,其中有一个副董事长叫王义良,你知道他是谁么?"说到这儿杨诚直直地看着李高成问道。

"……王义良?"李高成觉得这个名字很有点耳熟,但一时就是想不起来。

"其实你应该认识的,他就是刚离休不久的省人民银行副行长。"

李高成一下子就想了起来,就是他!他是个干了许多年的老行长了,李高成在中阳纺织厂当厂长时,他就已经是副行长了。没想到刚离休不久,他就到了这样一个位置,成了特高特运输公司的副董事长!难怪这样的一个公司,怎么会用了那么多的贷款!李高成有些吃惊地说:

"怎么会是他!真没想到他能到了这儿……"

"你先别大惊小怪,还有,你再想想看,这个叫钞余业的董事长你知道他是谁么?"

李高成想了想没能想出来,然而好像还是有点耳熟。

"这个你并不认识,但说出来你肯定知道。他就是今天给咱们俩都打了电话的严副书记的妻弟、现任省委经济政策理论研究室副主任的钞万山!钞余业只是他的一个化名,所以他的董事长职务也并不是公开的!"

"……呃!"李高成倒抽了一口冷气,一下子怔住了。

严副书记的妻弟!这怎么可能!

"这是真的?是不是查过了……"良久,李高成才有些发愣地说道。

"我当时也不相信。他们让我当场打电话核实,我打了电话,结果证明他们没有说谎。这确实是真的,掌握着特高特运输公司实权的确实就是这个只有四十多岁的钞余业,这个钞余业也确实就是严阵的妻弟钞万山。一点儿没错,全都是真的。那些职工代表在上面没有给你说明,只是在括号里写了省委领导的亲戚,他们倒是给我说了,因为他们都知道你同严阵书记的关系,怕你知道了这件事,就不会派人查了。这确实是真的,这么大的事情我会骗你么。"

杨诚的话音不高,但一句句都像铁锤一样砸在李高成的心上。怪不得他觉得有点耳熟,因为他知道严阵的妻子姓钞,这个姓在市里并不多见。

如果这一切都是真实的话,就难怪严阵会在常委会上把他和杨诚都叫了出来,而且会用那样的一种口气同他说话!

一切都清楚了,严阵的意思就是不想让人插手中纺的事情,最好是不要去查!班子一个也不要去动!

严阵的那些话又说得多么义正词严、光明磊落!什么要警惕一些人借机闹事;什么要防止一些人趁机搞自由化、大民主;什么如今的一些人就是爱告状,动不动就是一大堆揭发材料……

原来是这样!

但严阵要的却是让你挂帅来处理中纺的问题,为什么?就因为你是他提拔起来的,所以也就觉得你在这个问题上不会对他构成什么威胁、带来什么麻烦?自己圈子里的人用起来当然也就感到放心?

或者,是不是还会以为你在这里面也一样有不干不净的地方?

连中纺的职工都这样看你,都不愿意告诉你实情,那么知情的那些领导干部又会怎样看你?又会怎样对待你?

也许这才是常委会上无人发言的真正原因。

就在他发愣的当儿,杨诚又在他耳旁轻轻地说了一声:

"老李,还有件事我也不知道当说不当说?"

"还有什么事?"李高成像吓了一跳似的问。

"说了我真怕你会受不了……"杨诚竟然有些吞吞吐吐起来。

李高成端起酒来,咕咚一声一口喝干,然后有些发狠地说:

"话都说到这份儿上了,还有什么不能说的!你刚才不是也说了,别人都知道的事情,就只瞒着我一个人,岂不是想害我?"

"好,那我就说给你。"杨诚也一口喝干了杯子里的酒,然后一边继续给两个人斟满,一边说道,"你翻开清单的第二页,上面有个青苹果娱乐城有限公司,这个公司也一样是中纺新潮公司的分公司。前年由中纺公司投资六百万人民币,集饭店、舞厅、歌厅、桑拿浴于一体,生意好得出奇。公司的老板叫辉子,这并不是他的真名,他的真名其实一说你就知道他是谁。他就是你内兄的儿子吴宝柱……"

"……胡说八道!"李高成不禁勃然大怒,还没听完便拍案而起,"别的事我不了解,但这件事我是一清二楚!宝柱确实是办了一个歌厅,但那只是一个只有六十平米的小歌厅,那个地方我前几天还去过,宝柱每天就守在那个地方,哪来的什么青苹果娱乐城!要有这么大的一个公司,他还能瞒得了我!简直是无稽之谈!"

"原来你真的不知道这件事?"看着愤怒之情溢于言表的李高成,杨诚反而好像有些高兴地说道,"你要是真不知道,我也就没什么可担心的了。不过老李,我以一个市委书记的名义向你保证,我说的是千真万确的事实,如果有一句是假话,我将对我所说的一切负法律责任!我们也不必再争了,我想你晚上最好能到青苹果娱乐城去看一看,一看就什么也明白了。那几个职工代表也是这么给我说的,他们说事实胜于雄辩,只要你们肯去,只要你们敢去,也就没必要让我们再说什么了……"

李高成有些瞠目结舌地瞅着眼前的杨诚,只觉得脚下的地板不住地往深处陷下去,陷下去……

十八

青苹果娱乐城果真好气派!

霓虹灯和装饰灯所闪耀出来的斑驳陆离的色彩,使这座城堡似的娱乐城显得分外神秘而又妖娆淫靡。也许正是这种气氛,才会吸引了这么多客人。

青苹果娱乐城的位置确实非常好。

它坐落在市里的繁华地带,但却又是个相当清静的区域。它生意之所以会这么好,大概跟这一点很有关系。

客人确实很多,尤其是那一个个的包间小歌厅,生意更是好得出奇。刚刚过了六点钟,就已经没有位置了,一拨一拨的人都坐在大歌厅里等候,于是大歌厅的生意也一样非常好。饭店的生意同样相当不错,基本上是满的,包间还得预订。尤其让李高成想不到的是,消费一次几乎得花几百元的桑拿浴,生意竟也是那么好!那些大腹便便、顾盼自雄的款爷和老板,那些衣着华丽、颐指气使的夫人和小姐,竟然纷至沓来,真可谓门庭若市。

然而,不知为什么,李高成突然感到一阵说不出的心疼。面对着这座如此豪华艳丽、美轮美奂的娱乐城,浮现在他眼前的却是中纺的那道锈死了的车间大门!面对着这些轻世傲物、高视阔步的男男女女,让他联想到的则是伫立在冰天雪地上的上万名连工资也发不了的中纺工人!

他不知为什么竟感到鼻子有些发酸。

据说现在时兴的已经是一条龙服务:跳舞、吃饭、桑拿、唱歌、打牌,从下午开始,可以一直玩到凌晨。消费一次,平均每位开支在千元以上!如有特殊需要,则会更多!

这一次的消费几乎就是一般工人两个月的工资!如果请的是十个人,那么也就意味着这一次的消费几乎就是一个工人两年的工资,或者是十个工人两个月的工资,或者是二十个工人一个月的工资!

二十个工人不吃不喝整整劳动一个月,才能换来这一次的消费!

究竟是劳动力不值钱了,还是钱不值钱了?

这些人的钱又是从哪儿来的?

国家的企业、工厂,有那么多都在举债、亏损!数以万计的工人正在失业、没有工资!贫困线以下的人口在急剧增多,然而银行的储蓄金额却在飞速增长!这就是说,穷人越来越多,钱也越来越多,那么,这些钱都到哪儿去了?

究竟是谁在大量地攫取鲸吞着国家和人民的财富?

眼前的这种畸形消费又是谁促使它膨胀和发达起来的?

当然,这也是一种社会的需要。发展是因为社会的需要,有需要才会有发展,这是人人皆知的常识。但维持工人们的最基本的生活要求,不也一样是一种更为迫切的社会需要吗?国有企业货真价实、物美价廉的国货产品,不也一样是人们所企盼所需要的吗?同私营企业相比,国有企业里对工人所能体现出来的最大限度的公平和公正,不也同样是我们这个国家最为需要的吗?尤其是社会的稳定和共同富裕不也一样是国家和人民长久的需要吗?然而,为什么这种需要却无从发展,甚至有越来越萎缩的趋势,而像眼前这种需要却会如此蓬勃兴旺、蒸蒸日上?

李高成的心里突然产生了一种说不出来的滋味。作为一个拥有数百万人口的省会市市长,你是在问谁?问别人,还是应该问你自己?这不是你的一方之土吗?这不是在你的权力范畴内吗?

还有最最要命的一点,如果眼前这个富丽堂皇、只为富人服务的娱乐场所确实是停工停产、工人领不到工资、企业欠债数亿元的中阳纺织集团公司兴建经营的话,那不论是对工人、对企业、对国家,还是对他这个市长,都将是一个天大的讽刺!而如果这个专为富人效力服务的地方还是他这个市长的内侄在经营的话,那么,你这个市长当得可就太可悲、太可恶、太阴险、太虚伪了!

几乎可以这么说,国有企业的亏损和不景气,最直接的原因就是因为你的存在!

如果这是在欺骗的话,你就是骗子的后台。如果这是在犯罪的话,你就是罪犯的帮凶!

你说你根本不知道这回事,那则更是你的失职。谁都会认为你所说的这些都是骗人的谎话、鬼话!连杨诚都有些不相信你说的话,老百姓要是知道了又有谁会相信你!

李高成僵直地站在青苹果娱乐城门口,不禁越想越气,越想越恨,只想得两眼发黑,浑身发抖。

他早已不再怀疑杨诚那些话的真实性,他之所以来这儿,无非是为了再证实一下,他那个胆大包天的内侄如何会把这么大的事情瞒了他这么久!如果内侄敢这么大胆,敢这么放肆,敢这么有恃无恐,那就是因为内侄有一个硬后台,那就是他的老婆吴爱珍!

秘书吴新刚默默地站在市长背后,虽然李高成什么也没给他说,但他也好像意识到了一定是出了什么严重的事情。

尽管跳跳舞、唱唱歌,如今在一些人眼里似乎已经成了衡量一个干部是否开放的时尚,但像这种地方,李高成是从来也不来的。

他看不惯。

并不是因为他太死板、不开明,实在是因为他受不了歌厅舞厅的那种氛围和情调。

在工人堆里生活了几十年的他,似乎有一种看不见、摸不着的东西在约束着他、控制着他。他实在无法面对这样的一个事实,这用汗水、血水换来的金钱能像流水一样哗哗哗地随着时间往外流,当数以千万计人口的生活水平还在贫困线以下时,我们这些人民的公仆到这样的地方来消费是不是太奢侈、太放纵、太堕落了?

他没有这个脸。

他默默地朝大门里走了进去。

门口的保卫人员可能是外地雇来的,也可能是很少看电视的缘故,一下子拦住了其貌不扬、只披着一件军大衣的李高成:

"请问,吃饭还是找人?"门卫一副彬彬有礼的口气,但在这种彬彬有礼的口气里,却分明地表现出了一种冰冷和蔑视:这不是你呆的地方,你到这儿来干什么?

"找人!"李高成陡然生出一腔愤怒。

"找谁?"门卫对李高成的愤怒似乎无动于衷,一点儿也不在乎。

"找你们经理!"

"经理不在,请你一会儿再来……"门卫好像有意在戏弄他,不想让他进去。

"那就请你马上给他打电话！告他说有个姓李的老家伙在门口等他,请他十分钟内滚到这儿来!"李高成怒不可遏。

这时候秘书吴新刚也已经护在了市长前面,正言厉色地告诉门卫立刻把他们的经理找来。也许到了此时,门卫才感到事情好像有点不妙,在李高成和吴新刚脸上瞅了两眼,有些不安地走进玻璃门内去打电话。

一个电话打了足有五六分钟,打着打着,门卫把电话搁在一边又跑出来问：

"我们经理说了,你叫什么名字？"

"……你告给他,来了一看就知道!"李高成简直气得七窍生烟,差一点就要破口大骂起来,真是个混账东西。

电话又打了有三四分钟,门卫才走出门来,虽然态度好了一些,但说话仍然是一副根本没有把你放在眼里的口气：

"我们经理说了,你们要是吃饭,就先进去吃饭。要是想玩儿,那就随便找个地方先玩玩,经理让我想办法给你们安排。但他这会儿过不来,他这会儿正在外边忙着呢,等忙完了,就来看你们。"

秘书吴新刚正想上去跟这个门卫说话,被李高成拦住了：

"跟他说没用,正好我也想到里边看看,咱就等他一会儿。"

"什么东西,狗眼看人低!"吴新刚气也不打一处来。

吴新刚这么一骂,李高成的气反倒消了一些。这个门卫的眼光和态度,其实是最真实的,他一点儿也没有给你隐瞒什么。在他的眼里,这儿根本就不是你这样穿着和打扮的人应该来的地方。这个地方本来就是富人的去处,穷人你来这儿干什么？你来得起吗？像你这一没权、二没钱的样子,披着一件泛白的旧军大衣,脸上干瘦干瘦的,没有一点儿气派,又没有前呼后拥的威风和气势,想想这地方怎么会让你进来？世界上的事本来就是各为其主,这地方雇了人家来,人家就得为这儿服务,你生人家的气根本就没有道理。你骂人家狗眼看人低,说不定人家还要骂你癞蛤蟆想吃天鹅肉,什么样的人还想到这儿来混!

其实,在你市政府的门口不也一样吗?不也一样得盘问来盘问去,不打电话不登记,能让他就这样进去吗?

再说,这个门卫的态度和举止,毕竟还是彬彬有礼,显得颇有点绅士风范的。比起市政府门口的那些警卫来,也不见得能差到哪里去。

不过他突然觉得他来到这儿,就好像来到另一个地盘和国度似的。这种感觉也许有些滑稽,但确实是真真切切的。在你所领导所管辖区域的公共场所里,突然冒出一个连你都进不去的地方,这是不是才是惹你生气的最根本的原因?

而且,这里边的老板正是你的内侄子!

折腾了十几分钟才让他走进去的地方,给他的第一个强烈的感觉就是这个地方居然会有这么多的女人!

各种打扮的女人,各种服饰的女人,各种各样的女人。尽管是隆冬季节,但这里的女人穿得却是这么少,这么薄,人与人之间的距离又是这么近。比肩接踵、项背相望,那一个个浓妆艳抹的面孔几乎能贴在你的脸上,那一双双热辣辣的眼神直勾勾地一眼不松地盯着你,刚一走进楼道,一股热烘烘、湿漉漉的暖流和一种廉价香水的气味便扑面而来。

"先生,你需要服务吗?"

"先生,需要小姐吗?"

"先生,是不是需要两个唱歌的?"

"先生……"

…………

赤裸裸地毫不掩饰地在叫卖着自己。在这个地方似乎并不存在羞耻和下作,只要有钱,只要给钱,青春和肉体,灵魂和良心,一切的一切都可以作为商品来交易。

李高成不禁感到一阵阵脸红耳热,他并不只是为这些人而感到羞耻,更多的则是为自己而感到羞愧,在自己所管辖的区域里出现了这样的地方,真让他难以抬起头来!

"喂!吃饭还是玩玩?"正在他沉思遐想的当儿,门卫的一声大大咧咧的叫唤,几乎让他吓了一跳。

李高成略一思考,随口说道:

"先唱歌,要个好点的歌厅,再找几个年轻漂亮的小姐!"

门卫有些吃惊地看着李高成,半天也没回过神来,也许他根本没想到这个一身穷酸气的小老头居然有这么大的胃口!真是人不可貌相,海水不可斗量。原来这是一桩大买卖!正像三陪小姐们所说的那种行话:没想到原来这是一盘大菜!门卫的脸上顿时由阴转晴,谄媚满面,笑容可掬地又问了一声:

"烟酒水果要不要?"

"当然要,有什么好东西一块儿都给我上!"

"好好,您老稍等,我这就去,我这就去,马上就安排,马上就安排。"一眨眼间,门卫便已经不见了。

李高成瞅着秘书吴新刚张口结舌、万分吃惊的样子,朝他摆了摆手说:

"今天你只管跟着我就是了,什么话也不用说。"

没有多久,门卫就安排好了一个很不错的歌厅。有套间,有超大荧屏,有环绕立体声,甚至还有卫生间、有浴室!

李高成别说没见过这样的歌厅了,就是听也从来没听说过!

居然还有带卫生间、带浴室、带套间的歌厅!

一下子就进来了四个小姐,可能是门卫嘱咐过的缘故吧,新过来的一个带小红帽子的男侍,用一副非常谦恭的态度问道:

"先生,你看这几个小姐可以吗?"

"不行!"李高成拉长着脸,稍稍看了一眼眼前的这几个小姐,便一下子拒绝了,"再找几个来。"

很快就又送来了四个小姐,但还是被李高成一口拒绝了。

前后拒绝了四拨,一直拒绝到可能是歌厅的领班也跑了过来,忙不迭地给李高成做工作:

"哎哎,老先生,您究竟想要什么样的小姐么?"领班的"口才"确实相当不错,说起话来非常有诱惑力,"您老大概是第一次来吧,我们还真的摸不着您老的口味和喜好。比方说,您老是想要高头大马型的呢,还是想要小家碧玉型的?是想要文静贤惠的呢?还是想要活泼性感的?是想要年轻一些的呢?还是想要老辣一些的?"

"你看呢?"李高成的脸越拉越长,连看也不看这个领班一眼。

"老先生,依我看,你就一样来一个如何?"领班的话听上去要多猥亵有多猥亵,但脸上除了那种谦恭外,却依旧看不出任何表情来,就好像早已习惯了这种交谈和交易方式,一切都显得那么老练和程序化。

"那就听你的,就由你安排好了。"李高成说到这儿,看了一眼眼前的这个领班,显得很欣赏地问道,"喂,小伙子,你叫什么名字?"

"姓马,名字叫六六,马六六。"领班越发显得谦恭起来。

"多大了?"李高成继续问道。

"二十八啦。"

"结婚了么?"

"结了,孩子都两岁了。"

"听你的口音挺熟的,哪儿人呀?"

"新县人。"

新县！李高成心里不禁一惊,妻子的老家也正是新县！紧接着他又问道:

"新县哪儿的?"

"吴家沟的。"

吴家沟！正是妻子老家的那个村！李高成顿时有些痛苦地呻吟了一声,看来这绝不会仅仅只是个巧合。末了,他又问道:

"原来是干什么的?"

"省纺校毕业的,后来分配到中纺,干了几年技术员,就到这儿来了。"

"你在中纺干过?"李高成不禁又吃了一惊,"哪一年去的?"

"1991年去的。"

"哦,1991年……"难怪小伙子不认识自己,那会儿他已经离开了中纺。他像松了口气似的又问了起来,"在中纺干了几年?"

"四年零七个月,去年10月份走的。"小伙子好像对这个刻骨铭心的日子记得清清楚楚。

"就因为中纺停产了?"

"是。"

"你是个中专生,离开那儿不可惜么?"

"那么大一个纺织公司整个都要完了,我这么一个人又有什么可惜的? 中纺大学生就有一两千呢。"小伙子依旧无动于衷地说道。

然而就这么一句话,李高成对小伙子的鄙夷和憎恶顷刻间便全消失了。

农村来的,一个小中专生,已经结了婚,还有了孩子,为了生活,他可以做出任何事情来。也许在金钱面前,他没有任何选择。

"先生,您要的姑娘我们给您选齐了,您看行吗?"小伙子一句仍然是那么谦恭和老练的话语,把李高成从沉思中拉回到现实中来。

几个齿白唇红、花枝招展的年轻姑娘不知什么时候已经亭亭玉立地站在了他的面前。

"行了,就这么着吧。"李高成随便扫了一眼,摆摆手说道。

几个姑娘一听,立刻就像几只蝴蝶一样,翩翩然在李高成和吴新刚身旁一边坐了一个。

靠得那么近,那种廉价的香水气味是那样的浓烈。

"先生不喝点酒吗?"一个身材颀长的姑娘依偎在李高成身旁故意拿腔拿调地说道,但李高成立刻就听得明明白白,这姑娘肯定是本地人。

"喝酒?你能喝酒?"李高成有点吃惊地问道,也就是在这时候,他发现眼前的这位姑娘年龄已经不小了,而且极可能她已经不是姑娘了,因为李高成分明地看到,姑娘眼角上的鱼尾纹已经很深很深。

"哎呀,先生说话真有意思,只要你高兴我就喝嘛。""姑娘"继续在拿腔拿调地表演着。

"你能喝什么酒?"李高成心里要多腻歪有多腻歪。

"当然是 XO 啦,贵是贵点,可喝起来舒服,就看先生你肯不肯,舍得舍不得啦。"

原来是要喝 XO!这种洋酒李高成喝过几次,他从未感到有什么好喝的地方,但却贵得怕人。没想到到了这种地方,小姐居然要喝这种洋酒!不过,想想这也没什么可奇怪的,这本来就是供人取乐的地方,周瑜打黄盖,一个愿打一个愿挨。有钱人到这儿来是为了高兴,小姐让你高兴是为了让你掏钱。各取所需,就这么回事。小姐点贵的,要多点,当然就是要让你多出钱。你花得越大方,小姐的收入和回扣自然就越多。所以,在这种地方,除了钱,一切都是假的,就像小姐脸上的皱纹一样,你根本用不着奇怪,也同样用不着生气。

想到这儿,李高成再次挥挥手,一点儿也不客气地说:

"那就 XO！"

没有多长时间,歌厅里茶几上便摆满了各种各样的吃食:水果、香烟、饮料、茶水,当然还有那两大瓶子怪头怪脑的 XO。

李高成略略看了一眼茶几上的账单,一杯茶水十五元,一罐饮料十八元,一盒硬盒中华六十六元,一盒硬盒玉溪八十八元,一盒极品云烟一百六十九元,一瓶干白葡萄酒四百八十八元,一瓶最低档的 XO,要价竟是三千八百八十八元！他粗粗算了算桌子上现有的东西,至少已经在八千元以上！

这还没有开始唱歌,这还没有开始喝酒,这还不算几个小姐的服务费和小费！

如果再算上晚上必需的一顿饭,如果还有别的什么项目,只怕两万元也打不住。

两万多元可以干什么呢？

在农村里差不多可以娶一房媳妇,可以买到几十头牛,可以买到十亩地整整一年的收成！可以让一百个失学儿童重新走进课堂！在中纺可以让二百个工人领到一个月的生活费！

然而,在这儿只需半个晚上就全没了。

一方面是一种极度的奢靡,一方面则是一种极度的暴利。

李高成再次感到心疼了,并不是因为今晚的这种消费价格,而是因为深感自己所亲手制定的政策、规定的失败和毫无作用,尤其让他痛心的是,连法律在这儿也同样是失效的。为了遏制暴利,市政府三令五申,红头文件不知下了多少,而且对这种行为法律条文上一样也写得清清楚楚,但几乎就是在自己的眼皮子底下,这种明目张胆的暴利行为却是如此的猖獗和放肆！甚至堂而皇之、白纸黑字地写在价格表上！

是谁给的他们这种胆量?

这个青苹果娱乐城如果确实是你这个市长的内侄在这儿开的,即便是你这个市长不过问、不打招呼,即便是你这个市长假模假式地推说自己不知道,或者就像你现在一样确实根本就不知道,那这儿的情况也同样会跟别的地方大大不同。即便是出了天大的事情,一样会什么事情也没有。

因为没有一个人会相信,你内侄开了这么大的一个娱乐城,你这个当市长的会没有支持、没有帮助,这个地方会没有你的影响。如果你要是说你不知道,只怕谁也会认为你是在装孙子!即便三岁的小孩也不会相信你!

真是跳进黄河也别想洗清自己!

几个小姐非常熟练快捷地打开酒瓶,紧接着又要过几个大杯子来,哗哗哗的一人倒了大半杯子,两瓶酒就已经没多少了。

"先生,认识你很高兴啦,这杯酒就算我敬你啦。"身旁的另一个小姐同样是一副拿腔拿调、嗲声嗲气的嗓音,不过李高成听得出来,这位小姐确实不是本地人。

两位小姐也不管他喝不喝,话刚说完,就拿起自己的杯子在他的杯子上撞了一下,然后一仰脖子,大半杯酒刹那间一多半没了!

直看得李高成目瞪口呆。

简直就像喝白开水一样!

像这种洋酒,酒精的度数其实是很高的,尤其是后劲很足。两位小姐像喝白开水一样地喝它,如果不是酒量特大的缘故,那么剩下的原因就只有一个,就是由于消费利润的回扣所致。也许为了那5%、10%,甚至20%的回扣,小姐们会不顾一切的。仍然是因为钱。来这儿本来就是为了钱,所以,礼义廉耻在这儿也就没有任何市场。何况,这种拼命挣钱的狂热也一样是会感染人的,就像饿怕了的乞丐猛然见到被抛撒到地上的大把大把的金钱一样,也许出于一种下意识的举动,他会不顾一切地扑上去。

两瓶 XO 很快便被喝得精光。

这次没等他吩咐,小姐们便下了命令,让再拿两瓶来。

这就是说,已经一万多块钱被消费掉了,还不到半个小时!

几杯酒喝下去,小姐们早已是酒酣耳热、醉眼蒙眬。

"……先生,唱歌呀还是跳舞?"不知是确实是喝多了,还是趁着酒劲,身旁的小姐们越来越显得放荡不羁。李高成身旁的两个小姐几乎都紧紧地贴在他身上,劝酒的时候,小姐的脸都蹭在了李高成的脸上。

李高成身旁的吴新刚显得更是狼狈不堪,被两个小姐围攻得简直没有任何招架之功。李高成见这个样子,便对身旁的一个小姐说道:

"你就陪陪我们那位先生跳跳舞吧。"李高成知道吴新刚的舞跳得还可以,只要一跳起来,也就知道怎么应付了。当身旁的小姐去跟吴新刚跳起舞来后,李高成又让吴新刚那边的两个小姐一块儿唱了起来。一时间,自己身旁只剩了一个小姐,正是那个身材颀长,年龄已经很不小了的小姐。

"小姐,听你口音好像就是市里的?"李高成轻轻问道。

"……嗯?你,你咋知道的?"她分明喝得多了,脸色涨成紫红,说话也已经有点语无伦次。

"多大了?"

"……多大?你怎么……就不懂规矩,女、女人是不能问年龄的……你知道不知道?"

"你家在哪儿?"李高成竭力不让自己的话音带有任何感情色彩。

"……才不告诉你呢!"小姐可能以为身旁的这个老头对她真

的有了意思,动作和说话都越发放肆了起来,"你要是想干……你只管干就是了,咋问来问去像个查户口的……"

"干什么?"李高成有些发愣。

"干、干什么……你们这些男人,不就是要在外边寻欢作乐么?到这儿来不就是要干那事……告给你……你要是让我一个人跟你走,一晚上这个价就行了……"她颤巍巍地伸出五个指头,在他眼前晃了晃,"你要是想……想让我们两个一块儿跟你走,至少也得……这个价。"她的那只手摇摇晃晃地连着翻了三下,"你要是让……让大家一块儿跟你走,那就再加、加一倍好了。你、你要是想在这儿……干那事,一次这个数就行……"她伸出指头来在他眼前晃了晃,也没看清是两个指头还是三个指头。

"在这儿!"李高成大吃一惊。

"那套间里头就有……两用沙……沙发,很方便的。我……我是看你这个人还够意思,都给你说的是最低价……不骗你的。"小姐的话赤裸裸地越来越没了分寸。

"……你们怎么敢这样!"李高成只觉得头越来越大,他几乎有点不相信自己的耳朵。

"……你看你、你们这些老头儿,差不多都、都这样……又想当,又想立……想找年轻的,又怕出事儿。我告你,咱这地方是最……最保险的地方,你、你就别担心会出什么事……你知道咱们这儿老板的后台有多硬,根本没人敢在这儿管事……吓死他!你知道吗……市长!你就不看看……这里的生意多红火……我说的都是实话,你根本用不着怕,就算有人来,也没人抓……抓我们,只要我们一说,我们是中纺的女工,公安局的二话不说……立、立刻就把我们放了……"

"原来你也是中纺的?"李高成再次感受到了一种强烈的震颤。

"我、我哪儿是中纺的……公安局来了我才说是中纺的,她们几个……才是中纺的。我们这儿的小姐差不多都、都是中纺的……你这老头子是怎么了？老这么问来问去的,你要……就快点,是不是,你……不行了……"

此时此刻的李高成似乎什么也听不到,什么也看不到了,整个脑子里已经成为一片空白。

中纺的贷款,中纺的女工,中纺的技术员……

这一切对他这个市长来说,不只是一个天大的讽刺,也同样是一个天大的耻辱!

在他的眼前突然浮现出一个半死不活的庞然大物,在这个庞然大物身上爬满了一只只又肥又大的寄生虫,它们都用嘴死死地咬在这个庞然大物身上,满嘴是血,摇头晃脑,暴戾恣肆而又贪得无厌。这个庞然大物一天天地正在消瘦、正在走向死亡,而那一只只寄生虫则一天天地在成长、在强壮、渐渐变得肥硕无朋……

你的消逝意味着它们的存在,而它们的强壮则意味着你的灭亡。是你用你的肌体培养了一群你自己的掘墓人,它们正在用你自己提供给它们的能量在一步步地将你击败,将你埋葬!

尤其让他感到恐怖的是,如果真要到了那么一天,很可能会没有一个人留恋你、怀念你,因为这一切都是你自作自受、咎由自取,你活该!

他们正在借用你的手摧毁着你的政权!这并不是危言耸听,而是铁一般的事实!

几十年、几百年后,后辈的人们将会怎样来看待你们呢?又将会怎样来评说你们?

人们会不会把这一切当作一场笑料来谈论和评价你们?

…………

他听到了门被突然撞开的响声。

幽暗的灯光下,一个他极想看到又极不愿意看到的面孔渐渐地凸现在他的眼前:是这样的熟悉,又是这样的陌生。

一点儿也没错,出现在歌厅门口的正是他的内侄吴宝柱。

这个吴宝柱也正是这个青苹果娱乐城的总经理辉子!

十九

双方一时间都呆在了那里。

一切都好像来得太突然,突然得让你始料不及,突然得让你连思考的余地都没有。

对李高成来说,这实实在在是一个让他难以承受的打击。

根本无法相信,却又不得不信,最害怕的就是这个局面,这个局面偏就是铁一般的事实,直觉早就告给他这一切都是真的,然而,当这一切真的出现在他的面前时,则又是让他那样的无法接受和难以承受。

没想到跟自己恩爱如初、一往情深、朝夕相处、心心相印生活了二十多年的结发妻子,竟然会这样彻头彻尾地欺骗了他,欺骗得这样处心积虑、不留余地!

他更没想到平时在他跟前向来都显得唯唯诺诺、怯弱老实的内侄,此时此刻竟会是这样一副专横跋扈、趾高气扬的丑态:满脸醉意、一身酒气,斜叼着一根香烟,半敞着质地考究的西服,一只手插在兜里,一只手搂着一个姑娘,搂着姑娘的那只手里还握着一部正闪着亮光的"大哥大"!

活灵活现一副公子哥的痞子相!

也许眼前的吴宝柱才是那个最接近真实的吴宝柱,而平时出现在家里的吴宝柱,就像妻子对他的那种迷人的恩爱亲热一样,只不过都是专门表演给他看的拙劣的假相!

李高成的心犹如碎了一样。

就好像挨了一闷棍似的,他有些木然地僵坐在那里,一动不动地凝视着眼前的这副尊容。

可能是喝多了的缘故,这个一脚蹬开大门,显得强横无忌、不可一世的化名叫辉子的总经理,好半天才看清这个让自己滚来见他的人物的真正面孔。

也许他做梦也没想到过他的市长姑夫会单枪匹马地闯进他的歌厅!

也许他气势汹汹找上门来,本想好好教训教训这个有眼不识泰山的家伙,把他的门卫训斥得像狗一样,居然还敢对他出言不逊、横加指责,哪里来的混账东西,竟敢在太岁头上动土!

也许他正在酒劲上,也就没有向更深处想,更没有向有可能对他不利的地方想,这本是老子的天下,有什么大不了的,所以就这么大大咧咧地搂着个姑娘跑了过来。

也许他从来就这么认为,如今这世道,来歌厅找小姐跳舞唱歌的肯定没几个好东西,而不是好东西也就没什么了不起,所以也就想让对方好好看看,你算个什么货色,要横,老子哪头也比你横!

于是,当他一头撞进来的时候,当他摆出一副想好好奚落奚落、取笑取笑对方的架子的时候,就死也没想到眼前的这个"东西"竟会是市长,竟会是他的姑夫,竟会是李高成!竟会是这个世界上让他最感可怕的人物!

他一下子就呆了,浑身咪溜一下整个就变了形,两只胳膊就像触了电一样顿时就耷拉了下来,腿弯子顷刻间也打了拱,脸上的横样子好半天都没变成笑模样,紧接着全身就像打摆子一样抖了起来,连说话的声音都打了颤:

"……姑夫!"看他那样子几乎能跪在地上。

李高成的脸仍然紧紧地绷着,就像在看怪物一样看着这个青苹果娱乐城的总经理。瞧瞧这个总经理的样子,你立刻就可以想象得到为什么会把这个娱乐城取名为"青苹果"!

他怎么会有这样的一个内侄!这个吴宝柱今年仅仅只有二十五岁,由于学习不好,靠走关系才上了一个专科学校,毕业可能还不到两年。然而,就这样的一个刚从学校毕业的大学生,摇身一变就成了这么一个油头粉面、饭囊衣架的人模狗样的总经理!掌管着近千万固定资产的一个娱乐城!

他靠什么?又凭什么?

看看他的举止模样,你就清楚他会把这个娱乐城办成什么样子!难怪在这个娱乐城里会有这么多乌七八糟、违法乱纪的事情。

是谁给了他这胆子?又是谁让他这样无法无天、为所欲为?

谁都清清楚楚,连这个三陪小姐也一样明明白白,就因为这儿的后台是市长!依官仗势,竭泽而渔,老百姓早把你看透了,你还有什么脸面在这里装腔作势、装疯卖傻!

眼前的这个总经理大概是缓过了劲,刚才被吓出来的一脸呆相,此时渐渐恢复了常态,终于变出了那种恭顺而又老实的表情,那种诌媚的笑也显得自然了起来。

"姑夫,怎么会是您?我,我就一点儿也没想到,那个该死的家伙就没有给我说清楚,我真的不知道是您,真的不知道您来……"吴宝柱有点语无伦次地想着自己究竟该说点什么,也许因为他根本无法知道李高成到这儿来的真正目的和意图,对他来说,大概这一切来得实在是太突然了。

整个歌厅里也突然陷入了让人窒息一般的死寂,那刚才还在轰响着的音响,不知是谁悄悄地关掉了声音,只剩下了荧屏上的图像在无声无息地扭来扭去。

可能是总经理的样子太让他们吃惊了吧,所有的人都有些傻愣愣地怔在那里。谁也不是傻子,一个能让有着大后台的总经理吓成这个样子的老头,肯定不会是一般人物!

"姑夫,刚才听他们说,您可能还没有吃饭。您看,是再唱一会儿呢,还是先简单地吃点饭?"见李高成仍是一声不吭,便又低声下气地说道,"姑夫,您来怎么不打个招呼,也好让我们有个准备。姑姑呢?姑姑怎么没有来?是不是把姑姑也一块儿叫来?要不要现在就打个电话……"

吴宝柱就这么小心翼翼地不断地说着,因为他明白,面对着这个决定着他生死宠辱的姑夫,眼下极可能是最最要命的关头。他从李高成的眼神里,似乎已经看出了姑夫对他的极度憎恶和愤怒。

"……这儿的总经理就是你?"良久,李高成竭力让自己用平静的语气问了一句,他知道,事至此,他不能总这么沉默下去。

"不,我只是临时代理一下,董事会马上就要研究的,很快就会有正式的总经理。"李高成一说话,吴宝柱顿时便显得轻松自如起来。

"那你这临时代理是谁委任的?你代理的又是谁?"李高成明白自己的内侄分明是在给他说谎。

"……这,这也是董事会临时定的,这个娱乐城去年才开始营业的,组织还不怎么健全,董事会也是临时成立的,所以就临时作了这么个决定……"吴宝柱结结巴巴地正说着,猛地被李高成一下子打断了:

"行了!你让这些人都先给我出去,我有话要对你说。"

还没等吴宝柱说什么,歌厅里的人早已像躲瘟神一样争先恐后地逃了出去。有一个小姐被什么绊了一下,差点摔趴在那里。

歌厅再一次陷入了死一般的沉寂。

见到小姐们惊慌失措的样子,李高成的心顿时软了下来,一种深深的愧疚和自责顿时充满了心头。

总是一味地谴责这些三陪小姐,这对她们公平吗?要自尊自强,要自食其力,要洁身自好,要自爱自勉等等。就像自己的女儿正在重点大学读书一样,如果这些姑娘也有一个像他这样当市长的父亲,她们还需要这么多的自我约束和努力吗?如果她们仍有着一份能发工资的工作,她们还会到这儿卖唱卖笑,甚至出卖自己吗?就像那天晚上在中纺的宿舍区里,那些站在冰天雪地里的一两万工人,面临着停工停产、没有工作可干的空荡荡的公司,你又能指望他们去干什么?自食其力并不仅仅只是一个号召,只是一句空话。这些在工厂干了一辈子的职工,他们几乎把自己所有的一切都给了工厂,甚至连自己的儿女也一样牺牲给了工厂,他们除了在工厂里劳作外,并没有任何其他谋生的手段和技术,更没有什么背景以供他们抢先一步走向和占领市场。

尤其是他们的儿女们,几乎是在刚刚懂事的那一天起,所接受的教育,所知道的就是一切都是党和国家的,工厂是党和国家的,公司是党和国家的,家也是党和国家的,包括自己也一样都是党和国家的,要相信党,相信国家,要依靠党,要依靠国家,要像爱护自己的眼睛一样爱党爱国家……反过来,党和国家也一样会同劳动群众心心相印、血肉相连,同呼吸、共命运;党性和人民性一致,小家和大家一致;大河没水小河干,大河有水小河满……

而如今,你面对着这些停工停产的工人们,又如何说得出让他们自尊自强、自食其力、自谋出路?

面对着这些因失业而做了三陪小姐的女工们,你能一味地去谴责、去蔑视她们,或者动不动就把她们作为一种丑恶而进行打击和严惩吗?

这里头会没有你的责任?

何况,这个地方的总经理正是你的亲戚,是你的内侄!其实也就是你的妻子!他们的后台就是你!

如果真正追究起来,第一个逃跑的不应是她们而应该是你!

他再一次努力地让自己平静下来。不管眼前的这个内侄此时看起来有多么的不顺眼,多么的让他愤怒,以致一辈子都不想再看他一眼,但事到如今,他还得从他嘴里把一些事情真正弄清楚。

"你开的不是那个小歌厅吗?什么时候又到这儿来的?"不知为什么,他觉得自己的嘴唇一直在打颤。

"那个小歌厅还开着哪,这儿只是临时代理的,我真的刚来了没有多久,其实平时大部分时间都还是在那边的……"

"住口!"他不禁勃然大怒,都已经当场抓获了,居然还在撒谎,"你以为我是傻子!都到了这步田地了,你还敢骗我!我告给你,这绝不是在吓唬你,只我现在看到的这一切,判你十年也不止!"

"是的,我知道。不过姑夫你并不清楚,如今的歌厅娱乐厅,男男女女的,其实都这样,不这样哪能有顾客?有时候小姐们为了多揽生意,也免不了瞎说一气。顾客们跟小姐搂搂抱抱、捏捏摸摸也是常有的事情。再说,在歌厅里咱们管得了人家,出了这门人家想犯法咱们又有什么办法?即便是在这儿,咱们也不一定能管得一点儿不出问题……"

"放屁!"李高成无论如何也没想到,这个连婚也没结的内侄不仅根本没把他的话当一回事,而且还厚颜无耻地说出这么多不堪入耳的秽言秽语来!想着他刚才搂抱着姑娘的样子,李高成怒不可遏地吼道,"一看你这种样子,就知道你能办出什么样的歌厅来!既然你什么也管不住,又有什么脸在这儿当总经理!既然你什么也管不了,那就让别人来好好管教管教你!"还有一句李高成没说出来:要是连你这种东西也管不了,我还在这儿当什么市长!

"……姑夫,我说的都是实话。"李高成的震怒给吴宝柱所造成的结果好像恰恰相反,吴宝柱似乎显得越来越平静,越来越有底气。吴宝柱的感觉大概还不错,因为以他以往的经验,越是大发雷霆的,其实越是没事,打是亲骂是爱,谁要是真正想收拾你,一般来说,是不会这样大发脾气的。所以,当李高成越来越愤怒的时候,却看到自己的内侄反倒越来越不在乎,甚至在说话时脸上还有了笑意,"您说让我说实话,我说了实话您又批评我,其实,谁愿意到这儿来。您以为我愿意到这儿? 毕业以前我就告诉过您,我想去公安局。公安局才真正是管人的地方,这地方整天就是侍奉巴结人,来这儿的哪个不是老爷? 咱们竞争的就是回头客,既要让人家玩好,又要让人家觉得保险。上上下下、里里外外哪儿都得打点到,一不留神就会出问题,您想想这是人呆的地方吗? 人家让我来这儿当总经理,还不就是因为看着姑夫您的面子……"

"行了!"李高成一口打断了吴宝柱的话,"那你就给我说说,你说的这个'人家'到底是谁? 是哪个指名让你到这儿来的? 董事会里都有哪些人? 就像你刚才说的那样,我要的就是你说实话。"

"我还以为您知道呢,不就是姑姑么。姑姑说了,别再在单位上混了,想法子挣几个钱吧,趁你姑夫这会儿还有点影响,先试着办上几个实体,打打基础,积累点经验。如今什么也不算了,当领导的权力越来越小,什么都是市场经济了,市场经济说到底也就是得靠资本说话。前年毕业刚分配了不久,就办了那么个歌厅,歌厅小是小了点,但生意还真不错。半年下来就挣了十多万,当然这都是姑姑的关系多,客人也就多,生意就红火,所以去年年初就投资办了这么个娱乐城,这儿原来是市里一家企业的一个办公楼,企业不行了,停工停产一年多,工人们两年也没发工资,没办法,就租给我们了。租金并不算高,刚够工人们的生活费。他们实惠咱们也实惠,前前后后花了不到五百万,只用了两个月的时间,就把这个娱乐城给装修成了。姑夫,我给你说实话,连姑姑也没想到,只怕谁也没想到这娱乐城的生意会这么好,光去年一年,除去本钱,净赚二百多万,今年下来,估计差不多能赚到八百万到九百万。董事会到底有几个人,我真的不太清楚,姑姑大概也不想让我知道。除了姑姑外,好像还有新潮公司总经理,中纺公司的副总经理和新潮公司的会计师。因为这儿就是新潮公司给投资的,人家一次就投进了六百万。纯粹就是投资,不是贷款。我听他们说了,什么时候收回投资由他们说了算,正大光明的事情,别人也抓不住什么把柄。就像我在这儿当总经理,其实也只是要个牌子,具体管事的另外还有两个人,他们两个都是副总经理。一个是中纺副总经理的儿子,一个是新潮公司总经理的外甥。人家说了,光咱们这一个娱乐城,就抵得住整个一个中阳纺织集团公司。这就叫无烟工业,其实也就这么几个人,其余的全是临时工。姑姑说了,这只是第一步,下一步再发展一个大的……"

李高成越听越难以置信,越听越觉得浑身直冒冷气。

真是狗苟蝇营、如蚁附膻!一如狼心狗肺、率兽食人!对这样的一群东西,真是怎么形容也不为过!

这就是你亲手提拔起来的,一直到现在你还是坚信不疑的好干部吗?

这就是与你朝夕与共、相依为命的爱妻吗?

他们瞒着你都干了些什么!除了这是不是还会有什么仍然在瞒着你?

有时候,他总是觉得领导干部的胆子和胃口不会像某些亡命徒那么大和那么可怕,然而,现在看起来,你怎么也想象不到某些领导干部的胆子和胃口会有多大!

几十万、几百万这足以让你人头落地的数字,在他们看来,就好像一碟小菜,就好像一个小小的玩物。

为了钱,真的可以不顾一切,以致连命也不要了吗?

他们要这么多钱究竟想干什么!

事情到了这步田地,多余的话也就不必再说了。

现在惟一的事情,其实也正是你的事情,对这样的一个娱乐城,对这样的一些人,你究竟应该怎么办?

发火没用,骂人更没用。连你的内侄其实也没有真正把你放在眼里,因为他还有他的姑姑,他知道他的姑姑就是你的妻子!

你妻子挣的钱其实也就是你挣的钱!

这就是说,这里的钱其实是被你给挣走了,你还在这里装疯卖傻地发什么脾气!像你这样的人谁会怕你!

你要处理这件事其实就是要处理你的妻子,也就是要处理你自己!

你会处理你自己吗?

你能处理得了吗?

你敢处理吗?

他突然又想到了杨诚的那句话:

中纺的问题解决得好解决得不好,关键就在一个人身上,这个人不是别人,那就是你!

也许并不是一个杨诚这么说你,也并不是一个杨诚这么看你,只怕是整个一个市里的老百姓都在这么看你,都在这么说你!

二十

从青苹果娱乐城出来,已经快晚上九点了。

被室外的冷气一逼,脑子立刻清醒了许多。

他突然想起了一件事,今天晚上还有一个重要的人物在等着他,那就是中午在市委常委会上打电话给他的省委常务副书记严阵。

严阵要他开完会后就立刻到他家当面给他汇报,他等着要常委会研究的结果,而且,他还要知道对中纺问题如何处理的具体步骤和措施。严阵说了,这是件大事,是一个事关政治稳定和社会稳定的重大问题,所以,一定要谨慎小心、三思而行。

当时李高成对严书记的这些话还是颇为赞同、深有同感的。几万工人的一个大企业大公司,稍一不慎,就会出现难以预料,甚至难以收拾的局面,以致谁也难以保证它将会带来什么样的后果。所以,第一要谨慎,第二要谨慎,第三还是要谨慎。

然而,仅仅只过了几个小时,李高成脑子里的观念和看法就整个地改变了。并不是说中纺的问题还要不要谨慎处理,而是对严阵书记说这番话的目的,严阵为什么会对这件事如此关心的原因和看法整个地改变了。

在他到青苹果娱乐城以前,他已经通过几个关系,大致地了解了一下特高特高速公路客运总公司的基本情况。他所了解到的情况同杨诚告给他的基本相符,甚至比杨诚所讲的一些情况还要让他感到意外和震惊。据知情人讲,不仅严阵的内弟和原人民银行副行长参与其中,而且市里的一个原副市长的亲戚和市经委的一位负责人也参与了"特高特"的营运业务!尤其是"特高特"的客运业务要比预期的好得多,由于"特高特"的出现,连火车的客运业务也颇受影响,因为火车需要十几个小时的路程,汽车只需要几个小时,虽然汽车的票价比火车卧铺票价要高出十几块钱!人们图省时省事不耽误事,所以大都选择坐汽车而不坐火车。因此"特高特"的营运情况出乎意料地好,只1995年一年的营业额就已达到了将近三千万,纯利润超过二千万!然而"特高特"所占用的中阳纺织集团公司新潮有限公司的数千万资金,截至目前,仍然没有归还过一分钱和上缴过一分钱的利息。这就是说,在特高特客运公司的利润早已超过无偿占用的本金后,"特高特"仍然占用着这笔巨额资金,那么,另一个疑问自然而然地就产生了:他们用这笔数千万元之多的巨额本金又做了些什么?

就算是存在银行里,每月的利息也有几十万之多,每年有数百万之多!

但以他们的身份和能力,他们绝不会把这样的一笔巨款存在银行里只挣利息!他们不会这么傻,也绝不会这么蠢,更不会这么笨。一块钱的资金在他们手里一年很可能变成两块钱、三块钱,甚至十块钱!

金钱加上权力,金钱便可以几倍几十倍地翻番,几倍几十倍地膨胀,而且完全不必担什么风险,即使有了风险也可以逢凶化吉、遇难呈祥,大事化小、小事化无,顶多也是个不了了之。

这大概就是官商的优越之处,因为权力不仅可以使金钱快速增值,而且还可以保证快速增值的金钱不会受到任何损失。

但这些人的所作所为属不属于官商的范围?

是的,应该是的。第一,因为他们是官;第二,因为他们有权力;第三,他们的企业确实是利用了他们的影响和权力。企业中他们的亲戚、亲信,仅仅只是他们的代理人!事实上对这些企业起了决定作用的人物还是他们自己,也就是这些当官的领导干部!

这种行为是国家和中央三令五申、一再禁止的,文件的措辞相当严厉,对这种违法乱纪行为的处理也相当严峻。

问题是,对这种违法乱纪的行为,应由谁来揭发,由谁来处理?民不告,官不究,这是一方面;饿死不讨饭,屈死不告官,这是另一方面。然而,这里说的都是民和官的矛盾,只有当老百姓被逼急了的时候,才会铤而走险状告他们的地方长官。一般来说,最后事情的处理,都应是由更高一级的长官出面,从而把事情摆平。

但眼前的局面却迥然不同,工人们的揭发材料交给了市委市政府,也就是交给了他和市委书记杨诚。按程序来讲,市里的企业,市里的公司,应该由市里来解决。但工人们的揭发材料里,却揭发出了省一级领导违法乱纪的行为,而这个省一级的领导分管的正是工业和经济,而且实实在在地还是你的领导和顶头上司。尤其是这个作为顶头上司的领导,还清清楚楚地指定必须由你来处理工人们上访告状的事情!每一步都还必须给他汇报!

他们告我,你来处理,而我管着你。说穿了,也就这么一个极为简单而又极不简单的怪圈。

李高成明白,自己眼下就正处在这样一个怪圈里。

当他发现自己所处的怪圈时,他对他的老领导严阵的看法几乎一下子就全部改变了。

就像对自己的妻子难以理解一样,他对他向来非常尊重的严阵书记也一样无法理解。

就只是为了钱吗?

如果只是为了钱,那他要那么多的钱干什么?

工资不高是事实,但严阵曾不止一次地给好多人说过,虽然咱们的工资不高,但咱们的工资"含金量"却相当高。实际情况也确实如此,领导干部的一块钱,尤其是位尊权重的领导干部的一块钱,比起老百姓的一块钱来,要耐用得多、顶用得多。尤其是像严阵这样省一级的领导干部,看病不掏钱,住房不掏钱,用车不掏钱,保姆国家雇请,家里的一切设施都有专人负责修理,再加上各种各样的补贴和照顾,可以说他的"含金量"相当高的工资基本上花不了多少,即使是在退休后,他依然还会保持现在的这种待遇和生活水准,而且会一直保持到他百年之后。

如果确实是为了钱,他挣那么多钱究竟要干什么?

如果这一切还是解释不了他目前的所作所为,那么,他挣这么多钱的意图或者目的大概就只剩了一个:为了留一条后路。

什么样的后路呢?想想大概也只有这么一条:假如有朝一日出了大的变故,甚至于就像苏联和东欧那样,当政的领导干部的权力、地位、名誉、身份一下子全都没了！一切的一切就都同以前完全不一样了！

但如果在那时你身后还藏着一大把钱,还有着一个雄健的实体,还有着一批不断地给你带来滚滚财源的工厂和企业,那你还有什么可怕的呢？

需要权的时候我有权,需要钱的时候我有钱！这才叫真正的不倒翁,人无远虑,必有近忧,这才是正儿八经的高瞻远瞩！

这可能便是他们内心深处的那一条后路,也可能是他们大把大把捞钱的最实际最不可告人的想法。

严阵是不是就是这样想的？

如果他真是这么想的,真是为了这个目的而在不择手段地大把大把地捞钱的话,那么,对他的这个人,对他的这个党员身份,对他的这个领导干部的位置,就得重新予以审视！

当一个政党中的一员,当一个政权中的领导干部在他的所作所为中已经表现出了对这个政党和政权的极度不信任甚至完全绝望时,那么,他怎么还可以继续成为这个政党中的一员,继续成为这个政权中的领导者呢？

毋庸置疑,以他的这种行为,已足以证明他随时都会成为这个政党的叛逃者和颠覆者！

不！他现在的行为其实早已经成为地地道道的叛党行为！同样也完全表明了他其实是正在瓦解和颠覆着这个政党！

对一个政党来说,这种行为真正是罪不容诛、十恶不赦！

粉饰太平的是他们,暴殄天物的是他们,欺天诳地的是他们,祸国殃民的也是他们！

一个政党里如果滋生出这样的一批人来,这个政党可就实在是太危险了。

严阵是不是这样的人呢？

如果不是，那当然好说，一切还会像过去一样，该怎么样就怎么样。

但如果是呢？那你将会怎么办？又将会怎样面对他？

他不知道。

当他走进严阵的家里时，严阵似乎已经等了他很久了。

在李高成的印象里，严阵几乎就不看电视，甚至连新闻联播也很少看。严阵曾说过一句话，给他的印象很深：看电视是一种堕落的表现。一来看电视太浪费时间；二来看电视让人懒惰；第三，电视的品位太低；还有最重要的一点，电视容易让人失去独立思考的能力。即使是获取新闻，报纸上几分钟就可以完成的事情，在电视上就得用几十分钟，甚至更多。严阵的这些话对李高成很有影响，以致他后来也极少看电视，电视剧看得更少。特别是他当了市长以后，看电视的时间就更少了。即使有他的镜头，他也很少去看。他总觉得电视是一种让人做作的东西，让人装腔作势的东西。妻子有一次也对他说，你当然可以不看电视，因为你们每天就在制造着新闻，你还看它干什么？其实，当领导的有几个整天闲在家里看电视？要有时间看电视，也就不是领导了。

然而，今天晚上的严阵，却全然出乎李高成的意料。他眼前的严阵，正舒舒服服地靠在沙发上，津津有味地看着一部相当俗气的港台电视剧，以致当李高成走进屋子里去的时候，他还在乐呵呵地笑着，不想把眼光从电视上拉过来。

严阵摆了摆手，示意让李高成坐下来。他一边仍旧看着电视，一边跟他好像是随意地寒暄着：

"下午是不是又开会了？常委会不是早就结束了吗？"

"没开会，跟杨诚在一块儿坐了坐。"李高成实话实说。

"跟杨诚？"严阵的脸猛地扭了过来，有些疑惑地看着他问，"是他让你去的？是不是跟你说什么了？"

"是我主动去的,杨诚是市委书记,我想多听听他的意见。主要谈了谈中纺的问题,商量商量究竟该怎么办？"李高成几乎下意识地对严阵说了一句假话,连他自己也不清楚为什么在中纺的问题上他会有意地不想牵连杨诚。也就在这一刹那间,他突然觉察到了他同严阵之间的一种距离感,而这种距离感则是以前从来没有过的。如果这件事发生在以前,严阵要这么问他的话,说不定他会把杨诚说给自己的那些话全盘端给严阵的。肯定会的,一切都会说得清清楚楚,不留余地,而且绝不会感到有什么不妥,更不会感到这样做是否卑鄙。但不知为什么,当眼下严阵这么问他时,他却什么也不想给他说。

这种距离感,主要是来自于一种对这位上级的不信任。

但如果换了别人,又将会怎么去做呢？李高成不知为何突然竟想到了这个问题。

这实在是一个绝好的"贴近"领导的机会！同时也是改变自己仕途的一个最佳际遇！比你送给他几万几十万元的东西更顶事、更有用,轻轻地只需几句话就够了,圈子将会更牢,关系将会更铁,感情将会更近！何况还是一个前程如此看好的省委领导,何况还是一个如此有恩于他的领导！即便是事后有人知道了这件事,也绝不会有人骂他卑鄙无耻、卖友求荣,反过来还会有人说他讲义气、够意思,为人忠诚,做人就得这么做。从另一个方面来说,人们对此也完全可以理解。杨诚你算什么？市委书记本来应该是人家李高成的,严阵又是李高成多年的老关系,当时严阵要是不在中央党校学习,市委书记还会有你杨诚的份？你居然敢在李高成面前说人家严阵的坏话！那岂不是自投罗网、自找苦吃！

何况现在的领导干部其实最反感的就是那些状告他的上级的人,即使你告得没有一点儿问题,也一样让人瞧不起:别有用心、幸恩背义、心术不正、浑水摸鱼。告状的老百姓还可以理解,告状的干部和下级绝不会有几个好东西!

你杨诚的所作所为,岂不就是如此?

事是由人做的,话是由人说的。到那时候,你既达到了最佳目的,又得到了最大实惠,名利双收、一箭双雕,此等好事,又何乐而不为?

想到这儿,李高成的脸突然有些灼热起来,他为自己居然有这种卑鄙下作的想法而感到脸红和吃惊。

你能有这些肮脏龌龊的想法,就至少表明了你思想深处的卑劣和堕落。

他坐在沙发上默默地看着电视里的画面,一个他看着很熟悉的很英俊的面孔,正在演着一个坏人的角色,逼住一个并不年轻的演员扮演的年轻姑娘,好像要让她就范干什么事情……

严阵也一样在默默地看着,他仍然显出一副津津有味的样子。

李高成突然觉得,像这样的电视剧,严阵是绝不会喜欢看的。严阵现在之所以摆出一副喜欢看的样子,也许就一个目的,就是要让你看到他现在的情绪和心态非常轻松,他没有任何压力,也没有任何担心。他也不多问你,就只等着你说,只等着你给他怎样汇报,也就是说,他要先看看你在这件事上的态度和立场。

看来,严阵的心情并不像他表现出来的那么轻松。

李高成明白,既然是你自己来到了这个地方,而且早就说好了要给人家汇报,所以,也就必须由你来先说,由你来打破这个僵局。

"严书记,是不是换个地方?"李高成摆出一副确实要认真汇报的样子。

"那好那好,我本想着把这一集看完了再说,就听你的,咱们到我的书房里去。"严阵一边说着,一边已经站了起来。

严阵的书房在二楼。书房里高大的书架长长地排了一大溜，一进来就给你一种强烈的学者气氛。李高成知道，严阵的书房，是很少接待客人的，除非是一些高级的客人。能在严阵书记的书房里受到接待，是一件相当荣幸和难得的事情。据李高成所知，市委书记杨诚曾来过严阵家里两次，但都没能走进严阵的书房。

　　严阵对市委书记杨诚有看法，这是人所皆知的事情。据知情人说，杨诚被任命为市委书记，惟一有保留意见的就是当时分管组织的严阵。

　　但严阵对杨诚究竟有什么看法，这就不得而知了。有人曾对李高成说过，杨诚在下边当地委书记时，因为干部的提拔问题曾同严阵发生过矛盾冲突，两个人甚至争吵过一次，闹得沸沸扬扬，人人皆知。所以就有人这么说，要是那一年有严阵在，杨诚是无论如何也当不了市委书记的。

　　李高成对这些传闻和消息从来也没有真正往心里去过，他觉得既然一切都已经成为事实，再去瞎想乱打听只能是自寻烦恼。

　　然而，当他一坐到严阵的书房里时，却好像有一种下意识不由自主地让他想到：关于中纺的问题，会不会最终演变成杨诚和严阵之间的一场较量？

　　如果是，他在这中间将会是一个怎样的角色？

　　从目前来看，至少杨诚没有给他说假话，杨诚给他谈的两件事都可以说是事实，而且杨诚的看法和观点都给他亮得清清楚楚，他还没有感觉到有什么地方瞒了他。

　　而现在，他迫切需要知道的就是严阵将会对他怎样说，他尤其希望严阵能把"特高特"的事情给他解释清楚。

　　问题是怎样才能把话题引到这儿来，同时又能让严阵把实话都说出来。即使他不可能说出实话来，也希望能听到他对此事的解释和辩解。

其实,也就是只想听到一点,严阵确实知道这个特高特公司的存在,也确实知道是自己的内弟参与了此事,只要严阵能说出这些来,对李高成来说也就足够了。

李高成现在最担心的一点就是,严阵会不会也像他一样,对特高特客运公司的事情一无所知?如果严阵也确实像他一样对此事毫不知晓的话,那么不管这件事最后会演变成什么样子,他将会打心底里仍像过去那样一如既往地对待他和尊重他。他还是他心目中的好书记,还是他信任的老上级。

李高成紧张地思考着他究竟该怎么说。他明白,只有先说透了这件事,别的事情才有可能说透。对中纺的问题怎么看,中纺的问题怎样解决,"特高特"看来是一道必须越过的关口。否则一切都只会是假的,都只能是一场装腔作势的戏而已。

严阵也仍在默默地等着。李高成明白,以他同严阵多年的接触,在这种情况下,严阵是绝不会先于你发话的。严阵的工作风格向来都是在你说完、介绍完、汇报完,并且表明了你的立场和观点后,才会口若悬河、滔滔不绝地发表他自己的看法和想法。于是所有知道这一点的人都有个一致的看法,严书记的工作方法就是后发制人。

今天当然也一样。

但不一样的是李高成的心理,他已经不再像以往那样,一股脑把自己所有的看法和观点毫无保留地全盘端出来,而是考虑着究竟该怎么说,究竟怎样才能引出自己想知道的话题来?

"严书记,今天常委会一开完,我就让市委秘书长先给你汇报一下,是不是他已经来过了?"李高成觉得这些话实在说得很别扭,这种感觉是以前很少有过的。

"来过了。"极简单的一个回答,便什么也没有了。然后就默不作声地直直地盯着你看。严阵向来就是这样,接待客人的时候,尤其是接见下级的时候,就常常这样直直地盯着看你。一般来说,是没有人敢迎着他的目光也一直这么往下看的。而一旦当你避开他的目光时,在气势上你也就被他压倒了。但这也是没有办法的事情,因为他是你的上级,是你的领导,他可以这样看你,而你则不可以这样看他。

"严书记,基本情况是不是你已经了解了?"看着严肃而又威严的严阵,李高成觉得自己今天好像连话也不会说了。

"嗯。我现在只想听听你的。"严阵直视着李高成,李高成不禁感到了一种压力。隐隐约约中,他好像意识到严阵似乎已经知道了什么。他知道了什么呢?知道了我已经打听过"特高特"的内幕?还是知道了我已经掌握了"特高特"的内幕?会的,很可能会这样。既然能有人给你提供情报,自然也会有人给严阵提供情报。世界上的事情往往就是这样,如果你想知道什么事情,就必然会付出可能被别人知道的代价。正像古人说的那样:若要人不知,除非己莫为。有所得就必有所失。当然也许他什么都还不知道,但不管怎样,也只能直来直去地同他谈一谈了。

"严书记,我觉得情况是这样。按目前中纺的情况来看,问题确实是相当严重的,有些问题严重得已经超出了我们的想象范围。如果不尽快下决心和想办法解决,这些问题带来的后果将是难以预料的,尤其是它很可能会影响到社会的稳定,影响到国有企业的深化改革。所以在常委会上经过讨论后,大家一致认为,应该尽快委派一个较大的工作组进驻中纺,首先从财务上进行一次大的审核和清查……"

"好了好了,这些我都知道,下午你们的秘书长都已经给我详细地汇报过了,不就是有几个工人想闹事吗?"严阵好像一反常态,还没等李高成把话说完,就插进来滔滔不绝地讲了起来,"现在我们一些领导就好像得了'恐告症',大大小小只要有个什么人找来说要告谁谁谁,立刻就觉得天要塌下来一样,就好像真是不得了了。这到底是怎么了?究竟有什么可怕的?当领导的还会不被人告状?在咱们中国这块地盘上,不管是哪一级,也不管是什么职务,哪个当领导的没有被人告过?什么叫工作?工作就是管理,管理就有矛盾,有矛盾就有意见,就有抵触,就有冲突,再发展到一定程度,就会短兵相接、各不相让。过去贴大字报,现在就是告状,这有什么可大惊小怪的?"

"严书记,中纺的情况并不一样,问题确实非常严重。"李高成竭力想把严阵的看法扭转过来,尤其是想让他真正了解到中纺问题的严重性、复杂性,"那天我在中纺的时候,足有一两万工人都走了出来。干部和群众的关系已经紧张到千钧一发的地步,如果我们再掉以轻心的话,那后果将是不堪设想的,很可能会恶化到……"

"开口就是一两万工人,开口就是一两万工人,真是危言耸听、夸大其词!充其量不就那几个有意见、爱闹事的吗?"严阵再次打断了李高成的话,嗓音也渐渐地高了起来,"有那么一伙人想闹事,后果就不堪设想了?我就实在不明白,现在的这种普遍的悲观论调究竟是从哪儿来的?改革是什么?改革就是革命,就是要摧毁旧的,建立新的,就是要打破铁饭碗,创立一个新的经济秩序。所以,这也就必然地要影响和触及到许许多多人的利益,同时也必然要影响和触及到一些根深蒂固的习惯势力以及惰性观念。改革改什么,就是要改掉这种习惯势力,就是要改掉这种惰性观念。如果说有问题,这才是最根本的问题,如果说严重性,这才是最大的严重性。所以,我们的国有企业改革,势必要涉及到一些人的既得利益,因此也就必然要触怒一些既得利益者。这是我们国有企业深化改革必然会带来的反应,要不怎么能叫阵痛呢?没有痛苦、没有矛盾、没有斗争的改革还能叫改革?像中纺,这不就来了么?亏损负债、停工停产,这就逼着我们必须加大力度,下大决心进一步深化改革。这也一样需要我们的奉献、需要我们的付出、需要我们的牺牲。但也有人会利用这一机会,什么闹事呀,什么上访呀,什么告状呀,从而达到他们各自不同的目的。生活困难的想要点钱,没有工作的想找点活儿干,对领导不满的想发发牢骚,再加上那些想当领导结果没有被提拔的、想涨工资结果没有给涨上的,想干坏事结果被处分了的,这样的一些人结合在一起,那还不盼着事情闹得越大越好?当然,也确实有很多生活条件非常差的工人,由于不明真相,认识水平又低,成为闹事的积极分子那也是难免的。所以你想想,除去这些人,真正闹事的人能有几个?何况又是在自己家门口,反正停工停产也没什么事干,跑出来看热闹的又有多少?一两万?这岂不是长他人志气、灭自家威风,自己吓唬自己?再说,就算一两万,那又能怎么样?你一个人去了不就全把他们给说服了吗?不就把他们全给镇住了吗?不管怎么说,毕竟还是共产党领导的国家,政权是在我们手里。老李呀,你也年纪不小了,咱们都是同龄人,什么样的事情没有经过?又有什么样的事情能吓倒咱们?关键是要多想多分析,你是公认的实干家,但你现在是一市之长,你要再像以前那样只善于干事,不善于动脑,那可就真危险了。如果上一次是你当了市委书记,那么,所有的一切还会是现在这样的局面吗?你就没好好想想,这次中纺闹事的背后就没有什么别的背景?上访材料一个上午就撒遍了市委市政府、省委省政府,几个工人就有那么大本事?这都是冲着谁来的?你认真想过没有?位置不同了,要搞清楚什么才是真正的政治,每件事都应该多问一个为什么……"

李高成一边默默地看着严阵那张富有表情的脸,一边默默地听着严阵抑扬顿挫的话,心里也好像渐渐地悟出了点什么。严阵今晚的表现,似乎只有一个意思,那就是并不想听你的什么汇报,而是只想听到你的态度,看到你的立场,尤其是需要你的忠诚！其实你从他的话里,完全可以肯定对中纺的事情他什么都清楚,什么都了解,但他就是什么也不说破。作为一个省委常务副书记,苦口婆心地说了这么多,就是再笨的人也应该明白其中的意思了,莫非你李高成就真是一个傻子,听了这么半天还是什么也听不出来？但问题是严阵在他这犹如悬河泻水的言谈中,你根本了解不到有关他的一点儿信息。在他这既有思想,又有哲理,既有深度,又有广度的看上去非常随意的话语里,其实把他自己包得很严,让你找不到任何不利于自己的地方。就好像他已经把你的心理活动和意图掌握得清清楚楚,你想知道的事情,他绝不会给你流露出一丝一毫。末了,李高成还是有点不甘心地说道:

"严书记,我不是没想过,对一些事情我还多多少少地做了一些了解。像上访材料上反映的一些问题,我觉得我们有责任去进行核实。比如中纺新潮有限公司的一些问题,就涉及到了市一级的干部,甚至还涉及到了省一级的干部,而且问题还相当严重,其中有一个……"

"那又怎么样！"严阵厉声断喝,再次打断了李高成的话,"涉及到了就能证明有问题？涉及到了省级市级的领导干部,就能说明问题严重？真是岂有此理。其实,有些问题根本就是哗众取宠、似是而非的东西,怎么就叫涉及到了,怎么就叫没有涉及到？拐弯抹角、七凑八凑,也不知道从哪儿拉出个什么关系来,就能说明涉及到领导了？简直就是莫名其妙、无事生非嘛。退一万步说,领导干部的七大姑、八大姨,凡是跟领导沾点边的关系就什么也不能做了？当然,对领导干部参与经商,我们历来是严厉禁止的,而且在这个问题上我们从不手软……"

李高成再次陷入到一种只能默默倾听的窘态里,但这一次李高成则是彻底地沉默了。因为他已经非常非常地明白,这个问题对严阵来说,绝对是一个禁区,他是绝不会让你随随便便地进去的。

他不会给你谈这个问题,也不会让你谈这个问题。

一切都已经清清楚楚地表明,严阵肯定知道这件事情。

严阵也清楚李高成已经知道了这件事情。

还有,严阵的口气之所以如此强硬,对李高成如此严厉,没有别的,因为严阵也肯定知道李高成的事情。

一个"特高特",一个"青苹果",谁也知道谁,所以谁也奈何不了谁。

你自己一屁股屎,还有脸给别人擦屁股?何况我还是你的上级,只有你来给我解释,我根本没有必要跟你解释,我也根本用不着!

严阵是不是就是这样想的?

二十一

李高成如释重负地终于从严阵的家里出来时,已经将近深夜十二点了。

室外的冷空气给他一种重获自由的感觉,他贪婪地呼吸着,想让自己的心情变得轻松一些。

严阵严厉的态度和冗长的谈话,第一次让李高成感到了厌倦,甚至让他产生了一种说不出的憎恶。

怎么可以这样?

一个省委常务副书记,一个本来有着相当水平的高级领导,居然会表现得如此强硬而蛮不讲理。当他接待一个比他年龄还大、跟他级别差不了多少的省会市的市长时,甚至连话都不容他说完。

那严厉的样子,几乎就像老子对待儿子!

仅仅就因为自己曾是在他手里提拔的吗?

严格地说,这是组织对他的提拔,并不是个人对他的提拔。但为什么组织原则和组织意愿常常会以个人的形式体现出来?而某些个人也常常会毫无忌讳地把自己凌驾于组织之上,把个人的意愿以组织的形式体现出来?以至于动不动就会当着许多人的面一点儿也不难为情地说:谁谁谁是我提拔的,某某某也是我提拔的;谁谁谁是我提拔的,怎么敢不听我的!

提拔干部是组织的需要,并不是你个人的需要,因组织的需要而考核和提拔干部,你干的就是这份工作,凭什么对被提拔的人指手画脚、颐指气使,甚至终生以恩公自居!

话可以这么说,理也是这么个理,但在实际生活中,你敢这样议论,你敢这样表示吗?

如果你敢这样,别说你的提拔马上就会遇到问题,而且你的为人、你的品质、你的形象也一样会受到损害。即便是在一般人中间,你也一样会被人看不起。连提拔你的人你都反对,那你还能算个什么东西!

忘恩负义、恩将仇报,几乎就等于是六亲不认、毫无人性,这样的人连人都不是!

也许这就是中国的文化,你真的没办法。

但这也就使你面临着一个极为严峻,而且必须作出决断,也是任何时候都会碰到的悖论似的抉择:是他提拔了你,但他代表的是组织;你是他提拔的,但你是为组织工作。等到有朝一日,在某一个问题上,到底是应该对他负责还是对组织负责时,你将如何在知遇之恩和尽忠尽职之间作出选择?

你必须作出抉择,在这个问题上没有任何中间道路可走,对此你将别无选择!

也许正是在这个问题上考虑得过多,再以后他也就没跟严阵多说什么。既没有表态,也没有立场。在没有作出正确的判断以前,他什么也不想说,什么也不想表示。

严阵所有话里的意思,其实在常委会上打来的那个电话里早已说清楚了。

严阵说了很多,李高成听了很多。其实两个人最终都没有表态,也都没有态度。

他看得出来,严阵今天晚上并不高兴,其实他也一样很不高兴。

但也只能这样了。

正是三九、四九的天气,从暖烘烘的屋子里出来,用不了多久,那种刺骨的寒意便布满了全身。

李高成没有要车,夜深了,正好一个人在街上走走。别看就这么一个市长,在电视早已普及的今天,其实,比明星还要明星,走到哪儿也会被人给认出来。从公开性来说,这无疑是个进步,但从另一方面来说,也不见得就是好事。过去的官儿像县令、知府,或者巡抚什么的,一般的老百姓是认不得的。所以那时的官员要是想搞个类似什么民意测验、微服私访的活动,是件很容易的事情。而如今,别说更高一级的领导了,就像自己这样的一个市长,想要一个人到大街上随便走一走,也并不是一件容易办得到的事情。

真有点高处不胜寒的感觉,位置越高,反倒越少了一些平常人应有的乐趣和自由,所以,有时候也就特别渴望能一个人自由自在地随意到处走走。

也许是冬天的缘故,大街上的行人已经非常稀少了,但出乎李高成意料的是,大街上的小轿车和出租车却一点儿也不少,尤其是饭店的夜宵生意更是好得出奇。越是大的饭店、越是档次高的饭店门前,排列的小轿车和出租车就越多。隔着饭店巨大的玻璃窗口,可以看到饭店里人头攒动,女的几乎全是时髦摩登的年轻小姐,男的则很少看到二十岁左右的年轻人。

看来仍是一种畸形消费,这高档次的夜宵也一样是为有钱的富人服务的。

路旁一家豪华饭店的门口,一个很简陋的香烟小摊后面,一位五十多岁的中年妇女佝偻瑟缩在飕飕飕的寒风里。尽管她穿着一件老大老大的军大衣,几乎把整个头都藏在竖起来的领子里,但仍被冻得满脸紫青、浑身打颤,不断地使劲跺着脚。

李高成走过去两步了,又止不住地转回身来。他本来是不抽烟的,家里也并不缺烟,但他还是买了一盒"红塔山"。他不知道自己为什么会这样做,究竟是出于怜悯,还是由于内疚?

"这么晚了,还有生意?"李高成一边掏钱一边问道。

"碰呢,有时候好有时候赖。"她给李高成找钱时,两只手抖得几乎捏不住票子,"白天这地方轮不着咱在这儿摆,夜里挣几个挨冻的钱,凑合着吧。"

"你这摊上还尽是好烟呀。"李高成没话找话地问道。

"这你就外行了,这地方谁抽赖的。"摊主打着哆嗦说道。

"为什么?"

"这还用说,晚上到这儿的都是什么样的人呀。你瞅瞅那些车,不是当官的就是有钱的,人家谁抽赖的?像你这'红塔山'都过时啦,低档啦。"

"是吗?"李高成突然觉得自己也真的是有点过时了,不禁又问了一句,"可这么晚了,他们都来这地方吃的是什么饭呀?是不是现在的人都时兴吃夜宵了?"

"什么饭?你看你,一听就知道是个土老帽。有钱的现在时兴的就是这,叫什么夜生活么,像唱歌呀、跳舞呀、打牌呀,到这会儿玩累了,肚子饿了,想睡觉了,歌厅的小姐们也都找到窝了,有了伴了,就找个地方吃点东西,说好听点,就是夜宵。说不好听点,不就是个夜饭。一百两百地吃个夜饭,没个身份的人能到这儿来吃?唉,这社会就这样了,富的富死了,穷的穷死了。一个人要是生到穷窝里,三辈子五辈子也别想再翻得起身来……"

李高成默默地走开了。

对他这个市长来说,这个中年女人所说的这些比当面骂他还要让他感到难受和愧疚。

平时新闻界对夜生活的讨论,李高成向来都是非常关注的。人们也好像已经有了一种共识,越是经济繁荣的地方,越是发达开放的地方,夜生活也越繁荣,越开放。但如果夜生活就像今天晚上他遇到的这种样子的话,那么,这种畸形的夜生活对广大的老百姓又有什么意义呢?如果有人说这种夜生活是由于改革带来的,那么,这种说法只能让老百姓对改革产生更多的怀疑和憎恨。

这才是一种最令人感到担心、最让人感到可怕的观点和情绪。

也许这才是最最不稳定的社会因素。

过了一道门,又是一道门。

门卫正要拦他,走到跟前看见是他,赶紧向他示意并点了点头,并告诉他说家里还有不少人在等着他。

这是常有的事情。有时候,即便是深夜一两点了,只要你还没回来,就仍会有人等着你。

一般来说,这些半夜等他的人是不会占用他很多时间的。或者是递给他一份什么马上需要批复的材料,或者是需要提醒一件他们认为十分重要的事情,或者是一个个人的事关紧要的问题等等。这些人一般不会是很重要的人物,但也不会是跟他毫无瓜葛的人。

今晚会是谁呢?

等走到门口时,他像被什么吓了一跳似的猛地呆住了。

在他家的大门口,黑压压的居然等了一大片人!

有站着的,有蹲着的,也有干脆坐在地上的,足有二三十个!一看就知道他们已经等了很长时间了,几乎每个人都被冻得打哆嗦,但每个人都静静地等着,没有人跺脚,也没有人说话。

等到他走过去,这些人就好像学生见到老师一样哗的一声全都站了起来,然后都默不作声地看着他。

在门口路灯昏黄的灯光下,一直走到很近了,李高成还没能看出来这都是些什么人。

"谁呀?"他轻轻地问了一声。

"是李市长吗?"站在前边的一个年龄很大的老者嗓音有些沙哑地问道。

"我是李高成,你们都是哪儿的?"李高成还是没能认出眼前的这些人来。

"李市长,我们都是中纺的呀,我叫王大宽……"

"大宽?"李高成怔了一怔,"你就是中纺二车间的王大宽!"

"李市长,我就是二车间那个王大宽。"

这时李高成打开了大门上的顶灯,在亮亮的灯光下,他一下子就看清楚了,确确实实就是中纺二车间那个连续三届都被评为全国劳动模范的王大宽!

在他的记忆中,王大宽应该跟自己的年龄差不多,然而,眼前的王大宽竟是这样的老态龙钟、须发皆白。也许是被冻得太久的缘故,看上去足有六七十岁。

"李市长,我们在这儿等了你四五个小时了,真没想到你会这么忙呀。"王大宽好像有些激动,一时竟不知道该怎么说话才好,"我们不多打搅你,就只见你一面。李市长,你看还有张发强、郭保山、刘晓东他们也都来了,他们都只想见你一面。"

听到这些熟悉的名字,李高成不禁又吃了一惊。

他们都曾经是中纺的全国劳模、全省劳模和全国纺织系统的先进工作者。在全厂、全市、全省都曾经赫赫有名、威震四方!

再往后看,李高成才真正看明白了,今天来的这二三十个人清一色的都是中纺当初的模范、先进和标兵。

在中纺情况最好的时候,他们一个个都是多么让人艳羡、让人崇敬的人物!为了表彰他们,李高成几乎每年都要举行一次隆重的发奖仪式。

每当表彰会开完了,李高成就仿效那种最古老的表示敬意的活动,到附近村里找出几十匹好马来,然后他亲自给这些劳模们披红戴花、缒镫牵马。有一次,他就是给这个王大宽牵马引路,整整在市里的大街上步行了十里之遥。

眼前的这些人里头,他几乎全都给他们发过奖、戴过花。即使是在当了副市长的那几年里,他仍然坚持每年都要到中纺去开表彰会,都要给中纺的劳模亲自发奖。

那时候,这些人是多么的风光,又是多么的让人尊敬!报纸上有他们的事迹,广播里有他们的声音,宣传栏里有他们的形象。厂里市里的多少工人发誓也要像他们一样,争当全国的先进和模范!

然而,这才过了几年,这些人怎么一下子就变成了眼前的这副模样?

衣服是那样的破旧,面容是那样的憔悴,身板是那样的瘦削,神情又是那样的感伤,一个个就像冻僵了一样瑟缩在他的家门口,也许李高成刚从那些豪华阔绰的地方走出来,只觉得眼前这些人的气色衣饰比那些到城里来打工的民工还不如,忍辱含羞、衔冤负屈,活脱脱地就像一群遭了大灾大难、无家可归的叫化子!

鼻子里一阵发酸,眼里顿时便湿润了起来。

他们不都是职工中的最优秀分子吗?他们不都曾给国家创造过巨大的财富,不都曾给国家作出过巨大的奉献吗?即使到了今天,即使再往后十年、一百年,他们不也是社会极为需要的宝贵财富,不也是国家极为需要的精英人才吗?现在他们怎么一下子成了这个样子?

我们不需要的竟变得那么富有,我们如此需要的却变得这么贫穷!

这到底是哪儿出了错了?

见他愣着一声不吭,眼前的这些人也都不知所措地呆呆地站着。良久,他才像一下子清醒了似的慌忙说道:

"这么冷的天,怎么都站在外边?快进家快进家。"李高成一边说着,一边用力一遍一遍地摁着门铃。

"李市长,不啦不啦,我们就只见你一面。这么晚了,不打搅你不打搅你。我们知道你忙,事先已经写好了一个材料,想说的话都在上面,你有时间看看就行了。"

王大宽被冻得呲溜呲溜的,嗓音有些发颤地说道,一旁的人也在随声附和地说着同样的话。

"不行不行,一定要进家,一定要进家。到了家门口了,还能不进去坐坐?至少也得喝点水暖暖身子么。"李高成再一次使劲地摁着门铃,甚至着急地用拳头在大门上擂了起来。

大门终于被小保姆打开了。

李高成紧紧地拉住王大宽的手,使劲地要把王大宽拉进屋子里去。

王大宽则死死地抓住门框,说什么也不想进家里去。

"李市长,李市长!"王大宽用力地往后拖着身子,几乎快跌坐在地上,"李市长,我们真的不会去家里的,我们真的就是只想见你一面。李市长,你不用拉了……有你这句话,我们就很知足了……"

在门口煞白的灯光下,李高成突然发现,满脸皱纹、须发皆白的王大宽竟已是泪流满面!

李高成再次怔在那里,一时间也不知说什么才好。

"李市长,这就是我们写的材料。"王大宽把从口袋里掏出来的一叠皱巴巴的信纸颤巍巍地递到李高成面前,"都是我们的心里话,你抽空看看吧。"

李高成小心翼翼地接过来,很有些伤感地说道:

"我是真想跟你们好好聊聊的,既然这样,那就下一次吧。真是好久好久没跟你们见面了。"话一出口,李高成立刻就后悔了。他觉得这句话真是既虚伪又做作。想跟他们聊聊的主动权始终在你自己手里,你要是想见他们,随时一个电话就可以把他们叫来,而只要你叫他们就绝不会没有时间不来。你究竟什么时候真想跟他们好好聊聊了?下一次又是什么时候?

然而,即使如此,眼前的这些劳模们好像又一次地受到了感动。王大宽后面的好几个老劳模,都止不住地在脸上抹了一把又一把。

"……市长,我们还真担心你是在家里不想见我们呢。没想到你没变……还是老样子……"王大宽有些哽咽地说了一句,就再也说不下去了。

"你们就没有别的什么要办的吗?也没什么要求吗?"李高成鼻子酸酸的,强忍着没让自己的眼泪流下来。

"没啦,真的没啦。李市长,有你这些话,我们就已经心满意足啦,我们心里也踏实啦。市长,我们知道你忙,累了一天,快点休息吧,我们这就走啦,回吧回吧……"

同他们一个个握手告别时,握在自己手里的那一双双手竟是那样的粗糙、皲裂和布满硬茧。没有几十年的劳作和苦重,一个人的双手是绝不会成为这样的。

他再次感到了一阵说不出的惭愧,这样的手,有好多年都没有握过了。

李高成默默地一直看着他们不见了,才突然想到他们还有几十里的路程。这么晚了,公共汽车早已停班了,他们怎么回去呢?会不会再步行回去?

会的。以他们目前的状况,他们不会花上近百块钱坐出租车回去的。

想到这里,再看看手里拿着的材料,他的心里再次说不出地难过起来。

有这么好的工人,企业怎么会垮了呢?

如果有着这么好的工人,企业还是给弄垮了,那就只有一个可能,就是垮在了那些败家子干部手里!

二十二

李高成确实累了,有些心力交瘁地走进家,不禁又怔了一怔,没想到家里还坐着一屋子人!

老老小小的足有十几个!

能走进自己家里的人,看来并不是些一般的人物,至少不会像刚才在自己家门口冻了几个小时的工人一样,因为他们可以堂而皇之地坐进家里来,并且可以一直等到深夜之后。如果没有妻子的首肯,没有特别重要的事情,没有一定的身份,是绝不会这么晚了还等在这儿要"打搅"他的。

考究的衣着,自负的面容,红润的肤色,矜持的神情,彬彬有礼、温文尔雅,一双双手都是那样的松软和柔嫩。

同门外他刚刚送走的那些工人相比,两拨人鲜明的反差和对比,给他的印象是这样的强烈和铭心刻骨!

他突然记起了刚才回家到了第二道门时,门口停着那么几辆豪华的连他自己也叫不上名字来的高级小轿车。

正在忙碌的妻子开始笑容满面地介绍这些人,李高成一下子就明白了等在他家里的都是些什么人:原来全是特高特客运公司的头头脑脑们。也就在这一刹那间,他已经认出了那个胖墩墩的老者,正是刚刚退下来的省银行副行长王义良。

第一个同他握手的是特高特的董事长,也就是省委常务副书记严阵的内弟钞万山。

除了这个董事长,还有两个副董事长,还有一个总经理,两个副总经理,剩下的还有主任、处长,还有总会计师和两个具体办事人员。

起立,寒暄;落座,再接着寒暄。

李高成默默地想着这些人的来意和目的。

眼前的钞万山长得白白净净、落落大方,有四十七八岁的样子,不论模样还是气质,跟严阵的妻子似乎没有一点儿相似之处。

钞万山的到来,使李高成的第一个反应就是他们之所以在这个时候来他家,肯定同严副书记有关。如果没有严阵的同意,他们是绝不会这样贸然地连夜闯到他家里来的。

同样,如果没有特别要紧的事情,他们也绝不会在他的家里等得这么久。

"李市长,这么晚了,我们也不想多打搅您了,我看我们就言归正传,抓紧时间给您汇报和商量一下。"钞万山这时不亢不卑、泰然自若地说了起来,"李市长,情况是这样,特高特高速公路客运有限公司开业已经两年多,这两年的经营情况基本不错,而且从目前来看,公司的运作也相当稳定。当然,这都是跟有关各方面支持、帮助和通力合作分不开的,尤其是跟您一贯的扶植和关心是分不开的。作为特高特客运有限公司的主要董事之一,在新的一年到来之际……"

"等等!"李高成猛然打断了钞万山的话,他本来想听完后再说,然而当听到这里时,却再也没法沉默下去了,"你们的'特高特'跟我有什么关系?还有,你们说的董事又是怎么回事?在这之前我对'特高特'营运情况,可以说是一无所知,我连你们都还不认识,我也从来没帮过什么忙,你们怎么能这样……"

"李市长,您要这样说,我们就更过意不去了。"钞万山很及时也很有分寸地打断了李高成的话,"'特高特'当初成立时,如果没有您及时的批示和予以支持,像这样的公司是不会那么快就能批下来的。这是大家都清楚的事情,尤其是吴局长还专门为此事疏通过不少关系……"

吴局长?不用说,这个吴局长指的当然就是他的妻子吴爱珍了。这么说,这个"特高特"从营运之初,妻子就参与了此事?如果这是真的,那么就是说,妻子不仅在青苹果娱乐城的问题上隐瞒了他,同样在"特高特"的问题上也隐瞒了他!钞万山所说的主要董事之一,是不是指的就是自己的妻子?

还有,他们说的有关"特高特"的什么批示,那又指的是怎么一回事?老实说,在他手里批示的文件,每年每月究竟有多少,连他自己也说不清楚,他并不曾记得有过什么"特高特"的批示呀。尤其是像"特高特"这样大投资和大规模的客运公司,一般来说,是要上常委会研究后才能批准的,但自己怎么对此一点儿没有印象?是不是……他陡然想起了一件事,那已是在两年前了,当时的市委书记还不是杨诚。他记得好像是在医院里,他因重感冒正在输液,老书记去医院看望他,妻子也在场,后来就掏出一个批文来,说是办一个什么客运站,省里也同意了,要自己在上面签个字。他还记得妻子当时也帮腔说,严书记刚才也打了电话,说这是减轻铁路客运压力的一件大事,春节客运高峰期即将来临,所以让尽快批示给办了。因为在病中,又是市委书记拿来的,严阵书记嘱咐的,也就没怎么细看,当场就给批示了。其实不要说他当时是在病中,即使不在病中,他可能也一样会批示的,因为这是件好事,也确实是当时从中央到地方都非常重视的大事,何况还有严书记和市委书记的一致赞同?

会不会当时批示签字的实际上就是这个"特高特"?

李高成顿时愣在了那里,好久也说不出一句话来。

因为所有的人都瞒了你,你什么也不知道,所以也就根本没有发言权。如果你的妻子确实参与了此事,而你仍要坚持说你不知道,那么在别人眼里可就地地道道地成了一个大笑料!

你自己批准的公司,你老婆又是这个公司的主要董事,你怎么能说你不知道?这岂不是太荒唐、太荒谬了?

只怕连鬼也不会相信你说的是真话!

他默默地注视着自己的妻子,妻子却始终没有看他。瞅着妻子秋波流媚的样子,给他的感觉却是从来没有过的憎恶和愤怒!

她怎么会这样?又怎么敢这样?

此时钞万山仍在温文尔雅地侃侃而谈:

"……据我们预测,经过这两年的运作和努力,我们也及时地总结了经验教训,不断地对公司的业务活动进行了调整纠正,在新的一年里,'特高特'的形势将会越来越好,我们争取能让它再上一个新台阶。李市长,我们确实非常感谢您,只要有您的支持,我们也就有了依靠,心里也就踏实了。今天到家里来的,都是咱们这个公司的主要骨干和业务人员,除了个别的有事没来,能来的基本上都来了。一来大家都非常想见见您,二来也是当面向您表示感谢。至于今年整个公司收入的具体情况,我们已经同吴局长详细地谈过了,由于时间关系,我们也就不再啰嗦了。李市长,我看就这样吧,您要是没什么别的吩咐的话,我们就告辞了。"

说到这儿,所有的人就像商量好了似的一齐都站了起来,有的已经准备往外走了。

李高成好像突然清醒了似的一下子意识到了什么,一种直觉告诉他,在这种场合下,他必须说两句话,必须表明自己的态度,否则一旦他们走出了他这个家门,所有的一切,包括你知道的和你不知道的,也就全都成为事实了。何况还有这么多的人可以作证,你想跑也跑不了,想赖也赖不掉,就算跳进黄河也洗不清。想到这儿,他摆了一下手说道:

"你们都坐下,先别急着走,我还有话要说。"等到人们重新坐下,李高成也想好了自己要说的话,"说实话,我并不想跟你们兜圈子,你们也别给我打哑谜。即便是到了现在,我还没有彻底闹清楚你们这半天都说了些什么。但我也不是傻子,你们的基本意思我并不是不懂,所以在这儿我有几句话要对你们说清楚。首先,对'特高特'的基本情况我确实一点儿也不清楚,你们说,当初这个公司曾是我批示的,我真的已经记不清了,我明天一上班就好好再审看一下,如果确是我批示的,那我明天再过问你们的公司不迟,到时候我会主动去找你们的。其次,你们说今天来我这儿主要是给我汇报和商量情况,这让我感到很吃惊。'特高特'已经有两年多的历史了,怎么突然想到要给我汇报?汇报什么?又商量什么?这样做究竟是因为什么?我实在有些不清楚,如果你们真要给我汇报,那就请你们明天到我办公室里去。再有,你们所说的主要董事的问题,我不管你们指的是谁,或者还仅仅只是你们的一个想法,我现在都明明白白地告诉你们,这是我绝对不会答应的,也是绝对不允许的。既然你们急着要走,那好,我现在就说到这儿,如果你们还有什么想谈的,明天就再到我的办公室里去谈,今天也确实不早了,咱们就到此为止,请你们自便吧。"

李高成话一说完,径自站了起来,不等他们再说什么,朝他们挥了挥手,便向饭厅走了过去,一来自己确实饿了,二来他绝不想再跟他们说什么了。

他实在给气得够呛!

这么多年了,他第一次感到了别人对自己如此明显的蔑视和小看,而且用心又是如此的险恶和霸道。你不是对此有意见吗?那好,我就让你也成为其中的一员,我就让你看着是一个圈套,然后逼着你钻进去,看你又能怎么样。

简直比强盗还强盗!

就因为他是省委副书记的内弟吗?

就因为他的姐夫是省委副书记严阵吗?

于是,就连他这个市长也可以被他们视作玩物?

保姆很快给他端来两盘一直在热着的烩菜和一碗米饭,他一边狼吞虎咽地吃着,一边有些愤愤然地想着。

耳旁一阵乱乱的脚步声,紧接着便是一句埋怨并带有责备的话:

"怎么了,怎么了,你今天到底是怎么了?你不知道这是严书记的意思?到底是谁惹了你了?"妻子一屁股坐在他跟前,喋喋不休地唠叨了起来,"你可以拒绝任何人,但你怎么可以拒绝严书记?你也不想想,你之所以有今天,不就是因为有个严书记吗?你当初的副市长是怎么来的?你这个市长又是怎么来的?要是没了严书记,你好好想想,你还会是个什么样子?又有谁会把你放在眼里?严书记去党校学习也就刚刚离开了一年,你的市委书记不就没当上吗?说句难听的话,要是严书记不存在了,不就像我没了你一样,还不就是一条丧家犬吗!你还让我们靠谁去!我知道你现在的心情,你是不想纠缠到那种麻烦和复杂的关系里去,可你就不想想,当你被人为地划到一个圈子里去的时候,你还能从这个圈子里跳得出去吗?你就是死也只能死在这个圈子里,就算你完全离开完全背叛了这个圈子,别人也永远会把你当作这个圈子里的人,何况,你又为什么要背叛这个圈子?如果你背叛了这个圈子,又有谁还能看得起你?又有哪个圈子还会接纳你?如果你连个圈子也没有,又有谁会来保护你?在你这样的位置上如果没有人保护你,你岂不是随时都会做替罪羊?高成,我知道你的脾气,你这个人就是太清高、太死板,你总是以为你这个市长是靠你自己干上来的。你是实干家不假,可你就不想想,省里市里的实干家有那么多,为什么就你一个人当了市长?严书记是你这一生一世都不能得罪的人啊!如今严书记有了事,有不少人都在背后鼓捣他,打他的小报告,在这关键的时候,连你也不去保护他,连你也想在背后捅他一刀,你在人们眼里会是个什么形象?你还怎么在这个市里活?人要恩怨分明,中国就是这样的国情……"

　　李高成自顾自地只管吃着,由着妻子在耳旁长篇大论地诉说。他没有反驳,也不想反驳。因为今天一天来的遭遇,使他对妻子的认识已经有了一个天差地别的变化。这个巨大的变化给他的感觉是这样的强烈和如此的痛心疾首,他甚至觉得至少在目前他们之间已经没了对话的基础。他实在没法对她说,也实在不想对她说。就像眼前她说的这些话,给他的感觉是那样的陌生,离他又是那样的遥远。

　　妻子吴爱珍好像一点儿也没有察觉到他感情上的变化,仍在情真意切、没完没了地说着劝着:

　　"……我知道,你今天一直在生我的气。你以为我在许多地方瞒了你,没有告诉你。你还会以为我不知吃了多少红利、挣了多少昧心钱。我并不是不想告诉你,更不是想有意隐瞒你。因为有些事情你根本用不着知道,你知道了又有什么用?你是个市长,犯得着为这些小事分心？何况，这又是合理合法的事情，我的侄子在一个歌厅当代经理，又有什么不可的？有文化，又有能力，又从未干过什么违法乱纪的事，清清白白、正正派派，哪儿写着他不能当经理？他又违反了哪里的规定？至于说什么我是娱乐城的董事，那是我从来也没有承认过的。我水平再不高，觉悟再低，也不会连这样的是非问题都弄不清楚。但我确实投资了一部分资金，不过这也一样是清清白白的，那都是我哥的钱。你也不是不知道，我哥在老家承包了一个煤矿，这几年赚了一些钱，他想在城里投资办个实体，我这个当妹妹的能不帮忙吗？我就这么一个哥哥，从小把我抚养到大，爸妈死得早，就我们哥妹俩相依为命，能有今天，那容易吗……"

妻子说到这儿，已是哽咽不止、泣不成声了。

李高成依旧默不作声、一言不发。几十年的夫妻生涯里，他们曾有过无数次的争执，但几乎每一次他都是被妻子的眼泪打败的。如果在平时，他会为妻子的这些话而深受感动的。妻子的话并不假，说的都是事实。她就这么一个哥哥，长兄为父，把她一手拉扯大也确实不容易。但这就可以成为你大捞钱财的理由吗？你家的煤矿是怎么开的？那个歌厅又是怎么开的？而如今这个青苹果娱乐城又是怎么建成的？你的哥哥一下子拿得出几百万来吗？到这会儿了还要骗我？再说，你真的就那么需要钱？何况，这中间到底赚了多少钱，我直到现在仍然一无所知，又是因为什么？

也许是见李高成不吭声，也许是认为自己的话确实打动了丈夫，吴爱珍越发说得理直气壮起来：

"是，咱们挣了一些钱，可咱们挣的钱清清白白，一分一厘也没违法乱纪，咱们问心无愧。我跟了你半辈子，你的为人我比谁不清楚，什么时候多拿过人家一分钱的东西。市里的干部们不也是有口皆碑，送不进礼的领导里头，头一个就是李高成！这么多年，多吃了还是多占了？可如今,你眼看着已经五十奔六十的人了,若要再上不去,在这个位置上你还能干几年？再过两年就又是一届,这个市长还能继续干？市长干到头了,书记又干不上,提拔也已过了年龄,你也就是这两年的干头,其实这会儿又有谁真正在乎你？等到市长这个位置没了,到了那时候,你想想你还会有什么？结婚迟,孩子们都还小,都还在学校念书,等到他们进入社会了,咱们也一样什么都没有了,而如今的社会,一没权、二没钱,你让孩子去靠啥？就算不为自己想想,也不为孩子们想想？违法乱纪的钱我们一分不沾,可干干净净的钱我们为什么不挣？"

  李高成听到这儿,止不住地想说上几句,但想了想,还是忍住了。都是些什么话！想弄几个钱就因为你是个市长吗？假如你没当市长,假如你还在中纺当你的工程师和干部,你还会有这些想法吗？你连最基本的生活保证都失去了,你还会想着为你的孩子和你的晚年多赚一些干净钱？你就不想想,只要你在这个位置上,超过你工资以外的任何一分钱都绝不会是干净的！一旦提拔不了了,就立刻改弦易辙,转过方向开始大把大把地赚钱？不是为钱,就是为权,如果共产党的干部都成了这样,在老百姓的心里谁还会把你们这些干部当一回事？孩子小是事实,但比起一般的孩子来,又怎么样？不管怎么说,两个孩子都已经上了大学,毕业后都将会有一份不错的工作在等待着他们。若要比起那些贫困职工的孩子们,比起那些连孩子上学都供不起的穷苦人家来,岂不已经是一个在天上一个在地下？莫非因为你是市长,所以你的孩子必须成为百万富翁、亿万富翁才会让你心满意足,才会让你没有负担,才会同你的身份相配？我们当初结婚的时候,谁又有过这种世俗的想法和如此贪婪的奢望？而这种想法和奢望又是从什么时候开始有的？他甚至有些困惑不解和难以相信,自己的妻子怎么会变成这个样子？又是什么时候变成这个样子的？

"……今天既然把话说到这份儿上了,那我就给你交个底。"妻子继续毫无忌讳地说着,"这几年,开煤矿、办歌厅,我们也算挣了一些,虽然不算多,都算下来也差不多有个二百来万。另外还有一些投资,不过那都还是死钱,只能算在固定资产里……"

二百来万!李高成差一点没把嘴里的饭菜噎在嗓子眼里,他有些不寒而栗、瞠目结舌地看着眼前的妻子,禁不住呆了!

"我没骗你,就这么多了,还有些别的,都是些有影没影的事情,到时候还得看看保险不保险。"妻子披心相付、毫不遮掩地给他说着,甚至还显出一副娇嗔的样子,"你用不着这么看着我,我明明白白地告诉你,这些钱干干净净,没有一个子儿能脏了你!今天晚上的事,可是跟我一点儿也没关系。先是严书记打来的电话,说是他的内弟钞万山要来家里,严书记爱人非要让严书记打个电话不可,他没办法,就给咱家里打来了。在电话里严书记还一直夸你,说你这个人正派、实在、靠得住,要不是看上你这些,当初他就不会提拔你。这么多年了,看来他的眼光没有错。其实严书记也没说他内弟来了到底有什么事。谁知道人家钞万山来了,说这两年的效益如何如何好,到今年年底,已经基本上把本钱赚了回来,到了明年可就是纯赚净利了。他们说,本来去年就应该表示的,但主要是因为没有足够的流动资金,所以就没有来。今年的情况终于有了好转,公司的资金周转也开始良性循环,所以就先把一年的红利送了过来。这可是人家钞万山一个人悄悄塞给我的,谁也没让看见。总共是三十万,去年的等到了明年再给补上……"

说到这儿,妻子便把一个精致的手提箱从桌下放到了饭桌上。妻子一边打开箱子,一边继续说道:

"钞万山说了,这一切都是合理合法的。他说'特高特'是有限客运公司,本身就是私营性质的,既然是股东、是董事,就应该得到红利……"

"……股东？董事？"李高成再次感到震惊和意外。

"你别怕，这也一样跟你没关系。是我用我哥的钱，在'特高特'投资了一部分资金。"这时妻子已经打开了箱子，把那一摞摞崭新的钞票亮在了李高成面前，"这些钱我还没看过，不过我想他们不会……"

忍无可忍、怒火中烧的李高成终于发作了起来，他腾的一下站直了，一把抓过那只装满钞票的箱子，往上一提，啪的一声便恶狠狠摔在了地板上，那满满一箱子的钞票就像爆炸了一样，嘭的一响，顿时撒得满地都是。

"你要这么多钱究竟要干什么？是想买房子还是想买地！你照照镜子好好看看你，看看你脸上还有没有人样儿！你就不觉得你挣钱的方式连个妓女都不如！你再好好想一想，这些钱又有哪一张是干净的？几十年了我还真没想到你能说出这样的话来，又能做出这样的事来，我真替你脸红！我真不知道你是怎么当反贪局长的，让我说，你就根本不配！你知道不知道，你这是在干什么？你所做的这一切本身就是最大的犯罪！……"

"李高成！你到底算个什么！你还是人吗！"妻子这时也猛地发作起来，横眉怒目，疾言厉色，全然一副根本没有把他放在眼里的样子，"你这一套我早就听腻了！几十年了，我早就受够了！你想怎么样就怎么样，爱怎么样就怎么样！我最后再给你说一遍，你爱听不听，我告给你，要是没了严阵，你还能算个什么东西！你要没了这个市长，你好好看看你身前身后还有什么！你再好好想想这个世界上还会有谁正眼瞧你！这一辈子你什么时候有过男人味，你要是嫌这钱脏，那就找你的干净钱去吧，你以为光靠你的那点工资，就能供了两个孩子上学！我再告给你，你要是没了这个市长，光凭你那点工资……"

"够了！钱，钱，钱！你眼里除了钱还有什么！"李高成一口打断了她的话,越来越怒不可遏地吼道,"你以为只凭这几个钱就可以救了你的后半辈子!就可以保证你的儿子女儿一生平安!如果国家的干部都像你们这样,如果共产党的领导都像你们这种想法,等到有朝一日这个国家没了,这个政府没了,就像当初的苏联一样,整个一个执政党全都不存在了,你手里的那点钱又有什么价值!一万卢布兑换一美元,你手里的几百万,充其量不就等于是几百美元!就算什么也没发生,你手里放着几百万,你这后半辈子还会心安理得,还会像现在这么平平静静、这么踏实!我真不明白,你们要这么多钱究竟要干什么!想想过去,看看现在,比比老百姓,我们还有什么不满足的!你好好到农村去走走,好好到工厂去走走,你吃的什么,穿的什么,住的什么,又坐的什么!老百姓又吃的什么,穿的什么,住的什么!别说你对不起老百姓了,你对得起自己,对得起自己的孩子,对得起自己的良心吗!有朝一日,当你面对着老百姓必须作出回答时,你能说你今天所做的这一切都只是为了这几个钱吗!你当初的理想,当初的志向,当初的热情,当初的宣誓,也都只是为了这几个钱吗!你知道不知道,你现在所做的这一切,不仅会毁了我们这个国家,毁了我们的改革,还毁了你全家的幸福和前程!……世世代代的老百姓永远不会放过你!到了那时候……"

他突然觉得自己已经没有再说下去的意义了,妻子早已掉头离去,把他和那个满脸惊慌的小保姆丢在了这个撒满钞票的饭厅里……

二十三

几十年了,这还是第一次。

爆发得是这么激烈,而且没有任何可以调和的余地。

他没想到自己的反应会这么强烈,他也知道自己有些过火,但就是忍不住。

他同样没想到妻子的反应也会这么强烈,而且会把话说得那么绝情绝义。

"你这一套我早就听腻了!几十年了,我早就受够了!"

原来是这样!她居然能说出这样的话来,他真没想到。

她听腻了什么?是指我平时说的那些话么?太虚伪、太傲慢,还是太没有人情味了?或者是嫌大道理讲得太多了?她居然忍了几十年!而且早就忍够了!

剧烈的痛苦让他止不住地呻吟起来,他慢慢地让僵直的身体弯了弯,使劲地坐了下来。当他坐下来的时候,他才发现浑身抖得是那样厉害。

为什么会这样,为什么?

就因为你比她大了十几岁,从一开初就什么也由她说了算,宠惯了,也就宠坏了,于是家里的一切都由她自己做主,渐渐地也就不把你放在眼里了?

他本来是想好好地同她谈一次的,和风细雨、情真意切地把所有的事情都谈开,同时也把自己的想法和对她的看法全都毫无保留地说出来。他一定要给她说清楚,也一定要她意识到,她走得实在有些太远了,这样下去也实在太危险了。同时也还要问问她,这么大的事情,为什么她要瞒他?莫非他不是她的丈夫吗?已经二十多年的夫妻了,为什么居然还会发生这样的事情?

然而,今天晚上这一架,一下子便把一切都表露得清清楚楚、真真切切。原来这几十年的夫妻关系,却只是羊质虎皮,虚有其表,却只是金玉其外,败絮其中!竟是这么的脆弱,这么的虚假,这么的不堪一击。

是自己轻看了妻子,还是妻子轻看了自己?

妻子当初嫁给自己的时候,是不是就觉得自己是个好糊弄的人?不,不!那时候自己究竟拥有什么?有家产还是有官位?有金钱还是有权力?她究竟想糊弄自己什么?自己比妻子大了十一岁,妻子又是那么的漂亮,两个人又同是中专生,妻子当时的位置比自己还好,那时候的李高成不就只是个技术员,只是个车间副主任么?她当时看中的究竟是自己的什么?

是啊,那时候的吴爱珍在那么多的追求者里头为什么就只看中了你?

不就是因为你老实、善良、忠诚、可靠?

除此而外,那还有什么?是因为你比她老了十一岁?是因为你又黑又丑又干又瘦?是因为你是个中专学历的技术员?还是因为你是个整天累得又脏又臭的车间副主任?

连你自己的孩子也说你们俩看上去根本就不般配,可见你的外部条件几乎可以说是一无所有。

当时自己介绍她入党时,根本想也没想过这个单纯善良、美丽可爱、活泼欢快的姑娘有朝一日会成为自己的妻子。

然而,就是这样一个清纯的姑娘,在成为自己的妻子之后,在成为一名市长的夫人之后,却会变成了一个连自己也不能相信、连自己也快不认识了的如此世故的女人!

是社会的变化让人改变了,还是地位的变化让人改变了?

容貌还是那么俏丽、性情还是那么娇柔、嗓音还是那么清脆的妻子,蒙蒙眬眬、混混沌沌之中,给他的感觉似乎跟二十年以前的那个姑娘并没有什么两样,而这么多年来,他好像仍然一直沉浸在这种蒙蒙眬眬、混混沌沌的感觉里。然而就在今天晚上,就在这几十分钟的时间里,就像当头一棒一下子把他敲醒了时,才发觉眼前的这一切同他所想象的竟是这样的判若云泥、天悬地隔!他们之间居然横隔着这样一条深深的鸿沟!

妻子的卧室里传来了一阵阵压抑不住的哭泣声,这哭声就像刀子一样一下下刺在李高成心上。

不是内疚,也不是心疼,而是对他的一种深深的苛责。

她在哭什么呢?

看她说得多轻巧,多随便,多么的心安理得、恬不为怪,"……虽然不算多,都算下来也差不多有个二百来万……还有些别的,都是些有影没影的事情,到时候还得看看保险不保险……这可是人家钞万山一个人悄悄塞给我的,谁也没让看见。总共是三十万,去年的等到了明年再给补上……"

这要有多少钱!

只从她嘴里说出来的数字就将近三百万,而每年三十万红利的本金又会是多少?加上三年的红利,再加上那些有影没影的、保险不保险的,又会有多少?

除了这些,还会不会有别的什么仍在瞒着他?

就他这么一个市长,就他这么一个市长夫人,这才用了多长时间,就让他这个"从来也送不进礼"的领导干部几乎拥有了接近八位数字的金钱和资产!

一想到这个数字,顿时就让他出了一身冷汗!

当初毛泽东主席挥泪枪毙那两个轰动全世界的大贪污犯时,那才有多大的数额?

如果把这个数字放到那时,枪毙你一百次也够了!

可她居然说这些钱干干净净,没有一个子儿是脏的。她还是反贪局的局长! 检察院的副检察长!

如果现在就让反贪局正式立案来审查她,她能把这一切解释清楚吗?你究竟凭了什么,在这么短的时间里竟然聚敛了这么多钱财!

你解释得清楚吗？

这干净得了吗？每一个子儿上都沾满了铜臭和血腥！

大批的工人失业，无数的国有企业面临困境，还有那么多的国有企业在不断地破产，为国家为老百姓劳累了一辈子的离退休职工连最起码的生活费也领不到，在政府和国家经历着如此严峻考验的时刻，而你这样拥有着国家权力的领导干部却在极短的时间内暴富，这是个什么性质的问题！想想你在老百姓的眼里又会是个什么东西！

就算眼下你会成为一条漏网之鱼，十年之后，二十年之后，三十年之后，还逃得过去吗？

你手里的不义之财，将会成为你终生的隐患和你心头至死挥不去的噩梦！

你将永远不再拥有平静和安宁。

你真糊涂，真糊涂！糊涂得让人可怜，让人可憎。

小保姆不知在什么时候已经悄悄地把撒落在地上的钱重新放在了箱子里，轻轻地合上，轻轻地放在饭桌一旁。然后又轻轻地把刚才一同撒落在地上的那一摞子材料悄悄地放在他的身旁。

他默默地一声不吭，默默地一直这么坐着。

眼前的一摞子皱巴巴的东西渐渐地变得清晰起来，这不就是刚才那些劳模们送给他的那份材料吗？

那些劳模们说了，他们的心里话都写在上面了，有时间你就看看吧。知道你忙，就不多打扰你了。

其实，你整天都忙了些什么呢？每天除了开会还是开会，屁大的一个事，也要请你坐在主席台上，千篇一律的方式，千篇一律的面孔，千篇一律的讲话，千篇一律的气氛。"……我们尊敬的李市长今天能在百忙之中参加我们的会议，是对我们最大的鼓舞和支持！下面，我们就请李市长作重要讲话……"然后拿上事先写好的稿子,照本宣科地念上一遍,接下来又是不冷不热的掌声,又是一套虚得不能再虚的表白:"……刚才,李市长给我们作了非常及时和极为重要的指示,大家回去以后,一定要认真贯彻执行。"如果还有市委书记在,那就再加上市委书记,他就得排在第二位;如果有省长、省委书记在,那他就得主持,由他来进行那一番虚得不能再虚的表白:"省长和省委书记在百忙之中……""省长和省委书记给我们作了非常及时和极为重要的指示……"

日复一日,月复一月,年复一年,有时候一天甚至得赶上好几趟这样的会,都是非常重要,都是非常需要,都是必须要领导参加。于是,领导们就这样一天天地忙得晕头转向而又不可开交,在文山会海的"百忙之中",一年一年的就这么重复交替过去了。其实,连他们自己也不知道究竟忙了些什么,眼前又正在忙着什么?也许正是在这种"百忙之中",失业率越来越高,大中型企业越来越亏损,不正之风越来越蔓延,群众的不满也越来越多。

什么时候才能真正推倒这一切,忙一些确实应该忙的事情?

眼前的字迹渐渐地映入了自己的眼帘:

　　李市长,我们都知道您真的非常忙,一个管着几百万人的市长,怎么会不忙呢?所以,我们真的不忍心打搅您。这么多年了,我们也从来没有打搅过您。但这一次不同,您不管有多忙,也一定在百忙中管管中纺的事。李市长,我们以全公司全体劳模的名义请求您,中纺的问题千万不能再无人过问、再这么无限期地拖下去了。李市长,真的不能再拖了,确实是不能再拖了。情况太严重了,群众的情绪也太大了,再拖下去,真的会很危险,真的会闹出事来的。

　　李市长,您是我们的老厂长,中纺的情况您应该是了解和熟悉的。即便是这些年不熟悉了,不了解了,只要您一来,只要您一了解,一切就立刻会清清楚楚的。许许多多的事其实就是明摆着的，一问一调查马上就明明白白。工人们都说了，中纺的事不是管得了管不了的问题，而是有人管没人管的问题，问题再大也不怕，怕的就是没人管。工人们说了，共产党要是连工人的事也不管了，那还能叫共产党吗？工人们的话说得是难听了些，但大伙的心里其实是向着共产党的啊。

李市长，请您一定再到我们工人们中间走走吧，到我们工人们中间好好了解了解吧。许许多多的工人一年多都没领到一分钱的工资了，大伙真的快撑不下去了，日子过得实在太艰难了。李市长，我们这些劳模都作过保证，就是再穷、再苦、再困难，也绝不向国家伸手。但那些工人们的日子真的是太困难了，许许多多一家子几代都在中纺工作的家庭，真的连年也过不去了，还有许许多多的工人连看病的钱也借不下，得了什么病都只吃止痛片……

李市长，大家都是相信你的。虽然有好多人都说你已经变了，现在当市长的李高成已经不是过去当厂长的李高成了，但我们都不相信。我们相信你不会变。因为在中纺大多数工人的心里，至今还记着在1989年那场风波中，你在厂大门口给拥上门来的数千名学生所说的那番话……

我们至今还记得清清楚楚，你那时的样子至今历历在目，就像刚刚发生过一样……

眼泪在李高成的眼里越来越多，终于像两条小河一样哗哗哗地奔涌而出，他真没想到工人们还记着这个，还会对他这样的信任。

他突然想起了一句话：在这个世界上，只有老百姓最讲良心。

一切仿佛都刚刚发生在今天。

数千名情绪激昂的大学生拥挤在中阳纺织厂大门口，呼声、吼声一浪高过一浪，他们要冲进中纺来，他们要说服工人同他们一道上街游行,一道去市委市政府,一道去省委省政府。

紧闭的铁门摇摇欲坠,数十个保卫科的人员眼看着就要挡不住了。

一个紧急电话打过来,二十分钟后,他便从市政府的办公室里赶到了中阳纺织厂。

他没有任何选择,因为他那时还兼着中阳纺织厂的党委书记,他的厂长职务也刚卸任了没多久。

他坐车从后门开进了厂里。他大致问了问情况,没有开会,也没有找任何人出主意。他明白,在眼前的这种情况下,面对着这严峻的局面,他必须当机立断。

五分钟后,他一个人从办公大楼里走了出来,径直朝大门口走了过去。

厂里的许多干部职工劝他不要过去,你是无论如何也说服不了那些气冲斗牛、满腔愤怒的大学生们的,面对着一大片犹如烈火轰雷的年轻人,你又有什么更好的办法?

他想了好半天,最终还是去了。

他当时真的别无选择。他对干部们说,只要是人,只要他们在此时此刻还有正常的思考能力,就应该能说服他们。

他那时比现在还瘦,个子比现在也似乎更矮。

走到大门口,他让人搬了一张桌子,直挺挺地站在了桌子上。

然后,他让人把大门打开。

数千学生一下子拥了过来……

他喊了一声——事后人们才对他说,他那时的一声喊,声音真大、真亮!数千学生面对着他这一声大喊,立刻就静了下来。

"同学们!我就是这个中阳纺织厂的厂长兼党委书记!你们能不能先听我说几句?"也许是被他的一种气势威慑住了,也许是被这个其貌不扬的一点儿也不像领导的干部给吸引住了,也许是根本没有想到会有这样的一个场面,学生们反倒一下子愣住了。好久好久,那么多的学生居然没有一个人出来阻止他。

"……你们提出的口号不就说要反腐败、反'官倒'吗?你们来这儿要工人们跟你们出去,不也是要工人们一块儿跟你们反腐败、反'官倒'吗?……"

这时下边有几个人大声喊了起来:

"你要是反对就是支持腐败、支持'官倒'!"

"一听你说话就知道你也是个腐败分子!"

"你敢不敢当着我们和工人的面,说说你自己有没有腐败行为!"

"打倒'官倒'!打倒腐败分子!"

…………

这时候,拥过来的工人也越聚越多,一边是数以千计的学生,一边是成千上万的工人,中间的桌子上站着的则是他这个又瘦又小的李高成。

"那好!既然你们有这个意思,那我今天就当着你们和工人们的面,先说说我自己!"李高成神色自若,俯仰无愧,一副顶天立地的气概,"我叫李高成,今年四十七岁,1975年入党,祖父、父亲、岳父、外祖父全是农民,祖宗三代都干干净净,清清白白!我在纺织系统干了二十多年,五年技术员,八年基层干部,1980年调到中阳纺织厂当了副厂长,1982年当了中阳纺织厂的党委书记兼厂长。你们刚才不是有人说了吗,'你敢不敢当着工人和学生们的面,说说你自己有没有腐败行为!'我现在就可以告诉你们,我李高成过去没有,现在没有,将来也绝不会有!我在这个厂干了十年,当了八年党委书记和厂长,我没有私自安排过一个工人,调动过一个干部!对厂里的纺织品,我没有私下批过一两棉票,一尺棉布!厂里盖了几十栋大楼,几十个车间,几十个分厂,我没有私下批过一根钢材,一袋水泥!我当了这些年干部,没有安排过一个亲戚进厂!我的哥哥弟弟姐姐妹妹现在都还是农民!我的内兄内侄现在也都还是农民!我的侄子外甥现在也都还是农民!十年来,在我手里转了几百个非农户口,但我可以问心无愧地告诉大家,我没照顾过一个关系,没有转过一个亲戚!我还可以毫不含糊地告给你们,我当了十年干部,除了工资,我没有往自己的口袋里装过公家的一分钱!工厂里盖的最大最好的宿舍,我从来也没分给过自己!如果不信,就请你们问问我身后的这些工人们!如果我说的不是真话,如果有一个工人说我在撒谎,那就请你们从我身上踩过去!"

黑压压的人群一片寂静。

良久,才有一个学生突然跳上桌子,对着工人大声喊道:

"他根本就是在撒谎!现在哪儿还有这样的干部!工人兄弟们,请你们一定不要相信他!他肯定……"

这位学生突然说不下去了,他所面对着的一眼望不到头的工人队伍里,猛地爆发出一阵山呼海啸般的呼声:

"李书记没有撒谎!"

"李厂长真是个好厂长!"

"请你尊重我们的厂长!"

"我们相信他!你没有资格这样评论我们的厂长!"

"胡说八道,你不在我们这个厂,你知道什么!"

"……"

这个学生好像无法相信似的再次大声喊道:

"他真有他说的那么好吗?他真是个好厂长吗?"

下边又是一阵浪潮似的回声:

"他比他说的还好!"

"他是个好书记!"

"他真是好厂长!"

"……"

那个学生仍然有些不死心地喊道:

"你们真的拥护他吗?"

山摇地动的回声压倒了一切:

"我们拥护他——"

"我们真的拥护他——"

"……"

学生们在这一片巨大的声浪中终于撤走了。

临走时,那个跳上桌子的学生深深地向他鞠了一躬。

李高成顿时泪流满面。

为学生们的理解。

为工人们的选择。

而这一切,在这么多年以后,在他快要忘却了的时候,工人们却还记得这么清楚。

他突然明白了摆在他面前的一个严峻的事实:

现在,真正是你该选择的时候了。

几乎在这一刹那,他也明白了自己所必须作出的选择。

二十四

两天后,在李高成的督促下,市公安局开始着手对青苹果娱乐城进行调查处理。

三天后,经市委常委会研究批准,派往中纺的经济审核工作组正式成立。在李高成的提议下,特别增加了一个专门调查中阳纺织集团公司第三产业新潮有限公司的审计核查小组。

五天后,一个近五十个人组成的工作组进驻中阳纺织集团公司。

这一天正好是农历腊月初十,离春节已经不到二十天。

这五天,也许是李高成此生此世最沉重、最痛苦的日子。

其实,让公安局调查一个歌厅,召开常委会研究批准成立一个经济审计核查工作组,并让工作组进驻中阳纺织集团公司,对李高成来说,实在是太容易、太不算一回事了。比如像委派工作组进驻中纺,这是常委会以前定了的事情,现在只是那个决定的执行和运作。如果说过去这样的事情还会让李高成感到有些压力的话,那么眼下的李高成对这样的事几乎已经没有什么感觉了。

只要没有人知情,这一切都还仅仅只是面上的事情,而面上的事情就没有人会在乎你,更没有人会注意你,这本来就是你的正常工作。

有什么样的事情能比现在摆在李高成家里的事情更让人忧心忡忡、寝食难安?

家里放着三十万同贿款毫无二致的人民币,不知如何处理。

妻子五天来没有回一次家,也没有打回过一个电话,不知现在何处。

发生在妻子身上的那么多事情,直到现在他还拿不定主意究竟该怎么办。

同省委常务副书记严阵有着直接关系的如此重大的经济问题,一直到现在仍然让他四顾茫然、无从下手。

尤其让李高成感到极为严峻和沉重的是,以上这些事情,都是必须马上处理的,没有一件是可以拖延的,更没有一件可以不承担任何责任地推诿给别人。

试想,三十万人民币的贿款,别说五天了,即使只在你家里放上二十四小时还没有得到你的处理,那么你收留这笔贿款的性质就已经开始有了质的变化。

这是任何人都应该懂得的常识,李高成更明白这一性质的分量。

作为一个市长,他可以抉择任何事情,也可以对任何属于他领导范围和权限内的决断予以抉择,然而惟一让他感到难以抉择的事情,就是对属于他自己的事情无法作出决断。

他可以选择别人,却无法选择自己。

一个是提拔过自己的老领导、老上级。

一个是相依为命了二十多年的妻子、自己孩子的母亲。

这绝不是一个一般的选择,更不是一个跟自己毫无关系的选择。

这也不是一件例行公事或者一个例行文件和决议,发发言、表表态,或者一签字、一批示也就完了,然后只需督促、只需等待就足够了。处理好了我表彰你,处理不好我批评你,处理坏了我惩处你。

这件事有着本质的不同,有着根本的区别。

其实也简单得不能再简单了:

处理他们其实就等于是处理自己!惩处他们也就等于是惩处自己!

何况这些事情的后果将是不可收拾的,等待着他们的结局也一样是不堪设想的。李高成连想都不敢想,一想就让他不寒而栗、毛骨悚然,一想就让他黯然神伤、五内如焚,一想就让他心慌意乱、六神无主。

这几乎就等于是自己要亲手把自己的妻子和上级送上断头台!

一个是朝夕相处了二十多年的结发妻子,一个是两次提拔了自己的老上级,而如今,他们将会在你的选择下,说得更确切一点,将会在你的告发下,生发出一个震天撼地而又谁也无法预料的后果,等待着他们的将会是严厉的处分、撤职、判刑、入狱,甚至会是……

他不敢往下想了,一想到这儿心里就会止不住地发出一阵阵疼痛和战栗。

到了那一天,这一切又将会是个多大的新闻!一个省委副书记,一个市长的妻子,那将会轰动全中国,甚至全世界!

你自己呢?只怕也一样全完了。在一些人眼里,且不说你这个人不仁不义、不伦不类,只从另一点上来看,你也绝不会得到任何好评:这样的一个领导提拔了你,这样的一个女人做了你的妻子,你会是个好干部,好领导?还有,在你手里冒出了这么大的一个腐败贪污集团,你的上级领导又将会怎样看你?这岂不是你在给党和国家的脸上抹黑?这一切又岂能跟你没有任何关系、没有任何责任?

你不是个好领导,不是个好下级,不是个好丈夫,不是个好父亲。领导不会赞同你,群众也一样不会认可你!任何一个阶层都不可能接纳你,所有的人也都不可能理解你,等待着你的将会是孤独、寂寞,将会是人们的蔑视、诅咒,将会是一生的耻辱、嗤笑!

这一切将很有可能,很有可能!

妻子说得再清楚不过了:"要是没了严阵,你还能算个什么东西!"

妻子可能还有一句话没说出来:"要是没了我这个妻子,你又能算个什么东西!"

妻子可能还有一句潜台词没有说出来:你所处的这个家,你身后的这个党,具体的体现者究竟是谁?家的体现者不就是妻子?而这个党的具体体现者不就是严阵?要是没了妻子,你这个家还会叫个家?要是没了严阵,这个党谁还会支持你?如果真要是妻子说的这样,到了那时候,你李高成真的会算个什么东西!

当你真正选择了党的根本利益的时候,你却失去了党内一直在支持你的人!

对一个党员干部来说,这才是一个真正的巨大的悲剧。

也许这一切对他来说,才是一个真正的抉择,是一个真正需要付出巨大代价的抉择。

几天来,他几乎没睡过一个囫囵觉。常常睡着睡着一个激灵就惊醒了过来,然后便是一整夜一整夜的失眠。饭也很少能咽得下去,根本就不觉得饿。人眼看着就瘦了许多,连他自己也觉得自己一下子就老了,真正的老了。

怎么办?怎么办?

有好几次他想把这一切给市委书记杨诚谈一谈,然后听听他的意见,看下一步应该怎么办。但这个想法随即便被他否定了。如果自己把这一切都说给杨诚,你在杨诚手里还会再有出头之日?你还会再在杨诚面前不亢不卑、振振有词?当一个人知道了你的一切隐私后,你也就成了他的俘虏了。何况杨诚这个人到底怎么样,你心里并没谱。假如他把你的这些想法一股脑地全都端给严阵的话,那等待着你的将会是一个怎样的结局!

真正的较量还没有开始,他就已经感到了如此的孤独和无助。

不过他知道,在这个问题上,没有第三条道路可走。他必须作出抉择,必须尽快作出抉择。否则,他将不再拥有抉择的权力和机会。

秘书吴新刚的敲门声,打断了他的沉思。

一见到吴新刚穿得臃肿厚实的样子,李高成才感到了自己今天穿得可能有些少了。

他一边让司机马上到家把昨天晚上丢在家里的那件军大衣取回来,一边吩咐秘书吴新刚立刻召集人准备出发。

今天是定好了要去中纺访贫问苦的日子,随同的有市民政局的局长,市供电局的局长,市粮食局的局长,市自来水公司的经理,市煤炭公司的经理,市副食公司的经理,市政府调研室的两个主任,还有分管工业、财政的两个副市长和一个分管组织的市委副书记。

原来定好市委书记杨诚也一起去的,但杨诚却临时说他有事,不能去了,所以带队的人看来只能是他这个市长了。

这是近些年来,市委市政府第一次大规模地对一个停工停产的企业进行的救济和慰问。

因为在这些天里,他已经听到了一些有关中纺工人生活的情况。

带了供电局局长,是因为中纺的一些工人交不起电费而被卡了电;带了自来水公司的经理,是因为中纺的一些工人交不起水费而被停了水;带了市煤炭公司的经理是因为中纺没钱买煤,烧不起锅炉,住在宿舍楼里的职工在大冬天没了暖气;带了粮食局局长,是因为一些工人家庭连粮也买不起;带了副食公司的经理,是因为有的工人家庭根本就割不起肉、过不了年……

在城市里扶贫,这是多少年来的第一次。

在私下里,这么多年人们总是默认这样一个事实:由于几十年的计划经济,中国的工人阶级已经成了一个凌驾于一切阶层之上的"贵族阶级"。他们端着金饭碗,领着铁工资,妻子、儿子、房子、票子、车子以及生老病死所有的一切都由国家给承包了。那时候,当一个工人是多少人梦寐以求、心驰神往的事情。工人同中专生、大学生恋爱结婚,谁也不会感到有什么不妥,更不会觉得门不当户不对。一个条件非常一般,甚至是二婚的工人,可以轻而易举地把一个村里最漂亮的姑娘娶到手。说到底,也并没有什么,无非就是一个原因,工人的地位优越,生活有保证。所以有多少人多年来一直在吵吵,我们牺牲了农民的利益,牺牲了国家的利益,把工人捧得太高了,对工人照顾得太多了,让工人的心理上太有优越感了。以致很多人都在担心,一旦我们对工人的照顾和条件有所降低时,对我们反抗最强烈、最有意见、最为不满的极可能会是这些工人们。也同样没有别的,就是因为我们把工人捧得太高了,对工人照顾得太多了,让工人的心理上太有优越感了,所以他们的承受能力比起农民、比起其他阶层的人们来,可能就会弱得多,甚至会不堪一击、一触即溃。

这也正是严阵所说的那个意思,这么多年来只有工人才是真正的既得利益者,所以当改革触及到这些既得利益者时,也就必然要遭到工人们的抵制和反对。言外之意,似乎只有工人才是改革的阻力。

事实上究竟怎样呢?这十多年来的改革,牺牲得最多,付出得最大,承受能力最强、最持久的不是别人,恰恰就是工人!当我们把工人成了农民的妻子、工人成了农民的倒插门女婿、工人成了农民的雇工这些新闻当作新生事物大加宣传和报道时,恰恰忽略了一个最严酷的事实,那就是这些新生事物的出现,正是由于工人的牺牲和付出而带来的。

而如今,要对工人进行扶贫,这又是多少人不想承认、不敢承认,也不愿意承认的事实。

在进行这次扶贫救济活动之前,曾有许多人反对这样做,认为此举很可能会引起强烈的社会震荡和负面影响。因为市委市政府这一举动的本身,也就向社会承认了这样一个无可争议的事实:几十年来作为领导阶级的工人阶级的地位和待遇,已经一落再落,以致已经滑落到需要扶贫的地步。

对这一行动给以了最大支持的是市委书记杨诚。事实就是事实,揭开了怎么也比捂着强。承认事实,证明我们能正视现实,证明我们有解决问题的诚意和决心,也证明我们有解决问题的能力和自信。我们自己出了问题,却又不愿意承认,讳疾忌医,岂不是既害自己又害别人,最终必然会损害到整个国家和人民的利益。不要以为这都是空话、大话、面子上的话。其实平时我们常常认为是空话大话面子上的话,如果在某个时候你敢说出来,那往往会证明你是个真正的英雄,会证明你非常非常地了不起……

杨诚这一番有些发狠的话,震住了每一个人,这次行动自然而然地也就决定了。

但让李高成没有想到的是,在马上就要出发去中纺慰问的时候,杨诚却突然借口有事不去,而让他带队去中纺慰问……

他想来想去没能摸透杨诚不去的真正想法。

也许,仅仅只是也许,杨诚这么做完全是为了你李高成好,像这样的好事,由你市长去做,这对你以后的工作极有裨益,尤其是在中纺的工人中间,将会留下一个令工人们刻骨难忘的印象;当然,也许还会有另一个原因,这本是你自己的事情,你自己的事情就应该由你自己来解决。在一个停工停产近一年,好多工人很久发不出工资的企业里,谁能想象到会发生什么样的事情,干干净净的腿脚,为什么要往泥坑里伸……

李高成不知道自己为什么会总是从两个方面来看待杨诚,是因为看不透这个人,还是因为对他不信任?或者,是因为社会上那些林林总总的看法和观点,对自己的影响太大,以致不敢轻易相信任何一个人?比如妻子的那些话,比如严阵的那些话。

自己什么时候变成了这样的一个人呢?虽然你已经成了一个几百万人口的城市的市长,你已经成了一个地方政府的高级干部,但你却失去了你的个性,失去了你当初的棱角,甚至失去了独立思考的能力,以致连话也不会讲了。假如有一个作家想以你为原型来创作一个角色,很可能这个人物会是最没有个性,最没有特点,最无法塑造的人物,也必然将会是一个最失败的人物!

你究竟算是个什么人?你几乎失去了你原有的一切,你真是什么也不是!你的个性、你的特点、你的脾气、你的本色,还有你当初叱咤风云的威武和气魄、运筹帷幄的策略和谋断都是什么时候给丢了的?你还像你吗?什么时候才会变得有棱有角、有声有色、敢恨敢爱、敢吼敢骂,你用不着老是提防别人,也根本不必担心别人会怎样算计你?

你虽然是个市长,可你活得还像个人么?

当满载着米面、衣物和食品的一溜大车小车开进中纺时,李高成想象中的热烈场面并没有出现。

偌大的中纺宿舍生活区中心,除了稀稀拉拉的一些看热闹的小孩和一些不三不四、怪话连篇的赖小子外,剩下的就是那几个事先通知的领导和那些满脸警惕的保安人员了。

按原来设想的安排,全厂的职工都应该来的,就像上一次他来这儿一样,至少也会有一两万工人聚集在这儿。然后再根据由厂方调查得来的贫困户名单,让他们都坐到最前排来,由市委市政府的领导们按提供的救济数额单分发给他们,再接下来便是领导讲话,当然最后一个讲话的应该是他。为了这么一个讲话稿,他整整准备了两天。秘书提供的讲话稿第一次让他毫不留情地全部否定了,他从来也没感到过秘书的水平竟是这样的差。不仅没有水平,而且根本没有激情,干巴巴的,连个一般的汇报材料也不如。最后还是由自己动手,前前后后改了十几遍,才让他意犹未尽地定了稿。以他的意思,这不仅要搞成一个大型的访贫问苦的慰问活动,同时也要争取把它开成一个群情激奋的动员大会。借这个机会,他想把中纺工人当年的劲头全都鼓动起来,为下一步中纺的开工和搞活献计献策。

他什么都设想到了,却偏偏没想到竟会是这样:万人大会竟没有一个人参加!开来了十几辆车的救济品,竟没有一个人来领救济!

多少年了,李高成参加过数不清的会议和活动,还从来没有遇到过这样的情况,没有人参加的会议,没有人参加的活动!把市里的几十个大大小小的领导,当然也包括他这个市长,全都没屁股没脸地晾在了这里!

别说没遇到过了,就是听也没听说过!

李高成默默地看着眼前这几张分外熟悉而又极为陌生的面孔:

总经理郭中姚,党委书记陈永明,副总经理冯敏杰,副总经理吴铭德……

都很尴尬,都很狼狈,都很沮丧,都很茫然。

面面相觑,却又相互躲避着对方的眼神。

也不知过了多久,李高成终于打破了沉寂:

"……人呢?是没有通知,还是组织不起来?"

"李市长……是这样,他们事先让我告诉你们,说不要让你们来了。公司里的几个领导商量了商量,觉得还是不要告诉你们的好……"总经理郭中姚有些吞吞吐吐地回答道。

"为什么?这样大的事情为什么不告诉我们?"李高成的话声不高,但脸色顿时变得阴沉可怕。

"……原来我们想来着,这次活动应该能组织起来。"郭中姚依然有些吞吞吐吐地说道,"就算有人对我们有意见,但这是市里的领导组织的,而且是慰问和救济职工中的困难户,并没有什么别的目的和意图,所以我们觉得这样的活动应该是不难组织的。我们在公司里的有线电视上讲了好几遍,还专门组织召开了公司的全体中层干部会议。也可能是太大意了,本来觉得没问题的事情,慰问和救济工人么,哪想到偏偏是工人们不来……"

"那你们提供的贫困户名单都是从哪儿来的?"李高成不禁有些气愤地问道。

"这都是让下面的干部们提供上来的,据了解,还是比较可靠的……"

"据了解?据谁的了解?据你们的了解,还是据别的什么人的了解?"李高成不断地追问道。

"李市长,现在公司里的情况已经越来越复杂了。"副总经理冯敏杰接过来回答道,"李市长,你也是知道的,我们这些干部如今在厂里的处境并不太好,所以这些名单都是由基层干部提供上来的。名单我们认为还是可信的,但问题并不是在这里,是工人们根本就不想来,那些领头闹事的,现在横得很。他们说不让来就没人敢来,一般的工人们不敢来,就是那些真正的贫困户想来也不敢来。如今公司里就像人们说的那样,是邪气压倒正气,工人们根本就不听我们的……"

"行了!"李高成一下子打断了冯敏杰的话,"那你就给我说说,工人们为什么不想来,工人们为什么不听你们的,偏要听那些领头闹事的?"

"那些闹事的说了,工人们根本就不想来领救济,他们还说那些贫困户也根本不想来领救济……"公司党委书记陈永明接着说道。

"为什么?你们了解过吗?"

"他们说了,慰问救济他们是对他们的侮辱和蔑视,他们不稀罕……"陈永明结结巴巴地学说道,"他们还说,中纺的工人什么时候让人救济过?中纺有几万工人哪,你们救济得过来吗?还有的人说,现在中纺的问题不是走形式、做样子,搞什么慰问救济,中纺现在需要的不是这个……"

李高成顿时蒙在了那里。真是什么都想到了,偏又是没想到这里!他不知道这些话经人传到他这儿时,已经有了多大的变化,但仅仅从这些话的意思来看,工人们说得有理、有力。这正是工人们的口气,只有工人们才说得出这样言必信、行必果,见利思义、忠贞不渝的话来。

　　也就是在这一刹那间,李高成明白了自己再次犯了一个巨大的错误。这个巨大的错误之处就在于自己忽略了一个最不应该忽略的事实:那就是再一次选择错了依靠的对象。现在站在你眼前的这个领导班子,是这个国有企业里几万工人极为愤恨、极不信任的领导班子,对这个班子厚厚的两大摞上访材料几乎撒遍了市委市政府和省委省政府。就在前几天,就在这同一个地方,你面对着这里的数以万计的工人许下诺言,说一定要尽快地查清中纺的问题,查到谁就是谁,查到什么问题就是什么问题,绝不手软,绝不姑息,铁面无私,一查到底!然而,这才仅仅过了几天,你却出尔反尔,自食其言,把眼前的这些被工人们视为腐败分子的领导干部,再次作为依靠对象,让他们来组织这次会议和活动。工人们认为他们的贫穷和厂里的困境正是由于这些人给带来的,而你却让这些人来对工人们进行慰问和救济!这岂不是佛头着粪、放虎自卫!难怪工人们会一个也不来,也难怪工人们会说这是对他们的侮辱和蔑视!

　　末了,李高成对郭中姚问道:

　　"能不能把那几个领头的工人代表叫过来?"

　　"……哪几个领头的?是不是就是原明亮、张华彬他们?"郭中姚有些茫然。

　　"那你们说的领头闹事的都是些什么人?"李高成强压着愤怒没让自己发作起来。

　　"还有呢,哪里仅仅就他们几个,还有一些不三不四……"

"胡说八道！到现在了你还这样说话，我真替你感到害羞！好啦！不管是什么人，我请你马上把他们给我叫过来！听见了没有？你这个木头！我再给你说一遍，请你马上把他们叫过来！"李高成终于一下子发作了出来，他怎么也没想到自己一直看重的一个数万工人的大型企业的总经理反应竟会这样迟钝！竟会这样愚蠢！以致好半天看不出领导的意图和愤怒来。

大概是这么多年来还从来没有看见过李高成这样大发脾气，郭中姚就像挨了一闷棍似的愣在了那里，好半天说不出一句话来。也不知过了多久，郭中姚才吞吞吐吐、结结巴巴地说道：

"……李市长，不是我们……不叫，是他们不肯来呀……"

"你呢！能不能把他们叫过来！"李高成把眼光对准了党委书记陈永明。

"……李，李市长，情况是这样，现在根本，就不知道他们都在哪儿，这会儿要找他们，恐怕是……"

"你呢！还有你！还有你……"

李高成一个一个地追问着眼前的这些公司的领导们，但结果都一样，没有一个人自告奋勇能把公司里那几个他们认为领头闹事的人叫过来。

所有的人都四顾茫然地站在那里，好久好久不知道究竟该怎么办。

末了，还是由李高成最终决定了究竟该怎么办，他挥了挥手对所有人说：

"不管是大车小车，全都开到老干部活动中心院子里去原地待命！其余的干部们分成两个组，我跟郭副市长一个组，张副书记和刘副市长一个组，按照公司里提供的名单，分别到职工家里走一走，好好了解了解，就算是现场办公，有什么困难就解决什么困难，有什么问题就解决什么问题。今天解决不完，明天继续解决，趁这个机会,大家也可以认真了解了解和看一看中纺的问题究竟是什么……"

两个小组很快就划分好了。郭中姚几个人有些怯生生地问道：

"李市长,我们呢……"

你们倒还有脸来问我！李高成差一点没骂出声来："你们都好好给我想一想该怎么办！随你们的便！愿意干什么就干什么去……"

李高成转身走开的时候,连回头看也没再看他们一眼,把这几个垂头丧气的经理们全都扔在了那里发呆。

二十五

李高成第一个去的是老厂长原明亮家。

他的本意并不是想看看这个老厂长家里有多穷,经济有多困难,而只是想听听老厂长的意见,问问他这一次慰问救济活动究竟应该怎么搞。

然而,当他走进老厂长的家里时,还是被老厂长家的贫困给震撼了。

他做梦也没想到这个曾管理上万工人的中阳纺织厂老厂长的家里会穷成这个样子。

已经做了祖父和外祖父的原明亮,和他最小的儿子住在一起。加上儿媳和老伴,一家五口人挤在一套不足五十平米的单元房里。说是两室一厅,其实那个厅只有六平米左右,而这六平米左右的厅竟然就是他家的会客室！两个十多平米的房间,一个小点的做了自己和老伴的卧室,一个大点的做了儿子媳妇的卧室,还有一个四平米左右的储藏室,则做了他十三岁的孙女的卧室!

其实老厂长的家里还多着两口人,那就是老厂长的一个外孙、一个外孙女也住在家里,白天在这儿吃饭,晚上在这儿睡觉,只有在星期天的时候,女儿才把孩子接回家里去。这就是说,老两口的卧室里,晚上要住进去四口人!这也就是说,老厂长虽然快七十岁的人了,每天还得照看孩子,还得照看这个家,还得买米买面、洗衣做饭,还得做那些永远也做不完的家务活。

如果公司里的情况仍然像以前那样好,如果公司里的工人们每月都能领到一份工资,如果孩子们都能分到属于自己的住房,老厂长的家里还会这么拥挤,老厂长还会这么操劳吗?

还有,如果老厂长家里现在存放着三十万元人民币的现钞,老两口还会这样享受不到本应该拥有的正常而祥和的晚年吗?

想到这里,李高成不禁愣了一愣,他没料到自己竟会有这样荒唐的想法,不知不觉地就联想到了那三十万元人民币上……

自己这到底是怎么了?

李高成一行八九个人,只站着就已经把客厅挤满了,有几个人只好站到老厂长的卧室里。

一台只有八个频道键钮的十八英寸国产彩电,一个只有一道门的老式冰箱,客厅里能坐的也就是几张折叠椅和几个没有靠背的吃饭用的圆凳子,连沙发也没有,其实根本就放不下沙发。除此而外,就再也看不到什么像样的家具和摆设了。儿媳的卧室里李高成没有进去看,原明亮的卧室里除了一口陈旧的大木箱子和一张六十年代时兴的带腿的铁架子床外,就什么都没有了。没有床罩,没有地毯,没有壁灯,没有床柜,没有那种拖地的窗帘,更没有什么时兴的衣柜、壁柜一类的东西。

一家人除了儿媳在别的单位上班外,所有的亲属都在中纺工作。大儿子、二儿子、小儿子、大女儿、二女儿,还有他的外甥他的侄子,到底有多少人,也许连他自己也难算得清。

李高成默默地瞅着这个家,心里突然感到一阵说不出的惭愧和内疚。

那一年他说服老厂长退下来时,再三问他有什么要求和需要办的事情,老厂长则一再说什么也不需要什么要求也没有。他当时曾想过老厂长的住房确实窄了些,无论如何也要想办法把老厂长的房子再调得大一些。然而不知是因为事过境迁,还是因为自己的事情太忙,或者是因为紧接着自己就被提拔到了市里,抑或是因为自己真的把这件事给淡忘了,于是就这么几十年一贯制,老厂长直到今天还住着这套不足五十平米的房子。

自己的这一淡忘和疏忽,正好给那些极端自私自利、专门为自己谋福利的领导干部提供了最好的明证:有权不用,过期作废。

难怪妻子开口闭口的老说自己傻,不照顾自己的家,不安排自己的人,不考虑自己下台后的日子,将来你会有什么好下场!

也难怪有人说,现在的领导干部要是不贪不捞,只凭那一点工资,有几个能活得了!想廉洁、想当清官、想让老百姓拥护的领导干部,又有几个能有好下场!真是想捞就能捞,要捞赶紧捞,不捞白不捞,捞了也白捞。反正不捞的没人说你好,捞了的也没人说你坏。有朝一日下了台,办事没人,干事没钱,出门没车,有家没房,照样没有一个人会同情你,自作自受!活该!当初你有权有势、满面风光的时候你干什么去了!

造成这种社会风气的原因里头,是不是也有你的一份功劳?

老厂长原明亮大概根本没想到会有这么多的领导干部走到他家里来,而且还是市长带队!

儿媳上班去了。儿子在市里的一家装卸公司当临时工,一大早也出去了。家里就剩了老两口和两个小孩。幸亏有这两个孩子,才让老厂长不显得那么尴尬和手忙脚乱。

老厂长先忙着让客人们坐下,其实根本就没什么坐的地方。除了李高成和郭副市长,还有那两个一点儿也不认生的孩子大摇大摆地坐在四把折叠椅子上外,这六平米大的客厅就已经没有什么空间了。一张圆桌看来既是饭桌又是茶几又是写字台,因为上面分明地放着一瓶墨水和一个破旧的笔记本,还有一个不知有多少年头的烟灰缸。老厂长在厨房里的一个壁柜里摸索了好一阵子,才摸出一个茶叶筒和多半盒"红河"牌香烟来。这多半盒香烟也不知保存有多久了,烟卷拿在手上,硬邦邦的就像一根木头棍。茶叶筒好半天也打不开,待打开一看全是茶末子。两个暖壶,有一个是空的,杯子没倒满,就已经没水了。没有煤气,赶紧又捅开大概是为了省煤已经封死了的炉子。大概就是因为有这个炉子吧,屋子里并不觉得怎么冷。等到这一切折腾完了,再等到老伴把两个孩子哄到了儿媳的卧室里,家里总算才安静了一些。

两个老厂长面对面地坐着,好久说不出一句话来。

说什么呢,同是这个厂的厂长,但地位、身份、职务、级别以及所有的一切都已经完全不可同日而语了。尤其是现在,一个是救济者,一个是被救济者;一个是高了几级的在职领导,一个是被贫穷困扰的基层离退干部。

看看自己的家,想想自己的处境,这种巨大的差别究竟是怎样带来的?又是谁带来的?莫非自己对国家对社会对老百姓的贡献会比眼前这个饱经风霜、辛劳苦重了一辈子的老厂长更多、更大、更荣耀、更辉煌?眼前的这个老厂长为了这个国家无私无悔、任劳任怨地干了几十年,而如今却依然清贫如洗、一无所有。面对着这样的一个老厂长,任何一个有良知的干部不都应该感到羞惭、感到愧疚?

"老原呀,真没想到这么多年了,你还住着这套房子。"李高成用一种满含歉意的口气说道,"真是对不起了,我当初曾经答应过解决的,真的是答应过的……"

"李市长,快别这么说了,你今天能来我这儿,我就很满足很满足了。"原明亮的眼睛好像有些湿润了,但很快就恢复了常态,"其实我有这样的房子住,也同样很满足很满足了。李市长,其实我心里是很惭愧的呀!每逢我看到还有那么多的工人们没有住的地方,我这心里就像刀子在剜一样。真是早知今日何必当初,当初我在职的时候,我要是狠狠心拿出一笔钱来给工人们多盖上几栋宿舍楼,也不至于让干了一辈子的工人们没有房子住呀!李市长,就算你给我解决上一套好房子,我忍心住吗,我有脸住吗!有那么多的工人至今仍然住在什么设备也没有的小平房里,还有许许多多的工人,在这儿干了这么多年了,仍然住在租来的农民的房子里。因为没有房子,至今打光棍结不了婚的工人到底有多少,谁也说不清,谁也说不清呀……"

老厂长说到这儿,眼里终于止不住地涌出泪珠来,但紧接着便被他那粗糙而又布满青筋的大手抹去了。

"老原,我们这次来,主要还不是为了要解决职工住房的问题……"李高成一时间竟不知道自己究竟该给这位老厂长说什么。他本来是征求老厂长的意见,看这次救济扶贫活动应该怎样搞,但却没想到这么大的一个企业的老厂长竟然会贫困到这种地步。想了想,李高成接着说道,"这次我们来,主要是要解决一批特困户的生活问题。比如买不起米、买不起面、买不起菜、过不了年的那些职工家庭。老原,你在厂里是最了解情况的,像我刚才说的这样的工人在咱们公司到底会有多少?"

"李市长,到这会儿了,我只想问你一句,这是市领导的主意,还是公司领导的主意?"原明亮显得很郑重地问道。

"怎么,这有什么不同吗?"李高成有些不解地说。

"李市长,这种所谓的救济慰问的事,公司里的领导们策划搞过好多次了,但每一次都没能搞成。"

"……哦!"李高成不禁一惊,这是他根本没有料到的事情,公司里居然已经策划搞过了好多次,"……都没能搞成?为什么?"

"因为工人们反对,所有的人都反对。就连那些最困难的家庭,也拒绝他们的救济!工人们觉得这根本就不是救济,是拿他们的残羹剩饭来羞辱工人!这些人榨取了我们几辈工人的血汗,养肥了他们自己,而如今,他们倒一个个像救世主似的,用我们工人的血汗来救济我们,他们连过去的资本家都不如!资本家还知道是工人养活了自己,还有一种羞耻感,而他们没有!他们在工人面前,好像从来就是主人,从来都是领导者、指挥者。工人的任何所得,好像都是他们的恩赐,都是他们的施舍。如果我们工人是靠什么人来养活的,那他们又是靠谁来养活的?我根本不相信他们连这样的一个道理也不懂,我当时就面对面地说过他们,我说工人们在你们眼里是不是都是傻子!究竟是工人养活了你们,还是你们养活了工人?究竟是工人救济了你们,还是你们救济了工人?你们这一个一个的领导身份,一个一个的领导位置,不都是因为当初工人们的勤奋和努力而爬上去的吗?等到你们什么都有了,该捞的全都捞到了,当你们把这样的一个公司毫无人性、毫不心疼活活地给糟蹋了时,你们竟还有脸来救济工人!你们不也是厂里的一员吗?但你们吃的甚、穿的甚、住的甚!你们的子女又吃的甚、穿的甚、住的甚!你们还是人么,还像个人么……"

原明亮的话强烈地震撼了李高成,也同样震撼了在场的每一个人。原明亮的这一番话,就像鞭子一样一下一下地抽打在李高成的心上。原明亮的话难道说的不正是自己吗?难道说的不正是在场的每一个人吗?

正是他们终日辛劳、没齿无怨地养活了自己,而自己却反过来沽名钓誉、假仁假义要救济他们!

也不知过了多久,李高成轻轻地又很真诚地说道:

"老原,不瞒你说,这些情况我们确实不知道,所以,你的心情我们也能够理解。至于这一次来公司里慰问救济贫困户,完全是市委市政府的意思,这跟公司里没有任何关系。而眼下,不管工人们有多少意见和牢骚,有多少不满和怨恨,这都只能一步一步地来,市委市政府派出的审计核查工作组不是已经进驻公司了吗?但问题是问题,生活是生活,工人们有困难,国家怎么能看着不管?前几天,公司里的十几个劳模,还专门找到了我家,他们说一定要让我再到工人们中间走一走,听听工人们都在想什么,都在说什么,看看工人们生活得有多艰难。他们说了,工人们真的太困难了,特别是那些一家三代都在中纺的工人,一年多没发工资,连面都快买不起了,不管得了什么病就只吃止痛片。老原,我相信他们说的都是实话,其实,我们一到了你这家里,就全都明白了,像你这样的一个厂长家里都贫困成这样,那些真正的贫困户就更是可想而知了。我真的没想到,真的没想到,老原,真是对不起了,我们来得实在太晚了,这并不只是我个人的意思,也是市委市政府的意思。你说得没错,确确实实是工人们养育了这个国家,养育了这个政府,也正是因为这个,如今工人们的生活到了这种地步,国家和政府能看着不管吗……"

李高成突然感到说不下去了,他发现老厂长眼里的泪水哗哗地往出直涌,两只粗糙的大手在那同样粗糙的脸上一遍一遍地抹来抹去。

"我说过那些劳模的,不让他们去,不让他们去的,可他们还是去了……"原明亮一边擦着眼泪,一边有些哽咽地说道。

"老原,你是老厂长,我知道,大伙这会儿都还听你的。为了这个公司,为了咱们的国家,就算你不为自己着想,也得为工人们想想呀。要是一个企业,人心全散了,一点儿凝聚力也没了,就算这个企业垮不了,还能千方百计地保存下来,那要这样的企业又还有什么用?我想只要我们这一代人还在,就既不能让企业垮了,更不能让人心垮了。企业垮了我们还可以重建,人心要是垮了再要重建还会有那么容易吗?老原,咱们的经历其实都一样,从一参加工作起,就整天喊着要依靠工人阶级,要永远依靠工人阶级,可如今在咱们手里,尤其是在眼下这个节骨眼上,咱们就忍心这么眼看着工人阶级离我们越来越远吗?咱们都是共产党员,要是共产党没了依靠的对象,那还怎么存在?我们又凭什么而存在?我们这么多年的血汗和努力不就全都付诸东流了吗?到了那时候,我们怎么面对自己,怎么面对国家,又怎么面对老百姓?再说,你我不都还是工人阶级中的一员吗?我们自己的事我们不管,那又让谁来管?"李高成说得至真至诚,而又无所隐伏。

"李市长,其实这样的事情我们都做过,也早做过了。是工人们不要救济,工人们不要呀……"原明亮使劲地把脸上的泪水擦干,然后站起来说,"既然你们把话说到了这份儿上,那我就带着你们到那些贫困户家里走一走吧。"

"老原,这是刚才他们提供的一份贫困户名单……"李高成想让原明亮看看名单,然后再征求一下他的意见,没想到原明亮连话也没听完,便打断了李高成的话:

"那份名单我知道,没有几个是真的。要说贫困,也确实很贫困,但并不是最贫困的。上了这份名单的,都是胆子最小,什么话也不敢说,或者是家里仍有人能在厂里领到一点儿工资的家庭。他们只会给你们说假话,绝不敢给你们说真话。如果你们愿意去这些人家里看一看,我也一样会带你们去。"

二十六

　　一间只有二十平米多点的又矮又黑的平房,被隔成了三个小格子,在这三个格子里,竟然住着一家三代十一口人!

　　而这家人在这样的房子里已经整整住了将近三十年!

　　做饭的地方几乎就在街面上,因为这个所谓的"厨房",撑死了可能也就是一平米多点。如果不把"厨房"伸到街面上,那么在这个"厨房"里根本就没法转过身来。

　　一个七八平米大小的格子,既是会客室,又是这家主人的卧室。一张老大不小的木板床,就几乎占满了整个格子的空间。特别引人注目的是,这张大床上竟然放着两大三小五床被褥! 这就是说,这样的一张床上,晚上大大小小的要睡上去五个人!

　　家里留着一老三小,一个七十岁左右的老太太,一个八九岁的小女孩,一个不到两岁的小男孩,还有一个不满周岁的婴儿。那个八九岁的女孩,很费劲地抱着那个不满周岁的婴儿。婴儿不知道是饿了,还是哪儿不舒服,正在声嘶力竭地大哭大闹。而这个七十岁的老人,一边拽着大概是刚会走路的小男孩,一边正在碗里搅着什么可能要喂孩子吃的东西。

　　像这样的住房,根本就进不去这么多人。就算进去了,也站没站的地方,坐没坐的地方。于是,除了李高成、郭副市长和原明亮外,其余的人只进来看了看就又都出来了。

　　老人和小孩全都呆呆地看着这些不速之客,什么话也说不出来。尤其是在老人那昏花的眼神里,流露出来的全是茫然和陌生,同时还夹杂着一种分明看得出来的担心和惊慌。

　　然而,李高成还是一眼就认出了眼前的这位老人:这便是当年在中纺当了三十多年模范标兵的范秀枝!

李高成做梦也没想到她竟会变得这么老,这么憔悴,她其实根本没有七十岁。在李高成的记忆里,顶多也就是六十岁出头。李高成调来中纺的那一年,她还是纺纱车间的班组组长,还连续在中纺当了好几年劳动模范。而在中纺这样的企业里,女工退休的年龄一般超不过五十五岁,能坚持到五十五岁退休的女工几乎没有。因为在如此繁重而又无休无止的劳作中,身体再好的女工也很难坚持到五十五岁。而惟有这个范秀枝,就在她五十五岁那一年,却再一次被评为全厂的劳动模范和全市的先进标兵!

那年他刚调到中纺的时候,有人曾开玩笑地对他说,范秀枝这个女人天生的就是当模范、当标兵的料!不让她受苦受累只怕她一会儿也活不下去。她十九岁进厂,三年学徒,二十二岁成了正式工。也就是从二十二岁那一年起,只要厂里评模范,哪一回也少不了她!而且哪一回她都肯定是全票!

即便是在"文化大革命"中,她也从未中止过一天上班。

1967年市里闹武斗,中纺的工人几乎全都上了街,偌大的一个中阳纺织厂,没有一个车间能听得到机器声。在那场闹腾了整整五个月的武斗中,整个中阳纺织厂只有一个人没有缺过一天班,那就是这个范秀枝。那个每天接送工人上下班的班车司机说,也说不清有多少次,整个车里就只坐着范秀枝一个人,整个车间里也只有范秀枝一个人在上班!

范秀枝退休的那一年,李高成让人做了一个详细的调查,据并不确切的统计,在范秀枝参加工作的这三十多年里,前前后后、大大小小她一共当过九十六次劳动模范。全国劳模一次,省劳模三次,系统劳模九次,市劳模十一次,厂劳模三十二次!另外还有车间、班组、工会、妇联等等各种各样的劳模数十次!

她真是一个名副其实的劳模专业户!

连李高成自己也记不清曾亲手给这位女劳模发过多少次奖。那时候,站在领奖台上的范秀枝是多么的光彩照人、容光焕发,让多少人羡慕和向往!

而如今,站在眼前的这个老态龙钟、腰背佝偻的老太太,就是当年那个从来也不知道劳累和疲惫的范秀枝吗?那当年的威武和英豪之气都到哪里去了?

而这样的一个为国家为人民为这个公司做过如此之大贡献的老劳模,怎么会住在这样的一个让人一看就会忍不住掉泪的地方?

这能算是个家吗?这就是做了一辈子劳模的人的家吗?

没有冰箱、没有彩电、没有沙发、没有洗衣机、没有收录机、没有任何一件像样的家具,放在一个破旧桌子上的惟一的一件有点现代化气息的东西,大概就是那个十四英寸的黑白电视机了。

老人依旧呆呆地愣在那里,浑浊的眼睛好像根本没有认出眼前的这个人就是曾经给她发过无数次奖状的老厂长李高成,更没有想到这个当年的老厂长就是眼下的市长李高成!

好一阵子了,李高成才明白范秀枝为什么认不出他来:范秀枝的两只眼睛上都布满了厚厚的一层云翳,她可能根本就看不清任何东西,几乎就是在凭声音分辨人和人的位置。

老厂长原明亮本来要把李高成的来意和身份介绍给她,但被李高成制止了。不知道更好,就算知道了,又有什么不同,这样反倒更好些,也许还会了解到一些更真实的情况。

好一阵子才算把那个大哭大闹的孩子哄得安静下来,孩子真的是饿了,正在大口大口地吃着碗里的不知什么东西。

屋子里顿时显得非常宁静。

但面对着范秀枝这样一个劳模的家庭状况,李高成好久也不知道该给老人说些什么。能说什么呢,没的可说,也真的没法说。

"老人家,我们是市里派来了解情况的。"这时郭副市长说话了,他竭力用平和的声音给老人介绍道,"市里对咱们公司的情况非常关心,你是公司里的老劳模,所以,我们也就特别想听听你老人家的意见。"

范秀枝浑浊的眼里和满是皱纹的脸上仍然看不出任何表情,仍然是那样茫然地呆呆地面对着眼前这几个她看不清的身影,好半天才说了一声:

"唉,我们的意见顶个甚用?政府说个甚,就是个甚么。我们这些当工人的,跟着照办不就是了。这么多年了我们这些工人不就是听政府的,不就是这么一步一步跟着政府过来的。政府说甚就是甚,我们没意见。"

"现在厂里有了困难,你也知道的,停工停产,工人们也领不到工资,连你们这些离退休的职工干部,生活上也没了保证。老人家,你对这些就没什么看法?你也没听到工人们有什么说法?这个厂子是咱们工人的,这么大的事情,咱们当工人的也应该想想办法呀。"郭副市长继续开导着说道。

"看你们说的,一听就是些外行话。"老人对郭副市长的这一番话显出一副很不以为然的样子,"也不知道你们到底都是些什么人,有些话也不知当说不当说。"

"说吧,没关系,都是自家人。"老厂长原明亮说了一句。

大概是老厂长的话终于让她放了心,她止不住长长地叹了口气:"唉,这个厂子什么时候会成了我们工人的,这么多年了,谁听过我们工人的,要是听我们工人的,厂子还能成了这样。"范秀枝的脸上依旧看不出任何表情,她的话也同样不带任何感情。只有对这个世界绝望了的人,才可能说出这样的话来。

话说到这儿,似乎再也进行不下去了。良久,李高成才没话找

话地问道:

"你在厂里干了一辈子,又是老劳模,每个月的退休金有多少呀?"

"乱七八糟地算下来,要是不扣不缴的,差不多有二百多吧。"

"二百多!怎么才这么一点儿!"

"就这也五六个月没发过了,唉,到了这会儿,也早不指望它了。"

屋子里一阵寂静,李高成好半天也不知道该说些什么。也不知过了多久,郭副市长有些难过地问道:

"老人家,厂里停产了,家里的人都到哪儿去了?"

"找活干去了呀,活人还能让尿憋死。"

"老伴呢,也找活干去了?"

"不干咋办,我这眼睛是不行了,要是眼睛还行,还能就这么整天坐在家里。"

"老伴多大了?"

"小呢,刚过七十。"范秀枝平平静静地说。

"年纪那么大了,还能找什么活儿干呀?"

"找下甚算甚,前两天帮着给人家收拾家,这两天跟儿子媳妇一块儿卖鸡蛋。"

"……卖鸡蛋!在哪儿卖鸡蛋?"李高成感到有些不可思议,一个七十岁的老人怎么会去卖鸡蛋?

"在自由市场上呗,先到鸡场买下鸡蛋,然后再到市场卖么。"

"鸡场都在市郊,离自由市场很远的呀,这能赚钱吗?"郭副市长也不禁感到有些吃惊。

"能,一斤鸡蛋差不多能赚一毛钱。老头子和儿子骑车一人一次能带百十来斤,两个人运,媳妇卖,闹好了一天就能卖完,刨去破的烂的,也能赚个二十三十的。"听范秀枝的口气,就好像自己的老伴像个小伙子一样。

"七十多的人了,还能带得了那么重的鸡蛋吗?"

"能,老头子身体好着哪。"范秀枝的口气仍然像是在夸一个身强力壮的小伙子,"一来回七八十里的路程,比儿子跑得还快。就是大前天让汽车闪了一下,两篓子鸡蛋差不多全给摔烂了。老头子回来哭呀哭呀,一直哭了大半夜。其实那些摔烂的鸡蛋,差不多全都让他用塑料布裹回来了,又是冬天,并不怕坏的,够一家子吃好多天了。可老头子就是心疼得不得了,哭得就像个小孩似的,说这两篓子鸡蛋让他们这么多天全都白干了,眼看就要过年了,这日子还过不过了。过一辈子了,还真没见老头子这么哭过……"

范秀枝仍然是那样毫无感情、毫无表情地说着,然而,那一双布满云翳的浑浊的眼睛里,眼泪却一颗一颗地滴了下来。

原明亮悄悄地转过脸去,使劲地在自己的脸上抹着,郭副市长的眼里也止不住地涌出两行泪水。

还需要再说什么呢?还能再说什么呢?面对着这样的一个老劳模的晚年,你还能说出什么!

李高成最终也没说出自己究竟是谁,他觉得他说不出口,真的说不出口。

"老人家,马上就要过年了,家里要是有什么困难,就提出来,市里一定会尽力解决的。市里这次派我们来,就带了救济粮和救济款,像你家里这种情况是完全符合救济条件的。"郭副市长很真诚也很动感情地说道。

"不用!"范秀枝用很硬朗的口气一口拒绝了郭副市长,"有甚困难?家里这么多能干活的人,能有甚困难!比起'文化大革命'、1960年那会儿,这算个甚困难。厂里比咱困难的人家多的是,要是连咱这样的家庭也救济,那得救济多少人呀。再说,咱还不是个政府树起的模范么,当了一辈子模范,到了这会儿了倒还要国家和政府来救济，那不是遭人笑话么？要让别人知道了，那还不是给国家给政府丢脸。前些日子我就给原厂长说过，只要我还有一口气，我这个家就不要救济。我给家里人也说了，人不能忘本，我这条命可是共产党给的，当年是解放军从我饿死的娘怀里把我抱出来的，想想看我怎么能要共产党的救济……"

一番话又把里里外外的人说得掉了眼泪。李高成强忍着，眼泪还是止不住地往外流。末了，李高成问道：

"老人家，你就没有别的什么要求吗？像你的眼睛，市里可以出药费给你治好的，这种病花不了多少钱的。"

"人老眼花，再看又能好到哪儿去。唉，要说要求……"范秀枝想了好半天终于说道，"既然你们问有什么要求，那也不怕你们笑话，就让我给政府提一个吧。"

老人一边说，一边摸摸索索地从床下的一个箱子里拿出一张单子来，然后颤巍巍地递给了李高成。

李高成看了好半天，才看明白这原来是一张购书单。

范秀枝同志：

  您的事迹和照片已编入《中华劳模大典》，这是您及您全家人的光荣，首先请接受我们向您及全家表示衷心的祝贺！

  您为党和人民的事业默默工作无私奉献，您的功绩祖国人民将永远不会忘记！载入史册启迪后人，是人生之辉煌和荣耀，也是您及您全家人心血和汗水的结晶！

  望您接到通知后，按照预订汇款通知，请您尽快寄来书款，以便您珍藏留念。

  如有困难，可同单位领导联系给予报销。

  …………

这个要求再简单不过了，范秀枝拿不出这笔不到百元的书款来，希望能让单位给她报销了。

老人家说,她一辈子获过近百次奖,惟一希望的就是不要让儿孙们把这些都给忘了。等到有朝一日她不在世了,后辈们一看到这本书时,还知道他们的前辈里头,曾有过这么一个女人没给他们丢过脸。就算这个厂子垮了、毁了,后辈人也清楚不是垮在咱手里,毁在咱手里的……

李高成把一张一百元的钞票放下走出来时,眼里的泪水仍然止不住地往下流。

七十七岁的老工人王英烈,身板硬朗得没人会相信他已经是个近八十岁的老人,更没人相信他是一个缺一条腿的残疾人。

眼不花、耳不聋、鹤发童颜、声如洪钟,虽然腰有些佝偻了,但个子仍然比李高成高出一个头还多。他一眼就认出了李高成,然后一拐一拐地扑上来,一把握住李高成的手,好久好久也不肯放下来。

"李市长,李市长,公司成了这个样子,政府一定得认真管管,一定得认真管管呀……"老人就像个孩子一样,见了李高成第一句话就这么又哭又嚷地说道,"大伙整天盼呀盼呀,说这么大的公司国家还会不管吗?可盼来盼去,就是盼不来你们,就是盼不来你们呀。后来大伙就说了,如今的李市长,可不是早些年的李厂长啦,人心是会变的呀。人家这会儿怎么还会想着你这么一个公司,这会儿靠的是市场,谁还靠你们工人呀。我不相信,我死也不相信,别说咱们是社会主义国家,就是资本主义国家也不能不靠工人呀。共产党的天下,不就是靠着工人农民撑着吗?这么多年了,咱们工人什么时候跟政府有过二心?就是'文化大革命',工人们也没造过反,也没想夺过权呀。1967、1968年那会儿,厂里死了那么多工人,还不都是为了保卫毛主席,为了保卫共产党!我对他们说了,李高成他不是共产党的市长吗?他这个市长能不归共产党管吗?这么大的一个工厂他都不管,那共产党还要他这个市长干什么?冲着1989年春夏那会儿他在厂门口说的那番话,李市长会是你们说的那种人吗?我 1939 年就到了这个厂子,什么样的事情没经过,什么样的人没见过?我要是看人看得走了眼,这辈子不就白活了……"

王英烈就这么没完没了地说着,要不是他的女儿跑过来打断了他,谁也不知道他要说到什么时候才能打住。

王英烈五十来岁就死了老伴,一直没有续娶。如今他跟女儿女婿住在一起,跟女儿女婿在一起的还有他最小的、也已经二十七八了的外孙和外孙媳妇。再加上一个重孙、一个重外孙,一家七口四代人,住在一个两室一厅的单元房里。说是两室一厅,其实根本就没有什么厅可以接待客人,中间这个六七平米的厅里居然放着一张双人床,老人每天就跟重孙睡在这个不足七平米的客厅里。

厨房同样很小,根本摆不下一张饭桌。所以一家人吃饭时,就得支起那张折叠饭桌,然后,一半人坐在床上,一半人坐在凳子上,才勉强能吃了饭。而来了客人,也一样得坐在床上,否则连站也没站的地方。

这就是一个四世同堂的家,这就是在这个厂子里干了五十几年的一个老工人的家。

看着王英烈一拐一拐瘸着腿的样子,李高成感到一阵揪心般的疼痛。

老人的这条腿,是当年为了保住这个纺织厂而丢掉的。

解放前夕,国民党的部队撤退时奉命炸掉这个工厂。整整一个团的兵力,几十挺机枪支在那里,把全厂的工人逼在工厂大门外。

几十吨的炸药,分放在工厂车间里最要害的地方,被一根引爆线连在一起。

时间一分一秒地消逝,引爆的时间越来越近。

王英烈,这个当时还不是党员的普普通通的工人,跟厂里的另外八名共产党员,肩负着保卫这个工厂的重任。在其他工人的掩护下,他们潜伏在放满了炸药的几个车间里。

事后王英烈才对人说,他当时根本没想到抱在怀里的东西就是那个比地雷还要可怕的引爆器。他们炸掉工厂的时间定在下午六点整,而他拿着的那块老怀表几乎慢了有三分钟!他说他当时根本就看不懂怀表,只知道不能超过最下边那个"6"字。他更不知道,如果他手里的这个东西爆炸了,整个工厂也就全完了。

其实,这个东西刚开始并不是在他手里,是在事后他才知道的厂里地下党支部书记的一位年轻工人手里。

离爆炸时间就只剩下几分钟了,他们都以为国民党部队肯定撤走了,哪想到那个年轻人刚一站起来,就被一梭子机枪子弹给扫倒了。

那个年轻人临死前给他说的最后一句话就是:快,快……快把这东西扔出厂外去……

王英烈抱起那东西就拼命地往外跑,他说他当时根本就没听到机枪声,也根本没有感到身上有什么不对劲的地方。

跑呀跑呀,一直跑到那条护厂沟旁,使劲一扔,眼前一亮,便什么也不知道了。

其实他那条腿并不是被炸伤的,而是被机枪扫断的。

事后他才知道,那一次执行任务的九个人中,活下来的只有他一个。

随后他入了党。因为他这条残腿,在以后的这几十年里,他一直给厂里守大门。

他守大门一直守到七十多岁,其实他六十三岁就退了休。守大门完全是义务,而只要他在,任何属于厂里的东西,就别想从大门口被偷出去。

1992年,公司领导终于让他离开了大门。一来说他老了,身体不行了;二来说他脑子也不清楚了,动不动就出事。

"……胡说八道,全是胡说八道呀!"老人一提起这事来,就总是气得满脸紫青、浑身发抖,"李市长,你看看我老不老?你再看看我脑子清楚不清楚!他们不让我再看大门,是因为他们心里有鬼,他们干了鬼事呀。李市长,今天你来啦,我就全说给你,我就把他们的鬼事全都给你抖出来。孩子们都不让我说,说这些事情是你能管得了的吗?我实在是老啦,跑不动啦,这个厂子是咱们用命换来的呀,要是临闭眼前我不把这些事说出来,我真的咽不下这口气,真的咽不下这口气呀……"

王英烈说到这儿,从贴在墙上的一幅年画后面拿出一个纸包来,纸包里是好几十张都已经有些发黄的单据和让人签过字的白条子。老人把这些单据和白条子一张一张地打开,然后全都摆在客厅里的双人床上,大大小小地摆了一大片。

"李市长,这些都是证据,铁证如山,只要政府下决心管,他们就一个也别想跑得了。"老人此时痛心疾首的样子,就好像抓住了一群盗贼似的,"李市长,你先看这个条子,这是公司副总经理冯敏杰亲手写的,你看这些领导的胆子有多大!"

一张办公用的白纸上,龙飞凤舞地写着一溜字:

李金兰同志:

  接公司领导通知,高城县河西纺织机械配件厂调我公司旧织布机配件九千二百件,请给予开出证。

供应处:吴飞鹏
1991年9月25日

  情况属实,属于废品,请开证放行。

冯敏杰
1991年9月25日

就这么一张白纸上,连一个公章也没有,竟一下子拉走了公司九千二百件织布机配件!李金兰是分管门卫的保安处处长,吴飞鹏是供销处的副处长。一个供销处副处长的通知,再加上一个公司副总经理的签字,九千二百件织布机配件就这么作为废品轻而易举地出了厂!

直看得李高成目瞪口呆,好半天说不出一句话来。这些人胆子怎么会这么大,既是废品,又如何要调给一个县级的纺织配件厂?而对于机器配件是否属于废品,是要经过一道道严格的鉴定程序和监督手续的。像如此大的废品数目,怎么可以只凭一个白条子就让放行?而像这么大宗的国有企业废品是只能卖给国家指定的废品回收公司的,否则就是违法行为。但就是这么一张白条子,就把九千二百件织布机配件当作废品给处理掉了。

简直就是明火执仗,公开抢劫!

还有一张跟白条子没有任何两样的出门签证单,是这样登记的:

厂保安处:

  此有我公司废品粗纱机六台、细纱机四台,并条机十一台、马达十四台、变压器五台以及各种电机废品共一百四十三种,请予以放行。

  运载车型:东风牌十吨卡车。

  运载车辆数目:四辆。

  废品回收单位:大榆市机械厂废品回收公司。

供应处
1991 年 11 月 19 日

1991 年 10 月份前后,正是国家贷给中纺六千万,中纺技改工程全面上马的时候!这些企业的蛀虫们,也正是借这个机会偷梁换柱,瞒天过海,大发不义之财!

没有公章,没有签字,连落款的具体名称都没有!明眼人一看就能看出破绽来:市属国有企业中阳纺织集团公司的废品,为何要让几百里以外的大榆市机械厂废品回收公司回收?而这个大榆市机械厂废品回收公司分明就是一个个体性质的废品收购站!

对此国家曾三令五申,多次下过文件:凡属国有企业退下来的机器和机器配件,必须作为废品就地处理,严禁私下扩散,不能卖给农村、个体户、乡镇企业,更不能卖给个人,尤其是经过技改工程撤下来的机器和机器配件,绝对不能随意买卖。不仅不能卖给个人,同样也不能卖给国有企业。这些文件里特别指出的是纺织企业的机械和配件,因为这些机械和配件一旦流失出去,势必会给假冒伪劣产品的泛滥大开方便之门。

作为一个大型国有企业的主要领导,莫非连这种分明属于违法乱纪行为的举动也毫不知晓?

如果说前边的几张条子还让李高成感到有些吃惊的话,那么另外的几张条子就实实在在地让人感到不寒而栗了。

今收到:

高城县河西纺织机械配件厂织布机技改配件八千五百件。

收领人:四分厂二级库管理员马振海

1991年10月18日

一个县级的纺织机械配件厂,在前后不到一个月时间里,刚从一个超大型国有企业里拉走织布机废品九千二百件,紧接着又运来属于技改新产品的织布机成品配件八千五百件!这种连任何手脚都不做的勾当,于光天化日、众目睽睽之下就这么干了出来!

另一张条子同这张条子几乎一模一样:

今收到:

大榆市机械厂技改纺织产品粗纱机六台、细纱机四台,并条机十一台、马达十四台、变压器五台以及各种电机产品一百四十三种。

收领人：公司大库管理员刘丽琴
1991年12月2日

11月19日拉出,12月2日拉回,前后还不到半个月的时间!而且拉出去这么多,拉回来仍是这么多,这些大件的出入数目竟完全相同,连改都不改!

"李市长,这条子都是我从马振海和刘丽琴那儿复印出来的,要是有一点儿假,就拿我以法律论处!"王英烈一边用发抖的手指着这些条子,一边义愤填膺地说道,"马振海和刘丽琴说了,这些拉回来的新机器,全都是刚从咱们这儿拉出去的旧机器呀!有的连牌子都没换,光是刷了一层漆就当作新机器给拉回来了。李市长,干这样的事,天理不容,十恶不赦,放到过去是要千刀万剐的呀!你说说他们怎么就有这么大的胆子!要是毛主席他老人家还在,他们敢这么干吗!说是不让搞运动了,可要是真的来了运动,他们一个个的都逃得了吗!别的咱就不说了,要是再来一次'文化大革命',对他们还会只是游游街、戴戴高帽子吗?这些当领导的如今都怎么啦,咋的一点儿也不知道后怕!就是过去的地主资本家,也还常想着得给自己的儿孙留一条后路呀……"

说到这儿,老人指着另一张条子说道:

"李市长,你再看看这个,你再看看这个,你想都想不出来他们的胆子有多大……"

拿在老人手里的是几摞不同式样的收据。

在一张出门证的背后,竟然附着十七张同样的车号、同样的货品、同样的时间、同样的单位,又几乎是同样的分量的收据:

今收到:

河西钢铁公司十四公分钢材十吨,已入库,空车,车号为

076243,请门卫予以放行。

公司一库管理员:×××
1991 年 10 月 16 日

今收到:

河西钢铁公司十四公分钢材十吨,现已卸货,车号为076243,空车,请准予放行。

公司二库管理员:×××
1991 年 10 月 16 日

今收到:

河西钢铁公司十四公分钢材十吨,已卸入库房,空车,车号为076243,请保安处准予放行。

一分厂库房管理员:×××
1991 年 10 月 16 日

…………

十七张这样的收据!这就是说,就这么一车钢材,在中纺大大小小的库房里转了这么一圈,就等于卖给了中纺十七次!也就等于卖给了中纺十七车!就像玩戏法一样,十吨钢材一转眼间就变成了一百七十吨!

还有一车沙子卖了十二次,一车石料卖了九次,一车水泥卖了十四次!

真是今古奇观,闻所未闻!

望着眼前的这些条子和单据,直看得李高成一句话也说不出来。

其余的条子基本上大同小异,一样的胆大妄为,一样的无法无天。若不是亲眼看到这些条子,只怕你怎么想象也想象不出在他们手里居然能干出这样的事情来!

"李市长,他们就是为了这些才不让我干了呀!"王英烈疾首蹙额地继续说道,"为了这些条子,他们给我许了多少愿,答应要给我多少好处。先是说要给我加两级工资,后来又说要给我一笔钱,最后竟说要给我分一套好房子。李市长,你说我能答应么?我要是答应了,当初我干吗要拼死拼活地保住这个厂子?我要是答应了,我还咋在这个厂里活人?我又咋有脸活在这个世界上?再说,他们给我许的那些愿,不全都是些鬼话、谎话、日弄人的话!要是这个厂子没了,就像现在这样,连工资也发不了,就算给我加上十级工资又有屁的用!他们那些当官的如今哪个住的不是好房子?可好房子又有什么用?他们住在那好房子里头,还不跟住在监狱里一样?青天白日地还让保安人员站岗放哨,那活着还不跟死了一样!真是狗眼看人低呀!我没答应他们,他们倒还不停地来挟我,吓唬我,说如果我把这些事情捅出去,就要把我怎么怎么样。我对他们说了,年轻时我为了保住这个厂子,连命也不要了,如今我这么一把年纪了,还怕你们把我怎么样!我在这个厂里干了一辈子,谁要是想把这个厂子给毁了,舍了我这条老命我也绝不答应他!年轻的时候我都没怕过死,如今都快活到头了,这条老命我舍得!我早就豁出去了!真是一帮败家子,一帮败家子呀,把厂子糟蹋成这样,如今倒人头狗面地要来救济工人!他们一个个肥头大耳的样子,不都是喝的工人的血、吃的工人的肉!他们怎么有脸来给工人发救济!把吃了我们喝了我们的都给我们工人吐出来……"

二十七

一家一家的都是这么小,都是这么窄,都是这么贫困,都是这么室如悬罄、一贫如洗。

这些本应是国家中流砥柱的工人们,他们本身的抗灾能力竟会是如此的微弱、如此的不堪一击。

为什么会这样?为什么?

就算工人们愿意接受救济,但这一切仅仅是靠救济就能解决得了的吗?如果一个国家国有企业的工人都得靠救济才能生存的话,那么这个国家还有什么希望?如果这一切是因为改革带来的,那么这样的改革又有什么意义?

改革的最终结果,莫非就是使得国有资产大量流失和国有企业中蛀虫的成批出现?

而如果不是这样,那么这种境况和局面又是怎样形成的?

那些同样本来应该是国家中流砥柱的领导干部们,他们本身对金钱对财富诱惑的承受能力何以也竟会是这样的微弱、这样的不堪一击?

这又是为什么?

…………

真是一个名副其实的贫民窟啊,连厕所也仍然是十几年前的样子,露天的粪坑,矮矮的护墙,破旧的连水泥也没了的便池,黄黄的厚厚的一层尿水结成的冰,爬满了厕所的每一个地方。即便是在大冬天,一股浓烈的气味也呛得人喘不过气来。

就在这样的一个厕所旁边,竟然还摆着一个钉鞋的小摊。在呼呼的寒风里和让人透不过气来的臭味中,一个三十来岁的男子像泥塑一般地坐在那里。

李高成突然觉得这个人是这样的面熟,从厕所里出来走出去好远了,不禁又回头望了一望,这一望,让他立刻认出了这个男子。

胡辉中!中纺最优秀的高级技工之一,参加全国技工比赛,曾连续两次夺冠!

没错,就是他,胡辉中,一个同某港台著名女影星谐音相近的名字。其实,在李高成的记忆里,胡辉中的性格也像个女性一样,是个很腼腆的小伙子。

胡辉中跟李高成几乎是同时调进中阳纺织厂的。

他之所以对胡辉中印象深刻,就是因为他当时是一个考上了中专,同时又是一个被中纺招了工的插队生。在这两者之间,胡辉中选择了招工而没有去上学。这在当时曾是一个老大不小的新闻,也给了中纺许许多多工人和干部很强的一种自豪感,当然这种举动也曾给李高成自己带来过荣耀和压力。

他至今还记得同胡辉中当时的那次谈话。

"你为什么不愿意升学而愿意当工人呢?"李高成一手拿着胡辉中的招生通知书,一手拿着胡辉中的招工表问道。

"……因为中纺是个好厂子,国家的企业,铁饭碗,待遇高,好多人走后门都进不来的……"胡辉中一边默默地想着,一边慢慢地说着。

"升学也一样呀,好多人走后门也一样进不去的。再说,中专毕业后,你的身份就变了,不再是工人而成了干部。那饭碗更铁,待遇更高,是好多人盼了一辈子都盼不来的事情呀。"李高成当时真的想让他升学。

"我家祖辈三代都是工人,现在的待遇都很好。爷爷、爸爸,从来也没人小看过他们,就连在'文化大革命'中也没有受到过任何冲击。咱们是社会主义国家,工人是主人,当干部、当工人其实都一样。"

"小伙子,好好想一想吧,我怕你到时候会后悔的。"

"不会,我不会后悔。我这人我清楚,根本就不是当干部的料。至于那些书本知识,在业余时间也一样能学到。再说,早上班,早受益,年龄这么大了,也不该再让父母老这么养着了。将来凭技术吃饭,我不会后悔。"小伙子当时说得斩钉截铁,显出一副非常自信的样子。

老实说,胡辉中的这番话确实深深地打动了李高成。他说得实实在在、毫不做作。他真是这么想的,所以最终就这么做了。

随后,李高成发展他入了党。

1985年,他亲自给胡辉中争取了一个名额,让他在纺织部举办的高级技工培训班培训了一年零三个月,成为中纺高级技工中的骨干。

1986年,胡辉中在全国纺织系统技工大赛中,获得第一名。

1987年,胡辉中在全国纺织系统技工大赛中,再次获得第一名。

也就是在这一年,胡辉中同一名纺织女工结了婚,是中纺女工中非常漂亮的一个。李高成当时应邀参加了胡辉中的婚礼,他甚至还在小伙子的婚礼上讲了几句话,认为胡辉中选择了一条属于自己的道路,他在这条路上走得非常实在和成功。

李高成记得清清楚楚,在千娇百媚、楚楚动人的爱妻身旁,胡辉中脸上流露出一种难以描述的满足和幸福。

也就是在胡辉中结婚的头一年,李高成离开了中阳纺织集团公司,当上了市里的副市长。

从那以后,李高成就再也没见过这个胡辉中,而胡辉中也从来没有来找过他。

而如今,却没想到在这种地方让他见到了胡辉中。

他转身走过去轻轻地问道:

"……小胡,真是你呀,你还认得我么?"李高成明知道这话问得很蠢,但又不知道该如何开口。

"……咋不认得。"胡辉中低着头,憋了好半天,才说了这么一句,"你刚进厕所的时候我就认出来了……李市长。"

接下来是一阵沉默。厕所过道里的寒风,刮在脸上像刀割一样。

"……你怎么干了这个了?"良久,李高成才又这么问了一句。此时此刻、此情此景,他实在不知道该给眼前的这个高级技工说点什么。

"……没合适的活儿干,就干了这个了。"胡辉中始终低着头,始终不朝他看一眼。

"那也再没个合适的地方了,干吗把摊子摆在这儿?"

"别的地方都让人占了,没地方了。"

"中纺的宿舍区这么大,就都让人占了?"

"……人家都比我干得早,我要再占过去,人家要……李市长,这里头的事情有些你并不知道……"

李高成一下子就明白了,即便是像钉鞋这样的行当,也不是你想干就能干,想往哪儿摆就能往哪儿摆的。

"凭你的技术,又是这么年轻,干什么不行,为什么非得干这个?"李高成不无惋惜地问道。

"都试过了,都干不成。我不能离家太远,我得照顾孩子。孩子刚七岁,刚刚上了一年级。孩子一放学回来,我就什么也不能干了。"

"那你妻子呢?你们可以轮换着管家呀。"

"……我们离了都快两年了。"胡辉中淡淡地说道。

"离了!"李高成一惊,"为什么?"

"厂里停工停产,发不了工资,没有积蓄,没有住房,又没有别的收入,也看不到任何希望……米面夫妻,酒肉朋友……没吃没喝的,那日子还能过得下去……"

"可一日夫妻还百日恩呢,家里刚有点困难,就能忍心撂下丈夫和孩子不管了?"

"……离婚是我提出来的,跟她没关系。"

"哦?"李高成不禁又是一惊。

"没法子的事,后来我也看出来了,有些女人,是不会跟着你受苦的。刚没了工作,也是到处找活干,干营业员嫌累,干推销员嫌苦,摆个摊嫌丢人,闹个饭店小卖部什么的又没本钱……其实也怨不得人家,哪个女人愿意找个一辈子受苦的男人?男人没本事没出息了,女人还能去做啥……后来就去泡歌厅,干三陪,再后来实在太不像话了,我才提出了离婚。在我们公司,像我这样的多啦,实在没法子,要有一分奈何,我不会跟她离的,是自己没能耐,何况还有孩子,你有什么资格跟人家提离婚……"胡辉中木无表情地坐在寒风里,就好像说别人一样说着自己。

沉默了一阵子,李高成好像有些不甘心地说道:

"你有这么好的技术,你跟别人不一样,像你这样的高级技工,不会没地方要你,钉鞋可真是太可惜了。"

"……李市长,这些年你只在上面,下面的事你大概已经不了解了。如今的人,都只认钱了,谁还认技术?就像咱们这儿,如今那些当领导的,究竟哪个真正关心过厂里的事?前些日子工人们闹事,你也到厂里来了,李市长,你别嫌我说话难听,这里的情况你真的不了解,如今跟你那会儿可真的不一样了,人变了,心也变了,没希望了,真的没希望了,国家再扶持也没用,再给钱也是往没底的黑窟窿里扔。就像一个筛子,哪儿也漏,你捂得住吗?过去只要说是公家的钱,就谁也不敢乱花;如今颠倒过来了,一说是公家的钱,想怎么花就怎么花。如今的干部,谁还把公家当一回事呀。吃香的,喝辣的,小汽车什么牌子的好就坐什么牌子的,饭店里什么菜好就吃什么菜。公司里的领导在外边跟妓女鬼混让公安局当场逮住,回到公司里什么事情也没有。公司里的学校老师好几个月也发不了工资,工人们的孩子连书也念不起了,公司干部的子女却能一次花十七万到太平洋国际高级私立学校去念书。一个人当了领导,哥哥弟弟儿子女婿就全都成了老板。当领导当干部的成了这样了,我们当工人的还能有好日子?厂里像我这样的工人有的是,一对一对离婚的多了,有什么办法呀,其实不如我的人多着呢。上吊的,吃安眠药的,看不起病买不起药活活疼死、病死的,抢的、偷的、闹事的……李市长,真的是不行了,一点儿希望也没了。以前看着领导干部们那样子,还会生气,还会骂街,现在早已经看惯了,看淡了。你生气又能咋的?闹事也还不是白闹?除非再搞一场运动或是再闹出一场大乱子来,可真要那样了,这个国家不也全完了……"胡辉中被冻得灰白的脸上,显出来的全是茫然和绝望。

"小胡呀,你还年轻,你不应该把这个社会看得这么灰暗,国家和政府对那些阴暗的东西不会不管的。"

"李市长,我说的都是实话,都是我的心里话。你其实也用不着劝我,对这一切我早想开了。我这么说,只是想告诉你我并不埋怨谁。我这会儿还记着你当初给我说的那句话,说我选择了一条属于自己的路。可我如今能坐到这儿,已经是走投无路了。要不是被逼到这种份儿上,谁能拉下脸坐到这里来。我刚开始学着给人家搞装潢,每个月人家只给我二百元,说我是学徒工。我干了没两个月说什么也不干了,如今那些搞装潢的,全是靠蒙人坑人赚钱的呀。这样的事我一辈子也学不来,学不来你就揽不下活,揽不下活你就挣不了钱。后来就又学着给人修自行车,学会了,却批不下营业执照来,人家说没地盘了,让我等。我去了好多次,人家总是这么说。后来有人告诉我,你不送东西还能批下来?我想了一晚上,决定还是不给他送东西。一来我没钱,两条烟两瓶酒就得几百块,我送不起;二来这修自行车的活儿也太忙太累,离家也太远。都是上下班的时候活儿最多,有时候一辆接一辆,连你自己吃饭的空也没有,还怎么照顾孩子?最后才想到了钉鞋这活儿,证好办,活也不累,离家也近,想什么时候收摊就什么时候收摊,活儿多了带回家来也能做。你觉得我坐在厕所这个地方好像太脏太臭太偏僻太不像样,其实我觉得这地方挺好。一来离家近,我那家就在厕所旁,孩子一回来就能看到我;二来生意并不像人想象的那么差,公共厕所,谁不来呀,这个地方又都是穷人住的地方,都是一双鞋子补了又补的人家,还能没有生意;三来这地方也没人跟我争,不受别人的欺负,我这人大伙都还觉得靠得住,实在、公道,时间长了,都把鞋子往我这儿送。再说,这活儿我一直能干到六七十岁,我不愁将来没有活路。我这会儿惟一的希望就是把孩子抚养成人,将来孩子长大了不要小看她这个钉鞋的爸爸……"

李高成再也说不出一句话来,就这么一直默默地听着,一直默默地蹲着。一直等到有个钉鞋的来了时,才默默地离开了这个胡辉中。

还能说什么呢?你是市长,他是市民。他现在自食其力,全靠自己养活自己,甚至还给国家和政府交纳税金,他干的又是人们最不愿意干的活儿,在这样的人面前,你还能拥有什么权力?你管不着他,而他也根本就不想听你的。因为他当初是舍弃了一切来奔向你的,如今你却在他正当壮年时生生地把他给抛弃了,他失去对你的希望和信心,所以,你所具有的权力在他面前也就失去了本应具有的合法性和效力。

就是这么简单,也同样就是这么让你恐惧和寒心。

李高成突然感到自己搞的这一套所谓的救济慰问竟是这样的可笑和滑稽。在这些人面前,你怎么还能说得出救济和慰问的话来?

李高成甚至有一种奇怪的感觉:现在最需要拯救的不是他们,而恰恰是你自己!是你这个市长!是你所领导的这个政府!

好好看看吧,你所管辖下的企业,你所管辖下的工人,你所管辖的地方都已经成了什么模样!

如果一个市政府所管辖的地方全都变成了这样一副模样,不也就意味着你所领导的这个政府已经彻底的名存实亡了?

…………

李高成连自己也说不清楚为何会丢下那么多人独自走到了这所子弟学校里来。

平日里,他总是担心一个人走在街上时被人认出来,然而,今天这种感觉却好像一点儿也不存在了。不知道是没人想跟他说话,还是因为天气太冷,他穿得太厚,人们认不出他来,抑或是因为这个地方太不景气,这里的人太悲观、太绝望了,以至于谁也不想对对方或者对一个陌生的人打量一眼,所以也就始终没有人认出他来。

当初的校门已经面目全非了,原有的漂亮的大门和大门两旁的报栏,现在已全部被一个个的商业门面取代了。有小卖部、小吃部,还有一个小药店,尤其让他没想到是,在这个学校的大门旁,居然还有一个老大不小的游艺厅!

还是当年在他手里盖起来的那所五层教学大楼,这在当时的企业子弟学校里曾经是最豪华、最漂亮的,如今已经显得非常破旧和苍老了。

正是上课时间,他一层一层地走上去,没想到教室里的学生竟会这样的少,有些教室里,竟然只有十几个学生!尤其是好些教室里都没有教师,任凭学生大打大闹,乱成一片。有好多居然从教室里打打闹闹地追了出来。李高成尤其吃惊的是,学生们乱成这样,却没有一个老师出来管一管。

当他走进这所子弟学校的一个教研室时,三个年轻教师里头居然仍没一个人认出他来。

都非常年轻,一个二十来岁的男教师,两个二十来岁的女教师。

对突然而至的不速之客,他们停止了他们刚才相当热烈的交谈和嬉戏,其中有一个脸上仍然带着笑意的女教师大大咧咧地问道:

"找谁?"

显然没有人认出他这个市长来,也极有可能根本没有见过他这个市长,尽管市长从来都是一个市电视台频频出现的形象。据一项相当可靠的内部调查,除了干部家庭,一般的年轻人,甚至相当多的成年人都很少收看市里的电视新闻。晚上七点的新闻联播过去是省里的新闻联播,省里的新闻联播完了才会是市里的新闻节目。如果同自己没什么关系,没有一个人会在这么长的时间里只看新闻的。所以他这个市里的"超级电视明星",在年轻人中间是没有什么市场的。

"上课时间,那么多学生在楼道里闹来闹去的,就没人出来管一管?"李高成没接那个女教师的话茬,反问了这么一句。

三个年轻教师愣了一阵子,紧接着便有一个女教师满不在乎地对他嘲弄道:

"哟!敢情你是教导主任呀?"随后便是几个人放肆的笑声。

李高成没笑,一边默默地看着他们笑,一边默默地坐了下来。

也许还是这件军大衣的原因,眼前的几个年轻人大概觉得他连个教导主任也不配。

"你到底找谁呀?"等到笑完了,几个人大概终于有了一些异样的感觉,那个男教师收敛了笑容问道。

"学校这么乱,就真的没人管吗?"李高成再次这么问了一句。

"你看你这个人,你以为这是什么好地方呀?几个月发不了工资,连校长都没人干了,谁管谁呀!"一个女教师一脸蔑视地说道。

"校长都没人干了?"李高成只听说过学校几个月没发工资了,

却还没听说过连校长也没人干了,"那校长干什么去了?"

"校长还会干什么?生病了,回家了。"另一个女教师硬邦邦地说。

"那副校长呢?"

"调走了,转到市里了。"

"就一个副校长吗?"

"另一个也正调着呢。"

"那这儿就没人管了?"李高成没想到居然会是这样。

"公司里都乱得没人管了,还轮得上管这儿?"

"可这儿是学校呀!"

"你这人才是的,好像你是国家主席似的,市里的头头都管不了这儿,你以为你是谁呀!"依然是那种放肆和轻蔑的口气。

"市里的头头都管不了这儿?谁说的?"

"呀,又成了公安局啦!谁说的?我说的,他说的,大伙说的,工人们说的,干部们说的。"大概是眼前这个又瘦又小的李高成让他们没感到有什么了不起的地方,几个年轻人好像放松了刚才的戒备,又变得嘻嘻哈哈起来,"前几天公司的工人们要闹事,听说可把那个市长给吓坏了。整整一天一夜也没敢合一眼,对着工人们又鞠躬又作揖又许愿又道歉的,好话说了几大车,就像个孙子似的,差点没尿到裤子上……"余下来的话便被一阵放肆的笑声给淹没了,笑声好久好久也没能停下来。

"你们咋知道的?"等到他们笑完了,李高成不带任何表情地问。

"整个公司、整个市里都传遍了,谁不知道?听说那个市长正在给省里作检查呢,这里的事早晚跑不了他,他肯定是完了。"几个人已经不再搭理他了,相互之间又开始聊起天来,"公司里的头头都是那个市长提拔的,想想那个市长咋会没问题?听说咱这儿的好几个公司里都有市长老婆的股份,给省里、中央告状的告海了!有人还说那个太平洋国际高级私立学校也有市长的股,要不公司的头头们咋就把自个的孩子全放到那儿上学去了……"

李高成听着听着,终于默默地走开了。

其实也不需要再听下去了。

在你没有表明你的态度和作出抉择前,人们将会对你作出任意的、各种各样的评价和猜测,这是你根本无法控制和无法选择的事情。

防民之口,甚于防川,大概就是这个道理。

摆着这样的政绩,又想堵住老百姓的嘴,你做得到吗?

二十八

其实哪儿也用不着再去了,还想再看到什么呢?

让人瞠目结舌的罪恶下产生的让人瞠目结舌的贫穷,比资本主义原始积累更骇人听闻的敛财方式下所出现的骇人听闻的两极分化,眼前这一幕一幕的情景还没让你看够么?

我们改革的前景原本是那样的美好和诱人,但在眼前这个国有大型企业里,究竟是什么正在一步一步地摧毁、颠覆、衍变着改革的实质和初衷?

李高成默默地在寒风里沉思着。

本想回去了,但也许是在这种特殊的环境里所产生出的一种特有的感情,让他觉得一定得去看看另外一个此时此刻让他分外思念的人。

也同样是十多年没见过了。

曾给他的两个孩子做了将近五六年奶妈的一个纺织女工夏

玉莲。

夏玉莲同李高成的年龄差不多,想想也应该是五十四五的人了,很可能已经退休许多年了。何况公司里现在是这样的情况,退了离了,时不时的每个月还可以领到一些退休金和生活费,若还在岗位上,只要停工停产,可就什么也没了。如果身体可以,还想再干,办了手续也一样可以再去干点临时工,等于是领双份工资,这样反倒更保险。

夏玉莲和妻子吴爱珍几乎是同时生的孩子,所不同的是,夏玉莲的是第四胎,吴爱珍则是第一胎。

那时候李高成和夏玉莲同在新华纺织厂,而且同在一个车间,所不同的是,夏玉莲只是一个普普通通的纺织女工,而李高成当时则已是车间主任。

妻子生这个孩子,检察院前前后后给了她五个多月的假期,而夏玉莲产后还没半个月,就又出现在车间里。她本来用不着这么早来上班,那时候纺织女工的产假可以延长到三个月。

其实也没别的,她这么早来上班,就因为中午车间白管一顿饭,还有那每天八毛钱的岗位津贴。

刚生了孩子,她却整整一天都不回去一趟,好几天过去了,李高成才知道她把自己的这一个孩子给了人。

那时厂里刚刚恢复生产,人手奇缺。夏玉莲一个人管着十八台织机,这在当时属于中上水平。

那是个夏天的下午,她一下子昏倒在了车间里。

整整三个小时没醒过来。极度的劳累、虚弱和营养不良,四个孩子的母亲和一个多病的丈夫,一家人的重担全落在这样一个女人的肩上,她真的顶不住了。

当时夏玉莲住在厂里的职工医院里,李高成跟车间的其他领导一块儿去看她。

至今仍然让李高成感到不可思议的是,这个瘦瘦的、虚弱的、营养不良的已经生了四个孩子的母亲,两个硕大的乳房里的奶水竟是那样的充盈和鼓胀,孩子已经离开她快十天了,丰足的奶水依然没有一点儿能断了的迹象。即便是昏倒在车间里的时候,胸前的衣服上也是湿漉漉的一片。就在他们几个看望她的那一两个小时里,她居然用毛巾在胸前擦了好几遍。

　　同夏玉莲完全相反,李高成的妻子吴爱珍在月子里被养得又白又胖,日见丰腴的脸上都有了双下巴,但胸前始终都是瘪瘪的,没有一点儿能胀起来的样子。鸡、鸭、鱼、肉,各种各样的中药、西药、偏方吃了不知道有多少,那奶水仍是越来越少,甚至几乎没有。

　　那时候并不比现在,没了人奶有牛奶,没了牛奶有奶粉,各色各样的婴儿食品在大大小小的地方和商店里都琳琅满目,任你挑选。在连粮食、连棉花、连糖、连肥皂、连火柴都得发证供应的岁月里,想买回来一袋奶粉得有多难。而新华纺织厂是在一个地级市的郊区,离城里仍有几十里地的路程,即使是在城里,凭票供应的牛奶每天也得在清晨四五点钟就去排队购买,否则轮不到你就会全部卖完而无货再供,若还需要就只能等到第二天再来排队。

　　李高成没有这个时间,主要的也根本就没有这个可能,他不可能每天在凌晨三四点钟就起来,然后再到几十里以外的地方去给孩子排队购买牛奶。因为在这个时间里根本没有班车,若要骑自行车去几乎就等于是天方夜谭,一个来回差不多就是一个班的时间。别说人顶不下来,就是顶得下来也无法办得到。

　　所以李高成一见到夏玉莲鼓胀的乳汁不断外溢的模样,心里不知为什么一下子就动了心。

　　当天晚上,他同妻子吴爱珍便提着满满的一兜子营养品一块儿来到了夏玉莲家。

　　条件很简单,也很容易。夏玉莲在产假期间不用再去上班,每天到李高成家里给孩子喂喂奶,帮着做点家务活,最好还能在家里一块儿吃饭。说白了,其实也就是当一个能喂奶的保姆,报酬当然相当可观,不算吃喝,一个月四十五元。

这几乎等于是夏玉莲每月出全勤才能得到的工资,在当时几乎等于请三个保姆的工资!好在李高成那时候工资不算低,也有一定的积蓄。吴爱珍娘家也不错,当时还健在的岳母在女儿生孩子前就悄悄塞给了李高成三百元。何况孩子没奶,这是个燃眉之急的大事情,为了孩子,他什么也舍得。

夏玉莲想也没想就答应了。

两个月以后,不只孩子让夏玉莲喂得白白胖胖、活蹦乱跳,就是李高成夫妻两人在这两个月里也像被解放了一样,即便是在星期天,也根本找不到什么活儿可干。就这么一个夏玉莲,每天除了喂孩子、抱孩子、刷洗尿布以外,还包揽了家里几乎所有的家务。做饭、洗衣、买菜、买米、买面、买煤……该妻子干的,夏玉莲干了,该李高成干的,夏玉莲也一样干了。即使这样,夏玉莲每天还要回自己家去干活。有时候常常会干到半夜三更才回来……

然而让李高成感到惊奇和不可思议的是,在这两个月的时间里,夏玉莲竟吃得满面红光、身宽体壮,胖了几乎二十斤!

她天生好像就是来这个世界上受苦的,饭菜总是挑最次的吃,活儿总是挑最重的干。平时不管他们夫妻俩在家不在家,放在家里的好吃的东西,从来没动过一分一毫。有一次他们夫妇俩一块儿出差,将近一个星期回来时,发现放在家里的二十个鸡蛋居然一个也没动!一件衣服可以从买下一直穿到破得不能再补,烂得不能再穿的时候才脱下来。不知道什么是时髦,也从来没用过什么化妆品……

也许正因为如此,一家人好像再也离不开这个夏玉莲了,即使是在夏玉莲上了班以后,夏玉莲也仍然是家里的半个当家人,夏玉莲给他们的第一个孩子整整喂了一年零九个月的奶！一年以后，夏玉莲又给他们的第二个孩子整整喂了将近两年的奶……

也正是由于这种关系，以至于李高成从新华纺织厂调到省纺织厂时，李高成千方百计，想尽一切办法把夏玉莲一家也调了过来。

把一个跟自己无任何血缘关系的家庭从地方调至省城，在那时以李高成当时的身份和能力实在并不是一件容易的事情。

为了妻子，为了孩子，为了自己，也为了自己的良心，为了一个默默无闻的好女人。

就在夏玉莲调到省城的第二年，她那多病的丈夫终于一病不起，离开了人世，当时四十多岁的夏玉莲这之后再未成家。

此后的岁月里，李高成的位置一升再升，而夏玉莲依旧是个普普通通的工人。李高成曾试着让她干过一些班组长之类的工作，但她干不了几天就坚决不干了，她说她就不是当头头的料，也一样不是当模范先进的料。事实上也确实如此，她干活谁也没说的，但每一次评模范谁也不会投她的票。

她真的是太朴实、太平凡了，以致所有的人都常常会忘记了她的存在。

1982年，李高成以副厂长、党委副书记的身份调至中阳纺织厂。由于中纺成立了一个新型纺织品车间，急需一批熟练女工，于是夏玉莲再次同李高成一起调到了一个厂。

再后来，孩子的年龄渐渐大了，李高成夫妇的地位也越来越高，一家人同夏玉莲的关系也渐渐地淡了下来。逢年过节偶尔想起来时，才会打发孩子们过去送一些东西。

在李高成将要离开中纺的那一年，曾记得夏玉莲找过他一次，具体是什么内容也记不大清了，好像是说什么分房子的事情。孩子大了，要结婚了，一家人挤在一起，实在不成个体统，让他想办法能不能帮着解决解决。

他记得好像给当时她那个车间的分管主任谈过一次,至于解决了没有,解决得怎么样,他就不知道了。

他太忙了。

再后来的这么多年也一直很忙很忙。

一直到了今天,好像是眼前这么多让人创剧痛深、惨不忍睹的景象勾起了他的记忆和思念,才让他突然感到是这样的想见见这个自己孩子的奶娘,也同样是他这个家庭的奶娘。

在公司这样的一种情况下,她和她的一家人会活得怎么样?

她撑得住吗?活得下去吗?

李高成有些茫然地瞅着眼前的景象,觉得自己就像迷失了方向一样。他觉得自己真的无法找到夏玉莲的家了。

可能是因为夏玉莲从省纺织厂搬过来后,自己来得太少的缘故,他实在记不清了,好像只来过一次,或许根本就没有来过,当时只隐隐约约从孩子们的嘴里知道夏玉莲似乎是在这一带住着。

也可能是眼前的这一片住房变化太大了,才让他真的想不起来了。并不是因为房子变好了,变新了,而是因为变多了,变小了。仍然都还是几十年一贯制的小平房,正因为它的多年不变,所以才变成了眼前的这一副模样:在一个个原有的平房四周,就像土蜂窝一样衍生出一个个更矮、更小、更窄的"小平房"来。于是原有的过道越变越细,甚至变得都看不到了;原有的房屋也分不出主次,甚至连原有的院落也看不出来了,以至于你面对着这样的群落,都不知道应该怎样走进去,又应该怎样走出来。

李高成不禁又想起了夏玉莲当时找他解决房子的情景,他突然感到说不出的惭愧,这么多年了,夏玉莲从没向他提过一个要求。

夏玉莲的孩子们是不是就在这一片蜂窝似的格子里住着?

连着问了好几户人家,才算问清了夏玉莲的住址。

他的担心和猜测同时都证实了:夏玉莲一家人确确实实都还在这儿住着。

其实并不远。从一个小缝隙似的过道里侧身走过去,再拐两个弯就到了。

一来到这儿,所有的记忆好像一下子就恢复了过来。

没错,就在这儿。而且一切都没变,还是原有的样子,还是原来的大小。当然同别的地方一样,这儿也同样已经衍生出一个个不同形状的小格子来。

惟一让他拿不定主意的是,面对着一个个差不多大小的房门,他不知道究竟应该去敲哪一个。

幸好有一个女人出来倒垃圾,李高成赶忙走过去打问。

"找我家婆婆呀?"可能是太冷风太大,也可能是刚出来觉得太耀眼,眼前的这个脸上有些浮肿,裹得非常严实的女人,眨巴了好半天眼睛,才瞟了他一眼问,"你是哪儿的呀?找她有啥事?"

没想到问到的竟是夏玉莲的儿媳妇!

"我是市里的,她在吗?"

"市里的?"看着这个女人狐疑的样子,李高成立刻就明白夏玉莲的这个媳妇根本没认出他,或者根本不认得他,或者根本没想到会是他。等把他打量了一番后,然后冷冷地,"有事吗?她不在。"

"她不住这儿?"

"在,上班去了。"

"上班?"李高成怔了一怔,"上啥班?在哪儿?是不是她还没退休?"

"你是市里哪儿的?"面对着李高成一连串地发问,夏玉莲的媳妇再次显得有些疑惑不解地看了李高成一眼。

"市政府的,我姓李。"李高成觉得自己只能这样说了。

"……哦!"她突然显出一脸的和悦和谦恭来,然后格外客气地说,"你就是我婆婆向你借钱的那个李师傅吧,我昨天还听她说你呢。外边冷,快屋里坐屋里坐……"

他原以为她总算认出了自己,没想到竟是认错了,而且把他认作了一个好像是来要债的李师傅!

屋子里比他想象的还要小得多,主要是乱七八糟的东西太多了,哪儿也塞得满满的,于是本来就小的空间就更显得小了。

一个只剩了二三平米的小院落,则成了做饭的地方。

大白天家里还亮着电灯,但光线还是出奇地暗。一来是家里太黑,二来是灯泡瓦数太低。可能是为了省电,灯泡顶多只有十五瓦。难怪她刚才走到外边时,会感到那么刺眼。

主房看来是已经让给媳妇住了,但这个所谓的主房也一样小得可怜。除了那张双人床和一小溜简单的家具外,就几乎再没什么空间了。

夏玉莲住的地方竟是在原来的那个露天的小厨房里!其实也就是两个屋子之间的一个小缝隙,只有一米左右宽,不到两米长,原来露天的地方,竟然用一大块塑料膜撑着!外边的人根本站不到里边去,即使像李高成这样的小个子,要进去也只能侧着身子钻进去。在夏玉莲住的这个小格子里,李高成发现床头上的那个水杯子里居然厚厚地冻着一层坚冰!

李高成的眼泪一下子就涌了出来,而且好半天都没能止住。

孩子的奶妈竟然就住在这样的地方!

这个苦重了一辈子的这么好的一个女人的晚年怎么会是这样?

他做梦都没想到会这么凄惨,凄惨得让自己根本无法面对这一切。

他默默地坐在夏玉莲媳妇的双人床旁的一个凳子上。

夏玉莲的媳妇死活给他递过来一杯子热水来,让他握在手里暖着。瞅着杯子里冒出来的白雾,他才感到这个家里温度相当低。

喝水的时候,才发现床上的被子里裹着一个刚刚生下不久的婴儿!难怪这个女子会把自己裹得这么严实。

原来刚生了孩子!

他原本对小两口让自己的大人住进那样的地方窝着一肚子火,当看到这个婴儿时,所有的火气一下子便全泄了。

能埋怨谁呢?该住的地方,包括所有的空间几乎全占满了。

又是刚生了孩子的媳妇,世界上任何一个做长辈的,都会把这仅有的一间房子让出来的,更何况是夏玉莲这样的女人。

夏玉莲的儿媳妇,看来是一个对自己的婆婆还算不错的女人。她一边招呼着客人,一边喋喋不休地说着:

"……我家那婆婆呀,一提起你来就没个完。说那天我们住院,要不是你那八百块钱,可真保不准会闹出啥乱子来。原来就没想着要去市医院,生个孩子么,在公司的职工医院就行了,这儿离家近,也便宜。哪想到会两天两夜也生不出来,再以后的事情就啥也不知道了,醒来才知道已经到了市医院。后来才听婆婆说,当时押金就要五千块。我婆婆人缘还算不错,可借遍了亲戚熟人和街坊邻居,还差千把块,活活能把人愁死,连医生后来也说,要是再迟来两个小时,这母子俩可就全完了。可那会儿你再急也没用,没有这五千元的押金,是死是活你就是住不进医院里,这会儿哪儿都一样,认钱不认人,死了活了的事,在医院又算个什么事。我婆婆说了,人到急处,必有奇处,不知那会儿咋就一下子想到了你,好些日子都没见过了,能借出来三百五百的就不错了,哪想到说了多少当时就拿了多少,一下子就借给了整八百!婆婆说,真是遇见活佛了,这年头世界上还有这么好的人。我跟我家那口子也说了,等过了这些日子,一定要上门谢谢人家去,救命恩人呀,一辈子都……"

李高成一边默默地听着,一边想象着当时对这一家人来说惊心动魄的那一幕幕情景。

五千块钱,几乎让夏玉莲借遍了大街小巷、亲戚朋友,这里头当然还包括一家人原有的一些积蓄。而这几乎要了两条人命的五千块钱,如今对一些人来说又算得了什么!不就是一桌饭钱,一晚上的唱歌钱?

夏玉莲的儿媳妇依旧不停地说着:

"……我婆婆说了,你这一两天就要来的,她说你那钱已经差不多快凑齐了,过了这两天,就一定给你送上门去。其实上一次就该给你送去的,住院并没有花了那么多,可那一家孩子要结婚了,就先还给人家了……"

"我不是你说的那个李师傅,我姓李,叫李高成。"李高成终于打断了她的话,说出了自己的名字。

"……李高成?"面前的这张脸上突然又布满了刚才的那种困惑和茫然,就好像她根本就不知道李高成是谁似的,好一阵子才说道,"原来你不是市里那个李师傅呀!……李高成?这名字听上去怪熟的么,你找我婆婆有啥事?"

"你婆婆没在你跟前说过我?"

"……"她想说什么,但犹豫了一下没说出来,然后轻轻地摇了摇头。

看来她还是不知道李高成这个名字,更不知道这个名字意味着什么。也许她根本没想到也没联系到有一个市长的名字也叫李高成,大概是眼前这个人的模样和穿着,以及她的这个家和她的那个婆婆距离那个想象中的市长的身份和举止实在太遥远太遥远了。一个前呼后拥、万人瞩目的市长怎么可能会走到这种地方来,怎么可能一个人走来找她婆婆这样一个穷困潦倒的女人?

这么说来,夏玉莲极可能也从来没在她的媳妇面前提起过这个叫李高成的人。

李高成突然感到一阵少有的尴尬,他本想说出自己的身份,但这种想法立刻便被自己制止了,他甚至有些后悔说出自己的名字。你不就是想让她知道你是个市长么？知道了又怎么样？让她感到吃惊,感到不好意思,感到始料不及,感到原来自己的婆婆竟还有这样的一个当市长的关系,然后便没完没了地让婆婆来利用这个关系,来不断地找你？

是不是正是因为这个原因,夏玉莲才没把这些说给自己的媳妇？

是的,惟有这样才符合夏玉莲这样一个女人的为人和品行。

也惟其如此,才让李高成越来越感受到一种撕心裂肺般的内疚和难以言表的痛心。

"你到底有啥事么？"看着他好久一声不吭,她脸上渐渐显出一种警觉的样子来,"是不是她也欠……"

"不不,是我欠她的,我是实在不知道你家出了这么大的事,你看这样好吗？我把我的电话号码给你们留下来,等她回来让她给我打个电话。"他一边说着,一边掏出笔来很快写下了家里和办公室的电话号码,同时也写上了自己的名字。交给她时他问道,"你婆婆身体还好吗？"

"唉,就那样,时好时坏的。我们做小辈的也劝不下,公司里不景气,我家那口子也是死吃一口的货,到现在了也是天天上班。天天上班也一样,快半年了也没发一分钱的工资。眼下又添了这么一口子,又出了这么大的事,欠了一屁股的债,没法子,就由着他们吧。前年去年的还能种人家两亩地,多多少少还有点受益,至少粮食啦菜啦的不太发愁,今年人家把地都收回去了,说是有了新的政策和规定,不再让种了……"

"种地!"李高成有些吃惊地问,"种什么地?"

"就这附近农民的地呀!如今好多城郊的农民都靠这靠那的富啦,嫌种地不赚钱,就让我们这些没本事没出息的工人给种了,反正荒着也荒着,让我们种了,多多少少给点就行。于是我家婆婆就种了人家两亩多地,累是累点,可菜啦粮食啦的,也就差不多够啦。在人家看上去不算啥,在我们这些人看来可是一大笔收入呀。我们公司里的好些人都这样……"

夏玉莲的儿媳妇轻轻松松地说着,李高成却听得目瞪口呆。原来是这样!他以前也看过这一类的报道,好像还有什么报纸和电视把这作为一种新生事物大肆宣传,以证明这是改革带来的一种令人欣喜的新景观,城市的姑娘嫁给农民,农民的土地承包给工人。当时连他也觉得这确实非常有意思,但却没想到竟会是这样!

"……那你婆婆现在在哪儿上班?"李高成感到夏玉莲的儿媳妇话里有话,不禁又问起了夏玉莲的情况。

"她那么大年龄了,还能去哪儿上班。其实也挣不了几个,一天没明没黑地干十多个小时,一个月才给她二三百块钱。给人家一个让私人承包了的纺织分厂干临时工,像那样的黑厂,招的都是农村的临时工,明明知道那是个宰人的地方,可就是劝不下她,真的是没法子……"

"不都停工停产了么,怎么还有私人承包的分厂在干活?"

"你是外人,哪儿懂得这儿的事情,停工停产的都是公家的集体的,人家私人承包的厂子还能停了?要是人家的停了,公家的不就开了工了?"

"……哦!"李高成大大地吃了一惊,"都是些什么人承包的?"

"还有什么人?我们这些当工人的还能承包上?不都是公家的那些头头?说是承包,不就是把公家的东西变个花样换成自家的?如今的事,还不就是公家的人在糟蹋公家?"

"这些分厂都在哪儿?"

"十好几个呢,围着公司一圈儿一个一个新盖起来的地方差不多都是,听说生意都好着呢……"

"你婆婆在哪个厂?"

"好像是……什么来着,你看我这记性,对了对了,叫什么'昌隆服装纺织厂',就是原来的第九分厂,离公司大门大概有一站地远……"

二十九

大厂死了,而眼前的这些小厂一个个却活得张牙舞爪、朝气鲜活,以至于虎视眈眈、蛇欲吞象!

就仅仅只因为一个姓公,一个姓私?

或者,就因为一个包袱太沉,负担太重,摊子太大,管得太死,权力太少,转产太慢,观念太落后,思想太僵化,技改能力太次,市场意识太薄弱……而另一个则包袱轻,摊子小,没责任,没人管,什么条条框框都没有,想怎么干就怎么干,打一枪换一个地方,只要能赚钱便可以运用一切手段……所以才有了这么两个迥然不同的结果和局面?

既然包袱太沉,何以又会生出这么多更大更沉的"寄生物"来?负担太重,那么眼前这些所谓的分厂又是谁在负担着?摊子太大,怎么在这摊子之外又能多出这么多新摊子?管得太死,又怎么会乱成这样?权力太小,如何会干出这么多胆大包天的事端来?转产太慢,那么眼前这一个个活蹦乱跳的分厂又怎么干得这么欢实?观念太落后,思想太僵化,市场意识太薄弱,那么仍然还是这些人,为什么在那儿干就死气沉沉,一到了这儿立刻就鹰扬虎视?技改能力太次,但眼前的这些"黑厂"的技术水平只怕还远远不及老厂的一半,为何却一个要死,一个能活?

能这么说吗?能说得通吗?

而如果仅仅是因为一个姓公,一个姓私,那么也一样有无数个姓公的企业,一样有无数个同中纺相类似的国有企业,不一个个都活得壮壮实实、傲然挺立,以至于所向披靡、无敌于天下?同样也有无数个正儿八经、货真价实的私营企业、个体企业,即便是费尽心力,疲于奔命,不也是一个个仍在苟延残喘,气息奄奄?而偏是眼前这些个围着国有企业的不公不私的"寄生物"们,倒一个个活得有滋有味、靡颜腻理?

对这一切你又能做何解释?

你解释得了吗?

为什么?为什么?到底是为什么?

李高成一边瞅着公司四周这一个个暗黢黢、黑沉沉的像一只只大臭虫一样的分厂,一边困惑不解、满腔愤怒地思考着。

他突然想到了刚才夏玉莲儿媳妇说的那些话:

"……停工停产的都是公家的集体的,人家私人承包的厂子还能停了?要是人家的停了,公家的不就开了工了?""……说是承包,不就是把公家的东西变个花样换成自家的?如今的事,还不就是公家的人在糟蹋公家?"

这个看上去没念过什么书,没有什么文化水平的工人妻子,说的这些话,却是这样的深刻、沉重,这样的耐人寻味而又发人深省!

紧接着他又想起了那个钉鞋的胡辉中给他说的那句话:

"……李市长,这些年你只在上面,下面的事你大概已经不了解了。如今的人,都只认钱了,谁还认技术……就像一个筛子,哪儿也漏,你捂得住吗?"

确实不了解了,因为你根本了解不到,也根本下不来了。几乎就是在自己的眼皮子底下,自己却整个被蒙在鼓里了。

他们瞒着自己究竟还干了些什么?

即便你一辈子都两袖清风、清贫如洗,但你的政绩如果全都是这样的话,那你同样跟那些大贪官污吏、大腐败分子毫无二致,没什么两样!

"昌隆服装纺织厂",几个遒劲的大字,竟然还是一个部级领导的题词!

想想也并没什么奇怪的地方,成立一个新厂,找一个领导写一个厂名,这很平常,更算不上什么违法乱纪。如今的这种事情多了,早已没人把它当一回事了。但反过来你再仔细一想,可并没那么简单。一个这么大的领导给一个厂题了词,几乎就等于是给这个厂贴了一张护身符。你还有什么不满意的?上边的领导早就支持我们这个厂了!想怀疑我们吗?那不就是怀疑上面的领导!想查我们吗?那不就等于要查上面的领导!

只要一看到这张门牌,你就得掂掂它的分量,同时你也就感到了它的威慑和背景。

它会让你感到很神秘,而神秘就是一种权威、一种象征、一种深不可测的玄机和力量。

这也许正是它的主人们所想表现出来的东西。

两个相当威严的门卫直挺挺地站在大门口。

幸亏带着工作证,没想到门卫只粗粗地看了一眼,连拿也没拿就挥挥手放行了。

原来只是个样子。

也许它要的就是这么一个样子。

驴粪蛋外面光,走到里面,立刻就发现它里面其实要多差有多差,要多脏有多脏!

但看得出它相当的繁忙。厂院里、敞棚下,人来人往,车来车去,沸沸扬扬地吵成一片。尤其是库房里的棉花堆积如山,而且仍有满载棉花的车辆不断地驶进来。其实一个纺织厂是好是赖,有效益没效益,只需看看他库房里棉花的多与少就会清清楚楚。

说是一个服装纺织厂,其实服装只是其中极少的一部分,或者根本就只是一块招牌,目的无非是让人感到,无论是产品,还是性质,它都确实是不同于中阳纺织集团公司的一个分厂。

但懂行的人只要一进来立刻就会明明白白,这个所谓的服装纺织厂,其实仍然是一个纯粹的、同它的主厂中纺公司的产品性质几乎没有任何区别的一个棉花纺织厂。

让李高成感到震惊的是,在这个纺织厂里,原则上必不可少的分级车间、加湿车间、清花车间、棉花疏松车间,竟然全都放在一个车间里就全部完成了!

而且并条车间、粗纱车间、细纱车间、络筒车间也竟是在同一个车间里就完成了。其余的经纬车间、浆纱车间、织布车间,以及整理车间也同样在一个车间里就全部完成了。

对一个稍有纺织常识的人来说,这简直是不可想象的事情。因为这样做不仅会直接影响到产品的质量,而且肯定会使一些所谓的工序形同虚设,根本不可能兑现。而若要不使产品质量受到影响,同时又要让那一道道的工序全都兑现,那就只剩了一个办法:最大限度地损害工人的工作条件和个人权益,也就是说,完全无视工人的存在或者根本不考虑工人的身体!再进一步说,要换来这一切,就必须牺牲掉人!

当李高成好不容易找到夏玉莲所在的这个车间,当他掀开那个沉重而又极为肮脏,几乎已经看不出什么颜色的车间大门的布帘子时,一股浓烈的、刺鼻的、几欲让人窒息的气味呛得他根本就走不到里面去。

其实他也无法再迈出一步,因为他根本就看不见眼前的任何东西!

半空中几团朦朦胧胧、浑浑噩噩的东西,大概就是车间里用于照明的设施了。

棉绒、灰尘、粉末、杂屑、湿气……像浓雾一样弥漫在整个车间里。

尤其是各种机器发出的那种震耳欲聋的轰响,几乎能把你给震晕了。一步之遥,即便你声嘶力竭地大喊大叫,也无法听清你在说什么。于是所有的人要想交流,都只能像聋哑人一样你捅我一下,我捅你一下,然后比画来比画去。

这是棉花进来的第一个车间,即使是在工序单一、通风良好、设施齐全的公司车间里,也是最脏最污浊的一个车间。而如今几道工序合并在一个通风条件极次、连一些最基本的条件设施也没有的车间里,工人的工作条件就更是可想而知了。

不管你怎样想象,当你看到眼前这一切时,那种让人震惊的程度还是远远超出了你的想象!

站在车间里几分钟后,才渐渐能看清眼前的一些东西。

但只在这几分钟里,脸上身上就已经布满了厚厚的一层棉绒、粉尘、杂屑一类湿漉漉、黏糊糊的东西。尤其是眼睫毛上的感觉最为明显,擦了一次,立刻又想再擦一次,否则就糊得你根本无法看清眼前的东西。

最最让李高成感到难以理喻的是,这个车间对棉花保护的设施居然远远要比对人的保护好得多,严格得多,周到得多!处理过的、变得非常洁净了的棉花,竟是在一个全封闭的大圆筒里被传送出去的。传送过去的棉花库里,干净清洁的情形就像是到了另一个世界,同工人们工作的这一边相比,简直是一个在天堂,一个在地狱!

  一连问了好几个工人,才总算找到了正在机器旁大汗淋漓地劳作着的夏玉莲。

  夏玉莲活脱脱的就是一个"白毛女",头上、脸上、衣服上全都厚厚地长了一层长长的白毛,以至于让李高成好半天也认不出来眼前的这个"白毛女"到底是不是夏玉莲。

  她正在费尽全力地干着活,看不清她的脸,只看得到她的背是那样的弯,她的身板是那样的单薄,她喘气喘得是那样的厉害。虽然脸上捂着一个老大老大的口罩,但可能是因为粉尘太重,车间里太湿,口罩戴上很快就会透不过气来的缘故,所以口罩几乎全脱落到了下巴上,整个鼻子整个嘴全都毫无遮拦地裸露出来。其实在这样的地方干这样的重体力工作,尤其是在这样污浊的空气环境里,如果不口鼻共用同时大口大口地呼吸,根本是不行的。戴口罩在这里纯粹是形同虚设,没有任何作用,而不戴口罩,对人体的损害无疑是极为严重,后果也将是不堪设想的。

  李高成捅了好几下才让她费力地转过身来,她看了他一眼,朝他打了个手势,又继续干了起来。

  她也一样根本看不清他,因为李高成的脸上、头上、衣服上也全都糊上了一层厚厚的白毛,他也一样成了一个"白毛男"了。

  一直等到李高成把她从车间里拉出来,一直等到李高成在脸上擦了又擦,把身上的那一层厚厚的东西拍了又拍,她仍然还是没能认出他来。

  可能是外边的光线太强烈了,可能是听力被震得太麻木了,可能是视力已经变得太弱太差了,也可能是太突然太突然了,不管李高成是怎样大叫大喊,怎样地解释自己,夏玉莲依然有些发愣地看着他,不断地朝他摇着头,不断地问他找她究竟有什么事?

  也就在此时,李高成觉得背后好像被什么东西使劲扭了一下,紧接着自己就不由自主地转了一个一百八十度的大转弯,于是他便看到了离自己鼻头只有几寸远的地方,出现了一张同样是满脸白毛,但却是凶相毕露的面孔,一个气势汹汹的声音像炸雷一样撞击着耳鼓:

"你他妈的不知道正在上班!你他妈的到底是谁?到这儿来究竟要干什么!你他妈的招呼也不打,就敢把我们的女工拉出来?这儿的人敢是没主的!狗胆包天,你他妈的……"

"你,你是干什么的!"李高成好像好一阵子了,才有点回过神来。他似乎也一下子被这个人的无礼蛮横震怒了,有些激愤地怒斥道,"你怎么能随便骂人,谁给你的这种权力!把你们的厂长马上给我叫过来!放开你的手……"

"他妈的,还没见过你这种东西……"李高成最后听到的似乎就是这一句,也不知道是因为里边的气味太浓烈了,还是外边的光线太刺眼了;也不知道是刚才自己这么猛然一甩甩得太猛了,还是因为太累太困太饿了;也不知道是这突如其来的事端把他给气蒙了,还是这个凶相毕露的家伙把他扭得太狠了……他只觉得天上的那个太阳就像一道弧形的光在眼前闪了一闪,一道黑色的巨大的铁门便轰隆一声朝他崩塌了过来,就好像浑身被绑死了一样,眼前的水泥地离他越来越近,越来越近,然后便什么也不知道了……

等他再次醒来的时候,似乎已经是在一个过道里了。

两个人一边一个就像拖什么东西似的正把他一层一层往高处拉。

隐隐约约地,他好像觉得这地方是个职工食堂,又好像是个饭店,又好像是个歌厅,又好像是个宾馆。而且离工厂并不远,几个车间里带着震颤的轰鸣声,清晰可闻,仿佛就在附近。

他本想站起来,但可能是两个人拖他的速度有些太快,也可能是自己还处于一种懵懂的状态,根本就站不起来。

他觉得鼻子上好像糊着一层黏糊糊的东西,用手指探着摸了一下,才发现原来是淤血,也就是在这一刹那间,他完全清醒了过来。

他渐渐地意识到自己当时被迎面重重地摔倒了。

就在自己所管辖的市区里,就在自己当了十年一把手的这个公司里,自己被这么狠狠地摔了一跤!摔得这么重,摔得这么惨!

他再次试着想站起来,但因为自己就像被绑架着一样,这两个人把他压得很低,仍然没办法站起来。

等再上了一层时,水泥地便变成了地毯。可能是隔音好了的缘故,车间里的那种轰鸣声顿时也小了许多。

好像是不再上了,他被顺着地毯一直往过道的里头拖了过去。

他渐渐地听到了一种幽远而轻快的音乐声,同时也闻到了一股美味佳肴的清香。他突然感到是这样的饿,而且也不知道是因为饿,是因为被拖得太狠,还是因为那一跤,他又感到是那样的头晕目眩。

一道像是用皮制品密封的房门口,两个人停下来摁了一阵子门铃,他正想借这个机会站起来的时候,房门一下子被打开了。

他再次被拖了进去。他突然明白了,这两个人这样拖着押着他,分明是一副邀功请赏的架势,所以,他也就根本别想站起来。那么也不用说,他是要被拉来见这里的主人了。

厂长?经理?还是别的什么人?他不由自主地猜想着。

一个套间,又是一个套间。地毯是这样的厚,沙发桌椅又是这样的高档,空气是这样的清新,屋子里又是这样的温暖,尤其隔音设备是这样的好,外边的杂音一点儿也听不到。在这样的一个地方,居然还有这样的一个世外桃源!

真让人难以想象。

最后的一扇门终于被打开了,同时也好像是被打开了一道音海和酒池的闸门,音乐的旋律和酒肉的浓香铺天盖地地宣泄而来……

两个人扑通一声丢开了他。鼻子似乎又给撞了一下,他再一次尝到了自己作为人的权利被全部剥夺了的感觉。也就是这时,他听到身旁押他的一个人恭顺却又分明是炫耀的说话声:

"老板,就是这个家伙,不三不四、鬼鬼祟祟地在咱们的厂子里转悠了好半天,后来又偷偷地溜进了车间里,还把我们的一个女工拉出来,不知道想干什么。我们当场抓住了他,他居然还说要找厂里的领导。你瞧瞧他那尖嘴猴腮的样子,一看就不是个正经东西……"

李高成用手在自己的脸上摸了一把,终于费力地抬起了感到分外沉重的头颅。

他看到了一张老大老大的圆桌,看到了圆桌上各种碟子盘子后面的一张张脸……

他摇了摇头,再摇了摇头……

他又在自己的眼睛上使劲擦了一把……

他不相信,他真的不能相信,他也实在无法相信……

怎么这些脸会这么熟悉?怎么会是这些脸?

他真不愿意看到是他们!真的不愿意!

他看到的几乎是那一天在他家里的原班人马:

省委常务副书记的内弟,特高特客运公司的董事长钞万山。

原省人民银行副行长,特高特客运公司的副董事长王义良。

还有那天晚上来的两个主任,好像还有那个总会计师……

还有两个不熟悉的面孔,可能就是这个地方的负责人了……

还有,他真不想还有这么一个还有,他竟在这里看到了五六天都没回过家的妻子!这个区检察院副检察长、反贪局的局长吴爱珍!

这会是真的吗?这真的是真的吗?

李高成感到了一阵阵撕心裂肺般的痛苦,就像无法面对这残酷的事实一样使劲地合上了自己的眼睛。

怎么会?怎么会?

他突然明白了几天来一直萦绕在心头的重重疑问:那几千万的流动资金极可能就是被挪用到了这些地方!否则他们哪里来的这么大财势和张狂!

用公司的钱,用国家的钱,用老百姓的钱在为自己谋利。正如老百姓说的那样,欠下债是国家的,赚下钱是自己的。

这难道便是他们的最终目的?但除此而外,又岂有他哉!

这才真是监守自盗,朋比为奸!

表面上一个个情恕理遣、信誓旦旦、善气迎人、道貌岸然,背过弯却是这般利欲熏心、欲壑难填、依官仗势、无法无天!

简直难以让人相信,在我们自己的身上,怎么会生出这样卑鄙无耻的一群!

…………

不知是谁关掉了音响,屋子里一下子就像窒息了一样陷入了一片死寂。

李高成再一次睁开了眼,这次他看到的是一张张也像他一样痛苦得被扭曲了的脸。

李高成觉得好像有人如呻吟似的发颤地嗫嚅着:

"……李市长,李市长,李市长……"

他觉得妻子好像是被什么人刺了一刀似的声嘶力竭地尖叫了一声。

紧接着,他看到宴席上有个人突然像一头暴怒的狮子一样向身旁的这两个人冲了过来,然后便是一阵噼里啪啦猛抽嘴巴的响声和歇斯底里一样狂怒的骂声。

再紧接着,便是这两个兴冲冲押他而来的人扑通扑通跪倒在他身旁的响声,然后又是这两个人抽搐般的喊冤声和求饶声……

李高成这时再次挣扎着要站起来,他一只手和一条腿半撑着,终于把身子直挺了起来。

这时,有几个人慌慌张张地扑过来伸手想把李高成扶起来,但被李高成愤怒地拨开了。扶他的有两个人不知是因为害怕还是因为不知该怎么办,被李高成这么一拨,竟被拨得跌坐在地板上不知所措。

李高成又擦了一把脸上的血迹和污痕,一使劲,终于摇摇晃晃地站了起来。

然后,他审视地斜睨着眼前的这一张张目瞪口呆、噤若寒蝉、仓皇失措、一动不动地僵硬愣怔的面孔,慢慢地把嘴里的一口血污用力地吐在了摆满了美酒佳肴的桌子上。

他像喘了口气似的,又慢慢地在脸上嘴上擦了一把。

他本想转身走出去的,一种强烈的憎恶,使他什么也不想跟他们说,也实在没有再说什么的必要,但当他一回头看到两个华冠丽服的小姐正端着两大盘子美味袅袅婷婷地走进来时,一股压抑了很久很久的怒火,伴随着一种几乎已经消失了很多年的血性之气,终于像火山爆发似的一同喷发了出来。

他觉得自己似乎已经控制不了自己,陡然一个强烈的冲动,一把抓过小姐盘子里的一个碟子,猛一甩手,只听得轰然一声巨响,这个碟子便被摔在了那个已经摆满了碟子的桌子上!

紧接着他又摔过去一个碟子!

紧接着又是一个碟子!

再紧接着他连小姐手里的那个端碟子的大盘子也给摔了过去!

另一个大盘子再次给摔了过去!

他一边摔,一边像头豹子似的怒吼着:

"……让你们吃!……让你们喝!……让你们啃!"

…………

等他摔得没的可摔了,仍然余恨未消地怒斥道:

"……你们吃的都是什么!都是工人的血!都是工人的肉!今天吞下去,明天一口一口再吐出来!都睁开眼好好看一看,这个世界上还有什么人肯放过你们!死到临头了,还以为你们都在天堂!还想把这个世界上的东西全都带到坟墓里去!看看下边的工人,看看你们碗里的东西,再摸摸你们的良心,这样的东西也能吃得下去!你们吃的是人肉!喝的是人血!想想你们这样的一群东西会有什么下场!……"

…………

李高成终于看清楚了一个事实:

摧毁和颠覆着改革的,把人们对改革的热情全都变为对改革的憎恨的,正是眼前的这一群人!

他们不仅在摧毁和颠覆着改革,而且在摧毁和颠覆着这个国家、这个政党,以及我们的前程和未来!

他们是全社会全人类的死敌和凶犯!

纵容和放过他们,都将是万劫不复的历史罪人!

三十

李高成一回来就病倒了。

病得真的非常厉害,头晕、头疼、高烧、恶心、呕吐、胃痛,重感冒引起的诸多并发症,颈椎骨质增生突然产生的疼痛让他的半个身子无法动弹,脸上的肿胀也似乎进一步加剧了病情。他本来想在家里躺一躺算了,结果只躺了一晚上,第二天一早就被救护车送进了医院。他当时生病的样子,差点没把家里的保姆给吓死。因为他当时已经完全处于一种昏迷状态,而且满嘴胡话,瞎喊瞎说,似乎已经失去了任何意识。

几十年了,这是第一次,以前从来没有过的情况。连他自己也没想到他会病得这么厉害,以至于会在失去知觉的情况下被拉进了医院。

可能是由于用了镇静剂,他在医院整整睡了二十八个小时才清醒了过来。

醒来好久好久了,还好像有些闹不明白自己为什么会躺到这里来。

他努力地回忆着自己当时的情况,那一天发生的事最后究竟是怎样了结的……

那五层楼好像是他自己一个人走下来的。是的,一点儿没错,他当时走得摇摇晃晃,但可能是由于害怕吧,却没有一个人敢上来扶他一把。在他的身后,当时至少跟了有几十个人,全都战战兢兢、不知所措、一步也不敢离开他地尾随着……

那情景真让人感到可悲,又让人感到滑稽。

也可能是打了电话的缘故,还没走出大门,一大溜车队已经浩浩荡荡、风驰电掣般地开了过来。

他依然一步也没有停,对迎面而来的那些车连看也不看,径自一直往前走去。

一大队车辆陡然地停了下来,然后一个接一个地又倒了回来,一辆接一辆地跟在他的后面。

没有一个人敢同他说话,也没有一个人敢让他上车。

秘书吴新刚当时不在,所以李高成的专车并不在这一大溜车里。

就这么一直走啊,走啊,谁也说不清楚到底走了有多长时间,一直等到吴新刚和他的车一块儿到来的时候,他才慢慢地坐进了自己的车里。

据吴新刚说,当时跟在他身后的人和车,前前后后的距离足有一里多长!

吴新刚给他递了一块手绢,他稍稍地把脸擦了擦,然后他让车停了下来,一个人闭着眼睛,独自在车里想了好久好久。

他当时觉得是那样的痛苦。

清醒了,却不知道路在哪里。更不知道下一步究竟该怎么走。

像这样的所谓的分厂,按现在的情况,一个个的都应该毫无疑问、毫无保留地立刻给关闭掉。

但以你一个人的能力,你关得掉吗?你能真正地立刻让它停下来吗?

你还得一次次地开会研究;还得一次次地开常委会;一次次地再请示、再汇报;一次次地征求各方面的意见,最终才有可能达成一致的意见,才能下文,才能去监督执行。而这中间只要有一道关卡挡住了你,你就会前功尽弃,一无所得。

即便就是研究了下来,批示了下来,文件传达了下来,谁也保证不了它就能百分之百地执行。这里边仍然还会有人大打折扣,以致让你不了了之。

这样的事情你经过的还少吗?

这样的壁你碰得还不够多吗?

何况你如今面临的对手比你强大得多,也比你老练得多,人家的人说不定也比你多得多!

你周围的人会向着人家,还是会向着你?

你拿得准吗?别看你平时前呼后拥的要多威风就有多威风,

其实你的现状就像你刚才一样,当众叛亲离、所有的人都离你而去的时候,人家想怎么你,就能怎么了你!

你其实没有一点儿可威风的地方,其实并不拥有任何一点儿权力。

没有别的,因为你离开了本来应该属于你的那个圈子!

这真是一个天大的怪圈,你进入了它是等死,离开了则是在找死!你若是想把它连根拔掉,其实也就等于让你自己彻底丧失了立足之地。

他突然觉得他平时所拥有的那么多权力其实全是假的,你每天一呼百应地能干出那么多事情来也一样全是假的。有时候,一些你本来不想干,或者很厌恶的事情,偏是能干得轰轰烈烈。而一旦有一件你真正想干的事情,或者真正地想干成一件上合天意下顺民情的事情时,你才会发现你一点儿用也没有!什么也没有!

就像你现在屁股后面的这一大群,你可以随随便便地甩掉他们吗?你能吗?

就像今天的救济慰问一样,你能说服工人们内心深处的那种对这种所谓的救济的拒绝吗?

你真的没用,没用,一点儿也没用!

…………

最后他还是作出了决定:

让秘书吴新刚立即通知市工商局、市税务局、市经委,让他们连夜对中纺周围的这些被私人承包的分厂和小公司进行突击检查,尤其是对工人大加盘剥、工人的安全和健康没有任何保证的像昌隆服装纺织厂这样的厂子,必须立即关闭,否则由此而产生的一切后果,将由这些检查单位的主要领导负责……

对那十几卡车救济品,务必全部交给中阳纺织集团公司老干部活动中心的负责人,然后由公司的离退休干部和工人选出代表,再由这些代表经过认真调查后,真正交给那些确实需要救济的贫困工人家庭。要实心实意地说服工人,要给工人说清楚这是政府的意思,同现在公司的领导没有任何关系。还有,这件事情一定不能再交给公司的领导干部去办,也就是说,绝不能再让他们去救济工人,他们失去了工人的信任,也就等于失去了这个资格……

对已经下到公司的市里组织的审计核查工作组,马上通知他们立即展开工作,一定要严格清查、明辨是非、铁面无私、大胆工作,若有瞒心昧己、看风使舵,甚至徇私枉法、表里为奸的行为,一旦发现,从重处理,决不留情……

想了想,他觉得该说的都说出来了,他所说的这些在目前的情况下也许没什么大用,但他明白他必须这样说,必须说出来。连这样的话都不说,都说不出来,何谈进一步的举措!

只有先说出来,才谈得上下一步去怎么办。

说完了,他让吴新刚一个人留下来协助处理这些事情,一切由秘书全权代理,虽然他平时坚决反对这样做,但此时此刻,也只能这样了。因为他实在有点拿不定主意,在现在这种情况下,自己究竟应该相信谁。

然后,他就一个人先坐车回到了市里。

他当时的感觉就非常不好。

他哪儿也没再去,一个人悄悄地回到了家里。

再接下来便是生病,便是一阵一阵地迷糊……

等他再醒来时,已经是在医院里了。

他醒来的时候,是凌晨五点左右,病房里没人,显得很静很静。腊月的天,离太阳出来的时候还很早很早,整个天空还黑黑的一片。

不过李高成清楚,其实新的一天已经开始了。在这个数百万人的大城市里,大多数人已经或正在起床。他们正在为了家庭、为了父母、为了孩子、为了吃穿、为了事业、为了这个国家,既为了自己又为了这千千万万的老百姓,开始了新的忙忙碌碌的一天。

他突然想起了自己的家。想起了自己的孩子,想起了自己的父母,当然也想起了自己的妻子。

他记得做了一辈子石匠的父亲和种了一辈子庄稼的爷爷都没有看好过他,在家里排行老三的李高成,刚出生不久,就让在老家那一带十分有名的一个算卦先生算过一次命。这位算卦先生对他的评价是:一辈子忙碌,一辈子清贫,一辈子平平常常、无所作为,但也一辈子平平安安、不惹是生非;不过这孩子眉宇极为清秀,弯长有角、根根见肉,居额过目、不散不乱,眉伏五彩、气色主明;此眉主交友忠厚、心地慈善、聪明好学、性温自重,若遇明主,可逢凶化吉、否极泰来、柳暗花明、一生清贵;眉间有一颗红痣,此痣主得美贤之妻,生贵子,一辈子应无忧无虑,当是个吃公家饭的人……

当他懂事了后,还常常记得爷爷笑话他说,你这个猴样子,还会是个一辈子吃公家饭的人?

后来他考上了中专,让一乡里的人都刮目相看。他临走的时候,父亲好像还是有些不相信似的说,这个算卦的还真是算准了?

好些年来,即便是爷爷和父亲都已离开了人世后,他还常常想起算卦先生的这番话,有时候他还觉得这算卦先生的卦真是算得准极了。他这一辈子本来应是忙忙碌碌、平平常常、庸懦无能、一无所长,没想到真的会遇上了一个明主,才让他时来运转、平步登天,一眨眼间,就当了这么个市长;平时洗脸时,他常常会莫名其妙地把眉间的那个并不显眼的红痣摸上好半天,真的会是这么一颗一般人都看不出来的红痣,才让他这么个相貌平平的农民儿子,得了这么个如花似玉、精明强干的吃公家饭的老婆?而且真的给他生了一男一女,都是那么聪明好学,没让他们这做父母的作半点难,就双双考上了大学。

明主不就是当年提拔他的现在的省委常务副书记严阵？而美贤之妻不就是自己现在的爱人吴爱珍？

多年来他真的就一直这么认为的,真真切切的就是这么看的,那个算卦的真的是了不起,他还确确实实的是算准了。

然而,就在这几天之间,就好像从云端里掉下来一样,再睁开眼看时,才发现这一切原来竟全是假的。他原来一直就生活在一种虚幻之中,不仅他们欺骗了你这么多年,而且你自己也欺骗了自己这么多年。

尽管你已经是一个市长,其实你还是一个地地道道的平庸之辈,你让你的妻子欺骗了你这么久,又被你的上级瞒哄了这么久,你还能算是一个明察秋毫、通权达变、老成持重、卓尔不群的领导人物？你既不能挥洒自如,又不能独当一面,就算你当上了市长、省长,甚至更高,又有何用？究其里同一个酒囊饭袋、行尸走肉又有何区别？

如果严阵并不是你的明主,那么你的明主究竟在哪里？如果吴爱珍并不是你的美贤之妻,那么你还会有另一个真正的美贤之妻吗？

何况,你真正离得开你的妻子吗？

他突然想起了昨天吴爱珍在酒席上惊恐万分和发出那一声尖叫的样子,在她那痛苦抽搐的面容上,他分明地看到了他们几十年的那种夫妻情分！那种扯不断、理还乱的已经融进了血液里的绵绵情意……

他不知道为什么在这种时候,会突然变得这么思念和留恋自己的妻子,会突然变得这么惜玉怜香、一往情深……

是不是当你觉得将要失去什么的时候,才会对这种将要失去的东西感到格外的留恋和珍惜？

你是不是真的感到将要失去她？或者,你已经感到了必须要失去她？或者,你已经觉得你们之间已经有了一种无法逾越的东西,你们只能越离越远,已经无法再联结在一起了？至少已经无法像以前那样再联结在一起了？

还有那种相爱如初的可能吗？

其实你们之间并没有怎么争吵,并没有说什么过头的话,甚至并没有表示过什么,怎么突然一下子就觉得非分开不可了？是不是因为你们相互之间在这么多年心心相印的情感交往里,对一种谁也不能逾越的界限,早已有了那么一种谁也清楚的默契和心领神会？只要你逾越了,超界了,你们之间赖以存在的联结也就彻底给斩断了？

也正因为如此,是不是才让你有了这种难以克制的恋恋不舍的心绪和情感？

莫非你们之间几十年的夫妻情分真的就要这么永远永远地失去了？

一想到这儿的时候,李高成不由自主地打了一个寒颤。

眼前的两个小小的东西不知不觉地引起了他的注意。在渐渐发亮的天色里,床头柜上放着一个小巧玲珑的笔记本,笔记本上,则放着一支同样小巧玲珑的碳素塑料笔。

李高成心里动了一动:这是妻子的东西!

只有妻子才会在任何东西上都永远这么讲究,这么时髦。

他愣愣地在这两件东西上瞅了半天,终于忍不住地伸手把笔记本轻轻拿了过来。

在手里轻轻摩挲了一阵子,他打开了床头灯。

一点儿没错,果然是妻子的笔记本。

翻开第一页,妻子那熟悉的隽秀清丽的字迹立刻映入了他的眼帘。

高成病床记事
妻：吴爱珍
1996年2月3日

真的是她,还是以前的那个她。总也是这么精心,这么周到,这么细针密缕、纤屑无遗……

确实是她,一点儿也没变的她。

平日在家,事无巨细,她从来都是这样,以至于让他早就有了一种难以摆脱的依赖感,让他感到真的离不开她。

陡然间,李高成心里不禁又动了一动,这么说,在他睡着的这一段时间里,是妻子一直陪伴在自己身边!

原来是妻子又回来了!

她又回到了自己的身边。

什么时候?莫非就是在自己病倒了的时候?或者,他从中纺回来的时候,她也跟了回来?

有多长时间了?他翻了翻记事本上的时间,没想到竟然已经过去了整整两天了。这就是说,妻子这两天都是在自己身旁度过的……

她回来了,为了什么?

为了他?为了这个家庭?为了良心上的发现?为了道义上的准则?还是为了对自己所做的那一切有所弥补?或者是为了别的什么目的?

她在自己的病床记事上都记了些什么?

2月3日：
离春节只剩下半个月了。

没想到高成会病得这么厉害,这都是我的过错,我真的对不起他,我不是个好妻子,但愿他能原谅我。

女儿梅梅来信,说她7号左右回来。儿子明明也来信说他可能10号左右回来。让一家人好好过个年吧,孩子们都大了,在一块儿相聚的日子越来越少了。想想将来这么个家里就只剩了我们老两口,这日子真不知道该怎么过。

愿高成的病早点好了,也该准备准备过年的事了。过去的事就让它过去吧……

…………

今天看望高成的人有:

严阵,省委常务副书记。

严书记来时带了两盒西洋参和四筒高级滋补品,说高成太累了,身体也不好,应该好好滋补滋补。严书记还批评了我,说我没有照顾好高成。还说,要是高成有个三长两短,就拿我是问。他还说高成病成这样,跟工作重有关,他也有责任。严书记走时说,高成好点了就给他打电话,他还要再来看看。严书记还把医院里的院长和书记都叫了来,要他们排除一切干扰,派最好的大夫,一定要尽快地把李市长的身体调理好。严书记当时说得很严厉,态度也很认真。要他们不要掉以轻心,好好把市长的身体全部细细检查一遍,要用最好的仪器、最好的设备和最好的药。不要怕花钱,市长的身体健健康康的,花多少钱也值!还说,如今像李高成这样的好市长真是太少了。

…………

郭中姚,中阳纺织集团公司总经理。

郭经理来时带了一大兜子水果,他说他还带了李市长最爱吃的东西,我以为是什么好东西,原来是两条湖南特产腌熏咸鱼。他说李市长那些年在厂里加班加点时,最爱吃的就是这腌熏咸鱼。一大碗米饭,就一块咸鱼,吃得比什么都香。

也真难为他了,我都不记得这些了,他却还记得清清楚楚。

郭中姚经理一进病房,见到高成的样子就掉了好一阵子眼泪,闹得我也跟着他哭了好半天。他说李市长的身体老是这么不好,几乎每年都要这么大病一场。还说这几年公司里不景气,让李市长跟着也受了不少委屈,落了不少埋怨。都怪他们这些人不争气,让市长心里跟着受罪。市长这次病,跟这肯定有关系。还说昨天的事他也听说了一些,他已经配合有关部门正在严厉查处此事。对有关的人和事,该怎么处理就怎么处理,决不手软。他还说李市长心眼好,辣子嘴豆腐心,别看有时候一点儿面子也不给你,把你批评得一无是处,其实他内心里还是真正为了你好。他说李市长又是个送不进东西的人,平时要是他醒着,这些东西他肯定拿不进来。他一再嘱咐说,李市长好了,千万别给他说这是我给他带来的。临走的时候,他又哭了好半天。

....

钞万山,省委经济政策理论研究室副主任。

他带来了两筒好茶叶,说是听他姐夫严书记说的,李市长不抽烟不嗜酒,也没什么别的业余爱好,平时就爱喝点茶。他说这茶是正儿八经的名茶,是今年在南方开会时,一个中央首长的孩子专门送给他的。说这是专门炮制出来的茶叶,是什么明前茶雨前茶的,意思是说每年清明谷雨以前茶树上长出来的第一茬嫩芽,又是在特意管理的茶山上,还要分什么阳面阴面的,非常的名贵,过去专门是进贡的,就是现在街上也根本买不到。他说他送给了严书记两筒,严书记当时就问他还有没有了,要有就给李市长也送两筒,要没有了,就把他的送给李市长……

....

陈永明,中阳纺织集团公司党委书记。

他是跟妻子一块儿来的。陈书记一见高成这个样子,心疼得手都抖了起来。他说李市长就是让不三不四想闹事的那些人给气的,说如今的一些人就是心理上不平衡么。说什么现在就靠钱了,不靠工人阶级了。不是胡说八道么,什么时候我们不靠工人阶级了。我们靠的是真正的工人阶级,是听党的话,听政府的话,听领导的话的工人阶级,不是那些打着工人阶级的牌子,实际上是想借机闹事给自己捞点好处的工人中的一些坏人。李市长是最相信工人的,也是对工人最关心的一个老领导。李市长心软呀,他们就是抓住了这一点,才这么大做文章的。开口工人阶级,闭口工人阶级,工人阶级就他们那种样子吗?稍稍一有了点困难,稍稍一涉及到自己的利益,就什么也不顾了,什么也不要了,闹事呀,上街呀,哪有工人阶级只顾自己得失不顾国家利益的?像人家北京,像人家上海,像人家广州,像人家山西,那么多的下岗工人,又有哪个要闹事了,不还是仍然像过去一样,仍在默默地奉献么。李市长一定是让这些人给气成这样的,对有些人,就是不能太手软了……

　　…………
　　吴铭德,中阳纺织集团公司副总经理。
　　冯敏杰,中阳纺织集团公司副总经理。
　　另外还有公司里的两个中层干部。
　　他们几个是一块儿来的。他们说本来想带些东西的,但都知道李市长的脾气,所以想了想就没敢带。只是怎么也没想到李市长病得会这么重,要知道市长病成这样,说什么也得给市长带点东西补补身子。李市长这个人什么都好,就这一点,性子实在有点太直了,多少年了也不改一改。就说这送东西吧,如今还算个什么事?哪个人去领导家里能不带点东西,送钱送首饰送金银财宝算是行贿,送点吃的喝的点心水果什么的,那能算是个什么?就是去一般的人家也不能空着手呀,看望我们一个老领导拿点东西又有什么大不了的?如今的事情也真是的,过去是只许州官放火,不许百姓点灯;如今可是反过来了,只许百姓放火,不许州官点灯。老百姓干什么也没事,当领导的只要你敢动一动,立刻就有人能把你告到中央去。越是想干点事的,越是没有好下场。想想那一个个有名的改革派,一个个有名的企业家,一个个富有开拓精神的厂长经理,如今一个一个都到了哪儿去了?又有哪一个有了好的结局了?其实你就是一动不动,什么事也不干,也照样有人把你捅到上边去。就像咱们李市长,这可是咱们知道的,一点儿也不含糊的,还不照样有人告到上边去了。反正现在怎么着也一样,在老百姓眼里,干部里头没几个是好东西……

他们走时死活要放下几百块钱来,说是给李市长随便买点东西补补身子,好不容易才给拒绝了。

…………

王力嘉,省企业家联谊会常务理事,原《当代企业家》的副主编。

这是高成在市里的惟一的一个同班同学,高成大概好些年都没见到他了,没想到也来了。他在高成脸上看了好半天,然后说,也就是他了,今后像他这样的干部可就越来越少喽。真是江山易改,本性难移,我们上学那会儿他就这样,现在都老成这样了,还是这样。知不可为而为之,他从来就这副脾气。现在的干部谁还像他这样呀,都市场经济了,还以为他有多大多大权力似的。就说这国有企业吧,那是说管就能管了的?这些年,别看我不从政了,我可没少读书,眼界可是宽多了。啥叫市场?市场就是让经济私有化,让政治边缘化,一切都围着市场转,一切都围着资本转。人不为己,天诛地灭。咱们的古人早就知道这个理儿,并不是现代人的发现。要让我说,只要是市场经济,那国有企业一个个就都得破产了,救也救不活,这会儿救活了,以后还得死。我们现在的领导,脑子里首先得有这种意识,国有企业迟早都得完,不要一见有国有企业破产,就以为天下就要大乱了,工人一发不了工资,就以为工人阶级怎么怎么了。国有企业对国家来说,其实是个大包袱,国家其实也正在想方设法地要甩掉这个包袱。就像农村的责任承包制,说穿了,还不是国家把农民这个包袱给甩了?结果怎么样,农村经济的空前繁荣,农民生活的大幅度提高,你说你哪个领导能管成这样？这又是哪个领导的功劳？国有企业其实也一样,国家真正不管了,事情也就好办了……

　　…………

　　王义良,原省人民银行的副行长。

　　张德伍,原省汽车客运总公司的副总经理。

　　他们两个是一块儿来的,大包小包的带了不少东西。看看都是水果和营养品,又是来医院里看望病人,也就不好让人家再拿回去。都是专门搞业务的人,坐在这儿只是唉声叹气,什么也说不出来。末了,他们只说了一句话,说等李市长醒来了,请一定转告李市长,让李市长只管放心就是,说他们干干净净地干了一辈子,绝不会把自己的后半生随随便便葬送了的……

　　…………

　　侄子,吴宝柱。

　　吃晚饭的时候才急急慌慌地跑了过来,一进了门就止不住地放声痛哭。他说他根本不知道姑夫病了,刚刚才听别人说姑夫住了院。他说他一听说,眼泪就止不住一个劲地流。他说那一次姑夫批评了他,他就没敢再来姑夫家。不是不想来,而是害怕。他说姑夫就是这样一个人,让人又敬又怕。还说表弟表妹都上学不在家,他说什么也应该来家里多走走的。他在这儿又没别的什么亲人,靠的还不就是姑姑姑夫……

　　他来时,带了一大饭盒高成非常喜欢吃的鱿鱼鸡丝汤,真难为他还有这份孝心……

　　…………

李高成看着看着,一种说不出的感觉渐渐又笼罩了自己。

尽管是一个小小的笔记本,但却像一张无形的柔柔软软的情网,铺天盖地地向他压了过去。面对着这样的一张大网,似乎让你根本无法抗拒,不知不觉便丧失了一切抵御能力,甜甜蜜蜜、浑浑噩噩、心甘情愿、情不自禁地便被俘虏了过去。

妻子的表演并没有什么太高明的地方,她把笔记本放在这儿,不就是故意要让你看吗?她所写的这一切,不也一样都是有意要做给你看的吗?

一切的一切,就是这么明显,就是这么露骨,就是这么毫不遮掩。

退一步天阔地宽,山清水秀,所有的一切都还会像以前一样。天色还是那么湛蓝,太阳还是那么红亮,你还是你,朋友还是朋友,上级还是上级,领导还是领导,闺女是闺女儿是儿,爹还是爹来娘还是娘,你还是你前呼后拥、万人敬仰的市长,你的家也仍然还是让无数人艳羡不已、向往不已的家庭,依旧是享不尽的荣华富贵,依旧是蜜一般的温柔之乡⋯⋯

这么多年了,你不就是这么过来的么?你能得到这一切,难道是容易的么?泼水容易,收水难,现在回头一切都还来得及。

一切的一切,就看你怎么走,就看你怎么选择了。无非就是在告诉你,你的命运其实是掌握在你自己的手里。

真的就是这么明显,就是这么露骨,就是这么毫不遮掩。

莫非到这会儿了,你还没看清楚,还没想明白?

你怎么了?究竟是怎么了?在自己受到如此重大的精神和肉体的双重打击下,居然还会这么难分难舍地又要往人家设好的套子里钻!

如果在过去,他也许还会以为这一切都是真的,生活原来就是这样。虽然各有各的不足,各有各的脾气,但也各有各的优点,各有各的可爱之处。人么,就得相互宽容一点,何况你还是一个高高在上的领导。你连这些人都容不得,你还怎么领导一个几百万人的省城?

但如今,仅仅就在这几天的时间里,似乎所有的一切全都面目全非、原形毕露了。你真的彻头彻尾地被整个地蒙在鼓里了,正像老百姓说的那样,人家把你给卖了,你还在帮人家点钱!

不是套子又会是什么？要不,来看你的怎么会全是一条线上的人？

李高成的心里止不住地又动了一动,真的,怎么会？莫非来看我的,都是自己正在重新审视的一些人？或者,都是自己产生了怀疑的一些人？

难道是妻子就只记了这些人,而没有记别的来看望自己的人？

妻子突然回来的目的,是不是就是这个意思？

李高成由对妻子的思念,渐渐地又回到了对妻子的一种深深的怀疑和惶惑,甚至还带有一种说不出来的忧虑和恐惧。

如果妻子真要是这样的话,那可就太可怕太可怕了……

那么,妻子这样做的目的究竟是为了什么？是为了让自己同某些她认为不该来的人隔离开来？也就是说,她要阻止一些人接近自己？甚而至于,她其实是在对自己进行着一种看似无意的监督？她就是想看看究竟是哪些人整天围在自己身旁？

她来这儿,是不是也是因为一种深深的担心和恐慌？

那么,让她,让他们感到担心和恐慌的都是些什么？

是那些工人吗？是那些工人代表吗？是厂里那些愤怒不已的离退休老干部们吗？

或者,是市里的其他领导吗？

也许是,也许不是。

说真的,这些对他们来说,并不真正有什么让他们可担心的。厂里的那些人,不就是来告状吗？如今告状的人多了去了,这会儿的领导谁还怕你告状？正像他们说的那样,如今哪个领导没被告过？

市里的其他领导,他们一样也不会感到有什么可担心的地方。只要市长的立场没变,看法没变,其他的领导又算什么？树根子不动,还怕你树梢子乱摇晃？

就算是市委书记有什么想法,那也一样没什么可担心可恐慌的。企业和经济这一块,真正拥有权力的是市长而不是市委书记。市委书记要是想插手来管企业上的事,那就等于是越权越职。市长和书记本来就是一对矛盾,即使是各行其职,还有着绕不过的沟沟坎坎,扯不清的磕磕碰碰,若要是再这么凭空插过一把手来,那还不要闹得天下大乱?到时候他们之间的仗都打不完,哪还能顾得上别人?这也一样没什么可担心的。

那么,他们担心和恐慌的又会是谁?

那就只可能会是一个:

那就是你。

就是你这个市长。

是的,他们眼前感到最可担心最为放心不下的只能是你。也没有别的,就只因为你对他们最了解,对他们的底细最清楚,所以,对他们的威胁也就最大。

他们之所以这么处心积虑、小心翼翼地在你这儿设下这么多埋伏和罗网,无非就是这么一个目的,就是要把你给稳住。稳住你也就稳住了一切,得到你也就等于得到了一切。

同样没有别的,就因为你对他们还拥有权力,你还能制约他们。一句话,因为这会儿只有你能除邪惩恶、止暴禁非!也只有你能削株掘根、以儆效尤!

因为你还是个市长!

这会儿还没有什么人能动摇你的位置,你若要真正铁下心来想干成什么事情,那就谁也阻挡不了你!

所以他们最担心最恐慌的也就只能是你!

他们给你摆出来的这一切,和你自己摆出来的这一切,对你来说,其实都一样,那就是看你究竟怎样来选择了。

你的命运确确实实是掌握在你自己手里。

....

　　东方的鱼肚白越显越大,天渐渐地亮了。

　　他瞅了瞅桌上的表,已经七点过十分了。

　　病房的门被轻轻地打开,他有些下意识地合上了自己的眼睛。

　　就像实在无法面对这残酷的现实一样,他也一样实在不想在眼下的这种心境和场合中,见到自己的妻子……

三十一

　　"……李市长,李市长……"

　　几声轻轻的小心翼翼的呼唤,李高成一下子睁开了眼睛。

　　在微弱的灯光下,他良久才认出眼前的人来:

　　原来竟是孩子的奶妈夏玉莲!

　　真的是她,陪伴着她的还有那天李高成见到的她的那个儿媳妇。

　　夏玉莲一见李高成睁开了眼睛,就像吓了一大跳似的愣了一愣,好半天竟不知道究竟该说什么。

　　李高成也不禁愣了一愣,因为他根本没想到这么早来到病房里的竟会是孩子的奶妈,而不是他预料中的妻子吴爱珍。

　　"……夏大姐,怎么是你!天还这么早……"李高成一时感到非常茫然。

　　"妈,就是他,那天就是他到咱家来找你……"

　　"李市长……"夏玉莲眼睛眨了一眨,大颗大颗的泪珠子便止不住地滚了下来,"原来真的是你,真的是你呀!我那天咋的就没认出来哩……"

　　夏玉莲晃了一晃,差一点没倒了下去。也许是太激动了,她的脸色霎时间变得毫无血色,煞白煞白。

她那儿媳妇好像早有预料地适时地一把扶住了她,并让她慢慢坐在床头的沙发上。儿媳妇一边扶着婆婆,一边对吃了一惊的李高成说:

"没事没事,我妈这是老毛病了,稍一有啥事,就犯头晕症。医生说是低血压病,不要紧的,躺一躺马上就没事了。李市长,你别动你别动,你千万别动,过一会儿就好,啥事也没有。"

看来也真是如此,也就是一两分钟的时间,夏玉莲就好像已经恢复了正常。她依然一边抹着眼泪,一边懊悔万分地絮叨着:

"……都怪我,都怪我,那一天咋就没能认出来呢。你都说了你是李高成,我咋的还是没想出就是你呢。都说我是老糊涂,看来真是老糊涂了。要是那会儿我认出你来,还会出那种事吗?都怪我都怪我,这几天眼皮就一个劲地跳,哪想到事情会出在这里。后来我也想了,当时就是有点昏头昏脑的,要不咋就连李市长都认不出来了……"

夏玉莲的儿媳妇一边招呼着婆婆,一边对李高成说,婆婆这几天几乎天天都死了活了地要找李市长,说那天的事情全怨她,说她真的对不起李市长。那天她说你把一直蹲着的她从车间里拉出来的时候,她大概是站得太猛了,头也晕耳也鸣,好半天都不知道为什么要把她从车间拉出来。当时她还以为是自己做错了什么事,人家大概是不想让她干了,或者把她揪出来要收拾她呢,车间里那几个领班的,平时就凶得很,因为车间里听不见说话声,所以动不动就把那些没干好的工人拉出来又训又骂,有时候免不了还要挨几下子。工人们都说了,啥也不怕,就怕干着干着让人给拉出去。所以婆婆那天一让人拉出去,一下子就给吓蒙了,头昏脑涨地差点没栽在地上,咋就能想到站在眼前的会是李市长!后来回到家里,不吃不喝,又哭又闹地整整一天一夜都没能合一眼。到昨天才听说李市长病了住了院,就一个一个医院地找。亏了你那天留下的那个电话号码,才从吴秘书那儿知道了你的病房。后来就在医院大门口见了在这儿守着的吴局长,说是你病得很重,不能见人。一听这么说,她就更坐不住了,昨天晚上几乎闹了一晚上,也几乎病了一晚上,眼睛一合上就说胡话,翻来覆去就是这么几句话,说她对不住李市长,说事情全怪她。今天四点多就睡不着了,死了活了的要来看李市长。她说只要她能看一眼就行,看上一眼她也就放心了。昨天有个护士见婆婆不吃不喝地等在这儿想看一眼市长,便悄悄地对我们说,要想来见李市长,最好在早上六七点左右来,那会儿可能没什么人再来拦你,说不定就能见着李市长。哪想到还真来对了,一来就见着了你,而且你还醒着。她本来只想看一眼就走的,所以见你醒着时,反倒什么话也说不出来了……"

"……你们在医院大门口见到哪个吴局长了?"李高成忍了半天还是忍不住地问了这么一句。

"哪个吴局长?"夏玉莲的儿媳妇一怔,"他们说就是你的爱人吴爱珍局长么!"

"……她就没让你们进来?"李高成有些无法相信地问。

"……她说……你病得厉害,用不着进来了。还说……医院里有规定,是不能随便让人进来的。"夏玉莲儿媳妇的话明显地吞吞吐吐起来,"不过那会儿也不好让我们进来的,公司里来看你的工人干部有那么多,当时大概有好几百人哩,要是让我们进来了,那等在外边的那么多工人干部不就都有意见了。李市长,想来看你的人真是多呀,听说头一天一下子就来了一两千呢。这还都是派来的代表,要是公司里的工人干部全都来了,那还不把这个医院给挤塌了……"

"……哦!"李高成这一次是真正地感到吃惊了,竟然会有一两千工人干部到医院来看望他!而且都还是派来的代表!然而在妻子那个小巧玲珑的笔记本上,居然连一个字也没提到此事!尤其是像孩子奶奶这样的人来看望,她竟然都没让进来!而她让进来的又都是些什么人!想到这儿,李高成顿时又不禁被气得两眼发黑,手脚直抖。不过他还是有些难以相信地问,"那后来呢?后来公司的干部和工人就一个也没让进来?"

"吴局长说了……市长病得很重,用不着进来了。吴局长还说,大伙的心意她就心领了,等市长醒来了,她一定转告给市长……"夏玉莲的儿媳妇正说着,不想一下子被夏玉莲给打断了:

"哎呀,哪是人家吴局长不让进来呀。吴局长让大伙进来的,是大伙不想进来了,说是怕影响李市长养病……"夏玉莲这时已经缓过劲来,直直地坐在沙发上说道,"大夫就不让进的呀,这是医院,哪能一下子让这么多人进来,换了谁也不行呀。"

说到这儿,夏玉莲止不住地又掉下眼泪来。一边抹眼泪一边问李高成的身体好点了没有。说了一阵子,夏玉莲终于把话题转到了厂里的情况上:

"李市长,你是不是就要把那个厂子给禁了?人家厂长说了,那两个家伙他早就让公安局的给逮起来了,也早就把他们从厂里给开除了……厂长说了,这个厂是刚建起来的,有些地方还不合乎政府的规定,现在正在加紧改造,很快就会正规起来……我这次来你这儿,厂长说一定要让我给你说说,建这么个厂并不容易……"

"是哪个厂长说的?"李高成有些气愤地问。

"就是,就是那天你去的那个厂里的厂长呀……"夏玉莲结结巴巴地回答道。

"那厂长叫什么?是哪儿人?"

"……叫……叫什么来着,你看我这记性,你看我这记性,怎么就想不起来了?"夏玉莲脸色不禁又变得煞白。

"唉!"李高成见夏玉莲那样子不禁心疼起来,但想了想还是忍不住地又追问了一句,"他为什么不自己来,让你这么一大把年纪的人来?你连他的名字都不知道,你还替他说话?他把你们这些工人当人看过吗……"

"李市长……"夏玉莲几乎嚎啕大哭起来,"我没法子呀,人家让我给你说说,我不说交不了差的呀……我在那儿干了快三个月了,还没给我发一分钱的工资哩。人家说了,要是我说不动李市长,李市长把这个厂子真的给禁了,那我那三个月的工资也就领不上了……人家还说了,要是李市长不禁这个厂子,这个月就不需要上班了,厂里照样给你发工资,连下个月的一块儿给你发……"

李高成满腔的怒火再次升腾起来,他怎么也没想到竟会有这样的事情!狼心狗肺,真是黑透了!把一个退休有病的老工人折磨成这个样子,居然还要恬不知耻地让这样的老工人再来给他们说情!

尤其让李高成难以容忍的是,即便是孩子的奶妈,自己的妻子居然都没让她进来看上一眼!而这样的一个受尽欺凌和煎熬的奶妈居然仍在替他们开脱,仍在为她,为他们苦苦求情!

良知呢?人性呢?都到哪儿去了?

一直到两个人离开好久好久了,李高成依然深陷在一种难以自拔的痛苦之中。

李高成本以为妻子很快就会进来的,但一直到八点多了,仍然不见她的影子。护士来了,大夫来了,秘书来了,警卫也来了,该来的都来了,偏是她没有来。

见市长醒了,整个精神还不错,体温正常了,头也不疼了,不晕也不恶心了,颈椎骨质增生产生的腰背疼痛也减轻了许多,都已经能坐起来,而且已经可以在地上来回走动了,大家都大大地松了一口气。

一个值班护士对李高成说,这几天可把吴局长给累坏了,连着两天两夜几乎都没能合一眼。护士说,吴局长真好,一点儿没架子,说话那么和气,又那么能体贴人。在这儿工作了这么多年,见了那么多领导的爱人,还真没见过像吴局长这么好的。

李高成什么也没说,护士说的也许没错,在这种场合下,妻子确实会非常好。这么多年了,类似的这种场合经过了不知有多少了,每一次妻子都会赢得几乎所有人的赞誉。

连自己都被迷惑了这么多年,像这些护士们就更不用说了。

后来李高成问护士吴局长去了什么地方,护士笑盈盈地悄悄说,她们觉得吴局长这几天实在是太累了,市长的病情也好多了,便偷偷给吴局长用了一些镇静剂,吴局长在另一个病房里已经睡着了。

听护士这么一说,不知为什么,李高成的心反倒一下子轻松了许多。

他突然觉得,相依为命了几十年的妻子,要想真正实打实、硬碰硬地面对她,并不是一件容易的事情。

他不禁又想起了市委书记杨诚的一句话:你不是怕她,而是实在太爱她了。

直到此时此刻,他才第一次真正感到了这句话的分量。

等到吃了些早饭,再次输上液,一切都安排就绪后,他让秘书吴新刚一个人留了下来,把其他的人都打发了出去。

李高成平时给秘书的权力很少,给秘书的约束却很多,所以在李高成身边干过秘书的人,都一致认为李市长的秘书是最难当的,同时也是最没有什么前途的。一般来说,按现在的风气,像给李高成这样的市级领导当秘书,前程都是非常看好的。但在李高成手下干过的秘书,基本上都没有给安排过什么显赫的要职,这并不是李高成故意想在这方面有什么表现,而是他确实没有发现过一个可以担当重任的秘书。所以在这么多年的市长生涯中,吴新刚这个秘书可以说是最让他看好的。

首先,吴新刚的嘴巴非常严实,一些即便是算不上什么太机密的事情,也从来没从他这儿走漏出去过。二来吴新刚是个非常细心的人,平时李高成的一句话,一个没有人把它当作一回事的允诺,一个随随便便的约会,他都会给你记得清清楚楚,甚至是早几年前的事了,你早已把它忘得干干净净了,他依然还记着,所以像这一类的事情,很少有过什么纰漏,这也就让李高成觉得非常放心和牢靠。三是吴新刚这个人品格很好,不仅很有学识,而且也很有思想,尤其是个人素质相当不错。在吴新刚当市长秘书期间,他几乎没干过一件越职的事情,也几乎没给李高成提过一件私下的要求。在物欲横流的今天,能做到这一点并不容易。有时候,碰到有些让他感到难以处理的问题和事情,他也试着同吴新刚聊一聊,听听他的主意,他的想法,结果都让他感到相当满意,甚至有些让他出乎意料和耳目一新的感觉。按时间来说,像吴新刚这样的秘书,也早该给安排一个职务,让他到基层锻炼锻炼了。依现在一些领导的做法,秘书走马灯似的不停地换,换一个安排一个,而如今的秘书都铁板钉钉是自己人,安排上要职也没人拦,谁都觉得天经地义。何况大家都一样,谁也不说谁,这等的好事何乐而不为?虽然李高成对这种秘书参政或者变相参政的做法深恶痛绝,但也并不主张只要是秘书就什么也不能干,应量才录用,任贤使能,不能一概而论。吴新刚这么长时间了一直没能安排,一来是太忙,二来是还没物色到一个合适的替代人选,但最主要的也还是真有点舍不得。

选一个好干部不容易,选一个好秘书一样也很难。

病房里就只剩了他们两个,一时显得很静。

"李市长,你现在感觉是不是好多了?"吴新刚很斯文地笑着问。

"……小吴,那天你是不是觉得我这个市长很狼狈?"李高成冷不丁地这么反问了一句,一眼不松地直直地看着吴新刚。

"……没有,一点儿也没有。"吴新刚摇了摇头。

"你给我说实话,当时你究竟有什么样的感觉?"

"……李市长,我当时的感觉就是从来还没见过你那种样子。"

"什么样子?"

"李市长,你当时可能感觉不到你自己的样子……"吴新刚一时间又好像陷入到了那天的情景中,"……说实话,李市长,我跟了你这么长时间了,还从没见过你像那天那样,那么有个性,有气魄,那么威风凛凛,一身虎气。那天他们就有人给我说了,你们市长就像一个怒发金刚,那样子能把人活活给吓死。你身后的那么多人,那么多辆车,一个个都呆若木鸡,心惊胆战。李市长,那样子真是壮观极了,也有意思极了……"

"行了!"李高成有些恼火地打断了吴新刚的话,"年纪轻轻的,就学会胡吹乱拍、瞎说八道了。我还不知道当时是个啥样子,有那么好看吗?拍都拍不到地方……"

"市长,我真的说的都是实话,当时的感觉确确实实就是这样呀。"吴新刚有些一反常态地分辩道,"这不是我一个人的感觉,好多人当时都是这样的感觉呀。后来有人对我说,有个农村来的领班临时工,竟把市长给打了一下,还把市长带到了他们厂长那儿。市长一到了那儿,把那几个厂里的头头吓得呀,整整跪倒了一大片!人们都说了,这事情就是写到小说里也没有人相信的呀。如今哪还有这样的好市长,微服私访,到一个黑厂里悄悄去调查,结果让人家的工头给抓住……人们都说了,那两个家伙真是瞎了眼了,也活该这样的厂子倒霉,害人害己,总算碰到对头了。"

"真是这么说的?"李高成也许根本没想到会有这样的议论,有些不相信似的问道。

"真是呀,老实说,要不是他们这么说,就是连我也不相信。真是写到小说里也没人相信,如今哪还有这样的事情?不过我一下子就相信了,这样的事情哪儿也有,不管多大的领导,要是没有人保护,碰见了赖小子还不照样没办法。前些日子我跟我妻子晚上一块儿去看电影,有个小偷几乎就是明抢似的掏我妻子的钱包,我上去推了一把,就被他们一伙的几个人打了几拳,我头上这会儿还有疤没好呢。"吴新刚说到这儿,两个人都沉思起来。过了一阵子,李高成又问道:

"他们还说啥了?"

"市里的一些领导也说了,李市长去那个地方肯定是有别的目的的,而那个地方肯定也是有背景的,要不怎么就敢随随便便地打人抓人。亏了是李市长去了,要是市里别的级别低点的领导去了,闹了你也还不是白闹。这就看李市长下一步怎么办了,要是市长也照样不吭不哈的,那中纺的事情就谁也管不了了。还有的人可能是有意胡说八道,说李市长在那个地方出了点事,其实是大水冲了龙王庙,自家人没认出自家人,瞧着吧,将来还是什么事情也没有。至于老百姓那说法可就多了,不过大部分人都觉得这回可真的有好戏看了。尤其是中纺的工人,他们说李市长虽说是个好人,但这回可就不一样了。"吴新刚说到这儿不知为何停顿了一下。

"此话怎讲?"

"工人们说了,好人不恼,恼起来不得了,这一回李市长可要动真格的了。"

说到这儿,两个人再次都沉默了起来。

事实上也正是如此,八面合围,内外夹攻,前无进路,后无援兵,看来只有破釜沉舟,背水一战了。

问题是你现在究竟应该怎么去做,从哪儿去做。

"你呢？对这件事又如何看？"末了，李高成问吴新刚。

"李市长，其实你也清楚的，中纺的事情一出来，你实际就已经成了全市的焦点人物。你既是市长，又是中纺公司的老领导，公司的领导都是你提拔的，中阳纺织集团公司的地点在东城区范围，而这个区反贪局的局长又是你的爱人。别说中阳纺织集团公司现在确实有问题，就是真的没问题，老百姓也一样会以为这里头肯定有猫腻。"吴新刚说到这儿，想了想又接着说，"李市长，我跟你这些年了，也深知你的为人。我知道你是准备下决心解决中纺问题的，但现在的问题不是说你有没有决心，而是看你到底有没有一个最妥善的好办法，既查出问题，也不伤了自己。你是个实干家，但在政治上其实是个很单纯的人。你只谋事，也只会谋事，却从来不谋人，也一样不会谋人。可若要查办像中纺这样大的公司，只会谋事可就远远不行了。要不就有人这么说，如今的中国，不管是当领导的，还是当老百姓的，个个都是谋略家。尤其是当干部的，要是没有运筹帷幄的头脑，又怎么能一级一级地往上走？想想也够可怕的，如今的领导干部，没人干实事，却都在搞谋略，这样下去可怎么得了？可你不这样干，又有什么办法？像中纺的事情，李市长，你想过没有，中纺的问题就仅仅只是那么几个人的问题么？如今的领导，哪个不是狡兔三窟？哪个没有几个硬后台？有些人不是说了，如今是明知有问题，就是没人查；明知有问题，就是查不出来。其实就算你查出问题来，又能怎么样？前年省纪检委查处一个县级汽车配件厂的腐败问题，结果一下子就捎带出县、地、省的领导干部四十多个，涉及金额达二百多万元。结果怎样了？问题是查出来了，但处理得了么？主犯倒是给判了死刑，但老百姓说那叫杀人灭口。最后又怎样了？被查的不了了之，调查的却一个个不是被调离就是被免职。老百姓对此也有说法，谁让他们知道得太多了？结果是被查的没人说好，调查的也照样有人说坏。坏人没好下场那是应该,好人没好下场那是活该。李市长,我什么也不担心你,什么经济问题呀,作风问题呀,政治问题呀,我想也不想,这一点我清清楚楚,你什么问题也没有,你是一个真正的好干部。我最担心的就是怕你查出了问题,但也把自己赔了进去。李市长,你回头好好想一想,凡是真正惩治腐败、大力整顿不正之风的人又有几个被提拔被重用了?反腐败是要付出代价的,有时候会是一生一世的代价。为啥?因为如今真正搞腐败的那些领导,早已学精了,把什么也摸透了,做绝了。就算你查出问题来,也根本查不到他们头上,他们在虚张声势、大喊大叫地反腐败,他们的老婆孩子亲戚亲信六大姑八大姨却在有恃无恐、无法无天地搞腐败。要查也查不到他们头上,等到风头过去了,再找你算账,你想想你会有什么好下场?老百姓不也有人说么,如今是鬼拍溜道的提升,真抓实干的遭殃。当领导的只要能日哄得上级高兴了就行,形势大好,问题不少,决策有方,前途光明。这是秘书写材料的四项基本原则,其实也一样是当领导干部的四项基本原则。见了上级领导就得这么说,就得这么哄,领导高兴了,对你也就放心了。你若是昨天有问题,今天查问题,明天追问题,成天出问题,哪儿也有问题,领导还会放心你?你这个市长书记的究竟是公检法的领导,还是纪检委、反贪局的干部?平时你就不干别的吗?再说,查出这么多问题来,岂不是给党的脸上抹黑,岂不要影响党群关系、干群关系?而且也一样会有人说,莫非就只有你是青天,别人都是昏官?你查出一个贪污犯,得罪领导一大片。老百姓那儿说不定还会说这是大贪污犯查小贪污犯,捉住的只是苍蝇,放跑的倒是你这只老虎……"

"那你的意思是让我也睁一只眼闭一只眼,口是心非,沽名钓誉,只要自己能升能提,管他老百姓是死是活?"李高成不知是在质问吴新刚,还是在质问自己。

"李市长,我可不是这个意思。你是让我说实话,我就把社会上各种各样的说法都给你摆出来。你是市长,权力在你手里,选择权也一样在你手里,我也只是如实给你说说罢了。不过我也清楚,你这么问我,也只是再了解了解情况而已,其实你早已经知道该怎么做了。"吴新刚像是在分析什么问题似的说道。

"小吴呀,你说错了。我这会儿可真的是没有什么好主意,也真的还不知道应该怎么做。"李高成显出一脸的沉重,像是自言自语地说道,"老百姓都在看着我,可我却真的还不知道该怎么做。"

"李市长,你不是不知道该怎么做,你只是心太软。"

"……哦?"李高成有些不解地看着吴新刚。

"你是又想查清问题,又不想伤害别人。李市长,你太善良了,工人们说的让你心疼,干部们说的又让你心软。"

"……你就是这么看的?"李高成心里一震。

"不,是工人们这么看的。"

"那你呢?你怎么看?"

"我觉得……"吴新刚突然吞吞吐吐起来。

"你觉得什么?"李高成问得很坚决。

"我觉得你是还没拿定主意究竟是大查,还是小查,究竟是彻底地查,还是一般地查?"

"……唔?"李高成心里又是一震,"那你觉得应该怎样查?"

"李市长,你让我说实话,还是让我想办法?"

"说实话。"

"李市长,对你来说,只有一条路,那就是大查,彻底地查。"吴新刚目光炯炯地说道,"李市长,在老百姓眼里,你是个少有的清官。人生一世,各有各的活法。你选择的就是一生一世都要为老百姓,都要为这个国家。李市长,不瞒你说,我看过你的档案,你为了入党,整整写了三十六次申请书。每一次你都写得清清楚楚,你入党就是要真心实意地为国家服务,为老百姓服务。你的入党申请书跟别人的很不相同,没有那么多大话套话。你这几十年也确实是这么做的,老百姓们也已经这么认可了你。李市长,你可能还不知道,就在这几天里,来这个医院要看望你的工人干部有多少!真是数也数不清。只中纺派来的代表就有几百个,跟着来的工人就有一两千。一个领导干部,能活到这份上,该是多么的不容易。人活在世上,只有几十年的时间,要做成几件让世人颂扬,让老百姓怀念的事情,实在是太难太难了。我想你眼下之所以会这么痛苦,无非是不想毁了自己一生的清白。其实当官当到多大才是个尽头?当官要是没有口碑,那还不如不当。就算你反腐败把自己也给贴进去了,老百姓至死也不会忘了你,这个国家也永远会感谢你。一个领导干部能做到这份上,不管是对老百姓还是对自己,也已经足够足够了。我爸只是个一般工人,他四年前得了癌症去世,他临终前对我说,孩子,你爸生了六个儿子,就你还是个有出息的。好好干,别给爸丢脸。日后你要是当了领导,一定记着这么一句话:为官一任,造福一方;为官一任,保一方安宁。你爸没出息,芝麻大的官也没摸着过,可你爸知道这两句话。有朝一日你当了官,你就照着这么干,爸在阴曹地府也会保佑你……"

吴新刚的眼里有两颗大大的泪珠子一闪一闪地滚了下来。

李高成也不禁受到了深深的感动。

他没想到吴新刚会这么看他,更没想到吴新刚会说出这样的话来。

三十二

吴爱珍轻轻地走进病房里来的时候,已经是上午十一点多了。

尽管是刚刚睡醒,尽管是一副发髻半偏、衣衫不整的样子,但依旧是光彩照人,风度翩翩。她显得仍是那样的自如、随和,仍是像往常那样的亲昵、热情,那神态,那举止,就好像他们之间什么事情也没发生过一样。

李高成有些发愣地瞅着妻子的一举一动,一时间竟不知道该说些什么。

妻子朝他笑了笑,然后在他身旁坐了下来,半俯着身子,带着一种歉意轻轻地对他说:

"你看我睡的,刚才护士告诉我了,说你今天一大早就醒过来了。这会儿觉得怎么样?好点了吗?咋就能病成这样,真没把人给吓死……"

妻子一边用手在他的头上轻轻地摸着,一边又老练地把输液的速度往慢的调了调。

他又闻到了妻子身上那种熟悉的、令人陶醉和迷恋的幽幽清香和气息。妻子的手还是那样的温和柔软,语气还是那样的甜美动听。就好像分别了许多年似的,他觉得同妻子好久好久都没有这么亲近过了。

在妻子的这种举止面前,他好像没了任何应对能力。似乎只能听任妻子的摆布,一切的一切也似乎只能按妻子的吩咐和安排来做。

护士和吴新刚都知趣地走开了,病房里一时显得很静。

"饿不饿?想不想吃点东西?"妻子仍在关切地问着,"你要想吃什么,我马上就让人给做点来,行么?"

"……不用。"李高成摇了摇头,终于说了这么一声。

"这两天来看望的人可多了,幸亏你睡着,要不还不把人折腾个半死。又都是些拦不住的人,一点办法也没有。见你这样子,有时候就想,真的还不如前些年了,那时候都是一般干部,干的是事业,忙的也是事业。上完班,剩下的时间就全是自己的。想干什么就干什么,真是无官一身轻。如今外面看上去轰轰烈烈,其实反倒是属于自己的东西一点儿也没了……高成,我不知道你这几天怎么样,反正这几天对我来说,就像过了几十年一样。我真有点受不了,真是有点受不了了。高成,我真的不能没有你,我觉得我一会儿也离不开你,我宁可没了一切,也绝不能没了这个家,也绝不能没了你……"

妻子的眼泪悄无声息地一颗接一颗地从脸颊上滚落了下来,擦了一把又一把,怎么擦也擦不完。

李高成刹那间又被深深地陷入到一种说不出的激动里。妻子的眼神在告诉他,她说的都是真的,她的感情也一样都是真的。

"高成,我再也不会惹你生气了,我早已在心底里作了保证,这辈子就是再苦再累再委屈,我也绝不惹你生气了。不管怎么着,我总还比你年轻十来岁,就算我错了,你也会让着我的,是么,高成?我记得我们刚刚认识、刚刚结婚的那些年,你就常常这么对我说的,你忘了是不是……"

妻子语声唏嘘、泪眼婆娑的样子,越发让李高成有些心疼起来。

"好了,别哭了。"李高成的语气不知不觉地也轻柔温和了许多,真的就好像在劝一个小孩一样,"一会儿护士或者什么人进来了,还以为是出了什么事呢。"

妻子也真的就好像个孩子似的立刻就不哭了,拿出手绢来使劲地在脸上擦着,她甚至有些娇嗔地朝李高成瞥了一眼,紧接着又像个孩子似的笑了一笑。

……李市长,你不是不知道该怎么做,你只是心太软……你是又想查清问题,又不想伤害别人。李市长,你太善良了,工人们说的让你心疼,干部们说的又让你心软……

李高成耳旁不禁又响起了吴新刚刚才对他说的这些话。吴新刚其实说得太委婉太客气了,因为不管怎样,你是市长,他是秘书,所以吴新刚并没有把那些最严厉的话都给你说出来,但这些话里的潜台词你应该是能感觉得到的。又想落个反腐败的好名声,又想什么事情也没有,什么人也不伤害;不只要让老百姓高兴,还要让所有的人,甚至那些有问题的人都感到满意。又要马儿好,又要马儿不吃草;又想当婊子,又想立牌坊。世界上的好事就只让你一个人全占了?

究竟是太聪明了,还是太卑鄙了?

成千上万的工人面临着失业,成百万上千万的资金面临着流失,那么多为国家干了一辈子的工人在痛苦中挣扎……而你却在这儿缠绵悱恻,患得患失,以至于日坐愁城,束手无策!

究竟是太麻木了?还是太无能了?

老百姓要是知道你其实就是这样一副样子,又怎么会成百上千地到医院里来看望你?昧了良心,就等于是在欺骗。欺骗了你自己,也就等于欺骗了所有的人!但自欺欺人的最终结果,那就是只能被所有的人所唾弃。因为欺骗老百姓就像不让老百姓说话一样难,是金子是黄铜,是银子是生铁,迟早都会让人们看得清清楚楚。历史的惩罚其实是最残酷、最不留情的。

渐渐的,李高成就好像从梦乡中清醒过来一样,又慢慢恢复了理智。

"……爱珍,你刚才说的那些话,都是真的吗?"李高成轻轻地问道。

"你觉得我那些话是假话?"妻子满含深意地看着他反问道。

"你说你宁可没了一切,也绝不能没了这个家……"李高成仍然轻轻地说道,"你真是这么想的?你真的愿意这么做?"

"那你觉得呢?"

"爱珍,既然这样,那你就听我一次吧,辞去反贪局局长的职务,另调个地方吧,行么?"李高成说完这句话,然后怀着一种深深的期待、热望、担心、忧虑……直直地盯在妻子的脸上。

妻子像吃了一惊似的瞅着他,明快的脸色顿时变得阴暗起来。

"……为什么?"妻子像没听明白似的问道。

"为什么……"随着妻子脸色的变化,李高成终于再次明白了自己的想法终究还是一场幻想,但他仍然有些不死心地说,"为我,为你,为咱们,为孩子,为这个家。"

"那就以牺牲我为代价?"妻子有些冷冷地反问了一句。

"怎么能这么说?"妻子感情变化的迅速,着实出乎李高成意料之外,"我根本没有这种意思。"

"你都明明白白地说出来了,还说没有这个意思?"从妻子眼里逼过来一种寒意和鄙视。

"……一个反贪局长对你真的就那么重要么?"李高成觉得实在有些不可思议,"不当反贪局长了,怎么就会对你是一种牺牲?"

"那你说说,你这么做的目的是为什么?是我干得不好吗?还是我干出什么错来了?就算没有你这个市长,我在检察院干几十年了,这个二级副处,轮也轮上了,又凭什么平白无故、随随便便地就不让我干了?你以为这是因为你,我才干上了这么个反贪局长?咱们平心而论,这几十年了,你什么时候真正地考虑过我?又什么时候想方设法地提拔过我?你什么时候不是压我,劝我,一再地四处游说不让人提我?这些年,你手摸胸膛好好想一想,咱就凭良心说,我牺牲的还少吗?而如今,仅仅就只是为了你一个人的利益,又要让我离开熟悉的工作岗位,你不觉得这太过分了吗?你究竟是觉得我太坏了,还是查出我什么问题了?我就是真有问题,轮得上你来处理吗?你有什么权力跟我说这些话?刚刚出了点事情,就马上想免掉自己的妻子？你说这些话的时候，就一点儿也不感到内疚？一点儿不感到难过……"

妻子反应之强烈，再次让李高成感到意外和吃惊。他一直等到满脸嗔怒、满腹怨气的妻子的情绪有些平缓下来的时候，才努力使自己显得温和而又耐心地说道：

"我从来也没有怀疑过你的能力，你说的这些我也并不是不清楚。你为这个家庭做了那么多的牺牲，我打心底里感激你。一直到现在，即便是在你身上让人感觉到已经出现了那么多的问题，我仍然并没有从根本上怀疑你，或者想否定你。说实话，自从中纺的问题一出来，让我想得最多的就是你，让我丢不下的也是你。我从来也没往深处想过，也从来不敢往深处去想你真的会变。没有别的，就因为你是我的妻子。有时候我常常会莫名其妙地想，如果我的妻子是干净的，是清白的，谁要是再对我的妻子说三道四，我这辈子饶不了他，下辈子也一样饶不了他。我真心实意地希望我的妻子干干净净、清清白白，但问题是，究竟谁能给我一个肯定的保证和答复？你能吗？就算能，你的保证和答复能让人心服口服，能让人深信不疑吗？你知道么，现在社会上对我们夫妻两个各种各样的议论有多少？尤其是在领导层内，又有多少人在看着我们。在这种时候，我想我们应该有一个表示，应该有一个举动。而不管对你还是对我来说，这种表示和举动也都确确实实是一种牺牲。但这种牺牲对我们来说，是值得的，也同样是应该的。你在东城当反贪局长，而中阳纺织集团公司就在东城，正是你的管辖范围。现在中纺上访告状的工人干部越来越多，中纺工人的情绪也越来越大，事态已经严重到了难以收拾的地步，这样大的一个国有企业已经到了崩溃的边缘，我是市长，你是反贪局长，而中纺又是我们共同呆过的地方，那里的主要领导都是在我手里提拔起来的，我们一家同中纺仍然有着千丝万缕的联系……"

"又是你的这一套,又是你的这一套!"妻子忍不住打断了他的话,"以前我就给你说过的,中纺发生的一切,跟你没有任何关系。第一,你就不该查,国有企业改革带来的大震荡才刚刚开始,怎么一下子就受不了了?一发不了工资就有人告状,一告状你就派人去查,这还有完没完?这样做你还让国有企业的领导怎样搞工作?怎样搞改革?有朝一日哪个国有企业破了产,那还不闹得天下大乱?这社会还能稳定得了?第二,我也给你说过的,就算有问题,那也跟你没有任何关系。你在中纺的时候,这些领导干部不都好好的?你离开了,他们有问题了,这跟你又有什么直接关系?你能保他们一辈子?人是会变的,谁能保证他提拔重用过的人永远不会出问题?如今你查谁查不出问题来?等查得只剩下你一个清官时,这个社会上还会有你么?你以为你就是那么干净的,一点儿问题也查不出来?还有,问题刚刚一出来,刚刚一有人告状闹事,就先自个乱了阵脚,做贼心虚,惶惶不可终日,好像你有多大问题似的,就要把自己的老婆先给免了?我以前给你说过的,让你不要查不要查,你就是不听,你以为你有多大能耐、有多大本事?这下好了,不应了我说的吗?一查不就查到你自己头上了?八字不见一撇,就先把老婆给牺牲了,等到真的要是查出什么问题来,那还不把你查得妻离子散、家破人亡?不见棺材不落泪,你是不是非得把你这一家子全都查得贴进去才回头、才死心?我真不明白,就是到了现在也闹不明白,中纺的问题你为什么要查,为什么要管,为什么要插手……"

听着听着,李高成也终于明白了一个无可变更的事实,妻子也仍然还是她自己的那一套。你的这一套,和她的那一套,至少从目前来看,根本没有调和的可能,也没有可以调解的迹象。这就是说,说了也是白说,谁也别想说服谁。正是两股道上跑的车,谁也别想把谁拉过来。以她的立场来看,她绝不会轻易放弃自己的观点和看法。所以他们两个人目前相互所做的一切努力都是无效和徒劳的,也许那一句话对他们两个人一样合适:不撞南墙不回头,不到黄河不死心。也正像妻子说的那样,不见棺材不落泪。

其实他已经给妻子说得再明白不过了,只要你是干净的,查一查又怕什么?只要你是清白的,那查出问题来又怕什么?如果你没有任何问题,干吗又非把住这个反贪局长的位置不放?你究竟是担心我,还是担心你自己?其实你就根本还没有闹明白,你要有了问题,还不就等于我也有了问题?你是我的妻子,你要是真的干了什么见不得人的事,那别人又会怎么来看我?我即便是真的一点儿不知道,又有谁会相信?你老婆干了坏事,你却说你不知道,只怕连三岁的小孩也不会相信你!事情发展到这步田地,其实你们已经被紧紧地捆在了一起,生死攸关,两个人的命运也一样被紧紧地连在一起了。

到了这会儿,妻子在耳旁喋喋不休的那些话,李高成早已一句也听不进去了。等到妻子不再说什么了,他才有些懵懵懂懂、仍旧不死心地问道:

"……爱珍,我这会儿只想听你一句话。这病房里现在也就咱们两个人,你给我说真话,在经济上,你到底有没有问题?如果有,问题到底有多大?爱珍,我只要你这一句实话,一句掏心窝的话。"

"什么意思?"妻子越发冷漠地问道。

"没什么意思,我只想心理上有个准备。"

李高成再次期待地看着妻子的脸,但最终看到的却是一种彻底的绝望。

妻子冷冷的脸上渐渐浮现出一种怨入骨髓的鄙夷来,然后说出了一句让李高成可能此生此世都难以忘记的话:

"……你真自私。"妻子的表情就像是在看着一个忘恩负义的侏儒一样,"我真没想到你会这么自私。"

李高成直觉得自己的心就像一块石头一样沉了下去,他无论如何没想到妻子竟会这么说他。不过也正是这一句话,让他彻底地清醒了。这么多年了,你真的错看了你的妻子,你确确实实错看了你的妻子。面对着这种让人心碎的情景,还能再说什么呢,他有些分外心疼地说道:

"既然你这么认为,那我们也就没什么可说的了。"

"李高成,你用不着用这种话来吓唬谁。"妻子的两眼似乎在冒火,"在你眼里,也许我是个长不大的孩子,但你错了,你把我想象得太傻了。如果咱们俩换一个位置,我就绝不会说出你那样的话来。一有了什么事,一有了什么跟自己有点关系的问题,立刻就大喊大叫地要调查呀,要处理呀,这不叫魄力,更不是英雄。这叫自私、这叫软弱、这叫懦夫、这叫滑头!平日里咋咋呼呼,其实是胆小如鼠,稍有个风吹草动,马上就惶惶不可终日,天上掉下来个树叶子也怕把自己给砸着,像你这样的人还能成了气候!你对任何人都不负责任,任何人也一样不会对你负责任!一出了什么事,就先想着自己的爱人有没有问题,就先想着自己如何才能脱身,如何才能没有责任,你还算是个男人么?你还有点人味吗!请你放心,就算我有什么问题,我也绝不会拖累你,更不会死皮赖脸地拽着你,我还没下作到那种地步……"

"好了,如果你觉得我真像你说的那样,那就请你出去。"李高成竭力地放低嗓音,但却好像是撕心裂肺地喊了这么一句。

"我说过了,我不会赖在你这里不走,但有些话我还得给你说清楚。你一直以你的那种自私的眼光来看待眼前的一切,所以也就以为我这个反贪局长一直是你的累赘。你错了!也许用不了多久,你就会明白你的那些想法有多么的势利和虚伪。我为这个家付出了那么大的代价,做出了那么多的牺牲,从来也没有像你这么自私自利,更没有像你那样为了保住自己的位置,连自己的家,连自己的妻子全都可以毫不犹豫地随时抛弃。即使是到了现在,我这个你那么想免了的反贪局长仍在不遗余力想尽一切办法地在保护着你,在维护着你这个市长的位置!你太天真了,你从来也没考虑过,像你这样的没有一点儿政治头脑的人,也想当个反腐败的政治英雄。你想得太简单了,你也高兴得太早了!螳螂捕蝉,黄雀在后,还没等你走出第一步,还没等你的手伸出来,也许你早已成了阶下囚了……"

"……出去,"李高成强压着自己的情绪,努力使自己的嗓音更平静一些,"出去!我请你立刻给我出去!"

"我告诉你,总有一天你会明白,在这个世界上,能救了你的,只有一个人,那就是我!"

妻子说完这句话,不屑一顾地斜睨了李高成一眼,然后脸色苍白、满含愤恨地拂袖而去。

三十三

妻子走了好久好久了,李高成才渐渐感到自己实在是被气坏了。

当他发现输液管在不断剧烈地摇晃时,才明白原来是自己的手在抖,而且抖得那么厉害,以致连整个病床都在止不住地颤动。

他再一次地感到头昏脑涨、呼吸短促,以致久久地陷在一种精疲力竭,几至崩溃的精神状态之中。

这世界究竟是怎么了?到底是你做错了事情,还是我做错了事情?莫非夫妻之间对这种重大的原则问题就没有任何是非观了?分明是你自己做错了事情,分明是你自己违法乱纪,却偏能如此慷慨激昂、理直气壮。似乎天下的理全都在她那边。尤其是在她也清楚自己的所作所为全然违法的情况下，她不仅没有任何一点儿悔过和愧疚的表示，反倒把所有的过错全都推在了你的头上：造成这一切的原因根本不在她身上，所有的这一切都是你造成的。

别人不知道我的为人说出这样的话来尚有情可原，而作为妻子，你怎么会说出这样的话来？就算不讲感情，又如何能不讲事实？莫非你真的不了解我吗？

我自私、我怯懦、我滑头吗？我没有魄力、我胆小如鼠吗？

自从当了副市长、市长以来，在这将近十年的时间里，李高成为这个省会城市几乎付出了自己的一切。在任何艰难困苦的情况下，他从来都没有退缩过，更没有被吓倒过。为了这个城市，为了这个城市的几百万老百姓，他怕过什么？

在分管工业的那几年里，他大刀阔斧、旗帜鲜明地引进外资、深化改革，使二十多个犹豫不决、裹足不前的国有大中型企业轻装上阵、大胆开拓，从而在社会上引起了剧烈的震撼和强烈的反响。尤其是在八十年代末、九十年代初，乌七八糟的东西铺天盖地地冒了出来，人们对改革开放的路线感到犹豫，对国家的前途和进程感到茫然，特别是在柏林墙倒塌、苏联解体、东欧瓦解前后，一些极"左"和阴暗的东西，云屯雾集、浊流滚滚、来势凶猛，他们张为党为国为民之旗，行倒退反改革之实。所有的言论似乎全都集中在了一点上：要再这么改革下去，我们的政权将不复存在，我们共产党执政的地位将不复存在。言外之意，改革开放是亡党之路，所以改革开放必须终止。

李高成顶住了这种种的压力和言论。

李高成当时说了一段被老百姓称颂一时的名言：

只要人民富裕了，只要人民拥护改革，那么执政党的执政地位就会继续存在；如果人民继续穷困，国家仍然贫弱，那么这样的执政党还不如没有！就算它仍在执政，其实它已经等于失去了执政的资格;如果拿人民的富裕和执政的地位做交换,一个真正的执政党宁可去选择前者!就算这个执政党消失了,不存在了,人民也会永远记住这个执政党,而这个执政党也才会永远生存在人民的心底里!

在称颂着李高成的胆识和勇气的同时,又有多少人在暗暗地为李高成捏着一把汗!

李高成那时也真有点豁出去的劲头,在许许多多的人见风使舵、犹豫不前,甚至往后退缩的时候,他不仅毫未却步,反倒大大地朝前迈了一步。因此在邓小平1992年南方谈话以后,等到一些人清醒过来,转头再追时,李高成所在市里的改革已经把他们落下了很远……

即使是到了今天,由于李高成这一远见卓识所产生的直接影响和后果仍然是显而易见的。市里绝大多数国有大中型企业仍然运转正常,充满了旺盛的活力。同其他省市相比,市里国有企业改革成功的比率要大得多,效益也一样要好得多!江泽民、李鹏和朱镕基等国家领导人来省里市里考察时,都给予了高度的评价和充分的肯定。尤其是在市里的一些国有大型企业考察时,中央领导人的评价更是让省市的主要领导感到高兴和鼓舞。朱镕基在考察一家大型企业时,用开玩笑的口吻对李高成和企业的其他负责人说:

你们把企业搞得这样好,大家看了真是很高兴。你们越搞越大,越搞越活,这既符合市场规律,也符合资本规律,但你在我们这个社会主义国家里,可就让我们头疼了。市场都让你们占了,连上海都竞争不过你们,其他的厂子都吃不上饭,你让我们这些人怎么办……

就因为先走了一步,也就等于走活了一盘棋,所以即使是到了今天,市里的企业,尤其是国有企业,大部分仍然都保持着良好的运转和强劲的势头。不论是机制的转换还是体制的改革,都已经进入了一种良性循环之中。同其他省市相比,市里国有企业的形势要好得多,而且正朝着越来越好的趋势发展。对这一点,包括省里和中央的领导,都是深信不疑的。

想想当时的压力,想想当时所冒的风险,能说我自私、滑头、怯懦?能说我没有魄力、胆小如鼠?

1992年,他当选为市长,同时被任命为市委副书记。

上任之初,李高成面临着的第一个焦点问题便是住房问题。一方面是广大市民的住房平均面积远远低于其他省市,无房户、危房户、缺房户的比例相当高;另一方面,一些干部超占、多占、私建住房的现象则越来越严重,有些干部多占的住房甚至于有六七套之多!最严重的一个副厅级干部,在不到六年的时间里,由于不断地升级和调动,竟占用了九套住房!而他只有两个子女,其中一个大学还没有毕业,也没有成家。这九套住房除他使用的两套外,另七套有两套空锁,其余的竟然全部高价出租!而市郊的一些县级、乡镇级干部,任意大建私房的腐败风气则愈演愈烈。在市郊的五个县里,从1983年以来,竟有近四千名干部超标准建房!其中副县级以上干部达一百多名,科级以上干部七百多名!有些县占地多的一些干部,住房面积竟达三四百平米以上,有的甚至耗资数十万元之巨!建房标准与其收入状况的严重不符,以及超占住房的干部人数之多,几近于一组令人触目惊心的天文数字!

在李高成当选市长和被任命为市委副书记以前,市委市政府也曾对此进行过数次查处,但基本上都是有始无终,蜻蜓点水,虎头蛇尾。尤其是每次查处过后,都会促成扩建私房风的再一次更大蔓延。不过这也不能把责任全都归结到以前的历任市领导身上,有这么多干部参与了私房的建设,并且顶住了一次次的清查,足以说明了地方势力与既得利益者的根基深厚。在李高成决定对此腐败势力开战以前,曾进行过多方面的明察暗访,也同许许多多的人商量过对策。当时有不少人一再劝他应谨慎行事,千万不要在这件事上摔了跟头。在一个省会市里,你知道一个干部身后会有多大的后台？不干事还出事呢,像你这样一上来就惹事,那还不是自找苦吃？你一个平民出身的市长,一没背景,二没靠山,三没势力,若是得罪了这一大片,以后还怎么在这个市里工作！

但李高成没有回头,更没有退缩,他借助省委领导的支持和新闻界的力量,以此作为工作的突破口,大张旗鼓地向这一邪恶势力正面宣战了。他首先在这个问题上确立了毫不含糊的领导责任制,不论是市内还是郊区,哪一级查出问题不解决,哪一级的领导承担一切责任和后果。该处分的处分,该撤职的撤职,包庇者罪加一等。同时李高成还宣布：凡涉及到县处以上干部的住房问题,一律由他来亲自处理。并公开声明：如果在这个问题上发现他有包庇行为,他将立刻就地辞职！

这一举动在新闻媒介的大力宣传下,顿时震撼了整个省市。当时的新闻媒体,几乎每天都有这一方面的追踪报道：自动退房、主动交代的从宽处理,拒绝清查和拒不退房的从严惩处、毫不手软。随着一些厅级县级干部的不断被频频曝光和严肃查处,尤其是当一些有着强硬后台的"钉子户"被相继拔除后,这一清查干部住房的战役得到了广大老百姓的欢呼和拥护,同时所有的干部都纷纷表态给予支持和关注。不用说,这一战役的最后结果是以李高成的胜利而结束,而随着这历史性的胜利,李高成的声望可以说是达到了顶点。

但李高成心里清楚,在那些难以合眼的日日夜夜里,他曾经受了多少明的压力和暗的攻击。尤其是在刚刚开始的那些日子里,他几乎每天都要接到许多恐吓电话和竭尽诬蔑之能事的信件,甚至有人在他的大门上用大粪糊上对联和小字报对他肆意侮辱和诽谤。李高成心里非常清楚，凡是能进了两道岗把着的市委常委大门，并且能做出这种事情的人，绝不会是一般的老百姓。

他顶住了这种种的压力和攻击。在将近五个多月的时间里，全市共查处了四百多人，其中县处级以上干部三十多人；共有二十多户私房被没收，五十多户房屋被拆除，六百多户房屋退地还耕；四十多人受到严肃处理，其中两名被开除党籍，四名留党察看，十一名严重警告，五名被移交司法机关处理；总共罚款退赔近一百万元，退出公房四千多套，总面积达二十多万平米，相当于新盖了一百多栋宿舍大楼！

当那些无房户、危房户和缺房户纷纷搬进这些被清退出来的公房时，一个个都激动得泪流满面、泣不成声。而这些动人心魄的画面被电视台带进千家万户时，又再一次让千千万万的老百姓热泪盈眶、激动不已。

那时候的李高成，别说是那些最基层的老百姓了，即便是那些恨他的人，也没有一个人说过他是一个自私、滑头、怯懦的人，是一个没有魄力、胆小如鼠的人！

还有，在这些年里，在李高成手里曾有过多少令人难忘的大举措、大建设。

市内二环路三环路的兴建；

市中心大街的拓宽；

六座市内立交桥的动工；

五十公里过境高速公路的建设；

…………

在这一系列的工程和建设中，他曾遇到过多少难以想象的阻力和挫折。在二环路三环路的建设中，曾有上百家拒绝搬迁的"钉子户"在省委门口示威告状，扬言要把李高成告倒告臭；拓宽市中心大街时，由于触动了一个集体企业的利益，于是这个企业组成了一个上千人的上访团体,在市政府门口静坐示威,造成主要干道交通堵塞近十个小时;市内立交桥动工时,有几户拒绝搬迁的"钉子户",竟然在光天化日之下拦住了他的轿车,围攻和谩骂达数小时之久……

面对着这一切,他从来没有退缩过,更没有被吓倒过,也从来没有同这些人记过仇。在心底里他从来也没有真正恨过这些人,而这些人也同样没有在心底里恨过他。没有别的,因为以后的事实证明,他李高成所做的这一切,并不是为了自己,更不是想从中得到什么好处。他理直气壮、泰然自若,就因为他堂堂正正、光明磊落。

说实话,那时候他在心底里真正怕过谁?又有谁说过他自私、滑头、怯懦?谁又敢说他没有魄力、胆小如鼠?

而如今,却是自己的妻子,竟然当着自己的面,竟然如此斩钉截铁、一点儿也不含糊地说他自私,说他软弱,说他是懦夫,说他是滑头!以至于说他没有魄力、胆小如鼠!

妻子骂他任何话似乎都可以接受,惟有这样的话让他感到痛心不已。他痛心的并不是他想计较这些话的内容,而是这些话让他感到了一种认识价值上的彻底颠倒和是非观上的完全错位。

把保护错误和包庇犯罪当作一种勇敢和魄力,甚至是一种男子汉气概,反过来,如果对这种错误和犯罪进行指责和抨击,却反倒成了一种自私、怯懦的行为。

当你真正想为这个国家、为这个家庭负责任时,却反而不被理解,甚至被人当作小丑、当作滑头;而当你的所作所为有意无意的是在摧毁着这个国家,摧毁着这个家庭时,却偏偏得到满堂喝彩,甚至于成为一些人心目中的英雄和楷模!

真正的责任感被视为不负责任,而根本不负责任的行为却被视作一种极有人情味的负责任……

尤其让人感到痛心的是,同是党员,当你在党的利益和个人的利益之间进行选择时,更多的却是在同情后者……

如果任由这样的人充斥于党内,那我们这个政党赖以生存的条件和基础又在哪里?

这样浅显而又明白的一个道理,如今到底有多少人能时时处处想到它?

…………

当护士送来午饭时,李高成才知道医院的大门口又有很多工人在等着进来看望他。

李高成让护士扶着站起来,走到窗口往外看了看。

他的眼泪一下子便涌了出来。

他没想到竟会有这么多想来看望他的人,他大致估了一下,至少也有上千人!

李高成明白,工人们在这个时候来看望他,是有其更深一层的含义的。工人们是在以一种道义上的关怀,来向社会和政府表示他们的立场和好恶:我们工人支持李高成这样的市长;反过来,这里头当然还包括有另一层含义:那就是希望你这个市长也能同他们站在一起,希望你能顶住,希望你不要改变你的立场,也不要改变你的态度……

李高成胡乱吃了几口饭,然后坚持要下去同工人们见见面。大夫和护士一再劝说,但都没能说服他。李高成对他们说,工人们在这儿等了那么久,他无论如何也应该下去看一看,何况他得的又不是动不了的病,就是他真的动不了了,那抬也要把他抬下去。

工人们既然旗帜鲜明地表明了他们的态度,那他也应该给工人们一个旗帜鲜明的答复。

往下走的时候,李高成才感到自己真的是这样的虚弱,呼吸短促,浑身乏力,心跳加快,一阵阵的头晕和恶心,尤其是让外面的冷风一吹,几乎连站也站不稳。

等走到医院大门口时,他才发现等在大门口的人要比他想象中的多得多。也许是因为在下班时间,聚集在大门口的人足有三四千人。

等他走近人群时,忽然看到省电视台和市电视台的记者正在这里采访。

他犹豫了一下,想避一避,然而却已经来不及了。

"李市长出来了,李市长看咱们来了……"

不知是哪一个人这么喊了一声,庞大的人群立刻便围拢了过来。电视台的记者也不失时机地抢到他的面前。

李高成一下子愣在了那里,他怎么也没想到会形成这样一种局面:数以千计的工人守候在这刺骨的寒风中来看望他时,省台和市台的电视记者,却像事先策划好了似的把镜头对准了他。

向来反对领导干部出风头的李高成,面对这他根本不曾想到的情况,一时间竟不知道该怎么办。如果在平时,他会让人转告电视台的记者让他们走开。然而现在他却没有任何办法,也根本来不及有任何举动。一来他跟前并没有像平时那样前呼后拥的随从,二来他的身体也不允许他再去做什么事情,三来眼前的情景也已经让他无法再做出什么其他的事情。

眼前这么多熟悉却又根本叫不出名字的面孔,这么多感情真挚、毫不做作的工人们,使得李高成完全沉浸在了一片感情的波涛里,同时也很快就使得他完全忘却了电视镜头的存在。

当领导这么多年了,这样的情景还真是第一次:他居然会没有意识到电视镜头的存在!

晚上当他看到自己在电视新闻里的"表演"时,他甚至情不自禁地为自己的表现而深受感动,以至于止不住地流下了眼泪。

这是一个多么感人、又多么令人久久难忘的场面！

在将近零下二十度的飕飕飕的寒风里,有那么多的手朝他伸了过来。

有年轻人的手,也有老年人的手;有工人的手,也有知识分子的手;有在车间干了一辈子维修工粗糙而又布满了硬茧的手,也有在织布车间、纺纱车间接了几十年线头干瘦而又皲裂的手……

每一次的握手,都让他感到是这样的激动而又沉重,亲切而又感伤。

语言在这里完全是多余的,所有的表情,所有的举止,所有的眼神和所有的感觉都是那样的朴实无华,都是那样的真诚敦厚。

等到他被工人们劝说回去,等到他被护士们扶着拥着终于离开了这越围越多的人群,等到电视台的记者开始了对群众的采访时,他又被工人们那些朴实而真挚的语言一次一次地深深打动,一次一次地热泪盈眶。

记者:听说在李市长病了的这些天里,天天都有你们中纺的工人守候在这里,有的工人甚至两天两夜都没有回家,是不是这种情况?而且我看你们还带了不少礼品,我想李市长不会也不可能接受你们这么多的礼品。请问,这些礼品都是你们自己买的吗?

工人:那还有假!像这些东西我们自己不买,还会有什么人给我们买吗?现在什么东西都有假的,只有这种东西没法子造假。其实你随便在这人群里转转,看看这一张张的脸,看看这一身身的土,再看看这一双双眼睛,你就清楚这些是真还是假。除非有些当官的糊弄国家和老百姓,我们老百姓什么时候干过那些糊弄人的事?

另一工人:我们又不是那些有权有势的干部,给领导送礼还得单位报销。

另一工人:要真是那种送法,我们就不会来了!给李市长这样的领导送点东西,花自己的钱我们心甘情愿。

记者:你们来这儿是自发的,还是有组织的?或者是单位派你们来的?

工人:你们是真不知道还是假装糊涂?像这种事情单位上还会派人来?就算他想派派得来吗?他派得出这份感情吗?如果是一个让老百姓痛恨的领导干部,老百姓会来吗?就是打也打不来呀!

另一工人:我们来看望老厂长,还用得着让人来组织吗?要是领导来组织,我们还真不会来呢!

另一工人:领导才不会组织我们来这儿呢!我们来看望老厂长,在位的头儿说不定早已经把我们恨透了!

另一工人:要说有组织,那也是有组织的,如果没组织,没有人劝说,中纺的几万工人都会到这儿来的。如果那样,还不把这里的几条大街都给堵死了?告诉你们,来这儿的都是我们中纺工人派来的代表……

另一工人:不对!来这儿的并不都是中纺的,我们几个就不是中纺的工人。不过我们那儿的情况和中纺差不多,所以我们也来了。

记者:你们来这儿的原因能给我们说说吗?据我们所知,在我们市里好多年了,还从来没有过这样的情况,李市长以前也生病住过医院,但从来没有遇到过这样的情况,你们能说说这是为什么吗?

工人:那还用说吗,就因为像李市长这样的好干部越来越少了!

另一工人:请你们一定不要把我们的话给删掉!我们之所以要来这儿看望李市长,就因为在我们最困难的时候,李市长来看望过我们！如今的领导,个个都嫌贫爱富,整天就知道往有钱的地方跑！吃香的喝辣的不说,还给自个儿脸上贴金呀！有钱才是政绩呀,像我们这些穷工人,当官的谁还会把我们放在眼里！现在的领导要是都能像李市长这样,十冬腊月的还能一个人在我们工人堆里跑来跑去,你说我们这些工人还会发不了工资……

另一工人:如今的事全都颠倒了,像李市长这样的干部,要是我们工人说好,那些当官的肯定就不会说好！为啥？就因为显不着他了！其实现在是领导干部最忙的时候,忙什么？得忙着送礼呀！年关了,不给领导送东西,那官位坐得稳吗！我们的李市长可好,别人在忙着送礼,他倒忙着到我们工人家里扶贫！你想想这样的领导干部,他的上级领导会说他好吗！实话给你们说,我们几个可不是中纺的,我们来这儿只是想替李市长这样的好干部鸣不平！冲着李市长能在年关时节领着干部到亏损企业去看望工人,我们就不能不来看望李市长！就算见不着李市长,哪怕是在这儿站一站,也算是自己的一点心意。有李市长这样的领导在,我们这些国有企业的工人就觉得放心,就觉得踏实！

记者:这位老工人,我看你年龄这么大了,身体看上去并不太好,天气又是这么冷,有这么多年轻工人来这儿表达你们的心情也就足够了,你为什么也要这么一直亲自等在这儿？能不能给我们说说你心里真实的想法？

老师傅:我首先要告诉你的是,我是中纺的工程师,还当过多年的车间领导。我来这儿代表的不只是工人,还代表着知识分子和大多数已经离退休了的干部和群众。我还要告诉你的是,我今年已经八十四岁了,李市长来中纺的时候,我就已经退休了,我并不认识李市长！我还要告诉你的是,自从李市长病了后,我已经在这儿整整等了三天了！你说我为什么要来这儿,一句话,想来！想看看李市长！中纺这个厂子我清楚,要是李市长在,那就一定垮不了!为什么?因为他爱这个厂,他爱这个厂里的工人!这些年,好像都没人这么讲了,说有什么人爱厂如家,就好像说傻子一样。要是一个厂长连他管的工厂也不爱,他还能管好这个厂?我还要告诉你的是,如今的一些领导干部,都还不如国民党那会儿的厂长经理!我在这个厂里干了整整一辈子,军阀混战那会儿,民国那会儿,我都干过。我说的都是实话,那会儿的厂长老板,哪个敢像现在的厂长经理这么干?要是敢像现在这样花天酒地、胡作非为,那他们的脑袋早掉几百次了!那会儿这个厂也一样算是公家的,可为什么就没能垮了?没有别的,就是严刑峻法,刀快不怕你脖子粗!要是查出哪个家伙贪了二十块大洋以上,一点儿不含糊,拉出去就毙……

另一位老人:我认得李市长,可李市长并不认得我。不瞒你说,我这个人一辈子都没出息,逆来顺受,什么话也不敢说,什么事情也不敢做。可我今天要给你们敞开说一说,我受够了!也气够了!若再要眼睁睁地看着那伙败家子把这个工厂给糟蹋了,我死也不会瞑目!我们为什么要来这儿看望李市长,就是希望李市长千万别在这会儿倒下来!我老了,什么也不在乎了,窝囊了一辈子,如今也没什么可顾忌的了。我告诉你们,我来的时候就已经告诉了我的儿子和老婆,我们到这儿来,就是要让一些人好好看看,谁要是想在这会儿搞垮李市长,我就是拼了这条老命也不答应他……

记者:来看李市长的人,每天都有这么多吗?

工人:这还少了呢,头一天光我们厂来了就有两千多,后来有人说这样不好,说不定还会给李市长带来麻烦,所以我们就轮流着来了……

另一工人:来这里的绝不是我们一个厂的工人,刚才有人统计了一下,只今天就有十二个企业的工人来过……

记者：据说李市长一直昏睡不醒好几天了，你们每天守在这儿，李市长并不知道，你们……

工人：你以为我们来这儿就只是为了让李市长知道吗？这也太小看我们工人啦！要是想让李市长记住我们，要是想谋个什么事情，那我们就直接到他家去啦，何必到这儿来？

工人：我们来这儿图的可不是想让李市长知道，我们只是为了表达我们的一点儿心意。我们就是想让社会上的人都知道，我们工人拥护的就是李市长这样的领导干部！

工人：我老婆说了，在这个地方，别的什么人都可以不来，但李市长这儿说什么也得来！李市长是为了咱们工人才病成这样的，就为这个，咱们国有企业的工人一辈子都应该记着他……

三十四

李高成正满含热泪地看着电视里激动人心的采访时，电话铃声突然急促地轰响起来。

他愣了好久才明白是电话铃声在响，但却老半天没有意识到应该抓起话筒来。

直到秘书吴新刚匆匆跑过来拿起电话"喂"了一声时，他才好像真正回到现实中来。

吴新刚一边把电话旁的电视机声音调低，一边以秘书所特有的声调轻轻地对着话筒问道：

"谁呀？"

话筒里的声音大得出奇，连李高成也听得清清楚楚：

"我是严阵！请李高成接电话！"

吴新刚显然明白李高成已经听到了对方严厉而毫不客气的说

话声,两个人面面相觑,都不禁愣了一愣。

"严书记呀……李市长刚刚睡了,你看是不是……"吴新刚一边看着李高成,一边轻轻地说道。

连李高成也有些不明白,吴新刚为什么要撒这个谎。也许他想让他冷静一下,以便能有个心理准备。从严阵的语气来看,肯定是被什么事激怒了。虽然他并不知道究竟发生了什么事情。

"睡了也把他给我叫起来!我有话要给他说!"没想到严阵的态度更加狂暴和固执,以至于在电话里吼了起来。

吴新刚再一次愣在了那里。

"……李市长,接吗?"吴新刚捂住话筒,怔怔地问道。

李高成默默地点了点头,示意把话筒拿过来。

吴新刚站着没动,良久,才慢慢走过来,默默地把话筒递给了李高成。随后,没等李高成开始说话,他又轻轻地走了出去。

也就是这么几个动作,李高成的心里便觉得既满意,又感激。小伙子所做的这一切确实非常细致,非常得体,确实是个难得的好秘书。

"……严书记么?"李高成理了理自己的情绪,然后问道。李高成明白自己应该用什么语气说话,他说得很轻很柔,同时还带有一种尊重和问候。

"……我是严阵。我还以为你真睡着了呢,身体好点啦?"严阵的口气分明温和了许多,但依然透着一种压抑不住的怒气。

"好多了,谢谢严书记,听说你前天就来看过我,还打过好几次电话,严书记,我真的很感激你。"李高成说的确实是心里话。

"好啦好啦,咱们都不是小孩子啦,我要的可不是这些好听的话。"也许是因为李高成的真诚,严阵的口气似乎再度缓和了一些,但话音里仍然带着刺,"我原以为你还在病床上躺着哪,刚才看电视时才见你精神蛮好的嘛。"

严阵在电视上看到了他,原来是这样!那么,严阵的愤怒和不快是什么引起的呢?李高成一边寒暄着,一边紧张地思考着。是工人们在接受采访时说的那些话激怒了他?还是自己的表现伤害到了他什么?或者还是别的什么原因?

"严书记,情况是这样,"李高成解释道,"我今天醒过来时,听护士说,医院大门口有好多工人等好长时间了,于是我就下去看了看。没想到电视台的记者也在下边。严书记,你是知道的,我是最不愿意接受记者采访的,尤其是电视台的采访,为这我还得罪过不少人。但今天……"

"今天不同了是不是?今天的情况不一样了是不是?今天你要抢先给群众一个说法是不是?今天你要给老百姓一个清官的形象是不是?"严阵压抑的怒火好像一下子又被挑了起来,没等李高成说完,就像连珠炮似的猛轰起来,"高成,说实话,并不是到了今天我才想批评你,也并不是我一个人想批评你,有许许多多的事,你做得实在是太过分!你要注意你自己的身份,你是一个管理着几百万人口的市长,所以你代表的并不是你一个人,而是整个一个领导层。你好好想想你在电视里都表现了些什么?莫非现如今的中国,就只剩了你一个清官?就你这么一个青天大老爷?现在是一个什么样的时期,你懂不懂?为什么要讲政治讲稳定?你清楚不清楚?当了这么多年领导了,莫非真的还是一点儿政治头脑也没有?在眼前这种情况下,你把那么多工人的情绪都鼓动起来煽动起来究竟想干什么?你怎么可以让那么多的人在电视里骂领导,骂政府,骂共产党?你不是领导吗?你代表的不是政府吗?你当的不是共产党的官吗?你怎么可以把自己的立场放在党和国家的对立面上去?你就没好好想一想,你到底要干什么?你是不是想把全市的人都鼓动到医院去看望你?你的全局观念到哪儿去了?你的党性原则又到哪儿去了?你是不是……"

一时间李高成好像只有听的份,以至于连辩解一下的余地都没有。许多年了,在李高成的记忆里,严阵在他跟前发这么大的脾气,这还是第一次!他一边听着严阵愤怒的"批评",一边努力地回忆着自己是否曾在电视里说过什么过分的话。想来想去还是觉得自己并没说过什么,至于那些工人们说的话,可能确实有很多过火的地方,但那都是在他离开之后。既然他已经不在场,工人们想说什么,记者们想采访什么,电视台想播什么,作为一个躺在医院里的病人,又怎么能劝阻和控制?何况工人们的那些话,想想也并没有什么太出格的地方。在一个亏损了很长时间、将近一年都发不了工资的国有大型企业里,少吃没穿、生活越来越窘迫的工人们,面对着记者发发自己的牢骚、提提自己的意见,又有什么不可以的地方?而且这样的亏损企业,完全是由于政府的措施不力和企业领导的管理不善造成的,工人们就是说几句过火的话,那心情也是完全可以理解的。再说,如果要真的有了什么问题,那电视台早就给删掉了,还轮得上我们事后在这儿发火发脾气吗?其实工人们说的那些话,究底里还不是对领导、对政府、对党的一种深深的企望和信任?讲政治讲稳定,莫非就是连这些发不了工资的工人们也不让他们说说心里话吗?对党对国家都不让他们说心里话,那么你让他们找谁说心里话去?

但想归想,真正要说出来就是另外一种味道了。不管怎么说,严阵还是你的上级,他还是省委常委,他还是一个权力很大、非常年轻、前程非常看好的省委常务副书记。他不仅可以威胁到你的地位,即便是更高一级的领导,也一样无法漠视他的存在和影响。何况以你的身份和位置,你根本没有同他进行任何抗衡的能力和实力。官大一级压死人,在领导层内,这可绝不是一句无关痛痒、随便说说而已的戏言。

一直等到严阵的口气有些缓和下来,李高成才找了个机会插

进话来:

"严书记,说心里话,当时我根本就不知道有电视台的记者在下边采访。我当时一直在想的是,有那么多工人在大门口等着要来看望我,别说我还是一个市领导,即便我仍是一个工厂的厂长,即便我只是一个普普通通的老百姓,只要我还活着,只要我还清醒着,只要我还能走,那无论如何我也要出去同工人们见见面。我当时就对护士和大夫说了,就是抬也要把我抬出去。我要见的是工人,并不是那些记者。作为一个市长,面对着市里这么多发不了工资的工人,我是非常非常惭愧的。严书记,一想到这些,我一晚上一晚上地睡不着觉。尤其是前几天我到中纺慰问时,看到有那么多在中纺干了一辈子的老工人、老干部,他们至今连彩电、连冰箱都买不起,至今仍然住在五十年代的小平房里,还有好多工人病了连药都买不起,他们的孩子连学也上不起,我的心就像刀绞一样。面对着这些工人,我觉得我早就应该辞职,即便是我没有贪过国家一分一厘,我也一样是有罪的。而现在,当我这么一个政绩这么差,干得这么次的干部得了病住了院的时候,工人们反倒都要来医院看望我,可想而知我会有一个什么样的心情?工人们为什么会来医院看望一个领导?无非还是希望我们的领导能领导得更好一些,能做得更多一些。说句实在话,他们来看我,难道不也是一种信任,一种支持?我是一个国家干部,一个党的干部,他们能来这儿看我,不也是对党和政府的一种希望、支持、关心和爱护?严书记,我说的都是我的心里话。"

"……我明白了,"好一阵子,严阵才好像反应过来。也许是没想到李高成会这么说,也许是感到了李高成话里有话、若有所指,所以才默默地听了这么久。因此当李高成的话戛然而止的时候,严阵似乎仍然陷在一种沉思之中。然而当严阵从沉思中反应过来时,李高成才感觉出来,自己的这番话不仅没能起到说服作用,反而使他们之间的距离更大,裂痕更深了。严阵话里的东西似乎更多也更明显,"我总算听明白了你的意思,我刚才的那些话看来全都白说了。这些天来,有好多人在我这儿谈论关于你的事情,我从来都不相信。人要恩怨分明,不管怎么说,你总不至于会在别人后面鼓捣我。好歹你还是我提拔的吧……"

"严书记,看你说到哪儿去了,根本就不是一回事么,我说的意思……"李高成不禁分辩道。

"你能不能让我先把话说完!我这会儿什么也不想听你的,我也不需要你给我说什么!我只希望你能听完我的话!"严阵厉声打断了李高成的话,而且根本没有任何回旋的余地。一直等到李高成终于静了下来,终于不再说什么,可能连严阵自己也觉得有些过火了时,这才缓了缓口气接着说道,"我以前总以为我看人走不了眼,我总是想,不管怎么说,好歹我们还在一起搭过多年的班子吧。就算你不买账,社会上也还有个公论么,你要是连我也不认,那你还怎么在这个社会上混?还怎么在这个政治圈里混?哪儿又还敢用你、收留你?你还有什么立足之地?高成,你不要嫌我说的话难听,中国的事情就是这样,你要是想卖主求荣,最终你也一块儿完蛋。你以为这个社会就你一个人干干净净,别人都醒里醒醒、不清不白?社会上就你一个英雄,就你一个人知道反腐败,就你一个人在孤军奋战?别的人都是懦夫、胆小鬼,都在得过且过,睁一只眼闭一只眼?我也告给你,我说的这些都是我的心里话。不过你要记着,在这个世界上,这种话我只会说给你一个人,绝不会再说给第二个人。不管怎么着,我总比你在官场里多混了这么多年,见也要比你见的多得多。什么叫反腐败?为什么要反腐败?你懂不懂?反腐败说到底不也就是一场运动?运动是要干什么?不就是要整顿干部?整顿什么干部?说到底,还不就是要整顿异己?一句话,就是要借运动把那些对立面全都整顿下去,把那些不属于自己圈子里的人全都搞下去。什么是运动？这就是运动！这就是反腐败的真正含义。连老百姓也明白,反腐败的不等于就没问题,被反的也不等于全都有问题。你以为就没有人告你？就没有人想收拾你？就没有人想挤倒你？如今咱们的关系已经到这份儿上了,我也并不是想在你面前评功摆好。这么多年来,若不是我护着你,你早倒台倒多次了,还轮得上你来当这个市长？想想前些年你干的那些轰轰烈烈的事情,要不是有人在你后面撑着,你哪一件事能顶得下来？我只上了一年中央党校,你的市委书记就泡了汤,从这儿你就没悟出点什么？你什么时候才能变得更聪明,更成熟,更老练一些？你也是知道的,我是省委常委,还是个常务副书记,我分管的是组织,是工业,是经济,我还分管着公检法,你想想我的权力有多大？在别人眼里,好像我想干什么就能干成什么,其实根本不是这么一回事。我知道我自己到底有多大权力,让我成全一个人还算容易,若要让我扳倒一个人,即便是一个比我的位置低得多的人,也照样没那么容易。为什么？就因为看上去你是要扳倒一个人,其实你是要扳倒一个圈子。我的话你听明白了没有？若是一个人没了圈子,什么时候想扳倒你,就能什么时候扳倒你。李高成,我最后再给你说一句,要是没有这么多人在背后支撑着你,你想想你究竟干得成什么……"

李高成虽然一直在默默地听着,但严阵这些话对他心扉的撞击却是巨大而沉重的。他根本没想到严阵会以这样的一副口气同他说话,而且会说出这么多赤裸裸的一点儿也不遮掩的话,尤其是能说出这么多根本不像一个省级领导应该说的话。

严阵的这一番话,给李高成的感觉,完全就是一副地地道道的无赖的口吻！让人感到一种无耻和憎恶！

这么多年了,李高成一直把严阵作为自己行为准则上的楷模,他不仅尊重他,而且也打心底里佩服他,他觉得他真是一个几乎找不出缺点的上级领导,他也非常庆幸自己能遇上这样一个好领导。尽管在这短短的几天里,他心目中这座高高的丰碑开始有所动摇,但他还是无法相信这一切会是真的。他总是幻想着迟早有一天这一切都会真相大白,严阵书记还是那个光明磊落、一尘不染的严阵书记,就像他自己现在的处境一样。他相信最后的结局完全可以证明他是清白和真诚的,他确确实实是一个经得起考验的好干部,也同样确确实实是一个大写的人!

然而在这样的一番话面前,他的这些幻想彻底破灭了,他心目中的这座丰碑也顷刻间彻底坍塌了。

他甚至想象不出严阵同他说这些话的时候会是怎样的一副模样,说这些话的人真的会是他,真的会是他吗?

李高成突然感到一阵阵说不出的痛苦,如果说这些话的人真是一个省委常务副书记,可就太可怕太可怕了!对他,对他的将来,对他所在的这个市政府,对他现在所在的这个领导班子,对眼前所发生的这一切,都不啻是一场天大的灾难!

如果严阵真是这么想的,或者真的就是这样的一个人,那么他刚才的这番话也就不会只是对他说说而已。

假如你面对的只是一个坚持错误的领导干部,或者只是一个脾气暴躁的领导干部,那并没有什么太可怕的地方,因为只要他本质不坏,一旦发现他所坚持和生气的事情并不是他想象的那样,那么他还会改正过来的。他本身也就不会对你造成什么太大的威胁、伤害和攻击,因为他毕竟不是一个坏人。而如今,你若突然发现你所面对的纯粹是一个坏人,或者已经是一个蜕化变质了的人,或者根本就不是你所想象中的那种人时,那你的处境和你所面临的情况可就大大不一样了。

没有别的,就因为这个坏人不是个一般的人,而是一个领导,是一个高高在上的领导,是一个掌握着很大权力的领导!

　　坏人并没有什么可怕的,即便是一个十恶不赦的罪犯也没有什么可怕的地方,不管是他做坏事还是做犯法的事情,自有制裁和惩罚他的地方。然而当一个坏人占据着一个非常有权力的位置,而且还时时显出一副极为公正严明的样子时,那可就完全不一样了,因为他不仅具有很大的破坏性,同时还具有很大的隐蔽性,所以他对你的威胁就最大最甚。

　　李高成一直在默默地听着,一直没再说什么,也不想再说什么。其实到了这会儿,还需要再说什么吗?

　　严阵也好像一样不再需要他说什么,等到他把所有该说的话全都说完了,然后才像下命令似的说了这么几个意思:

　　一、既然你能在大冷天里走到外面和那些工人们见面说话,那么如果你觉得有时间的话,如果你眼里还有我这个领导的话,就请你到我的办公室里或者家里来坐一坐。我真心地希望能同你再好好谈一谈,尤其是希望你不要把今天的话记在心里,如果你觉得有没说对的地方,请你当面给我指出来,我的家和办公室的大门对你永远都是敞开的。

　　二、有关你这次得病和工人们看望你的新闻宣传立刻全部停止,你应该主动地给有关新闻单位打招呼,如还有此类的消息以及什么追踪报道立刻全部取消。因为这既不利于你今后的工作,也一样不利于政府的形象,年关在即,稳定第一,这是大局,所有的工作和指导思想都要服从这个大局,都要从这个大局出发,都要以这个大局为重。

　　三、有关中纺问题的清账和调查,争取在年前尽快结束。若有若无、似有似无的问题,一律按无问题对待;证据不足、证据不力的问题,一律按无证据对待;疑神疑鬼、胡猜乱想的问题,一律不要涉及;个人恩怨、个人成见的问题,一律不在清查范围之内;凡涉及到正处级以上干部的问题,一律上报市里省里,工作组无权处理。尤其要引起高度注意的是,亏损并不等于问题,更不等于是贪污腐化,所以一定要把握好这个原则问题。

四、有关中纺新潮有限公司的问题,因为是属于第三产业,而且涉及的面广、范围大,其下属公司有许多还是合资性质的企业,有许多只是刚刚起步,所以凡是从生产出发、从经营出发、有利于经济发展的一切开支和活动,都不在清查核实之列。

五、对青苹果娱乐城和昌隆服装纺织厂的停业停产和突击检查必须立即停止。一有问题就停业停产,那我们的经济还发展不发展了?就算有问题有错误,改过来就行了嘛,政治上都不能一棍子打死,经济工作又怎么能一棍子打死?还有,属于个人感情上的纠葛和矛盾,不要任意地带到工作上来。把家庭问题同别的问题搅和在一起,本身就是一种不成熟的表现。妻子是你的妻子,就算有了什么问题,就算犯了法,那也不能随意往社会上一推了之。你妻子的问题就没有你的责任吗?你妻子所干的那些事情你真的就什么也不知道吗?你的妻子若是犯了党纪国法,若有一天真的被撤职、被判刑的时候,你能推得一干二净吗?跟你生活了几十年的妻子你都不知道爱护,又能指望什么人去爱护她?你若是毁了她,也就等于是毁了自己……

....

如果说前面的那些话,李高成还能够平心静气、镇静克制的话,那后面的这些话,可就真让他感到有些不寒而栗、毛骨悚然了。

尤其说自己妻子的那一番话,更是让人感到一种磨刀霍霍的意味。尤其令人感到恐怖的是,对妻子的那种态度,那意思似乎分明在说,你要是连你的妻子都不保护,那么任何人都会拿她开刀！毁她也等于是在毁你,而最终的责任则只能由你自己来承担!

这就是说,他们事实上已经等于挟持了你的妻子。

如果他们真是这么想的,那当然也真会这么干。而如果真是这样,那可就太可怕了……

正是他们毁了你的妻子,并且一直在利用你的妻子,等到出现问题的时候,却又拿你的妻子作挡箭牌,借你的妻子再来要挟你、恐吓你,以至扳倒你、打垮你、除掉你! 真是一箭双雕,横竖都不怕你! 抓住了你的妻子,也就等于抓住了你的要害,一切的一切,你都只能乖乖地听他们的指挥,做他们的保护伞和代言人。反之,跑不了她也就跑不了你,你和她最终都只能是他们的替罪羊和替死鬼!

心头一阵剧烈的疼痛猛烈地袭击着他,他并不为自己的处境和前景感到担忧,而是为自己的妻子深深地感到一种说不出的痛苦和心疼!

你真傻,你真傻! 你怎么会上了这样的一条贼船,又同这样的一伙恶魔为伍! 就好比掉进了狼窝,陷入了虎口,却还在沾沾自喜、安然自得!

她这会儿会在哪儿呢?

以严阵的口气,肯定已经知道了他们之间再一次的冲突和分裂,否则,严阵绝对不会以刚才那种口吻同他说话。

这就是说,妻子一离开他这儿后,直接去的第一个地方就是严阵那儿! 说不定严阵在给他打电话时,他的妻子仍然在严阵那儿!

几乎就是自投罗网、认贼作父,心甘情愿地让自己做了人家的靶子和盘中餐! 就好比一只贪吃的绵羊,一头钻进了狼窝,还以为自己又幸运又安全。

一时间,他的脑子里整个都是妻子的处境和现状。面对着这样的一个妻子,正好对应了那两句老话:真正是柳树上着刀,桑树上出血;机关算尽太聪明,反误了卿卿性命……

三十五

晚上将近十二点时,病房里又来了个不速之客。

李高成当时已经躺下了,因为睡不着,刚刚吃了两片舒乐安定。

听着那一点儿也不讲客套的敲门声,李高成就知道来人肯定不会是个一般身份的人。

还没等李高成坐起来,来人就已经站到了床跟前。

在微微的灯光下,一个笑盈盈的面孔分外亲切地注视着他。

市委书记杨诚。

杨诚轻轻地摁住他,示意他不必起来,然后随手拿过一个凳子,就在他床头坐了下来。

"好点了是不是?"杨诚的脸同他贴得是这样的近,他甚至感受到了杨诚身上带进来的一丝丝凉意。

"好多了。"李高成点了点头。不知为什么,杨诚的这几个动作,却让他突然感到了一种说不出来的激动,以致差点掉下眼泪来。

"在电视上看到你了,真是太好了!"杨诚一脸真诚、格外兴奋地说道。"知道么,反映非常好,群众的反响也非常强烈。数以千计的工人代表,自发地在严寒中守在医院门口,等着要看望我们的一个市长!你想想这会是一个什么样的效果?这样的一个镜头,比发表一百篇文章都更有说服力。老李呀,你知道么,你这一下子可是给我帮了一个大忙!你这一病,这些天真把我愁得呀,简直都不知道该怎么办了。我几乎每天都要来这儿看你,真巴不得你这病立刻就好了。嗨,这下可好了,我相信老百姓要是看了电视,就是想闹事的也肯定不会再闹了,只要我们把工作做得再细一点,这个年肯定会是一个放心年!老李,作为一个市委书记,我打心眼里感谢你。"

杨诚手舞足蹈、眉飞色舞的样子,简直就像个小孩。

瞅着杨诚的样子,李高成一下子就明白了,杨诚说的都是真话、实话,他一点儿也没有骗他。

李高成顿时泪流满面。

杨诚好像明白了一些个中缘由似的,眼里也不禁湿润了。

"……你说你天天都来,我怎么一点儿也不知道。"良久,李高成使劲擦了两把眼睛,才显得有点打趣似的问道。

"嗨!不相信是不是?"杨诚好像是要打破这有点沉重的气氛,故意显出一副委屈的样子,"幸亏来了,要不还要秋后算账呀!我告诉你,我昨天来的时候,看你那样子,还以为你这回真的是好不到哪里去了,头一天那样子更怕人。知道么,你那个秘书吴新刚,一见了我就哇哇哇地哭鼻子。说实话,我当时呀,还以为你真要到马克思那儿去报到了呢!"

原来是这样!李高成再次怔在了那里。

但在妻子摆给他看的"日记"里,这样的情景却连一笔也没记!

妻子所做的这一切,实在太让人难以谅解了。就算不讲别的,那么连起码的人情味也不讲么?

李高成情不自禁地叹了口气,病房里的气氛又好像有些沉重起来。

"是不是觉得压力太大了?"杨诚轻轻地问了一句,并不等李高成回答,紧接着又说道,"那天的事情我都知道了,有关人员也给我汇报了当时的情况,也汇报了对昌隆服装纺织厂突击检查的初步结果。老李呀,问题确实比我们想象的要大得多,严重得多。这次工人们来看望你,其实也是有含义的,工人们担心咱们顶不住呀。"

李高成点了点头,想说什么却没说出来。

"老李,别的我都没往心里去,惟一让我担心的还就是你。"杨诚继续说道,"你现在的压力最大,风险也最大,将要付出的代价也很可能会最大。我常常想,在现实生活中,像我们这些人,一旦你作出了错误的选择,那失去的极可能会是一辈子的前程和永久的名声。站队站错了,站过来就是了,在平常的工作上可以,但在政治上也许就不行了。尤其是作为一个政治家的选择,有时是要付出极高的代价的,甚至会付出一生的代价。"

李高成默默地思考和掂量着杨诚这些话的分量。看来杨诚和严阵一样,对他目前的心态和处境都是了若指掌、一清二楚的,惟一不同的则是他们的态度和立场。那么,杨诚这番话的真正含义究竟是什么呢?尤其是杨诚对在他身上和包括他的家庭里所发生的事情,究竟能知道多少呢?

特别是目前仍然存放在家里的,一直让李高成感到不知所措的那三十万元巨款。诸如此类,杨诚又能知道多少?

杨诚当然不会知道得这么细致入微,但以杨诚的洞察力和思维能力,他肯定猜也能猜出一些来。他既然可以把特高特客运公司和青苹果娱乐城的情况摸得清清楚楚,那么,他对打通关节的手段和方法也一样会知道得清清楚楚。

关键是在目前这种情况下,自己该不该把这三十万元的事情给杨诚原原本本地端出来?

李高成陷入了一种深深的思考之中。

如果此时说给杨诚,是否会产生什么副作用?会出现什么样的问题?抑或是会给自己带来什么样的难处?

最大的副作用,最大的问题,最大的难处应该是,当你一旦把这件事情明明白白地交代给杨诚时,也就等于你再也无法、再也没有可能进行第二次选择了。而钱的事情一旦暴露出来,也就等于你要同你的上级,同一个人人都认为是提拔了你的省委领导,同一个掌握着很大权力的省委常务副书记公开宣战了！等待着你的将会是一场你死我活的搏杀,将会是一场几乎看不到尽头的较量,将会是一场血雨腥风,即便是胜利了也会让你付出极大代价的恶战！而且,很可能还会是一场两败俱伤、玉石俱焚、没有输赢、不知所终,甚至于惹火烧身、适得其反、直言贾祸、自取毁灭的血战、死战！

还有一个最大的可怕之处是,一旦你把这件事情给杨诚抖搂出来,也就等于你把你的命运和前程,以及所有的一切,全都像押宝一样押在了别人身上。生死成败、盛衰荣辱,一切的一切,也就全都掌握在别人手中了。尤其是这个人是一个靠得住的人还好说,若是一个根本靠不住的人,甚至根本就是一个小人的时候,你的下场和结局就可想而知了。

这种想法也许太悲观,太绝望,甚至太卑鄙了,但不知为什么他的思路却会不知不觉地往这方面想。存在决定意识,是不是现实中这种传闻太多,给人的印象太强烈了？

问题是你这样做是不是太自不量力,太头脑发昏了？同严阵相比,你的能量和你的权势毕竟显得太小太弱太微不足道了。何况你一直就是搞经济搞工业的,而人家这么多年来一直搞的就是行政组织工作。你从来谋的都是事,人家可一直谋的就是人。人们私下早就说过了,不论在市里还是在省里,谁也比不上严阵的势力大。当了这么多年组织部门的领导,然后又是分管干部组织的省委常务副书记,省里市里如今有多少干部都是经人家的手提拔起来的？从哪头看,你都不会是人家的对手,如今你要向人家开战,是不是有点头脑发昏,神经太不正常了？

平日里看着自己身旁前呼后拥的样子,总是觉得有点不可思议。自己到底能拥有多少权力,竟能摆出这样的一副威势来?现在冷静想想自己其实是什么也没有,虽然是一个堂堂的市长,但却是要什么没什么。你所拥有的权力其实全是一种假相,说你有你就有,说你没有你真的是什么也没有。平时不管你做什么,讲什么,每个想法,每个动作,每个举措,每走一步,似乎都有人在左右你,暗示你,引导你,牵制你。这并不是一种监督,更不是一种制约,完完全全的只是一种算计,只是一种既得利益的明争暗斗,以至让你想干的、能干的干不成,干不好,或者干得不伦不类;而不想干的,甚至根本不能干的,却偏会一干就成,全线绿灯。

说实话,你真正拥有的实力究竟会有多大?尤其同严阵相比,你的优势究竟又在哪里?

是,有那么多工人支持你,有那么多老百姓支持你,还有广大的干部也在支持着你,但是,一旦到了关键时刻,尤其是在你的降升去留、成败荣辱的关键时刻,这一切支持你的力量又会在哪里?又会有多大的作用?

…………

那么,这件事你就这么继续瞒下去,对谁也别讲?然后找个机会,再给他们退回去?

但要命的问题是,如果你再继续瞒下去,这三十万巨款,对于你这样身份的人来说,无疑就是一个掉进你家里的有着超强杀伤力的定时炸弹,说不定什么时候就会让你粉身碎骨、身败名裂!纵然你浑身长满了嘴,也照样无处分辩,真会是跳进黄河也洗不清!何况他们最希望的就是你这么不吭不哈地"隐瞒"下去,永远这么不吭不哈地"隐瞒"下去!而这样一来,你这个市长也就被人家永远永远地捏在手心里了,从此以后,你也就永远永远没有出头之日了。三十万元,不仅买走了你的权力,买走了你的位置,也同样买走了你的灵魂和自由……

若要这样,这后半辈子等待你的将会是牢狱一般的折磨和煎熬,一直到死,都将会受到恐惧的鞭挞和良知的谴责!

那么,找个机会退回去?有那么容易吗?招鬼容易送鬼难,好不容易才把三十万元送进了你市长的家门,你又怎么往回退?又怎么退得回去?这么一笔钱,你能不声不响、悄无声息、原封不动、不费任何周折地送回去?有那么容易吗?有那么简单吗?还有,就算你送回去了,就能烟消云散,一笔了结,就会什么事情也没有了?三十万元的贿款,这样一桩骇人听闻的犯罪行为,就能这么心安理得地一退了之?这样的做法同犯罪又有什么两样?你的心灵又何以能得到平静和安宁?

屈指算来,已经将近十天了。十天!三十万元的贿款在你家里已经放了十天!你居然还一直不知道该怎么办!这同犯法犯罪有什么区别?就算你病了几天,但这就能减轻你的责任吗?

责任?这还能叫责任吗?

…………

反过来,现在就把这件事原原本本地给杨诚讲出来?如果这样,这将会给你带来什么好的作用和有利之处?

其实你在现在的情况下,再反问一下自己就足以清楚了:

如果你现在想把这样一个对自己来说几乎是生死攸关的问题反映出来,你不交给杨诚还能交给谁呢?第一,杨诚是市委书记,是市里的第一把手,把这一问题反映给他,名正言顺;第二,在市里所有的同级干部里头,从目前来看,杨诚对中纺问题的看法同你是最一致,态度是最坚决,对你也是最支持的;第三,杨诚同严阵的关系,至少从表象上来看,应是最淡远、最薄弱的;还有最关键的一点,通过这一两年的交往,杨诚给你的感觉,基本上可以说是信得过,靠得住的。即便只从人格上来讲,也可以说是值得信赖的。

还是那句话,如此事关重大的问题,你不交给他,还能交给谁?

只能交给他,这大概就是最大的好处和有利之处。

两个人相对而视,都久久地沉默在那里。

杨诚也许知道李高成此刻复杂而矛盾的心情,所以,也就有意不再说什么,静静地留下一个宽松的气氛和随意的环境,好让他能有更多更自由的思考余地。一直等到李高成像吃了一惊似的猛地清醒过来时,他才微微地笑着,轻轻地,却是字斟句酌地说道:

"老李,有一点你一定要清楚,在中纺的问题上,咱们俩所面临的压力和阻力其实都是一致的。你明白么,自从那天那个常委会一开,咱们俩就已经被捆在一辆战车上了。老李,我是支持你的,也一样是信得过你的……"

"杨书记,我明白。"李高成在杨诚灼灼的目光中,好像一下子便找到了感觉,也好像一下子便下定了决心,终于清楚自己该怎么做了,他不禁显得有些激动地说道,"好些天了,我一直就想给你好好谈谈的,没想到又病了这么一场。今天你正好来了,夜深人静的,就让我说说心里话吧……"

杨诚默默地点着头,然后就一直静静地听着。自始至终,他一直都显得非常平静,即使是听到那三十万元巨款时,他的脸上也没有显出任何惊讶的表情来。

李高成直到觉得终于把自己心里所有该说的话全都掏出来了,这才像干了一场重体力劳动一样浑身无力地瘫软在床上,一语不发地默默地看着杨诚脸上的表情。

病房里顿时陷入死一般的寂静。

杨诚的脸色终于变得越来越沉重,好一阵子了,才好像有些疲累似的直起身子,慢慢地在病房里踱起步来。

李高成也不再说什么,只是像听候审判一样静静地等待着。

也不知过了多久,杨诚才显得极为真诚地说了一句也许让李高成今生今世都不会忘记的话:

"老李呀,首先让我以个人的名义谢谢你,谢谢你对我的信任,我说的都是实话,我真的打心底里感谢你。"

也就这么一句话,李高成眼里的泪水竟像两条小河一样汹涌不止。李高成无论如何也没想到杨诚会这么说,而且会说得这么情真意切、推心置腹。他之所以感动,更多的是因为自己并没有看错了人,杨诚确确实实是个值得信赖的人,是个信得过的书记!尤其是在这个极为关键的时刻。

紧接着,杨诚又说了一番令人惊心动魄、心胆俱裂,更是让李高成做梦也没想到的,也许要让李高成一辈子都刻骨铭心的话:

"老李,我还要感谢你的是,你一句假话也没有给我说,一点儿也没有瞒我,你说的全是实话、真话。知道吗,你说的这一切,两天前我就已经全都知道了。就在你昏迷在病床上的这几天里,已经有人把你告到了省委、市委和纪检政法部门。他们说你利用职权,大捞不义之财。挪用国家贷款,给自己的亲戚兴建了一座大型娱乐城,用国家的钱为自己大发昧心财。还说你让你的老婆在办案查案之际,趁机大捞特捞,以致许多企业因被迫请客送礼而不得不垮台。最骇人听闻的就是,你利用职权,一次索贿竟达三十万元!他们还说他们有铁的证据,尤其是那三十万元的贿款,他们不仅有人证,而且还有录音!"

没等杨诚把话说完,李高成早已瞠目结舌地好像挨了一记闷棍似的呆在了那里。

等你还在犹豫的时候,他们竟抢先一步下手了!而且来得这么快,来得这么猛,来得这么让你猝不及防、防不胜防!

这才是该想的都想到了,不该想的也全想到了,却无论如何也没有想到这一招!

难怪今天严阵的那个电话会那么强横,那么暴烈,也难怪他会那么气急败坏、不顾一切!也许是他们根本没有想到竟会有那么多的工人们在强有力地支持着李高成,更没有想到一直昏睡着的李高成竟然会出现在电视镜头里,尤其是没有想到不管是妻子吴爱珍的情感,还是诸多领导的关怀都仍然没能让李高成回心转意,他从病床上清醒过来的第一个举动却会是赶跑了妻子,而把手伸向了工人群众!

或许以他们的判断,李高成在醒来后,当他亲眼见到自己妻子的亲切,看到这些领导们的温暖,而后再慢慢听到有关这些告状的信息时,或许立场一下子就彻底转变了,就会重新回到妻子的怀抱和他们的圈子里,一切的一切都将会按照他们事先设计好的套路演变下去,任何事情都将不会发生。所有的问题,都会给你找到最合理、最现成的解释。腐败吗?哪儿没有腐败?像拍苍蝇似的抓上几个不就得了?需要几个就能给你抓到几个,一点儿也不费力。为什么停工停产?大气候就这样,中央都没有办法,你又能怎么样?要不怎么会说,今后两三年内,国有企业的深化改革已经到了关键的时刻?什么叫关键?关键不就是非常严重、严峻的意思吗?那么多的失业工人怎么办?政府不正在下大力气解决这个问题吗?其实,这本是企业自己的问题,跟政府有什么直接的关系?我们已经喊了多少年了,政企分开,政企分开,政企分开不就是为了给企业和工人们更大的自主权吗?有了更多的自主权,不也就有了更多的风险吗?哪能炒熟豆子自己吃,打破砂锅让别人赔?再说,由于改革而引起的失业难道不是正常的吗?报纸上、电视上几乎每天都在讲的下岗职工,说的不就是失业职工吗?而对这些下岗职工,不论是企业,不论是国家和政府,什么时候说过不管了?问题是一切都得慢慢来,改革本身也就是一场革命,既革别人的命,也同样要革自己的命,哪能轮到别人头上时,你双手赞成,一旦轮到自己时,却大喊大叫,满腹牢骚,甚至滋事闹事,上访告状?莫非凡是搞改革、当领导的人全都成了腐败分子?

于是一切的一切照旧,官还是官来,民还是民;亏损就是亏损,问题仍是问题;经理照样是经理,工人依旧是工人;太阳红红亮亮,世上太太平平,就好像什么事情也没发生过一样……

对他来说,这应是最保险,最稳妥,最安稳的。

对他们来说,这则是最欢迎,最高兴,也是最希望的。

至于工人们,那就慢慢来吧,就算他们有怨气,也怨不到自己头上。敢让这么多的工人失业,谁有这么大的能耐和胆子?

国家呢?那跟个人又有什么太多太大的关系?有些知识分子不是说了,在一个良性循环的国家机制里,只要人人都把自己管好了,也就等于把大家都管好了,这个国家也就有希望了。所以对老百姓来说,还是远离政治为好……

这不就是他们所设想的那个最好结局和最佳状态?

猛然一个战栗,又使李高成从想象中回到了现实。他不禁为自己刚才的想法而感到吃惊,为什么一到了关键时候,自己就不由自主地要往这儿想!

是不是感到这会儿再往回走还来得及?或者是前面将要面临的情景实在是太残酷太激烈太让人难以承受了,所以,过去的那种平静和安详就格外地让人留恋和向往?

但是,假如你现在想再退回去,是不是还有那种可能?是不是还可以成立?

你怎么往回退?又怎么退得回去?再向他们去求情,去乞讨,去表示歉意,去请他们原谅?过去的事情,都是我错了,而你们才是对的……这样的话,或者是这样的意思,你说得出口吗?如果说出来了,你还像个人吗?你还有脸在这个世界上活着吗?到了那时候,别说你对不起党,对不起国家,对不起老百姓,你连你自己都对不起！再说,你的妻子不就是一个最好的例证吗？对他们如此忠心耿耿,至今还把严阵当父亲一样看待的妻子,却已经在暗中被他们毫不留情地作了牺牲品！作了人质！为了保住他们自己,他们连妻子这样的人也可以像蚂蚁一样地随手捻掉,而你在他们眼里,又会成为一个什么？

到了那时候,你真会活得还不如一条狗！

他抬起头来,默默地看着眼前的市委书记杨诚。与此同时,他发现杨诚也正在默默地注视着自己。

四目相对,他再次感到了一种强烈的、说不出来的震撼。

作为市委书记的杨诚,原来真的对他的一切都了若指掌,但他却一直什么都没说,一直都在悄悄地等待着。

原来他什么都知道,就只在等待着你！

当你自己在想方设法地考验着对方时,而对方也一样在毫不留情地考验着你！

人与人之间的关系大概就是这样:天下皆知取之为取,而莫知与之为取。你想获取什么,得到什么时,首先应该想到你付出了什么。处事者不以聪明为先,而以尽心为急。这些天来,在同杨诚的配合上、关系上,是不是有点太世故、太油滑,考虑得太多了？

想想也真悬！如果再说得迟一些,再这么瞻前顾后地考虑上几天,等到人家已经找到门上,查到头上,甚至都开始立案调查了,你再原原本本地把这些说出来,到了那时候,一切的一切可就早已起了质的变化,一切的一切也都悔之已晚、悔之不及了。那时候,可就不是检举,而是检讨;不是揭发,而是交代;不是坦诚,而是坦白了。那时候,你如果再像今天这样的说法,别说杨诚不会相信你,即便是一个三岁的小孩也绝不会再相信你！

到了那时候,才真正是机关算尽太聪明,反误了卿卿性命。冤枉也就冤枉了,诬蔑也就诬蔑了,在如今这个老百姓对腐败恨之入骨的时期,就算你以前有过天大的功劳,也一样会把你骂得人所不齿、狗屎不如!没想到你原来会是这样的一个腐败分子!尤其可怕的是,许许多多的人会在你的问题上得到了一个完全相反的启示:越是那些所谓的劳模、先进、标兵、功臣,越是不能轻信!他们越可能是一些深藏的大腐败分子!

他再次默默地瞅着杨诚。

杨诚也依然在默默地看着他。

他知道,该是他有所表示的时候了,此时此刻,他必须说话。

李高成慢慢从被子里坐起来,然后有些颤巍巍地把自己的手径直向杨诚伸了过去:

"谢谢你,杨书记,说句心里话,应该感激的是我。在这种时候,你能对我说出这样的话来,我真该感谢你一辈子……"

杨诚这时早已重新坐了过来,一把握住李高成的手,同样显得格外激动地说:

"老李,快别这么说,面对你,我太惭愧了。还有,我特别恳求你一点,以后一定不要再叫我杨书记了,就叫我杨诚不行吗?你大概也感觉出来了,这些天,我对你保留的东西太多了。你面对着这么大的压力,我却一直还在试探着你,察访着你,以致一直在袖手旁观、无动于衷。作为一个市委书记,作为一个一把手,实在是做得太不应该了,太残酷了。咱们俩搭班子,都已经一年多了,却还一直这么思前想后、疑虑重重。尤其是在这种关键时刻,都不能及时伸出手来扶一把,帮一把,这还像个书记吗?还像个一把手吗?刚才我还担心你会生我的气,没想到你却说出这样的话来。老李呀,我说的都是心里话,不止我打心眼里感谢你,我想整个市委市政府,我们整个领导班子成员都应该感谢你。为你的正直,为你的良心,为你的大度,为你的胸怀,我真感到钦佩和欣慰。老李,你所做的这些并不是任何一个人都可以做到的。你为我们这个国家,为我们这个党,为我们的老百姓,宁可牺牲自己的一切,也绝不放弃自己的立场和信仰,这绝不是一件容易的事情。尤其是你清清楚楚地知道,这种选择是要付出极大的代价的,甚至是生死存亡的代价,但你最终还是没有改变你的选择。这真的不容易,这同战争年代的拼刺刀、堵枪眼并没什么两样……"

李高成呆呆地坐在那里,久久没有回过神来。一切的一切都是这样的出乎他的意料之外,他真的仍然没想到杨诚会这么说。面对着杨诚的惭愧,他似乎也一样感到惭愧。说真的,也许我们都把这个社会看得太暗太灰了,也许我们在感到有些悲观的时候,常常会忘了这样一个常识:只要是人类社会,毕竟还是正气在主导着一切。

"老李,你知道么,刚才你只说了一半,我就完全清楚了。"杨诚继续言之凿凿,痛心而又有些愤慨地说道,"他们那样做,目的无非就是想威胁你,报复你,打击你,至少也可以把局势搅得乌七八糟,扰乱人们的视线,让局外人感觉到你们好像是在打乱仗,从而给上一级领导一个很坏的印象,最终让问题不了了之。对咱们来说,是打不着狐狸惹一身臊;对人家来说,反倒个个都成了受害者。老李呀,这些天来,我一直在想,营垒内的敌人,确实要比营垒外的敌人凶险可怕一百倍!我们反腐败为什么会这么难,就因为这些腐败分子其实就在我们身边,他们本身都是领导,他们甚至占据着反腐败的位置,直接掌握着反腐败的权力。枪在他们手里拿着,他们绝不会把枪口对准自己。一来你反不着他,二来他也绝不让你反他,三来只要发现有什么人想反他们,他们立刻就会把枪口对准你。就像现在你的处境一样,你刚刚准备调查中纺的问题,立刻就有人把你告到了省委、市委和纪委。正是他们在肆无忌惮地掠夺着国家和人民的财富,毫无顾忌地消耗着我们的国力,粗暴任意地践踏损害着党的形象,但却一个个都代表着党,代表着国家,代表着人民!想想这是多么让人感到痛心,又是多么让人痛恨的事情!老李呀,面对着他们,我就常常想,如果一个国家的政府官员上无制约、下无监督,只知道贪污、腐化、敲诈、掠夺,不仅威胁着人民的生活条件,而且威胁着人民的生存条件;不仅使得社会已有的生产方式得不到维持,而且还要把社会积累的财富全都挥霍浪费殆尽!甚而至于还要把改革开放所孕育诞生的新的社会机能和积极因素全部摧残、消灭干净,成为阻碍我们国家发展、致使我们的社会长期滞后的一个官僚团体,那么,这个社会还要它何用!这个国家还要它何用!这千千万万的老百姓还要它何用!那岂不是注定要受到世世代代的辱骂和唾弃,并最终被历史所彻底埋葬?"

看着杨诚在灯下因激动而显得闪闪发亮的脸,李高成也不禁受到了深深的感染。这么长时间了,他还是第一次看到杨诚这种慷慨激昂、不顾一切的样子。也许眼前的杨诚才是真正的杨诚,而以前的那个杨诚只是另外的一个杨诚。当他以书记身份出现时,显得那么平稳冷静,睿智祥和。而当他显露出他真实的一面时,却是这样的疾恶如仇,怒形于色。面对着这些发生在他眼前的触目惊心的腐败行为,他几乎是在咬牙切齿地继续说道:

"有时候,我总是在想,像咱们这样级别的领导,已经算是国家政府的高级官员了,在我们这个执政党内,也同样已经是一个党的高级干部了。到了这样的位置,不论是党还是政府,都已经把事关党、事关国家生死存亡的权力交付给了你。党的存在,也就意味着你的存在。党的事业的兴旺发达、荣辱存亡,可以说同你息息相关,生死与共。说句良心话,同老百姓相比,我们其实已经拥有了相当多的特权!对我们个人来说,基本上可以说是吃不愁,穿不愁,住不愁,出门有车坐,看病不花钱,以及许多属于公务和非公务的特殊规定等等。如果没有什么特别的原因,这种特权几乎可以一直延续到你离世的那一天。在我们这样一个人民生活水平还普遍不高的国家里,这种特权本来就已经显得格外触目,就已经激起人民的广泛不满了,党和国家为此也承受着越来越多的压力和指责。然而我们的一些干部,包括一些党的高级干部,不仅没有感到丝毫的愧疚和不安,反倒越来越觉得不满足,不如意。事事处处都要把自己摆在一个奢侈的位置上,什么也要同那些大款比,外商比,什么也要压人一头,既要是官,还要是商,既要有权,还要有钱!私欲膨胀,贪得无厌,权力越揽越大,金钱越聚越多。为什么他们就不明白,如果这个党有一天最终被他们腐蚀蹂躏得彻底垮台后,他们个人又还有什么立身之地?他们又还如何在这个社会上生存?真要是到了那时候,等待着他们的将会是什么?难道他们真的就没有一点儿恐惧感和危机感?老李呀,我真不明白,在我们这样一个政党的肌体内,何以会生出这么一些个专门侵蚀自己肌体的蛀虫来!是我们防病抗病的机能太差,还是我们根本就没有防病抗病的机能?对待这些东西,我们又有什么更好的办法?我们究竟该怎么办?到底该怎么办!"

杨诚说到这里,几乎是在控诉,是在倾诉了。在他那愤懑的表情里,似乎还显露出一种深深的无奈。

看着杨诚的样子,李高成再次被深深地震撼了。也许在杨诚的心底里,那种无以言表的痛苦和那种力不从心的悲愤比他更大、更多、更甚!也许杨诚比他更清楚,面对着像严阵这样的领导干部,有时候,他们真的无可奈何、毫无办法!你明明白白地知道他确确实实的是一个货真价实的坏人、敌人,但你就是对他束手无策!你不仅动不了他一根毫毛,甚至于还得对他俯首听命、降心相从!即便是像刚才这般义愤填膺地说的这番话,在公开的场合,他甚至都不能讲,也无法讲!

对一个对国家和人民满怀忠诚的领导干部来说,这也许才是最让人感到悲痛的事情。

而在一个社会里,当作出一个好的选择比作出一个坏的选择,当作出一个光明的选择比作出一个丑恶的选择,当作出一个为了大多数人利益的选择比作出一个只是为了个人利益的选择更困难、更沉重、更痛苦时,也许这个社会就太让人担心,太让人感到危险了……

杨诚的无奈和悲愤并不是空穴来风。

紧接着,杨诚又给他说了几件完全出乎他意料之外的事情:

一、李高成让市公安局对青苹果娱乐城的调查已被终止,因为市公安局和省公安厅同时接到通知,此事已由纪检司法部门接管和负责处理,要求公安部门立即退出。

二、关于对昌隆服装纺织厂的突击检查,也已被上级有关部门勒令停止。理由是昌隆服装纺织厂属于开拓探索性质的第三产业,而且正在同外商洽谈业务,并准备同外商协商合资项目。所以对昌隆服装纺织厂的突击检查是不合时宜的,也是有损国家和本省本市形象的,同时也不利于企业的深化改革,因此必须立即停止。如果认为确有问题,应在省委的统一安排和部署下进行核实。总而言之,应从大局出发,妥善处理。

三、正在中纺进行财务核查的工作组,目前也有领导多次过问和批评,认为工作组的有些做法已经超越了财务检查的范围,有些工作组成员甚至置社会稳定于不顾,有意扩大和激化公司的干群矛盾,产生了一些很不负责的副作用和负面影响。为此,鉴于春节在即,考虑到稳定压倒一切的这个大局,工作组应尽快完成财务核查工作。对查出来的任何问题,一律上报省"年终财务大检查指导办公室"负责处理。在问题没有定性期间,任何人都不准私自传播,私下议论,随意扩散,如有人违反,由此产生的一切后果由本人自负。

四、省委常务副书记严阵在最近的一次政法会议上讲,对目前有些企业上访告状的问题,应本着稳妥解决问题的态度正确对待。合理的就接受,不合理的不能任意迁就,更不能不讲原则,甚至出卖原则。总的来说,对这些上访工人和干部应以劝告说服为主。既要动之以情,更要晓之以理。群众的一些行为看上去合情合理,但其实并不合法。而有些干部的问题,看上去不太合理,但却是完全合法的。这一点非常重要,所以一定要给群众讲清楚合理与合法之间的关系。要争取把那些不稳定因素消灭在萌芽状态之中。如有人想借此机会蓄意扩大事态,有意迎合一些人不正常的思想动机,或者想借此达到其不可告人的目的,这种行为将是非常危险的,党和政府对此绝不会任其发展、置之不理,对责任者将严厉追查、严肃处理。

五、在中纺的调查工作组成员中,已有近三分之一的人请了病假和事假。自从严阵在政法会议上的讲话逐级传达后,调查工作组的工作已基本陷于瘫痪。尤为严重的是,一些调查工作组成员,包括其中的一些干部,已经完全放弃了应有的立场,甚至仰人鼻息、助纣为虐……

············

李高成怔怔地看着杨诚,好久好久说不出一句话来。

对青苹果娱乐城终止调查的通知,怎么可以不经过市委市政府就擅自决定?莫非只是下级对上级才有越级行为,而上级对下级不论干什么都永远不存在越级行为?其实李高成此时已经非常清楚,这一举动看上去好像是保护措施,或者有意要维护当事人的利益,其实从根本上讲,是对李高成的再一次警告和要挟。顺我者昌,逆我者亡。这是你内兄和内侄经营的地方,从这里我可以保护你,但也一样可以彻底地毁了你!

至于对昌隆服装纺织厂的说法，又是多么的荒唐和强横。莫非开拓探索性质的企业就可以违法乱纪、胡作非为？如果这个理由成立，那岂不是任何一个企业和公司都可以在这种荒谬之至的理由下为非作歹、无所顾忌？由于正在同外商洽谈项目，因此必须停止调查；否则就有损国家和本省本市的形象，这岂不更是奇谈怪论？如果真有一个外商看到了那种恶劣的工作条件和工作环境，看到了那些惨不忍睹的工人形象时，究竟哪一种情况更有损国家和本省本市的形象？

　　进驻中阳纺织集团公司的工作组，是市委常委会的决定，哪一级领导能够对其随意过问和批评？这究竟是在批评市委市政府，还是在批评工作组？谁又能有这种权力让工作组尽快结束调查？尤其是这种专案性质的调查工作，而且是市委市政府派出去的调查工作组，对他们所调查的结果，又怎么能指示交给省"年终财务大检查指导办公室"？这样的举动和说法岂不是天大的笑话，岂不是太不顾一切了？

　　一个省级领导，在政法工作会议上，却能把话题拉到企业上面来？就算有联系，那又怎么能把自己的讲话打印成稿，逐级下发和逐级传达？即便是从稳定这个角度来讲，究竟是谁在有意制造不稳定因素，蓄意扩大事态，故意激化社会矛盾？还有，从逻辑上讲，他的讲话也完全是在制造新的社会矛盾，莫非合理不合法的只是百姓，而合法不合理的只是领导？

　　…………

　　谁也清楚这是怎么一回事，谁也明白这究竟是因为什么，但你对此一时还就是拿不出更好更有效果更有力的对付办法，以至让你束手无策、一筹莫展！

　　看那些掩饰丑恶的语句运用得多么冠冕堂皇、光明正大，那口气又显得多么襟怀坦白、大义凛然！

在他们所表白的这些意思里,你根本找不出任何毛病和缺陷。一切出于大局,一切为了改革,一切服从稳定,一切都服从于党和国家的利益。他是党的一个高级干部,所以他也就毫无顾忌地以党的身份说话。

…………

两个人面对面地坐了好长时间,好像都再也说不出什么话来。直到杨诚临走时,才轻轻地却是非常有力地说:

"老李,这只是刚刚开始,但第一回合,肯定是我们赢了。那三十万元的问题,我这个市委书记完全可以作证,你是在告状材料递到市委以前就给我谈过的。就算他们有什么录音和证据,也别想在我这儿打开缺口。"

"杨诚,我以我的党性和人格作保证,我根本不相信他们有什么录音和证据。我要是在这三十万元的问题上做过什么昧良心的事情,那我甘愿在法庭上接受全市三百万人民的公开审判!"

"老李,我以一个市委书记的身份,请你再也不要说这种话了。你是一个什么样的人,正像我是一个什么样的人一样,我们双方的心都感觉得出来。一句话,我相信你,也请你相信我。"

两个人的手再次紧紧地握在了一起。

在这一刹那间,李高成也就清楚了一个不容置疑的事实:

杨诚的这些话绝不是说说而已,他要真是这样作证,那就意味着面对着严阵以及围着严阵的那一拨人,他将把所有的责任、所有的压力、所有的目光,以及所有的风险,全都揽在了自己的身上。即便是粉身碎骨,也决不回头了。

三十六

第二天一早,李高成在杨诚的安排下,转到了一个非常安静舒适的地方进行疗养。

一个星期以后,李高成康复痊愈。

当他突然出现在市长办公室时,好多人都感到意外和吃惊。因为大家都以为他一定要到了春节以后才会上班,甚至还有人以为他一定会长期地"病"下去,一直等到风平浪静、万事大吉后才会出现。即使不是如此,也绝不会在这种风口浪尖的非常时期出头露面。何况他当时确实是病了,而且任何人都知道他病得相当厉害,这实在是一个千载难逢的好机会,尤其是在这样的一个时期,没有人会轻易地放过这个机会。

确实没几个人能想到他会在这种时候出现在办公室里。

李高成的心情却似乎完全相反,许多年来,他第一次感到上班是这样的轻松和安静。因为除了一些看到他的人来打打招呼外,几乎是没什么人来找他办什么事情或者汇报什么事情。除了堆积在桌子上的那一大堆等着他批示的材料和公文外,几乎没有什么急等着要办的事情。

不过,李高成心里很清楚这些天在市委市政府都发生了些什么事情。

就在他转院的那一天,杨诚便召开了一个紧急市委常委会。常委会只有一个议题,就是关于如何处理李高成交来的三十万元贿款问题。一切都在杨诚的预料之中,常委会上并没有立刻形成决议。但真正的目的则已经完全达到了,杨诚此举就是要让市委常委一级的人都知道有这么一回事:有一个公司私下重金贿赂市长,一次行贿竟达三十万元人民币!市长李高成在这次生病以前,就已经把这三十万元交给了市委书记杨诚。

这不啻是一声响雷,顿时震撼了整个市委市政府。尽管杨诚再三交代,在此事没有彻底查清以前,属于党内极端机密,严禁任何人私下传播。但最终消息还是迅速流传了出去,而且很快连社会上都知道了这件事情,一时间便传得沸沸扬扬,神乎其神。在老百姓中间,谁也知道行贿的是严阵的内弟和严阵的亲戚,拒贿的是市长李高成。当然也还有其他种种说法,有有利于李高成的,也有不利于李高成的。

惟一让李高成感到奏效的一点是,此后一直到现在,再没有发现有什么人在这件事情上做手脚、做文章。也许对方正在等待一个合适的时机,等待事情的进一步发展;也许是在等待李高成的出现,看李高成下一步还会有什么新的举动;也许是一下子被打蒙了,整个被打乱了阵脚,所以一时还没能反应过来究竟该怎么办。

但李高成和杨诚此时已经顾不得这么许多了。因为对方已经是全面出击,在各个方面都已经发动了猛烈的攻势。即便是像这三十万元人民币的问题,也只是你处于被动挨打的局面而产生的动作,从根本上讲,你只是在防守,纯粹的防守,你连还击的动作都没有!所以眼前的问题是怎样消除这种种消极的影响,使得以前布置的那些工作能得以顺利地执行。

本来是你想处理问题,你想挖出问题的症结所在,然而八字不见一撇,所有的矛头竟冲着你来了,甚至于有迹象显示,人家其实就是要把你作为问题的根源和症结所在。你不是要调查中纺的腐败问题吗?这一查不就查出你来了?原来中纺问题的根源就在你身上,原来跟中纺问题有关联的最大的腐败分子就是你!

而且不只你有问题,你老婆也有问题,你的下属也有问题。正像妻子当初给他说的那样,查中纺其实就等于是在查你!

如今不真的就这么来了?

因此当务之急不是你应该怎样去防守,而是应该怎样尽快想办法去达到你的既定目的,也就是说应该怎样彻底解决中纺的问题。这就是说,当你作出了你的抉择后,下一步就是怎样使你的抉择尽快兑现。如果作出了抉择,却由于种种原因达不到你的目的,从而使你的抉择半途而废,甚至于让别人利用了你的抉择,以至彻底失败,那你的抉择不仅会害了自己,也同样会害了别人!同时也就证明你的抉择没有任何意义!

一阵电话铃响把他拉回现实,是杨诚的声音:

"老李,我让秘书给你送两份材料过去,请你尽快看一看。"

他不禁有些发怔,他知道,杨诚要交给他的两份材料绝不会是一般的材料。

果然,当他接到杨诚送来的材料时,又再次呆了好半天。

一份是《有关中纺公司经济问题的调查报告》,一份则是《索贿还是拒贿?——三十万元巨款真相》。

两份材料分别装在两个公文袋里,调查报告很厚,另一份材料则只有几页,但却附着一盘录音带。

让李高成吃惊的是,两份材料上都已有领导的批示。

调查报告上是严阵的批示:

——这份调查报告已详细看过,总的看是严谨的,周密的,实事求是的,有较强的说服力。很好。解决中纺的问题,应以此为依据。

另一份材料上竟是省委书记万永年的批示:

——材料看过了,录音也听了,令人震惊。请杨诚同志迅速在小范围内组织调查,并尽快把调查结果汇报于我。另:杨诚同志,李高成同志如果身体可以,可否让他尽快来我处谈谈。

不用看,李高成就清楚这两份材料里都是些什么内容。惟一让他感到有点心惊肉跳的则是那盘小小的录音带。

几天来,一直让他忐忑不安,难以入睡的就是这盘录音带。这些天他几乎无时无刻地不在想,会是个什么样的录音带呢?录音带上又都会说些什么？是他的话还是别人的话？如果是他的话，那会是在哪儿录下的？如果不是他的话，那又会是些什么人的话？几天来，他几乎把他几年以来同他们的交往都细细地回忆了一遍，也始终没回忆出有什么不妥的地方来。老实说，他们之间并没有过什么真正的交往，在他们到他家里以前，他们之间甚至都没说过什么话，怎么会突然冒出一盘作为证据的录音带来？

想来想去，也就只有一个地方让他感到有些担心：那就是他们送钱到他家里的那天晚上！

他只记得那天晚上很忙很乱，在门口刚刚送走了一拨人，在家里等着的还有那么一大堆人，而且在那一整天里连他自己也记不清楚究竟接待了多少拨人。等他走到家里时，心力交瘁地连人都有些认不清了，所以这会儿也就根本想不起来当时都说了些什么，而最最要命的是，那会儿根本就不知道，也根本就没想到，在他回家之前，他们就已经把三十万元人民币交给了自己的妻子吴爱珍！

问题是自己当时都说了些什么？而这些话竟能成为他索贿受贿的证据？

如果真是那天晚上的事，情况可就复杂了。因为在他完全不知道那三十万元的情况下，说不定他说出的哪一句话，便可以被他们作为证据，而且是以录音为证！

要真是这样，那就太可怕太可怕了。当他们来他家里时，就已经全部谋划好了，既有那么多的人可以作为见证人，又居然还偷偷地录了音！

看来，他们早在那时候就已经下了手！你只是刚刚有所怀疑他们时，他们就已经把你作为敌对一方了。而且动作之快、之狠、之阴险、之卑鄙，完全出乎你的预料。之所以如此，解释似乎只能有一个，那就是他们对你当时的一举一动全都知道得清清楚楚。也就是说，在那个时候，甚至更早，你就早已在人家的掌握之中了。

他愣了一阵子,随后迅速地要来了一个录音机,告诉秘书吴新刚他暂时不接见任何人,然后把自己关进办公室,一个人颇有些紧张地听了起来。

真是怕出来的鬼! 录音带里录的果然就是那天晚上发生的事情!

…………

乱哄哄的,但听得清清楚楚。

先是一阵忙乱的脚步声,紧接着便是一个女人极为热情欢快的打招呼声:

"呀! 是你们呀! 我说我这左眼皮子咋就一个劲地跳呢,敢情就应验在这儿呀! 快进屋快进屋,小莲! 快沏茶!"小莲是家里的保姆。

话说得热烈而又随意,一开始就给人一个强烈的印象,他们之间的关系确实非常密切。尤其是左眼皮跳的那句话,给人的印象尤为深刻,似乎在明显地暗示着什么。

紧接着便是一阵问候吴局长的声音,并夹杂着妻子自矜而又充满快意的笑声。

然后便是落座、寒暄、倒茶、喝茶,好像有人在议论着什么。再接下来,让李高成感到吃惊和恐怖的录音声便出现了。

一阵起立和慌乱的嚷嚷声,然后便是一阵恭敬和热情的问候:

"……李市长!"

"李市长您好!"

"您好,李市长!"

"李市长,您看您这么忙,都这么晚了,我们还来打搅您,真是太不好意思了……"

"李市长,本来我们是想到办公室找您的,但想了想,白天找您的人那么多,办公室里乱哄哄的,说什么也不方便。所以我们想了想,还是来家里方便些……"

听到这里,李高成不禁呆在了那里。

这一段录音同上面的录音连接在一起,给人的感觉分明是李高成从里屋走了出来,而且分明是李高成事先约好了要召见他们!

李高成此时的记忆好像一下子完完全全恢复了,这根本就是偷梁换柱、移花接木。这一段录音和前一段录音纯粹就是人工合成在一起的,分明是对他有意的栽赃陷害!

那天晚上他回来时,已经很晚很晚了,后来听保姆小莲说,他们是十点左右来的,在家里坐了将近两个小时。而他们把后面的录音和前面的录音连在一起,给人的感觉就是现在这样,你们夫妻两个当时都在家里,都极为热情地接待了他们。尤其是在对话中还说得那么明白,办公室里人多眼杂的,有些事不好谈,所以这么晚了还来打搅您……

真是防人之心不可无!

再接下来,又是故技重演,但不知内情的人听了,则就真的会感到惊心动魄、目瞪口呆了。

"李市长,这么晚了,我们也不想多打搅您了,我看我们就言归正传……"这应该是严阵的内弟钞万山的话,但似乎已经作了处理,听上去已完全不像了。这本是他们临走时对李高成说的话,但下面的话,却给接到前面去了,"……张经理,你把那个箱子拿过来。"一阵杂乱的脚步声和打开箱子的声音,"……这一共是三十万元,请你们千万不要有什么别的想法,如今这也真算不了什么……"

"……这都是谁的意思呀?……万一出了什么事,你们怎么交代呀?"这是妻子听上去分外平静而毫无拒绝之意的声音。

"这是公司研究决定下来的,李市长虽然不挂名,但却是公司名正言顺的董事,这三十万元完全是应得的。希望李市长一定不要嫌少,主要是这两年公司刚刚起步,需要周转的流动资金太大,实在是没办法,要不早就送过来了。所以,还有一点需要特别声明的是,这只是前年的份额,去年和今年的只能比这多不会比这少。等到年底结算完毕,只要情况允许,我们将尽快把这两年的补齐一并交来,这个尽管放心就是。李市长帮了我们公司这么大这么多的忙,要是没有李市长,还会有我们的公司吗?我们这是属于个体性质的公司,别说没人查了,就是有人查,也绝不会查到李市长这儿来……"

再下来,就又连接上了他当时在场的录音:

"……我也从来没帮过什么忙,你们怎么能这样……"

"李市长,您要这样说,我们就更过意不去了……如果没有您及时的批示和予以支持,像这样的公司是不会那么快就能批下来的。这是大家都清楚的事情,尤其是吴局长还专门为此事疏通过不少关系……"

再下面,就又是妻子的声音:

"哟,听你这些话,好像我们是为了这些钱才这啦那啦的,到时候你要是这么一说,不就全把我们卖出去啦……"

"吴局长,看您说的,就是再给我们一百个胆子,我们也不敢这么说呀!假如真要是有那么一天,我们这些人就是上刀山,下火海,千刀万剐,粉身碎骨也要保住吴局长和李市长的呀。"

"那你们不全成了烈士啦!"

然后便是一阵哄堂大笑。

再接下来,就又连上了他在场的那个时候。

"……李市长,我们确实非常感谢您,只要有您的支持,我们也就有了依靠,心里也就踏实了。今天到家里来的,都是咱们这个公司的主要骨干和业务人员,除了个别的有事没来,能来的基本上都来了。一来大家都非常想见见您,二来也是当面向您表示感谢。

至于今年整个公司收入的具体情况,我们已经同吴局长详细地谈过了,由于时间关系,我们也就不再啰嗦了。李市长,我看就这样吧,您要是没什么别的吩咐的话,我们就告辞了。"

"那好,如果你们还有什么想谈的,明天就再到我的办公室里去谈。今天也确实不早了,咱们就到此为止,请你们自便吧。"

再接下来便又是一阵忙乱的送客和道别的声音,妻子的声音尤其显得突出而热情。

录音到此结束。

李高成直听得两眼发直,浑身打颤。

一阵阵说不出来的恐惧直向他袭来,以致让他感到窒息一般的浑身无力。

卑鄙无耻!低级下流!痞子无赖!狼心狗肺!流氓!流氓!活脱脱的一群地地道道的大流氓!

好狠,好毒!真是黑透了!

满以为这几天什么事情也没有,却没想到一下子竟冒出这样的一档子事来!

真是怎么想都想不到他们竟能干出这样的事情来!

当时对他们分明是一通严厉的斥责和拒绝,而如今这么前后一接,竟变成了他索贿受贿的证据!

他们真想得出来,也真做得出来!

好一阵子,李高成都无法使自己平静下来。

怎么办,怎么办,面对着这样的一群流氓,面对着这卑鄙无耻的告状材料和所谓的"证据",你究竟应该怎么办?眼下又能怎么办!

别看这小小的一盘录音带,它就像一张天罗地网,直让你插翅难逃!它就像一颗炸雷,顷刻间就能让你粉身碎骨!

就算此时此刻有一万张嘴为你辩护,你能把录音带上的事情诉说清楚和洗脱干净?

你明知道这录音带上的东西全是假的、骗人的,但又有谁会相信你,你又能拿出什么更好、更强、更有力,足可以证明这盘录音带全是谎言和诬陷的证据来?

你有这样的证据吗?你又能找出这样的证据吗?

恍惚和茫然之中,他不禁又想到了一个人——妻子!

若在平时,若他们之间的关系还像以前一样,也许她会想出什么别的办法来……

不,不会!你真是让人家给打蒙了,事到如今,她又会有什么好办法?即便是她现在仍会像过去一样站在你这一边,也一样会束手无策、百般无奈。何况人家要告的人里头也一样有她,为你申辩,不也是在为她申辩?那又有何用!你们不就是一家人吗?谁也清楚,这在法律上毫无意义。

那么,还有谁会洗清自己呢?

没了,真的没了。

就这么一盘做了手脚的录音带,真能活活地毁了你!

一阵电话铃声。

他有些下意识地拿了起来,良久竟不知道说话。

"……喂,谁呀?喂!"电话里的声音越来越大。

好一阵子,他才好像从那种绝望的悲愤中醒悟了过来,于是他一下子便听清楚了,是杨诚。

"……杨诚呀,我是高成。"他尽力使自己的话音显得随意一些。然而杨诚好像还是听出了什么,他的话分明是在给他打气鼓劲:

"老李,那两个材料都看过了吧。"杨诚的语气很强、很足,"首先我要告诉你,那个录音带我已经让公安局和安全局秘密查验过了,这个录音带基本上可以肯定是经过人为处理过的。也就是说,这个录音带除了只能证明它是人工合成的外,目前它本身还证明不了什么,所以你一定不要被它伪造的假相所迷惑,更不要为它所能造成的影响而担忧。退一万步说,就算还不能证明它是伪造的,骗人的,依据法律规定,这种不通知本人的录音,并不能作为真正的证据,而且它本身就是违法的,也是侵犯人权的。所以即使从这个角度讲,也完全不必为它担心。还有,老李,人家现在这样做的用意就是要引风吹火,扰乱人们的视线,打乱你的阵脚,让你四处防范,疲于奔命,忙于辩解,穷于应付,惶惶不可终日,光想着怎样洗清自己,这也就达到了他们的真正目的:以攻为守,借刀杀人,让你自顾不暇,从而让他们反败为胜,逃之夭夭。老李,再说句不好听的话,就算我们这会儿无法洗清自己,也绝不能坐以待毙,干等在这儿让人家收拾。现在惟一的,也是最有效的办法就是在重围中杀开一条血路,我们要进攻,进攻!懂吗?老李,只有把真正的元凶找出来,只有把狐狸尾巴揪出来,他们才会不攻自破,才会显出他们的原形和真实面目来。我们要想办法在他们最不经打的地方,斜刺里先狠狠地给他们一家伙!得让他们疼得跳起来!最后饱以老拳,把他们打蒙!"

"我懂了,杨诚。谢谢你。"李高成就好像从迷谷中跳出来一样,顿时豁然开朗,同时也不禁感到自己真像个小孩子一样,单纯得简直一如愚蠢,幼稚得纯然像个傻瓜!也真是的,事情都已经发生了,人家都已经把告状材料放到省委书记的办公桌上,你还在这儿跳来跳去的,只想着怎样解脱自己。整个都钻进人家的口袋了,眼看着都已经成了人家的腹中餐了,还只想着要证明自己是清白的,"放心吧,我知道我自己该怎么办了。"他突然觉得自己底气十足。

"老李,那个调查报告我不知道你刚才看了没有,不论对谁来说,其实这个材料才是一个至关重要的材料。这里头的内容非常重要,如果不赶紧采取措施,说不定就真的要前功尽弃,全线崩溃了。"杨诚的话非常急切,非常紧迫,"说实话,当初派工作组下去时,我就怕他们会有这一手,所以就没敢同意让公检法部门的人下去,若要让公检法的人下去了也一样闹出个这样的结果来,那咱们这回可就真的是彻底完蛋了,你就是想翻也翻不过来了。"

"我还没来得及看,我刚刚听了那盘录音……"李高成实话实说。

"让那录音见他妈的鬼去吧!老李,我实话告诉你,这盘录音带放在我这儿已经两三天了,我就是怕干扰你,所以才一直没让你听。我要是觉得它真的是个事,我还会一直压着不让你听?不管怎么说,最终还有我呢!三十万元在我这儿放着呢,他那个录音带顶他妈的屁用!纯粹一堆臭狗屎!好了,你先看看那个调查报告吧。一会儿省委还有个常委会,常委会上我要提这个问题,如果有机会,我还要给万书记和魏省长谈。等会完了咱们再碰头,再商量咱们怎么办。"话一说完,也不再问李高成什么,就径自把电话挂了。

这么长时间了,他还是第一次听杨诚骂人。他也完全想象得到杨诚骂人时会是怎样的一副模样。

杨诚一定是被气坏了,也许就像自己一下子被气蒙了一样。但杨诚和他生气后的表现则迥然不同。杨诚生了气后,是憋足了劲准备出击。而自己生了气后,却只想着怎样防守。即使到了现在,即使有杨诚在支持他,即使他现在已经知道了应该怎么去办,但他仍然觉得心上的压力并没有真正减轻多少。

他突然觉得自己不如杨诚。

这件事情要是发生在杨诚身上,那又将会怎样?

李高成用了几乎两个小时,才把这个调查报告大致过了一遍。

他明白杨诚为什么生气,也明白杨诚为什么把这份材料看得这么严重了。

尽管厚厚的有三四百页之多,但除了那些复印的单据和账目外,有文字说明的也就那么一二十页,只须一两句话就可以全部概括。这个所谓的调查报告,就像那一盘录音带一样,纯粹就是一份拙劣而又龌龊的伪证,同时也纯粹就是一份赤裸裸的开脱罪责书。看似一份调查报告,其实是一份极有针对性的反驳书。第一针对的是那份万人签名的请愿书,第二针对的是那份检举中纺新潮有限公司的揭发材料。

居然完全是一副已经定案和彻底了结了的口气:

…………

据中纺公司一些人反映,认为该公司经济问题严重,诸如买棉花问题、废品问题、倒卖旧机械问题、大吃大喝问题、领导作风问题、"新潮"第三产业问题等等。

经查,这些材料上所反映的问题,除一小部分确有其事,并且已经被公司查处外,其余大部分可以说是属于捕风捉影、道听途说,或者是缺乏证据、没有证据的。由于停工停产,公司将近一年发不出工资,因此工人群众的不满情绪是完全可以理解的。但感情不能代替理智,不满不能代替法律,有问题并不能说就是腐败,亏损停产也就不能等同于违法乱纪……

…………

如买棉花问题,反映材料上谈到的那些问题,基本上可以肯定是没有根据的……

经查……账目清楚,各种汇单和条目都完全符合财务规章制度,没有任何不合规定的地方……在南方购买棉花,是迫不得已的,本身条件的压力,产品合同的压力,资金运转方面的压力,以及棉花价格不断上扬的压力,尤其是这笔资金如果在年底以前花销不掉,银行很可能会按有关规定予以冻结……鉴于方方面面的情况,中纺公司的领导紧急在各方面购进棉花的心理也就是完全可以理解的了……依照当时的棉花价格,中纺公司当时购买的棉花价格基本上是合理的……属于中等偏下的水平。对于中纺来说,当时能用这样的价格买到这样的棉花,确实已经是相当不错了。应该说,中纺的领导在这方面是做了大量工作的。

至于有些人反映的,说公司领导用一二级棉花的价格,购买回来的都是四五级甚至五六级的棉花……对此,我们也进行了全面的核实。

经查,这是不符合事实的……确实有一些棉花质量较差,主要是由于不能全部一包一包地进行查看,所以就出现了个别一些质量低下的打包的棉花蒙混过关的情况。但这只是极个别的情况,而且事后积极向对方索赔,并在第二次购买时,都基本上得到了补偿……那些所谓的有意购买劣质棉花,暗中收取回扣的说法,应该说是不负责任的,也是没有事实根据的。

…………

如处理废品、倒卖机械问题。据中纺一些人反映,并由此引起了工人干部的强烈反应,说是中纺公司领导干部,借国家贷款进行技改工程之际,拆除旧机器以废品卖出,再以新机器价格购进。手段恶劣,大发昧心财。

经查……应属道听途说之词……缺乏根据……账目上新的纺织机械产品的购货来源和款项……一清二楚、明明白白,都有据可查,有账可依……所有废品回收情况……账目清晰,一目了然……没有发现什么漏洞和可疑之处。

…………

据反映,中纺领导干部在日常工作中大吃大喝、挥霍无度,在短短几年的时间里,几乎能吃掉一个工厂。有些领导任意购买豪华轿车、豪华住宅等等。

经查……公司领导的措施是得力的,有效的。但也确实有一些公司领导和中层干部在这方面措施不力,把得不严……作为一个国有企业,要在激烈的行业竞争中抢夺市场,这种情况也是较为普遍的,从某种意义上说,也是难免的……几年来,中纺公司在这方面已经严肃处理过数十名干部,其中处级干部十六名,厅局级干部两名……中纺公司在这方面做得还是比较好的。当然也有一些个别特殊情况,公司并没有放松这方面的监督和把关……不满情绪是完全可以理解的,因为这确实是干部和工人群众愤恨的事情……对工人要予以积极引导,耐心说服。不能把个别现象看成是普遍现象,不能把局部现象看成是整体现象……

…………

据反映,中纺公司的领导在第三产业的开发中,挪用和强行占用了国家贷给公司的大批资金。尤其是在这几年中,第三产业账目混乱,问题严重。一些公司领导借开发第三产业之际,化公为私,大捞特捞,甚至每个副厅级以上干部到离退休年龄时,都无一例外地要拿到一百万的第三产业开发本金方才离任。在群众中造成了极为恶劣的影响,这也是中纺工人干部多次上访告状的原因之一。

经查……管理混乱,监督不力,中纺第三产业新潮有限公司的问题确实很大,尤其是管理不善,亏损严重。特别是一些分公司和业务实体,早已名存实亡,没了任何业务活动……个别分公司连原有的领导班子和董事会都早已不复存在。

经查……所以造成这种情况的原因是多方面的……条件并不成熟,尤其是在根本没有摸清市场的情况下,就匆匆上马……投产之日,也就是亏损之时,破产倒闭也就是必然的了……有些项目的上马,完全是在一种投机的心理下促成的。他们认为,只要国家批了项目,给了贷款,而且已经上马,那就绝不会袖手旁观,再让这个项目垮下来……如此严重的亏损也就是必然的了。

经查……总的看来,盲目投资,重复投资,是最根本的亏损原因。比如本来就没有效益,没有市场,产品也根本没有竞争力的服装公司,先后就投建了十三家。市场上早已供大于求的衬衫厂,一次就投建了四家……在一百多个实体中,微弱赢利的只有四家,基本持平有十二家,亏损的有六十多家,其余的四十多家已全部停产停业……没有风险意识,尤其没有市场意识,思想僵化,再加上没有责任感,只知道等、靠、要……技术人才缺乏也是原因之一……所录用的人员,大部分都是公司子弟和公司优化组合分流出来的下岗职工。因此产品质量上不去,产品没有销路,最后导致企业严重亏损,以致破产倒闭也就是自然而然的了。

经查……如此大面积的亏损确实是严重的,也是令人痛心的。数千万国家贷款的投入,却扶持了这么多负债累累、亏损严重的实业公司,给人的教训也是深刻的,其结果也是令人深思的。我们认为,在这方面,公司领导是负有一定的责任的……尽管整个公司的业务很忙,工作量很大,而且新潮公司的领导确实大都是离退休下来的老领导老干部,由于种种原因,不好管理,但这并不能全部推卸自己的责任……

经查……个别实体确实有胡支乱花、吃吃喝喝的情况,也有些实体确有或多或少的经济问题……所以总体来看,这并不是普遍的问题,也绝不是像反映材料上讲的那样,化公为私,大捞特捞……问题是有,但不能以点代面,从而认为整个新潮公司都是这样。本着实事求是的态度,我们应该首先从这一点上明确认识,统一看法……亏损就是亏损,负债就是负债,不能把亏损和经营不善完全看成是由于腐败才引起的……所以,这种说法既是不负责任的,也同样不是从实际出发的……对广大工人在这一方面的不满情绪,第一,要有正确的认识;第二,要进行正确的引导……要以理服人,用事实说话,做耐心的思想工作……

　　……………

难怪杨诚会骂娘。

最最让人感到气愤和难以理解的是,这份材料竟是由我们自己派出去的人写出来的!我们自己的人不仅完全违背了我们自己的意思,而且还在拆我们的台,挖我们的墙角,帮助对方用我们的手打我们自己的耳光!

就因为人家权大势大,所以慑于人家的威势,所以才造成了这种情况?这能把所有的这一切都解释得通吗?这难道就是惟一的理由?

假如就让这样的材料作为一个有关中纺问题的权威性的材料,并依此向省委省政府汇报,你可真的就没有任何回旋的余地了。

这不正是你们自己派出去的工作组调查出来的材料吗?既然是你们自己整理出来的材料,那你们还有什么可说的?

何况现在所有的人都觉得是你们想要在中纺找出什么问题来,是你们在借中纺的问题想整出什么别的事情来,所以你们在这个问题上肯定会下大力气,下真功夫,全力以赴,绝不会手软。而如今,由几十名干部组成的工作组整整查了近二十天,材料整理出来了,你们又怎么能说这不是你们闹出来的,这个材料本身就有问题?

如果按这个材料来看,那么中纺根本就没有任何问题。那些工人们揭发的问题原来都是捕风捉影、道听途说!都是没有根据、违背事实的,甚至是不负责任的!几乎就差这么几个字了,你们工人揭发的这些问题其实全都是对公司领导的诬陷和诽谤!

难怪严阵会在这份"调查报告"上批示出这样的话来。得意和骄横之气溢于言表,而且可谓是一箭双雕、唾手可得。既让你自己打自己的嘴巴,有话说不出来,还让你在工人们面前抬不起头来,让工人们觉得你根本就是同他们一伙的。

人家是左右逢源,应付裕如,你却是两头受气,里外不是人。

特别让人感到严重的是,原本问题最多最大的新潮有限公司,凭空侵吞了数千万人民币的一个黑窟窿,连他们自己都谈虎色变的地方,如今竟让你们自己派去的人查得什么问题也没有了!

数千万人民币的损失,却只查出来一个责任问题!

数千万人民币的亏空,查出来的竟会是正常亏损!

数千万人民币啊! 当它一笔一笔地被侵蚀,被鲸吞,被巧取豪夺,被贪为己有,被挥霍掠夺得干干净净的时候,却能心安理得、灭绝人性地说这都是正常的、合法的,既不算经济问题,也没有腐败行为。

尤其令人感到痛心的是,这是在你认为有严重问题的情况下,由你派出的工作组,在经过近二十天的审核调查后得出来的这么一个结论!

所以也就可以说,是你自己把这一切触目惊心的经济问题,变成了完全合法的正常亏损。把如此严重的腐败行为,轻而易举地解脱为一般责任问题。

任何人都可以这么对你说,这全是你干出来的! 全是你幕后操纵的结果!

这个责任你逃脱得了吗? 省委万书记不是要见你吗? 当你见了万书记的时候,你怎样才能把这一切解释得清清楚楚?

你看报告上说得多么轻巧,多么轻松:

"……公司领导是负有一定的责任的。""……如此严重的亏损也就是必然的了。""……破产倒闭也就是自然而然的了。""问题是有,但不能以点代面。""……亏损就是亏损,负债就是负债,不能把亏损和经营不善完全看成是由于腐败才引起的……所以,这种说法既是不负责任的,也同样不是从实际出发的。"

闹了半天,还是那么一句话:

你们工人干的那些事情,尽管合理但不合法;人家领导干的那些,顶多也就是个合法不合理。

合理亏损。就这么几个字,便堂而皇之地把那数千万人民币的流失轻轻一笔勾销了。

还有什么腐败能比这种腐败更让人感到可怕,更让人感到触目惊心?

你怎么给万书记,怎么给省委省政府、市委市政府的领导们交代?怎么给中纺的几万干部和工人交代!又怎么给全市三百多万人民交代!

难怪杨诚会骂娘!

李高成头痛欲裂。他觉得自己的两只眼睛里好像在滴血,眼前的这份调查报告似乎变成了红乎乎的一片。

杨诚说得对,确实得赶紧采取措施,否则可真的就要前功尽弃、全线崩溃了。

他看了看表,还不到十一点半。得想想办法先让自己冷静下来,只有冷静了,才能把眼前的这些问题理出个头绪来。

他竭力想让自己放松一下,倒了一杯水,然后一边慢慢地喝着,一边在桌子上的那堆信件里翻着。

他翻出了一份电报,儿子明明的。

> 爸爸妈妈,学校于2月8日(腊月二十)放假。我到同学家去一趟,可能要晚回几天。家里和办公室的电话都打过了,就是找不见你们,你们大概太忙了。请多多保重身体。回去见。

他叹了口气,儿子向来这样,大大咧咧的。然而,不知为什么,他突然觉得是这么地想念孩子们,女儿两个月前回来过一趟,而儿子则快有半年没见面了。

紧接着他愣了一愣,他看到了一封女儿的来信!

从邮戳上看,是四天以前的信件。他感到了一阵少有的激动,拆信时差点把里边的信纸都给撕坏了。

爸爸:

…………

爸爸你给我说老实话,家里到底出了什么事?你和妈妈到底是怎么了?

我要你说实话!我们还有八天才放假,请你现在就给我写信!现在就给我说清楚!!!

这几天,我几乎天天给家里和办公室里打电话,昨天我凌晨两点四十给家里打电话,家里都没人接。保姆支支吾吾的,但我听得出来,她在给我撒谎!

爸爸,家里到底出了什么事情了?

妈妈为什么一直不回家?

这么些日子了,你们为什么都整天不在家?

到底发生了什么?

我要你说实话!!

现在就给我写信!!!

就现在!!!!!!!!!!!

…………

李高成默默地看着女儿梅梅划出来的那一溜惊叹号,突然意识到今年等待着自己的将会是一个怎样的春节!

他默默地抱住了自己的头,一种下意识在告诉他:

既然什么也躲不过去,那么该来的就让它们都来吧。

三十七

中午,李高成和秘书吴新刚一块儿在家吃的饭。

市政府食堂的饭其实也不错,主要是太累,不想去。住了一段医院,又是个焦点人物,打招呼的人肯定多,光应付也够劳神的了。他这会儿也没什么心情抛头露面,说不定会无端地招来许多事情,他得静下心来好好想一想。而且家里好多天也没回去过了,说什么也得回去看一看。

孩子们马上都要回来了,他得想办法让人把家里收拾收拾。

保姆小莲见到他回来时,竟显出吃了一惊的样子,好半天都没能说出话来。他突然觉得一个家要是没了女人,真的太不像个家了,他回来时竟然没意识到应该先打个电话。妻子不在,所以也就没意识到要打电话。

小莲是妻子左挑右选才挑中的一个年轻保姆。朴朴实实的,干活非常利索,脑子也好使。在妻子精心的调教下,不论是做饭还是做家务,都没得可说。尤其是炒得一手好菜,让所有来的客人都赞不绝口。妻子曾经答应过她,等过一段后,给她解决户口和工作。所以她在家里干得相当卖力,而且听话、忠诚、可靠、安分。家里即使没人的时候也一样会收拾得干干净净,井井有条。

平时忙,有妻子管着,所以很少跟保姆谈过什么。虽然也有勤务员和警卫,但大部分时候都是她一个人在家里,想想自己觉得也够惭愧的。

"……小莲,春节是不是把你爸你妈接来?"吃饭时李高成很诚心地问了一句。

"不用!"小莲像是吓了一跳似的说,"家里可忙哩,今年我二哥结婚头一年,我大姐的对象也要过新亲,正月里要来登门拜年。事情可多啦,爸和妈想来也来不了的。爸和妈都说了,让我在这儿安心干活,只要李市长和吴局长的年过好了,他们也就没什么挂念的了。"小莲也一样说得非常真诚。

"这几天家里都什么人来过电话?"李高成故意显得不经意

地问。

"吴局长前些日子天天都要来好几次电话,大前天还来过两次哩。就这两天没来电话。"小莲好像知道李高成问的是什么意思,回答得很得体,也很清楚,"还有明明和梅梅的电话,梅梅几乎天天打,刚才还打了一个。"

看来儿子和女儿确实都打了电话,也确实一直找不见他们。

"还有别的吗?"李高成又问。

"别的可就多啦,重要的我都记在会客室电话旁的记事本上了,不重要的我就没记。"小莲的样子就好像是一个出色的秘书,话说得既简明扼要,又掌握得很有分寸,"另外还有寄来的好多东西,信和电报我都放在了你的床头柜上,别的我都放在了会客室里。对了,还有好多人来找过你,我也一样都记在记事本上了。"

"挺好。"李高成由衷地夸奖了一句,"这两天家里人少,你就多操点心吧。"

"……李市长。"小莲欲言又止地叫了一声,好半天没出声。

"说话呀!"李高成默默地看着她。

"李市长,梅梅这几天在电话里可厉害了,我都不知道该怎么说了。李市长……"小莲憋了好一阵子才很费劲地说出来,"……你去把吴局长找回来么,都这么多天了,应该你去叫么。吴局长每一回打电话都要问你的,还说让我好好照顾你。李市长,吴局长我清楚,不论是干什么事情,她都要为你考虑的。有好多事情你没想到的她都想到了,真的,有好多事情我都知道,只有你不知道。李市长,你去叫吴局长回家吧。我爸我妈也常吵架的,吵吵就过去了,哪像你们,平时总也好好的,一吵起来真是吓死人……"

从小莲吞吞吐吐的话里,李高成隐隐约约地似乎感觉到了什么。不过他没有再问,小莲也没有再说。

吃饭的当儿,秘书吴新刚给他说了一个消息。

吴新刚从魏省长的秘书那儿得知,上午的省委常委会开得非常激烈,而且一直到现在还没有开完。这次常委会主要是定各地市领导班子的问题,本来矛盾就非常尖锐,但没想到常务副省长王育民一上来就提出那三十万元贿款的问题。说这件事已经在社会上吵得沸沸扬扬,人人皆知。不管是真是假,都已经让政府丢尽了脸面。所以这件事情一定不能再压了,一定要尽快查个水落石出。究竟是怎么一回事,应该给群众一个交代。他说不管这三十万究竟是行贿还是受贿,但一个堂堂共产党的市长,能让人把三十万元人民币直接送到家里去,这本身就是一件极其可疑的事情。如果他们之间关系一般,如果他们之间不是很熟,他们能坐到市长家里去吗?又怎么能把三十万元当面放下来?又怎么敢一次就放下三十万?风声紧了,查得严了,于是就把这三十万交了出来。如果始终没有人检举揭发呢?如果始终没人知道呢?是不是就永远放在家里了?这岂不是不言而喻,非常清楚的事情?有人说那录音带是假的,是伪造的。就算是假的,就算是伪造的,只从在你家里拿出三十万这一点上来看,就是不能原谅和无法原谅的!这本身就是一桩发人深省的腐败行为!所以他建议立刻严厉追究,一查到底,查到谁就是谁,不管他的后台有多硬,背景有多深,势力有多大,官位有多高,该撤职的就撤职,该法办的就法办,绝不姑息,绝不迁就!

常务副省长王育民是一个疾恶如仇、极有个性的省委常委,他在常委会上用这样的口气说话,并不稀罕。但令李高成感到震惊的是他这番话的内容,以及他的这种假设。想想也确实如此,正像老百姓说的那样,如今有钱也送不到人家手里,能送进钱去的人才是真正有关系、真正有能耐的人!这三十万岂不正应了老百姓的话?王副省长说的确确实实就是这么一回事,苍蝇不叮无缝的蛋,你要是一点儿没问题,如何会有人把三十万元的一笔巨款送到了你家里,而且让你收了下来?只这一点,你能解释得清楚吗?就像卖淫嫖娼一样,卖淫有罪,那嫖客呢?你要是干干净净、堂堂正正的,能有这种事情吗?这并不是一般的礼物呀,三十万元人民币!是一笔老百姓干一辈子也挣不来的钱!纯粹的贪赃枉法、权钱交易!不然怎么会送上你家门,又让你留下来?

吴新刚说,王副省长说完后,省委书记万永年面无表情地问了一句:这三十万到底是谁送的?市委书记杨诚回答说,是特高特汽车客运有限公司给送的。而后特意解释了一句,说这个特高特客运公司是中纺的一个第三产业,万书记接着又问了一句,到底是什么时候送的?杨诚回答说,就是在中纺工人准备闹事后的第三天,我们市委常委会研究决定准备派工作组彻底解决中纺问题的第二天。而后杨诚又解释了一句,当时决定由市长李高成同志挂帅解决中纺的问题。

会场上一阵沉默,好久好久没有人说一句话。李高成明白,杨诚的这两句话很有意思,稍有思考能力的人,都会清楚杨诚这些话里的潜台词。而从万永年书记的问话来看,万书记对这桩案子也确实非常重视,同时也确实想了很多。

随后万书记又说,你是市委书记,这是你们市里的事情,你先谈谈你的看法。杨诚说,我同意王副省长的意见,但我个人认为这也一样是属于中纺的问题,应该结合中纺的问题,进一步严肃查处。为什么一开始着手调查中纺的问题,就立刻有人给主管人送来巨款?据高成同志讲,钱送到他家时,当时他根本不在场,而且也根本不知道。尤其是在一些人达不到预期目的的情况下,就反咬一口一下子把这件事捅出来,居然说这是检举揭发,并且还有什么录音,这不很明白地告诉人们这一切分明都是事先策划好的么?

杨诚的话既表达了自己的观点,同时也很委婉地反驳了王副省长的看法。

杨诚的话刚一说完,就遭到了省委常务副书记严阵的强烈反对。严阵认为,第一,今天的会议就不是研究这个问题的会议,在今天的会议上讨论这件事还为时过早。第二,把这三十万的问题和中纺的问题牵扯在一起,是欠考虑和不妥当的。该是什么问题就是什么问题,两者不能随便混在一起。第三,不论是中纺的问题,还是这三十万元的问题,到目前为止,调查和取证工作都做得很好。中纺的问题刚刚查完,工作已告一段落。而最近发生的这三十万元巨款的问题,我已经同万书记和魏省长认真商量过,要尽可能地缩小范围,不要造成大面积大范围的波动,尤其是在年前这些天,有些工人的情绪并不稳定,一些地方的治安情况也不太好,如果在现在这种情况下,把这两件事扯在一起,岂不明摆着要激化社会矛盾,影响社会稳定吗。所以一定要以大局为重,一切从大局出发。因此他认为一切都仍按既定方案办,尽量不要扩大事态,特别是要杜绝人为的激化和恶化社会矛盾的做法。

万书记听后当即表示,他同意严阵副书记的观点,暂时先不要把两件事扯在一起,但三十万元人民币的问题不能放松,能立案就尽快立案,如还不能立案,也不能以任何借口拖延调查。最好能尽快成立一个专案组,每进行一步他都要直接听取汇报,同时他还认为此事还是应该让严阵来抓为好。省长魏振国也表示同意万书记和严阵的意见,同时他还特意问了一句,中纺的问题不是刚刚查过,连调查报告也刚刚交上来了么?怎么又想跟着这个案子再去调查?这样做也确实有点欠妥,一个几万人的大型企业,刚刚调查过好长时间,怎么又要再去调查?干部和群众的情绪刚刚平稳了一些,老这么刺激它那还能不出问题?再说明年我们重点要解决的就是国有企业和下岗职工的问题,如果还有什么解决不了的问题,一过了年我们马上还要下去的么。中纺的问题还是暂时放一放为好,这件事严副书记已经跟我和万书记多次汇报和商量过,现在我看就以万书记和严副书记的意见为准。还有,让严阵副书记负责这个三十万元巨款案,我个人也表示同意,严阵和李高成是多年的上下级关系,严阵对李高成也比较熟悉和了解,由严阵负责这个案子,从各方面来看都确实比较好。如有什么别的想法和意见,我们会后还可以再交换看法。

常务副省长王育民表示同意,杨诚也没再说什么。于是这一番争论也就到此结束。

李高成本想对吴新刚获取这种本属机密消息的手法批评几句,但听到后来,自己的心绪也不知不觉地被会上的气氛裹卷了进去,同时也再次被深深地震撼了。

怎么会这样!

居然要让严阵来负责这个案子!从实质上讲,也就是要让贪污犯反贪,作案的办案,腐败分子反腐败!

竟然会是这样的一个结局:你想查严阵的问题,结果却让严阵来查你!你想办严阵的案子,反过来严阵却要来办你的案子!还没等着你来查我,就先让我来查你!

在这个可以决定省里市里任何一个干部命运的省委常委会上,杨诚几乎是在孤军作战!

会上的情况,并不能说万书记和魏省长就站在严阵那一方,更不能说省长、书记在这个问题上黑白不辨,是非不分。因为在某些时候,位置和权力确实就决定了一切。如果你连能决定你命运的那个位置都没机会靠近,尤其是中间还站着一个竭力阻碍你的人时,你的前景也就可想而知了。不管怎样,你同严阵这样身份的人相比,他的影响力毕竟要比你大得多。他是省里最年轻、前程最看好的一个省委常务副书记,他说话的分量也一样要比你大得多。万书记和魏省长在他们的话里已经清清楚楚地表明了这一点:在这个问题上,严阵已经给他们汇报过多次,商量过多次了。从先入为主这个角度讲,也已经先入过好多次了。一个小人的谎言重复一千遍就可以成为真理,何况他这个堂堂的省委常务副书记,何况他的谎言在某些时候根本就用不着重复。

他不禁为自己的下一步担心起来。说实话,如果一立案审查,也就意味着你的位置有所动摇了。他随时都可以让你停职检查,或者停止你行使的权力。而且他可以堂而皇之地说,这是省委常委会的研究决定,并不是他个人的意志。也就是说,他并不代表他个人,而是代表着省委!

他也深深地为杨诚的处境感到担心。也许惟有到了此时,他才再一次真正地感到了杨诚正直的人格和品行。

他知道杨诚还会有进一步的动作,他肯定还会去找万书记和魏省长。到了这一步,他同他一样,也已经无路可退。

现在关键的问题是,你自己下一步应该怎么办?时不我待,你的机会已经不多了。向好处努力,从坏处着想,正像杨诚给自己说的那样,不能这么坐以待毙,干等在这儿让人家收拾。现在最有效的办法就是在重围中杀开一条血路,要进攻,进攻!

杨诚在这个问题上比自己敏感得多,他似乎在很早以前就已经知道事态的严重性了,所以,他才能在常委会以前就说出了这样的话。

想了一阵子,觉得无论如何也应该马上先找省委书记和省长谈一谈。越快越好。严阵在这个问题上比你更敏感,动作也更快。事实上也正是如此,就好像下棋一样,从事情一开始,虽然看上去好像一直是你的先手,但你却始终处于被动挨打的局面。实际上你从来也没有占过上风。

杨诚的意思也非常清楚,不能再这么挨打受气了。

但是事到如今,你又能怎么办？如果你是一个农民,一个工人,被逼得走投无路了,还可以到信访部门去上访,到司法部门去告状,到政府部门去喊冤,甚至铤而走险,怀揣炸药包豁出去跟他们以死相拼！但你如今是一个市长,是一个在老百姓眼里大得不得了的大官,所以当你真正被冤枉了的时候,那些老百姓能干的事情,你反倒什么也不能干。

明枪易躲,暗箭难防。然而对你来说,却只能来暗的,不能来明的;你只能在暗中斗智斗勇,却无法真刀真枪地在明处搏杀。反过来对人家来说,却又全是明的,人家用的全是正大光明的语言,动用的也好像全是正大光明的手段。人家干着坏得不能再坏的事情,却用这种正大光明的语言和权力来同你较量,置你于死地。好人不能来明的,坏人却全用的是明的；干好事的人不能用明的,干坏事的人却全用的是明的；主持正义、忠心报国的人无法采取,或者不能采取正大光明的手段,为非作歹的人却可以用正大光明的手段肆无忌惮、为所欲为！

对一个领导来说,也许这才是真正的悲剧中的悲剧。

三十八

随便吃了几口饭,根本就没胃口。把吴新刚打发走了,然后一个人坐在会客室翻起电话机旁的记事簿来。

来电话的人确实不少。

女儿梅梅打得最多,几乎每天都要打几个。最多的一天打过十二次,而且保姆小莲每一次都记得清清楚楚,时间、内容、让回电话的电话号码。其次是妻子的电话,也都记得很清楚,而且每一次也都留下了她的电话号码。看到这儿,他突然意识到女儿肯定同妻子通过电话。那么,妻子都跟女儿说了些什么?即使她没有跟女儿说什么,但女儿肯定也已经意识到了什么,否则女儿不会在她的信里划下那么多惊叹号。

另外还有许多市领导的电话。省委书记万永年的秘书也来过几次电话,这就是说,很可能是万书记也找过他。还有中纺的一些干部和工人,其中还有孩子的奶妈夏玉莲和她的儿媳妇也来过几次电话。让李高成没想到的是,公司的几个主要领导都来过不少电话,说是要找他汇报情况,要马上同他联系。尤其是省委常务副书记严阵竟连着给他来了好几次电话!时间是在他转院以后。李高成默默地在这个名字上注视了好半天,严阵当时找他要干什么呢?是不是还想最后再拉他一次?那天晚上严阵在电话里说过的,而且是很严厉地说了他,希望能尽快见他一次,然而他却在第二天一早就转了院,并且没有去找严阵,尤其是连电话也没有给他打!以致他这个省委常务副书记都始终不知道他住在什么地方!想想他会不生气?想想他会不采取进一步的行动?其实也没别的,他生你的气是因为他感到已经无法再控制你,你已经成为他一个潜在的威胁。他对你采取行动是因为害怕你对他采取了行动,而且他也已经感觉到了你正在采取行动。

不管他现在多么高高在上,大权在握,其实他现在所做的一切都只能证明他感到担心,感到害怕。说不定他现在也一样整日忐忑不安,心神不定,寝食难安,五内俱焚!之所以这样,也没有别的,就因为他心里有鬼!

来家里找他的人也一样不少。

让李高成没想到的是,这几天来家里找他最多的人竟然都是中纺的工人和那些离退休老干部。老厂长原明亮、李素芝,老总工张华彬,老红军丁晋存,老劳模范秀枝,老工人王英烈,甚至还有那个已经做了钉鞋匠的技工胡辉中居然都来找过他!

市委市政府的领导干部来家里的竟也出奇的多,张副书记、于副书记、郭副市长、刘副市长,还有财政局、税务局、粮食局、工业局、经委、计委,甚至市纪检委、市公安局、市委宣传部的领导们也都一个个到家里来过。尤其没想到的是,妻子所在的检察院的领导们几乎全都来过家里!

以现在这种信息传播的速度,他们不可能不知道他现在的处境和压力。他们之所以在这种情况下仍然来看他,原因也许有很多,但至少有一点是清楚的,他们在这时候来这儿,就是要表示他们对你或多或少的支持、关心和声援。在这种情况下,第一能想到来,第二敢来,第三能来,这本身就已经说明了问题,也同样非常非常的了不起。有时候,并不是人人都能做到这一点。即使是暗的,甚至是偷偷摸摸的,也同样并不容易。

这其实是一种是与非的表示,孰是孰非,孰对孰错,孰真孰假,孰善孰恶,他们用他们的行动已表示得清清楚楚。尽管在有些时候,他们并不能用语言来表达这种感情和判断。

能这样,也就足够足够了。

最让李高成感到吃惊的是,这次在中纺负责调查的工作组组长,市政府财政局副局长和负责审核中纺新潮公司的市政府审计局局长竟然都来找过他,而且不止一次,甚至都还在留言簿上留下了他们的话。

财政局副局长的话是这样写的:

李市长:

　　来过几次了,都没能见到你,甚憾。

　　遵照你的意思,有关中纺问题的调查总算结束了。大家都松了一口气,我自己也松了一口气。好歹没出什么大错,也没惹出什么大的麻烦来。我把调查报告给你留了一份,并特意嘱咐保姆小莲一定尽快转给你。另外,我们还给省委严阵书记也送过去一份,他看了以后非常高兴,并且表扬了我们。他还说李市长也一定会高兴的,说我们做了一件大好事。

李市长,有严书记这句话,我也就放心了。我想严书记的意思,也就代表了你的意思。所以,我也就觉得从一开始我的体会就没错,我的感觉也没错,我的领会和理解也同样没错。

这份调查报告写成现在这个样子,真的并不容易。具体情况见了面再给你详细汇报,只要你能满意我们也就满意了。

这几天我哪儿也不会去,随时听候你的下一步指示和吩咐。

…………

审计局局长的话似乎就更有意思了:

李市长:

听说您病了,大家都非常关切。我来过好几次,还专门打发人找过您。没有音讯,只好留言于此。

中纺新潮公司的审核工作已经告一段落。请您放心,经过我们竭尽全力的工作和努力,"新潮"的问题已经完全不必再有什么可担心的了。这也就是说,"新潮"不会再有什么问题了,所有的一切都已经合理合法。调查报告上讲得很清楚,请您过目。

严书记曾来过几次电话,我已经把我们的每一步工作都给他详细地做了汇报。我想不论是您还是严书记,都不必再为此担心了。虽然很难,也很费周折,但最终还是按您的精神以及市委市政府的意图,顺利地完成了这个任务。

我还会再来的,有些情况要给您当面讲。还有我个人的一些事情,也还想再给您谈谈。借此机会,先给您拜个早年。请您和吴局长随时来电话。

…………

李高成有些发愣地久久注视着这两份留言,脑子里一时间一片空白。

怎么会是这样?

究竟这是怎么了?

这两个人都是自己一再地斟酌,在各方面都认为比较靠得住,比较谨慎,比较廉洁,比较能干,比较精明,当然也比较听话的财务审计方面的行家里手。所以经过再三的筛选,最后才决定由他们挂帅,由他们带领了几十号精兵强将,一个负责调查中纺的经济问题,一个负责中纺第三产业新潮有限公司的经济问题。前前后后自己曾语重心长地同他们谈过多少次,曾严肃真诚地给他们交代过多少次!希望他们一定要实事求是、一丝不苟地把这次调查工作做好。要公正、严明、无私、正直,要本着对党和人民负责的态度,实实在在、清清楚楚地完成这个任务。当时还给所有的调查工作人员规定了许多极为严厉的规章制度,不准随意吃请,不准私下约会,不准擅离职守,不准迟到早退……

但这一切的一切,换来的难道就是这样的结果?就是这样的一份彻底掩盖了事实真相的调查报告?

而这一切,居然都是遵照了你的意思,都是为了让你放心,为了让你满意才这么做的!都是在深刻地理解和领会了你的精神,以及市委市政府的意图而做出来的!

为什么会成了这样?

为什么?

是自己没讲清楚?还是情况突然有了转变?比方说,由于严阵的插手,而导致了事态的急转直下?

不是,不像是,也不可能是。

那么,是不是这两个负责人有意地想奚落一下自己?

不是,绝不是,他们还没有这个胆量,就算有这种想法,也根本没有这个必要,更犯不着。

如果这一切都不是,那就只剩了这一种可能:是这些人,是这些经过你严格筛选,全都认为是靠得住的人,在别人眼里全都是你自己的人的人,完完全全地领会错了你的"精神"和"意图",从而按你的这种"精神"和"意图",虽然很难,很费周折,但还是竭尽全力、非常努力地完成了这个任务!

也许正因为你选的都是"自己人",所以这些"自己人"在完成你布置的任务时,就必然要从各方面来猜测、"理解"和"领会"你的"精神"和"意图",当他们觉得"真正""理解"和"领会"了你的"精神"和"意图"时,当然也就会非常努力和竭尽全力地全面"落实"你的"精神"和"意图",并最终让你放心、让你满意地完成你布置的这一任务。

这也许就是惟一的合理的解释!

但如果真是这样,那么,在他们眼里,在他们的思维和猜测里,是不是正同严阵当初的那种想法不谋而合?

中纺是你的地盘,是你起家的地方,是你的根据地。中纺的领导干部又都是你提拔的,自然也都是你的人。严书记提拔了你,你也自然就是严书记的自己人。而如今,中纺有了问题,有人上访告状要求调查中纺的问题,结果在严书记的指示和支持下,让你负责调查中纺的问题。自己人让自己人去调查自己人,这其中的"精神"和"意图"还不容易"理解"和"体会"?所以严书记高兴的事情,自然也会是你高兴的事情;你满意的事情,也一样会是严书记满意的事;只要严书记放心了,那肯定你也就放心了。

惟有这样,才合情合理,合乎逻辑。眼前所发生的这一切,不正是如此?

想想也并没有什么太让人惊奇,太出人意料的地方。其实在我们的日常生活和日常工作中,许许多多的领导干部运用的不都是这样的思维方式和工作方法？只要能哄得领导高兴了，于是一切事情就都好办了。正是：领导高兴，心想事成。而我们的一些领导喜欢的，能接受的，不也正是这样的思维方式和工作方法？省事省心又省力，一切都给你服务侍弄得周周到到，你想到的给你想到了，你没想到的也给你想到了。时时处处，方方面面，每一件事，每一句话，都能使你舒舒服服、高高兴兴，都能让你心满意足、无忧无虑。政绩有了，威风也有了，荣耀有了，享受也有了，有这样的干部在你身旁前呼后拥，还有什么可说的？

于是你高兴了，满意了，对其也就更了解，更熟悉，更放心了，渐渐地，自然而然地也就会大胆提拔，破格使用了。我们眼前许许多多的干部不就是这样上来的？不就是这样一步一步大权独揽了的？而那些真正有才有德的，由于没有这种本事，或者不屑于这种本事，只能离我们越来越远，同我们也越来越陌生。当然你也会有你的说法，凡是不上来找自己的，不主动靠近自己的，不隔三差五地在自己这儿转一转、坐一坐、跑一跑的，就会以不了解、不熟悉、不清楚等种种借口拒他们于千里之外。你远离了他们，他们也一样会在心理上抛弃了你。于是，贤人与你越离越远，小人却与你越走越近。别的地方选拔干部是扬优汰劣，而在你这儿则变成了扬劣汰优！

因此以这种方式选拔出来的干部，如今能猜测、理解和领会出这样的一份调查报告来，也就一点儿不足为奇，不足为怪了。

这无疑是一种更深层次的腐败，而正是在这种腐败下，才会生出这样的事情来。

如此看来，严阵也许根本不像想象的那样，需要做那么多的工作，付出那么多的努力，耗费那么多的精神，去跟他手下的一些人如此大动干戈地进行这种较量。按眼前所发生的这样的事来判断，也许严阵连打打电话的事情都不会去做，因为自会有许许多多的人不断地往他那儿跑,不断地把每一步的工作进展情况都详细地汇报给他,他也根本用不着做什么具体的指示和安排,只需要冠冕堂皇、道貌岸然地说上几句什么把柄也抓不住的空话、虚话,就什么问题也解决了。就像你现在这样,几乎什么事情也没顾上再做,这么一份空前绝后、美妙绝伦,既让你"放心",又让你"高兴"的调查报告就送到你家门上了。尤其是那个审计局局长的话更是让人哭笑不得,他非常自信地以为他为市长立了一大功劳,所以还有他个人的事情需要当面给市长谈!这话其实再明白不过了,我立了功,你得赏赐我;我付出了,你得有所表示!其实他已经在他跟前多次暗示,希望他能成为一个需要补缺的副市长候选人!据知情人讲,他为此事已经活动了很久很久了……

这一切莫非真会是这样?

李高成不禁长长地叹了口气。

难怪严阵在调查报告上的批示会是那样的自信和得意。就像在梦幻中一样,他突然看到了严阵正默默地坐在不远处冷冷地向他发笑。

…………

头痛欲裂,心绪烦乱,精神怎么也无法集中到一块儿。

本想在家里好好休息一阵子,然而一走进卧室里,鼻子酸酸的,竟差一点掉下眼泪来。

好端端的一个家,怎么会成了这样!

床头柜上好大一摞子邮件。原以为没有什么要紧的东西,他也不想都拆开看了,只想随便翻翻,然后躺一躺,但翻到后来,一个非常破旧的信封还是引起了他的注意。

是来自中纺的,信封上没有下款,简简单单地写着一行字:市政府李高成叔叔收。

坐在床边看着这歪歪扭扭的字迹，李高成不知不觉地便拆开了信件：

敬爱的高成叔叔：

您好！我去了市政府好几次，都没能见到您。他们不让我进去，我说我是中纺的，要找李市长，他们反而更不让进去了。电话也打不进去，打到家里您总是不在。没办法，只好给您写信。知道您很忙，打搅您了，请您多多原谅。

我是夏玉莲的小儿子，您大概已经认不出我了，我也只是在小时候见过您。叔叔，就让我叫您一声叔叔吧。我至今还记得，那年过年时您给家里送来的糯米年糕，真香，我一个人偷着吃了好大一块，为此母亲生了好大的一回气。

您上一次来家，我下班回来后才听到我爱人对我说，她说没想到那么一个大市长，原来是那么没架子的一个人。

李叔叔，谢谢您，我们一家人都非常感激您，在家里这么困难的时候，您还能专程来看望我们，我们一辈子都不会忘记。

自从您上一次离开后，母亲就一病不起。她说她一辈子不欠任何人的，惟一的就是觉得对不起您。她成天念念不忘，说您去找她，她竟没能认出您来。是她让您一下子昏倒在地，又得了那么一场大病。

叔叔，母亲一直不让我们给您说，她连电话都不让我们给您打。可我们想来想去，觉得还是得说给您。李叔叔，母亲已经得了不治之症，她可能活不了几天了。自从她病倒后，经医院确诊，是晚期肺癌，已经扩散到了淋巴和肝部。

叔叔，这都是我这个不孝顺没出息的儿子的罪过啊！母亲为了我们这个家真是受了一辈子的罪，早年我们还小，这个家全靠她一个人撑着。等到我们大了，该让她享两年清福了，却没想到厂里这么不景气。看着母亲痛苦难受的样子，我真恨不得拿自己的性命让母亲多活几年。

李叔叔,我写这封信并没有别的什么意思,我惟一的希望就是乞求您能在百忙之中来看看母亲。您要是来了,她要是能亲眼看到您身体健康,什么事情也没有,她也许就会死而无憾了。
　　…………

　　看到这里,李高成不禁泪水盈眶,喉头哽咽。
　　眼前不禁又浮现出那天的情景,在那样一个昏暗肮脏的车间里,在那样的一个没有人身保护的地方,像"白毛女"一样的夏玉莲,正在口鼻并用地大口大口地呼吸着那极其污浊的空气,那个黑乎乎的口罩,毫无用处地耷拉在她的下巴上……
　　虽然是短短的一封信,但信中的每一个字几乎都强烈地震撼着他的心弦。
　　他突然感到自己是这样的自私和无聊,在这样的一些人面前,你还有什么话可说?你还有什么可担心、可忧虑、可畏惧、可彷徨的。像夏玉莲这样的女人,一出生来到这个世界上的时候,就可以说是一无所有,在这个世界上辛劳苦重了一辈子,直到不得不离开这个世界的时候,依然是一无所有。但即便是在这最为痛苦的时候,她时时关心牵挂着的,死也丢不下的却仍然不是她自己。
　　她甚至连想自己的意识几乎都没有!
　　而你却这么患得患失,思前想后,每走一步都这么斤斤计较,心事重重,是不是就是因为你得到的太多了?所以想你自己也就想得太多了?
　　说到底,还不就是一个怕字。怕失去你的家庭,怕失去你的名声,怕失去你的身份,怕失去你的位置。一句话,怕失去你的既得利益,怕丢掉你的乌纱帽!
　　这个官位子对你真的就这么重要?以致重要得已经成为你生命中不可分割的一部分?失去了它就等于失去了你的一切?所以如何保住你的官位,保住你的乌纱帽,也就自然而然地成了你生活和工作中不可分割的一部分？只要能保住自己的乌纱帽，任凭那些公开和不公开的江洋大盗杀人越货、明抢暗夺，任凭成千上万的老百姓啼饥号寒、创剧痛深，也可以心安理得、视若不见？甚至于同流合污、朋比为奸？即便是良知犹在，义愤尚存，但也一样怕动摇了自己这生命中的一部分，于是也就这么装聋作哑，睁一只眼闭一只眼？

是不是你身旁许许多多这样的干部都是这样，所以才使得有些地方的腐败和麻木变得如此触目惊心、登峰造极！

如果真是这样，当你的位置越来越高，而老百姓则离你越来越远，当你的乌纱帽越来越重，而你在老百姓心中的分量却越来越轻的时候，那么你这个官位子又有什么意义？就以一个人来说，一生一世就只为这么一个对你来说可以说是毫无意义、毫无价值，甚至只是帮狗吃食、为虎作伥的位子而甘为傀儡、甘作帮凶的话，那么你的这一生将会是个什么！

当官不像官，做人又不像人，那么你究竟算是个什么！

一张明信片，是中纺的老总工张华彬和几个工人寄来的：

李市长：

值此新春之际，谨给您寄去一份深深的祝愿：

只要您永远都是我们工人中的一员，就请您相信，不管您遇到多大的困难和挫折，我们工人都会站在您一边！

同时也请您放心，我们工人是愚弄不了的！

⋯⋯⋯⋯⋯

李高成在明信片上默默地注视了一阵子，然后一下子从床边站了起来。

快两点了，他要去上班。

第一，他要争取尽快见到万书记和魏省长。第二，他要告诉杨诚,希望尽快再召开一次常委会,眼前的这份调查报告必须推倒重来,对中纺的问题必须重新调查。第三,他必须尽快到中纺去一趟,他要赶紧去看看夏玉莲。她儿子的那封信是四天以前写来的,一天也不能再延误了。

最让他感到吃惊和不可思议的是,就在他站起来的当儿,在这一摞子信件的下面,发现了一个老大老大的信袋,里面鼓鼓囊囊地装满了各种各样的票证。

他默默地站在那里,看了好半天才算看明白,原来这都是各单位在各大商场预定的购物券!春节时,有些机关单位图省事图方便,就给职工职员们分发这样的票证,到了商场,你愿意买什么就买什么,谁也不麻烦谁。这好像是近几年才流行起来的一种春节分发福利的形式,虽然上边一再下文,但却好像屡禁不止,甚至有越来越流行的趋势。

李高成看着这一大袋子购物券,好像一下子便明白了这其中的奥妙,这种购物券的最大好处,就是方便了领导!这与钞票有着同等价值的购物券,领导想买什么就可以买什么!送一条金项链,不管是送方还是收方,都是严重犯罪,但以这种方式送给你,你就是买金条也名正言顺、无可厚非!

他数了数袋子里的购物券数目,不禁数得他瞠目结舌,居然有两万块之多!

两万!这个数目足以让他去坐牢!

怎么会有这么多?而且离春节越近,这种东西肯定还会有单位不断送来,数目肯定还会越来越多。这就是说,如果家里仍然还是这么照收不误的话,那可就绝不仅仅是两万这个数目。

只过一个春节,就能收到几万块钱的购物券,而你还一直认为自己是个清官,如果你是个贪官,那将又会如何?

细心的小保姆,已把所有送来购物券的单位和人名都记了下来,李高成看了看,居然没有一个认识的名字,看来都是单位派人送来的。每个单位都不算多,有的几百,最多的也就是一千多,而且都分作两份,一份是给自己的,一份是送给妻子的。真是光明磊落、堂堂正正!是单位送的,而且是派人送的,根本就不怕你查,即使是查出来也不会有任何问题,你只管放心用就是。但有一点你却记住了,那就是送来购物券的单位,单位记住了,单位的领导自然也就记住了。

这些年来,每年家里都会收到这么多吗?

他不禁打了一个寒颤。会的,肯定会的。家里的事情,从来都是妻子做主的,而且在往年这时候,正是自己最忙的时候。大清早出去,回来时常常就已经深夜了。有时候甚至连着几天都回不来,在宾馆里开会,在宾馆里吃住。家里的一切都由妻子操心,他甚至连厨房都没时间进去看一眼。

……厨房!他突然想到了厨房,会不会还有人送来别的东西?

他怔了一阵子,一个人悄悄地走进厨房,他打开厨房旁的储藏室,打开冰箱,打开妻子去年就买下的那个老大不小的冰柜,再打开阳台,最后又打开地下室,他再一次被惊呆了,他看到了那么多的好烟好酒、山珍海味……

这些年,妻子把这些东西都是怎么处理掉的?因为这些东西,就凭你这样的一家人吃用,就是再过十个春节也绰绰有余。

面对着这么多的东西,你自己又该怎么办?

退回去?有那么容易吗?你怎么退?退得回去吗?

但不管退得了,退不了,都要想办法往回退!马上就让小莲逐个打电话往回退,即使是退不回去,这些东西也绝不能就这么放在家里,马上找人全部都给我拉走。拉到市政府办公厅去,就是拉到食堂也行。隐隐约约地,他感到这些东西就像一大堆贿款一样让他难受和恐惧……

别人要说什么,就让他们说去吧。假情假义也好,道貌岸然也好,愿意怎么说就让他们怎么说去……

如今的人都怎么了?像这样的事情,在感觉上都好像已经觉得是理所当然了,即使是送得比这更多,心理上也一样完全承受得了了。尤其是逢年过节,大大小小的单位、机关、部门和企业,不管是有钱没钱,有效益没效益,即使是亏损大户,也一样都在想方设法地要往上边送点礼物,以致让人们已经形成了这样的一种意识,送礼送东西,是对的,是应该的,是在情理之中的,不送礼不送东西的,反倒是不对,不应该,不合情理了。

还有,有关这个家里的秘密,眼下知道得最多的应该是保姆小莲。对这一切她能处理得这么老练,这么细致,这么清楚,看来她对这些已经相当熟悉了。相府家奴七品官,这个小保姆并不简单。一定得找个时间,好好跟小莲谈一谈……

出门的时候,正好听见了有人敲门。

门开了,他像吓了一跳似的呆住了。

梅梅大包小包地站在门口。

她是坐飞机回来的,上午放假,下午到家,一刻钟也没在学校多停留。

女儿年轻的脸上显现出来的是女孩子特有的那种哀怨、凄凉和迷茫。

瞅着女儿的样子,李高成觉得自己的心一下子就碎了……

三十九

到了办公室,李高成才知道省委常委会仍然没有结束。

坐在办公桌旁发愣,仍然沉浸在同女儿见面时的情绪里。

由于司机等着,他什么也没给女儿说,女儿也什么都没问,但看得出来,女儿的情绪非常糟。她只问了一句,妈妈在家吗?

他如实说他不知道,说他刚刚出院,在家里呆了还没有两个小时。他让她好好休息一会儿,然后给妈妈打个电话,请她赶紧回家,告她说这也是爸爸的意思。

梅梅一声不吭,然后跟着帮她拿东西的保姆头也没回地走进家去。

他望着女儿的背影嘱咐了一声,梅梅还是头也不回,一声不吭。倒是保姆小莲转过身来看了他两眼,像是代替梅梅似的应了一句。

他本想转回家去跟女儿谈谈,想了想,还是走出了家门。

跟女儿说什么,又怎么说?

他还没有想好,真的不知道该说什么。

女儿的脾气和性格他清楚,宠惯了的孩子,倔强而又任性,却又没有任何承受能力。她还太小,刚刚十九岁,真的还是个孩子。

下午想想再说吧。

但此时坐在椅子上,他脑子里却一片空白。

他慢慢地拨了一个电话号码。

妻子的电话。他想给妻子谈一谈,不管有什么分歧,多大的矛盾,但为了孩子,就把这一切都暂时放下吧。尤其是梅梅,她还太小,在这样一个美好欢乐的节日里,就尽量的多给孩子一些美好和欢乐吧。

只响了两下,电话就通了。

"请讲。"一个女人的声音。他愣了一愣,没听清楚是不是妻子的声音。

"反贪局吗?"他问。

"是,请讲。"这回听清楚了,没错,是妻子的声音。

"……我是李高成。"他犹豫了一下说。

"……"对方一阵沉默。

"……喂?"他觉得对方好像没听清楚。但紧接着便听到吧嗒一声,电话便被对方挂断了。

听着电话里的忙音,他的脑子里再度成了一片空白。

她不接电话。他本想在 BP 机上告她一下,但想了一阵子,还是没呼她。

随她去吧。

办公室里很静,这跟平时电话不断、门外总也是等着一大堆要见他的人的情形形成了鲜明的对照。

只有几个可参加可不参加的会议安排,可能因为知道他病了,也就没人再来苦苦邀请。

没人来找,没会参加,一时间竟不知道该干点什么了。突然间他觉得自己好可笑,原来平时的忙都是被动的忙,一主动起来,反倒不知道该忙什么了。

这就是你这个堂堂的市长每天真实的工作写照?

正这么胡思乱想着,办公室里便闯进来一个人。他不禁吃了一惊,没打招呼怎么就径直进来了,不过紧接着也就明白了,原来秘书吴新刚还没来。

分管工业的副市长郭涛。

郭涛也同样吃了一惊的样子,大概他没想到李高成会一个人静静地坐在办公室里。

"……李市长!你在哪,我还以为办公室里没人哪。"郭涛嗓门总是很亮。

"坐吧。"李高成指了指沙发。

"找你几天了,身体好啦?"郭副市长有点心事重重、语无伦次。

"我也正想找你呢。这些天,市里企业和工厂的情况怎么样?"

"还好。昨天有皮革厂的几十个老工人在市委市政府门口坐了半天,希望年前能给他们补齐今年的退休工资。"

"解决了?"

"解决了。不过李市长,我不知道那天我们从中纺慰问回来后,你是不是会有一些新的想法。这些天我一直在想,对国有企业的改革我们是不是估计得太乐观了一些?李市长,我担心的是,要是再这么一天一天地糊弄下去,迟早会闹出大乱子的呀。"郭副市长话里有话地说。

"你是指整体,还是指个别的?"

"都一样,我觉得就像多米诺骨牌效应一样,将来要是一个大企业,比如像中纺那样的大企业垮了,这几万工人在咱们这个市里,肯定就会是一场难民潮。冲到哪儿哪儿就得跟着一块儿垮,而这一垮就会垮掉一大片。真要是到了那时候,我们还如何管理?又怎么稳定这局势?"

"……你是不是听到什么了?"李高成对郭涛的悲观感到不可思议。

"李市长,你是真不知道?还是觉得这真是一件小事?"

"……知道什么?"

"中纺申请破产的报告,严书记都已经批示同意了,而且马上就要上常委会研究,这么大的事你真的不知道?"

"……哦!"李高成怔住了。

申请破产!

……原来如此!

卑鄙!难以想象的卑鄙!没想到他们真下得了手,也真做得出来!

没想到自己再一次错了,人家的运作和活动根本就没有停止过一分钟,几乎是马不停蹄,人不歇足,一件接着一件,不给你任何喘息的机会。这边的调查报告刚刚送上来,那边的破产申请都已经批示了。等到你真正清醒了的时候,说不定一切的一切都已经是既成事实。中纺都破产了,整个都不存在了,你还想查什么中纺的问题!

数以亿计的财产,数以万计的工人,在他们眼里似乎什么也不是,就这么轻轻地一抹,便什么也没有了。只要能保住自己,只要自己的利益不受损害,把这么一个近百年的国有大型企业划掉,也许连眼睛也不会眨一眨。

"……李市长,严书记就没有告诉你吗?"郭涛有些小心翼翼地问。

看来郭涛也一样,把他同严阵划在一个圈子里了。

"严书记是怎么告诉你的?"李高成不动声色地问。

"是严书记让秘书把他批示了的破产申请送过来的,然后他打电话告诉我,说他想听听我的意见。并且说他已经给万书记和魏省长做了汇报,马上就要在省委常委会上研究。希望我尽快看完,最好把自己的想法直接写出来交给他。"

"你写了?"李高成一震。

"……李市长,我想了几天了,我真的写不下去呀!严书记的意思很清楚,他就是希望我同他的意见一样。可我想不通,我下不了手!几万工人哪,要是我就这么随随便便地同意了,让我将来怎么面对工人,我想我一辈子也无法原谅我自己……"郭涛嗓音发颤,眼圈也分明地红了起来。

"……郭市长,谢谢你!"李高成的眼圈顿时也红了。

"……李市长!"郭涛有些吃惊地望着李高成,紧接着就像孩子一样地欢呼雀跃,"李市长,这些天,你好让我担心!我真怕这也是你的主意！"

一时间，两个人都显得分外激动。

"郭涛，你顶得对。否则我们就会成为千古罪人，我们永远也别想洗清自己。"李高成在激动的同时，依旧沉浸在一种强烈的痛苦和震撼中。怎么可以这样？问题这么大，工人又这么多，就算非破产不可了，我们也应该先把问题彻底查清楚，把问题彻底搞明白，这样才能给政府一个可供参考的先例，给工人一个心服口服的说法，给历史一个悲壮的交代，同时也给我们一个沉痛的教训。而如今这样的做法，是谁给了他这么大的胆子！又是谁赋予了他这么大的权力？作为一个省里的高级领导，对党和国家却是如此的不负责任，仅用腐化、堕落、蛀虫、败家子、害群之马形容得了吗？

"李市长……我们顶得住吗？"郭涛的眼里流露出一种实实在在的忧虑。

"顶不住我们也得顶。人少了顶不住，人多了就顶住了。"李高成有些发狠地说，"如果严书记再问你，你就说是我不同意，他要是有什么意见和想法，让他直接给我讲，你告给他说我还要专门找他谈这件事。他要是问我是怎么知道的，你就给他说我什么也知道，什么也清清楚楚，等我找见他时，该说的都会给他说明白。"

郭涛有些吃惊地看着李高成，然后说：

"李市长，只要你是这种态度，就根本用不着这么说，我直接就对他说我不同意。我一开始就不同意，确确实实的不同意。让这么大的一个企业破产，不是几个人在背后捏巴捏巴就能说了算的事，这是拿国家开玩笑，拿工人开玩笑，拿我们党的信誉开玩笑！"说到这儿，郭涛的担心好像已经没有了，把心里的话一股脑地全都说了出来，"李市长，我觉得这件事很不对头。我甚至觉得它就像是个阴谋。李市长，我当时特别担心的是，如果你同意了这个申请报告，可就真让别人给暗算了。这是市里的企业，你同意了让它破产,那么这件事的责任就全成了你的。如果将来出了什么问题,比如上边追究下来,如果工人闹了起来,如果最终成为一大恶性事件,那么所有的责任都会是你的,所有的罪过也都只能由你承担。而像人家严书记那样的人,则会什么事情也没有。他们会把所有的事情都推到你头上……李市长,我顶得住顶不住都没什么关系。关键是你,你没有退路,你得顶住,无论如何也得顶住。还有,李市长,让中纺这样的大企业破产,让几万工人一下子流向社会,最可怕的就是它很可能会形成一种多米诺骨牌效应,要真成了那样,说不定会把那些好企业也一个个地给彻底拖垮。李市长,不论从哪头说,你都没有退路……"

是的,其实不用郭涛说,李高成也明白,他已经没了退路。而让他最为感动的是,一个分管工业的副市长,能这样设身处地的替他着想,替他担忧!

李高成已经约好了司机,准备去看望夏玉莲的时候,杨诚的电话打了进来。

杨诚的话简单而又笼统:下午的常委会刚刚开完,晚上还要接着开。常委会上关于中纺和李高成本人的问题有过好几次很激烈的争论。万书记和魏省长此时可能没什么别的安排,是否给他们去个电话。最好尽快见见他们。别的什么也不要谈,就谈自己的问题和中纺的问题。关键是中纺的问题。最好也能见见纪检委书记柏卫华。要争取说服他们必须进一步查清中纺的问题。想尽快召开市委常委会,看他有什么想法。市委那边有个会,他得参加一下。随时同他联系,争取晚上能见面谈谈。

李高成问了一句,是不是会上讨论中纺的破产申请了?杨诚说,这个别管它,要是再陷进这场争论里边去,可就什么也完了。

要给万书记、魏省长和纪检委柏书记谈中纺的问题！什么也不谈，就谈问题！还有，要有应付各种事情和压力的准备，懂吗？你一定得挺住。然后一下子便把电话挂了。

形势看来很不妙，否则，杨诚不会这么着急。但杨诚的观点是对的，他非常清醒。杨诚真的比自己强，看来，你确实不是当书记的料。一遇到什么事情，自个先乱了阵脚。要没有杨诚，真难说这会儿会是个什么局面。

先给万书记挂了个电话，占线。

给魏省长挂电话，没人接。

纪检委书记柏卫华的秘书接了电话，他说柏书记正在接见客人，请他二十分钟后再来电话。

他又给万书记挂电话，秘书让他稍等，几分钟后，他听到了万永年的声音：

"高成吗？嗨！怎么回事么！发生了这么大的事情，我找了你好多次了，你怎么一直不来找我？你架子好大呀，是不是以为我已经对你有什么看法了？我先告诉你，没看法！什么看法也没有！省委还是信任你的，我和魏省长都还是信任你的！你首先不要有什么想法，更不要有什么压力和包袱。杨诚已经给我谈过好几次了，严阵也给我多次谈过，他们对你的看法都很好，也都非常信任你……"

李高成一下子蒙了，严阵在省委书记面前居然对自己的看法很好！而且仍然像过去一样非常信任自己！这不明摆着在省委书记面前堵自己的嘴吗，干得真高明！

"高成呀，你听我说，我想跟你细细地谈一次，但今天不行，明天也不行，这两天安排得都很满，后天吧，具体时间我提前给你打电话，行不行？不过有一点我得先给你通通气，中纺的问题我不放心，一点儿也不放心。中纺的问题不要管别人怎么吵吵，你我心里都要有数,你一点儿不要给我放松。那个调查报告我已经细细地看过了,我不知道你心里到底是怎么想的,我现在就把我的看法端给你,我觉得中纺的事情肯定没有这么简单!要真是这么简单,那中纺的几万工人还闹什么事?就仅仅只是因为发不了工资?就仅仅因为停工停产?前些日子工人代表们送来的万人书,这两天我对照着调查报告又细细地看了一遍,纯粹就是头疼医脚、离题万里么!工人们要是知道了你们送上来的就是这样的一份调查报告,想想那会是什么反应?所以你听着,电话里我就不给你多讲了,中纺的调查我看还得搞,得认真地搞,问题查不清楚,其余所有的问题都是瞎扯淡,也都是极不负责任的……"

他一直静静地听着,几乎一句话也没能挨上说,其实也根本不知道自己该说什么,因为他根本没想到万书记会这么说。一直等到万书记把电话挂了,一直等到电话铃声再次响起来的时候,他才发现自己已泪流满面。

电话是纪检委柏书记的秘书打来的,说如果他有时间,柏书记请他马上过去,柏书记有急事要跟他谈。

柏卫华是一位多年来一直被人称为强人的女书记。

她曾经在团委干了将近十年,干过团地委书记、团省委副书记、团省委书记。而后调到地区任行署副专员、地委副书记,然后调至省纪检委任副书记,在纪检委副书记的位置上一直干了将近六年,直到前年五十一岁的时候才被任命为纪检委书记,并进了省常委。如果不是因为五大班子的一把手可以超龄再干五年,她实际上已经到了退休的年龄。

所以在别人眼里,她是一个很让人怕,也很让人担心的领导。因为一般像这种年龄的领导干部,可能会变得很贪,也可能会变得很强。有些人到了这种年龄,觉得没几年了,一旦把握不住,晚节不保,便会很快堕落下去,反正干不下几年了,趁机赶紧捞一把,再不捞可就没机会捞了,因此这种人往往更让人感到憎恶和忧虑。与此相反,有些干部到了这种年龄,恰恰会什么也看开了,什么顾虑也没了。反正就这一届了,再不干可就干不上了,以后想给老百姓办点事也办不上了。于是反倒会变得天不怕地不怕,就只想干出一番惊天动地的事业来,给自己的卸任画一个完整的句号。这种人也一样会让一些人感到可怕和难以对付。

在李高成眼里,柏卫华似乎更多地应属于后者。再加上也一样是个没背景,没后台,全靠自己的才能干上来的一位女领导,所以一般的领导干部,甚至也包括省一级的领导干部,都感到她有些难以对付。一个无法套近乎的女同志,不抽烟,不喝酒,不吃请,不纳礼,说话从不跟你讲客套,却又是一个专门办案的纪检委书记,你说你能不对她敬畏三分,为之肃然?或者是能不小心翼翼,谨言慎行?

柏卫华果然在等他。见他进了门,并不站起来,坐在椅子上跟他握了握手,然后不苟言笑指了指座位让他坐下。几乎还没等他坐稳,便开门见山地说:

"你这三十万元的案子,我们同万书记和魏省长已经交换过意见,决定立案,你谈谈你的想法。"

李高成感到茫然,他本不想谈这个问题,或是尽量避开这个问题,应集中力量谈中纺的问题,这是关键。却没想到一进来的第一句话就是这个问题。他想了想说:

"我没什么想法,我只想知道在立案期间会不会有什么限制?"

"你指的是什么?"柏卫华的脸上看不出任何表情。

"比如我的工作,比如我的行动,比如我的家庭,会不会受到影响?"

"有可能。"

"那能不能再靠后一些时间再立案？"

"为什么？"

"我想先把中纺的问题查清楚。柏书记，我希望你在这个问题上能支持我。这对我很重要，我只需要一两个月的时间就行。"李高成显得非常真诚和急切。

"这两件事并不矛盾。"柏卫华仍然不动声色地说道，"中纺的问题省纪检委也同样已经立案，纪检委常委会也研究过了，省委也同意，决定由纪检委配合你们市委市政府，力求尽快查清中纺的问题。这件事我已同杨诚交换过意见，主要还是由你负责。"

"这就是说，一方面查我的问题，一方面查中纺的问题，一块儿立案，一块儿调查？"

"是。"

"柏书记，这件事是不是已经决定了？"

"是。"柏卫华再次点点头。

"……柏书记，"李高成不禁有些纳闷和不理解，"你让我来就是只告诉我这件事？"

"不。"柏卫华似乎迟疑了一下，然后直盯盯地看着李高成说道，"还有你妻子的问题，我们也已经决定立案。"

就像听到一声惊雷，李高成呆在了那里，好久好久都没动一动。他早就想到过可能会有这一天，但等这一天真正来到了的时候，还是让他感到这样的震惊和难以接受。

"老李，我希望你要有思想准备。你妻子的问题非常严重，根据一些检举揭发的材料，经我们初步了解，有些问题证据确凿，相当严重。老李，我给你说实话，这对你非常不利。我个人以及万书记和魏省长，现在惟一希望的就是你没问题……"

柏卫华继续严肃地说着，那张不苟言笑的脸上显示着一种痛心和关切。

李高成则好像已经什么也听不到,什么也看不到了。

末了,他只说了一句话:

"柏书记……能不能再推迟一些时间?"

"不能。"柏卫华书记声音很轻,但却是没有任何余地而又非常坚决地说,"这是省纪检委常委会的决定,我们也已经通知了杨诚和市纪检委。"

原来杨诚已经知道了,但他并没有给自己说,只是说让自己挺住,要有各方面的思想准备。

就像天塌下来一样,李高成觉得自己实在有点挺不住了……

四十

正是下班高峰期间,市内几乎每一条街上都被车和人塞得满满当当的。

市政府到中纺本来半个多小时的路程,现在只市内这一段说不准就得二十分钟。

李高成默默地坐在车里,脑子里仍是一片巨大的空白。一个奇怪的想法不断地在脑子里闪现,他此时真想孤身一人隐居到某个没有人烟的地方去,十年二十年都不再露面,不再回家。

这还不到一个月的时间,人还是过去的人,职位还是过去的职位,但一切的一切却全都变了,全都不一样了。

柏书记说了,目前的情况对自己非常不利,仅仅是不利吗?就算那盘录音带说明不了什么问题,但那三十万元人民币你就能解释得清楚吗?所有的人就只听你这一面之词吗?就像妻子的问题一样,那是因为你自己知道妻子确实有问题,假如你根本不知道妻子的问题,而现在只凭你的影响和权力,能保住妻子没有任何事情吗？实事求是地讲,你不能,而且根本就没有可能。因为置你于这种境地的人,置你的妻子于这种境地的人,对你来说,并不只是因为问题和影响。这一点,严阵讲得已经再清楚不过了,是因为你没了一个圈子,再说白点,是因为你失去了一张保护伞。现如今的领导,尤其是一把手,能有几个没让人给告过？但真正立案调查的究竟能占到多大的比例？严阵不是说了,什么叫清除腐败,整顿党风？清除什么,整顿什么？还不就是清除异己,整顿异己？……要不是我在你后面撑着,你早倒台多次了,还轮得着你当市长？……我的权力大得很,让我扳倒一个人很容易,但要让我扳倒一个圈子,可就没那么容易……

严阵并不只是吓唬吓唬你,他现在就是这么干的！没问题的他可以让你有问题,小问题的他可以让你成为大问题。反过来,有问题的他可以让你没问题,大问题的可以让你变成小问题。不管你有多大问题,有他护着,就什么事情也没有,没了他,大大小小的问题立刻就铺天盖地地扑了过来,而且立刻就能立案审查！江河大溃自蚁穴,山以小厄而大崩！而一旦堤溃石崩,可就是兵败如山倒,想挡也挡不住了。其实怨来怨去,还是怪你自己。因为你有问题,所以他才能控制你,因为你有问题,他才能这样任意掐掉你,也正因为你有问题,所以他才可以这么翻手作云,覆手为雨！

柏卫华书记其实也表示得很清楚:这对你非常不利。

因为你妻子的问题,还能跟你没有关系？你妻子有了问题,你还会没有问题？

这就是严阵的杀手锏！虽然卑鄙,但却非常有效力。

我们党内竟会产生出这样的人来,而且你一时还对他毫无办法,这实在是太让人感到痛苦了。

杨诚说一定要挺住。

没错。其实也只能这样。

不只要挺住,最最要紧的是,挺住了之后做什么?

跟他们干,跟他们斗!不是鱼死,就是网破!不是你死,就是我亡!

其实就只有这一条路,你还是别无选择!

到了中纺的时候,已将近七点。

在街上买了一些水果,又让吴新刚挑选了一些自己住院时别人送来的营养品。另外,他还带了三千块钱。李高成想,如果夏玉莲的情况还可以,年前就暂时住在家里;如果情况不太好,那就尽快送医院。医院他也已经让吴新刚联系好了,随时都可以住进去。

然而当他到了夏玉莲的住处时,才明白实际情况比他想象中的还要糟得多。

屋子里居然连暖气也没了,因为交不起暖气费!而且没有电,因为交不起电费!供电局年前统一给卡了,理由是整个中纺欠了将近一年的电费都没有交;连水也没有,因为整个宿舍区拖欠了将近半年的水费,所以整个宿舍区都没有水,喝水只能到附近的农村去拉⋯⋯

李高成不禁感到一阵阵压抑不住的愤怒,上次他来时,还专门带了市供电局的局长和市自来水公司的经理,要求他们不管有多大困难,都必须在春节期间保证正常和足量地供给,这是政治任务,绝对不能含糊。怎么这才几天,就全变了!

一打听,才知道是刚刚几天的事情,说这是省里有关领导的意思。由于中纺欠的水、暖、电费太多,近期并没有能还的迹象,而且还听到了中纺即将破产的消息,而这些供电、供水单位也属于承包性质,一个几万人的大企业,这并不是一个小数目,所以,便打报告给省级部门的领导,上边的领导自然也不好说什么。就这么欠着吧,这么大的一笔钱谁也做不了主,免了吧,更没有人敢做主。研究来研究去,便让下边负责争取年前把欠下的款项要回来,如果要不下来,就由他们自己想办法解决。一句话,上边不负这个责任。既然你上边不负责任,也没有什么具体指示,那么下边又有什么好办法,于是就停电的停电,停水的停水。没有多久,由于还不了欠下的煤款,煤场自然跟着如法炮制,于是就断了中纺的煤炭供应,没了煤,暖气自然也就停了。不过这些单位的领导都说了,年前年后肯定会正常供应,绝不会让公司的工人在春节期间没水没电没暖气。

将要过年了,不管市里还是省里,这些部门的领导似乎都有一个感觉,像这样大的企业肯定会像往常一样,拿出几百万块钱来,该补的补,该发的发,只要把工人们和企业逼一逼,一断水一停电,那还不往上反映,那还不闹腾起来。只要这么一反映一闹腾,那上边还不着急。只要上边着急了,那还不要什么就有什么?

过去是所有的单位都想方设法地向这些企业伸手要钱,如今则好像是所有的单位都在想方设法地逼着工人去上访告状、闹事造反!

究竟还有多少人真正地为着这个国家考虑,为着这个党负责,为着全体老百姓着想?

尤其让李高成感到愤怒异常的是,一个在公司干了一辈子的女工,在得了这种不治之症的情况下,在职的那些大大小小的领导干部居然一个也没来这儿看望过!

李高成默默地看着眼前的这一切。

还是这小得不能再小的,像鸽子笼一样的被切成好多块的平房,还是这个只有两米长一米多宽的,用塑料布撑起来的用来住人的过道,还是那个只有两三平米左右的"院落",还是那个半截锅台都伸到了街面上的"厨房"……

惟一不同的是,生病的母亲和刚生了孩子的儿媳妇一同住在了平房里,而儿子则代替了母亲,住到了那个当作"卧室"的过道里。

没有电,代用的是四五十年代农村才用的小煤油灯。没有水,"院落"里增加了一个如今农民都不用了的旧水缸。既用于取暖又用于做饭的是一个很小很浅的蜂窝煤炉子,可能是为了省煤,即使在很黑的屋子里,也看不到亮光。房檐下的一个角落里,堆着大概还有几十块蜂窝煤,要靠这一些煤块熬过春节,看来是远远不够。而如今要拉一车蜂窝煤,少说也得近百元……

只有到了这种地方,也许才会清楚钱的金贵。一百元,对这样的一家人来说,想挣到它,可真是非常非常的不容易……

媳妇刚生了孩子,难产住院又几乎花光了家里本来就不多的积蓄。儿子就这么一个老老实实的后生,工厂开不了支,干别的一没技术二没钱。因为怕丢掉这份工作,即使发不了工资,也一直坚守在工作岗位上。你让这样的一家人怎样去自谋生路?又怎样能自食其力?

别说一百元了,就是十元二十元,你又让他到哪儿挣去?

于是这个年近六十,在纺织厂干了几乎整整一辈子的纺织女工,在那么点微薄的退休金都无法领到的情况下,在浑身是病,浑身是伤,尤其是在肺癌已经到了晚期的病痛中,在那样恶劣的工作环境里,在那样超负荷的劳作下,一天必须干到十个小时以上,才能拿到五六元人民币的血汗钱!而这五六元钱极可能就是这一家人赖以生存的活命钱!

他默默地瞅着眼前这张苍白而又衰老的脸,久久说不出一句话来。夏玉莲的年龄跟自己差不多,但此时看上去就像个风烛残年的老人。一道道深深的皱纹,犹如刻上去一样布满了她的脸庞。稀疏而又灰白的头发,显示着她常年的劳累苦重和营养不良。因为昏睡着,所以也就显得更加消瘦,消瘦得让人几乎不忍目睹。一晃一晃昏暗而又飘忽不定的煤油灯光,似乎在昭告着人们,她的生命之路正在走向尽头……

难怪那一天她见到他时,她会那么那么长时间认不出他来!她说她老是头晕;她说她眼睛老早老早就花了;她说她不敢一个人过大街;她说她一见了汽车和拖拉机就头昏脑涨;她说她不能戴口罩,一戴上口罩就憋得喘不过气来;她说她老了,真的不如那些年了,干一会儿活就累得胸口疼;她说她真是没出息,小姐身子丫环命,这才多大年纪,就这么不如从前了……

她什么也想到了,就是没想到自己竟会得了这种对穷人来说是极为痛苦、极为残酷的不治之症!

他瞅了瞅她的身旁,看不到任何营养品,甚至连像点样的药也没有。一个得了晚期肺癌的病人,放在她跟前的只有一小袋安定和十几粒止痛片!

几乎就是在眼睁睁地等着她在极度的疼痛和折磨中死去。

如果让这样的一个女工就这么饱含痛苦而又死不瞑目地离开这个世界,那将是多么的不公平!

只要看看她这张脸,就会明白她这一辈子除了劳作还是劳作,除了受苦还是受苦。活这么大,她绝不会知道什么是那些富人的享受和消闲。作为一个女人,她从未用过也根本说不出那些品牌多样的化妆品,数百元以至上千元一盒的美容霜,对她来说,无疑是一个真正的天方夜谭。数百元的一条皮带,数千元的一件大衣,上万元的一套服装,她永远也不会明白为什么会有人把这些东西标出这么高的价格,而这样的东西偏是会有人来买。同理,像那些豪华歌厅高级桑拿浴,她一辈子也没见过,也想象不出来那里边到底是怎么一回事。所以她也就同样不会明白数千甚至上万元的一桌饭菜会是个什么样子,而这样的饭菜又怎么会有人谈笑风生、连眉头也不皱地把它毫不心疼地吃下去。过年时,当她这样的一家人在为五块钱的土豆、十块钱的白菜而斤斤计较,困心衡虑时,她并不知道有些领导干部,每逢过年过节,只下边给送来的购物券就能达到数万元之多!她更不会知道有人行贿送礼,一次就能送来三十万元人民币!而这样的一笔钱,她可能十辈子也挣不来!

"……李厂长!"夏玉莲就像吓了一跳似的醒来了,一醒过来就好像她是个好人似的一骨碌爬起来便往床下挪,"快给李厂长沏茶呀,三子……"

三子大概就是她三儿子的小名,也许是一种下意识,她见到李高成的第一个反应,便是叫他李厂长。李高成费了好大力气,才算没让她挪到床下来。但也就是这么一折腾,夏玉莲已经上气不接下气,脸色也变成青白青白的了。

"……李市长,你给我说实话,是不是……我这回真的熬不过去了?"此时似乎清醒了的夏玉莲,眼巴巴地瞅着李高成,有些气喘吁吁地问,"李市长,我一点也不怕死,要不是为了孩子,我早死好几次了。我只要你给我说实话……"

当活着比死还难受的时候,谁还会怕死!他知道她说的是真话,但此时此刻,他能给她说真话么?

"夏大姐,你听我说,这会儿要紧的是安心养病,你千万不要胡思乱想。我这不是刚刚好了?当时你看我病得有多重?大姐,你听我说,我这回来,就是要把你接到城里的医院去……"

"好了,你不要说了。我明白了……"夏玉莲打断了李高成的话,神色顿时也好像平静了许多。

"妈,李叔叔来了好半天了。"夏玉莲的儿子这时在一旁插话说道,"李叔叔给你带来了好多东西,还有三千块钱。"

"……李市长,还有件事,你一定不要瞒我。"夏玉莲并不理会儿子的话,只是目光定定地瞅着李高成问,"你是不是让人给告了,上边正在查你？还有,爱珍是不是也让人给陷害了,听说马上就要给关起来？"

"……你听谁说的？"李高成不禁怔住了。消息怎么传得这么快！居然连病在家中的夏玉莲也知道了这些事！

"今天厂里的好多人都来我这儿了,他们啥也告给我了……"夏玉莲似乎终于在李高成的脸上证实了这一切,"为什么？他们为什么要这么做？就因为你听了工人的话,要调查他们,他们就反咬一口,把你和爱珍就都给告下了？"

"夏大姐,你放心,什么事情也不会有,省里的领导还是支持咱们工人,还是支持我的,有些事情工人们并不了解,你不要听他们这些……"

"省里的领导都支持你,可为什么还要查你？为什么还要查爱珍？别人不清楚你们,我还不清楚你们？"

"你安心养病吧,有些事情非常复杂,可不像他们说的那样,也不像你想的那样。我这会儿只告给你一句话,我什么事情也不会有的。你既然清楚我,就安心养好身子,什么也不要担心。"李高成说到了这儿,便打住话题,要夏玉莲马上动身去城里住院。

"你听我说,李市长,你这一番好意,我心领了。这些天,我一个人一整天的想呀想呀,像我这样的一个病老婆子,还能为你做点什么呢。我要是身体还好好的,我要是再年轻点,那我这会儿就跟你一块儿回去。你眼下担子这么重,压力这么大,害你的人又这么多,我在家里给你和爱珍还有孩子们洗洗涮涮的,多多少少还能帮点忙。可我现在还能给你干点啥呢,谁要是让人拿命换你一个清白,那就让我去死……"

夏玉莲说到这儿,猛地一下子打住了,然后便直瞪瞪地瞅着李高成一个劲地看,好久好久再也说不出一句话来。

李高成深深地被感染了,屋子里一阵沉默。

末了,李高成要夏玉莲一块儿坐他的车进城住院,夏玉莲却死也不答应。

"你别劝我了,我不会去的,等到哪天我要是糊涂了,认不出人了,随便你把我拉到哪儿去,只要我这会儿脑子还管用,人还明白着,我就哪儿也不会去……"夏玉莲说得斩钉截铁,没有任何回旋的余地。

李高成想了想,只好作罢,那就改天再说吧。

他临出门的时候,夏玉莲好像还有什么话想给他说,但她忍了忍,什么也没说出来。

四十一

到郭中姚家里去!

一出了夏玉莲家里的门,不知为什么就一下子生出这么一个念头来。

生气吗,好像也不仅仅如此,对这样的一个干部,还有什么值得让你生气!而对这样的干部生气,你又有什么资格!

他只是想看看,看看这个中阳纺织集团公司的总经理,这个自己亲手提拔起来的人,这会儿他的家里是个什么样子。

也会一样没有暖气,没有煤气,没有电,没有水吗?也会像这些工人一样,既没有吃的,也没有花的,以至连看病的钱都没有?

腊月天,又已是晚上十点左右,再加上整个宿舍区都没有电,所以越发显得天黑,伸手不见五指。轿车一停下来,一灭了灯,顿时就有一种陷入地窖的感觉。

好不容易才摸到了郭中姚住的那一栋楼房里,也一样没有电,也一样黑咕隆咚的面对面都看不见人。一见到这黑乎乎的楼房,李高成的心反倒踏实了一些,不管怎么说,这一点上他多少还能同工人们保持一致,所以罪恶也就多多少少还可以减轻一些。至少在面子上他还没有那么张狂和放肆,他还知道什么是耻辱和羞愧。

敲了好长时间门都没人开,仔细听听,里面也没有任何动静。

怎么会没有一个人在家里?就算出门,也不可能一个人也不留呀。

下了楼,问了几个人,才有个人不冷不热地给了他两句:

"……郭中姚?哦,就是郭经理呀!没电没水没暖气的,人家能住在这儿吗?没电没水没暖气的,他敢住这儿吗?你想想厂里的工人能让他安稳了?他要是还敢在这儿住,那不就说明他没有问题了?他要是还住在这儿,厂里还会停产?工人们还会闹事?告诉你吧,人家这会儿可是狡兔三窟,有好几个窝呢。给人说是儿子闺女的房子,其实都是他自个儿的房子。听人说,这几天他好像是在东城区的那个叫什么'美舒雅'豪华住宅小区里住着,听说那个住宅小区就是人家一伙开发的,中纺的郭老板,你到那儿一打听就知道……"

"美舒雅"这个名字,可谓名副其实,至少表面上看是这样。

这个住宅小区基本上分三个等次,超豪华型、豪华型、一般豪华型。看得出来,每个等次的住房都不是一般老百姓住得起的。

超豪华型是独门独院的小楼,豪华型是两户一院的小楼,一般豪华型则是一百平米以上,带有阁楼的单元房。

郭中姚住在一幢独门独院的超豪华小楼里。

李高成在门前气鼓鼓地站了好半天,这比省委书记住的楼房还要大,还要宽!至于从美、舒、雅这几个角度来看,省委书记的楼房就更比不上了。

妈的!李高成突然这么骂了一声。多少年了,他第一次这么骂人。其实连他自己也不明白自己究竟是在骂谁。骂自己？骂这座小楼？骂住在这座小楼里的郭中姚？

门铃一摁，没有三秒钟，门口的灯就亮了，没二十秒钟门就开了。

一个跟小莲差不多年纪的小保姆，有些意外地打量着李高成，问：

"找谁？"

"郭中姚。"

"你是谁？"

"李高成。"

"干什么？"

"看看他。"

李高成一边说，一边就要往里走，小保姆拦了一下没拦住，便嚷嚷了起来。于是立刻便走出两个公安模样的人来，只是肩膀和袖子上少了两个标志。李高成一看服装就清楚，这肯定是中纺公司里的保安人员。

"什么人？"其中一个厉声呵斥道。

"让郭中姚出来！"李高成也厉声还了一句。

"你是……呀！李市长！"其中一个的嗓门突然发出了一个颤音。

"李市长呀，快请快请，郭经理在家呢。"另一个也变得极为热情地招呼道。

"郭经理！李市长来看你啦！"其中的一个一边把李高成往里请，一边这么高声地喊起来。

可能是没听见，可能是电视机的声音太大，也可能已经来不及了，当李高成走进客厅里时，郭中姚居然在沙发上还没能站起来。

一见到大步走进来的李高成,郭中姚就像触了电一样跳了起来,然后就像看一个怪物一样直勾勾地盯着李高成瞧。

李高成走到客厅里,立刻就明白了郭中姚为什么会用这样的一副眼神看他。

在这个暖烘烘的客厅里,在那张宽大的沙发上,还坐着一个打扮得妖艳入时,一身珠光宝气的年轻女人!

看这女人张扬放肆的样子,李高成立刻就知道这绝不是一般的女人,她不会是客人,也不会是妻子,更不会是子女或亲戚。客人不会就像在自己家里一样,衣服穿得这么少,拖着一双只有在卧室里才会穿的软鞋,几乎像是睡了一样懒洋洋地躺在沙发上;妻子则不会有这样一副娇滴滴而又满不在乎的表情,她对郭中姚吃惊的神情似乎根本就没有觉察到,或者是觉察到了也根本没往心里去;而子女和亲戚,在自己的长辈面前,绝不会有这样的一副浓妆艳抹、放浪不羁的媚态。

郭中姚自从离婚以来,就再没有结过婚。这一点,李高成知道得清清楚楚。而郭中姚也一直表示还没有找到合适的女人,当然也主要是由于工作太忙,所以也就一直无暇顾及自己的婚姻。那么,眼前的这个女人就是他正在苦苦寻求的那个女子?

如果是这个女子,那郭中姚在李高成眼里立刻就会一钱不值,还不如一头畜牲!因为这个女子顶多也就是二十岁左右,以郭中姚的年龄,几乎可以做她的爷爷!

而如果这些全不是,那么就剩了一种可能,这个女人大概就是引起工人们强烈愤慨的,也就是告状材料上所反映的郭中姚供养着的众多女人中的一个!

"起来,起来!"郭中姚显得有些气急败坏、手足无措地朝沙发上的女人嚷道,"李市长来了,还躺着!"

"……哟,李市长呀。"这个嘴里不知在嚼着什么的女子好半天似乎才悟出点什么来,然后一边往起站,一边斜睨着郭中姚说,"你看你,你就没给我说嘛,我咋就能知道是李市长。要是早知道李市长要来,不就到门口迎接了嘛……"

"行了行了！你先到屋里坐吧,我跟李市长有事要说。快点！"

这女子有些不高兴地拉下脸来,噘着嘴瞥了郭中姚一眼,然后一扭一扭地走进卧室里去了。

能跟这样的女人在一起,可见郭中姚的趣味和层次！

"李市长,这是我的一个侄女,平时惯坏了,所以就这么不知天高地厚,没大没小的。"郭中姚一边解释着,一边急急忙忙地收拾着沙发上乱七八糟的东西,"坐,坐,李市长,快坐呀。小李子,快去沏一壶好茶来！"郭中姚向保姆像发命令似的喊道。看他这样子,好像那个女人一不在眼前了,往日做总经理的那种威仪和庄重立刻就又恢复了。他那张脸一点一点又渐渐变得严肃,变得诚实,变得憨厚,变得愁苦起来。

"行了！闹什么好茶,还没吃呢。"李高成毫不客气地,"先给我的司机和秘书找个地方吃点饭。咱们就在这儿一边吃一边说,我有事要问你。"

"李市长,就在家里？"郭中姚有点为难地说,"家里没有太好的东西呀。"

"随便什么都行,什么快就来什么。"

一刻钟后,客厅里的茶几上,便摆上了几样相当精致的食品,酱猪蹄、辣牛肉、韩国泡菜、美国杏仁、两只香嫩的乳鸽、几只炸得焦红的海蟹、一罐鲜活的"醉虾",外加一瓶价格不菲的"酒鬼"酒。

看来这个濒临破产的总经理的口味并不低,就这还说家里没有太好的东西。

"还有几样从北京捎回来的冻饺子,正煮着呢,马上就好马上就好。"郭中姚一副忙忙碌碌的样子,"其实这都是现成的,要让我做,肯定要比这好。李市长,我的手艺你还是知道的。这么多年没老婆,别的好处没有,做饭的本事可是大大长进了……"

"好了,一块儿吃吧。"

"李市长,其实我吃过了,难得你来,就陪你喝两杯。"郭中姚一边说着,一边挺麻利地打开酒瓶。老大的酒杯,一人倒了大半杯。

也许是饿了,也许是生气,李高成低下头来,看也不看他,径自大口大口地吃喝起来。

几口酒下去,两个人的脸色都渐渐地红了起来。郭中姚刚才的那种紧张的神情,也全被酒气给淹没了。

"李市长,好些天了,我一直想找个机会跟你唠唠心里话,真没想到你就来了。"郭中姚此时已显得仍然像以前那样一脸的真诚和恭顺,"前几天你病了,我去看你,你当时睡了两天两夜还没醒过来。我一人在你床跟前坐了好久好久,不瞒你说,看着你那样子,我哭得眼睛都肿了。"

"哭什么?是不是看着我挺可怜的?"李高成咕咚一声喝了好大一口。

"李市长,你看我这会儿还有资格可怜别人吗?"郭中姚眼睛红红地说,"李市长,我当时是真的觉得对不起你,真的对不起你呀。"

"因为什么?"李高成慢慢抬起头来看着郭中姚说。

"还用得着我再说吗?其实你这会儿什么不清楚?"郭中姚在李高成的逼视下,拿起酒杯子来,也自顾自地喝了一大口酒,"我早就明白,对我们这些人的事,你什么也知道,什么也了解了。谁要是想瞒你什么,纯粹就是大傻瓜。如果说别的什么事情还可以瞒瞒你,纺织系统的事还能瞒得住你?"

"既是这样,那么有些事我想问问你,你敢不敢给我说实话?"

"李市长,我把这样的话都给你说了,想想还有什么话不敢给你说?"郭中姚似乎是想借着酒劲,故意显出一副什么也不在乎的样子,把平时不敢说的话趁机全都说出来,"其实我早就不是个好人了,李市长,如今不是有好多人都这么说么,我是流氓我怕谁?其实生意场上官场上都一样,人要是到了这份儿上,那还会怕什么?我早就给你说过了,中纺的问题,小查小问题,大查大问题,不查就没问题。如今的事情,说白了,越是小腐败越有人查你,越是大腐败就越没人敢查你。就因为中纺的问题实在太大了,所以就没人敢来查,一查就会查出一大批、一大片,哪个敢查,又有哪个敢让查?我马上就要五十八了,中纺又是这么个样子。你想想,没官再可当,也没事再可干,我又不缺钱花,又不怕你查,你想想在这个世界上我还会怕什么?"

"……这就是你心底里的话?"李高成像是看一个陌生的东西一样在看着他,"这也就是你变成了现在这副样子的真正原因?"

"我这副样子是不是让人觉得非常恶心?你是不是觉得我没给你说实话?"

"我是流氓我怕谁,可你是流氓谁又会怕你?你都成了这样子了,谁还会觉得你恶心?你要真是什么也不怕,为何不敢住回厂里,却要住在这里?你要真是什么也不怕,为什么不管住在什么地方,不管走到哪里,身边都要前呼后拥地放上几个保镖,即使是住在这种地方,为什么还要让几个厂里的保安人员给你站岗放哨?"

"李市长,你要是这么说,可就说错了。老百姓只有不相信共产党了,只有抱成团的时候,才有人会觉得他们可怕。现在的老百姓绝大多数还相信党,还相信党的干部,所以就不会抱成团。而我现在还是党员,还是党的干部,所以我也就代表着党的形象,代表着政府的形象,党和政府当然也就得维护我的利益,维护我的形象,在这种情况下,你想我会怕老百姓么?我之所以不住回厂去,无非是想给领导们一个印象,给领导们一个压力,中纺的问题确实得下决心了,我说的决心就是一个:破产。"

"这我明白,你们早就想这么做了。只要一破产,一切的一切,就全都一笔勾销了。"李高成一口把酒杯里的酒喝干,然后审视着眼前这张脸说,"郭中姚,你真的觉得你可以把这一切全都一笔勾销了?"

"至少我现在还没有感到有什么威胁。李市长,说实话,在眼下这会儿,我反倒觉得你更让人感到担心。"郭中姚说到这儿,好像越来越显得自信起来,也越来越没了什么顾忌。他一边给李高成斟酒,一边继续说道,"你是实干家,正儿八经的一个干才。这个社会上其实只需要两类人,一类是干才,一类是奴才。这些日子里,我把自己好好想了一遍,我想我充其量大概就是奴才一类的人。干才是干上来的,奴才是爬上来的,干才靠本事,奴才靠会舔,会送,会拍,会巴结,会讨好,会让上级高兴,会让领导们舒舒服服什么也不用操心。不过社会上需要这两类人,并不就是说这两类人就可以稳稳当当,高枕无忧。因为这两类人实在是太多太多了,这个社会上并不缺。而只有一类人可以永远干得稳稳当当,那就是既是干才又是奴才一类的人。"

"这么说,你就是既是干才又是奴才这一类的人了?"

"我想我是。"郭中姚依旧非常真诚地说,"我的能干,当然不是指的你的那种能干,而是会干。我没什么大本事,所以我当奴才是有代价的,既然我当了奴才,我就不能让你随随便便把我给除了。说实话,这么多年来,就这么一个中阳纺织厂,我养下了多少保护它的人。就像养狗一样,我干吗养它,还不就是让它看门?我这会儿说的都是心底里的话,我也不是有意在你跟前说别人的坏话。严阵他算什么?我知道严阵这会儿对你有意见,你也对他有看法,就是没意见没看法我也会这么说,他跟你就没法比!充其量他也就是一条还算聪明的狗!一条让我给养肥了的大狗!虽然他这会儿护着我,可我一点儿也没瞧得上他!"

"这么多年来,你究竟给严阵送了有多少?"

"直接的,还是间接的?"

"各说各的。"

"直接的可就难说清楚了,我给你打个比方吧,这就像市场上的物价一样,它会随着行情不断看涨的。十年前,过一个年过一个节,能花多少钱?如今过一个年过一个节,又得花多少钱?过去一个领导的孩子过生日,花费一千块钱也就差不多了,如今三千五千你打得住?过去一个领导家里过年,两千三千的也就行了,现在这点钱你能拿得出手?过去一个领导出国,三千五千的也可以了,现在你没有一万两万的怎么说得出口?还有领导的孩子上大学呀,领导的孩子过生日呀,领导的孩子结婚呀,给领导的父母祝寿呀,给领导的父母送丧呀,还有领导搬家呀,领导生病呀,甚至领导的衣服和日常用品等等,哪一个地方你不得打点?这还不包括领导老婆杂七杂八的事情。其实不用说领导了,就是市里省里能管着我们的处长科长的,什么样的条子不在我们这儿报销?甚至连买了衣服,买了化妆品的条子都往这儿塞。后来想想也就算了,既然让你来报销,那还不如让我们送上门去算了。像什么皮大衣呀,羊绒衫呀,毛料西服呀,高级化妆品呀,我们什么都送,他们也什么都要。李市长,你知道么?这个公司要养活多少领导干部!其实都是我养着他们呀!想查中纺的问题,查得动吗?这些年,你不收礼,这是大家一致公认的事情,可在你妻子身上,你知道我们花费了多少?你孩子上大学我们送了多少?你搬家时,我们又花了多少?光你院子里的花木,几乎都是我们送的,你清楚那值多少?还有你的内兄,你的内侄,你妻子平时的一个条子,这统统算起来又得多少?那一年你母亲去世,前前后后我们一共花费了多少?这我们说得清楚吗?这又不是你一个领导,上上下下、方方面面的,你算算,这一年一年的算得清吗?说句实话,在认识你以前,我们就已经认识严阵了。因为严阵那时候需要一个给他脸上贴金的人,也就是需要一个干才,于是就选中了你。我们当时就已经清楚,只要你走了,我们就有希望了。我们那时的希望并不是想捞什么钱啦、东西啦一类的好处,我们就是想在你走了以后能尽快升一格。说实话,我们是通过你才认识了严阵,而没有严阵也就不会有我们的今天,当然没有严阵也就没有你的今天。其实还有一点你并不清楚,如果要是没我们,你也一样不可能会有今天。你可能到现在也不明白,那时候,我们瞒着你,曾给严阵送了多少东西!你知道不知道,严阵那时候随便一个条子,或者随便一个电话,说不定就会毁掉我们几十万甚至上百万的生意和利润啊!其实这件事就是到今天来看,你能当上副市长、市长,主要是由于你的能力和你的威望。你毕竟赢得了大多数领导干部的信任和支持,但如果缺少严阵这一票,或者要是有严阵在卡着你,你能不能那么快就提上去?会不会那么顺顺当当地提上去?要是没有我们这种物资上的支持,说不定今天的市长不会是你。我们支持你,表面上看是为你,其实更是为我们。你要是成了一棵大树,我们当然会好乘凉。只是我们没想到的是,严阵的胃口竟会这么大,怎么填也填不满它呀!到这会儿了,我就实话实说,自打认识了严阵,一直到现在,这间接的,也就是说,不是直接送给他的,少说也有好几百万呀!"

"不止吧,"李高成冷冷地,看也不看他地说道,"间接的才几百万,你是不是说的纯利润?有国家数以亿计的人民币作资金,怎么会只有几百万?"

"没错,我估计的就只是真正到了他手里的钱,而为了这些钱到他手里,也就是说,为了这几百万,这几万工人,这几万工人的一个企业,这好几亿的国有财产,其实都被他当作了本钱来用的呀!说到底,是他毁了我们的前程,这么大的一个中阳纺织集团公司,就是因为送礼给送垮了的呀!"

一脸醉意的郭中姚,此时一扫刚才那种满不在乎的神态,竟痛不欲生地放声大哭。也许,此时流露出来的才真正是他内心最深处的东西。

看着郭中姚嚎啕大哭的样子,李高成的心似乎也在随着震颤。最最让他感到震惊和没想到的是,当初自己竟是被他们用金钱给送走的!他的位置竟是用金钱买来的!一个严阵,就毁了这么一大批干部,毁了这么大一个企业,也毁了这么多的工人!

"你的意思,我有今天,还得感谢你一辈子是不是?"李高成一边吃着,一边不动声色地说,"我实在看不出来你为什么要哭,你住在这样的房子里,好吃好喝,有保镖护着,还有女人陪着,旧社会的地主富农资本家,到你这份儿上不也就到顶了?你还哭什么哭?以你的实力和能力,能走到这一步田地,能拥有这么大的财富,就是盖上十床棉被也梦不来这等好事,你还有什么可伤心的?还不觉得该知足了?靠着共产党你当了官,如今又靠着钻共产党的空子发了这么大的财,是不是你还觉得有什么不满意?光看看你这座房子,没有百十万的人民币,又有谁住得起这儿?你给我说老实话,你现在银行里的存款,到底有几位数字?除了这儿,你外边还有几套房子?"

"李市长,你错了,我还没有你想象的那么坏,不管咋说,我总还是个人吧。"郭中姚使劲地抹着眼角的泪水,"这套房子我只是暂时住在这儿的,厂里没电没水没暖气的,再说工人们有意见,住在那儿也不安全,所以就临时住在这儿。老实说,公司这几年在外边赚下的钱,基本上都投资到这个住宅区了。当初觉得房地产生意没问题,肯定赚大钱,没想到刚投资进去,房价就跌了下来。几千万押在这儿,一押就是好几年,到现在连三分之一也还没收回来。李市长,我给你说实话,中纺的第三产业,主要就垮在了这里。要不是投资房地产,就是再次也不会像现在这个样子。你问我银行存款有几位数字,我到底谋了国家多少钱,我也给你说实话,乌七八糟所有的都算上,也就是个六七十万,银行里这会儿总共不到四十万。这就是我这些年落下的,有一点我可以给你保证,要真的有一天查到我头上来,我已经算过了,也就是开除党籍坐几年牢的事情,判不了死刑死缓,也判不了无期。这个我不怕,也没什么可担心的。别人都吵吵说我有几百万上千万,天地良心!我还没有贪到那种地步!不瞒你说,我当时曾想过,要是第三产业真的赚了钱,我一定想办法让中纺起死回生。我心里清楚,我可以没有任何东西,但我不能没有中纺。要是中纺没了,我这个人也就彻底完了。我已经快六十了,就算能攒几个钱,又能咋的?真的,我一时一刻也没忘记过中纺,别看我口头上说让中纺破产是最好的办法,但中纺要是真的破了产,头一个受不了的就是我。"

"说了这么半天,看来工人们不是应该恨你,而是应该感谢你是不是?"李高成仍然显不出一点儿愤恨和憎恶的表情,仍然慢条斯理地说道,"几十万块钱在你看来还是讲了良心,同那些几百万、几千万的相比,并算不了什么,你还算得上是个好官、清官。看来当初让你当了总经理我们真没走了眼,你还真的是值得我们信赖的好干部,你没给我们脸上抹黑,而是给我们争了光,是不是?"

"我说这些,并不是想让你说我好。我只是想说明一点,中纺到了这个样子,我不是存心的。我知道你恨我,生我的气。我给你脸上抹了黑,也连累了你,但我当初真的是想把这个公司搞好的,要不我怎么会冒这么大风险去搞什么第三产业。你想想,现在只新潮公司就亏欠几千万,我心里能好受得了吗?就算这会儿还没什么人能奈何了我,可我也想过了,迟早有一天这也是个事情。就算能逃过政府这一关,在这几万工人面前我也逃不过去呀。"郭中姚又喝了一大口闷酒,从他的脸上好像看不出有什么虚伪的地方。

"得了吧,到这会儿了,你还给我说假话。就算新潮公司欠着几千万,那欠的也是国家的,这你心里还会不清楚?你说新潮公司亏了,又有谁知道?别的不说,'特高特'值多少钱?每年又赚多少钱?昌隆服装纺织厂值多少钱,每年又赚多少钱?还有,青苹果娱乐城值多少钱?每年又赚多少?还有那座金桥商业大厦值多少钱,还有一个什么大鑫超市又值多少钱?他们每年又能给你们赚多少?还有你现在住的这个'美舒雅',又值多少?你说你到现在成本还没收回来,也许这是事实,就按你说的只回收了三分之一,但你总共投资了多少?少说也值差不多有一个亿吧,三分之一不也早把你投入的本钱收回来了?其实你该赚的也早赚回来了,该捞的也早就捞足了,欠下的无非还是国家的贷款。你说你住的这房子并不是你个人的,只是暂时住在这儿的,那暂时可住的地方多的是,为何偏要住在这地方?你们这一套哄哄小孩子还行,连工人们都知道你们玩的是什么猫腻,你倒还来拿这一套哄我。你刚才的意思是说你这会儿根本不怕什么人来查你,所以你给我说的都是实话,可其实你还是不敢给我说实话。看来你还是有点怕是不是?那么你究竟怕什么?怕工人?我见过你在公司闭路电视上的讲话,就像老子训儿子一样,那样子让人怕着呢!让我说,你这会儿心底里根本没什么能让你怕的,你连我这个市长都没有放在眼里,你想想你还会怕谁?你要是真的怕了什么,还会带上保安人员住在这种地方?"

"李市长,这都是谁给你说的!"郭中姚虽然像是喝多了,但还是对李高成的这些话感到了吃惊,也许他并没有想到李高成对这一切能知道得这么清楚,"你说的那一切,其实跟我根本没有关系,我说的真的都是实话,这些地方根本就不由我,我说话不算数也一样插不进手。"

"可你一样得到了实惠!就算你没偷东西,你也一样是个大窝主!"李高成突然吼了一声,但紧接着又平静了下来,"中姚,我真有点不明白,像你这样位置上的人,共产党够信任你的了,国家和政府给你的也够多的了,你说你还要这么多钱干什么?你孤零零的一个人住在这么好这么大的房子里真的会感觉很好?你把这么大的一个领导班子,全都变成了只知道给自己捞钱的小集体,就算你现在不怕,将来也不怕?工人们这会儿还没到铤而走险的地步,万一有一天要是有个什么变化,就算你自己不怕,也不怕连累你的家人?还有,共产党对你这么好,又给了你这么高的位置,你暗地里却这样糟蹋共产党,挖共产党的墙角,你真的就不怕共产党给你算总账?"

"……你说的这些话,你以为我没有想过。我是没法子,真的没法子呀!"郭中姚又喝了一口闷酒,想了好半天,像是真的横下心来似的说道,"你在的那会儿,大伙跟着你干,每天拼死拼活的,可也无忧无虑。不就是一心一意地干的,谁想过给自己的兜里捞什么?至少我自个儿没想过。真像你说的,共产党给我这么高的一个官位,像我这样一个祖祖辈辈都是扛活出身的穷小子,做梦都没想过的呀,那会儿就只想着把厂里的事情办好,对得起国家,对得起工人,对得起自个儿,最最要紧的是要对得起共产党。可从一开始调你走,事情就出来了。那会儿的人都看好我,第一,我是你的红人;第二,我本来就是二把手,是当然的接班人;第三,大概觉得我这个人还算厚道,还算靠得住;第四,其实也是他们最满意的一点,就是觉得这个人好说话,有事好商量,说难听点,也就是耳根子软,没主意,他们说什么也就能听什么,就像我刚才说的那样,是个又听话又能干的奴才。李市长,你呀什么都好,就是有一点,你眼力不行,你就不是个搞政治的,好人赖人你根本就分不清。像我,你就看不出来,其实我根本就不是当领导的料,让我跟着你搞生产搞业务,那还马马虎虎,让我当总经理,当一把手,我从来就不称职不够格,我真的就不配。还有那个冯敏杰,那样的一个人,你竟让他当分管供销的副总经理。那几年,钱还值钱着哪,人也不像这会儿把几万几十万的不当一回事。你知道为了让你尽快当上副市长,让他能尽快上一格,他一次从供销科拿出多少钱来?四十万,四十万呀!我当时都给吓傻了,这四十万要是查出来,那会儿就是有十个脑袋也保不住呀!"

"……四十万?就是在我还没走的时候?"李高成默默地抬起头来,似乎感到有些不可思议。

"那时你其实什么都不知道,领导上对你一次接一次不断地考察,而你事务性的活动却是那么多,我记得你当时到北京去参加一个什么活动,整整二十天都没有回来。冯敏杰那时对我说了,你知道不知道上面为什么一次一次地考察李高成,还不就是要他给上面表示表示。我当时还觉得他说的全是疯话,你冯敏杰他妈的也真是想当官想得神经都有毛病了,你一次拿这么多钱想买官,他妈的还不是想找死!其实他小子心里有啥想法,我早把他揣摩得清清楚楚。明里说是给你帮忙想办法,让你早点当了副市长,其实究底里还是为了他自己。是他想赶紧点上,想方设法尽快把你推出去。本来一直找不下接近上级领导的机会,这回可好,因为上边要考察你,正好可以一箭双雕,借着你的名义,既同上面拉上了关系,又给自己铺平了路子;既落了个好名声,又不怕担风险出问题。就算有个什么闪失,有人想查这件事,跟他也没什么直接的责任。可当时我又能说什么,第一,人家这是为你着想;第二,也是为我着想;第三,这也算不上是犯错误;第四,这是严书记说过的事情,只是借给市领导暂用,并不是想把这笔钱怎么怎么样。当时严阵书记要去美国、澳大利亚和欧洲考察,似乎是在无意之中说市政府急需一些外币用,看中纺这个涉外企业是不是暂时能解决一些。说者无意,听者有心,冯敏杰就把这句话记住了。其实那会儿中阳纺织集团公司哪来的外币,冯敏杰就用这笔钱托人在黑市换了三万美元,四万港币,就在你从北京回来的第二天,他硬拉着我一块儿把这笔钱送给了严阵书记。说实话,我当时真是怕呀,赶进人家的家门时,腿肚子都止不住地打颤。可没想到放到人家桌上时,人家连问一声都没有。乱七八糟扯了半天,便让我们转告你,说考察的结果没什么大问题,让你一两天内去见他。半个月后,你的副市长的任命就下来了。气得冯敏杰在我跟前直骂,说你这副市长其实是他给你买下来的。李市长,我没说假话,真的没说假话呀。"

李高成看着郭中姚信誓旦旦的样子,好久也没能说出一句话来。看来这一切都是真的,就算有什么出入,大概也只是枝节上的问题,至少这件事不会有假。他默默地看着眼前的酒杯,不禁有些欲哭无泪。末了,他只说了一句:

"是不是从那会儿你就开始变了,一直变成现在这个样子?"

"……也许是吧,我自己也说不清了,那一次对我的触动实在是太大了。我根本没想到会是这样,你想想,过去的一切在我眼里都是非常神圣的呀,像你像我到了这一步,不都是靠自己干出来的?"

"这么说来,工人们告的那些也都是真的了?"

"有的是真的,有的不是真的,工人们毕竟是工人,他们什么也不知道,别看这么大一个企业,其实也就是我们几个人说了算,有了什么决策,顶多下发一个文件也就了事了。李市长,这些年跟你在的时候根本不一样了。你那时候谁干得好就提拔谁,这些年是谁听话就提拔谁。其实不这么干不行呀,公司里这么多问题,要是内部出了问题怎么办?外边的人怎么告也没关系,内部的人要是告起来可就危险了。像纪检委得安排自己人吧,工会也得安排自己人吧,党委书记就更不用说了。李市长,其实这就像吸毒一样,只要你走了第一步,就等于是走上了绝路,而且是再也别想能回头了,你就是想回头他们也不会让你回头的。大伙都一身黑,就你干干净净的,这行吗?他们会答应吗?他们能容得下你吗?他们还会再拥护你吗?还会再听你的话吗?你还指挥得动他们吗?你这个总经理还当得稳吗?在他们眼里,你这个不给他们谋福利的一把手究竟有什么用处?李市长,这几年跟那几年真的不一样了。我是真的没法子,真的没法子呀!"

"你的意思是不是就是说,别人的腐败都是主动腐败,而你的腐败则是不得已的被动腐败?所以你也就觉得主动腐败和被动腐败是应该有区别的,本质上是不一样的?"

"这只是你的说法,真正的感觉你并不了解。不识庐山真面目,只缘身在此山中。李市长,你想过没有,假如在一个环境里,如果所有的人想的都跟你不一样,干的也都跟你不一样,那么即使你是一个天大的好人,你干的也都是天大的好事,可在这样的环境里,在这些人眼里,你还能算是一个好人?对他们来说,你干的岂不全是坏事?"

"所以就用买优质棉的价格买回了上千吨次品棉,把淘汰了的机器当废品卖出去再用高价当新产品买回来?连这样伤天害理的事情都干得出来,这也是没法子?这跟杀人放火又有什么区别?你犯了十恶不赦的罪行,你也能说你是因为没法子?你把所有的问题和责任全都推得干干净净,好像这一切都是社会的原因造成的,都是体制的原因造成的。上梁不正下梁歪,因为是上边有了腐败行为,所以你才不得不跟着腐败,就这么简单吗?就跟你个人没有一点点关系吗?苍蝇不叮无缝的蛋,你要是没口子,你要是没味儿,那些乌七八糟的东西还会寻到你头上来?其实今天我这么晚跑到你这里来,并不是只想听你说说这些为自己开脱的话。我只是想不明白,你究竟为什么要这么做,在心底里你到底是怎么想的？你干吗要这样？为什么？究竟是为什么？其实你什么也有了，你什么也不缺。当领导干部当到这份儿上，一个堂堂的正厅局级干部，你还有什么后顾之忧让你干出这样的事情来？你给我说真话，我真的想不明白，我只想听听你的心里话。"李高成眼睛红红地说。也许真是有些喝多了，所以才这么执拗地要打破砂锅问到底。

"既然你非要这么问，那说得难听了，你也就别生气。"郭中姚也同样眼睛红红地说，"李市长，我真的不清楚你现在真的还是这么好，或者就是给我打迷糊。你妻子做的那些事情你真的会一点儿都不知道？还有，几年来，我们做的这些事情你也真的什么都不了解？公司里还过得去的那几年，哪一次过节我们不到你家里去？哪一次没有三万两万的能下来？别的不说，只你的女儿梅梅上大学，我们一次性地就送了两万多块的钱和东西。为了让梅梅上一个好大学，上一个好专业，前前后后我们就花了三四万块。这一切你真的会不知道？我们也知道这一切都是你妻子一个人一手操办的，但我确实有些不太相信，对这些你真的从来都没过问过？一点儿都不知内情？"

"我听着呢，你往下说。"李高成直直地盯着郭中姚说。

"李市长，你的为人我知道，你真的是个好人，是个没私心的人，是个事业心很强的人。可这么多年了，你就真的一点儿没变，还跟过去一个样子？你真的还是一直把这个社会看得这么亮堂？对这个社会你真的还像过去那么有信心？"

"你能不能把意思说得更明白点？"李高成听得好像确实非常认真，他就像鼓励似的说道，"没关系，你是怎么想的就怎么说，你说过的，我这会儿把你也怎么不了。对你的话我当然也不会生什么气，你只管放开说就是。"

"李市长，你在这么高的位置上干了这么些年了，你就没考虑过这个国家的前途？还有我们这个党的前途？"

"对这个国家,对这个党你是不是已经感到绝望了？"

"那么你呢,是不是还满怀希望？"

"你觉得呢？"

"我觉得我们其实都是在演戏,表面上看,我们都还在忙忙碌碌,信心十足,而内心里所有的人都在做着准备。不瞒你说,我的感觉就是所有的人都在等,都在等着那一天的到来。"

"……那一天？哪一天？"

"李市长,你非要让我把这样的话赤裸裸地说出来吗？"

"你是不是说这个国家,这个党迟早有一天非得垮台不可？"

"我不是这个意思,这个国家不会垮台,这个党也不会垮台,我只说,这一切还存在着,但实质却完全不一样了。"

"我明白了,你是说形式上没变,但本质上却完全变了。共产党也不是过去的共产党了,社会主义也不是真正的社会主义了,老瓶装新酒,一切都徒有虚表罢了,是不是这样？"

"这种想法,只可意会不可言传,能说那么清楚吗？就算是这样吧。"

"所以你们就加紧开始准备了,所以你们就大把大把地捞啊捞。这大概就是你们的'两手硬',要钱有钱,要权有权。要还是社会主义我就照当我的官,要成了资本主义我就去当资本家。反正怎么着我也不怕,什么时候我也是人上人,对不对？"

"李市长,你看,你不也这么想了吗？我们得有退路,得给自己留一条后路。狡兔还三窟呢,我们还不为自己的后事着想着想？"

"你是不是就是这样看一切领导干部,看一切人的？"

"当然不是,但这个数字不会很少。"

"这是不是你们搞腐败隐藏在内心最深处的动机之一？换句

话说,正是因为你对这个党、对这个国家失去了信心,不抱有希望了,所以才开始这么搞腐败的?"

"如果大多数人都在做相同的一件事,那大概就不能叫腐败了。"

"你真的以为像你这样的一个集体腐败,就能高枕无忧,太平无事了?"

"是,至少眼前是这样,拔个萝卜带把泥,一挖一大片,就像一包炸药一样,谁动就炸了谁,成了这种局面,谁还敢来查?他们从我们这儿得到了经济利益,就必然得维护我们的政治利益。说难听点,既然是我养的,还会不听我的?我们给了他们实惠,他们自然而然地也就成了我们的保护人和代言人。老实说,你走了以后,我本不想把中纺这个摊子弄得这么大。可后来一想,我要是把这个摊子越弄越大,弄成一个几万工人的大型集团公司,那岂不是就会越来越保险?工人多了,摊子大了,为了稳定,银行还会不给你贷款?政府还会不处处保护你?这会儿看来,当初的这种选择还是选对了,若要不是摊子这么大,若要不是每年有这么多的贷款,我们这些人早就让人给收拾了,哪还能呆到今天?为什么会问题越小越有事,问题越大越保险,这大概也是主要的原因之一。其实这种情况你不已经体会到了么?为什么对中纺的事情一直这么小心翼翼、战战兢兢,明知道大面积亏损,但仍然大笔大笔地贷款,还不就是为了个稳定?要放在一般的小企业身上,你们还会像输血一样地扶植它么?所以我对我现在的处境根本不担心,对中纺的事情也一样根本不担心。拿钱买稳定,国家肯定会一直好好保着它,就算让它破产,也绝不会让它出大事,也得想办法把工人们都安置了。当然也包括我们的事情,要真是把这一切问题都查清楚了,你们又怎么给工人交代?李市长,我这会儿并不担心我,而最担心的却是你。像你那三十万款子的问题,像你妻子的问题,还有你内兄的问题,你内侄的问题,你说得清楚吗?"

"原来这一切你都知道?"

"如今的事情就是这样,你要真的想反腐败,说不定第一个就会反到你的头上。这不,你不是想查中纺的问题么,结果怎样,不就把你给查出来了? 要再这么下去,说不定就会毁了你自己。"

"你们想象得是不是太乐观了?"

"这不是想象,是事实。其实你所想要维护的东西才是一种想象中的东西。我以前也像你一样,也曾试图抗争过,抵制过,可我后退了,我不能以我为代价。反对别人却把自己反得粉身碎骨,这样做是不是有点太傻了? 李市长,我想你最终也会同我一样,头破血流了才会有所醒悟。李市长,我以一个老部下的名义斗胆再劝你一次,你这会儿退回来还来得及,只要你听了严书记的,我们都会保护你的。即便你见不得他这种人,我劝你也一定不要与他作对,你斗不过他的,就算有人把他告到中央,也照样拿他没办法。因为这些人早就把共产党的这一套都吃透了,别看他干了这么多坏事,谁也清楚他干了那么多坏事,可你真要查他,保准什么也查不出来……"

"谢谢你,没想到你还有这样的好心肠。"李高成一口饮尽杯子里的酒,然后慢慢地站起来说,"看来我当初并没有瞎了眼,到这会儿了,我的这几个部下还能想着要保护我! 还会这样一点儿没私心地劝我! 哈哈……"

李高成一阵悲愤的狂笑,直笑得泪水横流。

"李市长,你怎么了?"郭中姚看着李高成的样子,顿时显出一脸的恐慌来。

"……郭中姚,"李高成俯下身来,像是在说什么悄悄话似的,"你这样的一堆臭狗屎怎么会把我骗了这么久? 就算我的眼睛瞎了,我的脑子也让鬼掏了? 我他妈的怎么就没看出你这么一个王八蛋来!"

"李市长……你说过的,你不会生气。"郭中姚一时乱了阵脚。

"你以为我会生你的气。你这样的东西还值得我生气?我是生我自己的气!我当初能让你这样的一个东西入了党,又接了我的班,我想我这一辈子都不会饶恕我自己!你听着,郭中姚,我说过的,我今天不会生你的气,不过我还要给你说两句。我眼睛瞎了,你的眼睛也一样瞎了!你比我瞎得更厉害!你竟然会把共产党看得这么黑,把这个国家的前程看得这么灰!我以前只想着你大概是个庸才,是个既无能又没本事的傻瓜蛋!所以才把这个中纺弄得这么糟。却没想到你会这么愚蠢!愚蠢得竟以为共产党会做了你的保护人,会成了你的代言人!愚蠢得竟以为共产党会拿腐败来换取稳定!共产党要是能让金钱买垮的话,那还轮得上你们这些东西!你居然还会以为只要有严阵这样的人做了你的靠山,你就可以为所欲为,连工人也不放在眼里,连共产党也不放在眼里!你怎么会把这一切看得这么简单?我告诉你,凭我现在的身份,我只需一个电话,半个小时以内,成千上万的工人就会冲到你这儿来,半分钟内就会把你撕得粉碎!我当然不会这么做!我还不会愚蠢到以工人们为代价同你这样的人来交换!我只是想告诫你一句,工人们对你这样的人有多恨!你竟还以为要是共产党不存在了,你还可以稳稳当当地当你的资本家?你记着,若真要是有了那一天,工人们头一个要惩罚的就是你,老百姓会把你这一身的肥肉沤成一堆粪!你居然还不知道怕!我还要告诫你一句,你以为我会像你一样,以为所有的共产党人都会像你一样,为了自己的利益,而不去维护大多数人的利益,不去维护党和国家的利益!你错了,我现在就明明白白地告给你,我宁可以我自己为代价,宁可让我自己粉身碎骨,也绝不会放弃我的立场!我宁可毁了我自己,也绝不会让你们毁了我们的党!毁了我们的改革!毁了我们老百姓的前程！这就是我同你不一样的地方！也是所有有良心的中国人跟你不一样的地方！也是一个真正的共产党人跟你不一样的地方……"

四十二

李高成从郭中姚家里出来时，已经夜里十一点多了。

他一反常态，不断地催促司机开快车，他要连夜去见杨诚。

一个越来越清晰的想法毅然决然地涌进了他的脑子：

对郭中姚这样的一群败类，最好的办法，也是最有效的办法，就是立刻把他们全部逮捕收审，对他们的住所予以强制性监视和搜查！立刻，必须是立刻！刻不容缓，必须当机立断，再也不能迟疑了，一分钟也不能迟疑了！

即便是搜查不出来什么大的经济问题，只要把他们现在住的这些房子一登记，一公布，就得让他们这帮人吃不了兜着走！

这也正是他同杨诚谈过的最有力的一种办法，在他们最不禁打的地方，斜刺里先狠狠地给他们一家伙，让他们疼得跳起来！然后再饱以老拳，把他们打蒙！

几天来，他也曾有过类似的想法，但只是一闪而过。不是觉得这种办法不妥，而是有所犹豫，下不了决心。而现在却好像一下子就坚定了起来，虽然喝了不少酒，却是如此的清醒和果决。如果对这样的一些人还存在什么幻想，还感到有所犹豫，那就真正等于是在为虎作伥，助纣为虐，等于是同他们同流合污，沆瀣一气！

没有十分钟，汽车就开到了杨诚的住所。

杨诚竟还没有回来！李高成问杨诚的家人，也都不知道杨诚现在在哪儿。

李高成想了想,便给杨诚的办公室拨了一个电话。

只响了一下秘书便接了,杨诚还在办公室!杨诚的秘书说,杨书记一直在等他,请他马上到办公室,有十分紧急的事情要同他商量。

他愣了一愣,心头立即感到了一阵微微的震颤。看来绝不会是小事情,要不杨诚到现在还会等在办公室里!那么,究竟会是什么事情呢?他甚至隐隐约约地感到了一种担心和恐惧,会不会又冒出了什么事情,再次让你始料不及,防不胜防?

那么,你担心的到底是什么,而又对什么感到恐惧?坐在车里,他不禁对自己的这个问题感到有些惶惑。是因为自己想也没想到的不干不净?还是因为自己的选择所招来的攻击让你感到是这般的狠毒凶猛?或者是因为突然感到自己是这般的势单力薄、不堪一击?

想想也真够悬的,原来连你自己这个市长的位置竟然都是如此的不干净!

当然,自己当初的被提拔起用,有各方面的因素。个人条件过硬,成绩显著,群众基础好,省委市委的认真考察研究,省政府市政府的多次积极推荐,还有人大会上的选举通过等等,只因一个人就能提拔任用了我吗?

说可以这么说,然而事实上你不得不承认的一点是,即使你是多数人同意了的,但如果有一个重要人物反对或者从中作梗,你的提升很可能就会化为泡影。尤其是像当时严阵这样的一个人物不赞成你或者根本就不提名你,别说你当副市长市长了,你就是连纺织厅、轻工厅的厅长也别想顺利地当上!很可能你至今还在中阳纺织厂当你的书记和厂长。全市全省的厂长经理有多少,何以就你一个人当了市长?莫非别人确实都不如你?说来说去,如果确确实实是严阵提拔了你,起用了你,或者严阵确确实实在你的提拔起用中起了关键作用,那么事到如今,就足以证明你这个位置是不干不净的,就像郭中姚、冯敏杰他们说的那样,你这个市长是我们用钱买来的!如果确实如此,那么,你这个市长的合法性又在哪里?岂不要打一个大大的折扣?这还不说你其他那些悬而未决的事情。比如你家里存放的那些东西,还有你孩子的上学,甚至连你家里种的那些花木等等这些你根本说不清的东西。真成了《红楼梦》里焦大骂的那样,除了门口的石狮子,没有一样是干净的!

是不是正因为这些不干不净的事情和问题,他们的反击才会如此的狠毒和凶猛?才会让你感到这般的势单力薄、不堪一击?几天来,不管你以前意识到没意识到,也不管你真正想到没想到,至少在现在,"圈子"这个概念已经是这样的让你刻骨铭心、刺眼醒目,让你不能不感到震撼,不能不感到惊诧。是不是正因为这样,才让你突然潜移默化地意识到这个圈子的可怕和可恨,从而让你不知不觉地感到了没有"圈子"的自己是这样的势单力薄,不堪一击?

杨诚见了他第一句话就是,还真怕你跑到什么地方去了,正要让秘书联系你呢。紧接着便说了三件事:一是常委会刚刚开完,常委会临时增加了一个议程,专门研究了中纺和其他一些效益不好的国有企业的问题。省委和省政府的主要领导准备在春节前到几个大中型国有企业走一走,以拜年的方式对工人进行慰问,中纺是其中之一。可能马上就进行,具体时间还没定下来。二是在下去以前领导们想听听有关情况的汇报,你一直是分管工业的,万书记和魏省长都想听听你的看法和意见。三是万书记、魏省长、常务副书记严阵、省纪检委书记柏卫华这会儿都还在商量中纺工人上访的问题,尤其是对工人们反映强烈的几个大问题,还有涉及到的一些人和部门的问题,准备采取果断措施,予以严肃处理。所以万书记今天晚上就想见见你,跟你好好谈一谈。

"今天晚上?"李高成不禁有些吃惊,"万书记下午打电话时,不是说他这两天没有时间,要我后天再同他联系么?"

"事情有了变化,而且是很大的变化。"杨诚看了看表,又看了看李高成说,"说实话,连我也没想到,省委的动作会这么快。"

"什么变化?"李高成有些吃惊地问。

"一会儿见了万书记我们就知道了。"杨诚再次看了看表说。

"你也一块儿去?"

"是。"杨诚点点头,末了,又加了一句,"……还有严阵。"

又是严阵!什么时候也少不了他!就像一块黑色的大磨盘,时时刻刻都压在你的头顶上,就是想躲也躲不开。

"什么时候?这都已经十二点了。"李高成看看表,十一点五十四分。

"十二点以后,等万书记的电话。"杨诚又看了看表说,"老李,你要有思想准备。"

又是这样的话!今天他已经是第三次听到了。李高成不禁有些发愣,又出了什么事了?经过几次交道,他知道杨诚的嘴非常严实。虽然他们的关系眼下已非同一般,但如果不是组织允许,即使是天大的事情,他也绝不会给你事先透露一丝一毫。

究竟是什么事情,在十二点以后才当面通知给你?他看了一眼杨诚,杨诚则好像在深思着什么。想了想,觉得再猜也徒劳无益。既然是在等电话,那还不如趁这个时间把他刚才的想法给杨诚谈一谈,于是他便扭转话题说道:

"杨诚,我有个想法,希望能得到你的支持。"

"……哦?"杨诚像是非常急迫似的,"什么想法,你快说。"

"我刚才到中纺公司总经理郭中姚家里去了一趟……"

"郭中姚?你到郭中姚家里去了?"杨诚愣了一愣,"你到他家干什么去了?"

"我下午又去中纺看了看,发现中纺到现在了,仍是没水没电没暖气,而整个班子的领导却没有一个住在公司宿舍,一气之下,就去找了他。你知道他住在什么地方?你知道他们这些领导全都住在什么地方?住的竟然都是独家小院!比万书记、魏省长的房子还大还阔!郭中姚说了,他之所以敢住在这种地方,就是因为他有靠山,有人护着他。言外之意也就是说,这会儿并没有什么人能奈何得了他们,即便你是个市长,即便你是个市委书记,即便你的官比这更大,也一样把他怎么不了。他的意思好像已经把这个社会看透了,只要有钱,就没有办不成的事情。只要有钱,道德、原则、良心、法律统统都可以踩在脚下。"

"他们一直就是这么做的,这并不奇怪。"杨诚此时反倒显得很平静地说,"这些我已经知道了,在你病中的那几天,有人已给我汇报过这些情况。拥有房子最多的是副总经理冯敏杰,他一人占有六套房子,而他只有四个孩子。"

"可我是刚刚知道!"

"你以前不是不知道,而是不肯相信。"

"不是不肯相信,而是根本就不相信!"李高成痛心疾首地说,"我根本没想到他们真的敢这么干!他们真的会变得这么坏!"

"我明白你的心情,一个人的思想和感情若要真的彻底扭转过来,并不是一件容易的事情。"

"杨诚,我早就有这么一个想法,直到今天晚上才算真正下了决心。杨诚,我真的非常希望你能支持我这个想法,那就是立刻把此案送交司法机关处理。由市检察机关立即立案审理。"

"这也正是我想告诉你的一个消息。"杨诚此时又看了看表说,"市检察院已经决定立案了。"

"哦!真的?"李高成不禁有些愕然,没想到他的想法竟又迟了一步。

"真的,市检察院几天前就请示过市委,当时你还在病中。"杨诚显得很谨慎地说,"不过此事尚在保密阶段,只有极少数人知道。"

"这可真是太好了!"李高成又惊又喜,顿时颇为兴奋地说,"既然这样,那么最好在近期内就采取行动,把他们尽快全部收审归案,并且突击搜查他们的住所,对此我负全部责任,如果查不出问题来,就撤销我的职务,开除我的党籍!"

"可你想过没有,我们都收审谁? 都搜查谁呢?"杨诚依旧显得很平静地说,"除了那些我们公认的有腐败嫌疑的人外,还有一些人我们该不该收审,对他们的住宅该不该搜查?"

比如自己的妻子! 不知为什么,李高成竟一下子就想到了自己的妻子身上!

要收审别人,那势必就会收审你的妻子!

若要收审你的妻子,那也势必会对她的住宅进行搜查,而搜查她的住宅,也就等于搜查了你!

李高成的脸色顿时变得煞白。可以说,他简直被自己的这种想法惊呆了。

连你也想到了,别人还会想不到!

猛然一阵电话铃声,竟把他震得抖了一抖。

他好像一下子就清醒了过来,你究竟怕什么呢?

真的,你究竟怕什么?

四十三

到达省委书记办公室时,已经十二点半了。

让李高成没有想到的是,万书记的办公室里竟还有好几个人。省长魏振国,纪检委书记柏卫华,常务副省长王育民,还有一个虽然他已经知道了,但还是让他感到忐忑不安的人也在场,省委常务副书记严阵!

人人的脸上都非常严肃,所以办公室里的气氛也就显得格外紧张。

他和杨诚进去后,同每个人都象征性地握了握手。同严阵握手时,他发现严阵的表情很温和,很随意,甚至还微微地同他笑了一笑。

正是这样的一笑,却让他感到了一种难以言表的羞辱感,他分明地感到那是一种胜利的笑,一种蔑视的笑,一种实实在在的嘲笑!

这种羞辱感也在他心底里激起了一种隐隐约约的愤怒,一看到这个阵势,他就明白了,今天深夜他被通知到这儿来,肯定同涉及到自己的事情有关!而且绝不会是一般的事情!严阵既然已经摆出了一副胜利的姿态,那事到如今,今天晚上就当着万书记他们的面,同他决一死战!

严阵,我同你不共戴天!

想到这儿,他的心情反倒平静了下来,他默默地想着即将到来的会是什么事情,而他将给万书记他们说些什么。

等他同杨诚坐好了,几个人寒暄了几句,办公室里便静了下来。

万书记显得非常疲惫,两只眼睛里都布满了血丝。但他的声音还是相当有力,表情仍是那样的果决。他说这么晚了还把大家叫来,是因为有很重要的事情要通知大家。

第一件事是省委省政府刚刚得知,明天上午,中纺将有数千离退休职工干部,集体到省委上访。在中纺的宿舍区,已经贴出了好多张布告,布告上写道:明天早上七点钟,凡离退休干部职工,一律到老干部活动中心集合,集体到省委找领导解决问题要饭吃。自觉自愿,过时不候。据估计,至少会有三四千人,也许还会更多。而且还有消息传来,公司里的数十辆卡车和接送工人的大型面包车都已备好待命。这次已经不再找市委市政府,而是直接找省委省政府。七点钟集合,最迟七点半出发,顶多八点钟就到。

"其实用不着我说,大家都清楚这并不是什么上访,就是要找省委解决问题。再说严重点,就是要游行示威,给省委省政府施加影响。"万书记字斟句酌地说道。

"事实上就是要闹事,而且要把事情闹得很大。"严阵此时插话说道,他的口气很严厉,而且态度也很威严,"他们闹事的目的也很明确,就是要把中纺的整个班子都赶走……"

"不,我们必须要申明一点,"万书记打断了严阵的话说,"今后凡是领导干部,不管是省里的还是市里的领导干部,对工人的一些举动不要一开口就说是闹事。这么一说,不就等于已经给人家定了性质?工人们有这样的举动,作为一级政府,我们更多地应该从工人的角度去考虑。这么多离退休职工干部集体来上访,他们找的还是领导,还是政府,还是我们共产党。他们并没有反对政府,更没有敌视政府。说明他们还信任这个党,还信任这个国家。他们在布告上写得很清楚,不管措辞如何,要饭吃也好,解决问题也好,他们找的还是省委领导。还有,听说中纺工人现在的处境并不好。离退休职工干部已有四个月没发工资了,在职职工干部有的已经近十个月都没有发工资了。而且就是在现在,中纺居然没电没水没暖气,整个厂区连电话都没了!你说说,像这种情况,工人能没有意见?工人能不上访?如果说这是闹事,让我看,那也闹得对,闹得有理!放到你们身上你们闹不闹?放到我身上我也得闹,不闹我没法子活呀!高成,我这会儿就想听听你的,你给我说说,中纺的情况究竟是不是这样？你到底了解不了解？又到底了解多少？问题究竟有多严重？听说上一次就是你一个人去解决的，你在中纺的工人中间威信很高。你给我说说，我们应该怎样看待这次工人的举动？中纺的问题究竟在哪里？到底应该怎样来解决？目前最主要的也是最需要解决的问题是什么？"

李高成不禁有些吃惊，他想到了许许多多的问题，却偏偏没有想到头一个告诉他的竟是这样的一个消息。尤其没想到是，万书记一下子竟给他提出了这么多问题。虽然都是他非常熟悉的事情，然而让万书记这么一问，还是让他感到有些突然。

也许是他这么一犹豫，魏省长说话了：

"高成呀，没什么可忧虑的么。省里的主要领导都在这里，就是要听你的意见，说错了也没关系，说得再严重也没关系。我们就想听最真实的情况，事情已经到了这种地步了，再说假话可就真的是害党害国害百姓了，最终也是自己害自己。有啥就说啥，如果连这么一个国有企业的问题也处理不好，那我们这些领导干部岂不是太不称职了？"

几句话，说得李高成的心像揪住了一样疼痛。其实魏省长的话也正是在批评自己，连这样的一个企业也没抓好，而且让省里的这么多领导深夜一两点了还在这儿无法休息，甚至于还在为你操心，为你着想，想想你也真是太不称职太不够格了。再说，你现在其实还有什么可忧虑，可担心，可害怕的？你好好看看你眼前的严阵，他几乎已经害得你妻离子散、身败名裂，几乎已经害得中纺几万工人衣单食薄、饥寒交迫，你究竟还怕他什么？到了这种地步了，你若还是畏畏缩缩，前怕狼后怕虎的，别说你不像共产党员了，你连一个起码的人都不是！

"好，既然书记和省长都这么说了，我也真的没什么可顾虑的了。"李高成终于说话了，"我想也确实是该我说话的时候了。"

他说得很慢,尽量让自己的话有条理些。他说万书记刚才讲的那些毫不夸张,有些方面有过之而无不及。他讲了自己前不久到中纺解决问题的经过,讲了中纺职工干部的愤怒情绪,讲了他慰问中纺工人时的所见所闻,讲了工人们恶劣的生活状况。当他讲到那个当年舍命保护工厂的老工人王英烈的那番真情,讲到那个全国劳模范秀枝的那个要求,讲到那个全国优秀技工胡辉中在厕所旁钉鞋的遭遇,讲到年已花甲的夏玉莲带病打工的情景,他竟止不住地泪流满面,在场的人也无不为之动容,连向来以铁女人著称的纪检委书记柏卫华也不禁为之凄然落泪。紧接着他又讲了干部职工所反映的那些主要问题,讲了他对这些问题的调查了解和看法,然后他着重讲了发生在中纺第三产业的令人触目惊心的腐败行为,尤其是那些化公为私、巧取豪夺的骇人听闻的违法行径。

"一句话,中纺目前最主要的问题就是腐败问题,最需要解决的问题也仍然是腐败问题。"李高成冷静而又坚决地说道,"工人们其实已经说得非常清楚,要是没有这些败家子,这么大的一个企业怎么会垮得这么快?要是这些败家子没有后台没人护着他们,他们又怎么敢这么胡作非为?那些离退休干部职工说得尤其耐人寻味,这些年来,一提起国有企业的问题,动不动就把我们离退休职工扯进去,什么包袱太大,负担太重。且不说我们这些离退休职工大部分仍在为公司操劳,就只说我们每年的离退休金,总共才有多少钱?中纺截至目前离退休工人总数有四千多人,就按五千人计算,以1991至1995年五年的平均数字,每人每年的离退休金数额还不到两千元。其实这两年离退休职工的离退休金根本就达不到这个平均数,绝大多数的退休职工的退休金每月只有一二百元,而且一拖再拖,七扣八扣,真正到手的又有几个。以夏玉莲为例,为了孩子能早点接班,她在1988年退休。退休时,每月的退休金只有一百一十多元。而后这么多年里,由于有关政策,国家把工人工资增加降低的权力下放给了企业。于是这么多年来,中纺公司的领导以公司不景气和亏损为理由,几乎就再没有给这些离退休职工增加过工资,在职工人工资增加的幅度也非常低。因此近年来特别是去年和前年,中纺离退休干部工人每年的离退休金总额顶多也就是几百万元。而在这几年里,国家贷给中纺的资金平均每年在八千万以上!离退休职工的薪金几乎只是贷款额的几十分之一!然而在另一方面,公司领导奢侈和挥霍的数字却要比这大得多得多。1992至1994年公司的招待费都超过了四百万!即使是生产极不景气的1995年,公司的招待费也仍然接近四百万!加上各个分厂和子公司的招待费,总数接近一千万!这是个多么可怕的数字,而且还仅仅只是招待费!还有,整个公司的脱产干部和脱产人员几乎接近整个离退休职工干部的人数,但这些人的花费开支却要比离退休职工的花费开支多得多!他们中的大多数人对生产不闻不问,但却要有小汽车,要有办公室,要有大笔的经费开支,还要不断地开会、学习、参观,甚至旅游、出差、出国。不算工资,只这样的开支即使是在公司极不景气的1995年,仍然有一千多万!所以离退休干部职工说得理直气壮,究竟谁是公司的负担!谁又是公司的包袱!"

"这种言论许多年以前就有过,无非就是要排斥党的领导。"严阵终于忍不住地插话说,"对这种言论我们并不奇怪,奇怪的是我们的一些领导干部总是认同甚至支持这种言论,而这种认同和支持才是最危险的事情!"

"我不认为是这样。"李高成声音不高,但却振振有词。像这样情不自禁地反驳,连李高成自己也觉得有些吃惊。许多年以来他这是第一次顶撞严阵,而且是在这么多领导面前,"事实上也根本不是这样。如果硬要说这是反党,那这种所谓的反党,也只是一些代表着党的领导干部造成的!"

"老严,我们现在是在听李市长的汇报,是在听基层工人们的真实情况,这跟反党怎么能扯在一起?"常务副省长王育民有些不以为然地说,"说实话,如果实际情况确实像李市长说的那样,让我说,真正反党的并不是这些工人,而恰恰是我们党内的这些搞腐败的领导干部!"

"我跟王省长有同感。"杨诚此时毫不含糊地说道,"而且我还要再强调一点,中纺的问题,事实上很可能比这更严重。我尤其还要强调的一点是,中纺的问题,极可能要涉及到我们省委市委的一些高层领导干部。这次对中纺问题的调查之所以遇到那么大的阻力,主要原因大概就与此有关。"

"问题越大,往往阻力也就越大,这是一般的规律。"纪检委书记柏卫华不动声色地说了这么一句。

办公室里顿时静了下来。万书记似乎在紧张地思考着什么,而魏省长则好像仍然沉浸在那种让他感到震惊的情绪里,也许是李高成的汇报强烈地震撼了他们,所以才让他们在这种震撼中一时还无法调整过来,才让他们一直这样沉思着、深深地被触动着。好一阵子了,万书记才若有所思、字斟句酌地说:

"高成,你的意思是不是说,把中纺搞成这个样子,把中纺这个国有企业搞垮的原因不是别的,而是中纺那些领导干部,或者说,是腐败搞垮了这个企业?"

"是。从目前我们掌握的情况来看,至少在中纺是这样。中纺问题的严重性还在于,这种腐败行为不只发生在个别干部身上,而是差不多整个一个班子都陷了进去!在这一点上,中纺的问题给我们敲响了警钟。就好比一个苹果上的蛀虫,如果我们没有及时地发现它,除掉它,它就会使整个一个苹果烂掉,甚至使整个一树苹果烂掉!"李高成毫不犹豫地说道,他知道他现在必须说实话。只有实话,才能拯救中纺,才能拯救中纺的几万工人,也才能真正拯救自己,"这些天来,我一直在思考一个问题,发生在一个国有企业的这种前所未有的腐败行为究竟是什么原因造成的?中纺的那些无法无天、肆意妄为的腐败干部固然可恨,但他们这种为所欲为、肆无忌惮的权力究竟是谁给了他们的?我想并不是别人,而恰恰是我自己,是我这个市长,是我们给了他们这种权力!中纺的总经理郭中姚说了一句话,给了我极大的震动。他说他本来就不是当总经理的料,他并没有这个能力,也根本没有这方面的素质。他同时还给我说,中纺的其他主要领导,其实,并没有几个真正称职的。他们之所以能当上中纺的主要领导,就是因为我看走了眼!他竟然当着我的面说我眼力不行,认不准人,这几乎就等于是在说我瞎了眼!我当初看中了他们,并极力推荐了他们,而如今他们竟说我瞎了眼!他们都这样说我们,想想工人们又会怎么议论我们?说句难听的话,他们这些所谓的总经理、企业家,其实,是以我们的眼光和好恶指定出来的,赐封下去的。我们指定了企业家、总经理,又由我们提出了政企分开,权力下放,这几乎等于是,当我们把国有产权、国家资产以及国有企业的掌握权全都交给了他们的时候,同时也告诉了他们可以不受任何制约和监督,想怎么干就可以怎么干。于是,在他们拥有了如此重大,如此事关国家命运、事关改革前途的权力时,却没有任何人、任何权力、任何机构,能够监督和制约他们!甚至连我们自己都没了这个权力!是我们给了他们这个权力,是我们让出了这个权力,最终又让我们丧失了这个权力。从而使这些所谓的企业家、总经理变成了一个特殊的权力阶层,成了一个处在管理和约束、政治和权力的真空,却又掌握着国家生死存亡命脉的贵族阶级!想想这是多么可怕的事情,又是一个多么可怕的前景!事实上也确实如此,这些由我们选定的经理和企业家们,处在这种没有监督和制约的环境里,一旦蜕化变质、腐化堕落,那种违法乱纪的行为是多么的骇人听闻、触目惊心!在厂长经理负责制的招牌下,他们可以任意解雇和处置工人,而工人们却只能听之任之、忍气吞声,不仅对他们的违法行为无可奈何,而且对公司正常的开支和运转情况一无所知!他们还能使得党组织和其他组织变成绣花枕头、形同虚设。郭中姚说得再清楚不过了,什么党委书记、纪检书记、工会主席,全都安排的是自己人!其实他已经整个把他自己变成了一个大家长!一句话,是我们给予了他们这种绝对的权力,也正是在这种绝对的权力下,才导致了这种绝对的腐败!"

"高成,我本来不想再说什么了,但听了你这番话,我还是想插一句。"脸色铁青的严阵似乎终于有些忍不住地打断了李高成的话,"说这种话是要负责任的,你想没想过说这种话的后果?你这些话的矛头究竟指向哪里?从目前来看,中纺究竟有没有问题,问题到底有多大?一切都还只是个未知数。事实上我们已经经过了近一个月的调查,初步调查的结果并没有什么大问题。你在没有任何证据的情况下,怎么就可以想当然地把中纺说成是一个绝对腐败的典型?退一步说,就算中纺有严重的问题,又怎么可以把这样一个局部的现象说成是一个普遍的现象?把这样一个偶然的问题,说成是一个必然的问题?你是一个市长,一个党的干部,应该有一个正确的立场,怎么可以……"

"严书记,我的话还没有说完,能不能让我把话说完后再谈你的意见和看法?"李高成再次对严阵的插话进行了反驳。

严阵可能根本没想到李高成会这样,碍着这么多人在场,一时竟愣在了那里不知该怎么办。

"高成,你继续往下说。"省委书记万永年显然是在支持李高成。

"我今天所说的这些,都是我考虑了很久的想法,所以我对我所讲的这一切负完全责任。"李高成继续说道,"我说的这种责任绝不只是说说而已,而是已经下了决心要兑现的。其实大家也知道,中纺的问题涉及到了我个人,涉及到了我的家庭,涉及到了我的妻子。对此我有永远不能推卸,永远无法推卸的责任!所以我在这里郑重声明,有关中纺的问题,即使把我查进去,把我整个一家都查进去,就是把我查得身败名裂、家破人亡,把我查得撤了职、判了刑、坐了牢,我也请求省委省政府把中纺的问题查到底!如果因为我的问题,而使得一些腐败分子逃之夭夭,蒙混过关,那我宁可立即辞职!我还要说明一点的是,中纺到了目前这种地步,我们已经没有退路了。破产也好,兼并也好,整顿也好,再投资也好,不论中纺的前途怎样,不论中纺的下一步怎样搞,都必须只能在一个前提下进行,那就是把中纺的问题彻底查清楚。既然这种腐败最主要的原因在我们身上,那我们现在只有把这种腐败彻底清除,才是对中纺干部工人最好的一个回答和安抚!惟有这样,我们才能在更大范围,更大程度上获得工人参与国有企业改革的积极性,才能把我们的改革顺乎民心地继续下去。我曾给一个让我痛心疾首的人说过一句话,现在我还想在这里再说一遍,严书记,我也真心实意地希望你能清楚我是怎样的一个人,所以这话也算是我对你的回答,我宁可以我自己为代价,宁可让我自己粉身碎骨,也绝不会放弃我的立场!我宁可毁了我自己,也绝不会让那些腐败分子毁了我们的党,毁了我们的改革,毁了我们的前程!我已经给市委书记杨诚谈过我自己的想法,我现在以一个市长的名义,再次向省领导建议,在中纺的问题中,凡是涉及到的那些有腐败嫌疑的领导干部,不管职务有多高,背景有多深,都应立即对他们个人以及他们的住所予以强制监控,对那些有重大嫌疑的应尽快予以收审,必要时应予以正式逮捕,并对他们的住所依法进行搜查!"

说到这里,李高成戛然而止,也许是被李高成的这种气势震撼了,办公室里顿时陷入一片寂静。包括常务副书记严阵,虽然脸色越来越显得难看,但也似乎说不出任何话来。看着严阵愤怒而又无奈的表情,李高成突然明白了一个事实,一个人不管职务多高,权势多重,身份多么显赫,但只要他做了亏心事,做了见不得人的事,那他所摆出来的任何样子,都只能是虚的、假的,都只能是外强中干、色厉内荏!即使是群狼之首,当面对着火光时,它惟一的选择也只能是再次披上羊皮,或者是抱头鼠窜,临阵脱逃!

"高成,你还有什么要说的么?"也不知过了多久,万永年用一种意味深长的眼光看着李高成问。

"暂时就这些了,具体的我再找你细谈。"李高成想了想说。

"不过我还想再问你一句,你对你讲的这些究竟有多大把握?如果真的按你所说的这么去做,那将会出现什么样的后果?换句话说,事实上如果并不像你所说的那样,你考虑过没有,那将会给我们带来一个什么样的局面?"万永年声音不高,却又显得非常沉重地说。

"万书记,这一点我已多次想过,我觉得把握的大小,关键在于我们行动的快慢。纸包不住火,也没有不透风的墙,假如我们动作迟缓,那就只能是打草惊蛇,最终只会给我们造成一个被动的局面。"李高成回答说。

杨诚此时似乎想接着说什么,但立刻被万永年一个手势压住了:

"高成,你并没有直接回答我的问题,你只是想到了要快,要主动,要避免被动。但我要问的是,假如一切都按你说的去做,但结果并不像你说的那样,那对我们将会产生多大的副作用?"

在万永年对他说这些的时候,李高成不禁向严阵瞥了一眼,也就是在这一瞥中,他看到了严阵脸上那种几乎看不出来的得意和冷笑。一股压抑不住的愤慨顿时在他的胸中像火一样地燃烧起来,他用一种豁出去的口吻说道:

"万书记,我明白你的意思。那就让所有的人,也包括我自己,都接受这次严峻的考验吧！同时我也希望其他的一些领导,包括一些职务很高的领导,也都能像我一样接受这次考验！如果事实证明我们都是清白的,我们就从正面向工人作出回答,如果事实证明我们有问题,或者证明我们中间的一些人有问题,那就从反面向工人作出回答！我想只要我们及时地做了,我们就有了说服工人的资本。万书记,请你放心,对此我已经做好了一切准备,我刚才已经说过了……"

"好,高成,你不必再说什么了。"万永年严峻而又冷静地打断了李高成的话,"你已经说清楚了,大家也都听清楚了。我现在要告诉你的是,我同意你的看法,同意你的观点,也同意你的建议。"说到这里,万永年转过脸对杨诚问道：

"杨诚,你呢?"

"我同意。"杨诚几乎想也没想地回答说。

"卫华,你呢?"万永年转而向纪检委书记问道。

"同意。"柏卫华的回答也同样干脆坚决。

"老王,你还有什么要说的么?"万永年又问常务副省长王育民。

"没了,我同意。"王副省长的脸色同办公室的气氛一样冷峻。

"魏省长,请你表态。"万永年像是例行公事似的问。

"我认为高成谈得很真实,也很有意义,我完全同意。"省长魏振国毫不掩饰自己的情感和立场,而且依旧显得非常激动。

"严阵,你说说吧。"万永年最后才问到了这个常务副书记。

"万书记,有一点我不明白,让大家现在都这么表态,究竟是要干什么?这么晚把我们叫过来,仅仅就是让我们对这种并不成熟、风险极大的想法表示同意还是不同意?"严阵有些孤注一掷地说,他的脸色变得十分可怖,可怖得令人不忍同他对视,"所以,我现在特别希望你能给我们说明白,是不是我们将要决定什么,或者将要商量什么?"

"不是商量,而是决定。"万永年毫不回避,正色说道,"如果我们准备按照李高成市长的建议去做,你同意还是不同意,我现在就只希望你回答这一个问题,别的我在这之后自然会同你谈。"

"……那好,我同意。"面对着万永年出人意料的强硬和坚决,严阵的口气顿时变得软了下来,"不过,万书记,一会儿我还要再给你谈一谈。"

"我会同你谈的。"万永年目光灼灼地看了一眼严阵,然后把脸转向大家,"既然大家都同意了,那我们现在就谈第二件事情。但不是在这个地方谈,请大家马上都到多功能会议厅,到了那儿我再把要说的事情通知给大家。"

李高成再次瞥了一眼严阵,当他发现严阵的脸色变得那么苍白时,他立刻意识到真正的考验确实已经来临了,等待着他的将会是一个重大的,很可能会改变他命运的决定!

四十四

多功能会议厅是省委办公大楼里的一个能容纳将近三百人的会议室。

李高成一走进去,立刻便被会议厅里的情景惊呆了。

偌大的一个会议厅里,黑压压地竟坐满了省市检察机关的二百多名检察官和反贪局的侦查人员!省市政法委书记、检察长,还有市东城区的检察长,全都神色严肃地坐在会议厅的前排。会场上几乎听不到一丝声息,气氛紧张得让人喘不过气来。

等到李高成随同大家一起坐下来的时候,他也就完全清楚了,刚才在万书记办公室的那一番谈话,其实是省委市委几个主要领导的碰头会,它只是一起重大行动的前奏。杨诚在此之前其实什么都已经知道了,事实上杨诚也已经透露给了你,市检察院已经立案。他当时没告诉你的,是省检察院也立了案。但在那时,已用不着再告诉你什么了。所有的一切,现在都已经真相大白:中纺的案子,妻子的案子,内侄内兄的案子,当然还有涉及到严阵和严阵亲戚的那一系列案子,都将在今天晚上作出决断,见到分晓!

毫无疑问,省市检察机关今天晚上就会有行动,之所以还坐在这里,就是要报经省委同意,并在此等待省委的决定!

毫无疑问,省委的决定也已经作出了,那就是:同意!

也同样毫无疑问,省市检察机关将会对有关涉嫌人员采取强制措施,将会连夜搜查他们的住所和办公地点!当然,也包括你这个市长的家!

尽管已经有了长时间多方面的思想准备,但当这种巨大的考验真正来临时,他还是感到浑身瘫软,以致有些难以自持。

原来是这样!

但是,省委的态度是怎样一下子就变了的呢?下午省委开常委会时,万书记和魏省长似乎并没有这样的意向,他们甚至还要让严阵负责查处那三十万元的贿款案!然而,这才仅仅几个小时,所有的一切如何就全都变了?

可能的解释也许只有两个,一是来自上边的压力,一是来自下边的压力。中纺万名职工干部签名上访的材料当然也一样会送给中央,说不定是哪个中央领导看后做了批示,并迅速地传达了下来,于是,所有的一切就全都变了。那么,下边的压力又都是什么?当然跟中纺离退休职工干部明天集体到省委上访有关,但极可能这仅仅只是一方面,说不定公检法这些日子并没有停止过侦查,就像杨诚说的那样,这种只有极少数人知道的立案侦查,其实已经进行了好几天了,连你也几乎一无所知。市里立了案,省里说不定也一样立了案。如果这样,那么极可能就在这几天里,政法机关发现了有关中纺问题的确凿证据,并迅速做了汇报,于是省委的态度便转变了……

当然,这些情况也可能都有,也可能都没有,而以前所表现出的一切,包括万书记和魏省长的态度,都仅仅只是个假相,无非只是想暂时稳住严阵……

他默默地坐在那里,想象着家里面临着搜查时,女儿梅梅将会受到一种怎样的打击和创伤!想象着这些天来一直执迷不悟,仍然不可一世的妻子,在突然的搜查面前将会是怎样的一副神情和模样!

那么,严阵呢?

李高成不禁又悄悄地瞥了一眼严阵,严阵除了脸色铁青外,并看不到他有什么与平时不同的地方。

李高成的心像被揪了一下似的疼痛起来,这么看来,对这次突然的行动,严阵事前是知道的?或者这次行动是经过严阵同意,甚至是由严阵策划的?严阵刚才的那种举动,只不过是装出来的?无非是想让你再看看,即使是在这种时刻,我还在尽力地保护你!

不可能!绝不会!他们还没有那么大的势力和实力,把整个一个省委的领导干部全部收买!

当他再次瞥了一眼严阵时,心情一下子便释然了。他发现严阵的两条腿在抖!而且抖得是那么的厉害!他那一脸的严肃和庄重原来是装出来的!他那铁青的脸色其实是吓出来的!

尽管他一直在津津乐道着那个所谓的攻无不克、战无不胜的"圈子",一直在谆谆教导着自己的下级一旦没了这个"圈子",说不定在什么时候就会大难临头,进退无门。然而,却没想到在此时此刻他竟会吓成这个模样!原来他的这个所谓的"圈子"竟是如此的脆弱无能、不堪一击！如此看来，即使在生活中存在着这种"圈子"，那么聚拢在这个"圈子"里的人也同样得有一个不能随意超越的界限。一旦你超越了这个界限，不管你所处的是怎样的一个"圈子"，也绝不会有什么人敢冒天下之大不韪来遮蔽你、掩盖你！"圈子"内的人甚至于为了维护这个"圈子"，会毫不留情地把你从这个"圈子"里一脚踢出来，以至于会比"圈子"之外的人更狠，更烈，更甚，更无情！避之而惟恐不及，又何来庇护之心！其实也没有别的，一个没有私心的人，是不会走进某个"圈子"里去的。大凡"圈子"里的人，可以说都有居心叵测之目的，有不可告人之龌龊，因此像这样的一个"圈子"，它所具有的性质也就决定了它必然会是一个极其自私的"圈子"，同时也只能是个极为残酷的"圈子"。除了给你一种阴暗的心理外，它什么也给不了你！

他默默地擦了一把额头上的冷汗，既为自己的抉择再度迟缓而感到羞愧，也为自己的抉择最终并没有落伍而再次感到庆幸。

一走进会议厅，省委书记万永年和市委书记杨诚便同省市政法委和检察院的领导很严肃地谈了一阵子，然后由省最高人民检察院检察长登台讲话。

"同志们！"检察长的话在这沉寂的会议厅里，显得如此威严而又具有强烈的穿透力，"现在我宣布，我们今晚的行动报经省委市委后，已经得到了省市领导的同意和支持！"

寂静的会议厅里顿时响起了一阵暴风雨般的掌声，在这宁静的深夜，一如雷霆万钧，震天撼地！

"同志们！"检察长继续说道，"这次行动，是我们省市历年来反腐败行动中最大的一次！也是我们检察机关历年来反贪中最大的一次！这次行动，我们不仅得到了省委、省纪检委、省政法委、市委、市纪检委、市政法委的坚决支持，同时我们还得到了中央有关部门强有力的支持！因此这一行动事关全局，责任重大！每一个人都要明确自己肩负的职责和重任，任何疏漏，都可能会给我们这次行动造成重大失误，造成难以估量的损失！这一点我们刚才已经详细地讲过了，我现在还要再讲一遍，所有参加这次行动的人员请你时时刻刻都要牢牢记住，你的每一个举动，都在代表着党，代表着人民，代表着政府，代表着国家，代表着法纪的神圣和庄严！同样，你的每一个过失，也都将是对国家和人民的犯罪，都是对党纪和国法的亵渎！所以我相信……"

会议厅里静悄悄的，几乎听不到任何声息。

李高成突然发现，严阵的脸色此时竟变得如此苍白，毫无血色。

"同志们！"检察长突然提高了嗓音，"在行动之前，现在请省委万永年书记代表省市领导给我们讲话！"

会议厅里再次响起了一阵惊天动地、激动人心的掌声。

在经久不息的掌声中，万永年迈着一种沉重的步伐走上了前台。

"同志们，"万书记的声音也同样沉重，"其实大家都清楚，现在并不到鼓掌的时候。但我们也都清楚，大家的掌声，是对我们这次行动的拥护和欢迎！也同样是对我们的信任和支持！谢谢你们！"

更加热烈的掌声打断了万永年的话，良久，他才接着说道：

"刚才检察长已经给你们讲了很多，他讲的话，让我非常激动。我想，大家也会像我一样感到非常激动。其实这两天，我一直都非常激动。就在几个小时以前，我已经跟中央领导同志通过电话。有一些话我现在就可以原原本本地告诉给大家，中央领导同志说了，一定要加大查处案件特别是大案要案的力度！要严肃查处国有企业负责人员挥霍和侵吞国家财产的案件！对那些造成国有财产严重流失，对那些以权谋私、贪赃枉法、行贿受贿的腐败分子，不论职务高低,都要绳之以法,绝不姑息!对那些罪大恶极的腐败分子,党中央将一如既往,除恶务尽,严惩不贷!(长时间热烈的掌声)说到这里,大家也就清楚了,我们的这次行动,也是中央领导同志同意和批示了的!所以我们也就完全可以相信,我们的这次行动,是没有任何人可以阻止得了的!在这个问题上,省委的态度一直是非常明确的,我们就是要大整顿,大突破,大震动!就是要让那些腐败分子提心吊胆,坐卧不安,惶惶不可终日!(掌声)谁要是想阻止我们的反腐败行动,我们就让他彻底曝光,让所有的人都清楚他是一个什么样的货色!让他成为过街老鼠,人人喊打!(掌声)从这里我们也就完全可以相信,我们绝不会像一些人说的那样,为了稳定,就会让那些腐败分子为所欲为,就会对那些腐败行为坐视不管!恰恰相反,只有彻底地清除腐败,搞好廉政建设,才能使我们的社会更加稳定,才能使我们的改革更加深入,才能使我们的国家更加繁荣,才能使我们的人民更加幸福!(掌声)

"我们党的宗旨是什么?是为人民服务。所以我们的党是为人民服务的党,我们的政府是为人民服务的政府,我们搞的是社会主义市场经济,因此占有城市劳动人口绝大多数的广大职工的切身利益,也就必然代表着党和政府的利益!他们的困难,也就是我们的困难;他们的疾苦,也就是我们的疾苦;他们的心愿,也就是我们的心愿;他们的要求,也同样就是我们的要求!如果一个政党,一个政府,在它所维持的社会秩序里,会让一些不劳而获、对社会没有任何贡献的人积累起巨额财富,成为百万富翁、亿万富翁,而让千百万勤勤恳恳、一生辛劳的劳动人民挣扎在贫困线上,那么这样的政党和政府迟早都会被消灭!这样的社会制度也迟早都会被消灭!我们的党绝不会是这样的党,我们的政府也绝不会是这样的政府,我们的社会制度也绝不会是这样的社会制度!(热烈的掌声)这些年来,由于种种原因,在我们的社会中确实出现了一些令人无法容忍的腐败现象,对这种腐败现象,我们虽然还没有找到彻底根治的办法,但我们的反腐败行动,从来也没有停止过!不,应该是战斗,是战役,是你死我活的较量!要么腐败把我们最终消灭,要么我们把腐败彻底根除!二者必居其一,没有中间道路可走!当初武装到牙齿的日本鬼子没有把小米加步枪的我们给消灭掉,而后八百万有着飞机大炮的国民党军队也没有把我们消灭掉,今天的腐败也同样不会把我们消灭掉!(掌声)在反腐败的问题上,我们第一不犹豫,第二不动摇,第三不畏惧!一句话,不怕!只要有广大群众的支持,一切都不怕!就像江总书记说的那样,绝不能掉以轻心,绝不能畏难止步,绝不能松懈斗志!(热烈的掌声)

"我们现在这样说,并不是说今天的腐败现象已经强大到足以跟我们抗衡的地步。在今天的中国,还没有什么力量能和我们的党和政府较量!还远远不到那一步!但这也并不是说我们就可以对这种腐败行为掉以轻心,等闲视之,甚至姑息迁就,听之任之!事实证明,目前发生在经济领域里的腐败,不仅正在腐蚀着我们的社会,腐蚀着我们的人心,而且正在腐蚀着我们的权力,腐蚀着我们的政党!他们正在千方百计地同政治领域里的腐败现象联合起来,成为一种赤裸裸的权钱交易,成为一种疯狂的权力资本!他们只需要一个签字,只需要一个图章,甚至只需要一个电话,就可以直接把数以万计,数以百万计,甚至数以千万计的公有资本和国有资本变为私有资本!他们凭借的不是合法的资金,更不是辛勤的劳动,而是凭借着国家和人民赋予的权力,在这种正当的权力的掩盖下,对国家和人民的财产大肆掠夺!知识分子的说法,就叫内盗,老百姓的说法,就叫家贼!而正是这种东西,和这种东西所产生的影响,正在肆无忌惮地干扰着我们的改革,搅乱着市场的公平竞争,动摇着我们权力的基础,摧毁着我们对未来的信心!所以从某种意义上说,它比武装到牙齿的日本鬼子和国民党的八百万部队更可恶,更狞狰,更具威胁性!它是我们全党全国人民共同的死敌!不把他们彻底消灭,不把他们彻底铲除,我们就不可能有好日子!共产党不会放过他们,老百姓也不会放过他们!我相信你们也绝不会放过他们!只要是国家的财产,哪怕一分一厘,一分一毫也绝不能让那些腐败分子白白拿走!(热烈的掌声)

"老百姓常说青天何在?我们共产党人不做青天谁做青天!(掌声)有广大的父老乡亲、工人农民做后盾,我们共产党人还怕什么!就像这次行动,广大的工人阶级就是我们最坚强的后盾!有他们的支持和拥护,过去什么样的敌人我们都可以战胜,今天什么样的腐败分子我们都可以清除!(掌声)

"我听说你们公检法的同志们曾有这样的一句口头禅,什么样的恶人都不怕,就怕领导打电话!(掌声)你们为什么鼓掌?因为我说了实话!(掌声)作为一个省委书记,今天当着你们领导的面,当着省委市委主要领导的面,我给你们保证,我绝不会给你们的领导,也绝不会给你们中的任何人,因为一些见不得人的事情打一个电话,批一个条子!(热烈的掌声)我也绝不允许任何一个人给你们的领导、给你们打一个电话,批一个条子!(长时间热烈的掌声)如果我们还有人给那些危害国家,危害人民,也危害我们自己的腐败分子走后门说情,想想看,这样的人会是一些什么样的人,这些人比那些腐败分子更可恶,更可恨,更应该打倒!(掌声)有人说,我万永年因为还想再干一届,所以就谁也不想得罪,对什么事情都得过且过,睁一只眼闭一只眼。我不会,绝不会!我过去没有这样做,今天不会这样做,将来也绝不会这样做!我想在你们中间,大部分都是农民子弟,工人子弟。我同大家也一样,我的祖父是农民,我的父亲是工人,我的妻子现在还是工人,我自己也当过工人。今天,作为一个省委书记,我不能为了要全票,就不要党的原则;我不能为了要全票,就苦了老百姓;我不能为了要全票,就不要良心;

更不能为了要全票,就忘了根本!(热烈的掌声)只要我万永年还在这块土地呆一天,就决不允许有人倚仗职权,恣意妄为!"(长时间热烈的掌声)

省委书记的话讲完后,高检检察长便正式宣布了今晚的具体行动内容和行动计划。

直到这时李高成才真正明白,报经省委同意的省市检察机关的这次联合行动,保密的程度竟是如此之高,计划竟是如此的周全。一直到现在,在座的这些检察官和侦查人员们以及大部分的领导都对这一行动的具体内容一无所知,或知之甚少。

真可谓用心良苦!

李高成默默地,同时也是紧张万分地听着凌晨两点整将要对其住所和办公地点进行突击搜查,还有对其中一些予以收审的人的名单:

中阳纺织集团公司总经理郭中姚。

中阳纺织集团公司党委书记陈永明。

中阳纺织集团公司副总经理冯敏杰。

中阳纺织集团公司副总经理吴铭德。

青苹果娱乐城董事长,中阳纺织集团公司视察员,原党委书记范立刚。

金桥商业大厦董事长,中阳纺织集团公司视察员,原副总经理齐仁明。

大鑫超市董事长,中阳纺织集团公司新潮公司总经理郭大鑫。

昌隆服装纺织厂董事长,中阳纺织集团公司新潮公司副总经理刘海西。

特高特客运公司副董事长,省人民银行顾问,原副行长王义良。

青苹果娱乐城副董事长,昌隆服装纺织厂副董事长,特高特客运公司董事,市东城区检察院副检察长、反贪局局长吴爱珍。

特高特客运公司董事长,美舒雅房地产开发公司董事长,金桥商业大厦副董事长,大鑫超市副董事长,省委经济政策理论研究室副主任钞万山。

　…………

强烈的震动久久地摇撼着李高成,就好像被什么击中了一样,让他感到一片茫然!紧接着又让他感到了一种无可名状的憎恨和愤怒!自己的妻子竟然瞒着自己走得这么远!竟然任着两个副董事长和一个董事,自己竟然一无所知!他为自己,也为她再度感到无比羞耻和无地自容!

眼前的这些人都是些什么东西!

新潮公司的总经理郭大鑫,居然把投资数百万元的大型超市,堂而皇之地以他自己的名字命名!真是无法无天,有恃无恐到了极点!还有严阵的内弟,居然任着两个董事长,两个副董事长!可谓猖狂之极,愚蠢之至,无耻透顶!好像以为这天下已经成了他们一家的天下!

在极度的悲愤之中,一个渐渐模糊的想法终于在脑海里凸现了出来:

这个市长,他已经不能再干下去了,也无法再干下去了,他必须辞职,也只能辞职。

在你这个市长的政绩里,居然出现了如此严重的腐败问题,不仅涉及到了你原来的单位,涉及到了你起用的那么多领导干部,而且还涉及到了你的妻子和你自己,你还有什么脸面再在这个市里干下去!你能把眼前所发生的这一切全都推到你的妻子身上吗?你能面对着人们说你对这一切一无所知吗?如果你连这都说不清的话,你又怎么能把你这个市长洗得干干净净?

你应该为自己最终的抉择感到庆幸,你必须清楚,惟有如此,才能给世人一个明确的交代,也才能给家庭和儿女们一个明确的交代。

一想到自己的孩子,一想到女儿梅梅,一想到在那个偌大的房子里,梅梅此时此刻孤立无助、担惊受怕的样子,他那颗痛苦不已的心便更加战栗起来。

但李高成明白,此时的他,几乎等于是已经没有了自由,至少是暂时失去了自由,在这次行动没有完成之前,他只能呆在这里。

他不由自主地扫了一眼严阵,他发现昔日的那个威严而又强横的严阵已经全然改换了模样,此时的严阵突然间变得是如此的虚弱和衰老。脸色是那样的苍白,身子是那样的僵直……

原来这个不可一世的省委常务副书记竟也是这般的不堪一击!

然而不知为什么,他却突然想起了郭中姚给他说过的那些话:李市长,你斗不过他的,就算有人把他告到中央,也照样拿他没办法,因为这些人早把共产党的那一套吃透了。别看他干了那么多坏事,谁也清楚他干了那么多坏事,但你要想查他,保准你什么也查不出来……

那么,他现在的样子莫非只是装出来的?或者,是因为省委在如此重大的行动前没有事先通知他,而让他感到恼怒羞愤,正在考虑着新的对策?

他像惊醒了一般猛然转过头来,因为他觉得有人正在轻轻地拍着自己的肩膀。

是省委书记万永年,在他后边的还有市委书记杨诚。

李高成正想说什么,万永年却已经说话了:

"高成,谢谢你。"万永年的嗓音和他脸色一样柔和,"大家都非常感谢你。是你帮助我们下了决心,因为你说了实话。"

"……万书记,你不用再安慰我了。"李高成不知为什么,突然觉得喉头有些哽咽。他强忍着,没让自己的眼泪流下来,"再安慰,我也有推卸不了的责任,也减轻不了我心里的压力,我正式给省委检讨……"

"不,高成,你错了,这不是你一个人的责任,我们大家都有责任。"万永年的口气又变得沉重起来。"你知道么,省委兴建的这座办公大楼,当初也有中纺的无偿捐款,而且是一笔为数不小的捐款。连同省政府的办公大楼,总数有一千万!就在一个多月以前,我也跟你一样,仍然一直坚持认为中纺的班子是个好班子,是个值得信赖的领导集体。我还一直认为,中纺的问题,是国有企业共有的问题,所以才会把中纺的问题一直拖到现在。但现在我知道我错了,尤其是你的话,进一步证实了我的看法是错的。你有一句话对我的震动很大,我们必须要给工人们一个清清楚楚、实实在在的交代。一句话,我们必须对广大的工人负责。对工人负责,也就是对改革负责,对国家负责,对我们党负责。高成,说到这一点,我的责任更大,第一个检讨的应该是我。"

"万书记,你是知道的,我妻子问题如此严重,只这一点,我就不能推卸自己……"

"你又错了,"万永年再次打断了李高成的话,"在这之前我已经给你说过了,省委市委是信任你的。你妻子的问题,杨诚已经给我详细地谈过了,我们也做了初步的调查,至少从目前来看,你曾做过努力,也尽了你的职责。大家信任你,你也不要背包袱。从你刚才给大家说的那些话里,我想事实将会证明一切,也将会证明你的清白。"

"我希望省委能在这次行动后答应我一个请求,"李高成顿了顿说,"这个市长我不能再干了,我已经慎重考虑过了,我正式请求辞职,我将很快写出书面报告来。"

"你知道你的请求叫什么?这叫软弱,这叫妥协,这叫临阵脱逃!"万永年突然厉声厉色地说道,"面对着矛盾,面对着斗争,面对着腐败,我们不能回避,也不容回避,回避就意味着逃避,逃避就意味着投降!而投降就意味着我们政府的失败!"

"老李,现在是什么时候,你怎么能有这种想法?"杨诚这时插了一句。"省委的压力已经够大的了,我们现在应该分担省委的压力,而不是加重省委的压力。"

"还有,"万永年的口气已经缓和了下来,"你想过没有,如果你这样做,工人们会答应么?你要是一个坏市长,工人们不会答应;你要是一个好市长,工人们更不会答应。对你的想法,我现在就正式回复你,如果事实证明你经受住了考验,那么至少在中纺的问题没有彻底解决以前,省委绝不会考虑你的问题。好了,我现在就交给你一个任务,这也是省委的决定。你如果累了,暂时休息一下;如果还挺得住,现在就同杨诚研究一下如何解决明天中纺离退休职工上访的问题。我的意思,你和杨诚在明天,不,已经是今天了,在早上七点钟以前一定要赶到中纺。第一,你要给工人们讲清楚省委市委的决定和决心;第二,你要把今天晚上的行动如实地转告给工人们,我们已经采取了行动;第三,请你转告工人们,今天下午,最迟明天上午,我一定亲自去中纺对工人们进行慰问。本来我和省委其他领导应该早上同你们一块儿去中纺的,但因我们要去参加市郊一个灾区的大型慰问活动,这是几天以前就安排了的。如果下午能赶回来,我们下午就去中纺,如果下午回不来,我们就明天一早去中纺。高成,省委之所以让你去,不仅是因为大家信任你,而且因为中纺的工人也一样信任你。好在我们现在已经扎扎实实地走出了第一步,我想这一次的工作应该好做一些,因为我们已经做出了行动,而且这个行动是在几天以前就计划过的。说到这儿,我还要再给你说两句,对今天晚上的行动,一不要有压力,二不要有担心,更不要有包袱,你要把腰杆子挺起来!我相信你刚才说过的那些话,只要你真是那样做的,组织仍然会支持你,老百姓也仍然会拥护你!高成,我要说的都说完了,你还有什么要说的吗?"

"……万书记,我还有个小小的要求,也不知该说不该说。"李高成突然感到鼻子有些发酸。

"你说吧。"万永年似乎意识到了什么,声音也有些发软。

"你能不能让人给家里去个电话,让我的女儿暂时在什么地方避一避?"李高成的眼泪一时间汹涌不止,"万书记,她年纪还小,真的还很小,我惟一担心的就是她……"

"你放心吧,这个我们都已经想到了。"万永年的眼睛也不禁有些发红,"杨诚已经把你的女儿接到他家里了,孩子不会有事的……"

"……谢谢,谢谢你!"

李高成泣不成声。

四十五

到杨诚家时,已经是凌晨三点多了。

虽然行动已经开始了一个多小时,但仍还没有接到有关方面的任何消息。

李高成跟杨诚没有再说什么,杨诚也明白他此时的心情,也没同他再说什么。

家里静悄悄的,虽然灯还亮着,但所有的人都已经睡了。

秘书和司机都被打发了回去,两个人静静地坐在沙发上,似乎都在忐忑不安地等待着。李高成明白,杨诚此刻的心情也许比他更焦急更沉重。从某种意义上说,他的责任和压力比自己更大。

也不知过了多久,李高成轻轻地问道:

"你知道梅梅回来了?"

"梅梅给我打电话了。"

"梅梅给你说什么了?"

"孩子很聪明,什么也没说,只问我你在哪里,问她妈在哪里?"

"她没找见她妈?"

"好像没有。她说她打了电话,有人说她妈刚出去不久。而后就再没有找到,她还说她呼了好几次,她妈都没有给她回话。手提电话也一直不开。是不是号码都变了?"

"不可能。她不见孩子,也许是想拿孩子逼我。已经到了年关了,她知道孩子们要回来的。"

"我想也是。老李,你当时也没给梅梅谈谈?"

"梅梅是下午两点多回来的,我只在门口见了她一面,什么都还没顾得上给她说。"李高成极度懊悔地说,"我当时真该给她谈谈的,也好让她有个思想准备。"

"人们说了,现在的人什么也不怕,就怕孩子。为了孩子,我们真应该珍惜自己眼前所得到的这一切。"杨诚不知道在说李高成还是在说自己,"不过话又说回来了,发生了这么大的事情,再有思想准备也难以承受。大概这也是我们的孩子最大的弱点,因为他们是领导干部的孩子。"

一阵沉默。良久,李高成又问:

"你怎么让梅梅到这儿来的?"

"我让她来家里吃饭,让她在这儿等你,我给她说了,你肯定会来这儿的,因为今晚有要紧的事情要商量。我妻子也说了,家里没人,你就在这儿呆着吧。孩子大概也不愿意一个人在家,所以就一直呆在家里没出去。"

"……知道梅梅在哪个屋吗?"李高成再次觉得鼻子酸酸的。

"想看看吗?"杨诚有意避开他的视线问。

"也不知道她睡着了没有。"

"刚才我给妻子打过电话,说孩子已经睡了,睡得还好。"

"孩子大概太累了。"

"楼上的第二个房间,就她一个人,你去看看吧。"

梅梅确实睡着了。

卧室里的灯依旧亮着,梅梅和衣躺在床上,连鞋也没脱。她大概一直在等着,实在太困了,才睡着了。

李高成轻轻地推开门,又轻轻地走到梅梅的床头,梅梅依然没有任何察觉,依然沉沉地睡着。

他默默地瞅着梅梅那张娇嫩而又布满了哀怨的脸。眼角上还没干透的泪痕,在灯下闪着微微的亮光。

梅梅很漂亮,就像她母亲年轻时一样。梅梅也确实长大了,那种女性特有的曲线显示着一种遮挡不住的青春气息。

梅梅正处在人生最美好的时期,天真清纯,无忧无虑。梅梅也正处在人生最关键的一个时期,刚刚上了大学,学习、理想、事业、恋爱,所有的一切都将会接踵而至。毋庸置疑,家庭对她的影响实在太大太大了。实事求是地说,如果她仍是一个市长的女儿,仍是一个局长的女儿,那摆在她面前的将会是一个布满鲜花的锦绣前程。至少在她前程上的阻力将会少得多,小得多。反过来,如若她是一个工人农民的女儿,是一个普通干部的女儿,或者是一个犯了错误的干部的女儿,甚至是一个罪犯的女儿,那摆在她面前的前程则将会是怎样的一个景象!尤其是当她从一个市长局长的女儿,一下子变成一个犯了错误的干部和罪犯的女儿,那对她将会是怎样的一个巨大的打击！很可能将会影响到她的一生一世,甚至影响到她所有的一切。

对孩子来说,这将会是怎样的一个残酷的现实！

杨诚说了,现在的人,最怕的就是孩子。其实还应该改动几个字,凡是那些干坏事的人,最怕的就是孩子。

想到这里,他不禁蓦然一惊。是不是那些干过这样或那样见不得人的事的人,正是在这种心态下,才越陷越深,越干越身不由己,以至于把自己彻底埋没？

妻子想必是知道这一点的,所以她才有意把这个尚未成年,同时也是他最疼爱的女儿摆在了他的面前。

她才是一个最最自私的女人,也同样是一个最最愚蠢的女人！她居然能想到以自己的儿女为代价,以自己的丈夫为代价,以自己的家庭为代价,来获得自己的逃匿,换取对自己的庇护！

孩子是无辜的。也正因为孩子是无辜的,所以才让牵连了孩子的父母们是这般的痛心和痛苦。

他默默地,久久地站在梅梅的床前,想象着当孩子醒来时,将会如何面对所发生的这一切。

假如在自己的家里搜出了什么,也很可能会搜出什么。尽管自己已经让保姆把那些"购物券"和那些所谓的"年货"立刻退掉或拉走,但也只是一下午的时间,肯定还会有不少留在家里。也许这些东西可以另当别论,但天知道还会在家里找出什么东西来？

事实已经证明,这几年发生在家里的事情,有许多你几乎一无所知,即使是现在,又有多少事情还在瞒着你？

最担心的就是妻子的那个卧室,自当了市长以来,他进去过几次,几乎都数得出来。又有谁知道在妻子的卧室里能找出什么东西来？

如果真要找出什么让人吃惊的东西来,那可真是跳进黄河也洗不清了……

他怔怔地看着梅梅的脸,不敢往下想了。

也就在此时,他听到了楼下急促的电话铃声。

他轻轻地帮梅梅脱了鞋,轻轻地关了卧室里的灯,轻轻地走出来,又轻轻地关好门,然后急急地走下楼去。

除了孩子,此时此刻对他最重要的是消息,是有关这次行动的一切消息。

杨诚正在全神贯注地听着电话。

电话的时间很长,而杨诚几乎什么也没说,只是神色凝重地静静地听着。

这是今晚行动的第一个电话,事关重大,也事关今晚行动的成败!

"还有别的情况吗?"这是杨诚的第一句问话,"那好,我今晚不会休息的,请随时联系。我没什么要说的,你们干得很不错,我代表市委谢谢你们。如果要我说什么的话,那我只给你说一句,要细,一定要再细,越是现在这种情况越是要细,绝不能放过任何线索。也许我的话是多余的,但再说一遍也没什么坏处。好了,我等着你的消息。"

挂了电话,两个人都久久地沉默着,对视着。终于,李高成发现了杨诚眼里渐渐涌出的泪花。

"老李,我们胜利了……"杨诚嗓音有些发颤地说了这么一句。

李高成什么也说不出来,但他明白杨诚所说的胜利意味着什么。

"检察人员在钞万山家里的保险柜里发现了大批现金,人民币有一百三十多万,港币有二十多万,美元将近十万,还有八千克的金条,只房产证就有十一套!另外还有数百万元之多的存折,一时还没能点清的大量的首饰珠宝。"杨诚此时正在使自己努力地平静下来,"在钞万山家里最重要的一个发现,可能我们任何人也没有想到。他们在钞万山的保险柜里,发现钞万山竟持有三个国家的护照,并拥有三张在国际上信用度极高的国际通用的信用金卡!若要办理这样的一张信用金卡,在银行个人的账户上至少得有数十万美元的存款!另外还有一个人,他刚刚办妥的两个国家的护照也保存在其中,这个人填的是另外一个名字,但照片却是我们非常熟悉的一个人。知道是谁吗?"杨诚顿了顿,然后愤愤地说道:

"严阵,是严阵的照片!我们的省委常务副书记严阵的照片!而且是两个并不起眼的国家的护照。这个发现真是太惊人了,太重大了。刚才检察长说了,从这一点来看,他们很可能还会有高额的境外存款,或者他们已经在境外进行了巨额投资!"

李高成此时已经完全愣在了那里,岂止是太惊人,太重大,实在是太可怕,太恐怖,也太令人难以置信了!

一个已经可以说是共产党的高级官员,竟然正在准备把国外作为他的一个生存基地!狡兔三窟,有一窟居然是在国外!

紧接着在不到半个小时内,又打来了三次电话。

在中纺所有被搜查的领导干部家里,无一例外地都搜出了巨额现金和来源不明的大量财物,他们无一例外地都持有长期的外国护照和拥有大笔的外币。有各种各样的贵重首饰,有豪华型的私人住宅,有上千元一个的乳罩,有两千多元一副的眼镜,有三千多元一双的皮鞋,有八千多元一件的皮衣,有上万元一套的西服,有数万元一块的手表,有十数万元一架的照相机,有数十万元一条的钻石项链……

中纺总经理郭中姚另外的三套住宅里,每一套住宅里都包养着一个长期居住的姘妇!

中纺副总经理冯敏杰的三个儿子和一个女儿,都还没有成家,就已经有了多处豪华住房,一家六口人,除了他的妻子外,竟然每人一辆小汽车!他大儿子开的汽车是奔驰,二儿子开的是林肯!

中纺党委书记陈永明有一个儿子一个女儿,他的儿子刚刚二十二岁,他的女儿只有十九岁,都已当了新潮公司分公司的经理和副经理!

刚刚离休不久的原省人民银行副行长王义良,儿子女儿现在都在国外,家里只有一个妻子,然而竟在他家里搜出了一百二十多件羊绒衣,五十多件高级皮衣,照相机四十多架,各种手表七十多块,各类金银首饰八十多种,各种高级皮鞋二百多双……

…………

够了!用不着再听下去了。

李高成胸口阵阵抽搐,浑身直冒虚汗,又觉得想吐,又止不住地想大声呻吟。他实在是太紧张了,而紧张的原因并没有别的,就是一直到现在,仍然还没有妻子和家里的情况!

他觉得自己真的要崩溃了,真的实在承受不下去了。但又不想在杨诚面前显出什么来,所以也就一直这么硬撑着。他不停地喝着水,然而口里还是觉得干得冒烟……

每一个电话来时,都几乎要大大地吓他一跳。

长时间的紧张和疲劳,使他几乎要失去记忆和意识。

又一个电话,他陡地一怔,觉得自己几乎要昏厥过去。

果然是有关妻子的消息。

也一样是令人触目惊心的消息。在妻子办公室的保险柜里,发现的现金数量很大,有人民币二十一万,美元二万,港币五万……另有四本银行存折,其中有三本的户主是化名,总计六十多万……除此而外,还有价值约二十万元人民币的股票,价值十多万元的金银首饰……

听到这里,李高成的心里反倒稍稍平静了一些。看来妻子当初并没有给自己说谎,她那时曾给他说过,连那些所谓的固定资产也算上,满打满算也就是二百来万,看来今晚清查出来的这一切,差不多也就是这么个数字。从目前来看,从妻子那儿清查出来的东西,应该是最少的。所以从另一个角度来说,妻子仍然还是一个被欺骗、被利用的角色。他还记得,她当时曾对他说过,这些钱都是干干净净的,一个子儿也脏不了你!那现在就让她给组织交代吧,看她的这些钱都怎么个干净法……

那么,家里呢?

看着杨诚同样心神不定的样子,看来仍然什么消息也没有。李高成明白,在这个问题上,也许杨诚比他更有压力也更着急。如果事实证明李高成跟这一切并无牵扯,那么杨诚在中纺问题上所表现出的一切,无疑都是正确的。反之,则将会大打折扣。尤其是假如事实证明李高成也同样有问题,甚至有重大的,不可赦免的问题,那么作为市委书记的杨诚也同样具有推卸不了的责任,包庇甚至给一个有巨大问题的人作伪证,也同样表明你是有巨大问题的,至少也足以说明你是不称职的。这将不仅仅是一个责任问题,而且是一个道德问题,一个原则问题,一个大是大非的党性问题。

又是一阵急促的电话铃声。

"老李,你的电话。"杨诚把话筒递了过来。

李高成几乎有点不相信自己的耳朵,好半天也回不过神来。这么晚了,怎么会有自己的电话?又会是谁的电话?他怔怔地看着杨诚:

"……我的?"

"你的。"大概是看到李高成发愣的样子,杨诚又特意说明了一下,"吴新刚。"

秘书的电话。他赶忙接了过来:

"我是李高成,什么事?"

"李市长,是这样,明明一直在找你……"吴新刚一副非常为难的口气。

"……明明!"李高成顿时瞠目结舌地呆在了那里。儿子!原来儿子在家!

"李市长,他一直在给我打电话。我不知道该不该告诉他你在哪儿……"

"……明明什么时候回来的?"李高成突然感到自己竟是这般地虚弱,他做梦也没想到儿子竟然在家!

"大概是晚上十点。"

"……哦。"李高成不禁呻唤了一声,躲开了女儿,却让明明全赶上了。

李高成愣愣地瞅着杨诚,一时也不知该怎么办。

"你告诉吴新刚,让孩子马上到我这儿来。"杨诚想了想说。

"这么晚了,又没有车,既然事情已经发生了,明明什么也看到了,就让他呆在家里吧。"李高成无力地说道。

"那就让孩子给我这儿来个电话,至少在精神上可以安慰安慰孩子。有些话我可以给明明说。"杨诚说。

李高成考虑了半天,看来也只好这样了。

李高成把杨诚的意思如实地告给吴新刚,还不到一分钟,电话铃就响了。

然而并不是明明的电话。

是检察院打来的有关在自己家里搜查的情况汇报。

李高成那根紧绷的心弦几乎要断了,他屏气凝神地等待着,犹如等待着判决一样。

他实在不知道还会发生什么事情,真的不知道将会有一个什么样的结果在等待着自己。

杨诚默默地放下了电话,然后默默地注视着李高成。他并没说一句话,却把自己的手轻轻地搭在了李高成的手上,然后越握越紧,越握越紧……

截止到目前,在李高成的家里没有搜查出任何有重大嫌疑的财物,除了一个两万四千元的署名李高成的存折外,其余的就是一些数目不大的烟酒和高级食品。只有一个令人费解的情况,那就是在保姆的房里发现了一个存折,是以保姆的名义存进的,数目竟有三万二千元之多!

李高成再次感到目瞪口呆,保姆小莲哪来的这么多钱!

小莲家里的情况他多多少少还是知道一些的,一个贫困县份的孩子,父母都是地地道道的农民。她有两个哥哥,一个姐姐,一个妹妹。两个哥哥都才结婚不久,再加上新盖了房子,家里债台高筑,穷得一塌糊涂。小莲每个月二百元的保姆费,几乎月月都要如期地寄回家里。而如今她怎么竟会有三万多元的存款!而这三万多元的存款又究竟是从哪儿来的?

小莲在家里当保姆的时间仅仅只有两年多点,就算她把这两年所有的钱都存了起来,加上平时给的一些额外的零花钱,撑死了也就是五六千块,怎么会有三万多元?

要知道,这三万多元人民币,你若是说不清楚,不管算在谁头上,都足以让你开除党籍,撤销职务,以致让你锒铛入狱,判刑坐牢!

对李高成这个疑问,杨诚回答得相当平静而又惊心动魄。

小保姆当时就招了,她说这些钱都是她在沙发缝里、台灯旁边、电话机下、礼品盒里找到的,她不知道是谁送的,家里的人也肯定不会知道是谁送的,所以她就都悄悄地存起来了。小保姆还说,在一个市长家里,来送礼的人太多了,让你防不胜防。为了能见到李市长和吴局长,一些人甚至给她这个小保姆送礼送钱……

然而小保姆的证词对李高成却非常有利,小保姆说了,李市长从不收礼,那些人也从来不敢当面给李市长送礼,他们只送给吴局长……

民脂民膏,鲜血淋漓!李高成不知为什么突然会想到这么几个词。我们的民族在这些败类的强暴和掠夺下,正在大出血……

又是一阵急促的电话铃声。

儿子的!

他从杨诚手里接过电话时,发现自己的手抖得竟是那样的厉害。

"明明……"李高成一时竟不知道该给儿子说什么。

"……爸爸,爸爸!是你吗?是你吗!"儿子的声音竟是这样的近,这样的让他揪心痛苦。他努力地抑制着自己的情感和情绪,竭力平静地说:

"孩子,是我,我是爸爸。"

"……爸爸,爸爸!"孩子一下子便哭出声来,"爸爸!这究竟是怎么一回事!他们为什么要抄咱们家,为什么?为什么?爸爸!你到底怎么了?妈妈呢?妈妈到底出了什么事了?爸爸,你给我说实话!到底是怎么了,到底是怎么了……"

听着明明的哭声,李高成的眼泪也顿时夺眶而出,他尽全力地想让自己的话里不带任何颤音,但好像怎么忍也忍不住:

"……孩子,你听我说,现在不是说话的时候。现在发生在家里的那些事都只是例行公事,那不是抄家。孩子,你一定要相信爸爸,爸爸问心无愧……"

"爸爸!你是市长呀!一个市长连自己的家都让人抄了,你还怎么让我相信你！爸爸,你想过没有,家里发生了这么大的事情,你还让我们怎么做人,你还让妈妈怎么做人！爸爸,你要是真的问心无愧,你会连自己的家都保护不了吗？爸爸,你不要骗我了,一定是出了什么大事了,爸爸,我想见妈妈,我这会儿谁也不想见,就想见妈妈……"儿子显得是如此的脆弱,竟止不住地在电话里失声痛哭。

"明明,你听我说,关于你妈妈的事情,爸爸以后会给你谈的……"

"你别给我说,我不相信你！这会儿了你还能给我说什么？"儿子几乎是在声嘶力竭地嚎啕着,"我要见妈妈！你让我马上见妈妈……"

"……孩子,你听爸爸说,事情并不像你想象的那样,等我们见了面……"李高成努力地在安慰着儿子,但立刻就又被儿子的哭声给打断了。

"我什么也不想听你说！我也根本不想见你！到现在了你还在骗我！我不是你的儿子,你也不是我的爸爸！我永远也不想再见到你……"

"……明明！"李高成正想再给儿子解释时,像受到猛击似的突然怔在了那里。

就在他面前,在楼梯的中间,面色如灰、泪如雨下的女儿梅梅正一动不动地瞅着他！

李高成似乎想站起来,却突然感到一阵天旋地转,紧接着便什么也不知道了……

四十六

李高成像是吓了一跳似的惊醒了。

刺眼的阳光几乎让他睁不开眼来,好一阵子了,他才看清了眼前站着的秘书吴新刚。

"这是在哪儿?"他努力地回忆着问。

"在市医院。"吴新刚回答。

"……医院!"一时间他还是回忆不起来。

"是杨书记把你送来的,医生说你劳累劳心过度,暂时性休克……"

"……哦,几点了!"他蓦然一惊,好像一下子便清醒了过来。

"九点差一刻,李市长,本来不应该叫醒你,医生也不同意,但没想到中纺的工人闹得很厉害,杨诚书记的话工人们都不相信……"

吴新刚话还没说完,便猛地被李高成愤然地打断了:

"那为什么不早点叫醒我!马上备车,去中纺!"

李高成一边说,一边挺身坐了起来,但刚要往床下站时,一阵突然而至的眩晕几乎再次把他击倒。

吴新刚和两位护士急忙上前,想把他扶到床上,但被他愤然拒绝了:

"抬也要马上把我抬到中纺去。"他的声音很虚弱,但却没有丝毫的回旋余地,"快,一分钟也不要耽误,马上备车!快……"

三分钟后,李高成已经坐在了车里。

十分钟后,李高成便从吴新刚的口头汇报里了解到了在中纺所发生的一切。

晚上李高成被送到医院时,已经是凌晨四点多。杨诚在医院呆了不到一个小时,就启程到了中纺。

将近六点时,杨诚和另外两个副市长一块儿到了中纺宿舍区。

当时聚集在中纺宿舍区的离退休和在职职工干部已经差不多

有六七千人，连运送职工的汽车都已经全部准备停当。工人们把时间提前了半个小时，准备在七点准时出发，七点半左右赶到省委大门口。他们希望能在领导上班之前把领导堵在省委门口，或者是领导们准备要到什么地方去时，把领导们堵在省委门口。工人们觉得，大概只有在这个时候，才有可能让省委主要领导出来说话，并同工人们见面。

市委书记杨诚到了中纺后，立刻把上次找过市委领导的几个上访的老工人和老干部代表召集在一起，把昨天晚上进行的行动，以及省委市委对中纺的态度，还有省委书记和省长将要专程到中纺来看望工人的消息一并告诉给了他们，并希望他们能迅速把这些消息转达给工人们。如果他们觉得还有什么困难，或者还是不能说服工人的话，那么就由杨诚亲自给工人们做工作。

本想着工人们一听到这个消息，肯定会喜出望外，一片欢呼。但没想到代表们把这些消息转达给工人们时，反馈回来的情绪却恰恰相反。

他们认为昨天晚上的行动纯粹是假的，骗人的，是杀人灭口，欲盖弥彰！还有的工人说，这根本就是掩人耳目的做法，他们的目的就是要把那些真正的腐败分子保护起来，欺世盗名，偷梁换柱，最终让真凶逃匿！还有的工人干脆说这纯粹就是挂羊头，卖狗肉，看上去是抓了几个腐败分子，其实是对真正的好干部进行诬蔑和陷害！到头来，这些被抓的腐败分子什么事情也没有，该升的仍然升，该提的仍然提，大不了也是个易地做官，照干不误。而恰恰是那些工人们真正拥护的好干部却会一个个被撤职或被调走，甚至会因为一些鸡毛蒜皮的事情被处置被判刑！这种事例屡见不鲜，举不胜举，工人们说他们见得多了，别想再拿这些来欺骗他们！

工人们越议论情绪越激烈，最后竟形成了一致的呼声：

他们就是要以此打击我们工人拥护的市长李高成！

谁要是想借此陷害李市长,我们工人决不答应!

我们现在就要见李市长!

请省委书记给我们说话!

请省委书记给我们作保证!

请省委出面给我们保证李市长的安全!

既然搜查了李市长的家,为什么不搜查严阵的家!

中纺问题的总根子是在省委,严阵才是总后台!

如果省委不搜查严阵的家,那就让我们工人去搜查!

我们现在谁也不见,我们就想见李市长!

如果见不到李市长,我们中纺几万工人就向省委要人!

…………

连杨诚也没有想到工人们的情绪竟会如此的激烈,几乎就在一个小时内,中纺几乎所有的工人干部,在职的和不在职的足有两三万人,全都聚集在一起,他们要求在一个小时内必须见到李市长,否则他们就全部上街,全部到省委请愿!

当李高成的车赶到中纺时,聚集在中纺的工人,包括闻讯而来的附近的工人和农民,已经达到了四五万人之多!

李高成的小车几乎像是爬行一样,在浩浩荡荡的人海中和山崩地裂的呼声中牛步蜗行。当快要到了中纺时,便无法再前进一步了。

李高成看着左右骚动的人群,立刻让司机把车开到了一边,然后跟吴新刚一块儿步行从人群中挤了进去。

当快要走到宿舍区老干部活动中心时,他突然被一个根本没有料想到的景象吓呆了,几乎在这一刹那间,他也就明白了为什么会有这么多人拥挤在这里。

在中纺老干部活动中心对面足有八层高的商业中心楼顶的最

边缘上,此时正颤巍巍地站着一个瘦骨嶙峋的女人!看着她那身临绝境,却又不顾一切的样子,任何人都明明白白地感到她随时都可能掉下来或者跳下来!

只要稍稍有点思维的人,只要一看到这个人站在那种地方的样子,就立刻会明白这个人如果不是个疯子,就一定是个不要命了的人!

等到再走近一些时,李高成终于看清了这个人:

夏玉莲!

他简直无法相信自己的眼睛,又使劲地看了半天,没错,确确实实就是她:夏玉莲!

真的是她,夏玉莲!一个身患绝症的病人!

她怎么会站在那里!她又是怎样爬上去的!而她现在又站在怎样的一个地方!楼层是这样的高,腊月的西北风又是如此的强劲,别说是她这样一个虚弱的病人了,即使是一个身体健壮的年轻人,站在那样的地方,也随时会有生命危险!

她为什么要站在那里?

如果没有别的什么原因,那么惟一的解释也许只有一个,那就是她不想活了!她想在这个地方结束她的生命!

那她这又是为什么?

为什么她会选择在这样的一个时间,选择在这样的一个地方,尤其是要选择在这样的一个场合,要在这么多人的面前结束自己的生命?为什么!

而如果并不是这样,那又是为了什么?

李高成奋力地在人群中向前挤着,他的脸色是那样的苍白,浑身又是那样的虚弱,冰冷的汗水几乎湿透了他的衬衣,但他还是拼尽全力地挤着。有好几次他都被绊倒在地上,被吴新刚扶起来后,就又奋力向前挤过去。

他隐隐约约地意识到,夏玉莲站在那个地方,很可能跟他有关,他必须尽快地见到她,他有话要给她说,她也一定有话要对他说。

夏大姐,你究竟怎么了?你到底是怎么了!

我已经托人从国外给你捎回了最好的抗癌新药,我也已经托人给你找了一个最好的专攻癌症的中医大夫,你的生命不会就这样无声无息、过眼烟云般地消失掉,大家都希望你能活下去,都盼着会出现什么奇迹!说不定真会苦尽甘来,逢凶化吉!医生说了,像你这样吃不起药,一辈子又很少吃药的人,化险为夷,绝处逢生的几率往往会更大!康复和痊愈的机会也会更多!你不能这样,也真的不应该这样……

眼泪早已止不住地哗哗哗往下流,李高成越来越感觉到,夏玉莲站在那儿,十有八九地是为了他!

夏玉莲也许就是要用自己的牺牲,以自己的生命来对李高成进行最后一次的维护和回报!

猜测很快便被证实了,夏玉莲所做的这一谁也没想到的举动,清清楚楚、明明白白就是这一个目的:

她就是要以死来保护李高成!

她坚决不同意工人们到省委去请愿!她以一个女人特有的直觉,对工人们说,如果你们这么干,只能让李市长罪加一等,只能让李市长下台下得更快!你们要是这么一闹,正好让那些坏人找到了把柄,他们肯定会说这一定是李高成在背后指使工人们这么做的。事情闹得越大,李市长的错误就越大,李市长也就越是会让他们给搞垮!再说,你们好多人都还年轻,厂子里还等着要用你们,万一你们为这犯了什么错误,工厂今后怎么办?我老了,反正也没什么用了,要犯错误就让我一个人去犯吧……

你们要是不听,你们若是还要坚持到省委去,那就让我去死!就让你们从我的尸体上踩过去!只要有一队人出发,我就立刻从这里跳下去!

我夏玉莲一辈子没本事,没出息,可也一辈子没说过一句假话!不信你们就试试看!

她不让工人们去省委请愿,但却有一个必须立即答应的条件:

她要立刻见到市长李高成!

她还想立刻见到省委书记万永年!

她有话要当面给他们说!

如果李市长和万书记不来,那她的回答也只有一个,她就从这里跳下去!

她就只见李市长和万书记,谁也别打算往楼顶上来,只要有一个人影让她发现,她立刻就会毫不犹豫地跳下去!

而且谁也别谋算着在楼底下拦什么大网,铺什么东西,一旦发现,她就立刻往下跳!

就算你们在下边拦了什么,铺了什么,那么她要往下跳,就不会直直地摔到八层楼底下的地板上去。她已经准备了一条打了死扣的尼龙绳子,绳子的一头是个死套,绳子的另一头则已经让她拴在了楼顶上的一道钢丝上,若要有人想拦她,她就把绳子套套进脖子往下跳!夏玉莲说了,宁可头断了也绝不会让你们给拦住……

她说了,她知道今天好多好多的人,好多好多的记者,好多好多的电视台都会到这儿来,若是万书记和省委把公司里的那些腐败分子一个个地都给放过去,让李市长这样的好干部一个个地都下了台,让中纺这个她干了一辈子的厂子就这么不明不白地垮掉了,她今天就当着千千万万人的面,好好地死一回让你们看!

她说她窝囊了一辈子,就让她死的时候壮壮烈烈地死一回!

她没什么别的本事来救这个中纺,就用她的命,用她的死最后再来救它一次!
…………

李高成挤到楼下,听完了这一切时,才发现楼下竟是哭声一片。

那么多熟悉的面孔,老红军丁晋存,老工人王英烈,老厂长原明亮,老总工张华彬,总工高双良,老劳模范秀枝、王大宽、张发强、郭保山、刘晓东,还有原副厂长李素芝,技工胡辉中,老工人马得成,还有夏玉莲的几个孩子和媳妇……

他们几乎全都泪流满面,泣不成声。

"……李市长!"不知谁这么喊了一声,四面八方顿时一片嚎啕……

也不知过了多久,李高成才猛然意识到现在并不是哭的时候。

"杨书记呢?"他竭力地抑制着自己的感情,冷静地向身旁的几个工人代表和闻讯赶来正在维持秩序的几个公安人员问道。

"杨书记正在给万书记打电话联系,大概就在附近哪个公用电话亭。"一个佩戴着警衔的公安人员回答道。

"你是谁?"李高成问。

"我是这儿派出所的副所长,我姓魏。"

"那好,魏所长,请你马上通知市公安局,请他们立即增加警力维持秩序。绝不能在这种情况下再出任何事情!"

"我们已经通知了,市局的人已经来了不少了,其余的很快就会赶到。"

李高成向四周看了看,果然发现已经有很多警察在维持秩序,并在商业中心大楼的外围设立了路障并围了人墙。足有十几辆警车,还有两辆救护车,都停在老干部活动中心和商业中心大楼附近。有几个公安人员正在用手提扩音器对人群进行疏导。最引人注目的是,竟有一辆红色的消防车停在现场,十几个消防人员也正在参与行动,他们正准备把消防设备专用的一种最高的云梯支撑起来,云梯上端附有最先进的高楼救生栏……

现场居然有五六家电视台,他们都正在全神贯注地把电视镜头对准着现场,有两个非常熟悉的面孔似乎正在主持转播。除了电视和麦克风之外,还有数不清的照相机都对准了八层楼顶上的夏玉莲。

这种谁也没有料想到的突发事件似乎撼动了所有人的心!

"还有什么别的情况么?"李高成又问。

"正在全力组织救护,杨书记已经通知市街道照明管理局了,让他们尽快派两辆高吊车来,看能不能派上用场。"

"李市长,那不行!根本不行!"老总工张华彬和老工人王英烈围过来说道,"只要高吊车一过来,夏玉莲就会跳下来的!不行,绝对不行!"

"李市长,你得赶快上去,只有你上去了才行!"老厂长原明亮此时也帮着说道,"只有你的话可能她还会听!她就是想见你……"

"可是万书记还没有联系上,要是万书记来不了,她肯定会疑心更大,"老副厂长李素芝忧心忡忡地说道,"要是李市长上去了,她只见到李市长,没见到万书记,万一……"

"李市长,夏玉莲在上面已经站了一个多小时了,天气这么冷,风又这么大,要是再耽误下去,她会支持不住的。"老红军丁晋存神色悲伤地说,"李市长,她的病又那么重……"

也就在这一刹那,李高成便清楚了自己此时应该怎么去做。他毅然决然地对身旁的几个人命令似的说道:

"吴新刚,你马上回去,无论如何也要把梅梅和明明带到这儿来,越快越好,一分钟也不要耽误!"

"老吴,老原,"他对身旁的几个职工代表说,"你们协助公安局的同志维持现场,尤其是要让工人们情绪冷静,第一,现在救人要紧;第二,请你给工人们说,我的情况很好,我现在仍然是市长,请工人们一定要信任省委市委!省委市委绝不会冤枉一个好人,也绝不会放过一个坏人!第三,谁要是在现在这种情况下再闹出什么事来,那么不管他是谁,不管他是什么目的,都会是中纺的千古罪人!

"魏所长,我现在马上到楼顶上去,请你跟我一块儿去八楼,希望你能配合我。"

"老李,"李高成转过身来对老副厂长李素芝说道,"你是女同志,请你现在过去用扩大器给楼顶上喊话,你告诉夏大姐我来了,我现在就到楼顶上去见她,你就说我有很多很多的话要给她说,你一定还要告诉她,她奶大的两个孩子这会儿都想见她,都有好多话要给她说……"

四十七

说是八层楼,其实有十层高。因为一二层都是营业厅,每层都足有两层楼那么高。

没有电梯,楼道里连电灯也没有。到四楼后,楼道就变得越来越窄了。李高成上到五六楼时,已经累得上气不接下气,好几次都不得不停下来歇一歇才能继续往上爬。

每一层楼都有不少工人和公安人员把守着,以防止小孩或者有意无意的以及别有用心的什么人贸然闯到楼顶上去,从而把事情闹得不可收拾。

魏所长说了,这都是杨诚书记特意交代了的。一切都要按照夏玉莲的吩咐去做,只有这样才能保护她。

真亏了杨诚,也真难为了杨诚!这么多天来,每逢他最艰难和关键的时候,都是因为有杨诚的存在和支持,才能够闯过一关又一关。他真为自己感到庆幸,如若没有杨诚,很难想象自己能够支撑到现在。杨诚名副其实地确实是一个好书记!

等爬到最高一层时,他有些吃惊地看着直达楼顶天窗口上的那一溜钉在墙上的梯状的钢丝方框。第一个钢丝梯离地面足有一米五六高!像他这样的男子汉要踩上去也需要费好大的力气,他真想象不出来瘦弱矮小的夏玉莲是怎样从这里爬上去的!

夏玉莲身患绝症,身体要比他虚弱得多!他昨天见到她时,她几乎都已经无法行走,无法活动了,而今天,她一个人竟能爬到这么高的楼上来,而又能从这样的楼梯上爬上去!

据商业中心大楼的管理人员说,通往楼顶的天窗口本来是用铁丝拧住了的,一般人如果不带工具,用手是根本上不去的。所以从现场的情况分析来看,夏玉莲很可能是在上去以前就来过的,她一定是先看了楼上的情况,才会这么有准备地爬到了楼顶上。

一个病得几乎已经不能自理了的癌症病人,如果没有超人的毅力和惊人的耐力,是绝对爬不上去的,而且竟还爬上来两次。

李高成从八楼的一个窗户往下望去,像蚂蚁一样的人群发出像海潮一般的阵阵呼声,许许多多的人都在含着眼泪喊道:

"别跳!别跳!千万别跳……"

有一个扩音器正在一遍一遍地喊着:

"……夏玉莲!你听着!夏玉莲!你听着,李市长已经来了,他马上就到楼顶上去,就他一个人,李市长说了,他有好多好多的话要对你说!夏玉莲,你听着,李市长病得很厉害,是刚刚从医院里来的!杨书记说了,他昨天晚上高烧到了四十度!可他一听说你有了事,马上就赶了来。夏玉莲,我是李素芝,你一定要听我的话,等李市长上去了,你有话再慢慢说!杨书记正在给你联系万书记,万书记也一定会马上来的。还有,李市长让告诉你,他说你奶大的两个孩子,梅梅和明明马上就要来见你……"

李素芝已经有些嘶哑的嗓音,听得人心发紧,催人泪下。

李高成对身旁的魏所长说:"你听着,就我一个人上去,除此而外,一个人也不准上去。即使是上边出了惊天动地的事情,没有我的同意,也绝不能让一个人上去。一会儿等我的孩子来了,你先让他们用扩音器通知我,我同意了,再让他们上来……"

李高成止不住又有些哽咽起来。

直觉在告诉她,夏玉莲已经支持不了多久了。这个受了一辈子辛劳的女人,在生命的尽头,却仍然在为别人付出如此巨大的牺牲。这个一辈子连在人面前说话的机会几乎都没有过的女人,在如此困苦的情况下,却还能对这个社会保持着一颗如此透亮的爱心!她还在如此深深地爱着她工作了一辈子、苦重了一辈子的纺织厂;深深地爱着厂里这些许许多多从来都不认识她,从来也没听说过她的工人;深深地爱着她曾经用乳汁和心血抚养过他两个孩子,却几乎已经把她淡忘了好多年的一个忘恩负义的市长……

她不仅仅是正在用她的死,用她的生命,来阻止工人们的行动,也同样是在拯救着你这个市长!拯救着你这个面对着国家和改革的生死存亡,却一直在犹豫,一直在彷徨着的市长!

此时此刻,李高成似乎再一次领略到了日常生活中那句话的真正含义:确实只有她,只有像她这样千千万万的工人,才是我们这个国家的主人!才是我们这个国家的脊梁!才是我们这个时代的中流砥柱!

还有一个感觉强烈地撞击着他的心扉:世界上许多事情往往就是这么简单,只有你心里有她,她心里才会有你;只有你时时刻刻在关心着她的生存,她才会这么为你而舍生忘死……

李高成的头从楼顶的天窗上一探出来,脸顿时就像刀割一般地阵阵刺痛,眼睛也根本无法睁开。

第一个让他根本没料想到的感觉是,在这个附近几乎没有什么高层建筑的城市郊区,也许是太高了而又一无遮拦的原因,刺骨的西北风竟是如此的强劲凶猛!怒吼着的寒风裹卷着尘沙,不仅让他睁不开眼,而且逼得他几乎连气也喘不上来。

他强迫自己坚持了片刻,然后一挺身站了上来。

也许是风太大了,也许是天气太冷了,也许是因为时间太长了,而夏玉莲的身体也许是太虚弱了,李高成站在那里好一阵子了,夏玉莲都好像根本没有察觉到,甚至连头也没有往后转一转。

他默默地站在那里,一时竟不知道该怎么办。喊,他觉得不能喊;走,也根本不敢往前走。因为在这种地方,这种情况下,任何一个闪失,都会造成无法挽回的结果。

夏玉莲站的地方实在是太可怕,太让人担心了。她是站在楼顶四周边缘大约有二尺高的砖砌的栏台上,这道粗糙而又剥裂的栏台,大概还不到二十厘米宽,而身板单薄得几乎能让风刮走的夏玉莲就摇摇晃晃地站在这不到二十厘米的栏台上!

商业中心大楼其实是一座为了省钱而偷工减料了的廉价工程。在下边临街的这一面看,商业中心大楼挺大挺宽挺高,但这只是个假相,从后面你一看就会明白,这座楼越到上边越窄,而等你到了楼顶上时,才会真正发觉这座楼窄小得几乎让人吃惊,整个楼顶的面积顶多也就是二百平米左右。所以李高成一上来就惊奇地发现,他站着的地方,距离夏玉莲站立的地方竟是这样的近!他甚至突然萌生出一个冒险的念头,只要他再悄悄走出去两步,然后一个猛扑,只须几秒钟的时间,就可以把夏玉莲从死神的边缘上拉回来……

他下意识地往前走了一步,然后一下子便像僵住了一样站住了,他分明地听到了一个非常虚弱非常沙哑但又非常清晰的声音:

"……不要过来!"

李高成有些瞠目结舌地愣在那里,他朝那个瘦削的背影呆呆地看了片刻,才慌忙说道:

"夏大姐!是我呀,我是李高成!"

"李厂长,我知道是你。"夏玉莲仍然背对着他,仍然那样让人心惊胆战地站在那里。

夏玉莲此时叫他叫的不是李市长,而是十多年前的李厂长!

"夏大姐!你能不能站下来跟我说话,你站在那样的地方,你让我怎么给你说,我又怎么能把话说得清楚!"李高成一边竭力用平静的话语跟夏玉莲交谈着,一边想着自己究竟应该怎么办,"夏大姐,就算你不下来,那你坐下来跟我说话还不行?"

"李厂长,你别逼我。"也许是顺风的缘故,夏玉莲的嗓音尽管非常柔弱,但李高成却听得清清楚楚,"你是知道的,我已经活不了几天了。你一点儿也用不着为我担惊受怕,我死了,也就不拖累家里,不拖累大伙,也不再拖累你了。我死了,我不受罪了,大伙也都不跟着受罪了。我今天能爬到这上面来,就没想到要再下去。"

"……夏大姐!"李高成鼻子阵阵发酸,但却有些生气地说,"你怎么能这样想!你要是这样了,就没想想大伙心里会多受罪!你就是不为自己着想,也应该为孩子们想想,也应该为这个厂想想,还有,夏大姐,你就不为我这个中纺的老厂长想想!还有梅梅,明明……"

"好了,我说过了,你不要逼我,我现在就只问你一句,你到底有没有出事?你自己到底有没有事?"

"……什么事?"李高成感到不解地问。

"这些年,我们都离得远了,这会儿记着的都是你那会儿的事。

那会儿我是清楚你的,大伙对你也都放心。现在这么问你,并不是想埋汰你,我只是想心里有底。李厂长,你是不是还像过去那样清清白白,干干净净?你为公家干了这么多年,官也越做越大,是不是还像过去那样没占过公家一分钱的便宜,没对咱们工人干过一件见不得人的亏心事?"

"夏大姐,我懂了!我可以告诉你,我没出事,什么事也没有!"李高成使劲地回答道,"我以前是个清清白白的厂长,是个干干净净的书记,今天也仍然还是个对得起老百姓的市长!我过去没想过,今天也从未想过要占公家一分钱的便宜!过去没做过,今天也绝不会去做任何亏心的事情!自从那天见到你,我已经把我过去的日子好好想了一遍,我也许做过什么错事,有过什么闪失,但绝不是存心有意的!像中纺的问题,我有很大的责任,我知道我这几年对中纺的工人们关心得很不够,对这儿的事情注意得也很不够!但有一点我可以给你保证,在经济问题上,在生活作风上,我没有做过任何对不起大伙,对不起厂里的事情……"

"既是这样,那为啥省里还要派人查你,还要派人抄你的家?工人们都给我说了,是不是一个姓严的书记故意要跟你过不去?因为你查出了他的事情,他就这么存心报复你?因为他是省里的头头,省里的领导就都向着他,是不是这样?"

"……夏大姐!这都是谁给你说的!"李高成根本没想到夏玉莲竟会这么看问题,"这不是真的,他们说得不对!省委市委的领导支持的是咱们!是咱们工人!公司里的那些搞腐败的领导都已经给抓起来了……"

"那为啥不查那个姓严的,却非要查你?为啥不抄他的家,却非要抄你的家!为啥?一个快死的人了,你还不敢给她说实话?"夏玉莲言之凿凿,一副铁骨铮铮的样子,同以前的夏玉莲相比,几乎完全改换了一个人。

李高成几乎被问得发愣,一时竟不知道该怎么回答才好。片刻,才接着说道,"夏大姐,有时候,事情并不会像我们想的那样一下子就能办好。但你放心,不管是什么样的人,只要他干了见不得人的事,干了违背良心的事,干了老百姓不答应的事,那他迟早都会受到惩罚……"

　　"……我明白了,你不必再说了。"夏玉莲摇晃了一下,楼上楼下顿时一片惊呼,但夏玉莲很快又站稳了接着说道,"李厂长,只要你说的是实话,我也就没啥放不下的了……"

　　"不!夏大姐!"李高成惊呼了一声,他根本没想到自己的话竟会让夏玉莲给了他这样一个回答,"是你让我说了实话!既然我说了实话,你能不能坐下来我们再接着谈……"

　　"你能不能让万书记也来一趟,你就告给他说,看在一个快死的人的分儿上,能不能让我问他一句话?我不会占他很多时间的,只要一分钟就行。我已经听了你的了,也想听听他的。"

　　"万书记今天一早就去了外地,杨书记正在联系,但路那么远,一时半会儿万书记不可能来得了呀!"

　　"没关系,我能等,只要他肯来,我想……我等得到他。"

　　"可你的身体会支持不住的,你有病,身体又弱,万一有个闪失,让我怎么给万书记交代,又让我怎么给工人们交代!"

　　"不会,我的身体我清楚。我赶上来的时候,吃了三片止痛片,我顶得下去。"夏玉莲依旧这么不容置辩地说道,也始终没回身看他一眼。

　　"……夏大姐!"李高成有些绝望地喊了一声,几乎想一下子冲过去,但紧接着便被一声呼喝猛然制止在了那里。

　　"别过来!"夏玉莲虽然背对着他,却好像把一切都看得清清楚楚,"我说过了,你别逼我……"

　　…………

"李市长,李市长……"李高成听到魏所长在身后轻轻地喊着他,"给你一个纸条,是杨书记写的。"

李高成看了一眼身后天窗口上伸出来的纸条,想了想,又朝夏玉莲的背影看了看,然后才小心翼翼地弯腰把纸条拿了过来。

老李:

同万书记的秘书联系上了,万书记正在给灾区群众讲话。万书记的秘书说,他马上就给万书记谈这件事。他说万书记肯定会来的,万书记的性情我们也了解,肯定会来的。

以防万一,我们已经在八层楼夏玉莲站着的窗户下预备了防护设施,但这些办法都还是隐蔽性的,所以也就极容易出问题。你一定尽量做好说服工作,尤其是有这么多群众在场,还有这么多新闻单位,即使是我们在她跳下的时候拦住了她,那也是所有的人,当然也包括我们自己所无法接受的。

你现在一个人在上面,也只能一个人在上面,我们都没办法帮助你。你应该清楚,你现在所干的事情并不是救一个人的事情,你面对着的也不仅仅只是一个人,而是千千万万的人。你面对的并不是一个人的生命,而是千千万万人的信心和希望。也同样是我们的信心和希望!

让梅梅和明明来,是个好办法。到了这种时候,也许能起关键作用的惟一的东西,就是感情了。

…………

面对着杨诚的纸条,李高成突然好像意识到了什么似的,稍稍想了一想,立刻掏出笔来,在纸条的背后写道:

杨诚:

让万书记此时再往回赶,是不是已经来不及了?我想夏玉莲支持不到那会儿了。能不能想想办法,让万书记直接跟我们通话?什么办法都行,只要能救人!我想在万书记那儿,肯定有现场采访的电台和电视台,能不能让他们把万书记的话直接传过来,直接让夏玉莲听到万书记的声音?万书记也可以直接回答夏玉莲的提问?

....

几乎不到一分钟,杨诚的第二个纸条就递了上来。

老李:

太好了!我马上就让他们照此办理,估计问题不大,真是好办法。另外,梅梅和明明马上就到,请你做好准备。

....

李高成紧张地想了片刻,然后转身对夏玉莲说道:

"夏大姐,刚才杨书记说,他已经跟万书记的秘书联系上了,万书记的秘书说,万书记正在给群众讲话,万书记马上就给你回话。但路程太远,二百多里的山路,能不能让万书记在电话里先给你说说话?"李高成想先征得夏玉莲的同意。

"你就让我在这儿……跟万书记打电话?我又怎么能知道那是万书记在给我打电话……有楼上楼下这么多的工人给我作证,我也能知道万书记究竟说的是真话还是假话。"夏玉莲的话已经有些结结巴巴,李高成心里不由得一沉,看来她真的快要坚持不下去了。

"那就让万书记直接给电台电视台的记者说,然后再让记者把话转给你!你也一样,把你要说的话直接说给记者,再让记者转给万书记!"

"不,我要亲自听到万书记的话,我还要让楼上楼下的工人……都能听到万书记的话。"

夏玉莲的声音是那样的细弱,然而却是如此强烈地震撼了李高成的心。

原来是这样!

她要让楼上楼下的几万工人都能听到省委书记的声音!

李高成心里像受到了重创一样怔在了那里,原来眼前这个弱小的女人想得竟是这么远,这么深!她这么做并不仅仅只为了你一个人,同时还是为了这个中纺,为了中纺这几万工人……

他突然感到自己是这样的猥琐和浅薄,同时也为自己的猥琐和浅薄而感到了一种深深的羞愧!

李高成的决心仿佛刹那间就下定了,为了这个女人,为了眼前的这几万工人,他一定要把她吩咐的这件事做成做好!

"夏大姐!我马上就让他们按你说的去做!万书记的话不仅你能听得见,楼上楼下的人能听得见,我还要让全省和全市的老百姓都能听得见!我马上就让他们在这儿现场直播……"

李高成之所以敢下这样的决心,敢作出这样的许诺,是因为有一点他非常清楚。昨天晚上他已经听了万书记的那番讲话,他知道万书记在中纺的问题上持的是什么立场,所以他也就明白万书记将会怎样做和怎样说。

四十八

李高成几乎没再做什么工作,就让夏玉莲同意了他的建议。

也就是二十几分钟的时间,市电台和省电视台的记者就已经做好了现场报道和现场直播的一切准备。

几乎是同时,省委书记万永年的电话也已经接通,杨诚在楼下天窗口同万书记的讲话声李高成听得清清楚楚。

杨诚的话还没有讲完,似乎就让万永年给打断了,紧接着便听得杨诚向上喊道:

"万书记说了,秘书已经给他汇报了这件事,只要能保证那个女工的安全,让他做什么都可以!他已经备好了车,五分钟以后就可以出发,只要不出事,一个多小时就可以到达中纺!现在他就可以同夏玉莲直接对话!用什么方式都可以!"

李高成的泪水一下子又涌了出来。

谢谢你,万书记!

一分钟以后,省委书记万永年的声音便通过电台和电视台,同时通过中纺的高音喇叭和现场的扩音器,清晰而又高亢地传了出来:

"……我是省委书记万永年,现在我通过市电台和省电视台直接同中纺的工人对话,直接同全省和全市人民对话,直接和夏玉莲同志对话!

"夏大姐,请允许我这样叫你!虽然我的年纪可能会比你大,但我还是想这样叫你!因为李高成市长是这样叫你的,杨诚书记是这样叫你的,中纺的大部分工人也都是这么叫你的,所以我觉得我也应该这么叫你!你辛辛苦苦、任劳任怨地为中纺,为我们这个国家,为我们这个政府付出了毕生的努力和心血,只凭这一点,我们就应该打心底里永远感谢你!所以你也永远都是我们的大姐!夏大姐,听说李市长的两个孩子也是你给奶大的,所以我今天也就特别想说一句,你不仅是孩子的奶妈,你和那些千千万万的工人一样,也都是我们这个国家的奶妈!没有你们费尽心血的抚育,也就不可能有我们国家的今天!

"听李高成市长和杨诚书记说,你身体并不好,而且一直有病。尤其是在你有病,在你退休了好多年的情况下,还一直在为生活奔波,还一直在含辛茹苦地工作。李高成市长找你的时候,竟然是在一个条件极差,环境极为恶劣的地方找到你的!我听到这件事时,心里非常难过,我当时就掉了眼泪!夏大姐,不只是李高成市长觉得对不住你,觉得对不住工人们,发生这样的事情,我们都有责任,我这个省委书记的责任最大！我们都对不住你……"

李高成一边默默地听着，一边默默地流着眼泪，原来万书记什么也知道，到中纺找夏玉莲的事情他几乎没有给任何人说过，却没想到万书记竟知道得这样清楚！

"昨天晚上，省委已经作了决定，"万永年继续说道，"在今天下午或者明天早上去中纺看望工人们，有一句话我本想见了大家再说，但既然今天发生了这样的事情，那我现在就给大家说出来。类似中纺的问题，今后绝不允许再发生了！我们将尽快制定出新的规章制度，坚决杜绝出现任何损害和剥夺工人群众权益的事情！

"夏大姐，我知道你的情况，我想我也知道你心里现在想的是什么。你看不见我，但我在这儿可以清清楚楚地看到你！全省全市的人也都会清清楚楚地看到你！夏大姐！我知道你会问我什么问题，我现在就当着全省全市人民的面，如实地给你作出回答！

"首先我要告诉给你，也告诉给大家的是，中纺的问题，省委市委是下了决心的！省委和市委对中纺的问题绝不会撒手不管！对那些有腐败行为的领导干部绝不会撒手不管！对中纺目前的困境和前途绝不会撒手不管！对中纺工人群众的困难和要求更不会撒手不管！

"第二个我要告诉你和大家的是，昨天晚上，省委和市委已经在中纺的问题上采取了有力的行动！根据目前的初步情况，现在，我已经能够明确地给大家宣布，中纺广大职工干部近时期以来一直在揭发和反映的问题，完全是正确的！这也完全证明了一点，我们党和政府的反腐败斗争，必须依靠和发动广大群众！只有这样，我们的反腐败斗争才会更彻底，更有力！对中纺的一些主要领导干部的腐败行为，省委现在向你们所有的人保证，他们绝不会逃脱党纪国法的严厉惩罚！

"第三个我要告诉你和大家的是，昨天晚上的行动，我们还查出了一些与中纺问题有关的领导干部的腐败问题。在这个问题上,省委也一样是下了决心的!我们今天一早就已经把行动的初步结果报告给了党中央!现在我就再宣布一个大家最为关心的问题,经中央批准,中共中央纪律检查委员会已经决定立案,对省委常务副书记严阵的问题进行严肃审查!

"还有一点,也同样是你和大家最为关心的问题,那就是通过昨天晚上的行动,我们进一步地了解和查清了一个人,这个人就是深受大家拥护和欢迎的李高成同志!我现在完全放心地告给大家,李高成确确实实是一个好市长!他是一个经受了考验,也是经受得住考验的真正的共产党人!"

…………

在万永年撼人心魄的讲话声中,李高成突然感到有人轻轻地在他身上碰了碰,他回过头去时,只见魏所长向他身后指了两下。

梅梅和明明!

两个孩子像是被惊呆了一样,脸色煞白,失魂落魄地听着和看着眼前所发生的这一切!

他有些下意识地想把两个孩子拉近自己身旁,但看着孩子吃惊的模样和孩子身边站着的魏所长,他打消了这个念头。

省委书记万永年此时的讲话,也许比任何举动和言辞都更有说服力。

所有的人此时都在静静地听着。

"……所谓的三十万元收受贿款问题,所谓的包庇妻子犯罪问题,所谓的和某些腐败分子沆瀣一气的问题,还有那个所谓的作为证据的录音带,全都是莫须有的栽赃和诬陷!

"就在昨天晚上,我们在李高成妻子办公室里的一个保险柜里,也发现了一盘录音带,在这个录音带上,不仅让我们看到了那些腐败分子的卑鄙和无耻,同时也让我们看到了一个真正的共产党人的光明正大和浩然正气!

"夏大姐!我替你感到骄傲!你所想保护的,此时正站在你身后的市长李高成,他过去是一个好书记、好厂长,现在也同样是一个好市长!

"夏大姐!时间太长了,我想我该说的也都给你说了。车已经开来了,我准备马上赶过去。下边我想把这盘我刚刚听过的录音带也让你和大家都听一听,这盘录音带是李市长的妻子当时为了保护自己,让他家的小保姆给偷偷录下来的。这盘录音带才是最为真实的!让我们感到幸运的是,小保姆不仅录下了那些用巨款进行贿赂的无耻行径,而且还录下了李高成和他的妻子为此事而进行的争吵和斗争!

"夏大姐!当我让电台和电视台给大家播放这盘录音时,我希望你能听话,希望你能听从我们的好市长李高成对你苦苦相劝的那些话,你要是真有个三长两短,那会让大家心里难过!还有,夏大姐!你此时看看你身后,你从小奶大的两个孩子这会儿都泪流满面地在看着你,你忍心让他们为你而伤心一辈子吗⋯⋯"

也就在此时,万书记的讲话声突然被一阵惊呼给压住了。

一直默默站着的夏玉莲,像是不由自主地往后转了一下身子,但正是这么一转,也许是由于时间太久了,夏玉莲就像支撑不住了似的在那一道栏台上踉跄了起来!那摇摇晃晃的样子几乎就要栽下去!

"奶妈——"

两个孩子几乎同时声嘶力竭地喊道。

"夏大姐——"

李高成也撕心裂肺般地号了一声。

也就在这一刹那间,李高成看到了夏玉莲的手正向他和孩子伸过来⋯⋯

李高成猛然像疯了一般扑了过去,紧接着便扑通一声跪倒在那里,一把抱住了正在倒下的几乎已经昏迷了的夏玉莲。

也就在这一瞬间,他看到身后的孩子和几乎所有的人都像被吓倒了似的跪下了。

"……奶妈!"

他听到了两个孩子的哭声。

他好像还听到了四周一阵阵排山倒海般的哭喊声。

当人们七手八脚地把夏玉莲从楼上抬下来,一直抬进救护车里时,李高成才发现整个中纺的几万工人都静静地围在他们身旁。

所有的人都在默默地注视着,倾听着,所有的人都在激动地流着眼泪……

他们正在倾听着那盘录音!

杨诚对他说,这盘录音带是那天晚上钞万山他们给他送来三十万元现金时,他的妻子吴爱珍让保姆小莲偷偷录下的。他们虽然好像是一伙的,但双方都偷偷地录了音!原来他们谁都在提防着谁,谁也不信任谁!

看来肮脏的东西,见不得人的东西,永远都只会那么肮脏,也永远都只能见不得人!

有意思的是,小保姆不仅录下了整个送钱的过程,而且不知什么原因,居然把他们两个当时争吵的话也一并给录了下来。极有可能是小保姆当时因为什么而忘了录音的事情,于是在无意之中把后来他们之间的那些话全都录了下来……

奇怪的是,不知道妻子为什么却没有把后边的这一段给销掉。也许,妻子在为了保护自己的同时,说不定也想到了会有今天!如果真要是到了今天这个结局,真要到了谁也保不住自己的时候,若能保住自己的丈夫,也就等于保住了孩子,保住了自己的家庭。

所以那天她才会在医院里说出那样的话来:能救了你的只有一个人,那就是我!

一种多么畸形的说不清的心态。

社会太复杂了,人也实在太复杂了。

录音的效果是那样的清晰,自己的声音如今听来,竟是那样的铿锵有力和震撼人心:

……我真不明白,你们要这么多钱究竟要干什么!想想过去,看看现在,比比老百姓,我们还有什么不满足的!你好好到农村去走走,好好到工厂去走走,你吃的什么,穿的什么,住的什么,又坐的什么!老百姓又吃的什么,穿的什么,住的什么!别说你对不起老百姓了,你对得起自己,对得起自己的孩子,对得起自己的良心吗!有朝一日,当你面对着老百姓必须作出回答时,你能说你今天所做的这一切都只是为了这几个钱吗!你当初的理想,当初的志向,当初的热情,当初的宣誓,也都只是为了这几个钱吗!你知道不知道,你现在所做的这一切,不仅会毁了我们这个国家,毁了我们的改革,还毁了你全家的幸福和前程!这里头也包括你自己!由于你的罪恶和贪婪,将千秋万代地被人民踩在脚下!将会被永生永世地钉在历史的耻辱柱上!世世代代的老百姓永远不会放过你……

李高成隐隐约约地感到,这段话几乎就是为今天这个场合而准备的。

是的,毫无疑问,面对着市场和改革,所有的人都将面临着一场严峻的考验,都将面临着一次重新抉择!

在他的四周突然爆发出一阵阵山崩地裂般的掌声和欢呼声,他知道,他的录音已经结束,他也知道,这些掌声和欢呼声都是冲他而来的。

他发现自己的两个孩子此时也都在泪流满面地默默地注视着

自己。

"爸爸,这些事你为什么不早点给我们说?"儿子似乎在为自己昨天晚上的话而感到伤心。

"……爸爸,那录音里的事情都是真的吗?"梅梅凄楚而又茫然地问。

李高成什么也没回答,只是轻轻地把孩子揽在了怀里。

梅梅止不住地啜泣起来:

"爸爸,这都是为什么? 爸爸,怎么会这样,怎么会这样?"

是的,这都是为什么? 又怎么会这样!

他无法回答梅梅,也无法回答自己。

这一切来得实在太快太猛了,尤其是在我们还缺乏免疫力的时候……

尾 声

一个月后,全省国有大中型企业深化改革现场会在中纺召开。

三个月后,有关中纺问题的调查有了初步结果。中纺流失在外的国有资产,包括投资在外已经形成的固定资产,包括这些年的非法赢利所得,包括搜查和清查出来的现金、实物,总计数字约在两亿七千万元以上! 其中现金约有六千多万!

五个月后,省委省政府,市委市政府联合作出决定,并征得省直机关、市直机关所有干部的同意,鉴于当初改建省委大楼和市政大楼时,曾向中纺集资过巨额款项,因此,凡省委省政府,市委市政府的领导干部,每人捐出一个月的工资,作为中纺的启动资金。

六个月后,中纺公司新的领导班子经市委和中纺的新党委认真考察后,在全体职工干部的选举下正式产生。

七个月后,中纺所有的在职和离退休职工干部,在新班子的带动下,总共集资四亿二千五百六十八万元人民币!

九个月后,中纺在省委省政府和市委市政府的全力支持下,加上省市干部的捐款,加上清查所得款项,再加上中纺职工干部的集资,总共获得了一亿七千万元人民币的启动和技改资金!国家银行经过慎重考察,也准备继续贷款三千万元人民币!

十个月后,中纺正式开工。省委省政府、市委市政府的领导同工人们一起举行了隆重的开工典礼。

是日,已住院数月的夏玉莲,在她的一再恳求下,被工人们抬到了开工现场。当隆隆的机器声轰然响起时,早已处于弥留状态的夏玉莲竟坚持站了起来,并让工人们把她扶到了机器旁,由她亲手捧起了一团棉花。

工人们说,那天所有在场的人,包括省里市里的领导,几乎都哭出了声音,哭声比机器声还响。

有关中纺一案的清查和审理工作,仍在继续之中……

1997年元旦,中纺技改新项目,在国际市场上一直热销的玻璃纤维工程上马时,引来了中纺有史以来的第一个真正的合资伙伴:东欧X国的一家热力管道公司。

X国方的考察代表是一个中国人,然而这个中国人的秘书竟是原东欧共产党国家X国国家劳动部的部长!

这位原部长叫巴柏恩,在双方达成合资意向后,李高成特意款待了一次巴柏恩先生。

吃饭时,李高成问了巴柏恩几个问题。

李高成:巴柏恩先生,我绝没有任何别的意思,我只是想问问你,你曾是X国的一个高级政府官员,如今却做了一家私营企业的秘书,在这方面,你肯定会有特别深刻而又刻骨铭心的体会和感想,是不是?

巴柏恩:是的。

李高成:你能谈谈么?

巴柏恩:我想你应该体会得到的。

李高成:我想听听具体的。

巴柏恩:其实我现在已经很平静了,如果在当时你这样提问,我想我会受不了的。怎么说呢,就好像是在一夜之间,你突然就什么也不是,什么也没有了,真正成了个一文不名的穷光蛋。想想那是件多么可怕的事情!你原来住的房子被没收了,所有的资金财产也全都被冻结了,生活来源全被切断了,而且你没了工作,没了工资,没了任何可以养家糊口的经济来源,尤其让你感到可怕的是,你也已经没有了任何生存能力和生存手段。你几乎丧失了一切,连自己也无法养活自己。

李高成:那后来呢?

巴柏恩:没办法,我只好去找临时工干,我当过搬运工、装卸工、清洁工,即便是这样的活儿,我也常常干不好。但这并不是最让我难过的事情,干不好我可以慢慢学,扛不了重的我可以扛轻的,挣不了多的我就少挣点。最让我难过的是,那些跟我一起干活的同事和工人,一旦认出我来,便乐得哈哈大笑,说以前你在我们面前指手画脚,整天光知道开会和夸夸其谈,现在也跟我们一样了。我们总算可以平起平坐,你也知道当工人是什么滋味了。

李高成:我想你确实非常难过。

巴柏恩:我难过的并不是我自己,而是替我们过去的行为而感到难过。我们执政那么多年,换来的却是人民的嘲笑和讥讽,这真是太让人感到痛心了。

李高成:你分析过没有,国家成了这样,最主要的原因究竟是什么?

巴柏恩:我想你是很清楚的,不过我还是想给你谈谈我的看法。

李高成:谢谢,我真的很想听。

巴柏恩:第一,这是人所共知的原因,原苏联的影响太重太大,我们所有的一切都只能按他们的模式来,这也是没办法的事情。第二,没想到原苏联会解体得那么快,当它不存在了的时候,我们也跟着不存在了……

李高成:但如果你们当时下定决心进行改革,下定决心挣脱原苏联僵化的模式,也许还来得及……

巴柏恩:不,其实那时已经来不及了。

李高成:为什么?

巴柏恩:国家的机制已经坏死了,它已经没有这个能力,也已经没有这个实力了。一句话,国家太穷了,国力已经被耗尽了。

李高成:但人民的信心并没有失去,人民的热情并没有熄灭,你们还有人民的支持……

巴柏恩:没有了,什么都没有了。

李高成:为什么?

巴柏恩:我们让人民期待得太久了,我们的人民实在太穷了……

一阵沉默。

良久,李高成才慢慢地说道:

"我想我们不会这样。"

"我想也是。"巴柏恩若有所思地说,"让我们为这个干杯。"

"干杯!"

…………

永生永世为老百姓而写作
——代后记

在北京因《天网》和《法撼汾西》这两本书打官司时,几个临汾的老农民千里迢迢地赶来声援我。七月的北京,像火炉子一样。他们挤着公共汽车好不容易问清地址赶到丰台法院时,法院的公开审理已经结束两天了。天知道他们是怎么打听到群众出版社并找到我的住处的。当我第一眼见到他们时,我的眼泪止不住地一下子就涌了出来。他们的衣着是那样的不入时,脸色是那样的黧黑,满脸的皱纹流露着深深的关切和焦急,浑身的汗渍浸透着一种赤诚和真挚。他们一见了我就忙不迭地问输了还是赢了,法院是向着他们还是向着咱们,然后便问他们能帮点什么忙。他们说他们已经给丰台法院的人说了,他们村的人本来都要来的,因为不知道情况,所以就让他们先来探探消息,要是法院把作家张平判输了,宣判那天,他们全村的人都要来北京当众给作家挂匾!咱老百姓就看它法律怎么判!我们就是要让天下的人都知道,咱们老百姓支持的就是像你张平这样的作家!

后来他们就死了活了的要请我吃饭给我压惊。在一个很普通的小饭馆里,他们很奢侈地点了八个菜。有一个大概是第一次来北京的老农民,竟然为我点了两份过油肉!说是让我好好补补身子,攒足了劲跟他们好好打!一瓶二锅头把大家喝得都满脸通红。吃到后来,他们把那个时时抱在胸前已不知是哪个年月的人造革提包小心翼翼地打开,从里面拿出一个裹了好几层的油纸袋,然后从油纸袋里抽出一沓钞票来,说这是大伙临时凑下的五百块钱,你先拿着用,你一个穷作家,为我们老百姓写书也挣不下几个钱。人家都是当官的,你耗得过人家?如今打官司没钱可不行,不过你放心,咱们老百姓都支持你,就是卖牛卖马也要帮你把这场官司打赢!

一时间,我又止不住地泪流满面。看着这由十块、五块凑在一起的厚厚的一沓钱,好久好久说不出一句话来。

就这样几个普普通通、朴朴实实的老百姓,就这样几个贫困山区尚未脱贫的老农民,他们用他们的善良和真诚,在那样的日子里,给了我无穷无尽的力量和勇气,也给了时时催我奋进的激情和信心。让我感到温暖,让我感到踏实,让我感受着一种永久的激动。

每当我想起这些时,总是止不住地再一次地湿润了眼睛。

其实在后来的日子里,这样的事情几乎时时在发生着。

中央电视台和北京电视台报道了我吃官司的消息后,尤其是北京电视台在"北京您早"栏目里对那场官司进行了专题报道后,竟有那么多的人能在人群里认出我来。我到饭馆里去吃饭,老板娘把我看了又看,后来终于忍不住地问我,你就是那个被人告了的作家?我点点头说是。老板娘看了看我,什么话也没说,转身回去没多久便端出两大盘子菜来,说这两盘子菜是她亲手炒出来的,你就消消停停在这儿吃,今天的饭,不用你掏钱!日后你就天天来这儿吃,一律免费!那些日子,我住在一个朋友的家里。那是一个老大不小的宿舍院。打官司前,门房老头对我这个外地口音的陌生面孔总是很凶。有时候,打电话忘了付费,他便会对我大声怒喝:

回来！缴钱！你连说对不起他也绝不会给你一个好模样。没想到，那一天我去打电话时，他默默地看着我，满脸都是慈祥和温和。当我打完电话，他说敢情你就是那个被告作家呀，还真没看出来。小伙子，你听着，我一个老头子也帮不了你什么忙，日后这电话你随时随便打，不收你的钱！一次在公共汽车上，一个四十多岁的中年人靠过来悄悄对我说，我在山西插过队，那儿的情况我了解。你放心，中国的老百姓都会支持你。有一次去公园，有几个正在打牌的老人竟也认出了我。他们七嘴八舌地对我说，你肯定输不了，北京人心里明镜似的，啥事不清楚？要是让你这样的作家输了，北京人的脸还往哪儿搁？

这样的人，这样的事，究竟出现过多少次，记不清了，真的记不清了。

《天网》《法撼汾西》，从发表到打完官司，前前后后收到过近两千封读者来信。尤其是在打官司期间，电话和来信源源不断。新疆、四川、广东、黑龙江、云南……我真不清楚这些读者是怎样得到我的住址和电话的。一千人以上的联名信，我收到过四封！五百人以上的联名信，我前后收到过十二封！有一个读者在来信中写道：张平作家，你一点儿也用不着回避，即便是你输了，那也没有任何关系，因为在我们老百姓心里，你将会是永远的赢家……

激动之余，我常常一遍一遍地问自己，这一切，都是因为什么？你一个区区写了几本薄书的小作家，何以能得到这么多人的关心和支持？不就是因为在你的作品里，描写了一些深受老百姓拥戴的领导干部，关注了一些老百姓所关注的社会问题，多多少少地为老百姓说了几句公道话？

所以自己也就常常为自己的遭遇而感到庆幸，为自己的作品而感到庆幸。在自己的创作生涯里，假如没有《法撼汾西》《天网》《孤儿泪》《抉择》这些作品，时至今日的你又会是个什么样子？如果你所写的作品都是花前月下、杯水风波的感受和体验,都是象牙塔里的纯而又纯的"阳春白雪",都是舞场歌厅,酒宴饭桌,堆金积玉,拈花惹草的豪华奢靡和恣行无忌,都是拿读者当试验品的云遮雾罩般的技巧翻新和新潮卖弄,这些老百姓读得懂你吗?又能记得住你吗?他们还会像今天这样关心和支持你?

有什么样的作品就有什么样的读者,反过来,有什么样的读者也就有什么样的作品。"阳春白雪"有人需要,"下里巴人"也一样有人需要。作为一个作家,你的生活属性必然决定着你作品的属性,你对什么样的生活熟悉,你向往什么样的生活也就必然会有什么样的作品。你对歌厅酒吧赌场情场的生活非常熟悉,你就会写出十分逼真的歌厅酒吧赌场情场的环境和氛围;对男男女女的事情情有独钟,你就会写出十分真实的男女之间的体验和感受;你要是常年生活在一个极其孤独的小天地里,那你就不可能写出轰轰烈烈,情绪饱满,黄钟大吕似的史诗般的时代文学;而如果时时关注着社会的变迁和老百姓的生活,那你同样不可能一直只写那些无病呻吟,故弄玄虚的消闲和游戏之作。对一个作家来说,生活本身、题材本身并不决定作品的优劣,决定作品优劣的东西应该是对生活的态度和对文学的理解。

我们总是埋怨读者的水平太低,埋怨读者的不成熟,埋怨知音难觅,以至于想把自己的作品留到下个世纪供人们去研究。下笔之前,我们总是想着应该如何更新,如何突破,如何超越,如何让专家们耳目一新,如何让同事们心服口服,如何在文学史上留下一笔。现代主义,后现代主义,后后现代主义……解构,颠覆,破坏,摧毁……文本是游戏,语言是牢笼,终极无意义,阅读即误读……甚至反意义,反解释,反形式,反体裁,反美学……我们注视的是这些,研究的是这些,攀比的也是这些。这种既有的观念已经变得如此根深蒂固,以至成为我们的下意识,时时刻刻在左右着我们的思维和写作。面对着自己以往的作品和向往,连我自己也感到说不出的震惊。为什么生活在千千万万精神和物质尚还贫乏的老百姓之间,却会渐渐地对他们视而不见?为什么与这块土地血肉相连的自己,会把自己的眼光时时盯在别处?什么时候自己对老百姓的呼求和评判竟会变得如此冷漠而又麻木不仁?又是在什么时候自己对自己以往的责任、理想和忧患意识放弃得如此彻底而又不屑一顾?为什么会变成这样?又是什么促使自己变成了这样?与此相反,我们却似乎很少去想我们的国家现在还有数以千万计的文盲,还有数以亿计的尚未完成义务教育的半文盲,还有近十亿的农民和工人。我们似乎很少有人这样去想去做:我这一部作品就是要写给最普通最底层的老百姓看,写给这近十亿的农民和工人看。面对着市场和金钱的诱惑,我们的承受能力竟也显得如此脆弱和不堪一击。或者只盯着大款的钱包;或者放弃了自己的尊严和职责;或者把世界看得如此虚无和破碎;或者除了无尽的愤懑和浮躁外,只把写作作为一场文字游戏……写作如果变成这样的一种倾向,那么老百姓的生活也就不再显得那么重要:处处都有生活,处处都有素材,处处都能产生语言游戏的欢欣和情欲,时代和生活也就没了任何意义。于是我们的作品离老百姓的生活越来越远,读者群也越来越小。到了这种地步,我们却又拿出"边缘化"、"多极化"的理论,以印证文学的备受冷落和读者群的减少势在必然。面对着人们的呼吁、批评和不满,我们却还面不改色,振振有词地在大庭广众之中讨论着文学作品究竟应该不应该有理想、责任、良知、正义和崇高。面对着国家翻天覆地、前所未有的改革和变迁,无动于衷,冷静得出奇的一些作家们却仍然高高在上地把自己封闭在"象牙塔"里,依然故我地做着无可奈何花落去的文学梦,或者一览众山小地显示着自己的清高,或者把自己贬为微不足道的码字匠。也许这才是文学跌入底谷无以自拔的最致命的原因。

我们的时代需要各种各样的文艺作品,但我们的时代绝不需要那些充满铜臭和私欲的伪文字和伪文学。作家不是救世主,但作家绝不可以远离时代和人民。不关注时代和现实、没有理想和责任感的作家,也许可以成为一个出色的作家,但绝不会成为一个伟大的作家。一个简单得再不能简单的道理:文学不关注人民,人民又如何会热爱文学?

在创作《抉择》这部作品前,我曾在省内外采访过数十个国有大中型企业和私营企业。一个极为令人深思的现象,使我从另一面对文学有了更多更深的了解。越是那些厂长、经理、老板、大款、董事长以及那些属于知识分子的高工、总工和领导干部,越是不看文学作品,他们甚至连电视剧也不看。他们没有时间。太忙,太累,应酬太多。在作家们眼里几乎是不入流的文艺作品:流行歌曲,他们却非常熟悉。老歌新歌最时髦的歌他们几乎都能唱,而且唱得非常到位。与此相反,偏是那些最基层最普通的工人,对文学艺术却接触得最多、最广。电影、电视、戏剧、小说、散文,最真诚最忠实的观众和读者群仍然是他们! 在广大的农村,这种现象更为普遍。让一些作家最为鄙视最看不上眼的作品,如《包公案》《施公案》《三侠五义》,农民们依然一字一句看得津津有味。甚至给他们孩子的启蒙读物也依然是这些作品。对我们当代文学来说,这岂不是一个天大的悲剧和莫大的讽刺? 我们以为最不会流传的作品仍然在广泛流传,而我们觉得最应该流传的,却几乎以每三年、五年一茬的淘汰率被淘汰掉……

还用再问一句为什么吗?

更新观念和技巧,并不意味着就可以一步到位地更新我们的基础;超越自我和文本,也不是说就可以不管不顾地随意超越我们的时代。我绝不相信一部连本国人民也不认可的作品,会堂而皇之地走向世界;我绝不相信一个作家的作品在生前没有任何影响,在身后却会成为久盛不衰的经典;我也绝不相信在当代没有读者的作品,会在将来拥有大批的研究者和崇拜者……退一步说,即使有这种情况,那也绝不是我的追求和愿望。

《抉择》这部作品的出现,并不是偶然的。去年,我和几位同仁在采访国有大中型企业时,根本没有想到工人们对我们的采访反应会那样强烈。这同那些似乎早已被采访腻了的厂长经理们根本不同,工人们一听说我们要采访他们,而且是要他们实话实说,情绪激动的他们竟然蜂拥而至,需要采访什么,他们就会满足你什么。他们说了,这么多年,已经很少有人来采访他们工人了。有时候来些采访的人,大都是想在企业里弄点钱的,或者是那种属于广告性质的象征性的采访。找几个厂长经理信任而又能说会道的,坐在一起把厂里领导的光辉业绩夸上一通,把厂里的美好前景毫不负责地宣扬一通,然后再照照相,吃吃饭,于是皆大欢喜,拍拍屁股走人。从来也没有人真正问过我们工人究竟需要什么,究竟在想什么。好多人一遍一遍地问着我们,你们为什么就不能写写我们工人呢?那么多的编剧、导演、作家、艺术家,为什么就只把眼睛盯在那些厂长经理和大款们身上?我们工人不是国家的主人吗,不是国家依靠的对象吗?为什么你们会把我们给忘记了抛弃了?为什么你们就不能写一些反映我们工人让我们工人看的作品?

惭愧和内疚之余,我无以应对。

我能说我对你们的生活不熟悉不了解吗?不熟悉,不了解,那就到我们这儿多走走,多看看不就熟悉了解了吗?那些给厂长经理领导干部树碑立传的作品,难道那些作者们对他们就很熟悉很了解吗?听说你们作家有不少人都在深入生活,有的还下去挂职锻炼,那为什么就不能到我们这儿来深入,到我们这儿来挂职?莫非你们这些作家们也一样是嫌贫爱富,只拣有钱有权的肥窝富窝跑吗?

我真的无言以答。

1995年跟随北影的导演和编剧一块儿去平遥采访时,我们在一个偏远山区老农的炕头上发现了一本已经发黑发卷,残破不全的《天网》。这位老农让我在书上签名时,我几乎找不到一个能落笔的地方。我想象不出这本书有多少人传看过,我也实在不知道应该在这样的书上写些什么。末了,我只写了一句话:谢谢您,老大爷!我永远也不会忘记你们的深情厚谊!我当时的感觉非常真诚,这也是我当时惟一的感觉。真的,我打心底里感激他们,如果没有他们,我想我过去和现在的一切努力都将没有任何意义。

我以前说过,我现在还要再说一遍,我只盯着现实,现实比一切都更有说服力。如果别人卖的是人参,那我就心甘情愿地卖我的胡萝卜。只要能对我们现实社会的民主、自由,对我们国家的繁荣、富强,对全体人民生活的幸福、提高,多多少少会产生一些积极有意义的影响,即便是在三年五年十年以后我的作品就没人再读了,那我也一样心甘情愿,心满意足了。一句话,我认了!如果我以前没有真正想过我的作品究竟是要写给谁看的,那我现在则已经真正想过和想定了,我的作品就是要写给那些最底层的千千万万、普普通通的老百姓看,我永生永世都将为他们而写作!